"Questo viaggio
non ha lo scopo di cambiare
il posto in cui vivi,
ma ti servirà
per cambiare gli occhi
con i quali lo guardi."

Antonio Isidoro

Antonio Isidoro

Il viaggio di Lucio Eurisko

Studio di copertina: Antonio Isidoro e Patrizia Capello
Realizzazione grafica di copertina: Antonio Isidoro

Youcanprint Self-Publishing
Via Roma, 73 - 73039 Tricase (LE) - Italy
www.youcanprint.it
info@youcanprint.it
Facebook: facebook.com/youcanprint.it
Twitter: twitter.com/youcanprintit

Per ordini e informazioni inviaci i tuoi dati:
contatta Antonio Isidoro su Facebook
oppure scrivi a lucio.eurisko@gmail.com
oppure contatta il: 334 65 70 270 oppure
porta questo codice in libreria
ISBN : 978-88-91197-28-3

ANTONIO ISIDORO

Il Viaggio di Lucio Eurisko

Il romanzo che rivela
verità alterate e nascoste
dalla scienza e dalla religione

Youcanprint *Self-Publishing*

Dedicato ai miei figli
Emanuele e Gabriele

Indice

Prefazione

Qual è l'origine dell'uomo? da dove veniamo? Ciò che ci circonda è solo frutto del cieco caso? Darwin aveva ragione? L'evoluzione, essendo una teoria, poggia su fatti incontestabili? La scienza moderna è concorde con il concetto evolutivo? Per queste domande, la risposta è da ricercare più di ogni altra cosa.

Se non trovassimo una risposta comprovata e affidabile, l'esistenza di ognuno di noi sarebbe senza chiare prospettive. In un'era dove tutto è perennemente discutibile, continuiamo ancora a chiederci: dov'è la verità? Questo avviene perché la cultura moderna è stata privata di molti concetti immutabili. Nulla poggia su argomenti definiti. Eppure, il concetto di verità è che la risposta ai veri interrogativi dell'esistenza non può essere duplice, mentre la menzogna, essendo ingannevole, deve portare con sé mille volti come la luna. La verità rimane costantemente bella e lucente come il sole, perché ha una sola faccia. La verità è unica, altrimenti non sarebbe tale

Chi ci svelerà la verità? Numerosi testi si sono scoperti inutili come nuvole vuote su terra arsa. Molti dottori della moderna cultura hanno la sorprendente capacità di comunicare trasmettendo il nulla. In interminabili trasmissioni televisive, illustri signori, pare che discutano soltanto per fare sfoggio del proprio sapere, parlano per ore, pare che sappiano tutto. Si dimenano tra milioni di chiacchiere senza giungere mai a una conclusione soddisfacente. Usano termini talmente inusuali che sembrano parlare un'altra lingua. Smaliziati dalle proprie cognizioni, insistono in discussioni contorte, fatte di giochi di parole e artifici linguistici volti a una persuasione che non ci giungerà mai, mentre noi, quasi costretti dalla loro vantata fama, li seguiamo con attenzione. Alla fine, però, ci rendiamo conto che siamo più vacanti di prima; delusi, ci accorgiamo di aver dato ascolto a concetti privi di senso logico e perso tempo prezioso a causa di logorroici che hanno parlato per ore senza dirci niente. Se tacessero non sarebbe meglio per tutti? Le mutevoli e confuse opinioni, costringono i molti a rincorrere perennemente l'attendibilità. In più, molti ascoltatori, sono stati disabituati a ragionare con il proprio cervello divenendo privi della capacità che permette di valutare quanto c'è di vero in quello che sentono dire. Dove sono finiti gli uomini che dichiaravano grandi verità con poche parole? dov'è finita la genuina schiettezza?

Ho scritto *Il viaggio di Lucio Eurisko*, per esporvi con mera sincerità anche le più scomode informazioni che, per subdoli interessi, ci sono state nascoste attraverso la confusione di mille pareri. Provate a leggere queste pagine con la convinzione che avete ancora molto da imparare, e suscitate in voi il genuino desiderio di apprendere nuove nozioni. Vi chiedo di immergervi nella lettura come bambini che hanno tutto da scoprire. Vi chiedo ancora grande modestia, non leggete questo libro se già sapete tutto. Quando si è troppo pieni di sé, non si può trovare spazio per l'ulteriore. Pertanto, vi pongo un'unica condizione: che mi seguiate in questo viaggio dalla prima all'ultima pagina, ragionando unicamente con il vostro cervello, sempre liberi dalle incarnite tradizioni e condizionamenti vari della moderna erudizione.

Il testo scorrerà a tratti come romanzo-confessione senza pretesa d'essere un libro di saggistica. Preso atto che lo stile è romanzesco, alcune informazioni dovranno essere valutate come una rassegna a titolo puramente esemplificativo e non esaustivo.

Di proposito ho dato al protagonista del racconto il nome di Lucio Eurisko. Lucio, perché la sua ricerca porterà luce nelle tenebre della cultura contaminata dalle menzogne comode ai "Grandi" della Terra. Eurisko, perché il termine è sinonimo di spontanea esplorazione, quindi di ricerca e scoperta con conseguente arricchimento di conoscenza.

Il fatto che vi facciano credere di vederci già chiaro, potrebbe essere soltanto perché il vostro occhio si è adattato al buio; vi garantisco che le illuminanti rivelazioni esposte tra queste pagine vi daranno una visione della vita più reale, affidabile e soprattutto vera. Tutto sommato, è sempre meglio ritrovarsi in una fulgida luce accecante piuttosto che continuare a restare orbi nel buio. Non abbiate paura di abbracciare verità non condivise. È nel dissenso che emerge la corretta intuizione, proprio come un aereo che decolla grazie al vento contrario.

V'invito a seguire *Il viaggio di Lucio Eurisko* restando al fianco del protagonista, come una presenza invisibile che ascolta e riflette su quanto sarà detto. Tra le mani vi ritrovate un condensato di verità. Apprezzate il gusto del sapere, assaporatelo con la vostra mente e condividetelo generosamente con chi ritenete ne sia degno.

Detto questo, vi auguro una piacevole lettura!

Vita, canto, amore e morte

Un viaggio per trovare risposte agli interrogativi della vita era quello che Lucio Eurisko cercava da qualche tempo. Dentro gli ruggivano ancora rabbia e frustrazione, un mese prima si era dovuto separare dalla sua adorata Irene, la compagna di una vita. Se l'era portata via un tumore maligno, come lo chiamano adesso i medici. Per Irene non erano servite a nulla neanche le cure mediche più costose, le speranze erano morte sul nascere, svanite nell'ospedale "Molinette" di Torino.

Il medico le aveva dato sei mesi di vita, purtroppo ne erano bastati solo cinque perché mollasse gli ormeggi e abbandonasse la sua famiglia. Il marito, Lucio, che lavorava come capotreno sulla tratta Torino-Milano, si era prima fatto trasferire ai servizi sedentari, poi aveva chiesto il part-time. Nei momenti liberi, giorno e notte, vegliava con premura e senza sosta la sua Irene e lei, ormai priva di forze, ogni volta che lui appariva sull'uscio della stanza, lo ripagava con un malinconico sorriso e con un filo di voce gli diceva: «Grazie tesoro, sei il mio universo».

Una tarda mattinata di settembre, mentre Lucio si accingeva a servirle il pranzo, Irene aveva girato la testa di lato chiudendo lentamente i suoi bellissimi occhi per sempre. Nel giro di pochi minuti, era sprofondata in un coma da cui non si sarebbe più svegliata. Quarantotto ore d'agonia. Quarantotto lunghissime e interminabili ore che Lucio fece di filato rimanendo sveglio, stringendo la mano di sua moglie. A niente era servito il consiglio dei famigliari e dei figli di riposarsi in attesa dell'inevitabile fine.

Dopo il funerale di Irene, che aveva riunito a Torino pezzi della famiglia sparsi tra Campania e Piemonte, Lucio era sprofondato in un silenzio inquietante, apatia completa, mancanza di ogni stimolo. Neanche la compagnia dei famigliari e le visite di don Ferdinando per una parola di conforto erano bastate. Lucio, sempre più depresso, chiedeva al parroco: «Ma perché la morte? Cosa c'é dopo questa miserabile vita?»

Ripeteva queste parole continuamente come un lamento incessante e don Ferdinando era sempre paziente nel rispondere ma anche molto sfuggente e vago nei contenuti: «Dopo questa vita c'è la vita eterna col Signore». E quando Lucio insisteva a farsi spiegare cosa fosse l'aldilà cristiano, il parroco sembrava vagasse con la fantasia e, alle dettagliate richieste di Lucio, si arrendeva.

In una precisa circostanza allargò le braccia, sollevò lo sguardo e disse: «Devi rassegnarti e capire che è stato il Signore a prenderla con sé».

Lucio udendo quelle parole sobbalzò e amareggiato, con sdegno, rispose: «Come posso credere a una cosa simile. Non posso rassegnarmi al pensiero di un Dio egoista. Non posso credere che il Signore abbia bisogno di Irene più di quanto non ne abbiano bisogno i miei figli».

Lucio con le lacrime agli occhi, angosciato e controllando la sua collera, commentò così quell'affermazione che ritenne assurda. Il prete, raggelato da quella logica, scosse la testa e dopo una lunga e imbarazzante pausa disse: «Che cosa vuoi che ti dica? Siamo tenuti a credere anche nel mistero della fede proprio perché noi umani non troviamo le risposte a molti interrogativi. Fatti coraggio, purtroppo le cose stanno così. Pregherò per Irene e per la tua famiglia».

Anche Emanuele e Gabriele, i due figli di Lucio, avevano cercato inutilmente di consolare il padre: «Non buttarti giù...

non sentirti così... tu hai fatto tutto quello che potevi... papy dai, non sentirti in colpa... fatti forza... purtroppo non ci puoi fare più niente».

Ma più si allontanava il giorno del lutto, più si sovrapponevano i ricordi della vita trascorsa insieme alla sua adorabile consorte. Lo sguardo di Irene gli appariva in sogno come l'aveva visto la prima volta: bello, lucente e anche un po' sensuale.

Si erano conosciuti a Napoli nel locale più rinomato del rione, *O' scugnizzo*, un punto d'incontro dove si tenevano delle serate canore con la novità del karaoke. Quella sera era stato organizzato un piccolo concorso e Lucio, uscito con degli amici per divertirsi, si presentò alla giuria per partecipare alla gara di canto. Prima di lui, sul palco, si era alternata una sfilza di giovani e fanciulle che prendevano il microfono in mano solo per farsi vedere ma, vocalmente, lasciavano a desiderare. Poi era stata la volta di quella ragazza che sarebbe diventata la sua compagna di vita. Slanciata, capelli neri e ricci, e occhi azzurro intenso. Vestiva una minigonna mozzafiato. E che voce che aveva! Cantò il successo di Mina *Se telefonando*. Strappò calorosi applausi agli astanti, mentre Lucio, che amava la competizione, si preparava al suo turno con grande concentrazione. Lucio aveva imparato a usare la sua voce in pubblico all'età di undici anni, durante una traversata in nave da Tripoli a Napoli.

Era stato trasferito come esule dalla Libia all'Italia nel 1970 e, già in tenera età, cantava con una straordinaria passione appresa dal padre muratore che rendeva le sue giornate più belle intonando abitualmente stornelli napoletani.

Lucio fu chiamato a cantare in quel viaggio che era stata un'odissea durata quattro giorni a causa del maltempo. Famiglie ammassate nelle stive e in coperta, in condizioni igienicosanitarie a dir poco penose. Paura e speranza erano i sentimenti comuni più diffusi. Restava a consolare tutti l'insopprimibile spirito di sopravvivenza che, la sera, veniva cullato con le note dei successi musicali della tradizione italiana. I più gettonati e cantati a squarciagola erano: *O sole mio* e *O surdato 'nnamurato*. Parole e suoni che richiamavano ai fuggiaschi il ricordo della terra natia, alla quale, costretti da un destino crudele, tornavano con un senso di vergogna addosso. Lucio canticchiava spesso quei motivetti e quando un maestro di musica lo notò, sul ponte di poppa del piroscafo, gli chiese di esibirsi per i fuggiaschi spronandolo a cantare per tutti nelle serate noiose della traversata. Era stato un successo, alla faccia dei padri gesuiti che, negli anni precedenti, lo avevano umiliato nella scuola di Tripoli dove i suoi l'avevano mandato a studiare. Padre Bernardo, nell'ora di musica, lo aveva più volte rimproverato: «Sei un asino, hai una voce penosa».

Capitava spesso che durante le lezioni gli desse dei ceffoni. Per punizione lo obbligava a mettersi in ginocchio dietro la lavagna. In una specifica circostanza, per rendere il castigo ancora più deprimente, pose sotto le sue ginocchia una manciata di ceci secchi. Un dolore indimenticabile per un bambino che, inerme, doveva accettare in silenzio quei disumani soprusi. E come se ciò non bastasse, un giorno, quando Lucio aveva poco più di sette anni, con il cartone gli fabbricò due lunghe orecchie d'asino, gliele legò alla testa col nastro adesivo e lo consegnò al capo classe Paolo, ordinandogli di portarlo in giro per le classi della scuola "Fratelli Cristiani" di Tripoli, introducendolo con queste precise parole: «Ecco a voi il somaro della seconda B». Una frase terribilmente umiliante che induceva le classi a crudeli sghignazzi. Lucio quelle risa sguaiate e avvilenti le risentì echeggiare nella mente anche nel corso dei suoi anni futuri e gli riaprivano una ferita che non riusciva a rimarginarsi mai, neanche ora, dopo cinquant'anni. Quanto male gli avevano fatto quei ghigni sgarbati dei compagni e quella gratuita violenza!

Da quel giorno Lucio si era ripromesso di non commettere mai gli abusi che, i suoi educatori in tonaca nera, gli avevano fatto subire. Il suo riscatto era iniziato con quella traversata in nave, quando aveva iniziato a esibirsi, accompagnato dalle voci dei compagni di viaggio e dai loro sguardi malinconici che sapevano di lacrime e sudore. Lucio era stato "adottato" da profughi e ciurma e, quando erano approdati a Napoli, era diventato la mascotte del campo rifugiati di Sorrento, dove le famiglie degli esuli erano state radunate in attesa di sistemazioni migliori. Soluzioni abitative che ci misero anni ad essere realizzate. La sera del 10 maggio 1977 Lucio era approdato in quel locale di Napoli a due passi dal lungomare di via Posillipo. Dopo l'esibizione di Irene, era il momento di sfoggiare le sue qualità di cantante. Scelse il brano *Malafemmena*, il successo di Antonio de Curtis, il re tragicomico della commedia all'italiana. Accompagnato da un mandolino e una chitarra, Lucio aveva scaldato anime e cuori con la sua interpretazione, suscitando un applauso fragoroso. Vinse il concorso, in palio c'era un grande cesto di dolci tipici e festeggiò pagando una birra ai tre amici che lo avevano accompagnato.

A un tratto, mentre si scolava la sua bionda, sentì delle dita tamburellargli sulla spalla. Si girò e vide la ragazza che aveva cantato prima di lui. Aveva un'aria interrogativa e, dopo averlo fissato negli occhi, simulando un tono minaccioso, gli chiese: «Ma come ti sei permesso?»

«Ma di che stai parlando?»

«Come di cosa parlo? Ti sei preso più applausi di me!» Irene terminò quella frase sorridendo con un lucente sguardo malizioso. E Lucio accennando un sorriso disse: «Beh, se la metti così... riconosco che ti ho fatto uno sgarbo imperdonabile, dovrò rimediare!»

«E sì! Mi sa che devi proprio!»

«Se ti va, domani ti porterei a prendere un gelato sulla spiaggia.»

«Guarda che il gelato mi rende la voce più bella.»

«Ok! Così ti schiarirai la gola.»

«Guarda che poi canterò meglio di stasera.»

Lucio si avvicinò all'orecchio di Irene e scherzosamente le bisbigliò: «Sappi che, come rivale, non ti temo per nulla».

«Uhm! Ti trovo anche intrigante» lo provocò Irene mordicchiandosi le labbra e Lucio, visibilmente perso, tentò di ritrovare il suo equilibrio di uomo dicendo: «Bene! Allora fatti trovare all'ingresso del parco Virgiliano domani pomeriggio alle quattro, e sarò lì».

«Affare fatto!» esclamò Irene strizzandogli l'occhio, poi sorrise e si congedò dandogli un bacio sulla guancia.

«Oh! Wow! Hai fatto colpo... e che colpo!» esclamarono entusiasti gli amici, mentre Lucio, come se fosse stato stregato, seguiva con lo sguardo Irene che si allontanava e, ammaliato da quell'affascinante creatura, disse: «Questa mi piace per davvero!» e poi sorridendo aggiunse «e mi piace anche tanto!»

La compagnia divertita brindò a questo suo nuovo incontro. Quella sera, gli amici, gli augurarono l'inizio di un grande amore. Lucio sembrava folgorato da quella bellezza così seducente e quando tornò a casa, quella notte, non riuscì neanche a dormire. Continuava a pensare cosa avrebbe fatto con Irene al prossimo incontro. Fremeva in attesa dell'alba, non vedeva l'ora di vivere quel momento. Il giorno dopo nacque un grande amore. Un vero terremoto emotivo per Lucio che, fino a quel momento, aveva vissuto solo storielle di poco conto. Dopo soli due anni la decisione importante: matrimonio e trasferimento al nord. Lucio aveva rimediato, dopo numerosi concorsi, un lavoro come ferroviere. I due figli erano nati all'inizio degli anni ottanta. Nel frattempo Irene, che aveva continuato a coltivare la sua passione per il canto, era entrata come soprano nel coro del Teatro Regio di Torino.

Quella tra Irene e Lucio, più che una favola, era stato un sogno durato trentacinque anni ma, adesso, si era spezzato in un giorno d'aprile sulle rive del Po, quando la nemica morte era arrivata a servire il suo piatto freddo. Cinque mesi dopo, il conto era già stato saldato. Lucio aveva bisogno di cambiare aria o, forse, estraniarsi da quel mondo zeppo di ricordi. Dopo un mese di crisi totale era arrivata una svolta. Un suo amico e collega gli aveva proposto un viaggio per l'Europa con un treno storico, suggestivo e lussuoso, non come quelle locomotive squallide dove Lucio aveva lavorato per anni.

Era l'Orient-Express, quel convoglio ferrato, celebrato anche dalla scrittrice Agatha Christie. Un treno che, da oltre cent'anni, percorre i binari che uniscono l'Europa centrale a quella orientale. Un ponte fra due realtà e due culture. Un modo come un altro per scoprire nuovi luoghi e per Lucio poteva essere anche un'opportunità per sfuggire dalla depressione cercando di intraprendere un nuovo percorso di vita. Lucio inizialmente aveva titubato. Partire e mollare tutto, ma chi glielo faceva fare? Tuttavia si ricordò della poesia di Martha Medeiros, lasciatagli da sua moglie sul comodino la mattina in cui aveva dovuto trasferirsi definitivamente in ospedale. I versi iniziali di quel piccolo capolavoro recitavano così: *Lentamente muore chi diventa schiavo dell'abitudine, ripetendo ogni giorno gli stessi percorsi, chi non cambia la marcia, chi non rischia e non cambia colore dei vestiti, chi non parla a chi non conosce [...]*

Era stato il testamento spirituale della sua anima gemella, una donna che lo aveva sempre capito e sostenuto, e che ora, attraverso quelle parole, lo aveva spinto a guardare oltre. Fu così che Lucio decise di partire. Avrebbe pensato a tutto Fausto, un uomo di origine romana che da molti anni viveva a Torino per motivi di lavoro. Da collega e amico, lo rassicurò: «Non devi preoccuparti di nulla, penserò a tutto io!»

«Grazie, avrai capito che da quando mi è mancata Irene, non ci sono più con la testa.»

«Siamo amici no? E a che cosa servono gli amici? Vedrai che un viaggio così ti aiuterà a riprenderti.»

Lucio rispose citando un detto piemontese: «*A l'é mej*

n'amis che des parent (meglio un amico che dieci parenti)».

Fausto comprese e, commossi, i due amici si abbracciarono. Il conforto di un vero amico era quanto la triste circostanza richiedeva e Lucio, in quel momento, lo percepì pienamente. Fausto era un po' meno robusto e alto di Lucio, portava due lunghe basette, aveva un'espressione simpatica e una personalità estroversa, con la battuta sempre pronta e, in quella circostanza, capiva molto bene lo stato d'animo del suo caro amico. Anche lui era vedovo. Tre anni prima aveva perso la moglie improvvisamente a seguito di un banale incidente e non dimenticava quanto conforto avesse ricevuto, a suo tempo, da Lucio. Fu così che insieme si organizzarono e a tavolino pianificarono l'itinerario. Lo fecero senza trascurare neanche il minimo dettaglio. Il viaggio in treno, che sarebbe durato sette giorni, li avrebbe portati da Torino a Istanbul, ex capitale della Turchia. Per il primo tratto, da Torino a Parigi, avrebbero preso il treno speciale Freccia Bianca, che in sei ore li avrebbe scaricati a destinazione.

Poi cominciava l'imbarco sul vero Orient-Express che li avrebbe accompagnati nelle capitali degli stati balcanici, un percorso al centro dei vecchi imperi romano, bizantino e ottomano, fino alla metropoli di Istanbul. Lucio pensava queste cose mentre preparava la valigia il giorno prima della partenza. Suo figlio Emanuele si era raccomandato: «Portati l'essenziale per vestirti... e rilassati! Fausto ha pensato a organizzare tutto. Lui è un mago in queste cose!»

Ed era vero! Si racconta che, in viaggio di nozze, avesse portato sua moglie in giro per l'Africa del nord, spostandosi sui mezzi più disparati, bus, taxi, jeep, cammelli, aerei e ferrovie, senza mai sgarrare sulla tabella di marcia. Un vero fenomeno. Un viaggio fatto con Fausto lo tranquillizzava, per Lucio non era soltanto un collega con il quale aveva condiviso vent'anni di lavoro. Fausto era un vero amico. Entrambi erano così affiatati da sentirsi come fratelli. D'altronde, quale compagno di viaggio migliore poteva aspettarsi? Fu così che Lucio si decise a intraprendere quest'avventura.

La mattina alle 7:05, accompagnato da Emanuele e Gabriele, Lucio si presentò in stazione a Porta Susa col suo valigione da viaggio. Indossava per l'occasione pantaloni e giacca grigio scuro, con camicia azzurra e scarpe lucide in cuoio nere. Oltre a quello che indossava, si era portato un altro vestito, qualche capo di biancheria sportiva elegante e un leggero impermeabile, nel caso fosse servito. Voleva viaggiare come richiesto dall'Orient-Express, da vero signore. Da leggere aveva con sé il romanzo, *Ines dell'anima mia*, di Isabel Allende, che gli aveva regalato per l'occasione sua nuora Rita. Quando glielo aveva consegnato, gli aveva detto: «Ti farà bene leggere questa storia. Insegna che, nonostante tutto, c'è sempre una speranza che permane».

Fausto era già al binario. Un rapido scambio di abbracci, un saluto a Manu e Gabry, due figli che riteneva speciali: "Valgono tanto oro quanto pesano e anche di più!" è così che amava descrivere agli amici il loro valore. Due pupilli che lo rendevano felice sin da quando apriva gli occhi al mattino. Salì in treno con l'amico di sempre. Il loro scompartimento era molto confortevole e pulito con divanetti comodi grigi, tavolino ribaltabile e prese per computer. "Un buon inizio" pensò Lucio, che sui treni italiani ci lavorava da una vita e li conosceva bene. Era sempre stato così sulle ferrovie italiane: se pagavi tanto avevi un ottimo servizio; se eri un pendolare o un semplice cittadino che si spostava sulle piccole tratte, ti beccavi convogli strapieni e a volte anche sporchi e fatiscenti.

A Lucio era capitato il sedile verso il finestrino, nel senso di marcia. Fausto si era accomodato in quello di fronte e al suo fianco si era seduta una giovane donna sui quarant'anni ben portati. Una donna incantevole e formosa che ti calamitava lo sguardo per quanto era bella. Aveva capelli neri e corti a caschetto, sotto la frangetta due occhi grandi e verdi con un bellissimo sguardo accentuato da un sottile eyeliner nero. In grembo teneva il figlio piccolino, una creaturina di pochi mesi, che dormiva beatamente fra le braccia materne.

Alla sinistra della donna, infagottato in una felpa blu scura che gli cadeva un po' larga, donandogli un'espressione stranamente buffa, si era seduto un signore anziano che, con i capelli bianchi un po' spettinati e la barba ben curata, somigliava al famoso scrittore italiano Luciano de Crescenzo. Di fronte a lui sedeva una donna molto fine e ben truccata, portava un paio di occhialini e indossava una gonna comoda ed elegante. Doveva essere la moglie; dal primo minuto del viaggio non smisero mai di parlarsi, anche se lo facevano con un tono di voce basso e discreto. Una bella coppia matura e affettuosa.

Fausto felice, sfregandosi le mani, commentò con un sorriso: «Si parte! Vedrai dove ti porto!»

«Bene!» rispose Lucio «spero che vada tutto per il verso giusto!»

«Certo che sarà così! Vedrai, sarà un viaggio indimenticabile!»

«Ti voglio bene! Saperti amico, è proprio un bel conforto!» Con un piccolo sibilo, alle 7:39 in punto, le porte si chiusero e il treno si mosse.

"Il viaggio di Lucio" era iniziato con i migliori auspici.

Teorie e supposizioni

La prima ora di viaggio Lucio l'aveva trascorsa dormendo. Aveva accumulato un po' di stanchezza la notte precedente, quando aveva preparato la valigia. Era un'abitudine quella di attendere l'ultimo momento per prepararsi il bagaglio. A volte aspettava talmente tanto che era Irene a farlo. Lei lo rimproverava: «Dai-i-i, non comportarti come i ragazzini alla prima gita. Ma quand'è che cresci. Guarda che sono stufa eh! Adesso basta... oh!» dopo però, con una strizzatina d'occhio, aggiungeva: «Non so che farei senza di te. Ti amerò sempre e comunque».

Lucio nel sentire quelle parole si scioglieva come ghiaccio al sole, e stringendola a sé, la baciava appassionatamente contemplando l'ammaliante creatura della sua vita. Poi scherzosamente le sussurrava nell'orecchio: «E dire che nonostante tutto, anch'io ti amo tanto!» mentre si rivedeva nelle sue intime scene del passato, Lucio improvvisamente fu scosso dal sogno.

I signori passeggeri sono pregati di preparare i documenti per i controlli alla frontiera. La voce dall'altoparlante del convoglio aveva risvegliato Lucio che, sonnecchiando, vagava nei sentieri della vita trascorsa. Erano prossimi a Bardonecchia, ultima località prima del confine francese. Lucio con gli occhi semichiusi, sbadigliando, domandò sottovoce all'amico: «se non c'è più la frontiera, perché hanno chiesto di preparare i documenti?»

«Pare che si siano intrufolati dei clandestini!» Spiegò velocemente Fausto, chiedendogli: «Allora, ti sei riposato?» e Lucio ancora assonnato soffocando l'ennesimo sbadiglio rispose: «Ci voleva proprio, ieri sera per preparare la valigia sono andato a letto alle due!»

In quel mentre lo scompartimento fu animato dalle grida e dal pianto del neonato in seno alla giovane madre di fianco a Fausto. Al bimbo era caduto il ciuccio e agitava le braccine per richiamare l'attenzione. La mamma, dal canto suo, rassicurava la piccola creatura dondolandola e sussurrandole: «E cosa fa questo piccolino? Hai visto dove siamo? Amore di mamma, dai che tra poco saremo da papà». Così facendo aveva provato a rimettergli il ciuccio in bocca, ma il piccolo non ne voleva sapere e seguitava a strillare.

«Scusatemi, ha soltanto cinque mesi e a questa età, quando hanno fame, non vogliono sentir ragioni» si era giustificata la donna, rivolgendosi agli altri passeggeri e Fausto domandò: «Così piccolo già in treno?»

«Purtroppo i miei genitori sono molto anziani e non possono più viaggiare. Volevano vedere il loro nipotino e così, eccomi qua. Comunque spero che non disturbi troppo, e vi chiedo ancora di scusarci.»

«Si figuri» rispose Lucio sorridendo «avrà i suoi buoni motivi. Anche i miei figli, quando erano piccoli così, non perdevano occasione per farsi sentire.»

La donna guardò Lucio con aria stanca, ricambiò il sorriso e con un pizzico d'imbarazzo, risoluta, disse: «So io quello che ci vuole adesso!»

Si slacciò la felpa e la camicetta, si scoperse il seno e avvicinò a sé il piccolo che si attaccò alla mammella. Lucio ritrovandosi davanti agli occhi un seno di donna così bello, inconsciamente, quasi d'istinto, sgranò gli occhi e deglutì. Un'indomabile reazione spontanea che lo fece arrossire per l'imbarazzo. Fausto, notando l'intoppo, gli venne in aiuto richiamando su di sé l'attenzione della donna: «Che carino questo bambino!»

La mamma, distratta dall'esclamazione di Fausto, accarezzando la testolina del lattante, rispose tutta compiaciuta: «Sì, è proprio la mia gioia!»

Nel mentre Lucio si era ricomposto e facendo finta di nulla sorrise anche lui.

L'altra signora seduta accanto a Lucio, ammirando il piccolo, disse al marito che le stava di fronte: «Amore, stavo pensando alla conversazione di ieri sera avuta con Marco. Certo che è proprio testardo, vuole a tutti i costi sostenere l'evolversi casuale della vita. Il bello è che non ha neanche una prova!»

Il marito, senza distogliere lo sguardo dal suo giornale, ribatté: «Che vuoi farci amore, possiamo definirla deformazione professionale. Marco, purtroppo, è uno di quegli scienziati che ostinatamente continuano a sostenere anche ciò che non è chiaramente dimostrabile. Questo gliel'ho fatto notare tante volte. Nel suo ruolo non dovrebbe farlo mai! A spada tratta come fa lui, si dovrebbe sostenere soltanto quello che è inconfutabilmente provato! Certo, con chi è poco informato fa un figurone con le sue bislacche idee di evoluzione, ma quando si trova davanti a gente onesta e preparata, certe volte, fa delle vere e proprie figuracce. Beh! Comunque, peggio per lui».

«Proprio vero, peggio per lui! Quante chiacchiere vuote. Basta guardare un bambino come questo e si dovrebbero intuire tante verità. Quello che si vede è semplicemente un capolavoro. Non riesco a capire come si possa parlare di evoluzione, quando basta osservare questo neonato così tenero, che soltanto pochi mesi fa era un ovulo piccolo quanto la capocchia di uno spillo, e adesso è un'incantevole e vivace creatura che mette gioia nell'animo di chi l'osserva.»

«Beh, tutto merito della mamma!» aveva ammiccato Lucio guardando in direzione della giovane madre che contraccambiò con un sorriso imbarazzato.

«Parlando con mio marito non intendevo questo. La mamma ha sicuramente dei grandi meriti, anch'io sono una mamma, ma quello che volevo sostenere è che spesso raccontando fandonie, molta gente diventa anche famosa. Eppure, basterebbe osservare la vita che ci circonda per capire che c'è qualcosa che va al di là della nostra comprensione. Deve esserci per forza un essere che conosce molto bene l'uomo e le sue necessità!»

Lucio si fece attento e ne chiese i motivi.

«Perché tutto sembra essere perfetto e progettato con cura!»

Lucio da convinto evoluzionista domandò: «Sta forse pensando a un Creatore?» e poi ironizzando aggiunse: «Non penso che davanti a questa scena sia il caso di esagerare. Signora, è semplicemente un bambino di pochi mesi allattato dalla mamma».

«Lei non crede in un Dio Creatore?»

«Come cattolico dovrei rispondere di sì; ma, di fatto, più vivo e più mi convinco che non esista nessun Dio Creatore!»

«Certo che questa è proprio una bella contraddizione! Lei dichiara di essere cattolico affermando di non credere in Dio? Ho capito bene?»

«Sì, direi proprio che in Dio non ci credo più!»

Fece appena in tempo a dire queste parole che, in quel mentre, si affacciarono allo scompartimento due energumeni dai volti accigliati. Uno dei due, con voce bassa ma decisa, disse: «*Vos papiers s'il vous plait!*» poi guardando bene, intuendo subito che le persone presenti avrebbero capito meglio l'italiano, con aria contrariata e un forte accento francese, ripeté: «I vostri documenti, per favore». Erano membri della gendarmeria francese, indossavano la divisa d'ordinanza e l'immancabile chepì. In mano ciascuno stringeva un lungo manganello che non faceva presagire trattamenti di favore a chi avesse osato metterne in discussione l'autorità. Si era saputo che spesso s'imbattevano in stranieri che, a tutti i costi, furbescamente, tentavano di varcare la frontiera.

Quel controllo si era reso obbligatorio proprio per ostacolare i clandestini. Mentre si svolgeva il controllo, Lucio si ricordò quell'inverno quando al confine vi era ancora la dogana, e con la moglie Irene e i suoi due maschietti partì alla volta di Valmenier, località sciistica francese, poco oltre il confine italiano. Aveva intenzione di fare l'intero week-end sugli sci e prenotò un piccolo appartamento che si affacciava sulle piste a quota 1800 metri. Era giunto al confine la mattina presto, verso le sette. I poliziotti italiani non l'avevano neanche considerato, ma quando era sfilato davanti al gabbiotto della polizia di frontiera transalpina, era cominciata una trafila da incubo. La carta d'identità era scaduta da tre settimane, e così, le guardie l'avevano trattenuto due ore chiedendogli ogni particolare della sua vita. Poi, per colpa di un arrogante e antipatico poliziotto, gli avevano fatto aprire tutte le valigie, e avevano ispezionato la macchina anche con i cani antidroga. Un'esagerazione che potevano risparmiarsi.

Quella svista sulla data del documento, in quella circostanza, l'aveva portato all'esasperazione. Alla fine del controllo, Lucio era stato costretto a tornare indietro, in Italia, e le due giornate, programmate sugli sci, erano state rimandate all'anno successivo, perché oramai non ci sarebbe stato più tempo a causa dei complicati turni di lavoro che svolgeva alle ferrovie. Per sua fortuna Lucio era sposato con una donna intelligente che non fece pesare l'accaduto. Anche Emanuele e Gabriele, i suoi figli, benché andassero matti per lo sci, accettarono con serenità l'inconveniente. Quando Lucio ripensava alla sua famiglia, così ben educata e rispettosa, si sentiva privilegiato ad essere padre di due bravi ragazzi, e nutriva un sano sentimento d'orgoglio, sia come padre, sia come marito.

Fortunatamente adesso il controllo fu rapido, si era ben accertato che nel suo passaporto fosse tutto ok. Questa volta, dopo solo qualche istante, i gendarmi francesi lasciarono lo scompartimento e pochi minuti dopo, finiti i controlli, scesero dal treno e il convoglio ripartì verso Parigi riacquistando in pochi secondi la straordinaria velocità di 180 chilometri orari. Dopo questo controllo inaspettato, per tagliare il denso silenzio creatosi, Lucio tentò di riprendere il discorso sull'eventuale esistenza di un Dio Creatore.

La signora lo guardò come se dovesse decidere se continuare o no la conversazione e dopo una brevissima pausa esordì: «Potrebbe descrivermi il Dio in cui lei non crede?»

Lucio non si aspettava una domanda simile, si prese qualche secondo per pensare, poi rivivendo la morte della sua Irene, s'innervosì, guardò fuori dal finestrino per nascondere questo suo stato d'animo, dopodiché, con gli occhi lucidi, guardando in volto la signora, grugnò: «Non credo nel Dio che si è preso mia moglie portandosela in cielo con Lui benché dovesse ancora veder crescere due figli. Non credo nel Dio che fa morire i bambini di fame. Non credo nel Dio che fa sì che ci siano così tante guerre, attentati terroristici e cattiverie varie che non sto neanche lì a menzionare per quanto sono crudeli e selvagge!»

La signora, udendo la risposta, osservò l'espressione amareggiata del suo interlocutore e, durante il breve silenzio che seguì, si sistemò la gonna accomodandosi meglio, prese un grande respiro e, abbozzando un piccolo sorriso per smorzare l'incandescente stato d'animo di Lucio, con molta serenità, replicò: «Bene! Se questo è il Dio in cui lei non crede, le confesso che possiamo definirci entrambi atei. Perché neanche io credo nella divinità che lei mi ha descritto!»

Lucio guardò stranito la signora che aggiunse: «Però, tornando a quanto dicevamo prima, dobbiamo ancora spiegarci perché tutto ciò che ci circonda sembra essere stato progettato con cura» e girando lo sguardo verso il poppante aggiunse: «Ad esempio: perché il latte materno è un alimento così perfetto per un infante? Potrebbe essere una domanda bizzarra ma in realtà, giacché abbiamo una mamma che allatta, potremmo prendere spunto anche da questa situazione per riflettere sulla possibile esistenza di un Creatore. Per capire, potremmo semplicemente chiederci: "chi ha programmato gli eventi affinché la genitrice potesse predisporsi a possedere un latte con queste caratteristiche nutritive?"»

Lucio guardò bene questa elegante signora e cercando di capire cosa le passasse per la testa nel sostenere l'esistenza di un Creatore, a mo' di sfida ribatté: «Prima di parlare di latte materno, mi trovi la ragione del perché c'è così tanta sofferenza e disperazione in un mondo fatto da un Creatore. Se è vero che c'è Dio: perché c'è gente così cattiva intorno a noi? Lei saprebbe darci una spiegazione?»

«Potrei provarci! Vede, negli anni '70 ricordo che non si trovava giovane con i capelli corti, erano quasi tutti capelloni. Lei che spiegazione darebbe a questo evento? Che negli anni '70 non esisteva il barbiere o che i giovani portavano i capelli lunghi per loro scelta personale?»

Alla fine della domanda, Fausto sgomitando l'amico gli bisbigliò in piemontese: «*Ciapa e purta a cà* (prendi e porta e casa)».

Lucio, benché trovasse logico il ragionamento, un tantino contrariato, esclamò: «La risposta mi sembra ovvia!»

«Cerchi di trovare ovvio anche il fatto che, se c'è tanta cattiveria e disperazione, presumibilmente è perché l'uomo non vuole seguire i consigli del suo Creatore. Forse preferisce vivere a modo proprio e, in questa cattiva scelta, rimangono coinvolti anche inconsapevoli innocenti.»

«Però, sta di fatto che milioni di bambini ogni anno muoiono di fame!»

«È vero! Però, questo scempio non capita perché il Creatore non ha prodotto sufficiente seme per nutrire questi bambini. Tutto rivela che Dio ha creato squisiti alimenti in abbondanza. Osservi la natura, la Terra è piena di buoni vegetali e succosi frutti; deve riconoscere che il Creatore con noi è stato molto generoso e non trovo onesto attribuirgli la colpa della fame nel mondo. Piuttosto, se vuole risolvere il problema, ricerchi la causa nell'avidità dell'uomo!»

Tutti i presenti, con le loro espressioni, dimostrarono di approvare il buon senso manifestato dalla signora. Lucio, raziocinante, si accarezzava il mento e osservando attentamente quella donna che ai suoi occhi pareva un po' troppo saputella, cercò di formulare una frase che potesse metterla in difficoltà: «Ok! Considerando che lei voleva parlarmi del latte materno, le confesso che sarei più disposto a farlo se prima rispondesse a quest'altra domanda: "Nella vita tutto nasce e tutto muore, ogni cosa che ci circonda ha un inizio e una sua fine. Se è vero che c'è un Creatore, saprebbe dirmi quando iniziò la Sua esistenza?"»

La signora accennò un sorriso e con molta tranquillità rispose: «Per cortesia, potrebbe dirmi che ora è?»

«Le 9 e 36.»

«Potrebbe anche dirmi quando è scattato il primo secondo del tempo che anche il suo orologio misura correttamente?»

«Cioè? Mi perdoni, ma credo di non aver capito.»

«Lei poc'anzi asseriva che tutto ha un inizio e una fine, quindi la mia domanda è semplice, saprebbe dirmi quando ha avuto inizio il tempo e quando finirà?»

All'istante Lucio cambiò la sua espressione, era evidente che a questa domanda non trovava risposta, glielo si leggeva in faccia. Così, dopo una breve pausa imbarazzante, la signora aggiunse: «Vede, non è soltanto il tempo a non avere un principio e una fine, ma anche l'Universo. Che risposta darebbe a chi le domandasse: "dove ha inizio l'Universo? dove finisce?" Nessuno lo sa! Per avere un'idea della grandezza della nostra galassia, basterà pensare che per percorrere il suo diametro alla velocità della luce, che è pari a 300.000 chilometri al secondo, ci metteremmo 100.000 anni. Riconosciamo tutti che ha una dimensione incomprensibile ma non per questo negabile, le pare? E consideri che oltre alla nostra Via Lattea con i suoi 100 miliardi di stelle e pianeti, si contano un'infinità di altre galassie. Inoltre, per capire meglio l'immensità dello spazio, vorrei invitarla a riflettere anche su questo esempio: se oggi una navicella spaziale a pieno impulso volesse attraversare la nostra galassia, ci impiegherebbe più di 400.000 anni, e se volesse raggiungere la galassia più vicina, non gli basterebbero otto milioni di anni. Riesce ad avere una visione chiara dell'immensità dello spazio? Se inoltre dovessimo considerare che nell'Universo ci sono più di cinquanta miliardi di galassie, ciascuna delle quali è costituita da miliardi di stelle come il nostro sole, che cosa risponderemmo alla domanda: "dove inizia e dove finisce lo spazio?" Anche per questa domanda non sarà possibile trovare una risposta! Benché non sia possibile trovare un inizio e una fine alla sua incalcolabile dimensione, chi negherebbe che lo spazio dei cieli stellati è un immisurabile Universo?»

«Ho capito, lei sostiene che, come non c'è risposta per queste domande e nonostante tutto non neghiamo l'esistenza del tempo e neanche dell'infinito spazio, similmente, non dovremmo negare l'esistenza di Dio solo perché non sappiamo rispondere da quando o da dove ha avuto inizio la sua esistenza. Beh! Quanto dice ci può stare!»

A seguito dell'arrendevole commento di Lucio, Fausto colpito dall'esempio continuò: «La sua risposta ha dimostrato che, quanto più conosciamo l'Universo, tanto più ci rendiamo conto di quanto abbiamo ancora da imparare».

«Benché noi umani non troviamo la risposta al principio di Dio, la creazione attesta comunque l'esistenza di un Creatore desideroso di farsi conoscere. Quando penso all'immensità dell'Universo, spesso mi domando: che cosa vorrà dirmi Dio ponendomi davanti all'infinito Spazio Universale? Ragionando, capisco da sola che l'eccellenza divina è così immensa che non potrà mai essere numerabile e di conseguenza deduco che il Creatore è incomparabile, meglio compreso nell'innumerabile vitale grandezza di amore, sapienza, giustizia e potenza; perché, se la creazione continua a vivere seguendo leggi ben prestabilite e precise, tutto questo dimostra la Sua costante attenzione e percettibile presenza; e io comincio a vederlo chiaramente, anche se è invisibile. Riesco a spiegarmi? Conviene con me, su quanto dico?»

Anche se a denti stretti, Lucio annuì col capo pronunciando un quasi inudibile: «Sì!»

«Bene, quindi adesso possiamo parlare del latte materno?»

Lucio guardò l'amico in cerca di sostegno, ma Fausto sembrava convenire su quanto appena espresso. Allora, un tantino inalberato, riprese il discorso per avere l'ultima parola, e sbottò: «Comunque sia, ho deciso di credere soltanto in ciò che vedo; e Dio io non l'ho mai visto e quindi non posso assolutamente credere che esista!»

Mentre con quelle parole pensava di aver concluso trionfalmente l'argomento, si sentì ribattere: «Mi sta dicendo che se lei fosse stato un non vedente non avrebbe creduto neanche alla mia esistenza?»

Lucio dopo questa domanda si sentì come steso al tappeto e un po' stordito, confuso balbettò: «... ma che cosa c'entra?»

«Infatti, cosa c'entra! Anche se lei fosse stato un non vedente, non avrebbe potuto negare la mia esistenza. Non le pare?»

«Uhm! Ho capito!»

«Pertanto, se me lo consente, il suo dire: "credo solo in ciò che vedo" è una frase che solitamente viene pronunciata da chi copia il dire d'altri, senza riflettere se sia saggio o meno farne eco!»

«Certo che lei ci va giù pesante. Eh?»

«No! È soltanto che ragionando capiamo che il non vedente, benché non abbia occhi per vedere, non solo crede nell'esistenza di altre persone ma, se vorrà, con alcune di esse stringerà amicizia.»

«E quindi?»

«Quindi, questo fa intendere che la cecità non fa differenza. Chi sa valutare i fatti, riesce a vedere la bontà altrui, anche se è privo di occhi. Lei è un uomo fortunato, gli occhi li ha, sia grato di questo dono e scoprirà di poter vedere Dio anche se Egli è spirito. D'altronde si sostiene che i sentimenti non sono ciechi. I non vedenti percepiscono molto bene le qualità del prossimo. Perciò, provi a notare dalla creazione le qualità del Creatore e, anche se è invisibile, le garantisco che ne sarà attratto e incomincerà a vederLo anche lei.»

Lucio rimase un po' scosso da quelle parole e percepì dentro di sé un'insolita emozione. Riconoscendo che la signora aveva sempre pronta una risposta sensata, guardò per un momento Fausto che ricambiò lo sguardo alzando le sopracciglia come per dire: "che vuoi farci? La signora ha proprio ragione!" Così, benché colpito dalla sensatezza di quelle parole, come in un duello, Lucio sparò l'ultimo colpo in canna e testardamente, senza logica ribadì il concetto: «Io, comunque sia, credo solo in ciò che vedo!»

La signora, per allentare la tensione di Lucio, sorrise dicendo: «Va bene! Adesso si prenda una buona boccata d'aria e si rilassi!» Lucio credeva di aver messo in difficoltà la signora e finalmente provò un senso di piacevole soddisfazione. Però, non riuscì a godersela a lungo giacché, lì per lì, si sentì porre la domanda: «Ha preso la boccata d'aria?»

«No! Perché? Devo farlo?»

«Sì! Faccia un bel respiro!»

Stupito dall'insistenza della donna, Lucio accennando una smorfia d'incomprensione, esclamò: «Ok!» e fece un respiro profondo. La signora lo guardò e disse: «Ha preso un po' d'aria?»

«Certo! Non ha visto?» rispose Lucio un po' stranito e la signora esclamò: «No!»

«No? Come no!»

«Perché, vuole convincermi che l'aria si vede? Devo credere che ci sia?»

Lucio avendo compreso la significativa messa in scena dell'astuta signora accennando un amichevole sorriso osservò: «Lei è anche spiritosa, eh? Comunque può crederci perché, anche se non l'ha vista, ne ho percepito l'effetto!»

«Bene! Quando pensa a Dio non abbia la pretesa di vederLo. Si accontenti di percepirne gli effetti!»

Udita questa conclusione, tutti nello scompartimento accennarono un compiaciuto sorriso. Nessuno parlava e il silenzio sembrava chiedere a Lucio quanto avesse capito. Ragionandoci su, trovò quelle spiegazioni molto sensate. Era piacevole prestare attenzione all'intelligenza espressa da quella donna così elegante e saggia. Pertanto, con l'intento di ascoltarla ancora, cercò di ricollegarsi al precedente argomento, e dissolvendo la sua testardaggine, senza esitare, domandò: «Secondo lei, la spiegazione di questo benedetto latte materno, mi aiuterebbe a credere in un Creatore?»

La signora guardò Lucio e, piacevolmente sorpresa dal suo desiderio di proseguire la conversazione, rispose: «Può darsi! Vede, ognuno di noi è libero di pensarla come vuole, ma molte cose sono così perfette che hanno per forza qualcosa di divino. Per alcuni è semplicemente una mamma che allatta, per altri, invece, è l'occasione per porsi almeno una domanda: "perché proprio questo nutrimento?" Io me lo chiesi quando allattavo i miei figli e appurai che, per un neonato, soltanto il latte materno è in assoluto l'alimento naturale più sano e completo che esista».

«Perché sostiene che soltanto il latte materno è così straordinario per il nascituro?»

«Perché questo latte sembra essere ideato esclusivamente per il lattante, rendendosi versatile al progetto di crescita. Consideri che nei primi giorni di vita, per fortificarsi nello sviluppo, il neonato ha bisogno di zinco, minerale importante per la crescita e, nei primi giorni, il latte materno, il colostro, ne ha un elevato contenuto. Poi, le necessità cambiano e il secondo latte, per preparare il lattante al nutrimento definitivo, dura una decina di giorni, ed è riconosciuto come latte transitorio, fino a mutarsi, secondo le necessità specifiche del nascituro, in latte definitivo. Questa considerazione non le fa sorgere il sospetto di un'attenzione amorevole da parte di un Creatore?»

«Non penso che quanto dica basti per far credere che ci sia un Creatore!»

«Ok! Non consideri soltanto che la mamma, benché si nutra con gli stessi alimenti, cambi inspiegabilmente in sé la sostanza del proprio latte, ma valuti anche il fatto che, per mezzo di questi adattamenti, l'alimento poppato dal nascituro si rivela, inspiegabilmente, protettivo con straordinari anticorpi. In più, grazie a proteine, vitamine e sali minerali, gli assicurerà anche una sana, robusta e straordinaria crescita. Per lei, questi risultati sono ancora tutte combinazioni casuali?»

«Mi scusi, fin qui non credo ci sia nulla di straordinario. Ogni essere vivente ha delle caratteristiche particolari. Questa ricchezza nutritiva del latte materno, probabilmente si trova anche in molti altri prodotti che ciascuno di noi mangia abitualmente.»

«È probabile» ammise la donna «ma un neonato non può ingerire altri prodotti. Sembra esserne conscio lui stesso che, appena nato, senza essere mai stato allattato prima, messo sul seno della mamma ricerca, da solo, con la bocca il capezzolo. Chi gli ha fatto sapere che da lì otterrà il suo nutrimento? Le assicuro che è una scena sorprendente. In più, c'è un altro aspetto che fa pensare a un'intelligenza superiore. Nel nostro latte materno, benché ci sia tutto il necessario, manca quasi del tutto il ferro, minerale che per un neonato è molto difficile da digerire. Eppure, giacché è indispensabile nel processo di crescita, il nascituro lo ritrova già immagazzinato nel suo fegato dove può attingerlo al bisogno. Anche tutto questo le sembra ancora semplice casualità?»

«E cosa significa questo? Cosa c'è di tanto strano?» incalzò Lucio scuotendo la testa.

«Beh, considerando quanto detto, trova saggio credere che tutte queste combinazioni siano merito del cieco caso o pensa che si dovrebbe ragionare sulla probabilità dell'esistenza di un Creatore che, con la sua genialità, rivela un'amorevole cura nei confronti delle sue creature?»

Fausto, fino a quel momento in parte escluso dalla conversazione, si intromise: «Ammetto che il particolare è interessante! Ci dica con sincerità, a lei personalmente, cosa suggerisce questo fatto?»

«Questo è uno dei tanti particolari che mi suggeriscono l'evidente esistenza di un Creatore. Un'intelligenza superiore che può aver progettato alla perfezione tutto ciò che concepisce la vita e ci mantiene in vita.»

«Le basta solo questo per credere in Dio?»

«Se lei si dovesse soffermare sui particolari che rendono possibile la nostra esistenza, noterà che tutto risponde a un disegno perfetto, anche ciò che ci sembra lasciato al caso.»

«Sarei molto curioso di sapere come può spiegarmi da dove viene Dio.»

«Ci sono cose intorno a noi e dentro di noi che non hanno spiegazione; eppure, le accettiamo perché notiamo l'evidenza dei fatti!»

«Ad esempio?»

«Per esempio, i geni, intendo quelli che hanno dato nome alla branca di biologia detta Genetica. Quei geni rappresentano sequenze di DNA che contengono un'istruzione interna complicatissima che gli scienziati ancora non sanno spiegarci perfettamente. Eppure, non per questo ne neghiamo l'esistenza. Che i geni esistano, è un dato di fatto!»

«Ok! Sarei comunque molto curioso di sapere come s'immagina lei questa intelligenza superiore!»

«Io, questo essere, lo immagino amorevole, premuroso e molto saggio.»

«Come mai, nonostante tutte le brutture di questo mondo, lei pensa a queste belle qualità?»

«Con questa domanda, è come se lei mi chiedesse: come mai con tanti anoressici, lei pensa che ci siano tante cose buone da mangiare?»

«Ma cosa c'entra?!»

«Rifletta sulla domanda che mi ha posto e capirà quanto è azzeccata la mia risposta!»

Un tantino infastidito dal fatto che la signora dava risposte logiche a ogni domanda posta dall'amico, Lucio s'intromise e commentò un po' sarcastico: «Mamma mia quanta filosofia! Direi che è tutto molto sensato ma, che un Dio Creatore esista, ho i miei dubbi. Le chiese cosiddette cristiane o di qualsiasi provenienza, benché parlino della creazione fatta da Dio, hanno in seno alcuni ministri che tentennano nell'affermare che sia stato proprio Dio a fare l'uomo».

E Fausto aggiunse: «E sa perché tentennano? Perché, adesso, gli studi scientifici hanno dimostrato che l'uomo non è stato fatto proprio da nessuno e, se permette, io preferisco credere a seri studiosi che affermano che siamo semplicemente il frutto del cieco caso, piuttosto che credere alle infatuazioni dei sentimentalisti religiosi.»

«Bisogna convincersi che noi siamo figli dell'evoluzione, siamo il frutto di un cambiamento graduale, se ne faccia una ragione» cercò di concludere Lucio.

La signora, notando un'evidente cocciutaggine nei suoi interlocutori, con spirito rassegnato replicò: «Bene! Ho già disquisito abbastanza ieri sera su quest'argomento, non credo sia il caso di discuterne anche con voi. Guardando questo bambino, ho semplicemente espresso ad alta voce il mio pensiero di lode a un Creatore, proprio come farebbe una persona amante dell'arte che, entrando nella galleria dell'Accademia a Firenze, di fronte al *David*, si esprimerebbe palesando le lodi all'artefice Michelangelo Buonarroti. Voi, invece, mentre riconoscete che una statua di marmo abbia un artefice, di questo capolavoro, che non è una semplice scultura, ma è un essere vivente che respira e ci sorride, dite: "è frutto del cieco caso". Proprio come si sostiene nella teoria dell'evoluzione. Fate pure! Può consolarvi il fatto che non siete i soli a crederlo, uomini come Charles Darwin, hanno saputo confondere parecchia gente».

Per un lungo istante si fece silenzio, i due amici si guardarono sentendosi un po' confusi, poi, benché colpito dalla logica espressa, Lucio aggiunse: «Eh... ehm... fino a prova contraria, comunque, la teoria dello scienziato inglese è riconosciuta come vera in tutti i paesi del mondo e dai migliori scienziati. Pensi che adesso, perfino la chiesa Anglicana ha posto le sue scuse per aver criticato la teoria di Darwin».

«Sappiamo che molte religioni si voltano secondo il vento, so bene quanto sia vero che il reverendo Malcom Brown abbia messo per iscritto queste scuse. Anche papa Wojtyla ha detto: "La teoria dell'evoluzione è più di una ipotesi". E allora? Francamente trovo irrilevante, per le mie convinzioni, sapere cosa dice o fa questa gente. Le mie affermazioni non si basano affatto su quanto dicono le chiese o qualunque altra religione che si voglia menzionare.»

«Se lei, signora, non crede nella religione, allora mi scusi, avrò capito male. Ci era sembrato che lei sostenesse l'esistenza di un Dio Creatore!»

«Infatti, è così! Credo in Dio ma non credo che le religioni lo sappiano rappresentare correttamente!»

Nello scompartimento dei due amici regnava un'aria d'intensa riflessione sugli argomenti discussi e Lucio, sempre più attratto dal sapere, pose un'ulteriore domanda: «Mi tolga una curiosità, come mai, se crede in Dio, ha detto che le sue convinzioni non si basano su quanto dicono le chiese?»

L'elegante signora dopo essersi posta un po' avanti, con cadenza ridotta, rispose: «"Signore", la considerazione che io abbia fatto la piega ai miei capelli, non dovrebbe assolutamente portarla a pensare che io vada dallo stesso parrucchiere che fa la piega alle donne che lei conosce».

«E quindi?»

«Le ho fatto quest'esempio, per dirle che credere in un Dio Creatore è una cosa, credere nelle religioni è tutt'altra.» Lucio non seppe replicare, inoltre, notando che la signora non rivelava più lo stesso piacere nel continuare a discorrere sull'argomento, nessuno osò esprimersi con altre parole. Si creò così un breve e imbarazzante silenzio, infranto soltanto dal marito dell'elegante signora che, ripiegando con molta calma il suo giornale, s'intromise: «Comunque, se mi è consentito, non tutti gli scienziati credono a Darwin. Scusate se vi esprimo anche il mio pensiero ma quest'argomento mi ha quasi ossessionato per tutta la vita. Sono il professor Amedeo Mesiti, dell'università di Bologna e la signora con la piega, è mia moglie Maria, un'affermata neurologa. Personalmente ho studiato biologia per più di cinquant'anni e, quando ero un giovane ricercatore, anch'io credevo ciecamente nella teoria evoluzionistica, ma vede, con il trascorrere degli anni, studiando biologia, ho confrontato i miei studi con le ipotesi e le teorie di molti studiosi e, anche grazie alle conoscenze neurologiche di mia moglie, ho cambiato opinione».

Lucio perplesso ammise: «Lei è il primo scienziato che sento critico verso la teoria di Darwin o l'evoluzione in genere appellandosi proprio alla scienza.»

«Non creda che io sia l'unico. Ce ne sono tanti altri! La maggior parte tace per paura di vedersi emarginare dalla comunità scientifica. Questo significherebbe vivere di stenti. Perché si sa, l'amore per la scienza arricchisce la mente, ma mi creda, se gestita con astuzia, può arricchire anche il portafogli e, nella vita, un po' di denaro in più non guasta.»

Il professor Mesiti disse questa frase sorridendo, poi, ritornando serio e con tono professionale, proseguì: «Se le fa piacere, visto che siamo in viaggio, e premetto che lo faremo per un semplice pour parler, vorrei invitarla a riflettere su alcuni aspetti dell'argomento evoluzione. Vede signor...»

«Lucio, mi chiamo Lucio.»

«Signor Lucio, nelle sue affermazioni ci sono alcuni punti che dovrebbero metterla in guardia sulle sue presunte sicurezze.»

«E quali sarebbero questi punti?»

«Inizio col dirle che le basi della teoria evolutiva non furono gettate dai biologi ma da fantasiosi zoologi e geologi, e questa già la dice lunga. Tralasciando questo, che non è un piccolo particolare su cui riflettere, cerchiamo di ragionare su quanto lei sostiene. Lei ha detto che le teorie di Darwin sarebbero valide fino a prova contraria. Ebbene, non le sembra che prima della prova contraria, ci si dovrebbe interrogare se sono valide o affidabili le prove a favore della teoria? Inoltre, bisognerebbe ricordarsi sempre che quella di Darwin è una teoria e non una verità! La differenza tra teoria e verità non è cosa da poco! Essa consiste nel fatto che la veridicità scientifica è ineluttabile giacché inconfutabile, mentre la teoria è soltanto un insieme d'ipotesi volte a spiegare un determinato fenomeno. Le ipotesi, fino a prova contraria, non sono mai state certezze assolute e pertanto non si devono considerare vere fino a quando non sono provate come fatto reale, tramite dimostrazioni scientifiche. Di quanto supponeva Darwin a sostegno della sua teoria, mi creda, non esistono prove, tant'è vero che, ancora oggi, resta una teoria alquanto sempliciotta.»

«Vorrebbe farmi credere che tutti gli studi di Darwin e degli scienziati che l'hanno seguito non hanno portato a nulla?»

Serenamente, sistemandosi sul suo sedile, il professore

seguitò: «L'uomo, per quanto si possa applicare negli studi, rivela di avere comunque dei limiti e, per questo, non potrà mai garantire o dichiarare verità uniche e immutabili nel tempo. Da tutti gli argomenti espressi su opinioni riguardanti l'evoluzione, emerge il fatto che tanti ciarlatani si pronunciano con superflua retorica. Quando cercano scaltramente di persuaderci, chi sa ragionare per proprio conto, valuterà i fatti e ricorderà che l'opinione lascia sempre il tempo che trova, mentre l'unica prova assodata sarà, esclusivamente, la dimostrazione scientifica. Soltanto le verità assolute sono, e restano, in eterno immutabili. Riflettiamo. Sulla teoria dell'evoluzione, che lei ricordi, signor Lucio, è mai stato espresso un concetto vero e immutabile?»

«Devo ammettere che le teorie sono tante e continuamente modificate da nuovi pareri.»

«Vede, quando si riflette, ci si rende subito conto che dai sostenitori dell'evoluzione non riceviamo prove certe ma soltanto chiacchiere da salotto. La prova di quanto sostengo è data anche dal fatto che molte teorie, nel corso degli anni, sono continuamente state superate da teorie successive. Nella scienza la teoria più accreditata è sempre quella più recente. Per dirla in poche parole, in campo teorico, nel far chiacchiere non c'è mai fine!»

Fausto mugugnò: «Ecco perché le teorie che si credevano vere, sono spesso soppiantate da quelle nuove!»

«Ovviamente non voglio far pensare a nessuno che tutti gli scienziati siano chiacchieroni inutili» volle precisare il professor Amedeo e, rivolto verso Lucio, aggiunse: «Le faccio un esempio: fino al 1953 non si conoscevano i nucleotidi, quei costituenti essenziali che formano due lunghi filamenti di molecole, avvolti a spirale, elementi della struttura a doppia elica del DNA. La loro scoperta fu possibile solo grazie agli studi di James Dewey Watson e Francis Crick, due seri scienziati che, nel 1962, meritatamente furono insigniti del premio Nobel.

Questo per dirle che la scienza, quando è seria, rivela d'essere un grande supporto per la conoscenza e fa comprendere all'uomo molte cose interessanti, ma si dovrebbe anche capire che, non sempre di tutti gli scienziati o di tutto quello che essi sostengono bisogna farne un feticcio».

Lucio ancora condizionato nelle sue radicate convinzioni, ribatté: «Che cosa intende dire? Secondo lei, dobbiamo credere obbligatoriamente alla creazione?»

Il professore, severo e deciso, rispose: «Quello che intendo dire è che tutte le teorie sull'evoluzione sono aria fritta. Benché intere argomentazioni pleonastiche siano coronate da termini altisonanti, tutto questo discutere sull'evoluzione, come sempre è successo, continua a rivelarsi uno squallido vaniloquio. Se la verità è singolare, perché le teorie sull'evoluzione sono così molteplici? Lei ha mai riflettuto su questo fatto?»

Lucio imbarazzato, senza pronunciar parola, scosse il capo per dire: "No!"

Il professore incalzò: «Tra l'altro, tutte le teorie sono atte a soppiantare le precedenti. La questione si rivela grave perché, nonostante tutte le prove contrarie, ogni teoria usa terminologie appropriate allo scopo di far intendere che quanto si dice è comunque vero. Riflettiamo: Che cosa penserebbe se, a prescindere, la legge affermasse la sua colpevolezza fintantoché non fosse dimostrata la sua innocenza? Non sarebbe meglio avere a che fare con una legge che la riterrà innocente sintantoché non sarà dimostrata a tutti la sua colpevolezza? Quale legislatura preferirebbe? La prima o la seconda?»

«Sicuramente la seconda!»

«Ovvio che dovrebbe essere così! Ma non le pare che chi ha inventato la teoria dell'evoluzione preferisca sostenere il contrario?»

«Cioè?»

«Ad esempio: il filosofo Karl Raimund Popper sostiene che

una teoria è valida finché nessuno riuscirà a dimostrare che è errata. Con questo sofisticare, si dà manforte a tutti quelli che sostengono la teoria dell'evoluzione. Però, per quanto mi riguarda, al di là di ciò che afferma Popper, penso che sarà logico credere all'evoluzione soltanto quando ci dimostreranno che le loro non sono più teorie ma fatti veri e dimostrabili. Siccome questa teoria non è concreta o dimostrabile, è giusto credere a ciò che ci fa capire il buon senso e la biologia. Sintantoché ci parleranno di teorie indimostrabili, l'evoluzione è, e resterà, un'ipotesi che lascia il tempo che trova. Soprattutto quando, alla luce dei fatti, l'idea creativa si rivela anche scientificamente più ragionevole.»

«Lei sostiene quindi che sia più ragionevole credere in un concetto creativo piuttosto che nell'evoluzione?»

Alla domanda di Lucio, la signora Maria intervenne: «Avrei piacere di condividere con voi l'amara percezione che mi è trasmessa ogni volta che guardo un documentario sulle meraviglie della natura. Il più delle volte sento che la trasmissione termina sostenendo che tutte quelle bellezze si sono formate da sole nel corso del tempo. Vogliono farci credere che fiori, piante, animali, in pratica tutte quelle magnificenze viste, siano il risultato ottenuto dalla cieca casualità nel corso di milioni di anni. Per loro non le ha fatte nessuno. Sapete perché queste affermazioni mi fanno soffrire tanto? Perché negano la lode al Creatore e sono prive di buon senso. Non c'è nessuna logica in quello che sostengono. Ragioniamo: se ci portassero a visitare una galleria d'arte dove i quadri rappresentano meravigliosi fiori colorati, paesaggi incantevoli, ritratti di persone e animali; chi di noi fantasticherebbe pensando che quei capolavori siano il risultato che il cieco caso ha dipinto su quelle tele bianche nel corso di milioni di anni? Chi affermasse un concetto simile sarebbe presto deriso! Nessuno mai si sognerebbe di credere in un'asserzione talmente folle e assurda! In ogni galleria d'arte, già prima di iniziare il nostro percorso di visita, la guida ci decanterà l'artefice delle opere esposte e prima di uscire da quella pinacoteca, ci ripeterà le grandi gesta del pittore, onorando iperbolicamente il lavoro dell'artista. Ora, su quanto è detto o fatto per onorare quell'artista non voglio discutere, però, questa maniera di vivere l'arte, dovrebbe suscitare in tutti noi almeno una domanda: "perché non fanno mai cenno al Creatore degli originali, dai quali l'artista ha tratto l'ispirazione?" Mi spiego meglio: quei fiori dipinti sono un'imitazione della realtà e non hanno neanche il dono del profumo; quei paesaggi sono anch'essi un'imitazione e non soffia neanche l'aria fresca del mattino e anche quegli animali sono un'imitazione che, però, non possono neanche muoversi o respirare, restano lì immobili per l'eternità. Eppure, mentre di tutta questa competente imitazione si decanta l'artefice, cosa ci sentiremo dire se dovessimo decantare anche chi ha fatto gli originali che l'artista ha ricopiato? Pensate che siano tutti felici di ascoltare una tale considerazione di fatto?»

«Questo esempio fatto è un'ottima delucidazione sull'argomento! Devo riconoscere che in questo caso chi parlerà dell'artista, che si limita a ricopiare gli originali, si mostrerà saggio, mentre chi parlerà del Creatore degli originali, risulterà essere come minimo un elemento insensato e credulone!» ammise con obiettività Fausto e Maria aggiunse: «Proprio così! Inoltre, mentre dell'artista scriveranno una biografia che incoraggerà i giovani a imitarlo, stia certo che non scriveranno mai nulla del Creatore degli originali! Ditemi: ritenete onesto questo comportamento irriverente? Dentro di voi, siete ancora certi di ritenere coscienziosamente giusto disconoscere il Creatore che ha fatto le cose dalle quali gli artisti attingono l'ispirazione? Non vi pare che questi cultori del sapere, nei loro documentari, libri e programmi televisivi, stiano continuamente tentando di trasmetterci l'insulsa idea che, mentre una semplice copia è realizzata sempre da un grande artista, l'originale, benché sia miliardi di volte più complesso, è comunque l'esito di una cieca casualità? Questa loro volontaria intenzione non vi sembra esageratamente ottusa? ditemi: siete proprio certi di trovare una logica in quello che vorrebbero inculcarci?»

I due amici sentendo l'efficace ragionevolezza espressa, ammutoliti, si guardarono in faccia, mentre la mamma, con il bambino in braccio, espresse una lode: «Signora Maria, che bella illustrazione! Basta pensare a quello che lei ha detto adesso e diventerà impossibile credere coscienziosamente al cieco caso evolutivo. Per quanto mi riguarda trovo questa illustrazione molto illuminante e bella. Grazie!»

«Grazie a lei per l'apprezzamento mostrato!»

Il signor Amedeo rivolto alla moglie, strizzando l'occhio esclamò: «Brava! Ben detto!»

Teoria dell'evoluzione e verità scientifiche

Lucio guardava fuori dal finestrino e l'incantevole paesaggio campestre che scorreva sotto i suoi occhi pareva che desse ragione ai due professori, poi trincerato nelle sue trballanti convinzioni, caparbio riprese il discorso: «Non penso però che basti il vostro ragionamento per far traballare la teoria dell'evoluzione».

Al che il professore fissò negli occhi Lucio e, dopo una breve pausa, disse: «Si ricordi bene che nei corsi di scienza non si spiega il principio della vita con prove a sostegno del cieco caso; perché non esistono. Piuttosto, nei corsi di scienza si dà unicamente risalto all'adattamento e alla sopravvivenza, ma se domandassimo: qual è l'origine stessa della vita? Nessuno scienziato saprebbe darci una risposta certa, nessuno si rivelerà capace di esprimere un concetto concreto o perlomeno affidabile. Ed è anche per questo che, per quanto mi riguarda, le teorie sull'evoluzione sono solo nozioni fumose per far quattrini, chiacchiere che inducono allo sfruttamento di persone incapaci di ragionare per proprio conto, perché disabituate a riflettere per giungere all'ovvia conclusione che, per quanto riguarda tutta la vita che ci circonda, non c'è altra spiegazione se non quella della creazione» poi, additando il bambino tra le braccia materne, il professore chiese: «Lo guardi, può essere ragionevole attribuire un tale capolavoro di progettazione di corpo vivente, al cieco caso?»

«Perché, siamo proprio sicuri che non potrebbe esserlo?» domandò Fausto a sostegno del proprio amico.

Allora il professore, con la sua singolare calma, guardò attento il volto dei due amici, prese fiato per supportare la pazienza necessaria che la circostanza richiedeva e con molta serenità rispose: «Sarebbe sufficiente riflettere sulla complessità del DNA che ritroviamo nelle nostre cellule, per capire che esiste un Creatore. E per spiegarmi meglio proverò a farvi ancora un esempio: se un archeologo vedesse un masso grezzo di roccia più o meno squadrato potrebbe attribuirne la forma al semplice caso, il che sarebbe anche ragionevole; se però, poco più in là, trovasse un altro masso di roccia e si trattasse di un marmo perfettamente scolpito riproducente nei minimi particolari il busto di una bella donna in tutte le sue forme, secondo voi, attribuirà anche questo capolavoro al cieco caso?»

Fausto a quel punto non perse occasione e simpaticamente rispose: «Sicuramente la logica gli dirà che qualcuno deve averla scolpita, però se è un archeologo un po' scemo, sicuramente attribuirà anche quella scultura al cieco caso».

«Bene, lei ha capito come definire alcuni scienziati che, di fronte al DNA, continuano a pensare che esso sia il semplice prodotto del cieco caso!»

Tutti si fecero una bella risata tranne Lucio che, aggrottato e pensieroso, molto preso dall'argomento, riprese Fausto e sbottò: «Smettila di scherzare che quest'argomento m'interessa sul serio».

«Dai» gli rispose con affetto l'amico «è questione di buon senso!»

«Infatti, com'è possibile che forze incontrollate abbiano prodotto qualcosa di così complesso come la cellula con il suo DNA?» continuò il professore e Lucio domandò: «Non può formarsi da solo questo benedetto DNA?»

Alla questione, il professore diede questa risposta: «Il biologo Leslie Orgel, nel 1950, ipotizzò che uno stretto parente del DNA, l'RNA, acido ribonucleico, esistesse già prima della vita. Secondo questo scienziato, i primi replicatori, cioè, i primi esseri fatti di pura informazione senza cellula, sarebbero stati di solo RNA ma, in seguito gli esperimenti dimostrarono che le molecole dell'RNA sono troppo complicate per rappresentare la vita al suo inizio e così fu ipotizzato che la vita si fosse formata nelle bolle di schiuma naturale presenti nelle lagune, perché secondo loro, quelle bolle erano avvolte da superfici simili a membrane cellulari che potevano scambiarsi molecole. Questa che ritengo essere una ridicola ipotesi, li portò a sostenere che le catene di aminoacidi, ottenute da questi presunti procedimenti casuali, potevano duplicarsi per poi formare il DNA e l'RNA. Però, quando provarono il procedimento in laboratorio, fu evidente che le bolle erano troppo fragili per reggere tali fantasiose trasformazioni. Allora si fece avanti il biologo Alexander Graham, sostenendo che probabilmente il merito non è da dare alle bolle ma a quei cristalli che sono in grado, nelle loro scanalature, di catturare molecole organiche. Secondo questo scienziato, quando i cristalli sono a strati, è perché copiano lo strato sottostante e funzionano come il DNA. Possono fare errori di copia, ma secondo Graham questi sbagli sono stati la causa che ha permesso di cambiare la vita in numerose specie diverse. Così, sempre secondo Graham, il messaggio di vita potrebbe essere passato dalle argille innescando il principio della vita che ci circonda.»

Al che, Fausto si mise a ridere e Lucio sgomitandolo: «E beh? Adesso che hai da ridere, perché stai ridendo?» e l'amico sghignazzando: «No, no; niente, e che seguendo quest'iter scientifico mi sono immaginato una scena ridicola.»

Al che il professore disse: «La descriva anche a noi, così ci facciamo tutti una bella risata».

«Ok» accettò Fausto «ho immaginato questi scienziati che,

prima ci raccontano che veniamo dall'RNA, poi dalle bolle presenti nelle lagune, poi dai cristalli, poi dall'argilla, e mi sono detto: Vuoi vedere che tra poco ci sentiremo dire che veniamo veramente da sotto il cavolo e che le consegne a domicilio le fa proprio la cicogna?»

Tutti nello scompartimento si misero a ridere ma Lucio restò serio e, guardando il professore, disse: «Io comunque, quando ho chiesto se il DNA non può formarsi da solo, parlavo seriamente!»

Il professore lo guardò per un attimo, poi con molta calma rispose: «Signor Lucio, la mia risposta era altrettanto seria. Le ho citato dichiarazioni fatte da veri scienziati ma, se adesso vuole anche una mia risposta concreta, le dico subito che una semplice molecola di DNA, essenziale per la comparsa della vita, non si formerà mai spontaneamente da sola. Che un evento simile accada ha una probabilità talmente remota che, tale riuscita, è considerata matematicamente impossibile. Se vogliamo dirlo con le parole dell'astronomo britannico Fred Hoyle, diremo: *Credere che la vita si sia formata per puro caso sulla Terra è come credere che, se gettassimo a caso due dadi, riusciremmo a fare cinquantamila volte consecutive 6*. Con queste chiare parole, alla possibilità che la vita si sviluppi casualmente per mezzo dell'evoluzione, Hoyle non dà nessuna probabilità. Vede, per formare il DNA, non servono miliardi di anni alla cieca casualità; piuttosto, ci vogliono grande sapienza e una miriade di reazioni chimiche che devono verificarsi in condizioni perfette, più che precise».

«Ok, magari la vita non ha avuto inizio da una cellula con DNA, forse avrà avuto inizio con una forma più "semplice", ad esempio con gli organismi unicellulari» brontolò Lucio rivolto al professore che disse: «Perché, lei è proprio convinto di ritenere che l'organismo unicellulare sia una forma di vita "semplice"? I procarioti sono batteri, microscopici organismi viventi unicellulari autotrofi in grado di respirare, vivere la propria sessualità riproduttiva e costruirsi un ambiente idoneo per vivere. Inoltre, hanno affinate capacità nel procurarsi il cibo, digerirlo, metabolizzando le sostanze e scartando i rifiuti, per poi eliminarli sotto forma di escrementi. Un'esistenza simile, è proprio sicuro di considerarla ancora un essere "semplice"?»

«Ho definito gli organismi unicellulari forme di vita semplice perché è così che li definiscono gli scienziati.»

«La capisco, comunque, adesso che ha le idee più chiare, torniamo alle cellule eucariote che sono ancora più complesse e proviamo a riflettere insieme su questo tipo di cellule che compongono il nostro corpo. Cerchiamo di ragionare con questo esempio: se in questo viaggio dovessimo scendere in una località dove sorge una città protetta da mura fortificate e invalicabili, fornita di elettricità che genera energia per tutto il complesso abitativo, fabbriche che producono proteine, una rete complessa di import-export efficiente nel trasporto, una frontiera formata da sentinelle deste e vigili, con una dogana per controllare bene tutto ciò che entra e ciò che esce da questa città, dove tutti gli abitanti sono ordinati e ligi al proprio dovere, ubbidienti nel seguire le disposizioni di un'autorità centrale capace di governare mantenendo un ordine efficiente in tutto e per tutto, ci verrebbe mai in mente di pensare che tutto ciò che abbiamo sotto gli occhi si sia formato da solo, dal nulla, per un puro caso e senza scopo?»

«Se ciò che vedo è quanto lei dice, la risposta mi sembra scontata, non penserei mai che quanto vedo si sia formato da solo, dal nulla e soprattutto senza scopo.»

«Lo sa che se dovessimo descrivere le nostre cellule, per rendere a tutti comprensibile la loro forma e il loro operato, sarebbero tutte raffigurate come la città che le ho descritto? E poi lo sa che il nostro corpo è formato non da una, ma da oltre 100.000 miliardi di queste città, ognuna atta a svolgere un compito ben preciso e per uno scopo ben definito? In più, dagli esperimenti di enucleazione, ossia, togliendo il DNA come governo dei suoi geni, il popolo di questa città è risultato essere così ben addestrato che ha proseguito nel percorso delle sue attività anche senza governo per mesi. Sfido qualunque altro popolo che, senza governo, sappia continuare il proprio lavoro nei compiti assegnati mantenendo diligentemente la città ordinata.»

«Riflettendo su questi particolari, tutto ha dell'incredibile!» ammise Lucio e Fausto aggiunse: «Devo convenire che la sua illustrazione, professor Mesiti, rende chiaro a cosa dobbiamo pensare quando prendiamo in esame una cellula.»

«Trovo piacevole parlare con gente ben disposta a ragionare con la propria testa e non più con quella degli altri. Vedete, il nesso e l'ordine, tra tutte le cose animate e inanimate, permette di conoscere la verità avvalendosi della semplice intelligenza. Non serve una laurea per capire che la teoria dell'evoluzione è una grande menzogna. Non scordate mai quanto vi dico adesso: *la teoria dell'evoluzione si basa su un dialettico che parte sempre da una premessa probabile e quindi, porterà sempre a una conclusione probabile*. D'altro canto, invece, la vera scienza parte sempre da una premessa verificata e accertata, perciò, porterà sempre a una conclusione garantita e vera. Nessuna scienza può provare che dal nulla si formerà mai qualcosa. La scienza può insegnare nozioni riguardanti esclusivamente adattamenti e sopravvivenze dei soggetti esaminati, ma mai potrà dimostrarci come ha avuto inizio l'esistenza di quei soggetti se non accettando il principio di una sapiente creazione.»

Giacché i due amici annuivano concordi, il professor Mesiti aggiunse: «Vedete, i falsi insegnamenti ci hanno distolto dalla genuinità della logica. Il risultato è evidente nelle conclusioni tratte da quel tipo di persone che spesso si ritengono anche intelligenti. Vi faccio un esempio: quando si osserva una macchina fotografica, tutti diamo per scontato che deve essere stata l'opera di un progettista geniale, ma quanti traggono le stesse conclusioni quando osservano l'occhio umano? La gente che si ritiene intelligente a prescindere, giacché ha una laurea, riterrebbe sciocco dubitare del progettista della macchina fotografica, ma al contempo è propensa a dubitare del progettista dell'occhio, organo visivo che è miliardi di volte più complesso di una semplice macchina fotografica. Una logica simile non la ritenete priva di senso? Se dubitare del progettista della macchina fotografica è demenziale, non dovrebbe ritenersi altrettanto demente chi dubitasse dell'esistenza del progettista dell'occhio?»

«In effetti, il ragionamento fila» risposero i due amici annuendo e il professore con altri esempi incalzò: «Anche quando si ascolta la radio, nessuno dubita del progettista di quella emittente, perché allora dovremmo farlo sul progettista dell'orecchio? Cos'è più complesso un apparato radiofonico o un apparato uditivo di carne connesso al cervello? E questo ragionamento lo potremmo fare non solo per l'occhio e l'orecchio ma anche per tutti gli organi del corpo. Non vi pare?»

Fausto pensieroso si guardò intorno e disse: «In effetti, noi riconosciamo che nessuna delle cose che ci circonda è venuta dal caso e, benché tutti questi oggetti non abbiano vita in sé, poiché è semplice materia elaborata per un unico fine specifico, tutti, senza porci mai un dubbio, riconosciamo che questi manufatti hanno avuto un ideatore e creatore. D'altro canto però, quando osserviamo ciò che vive, molti di noi dubitano dell'esistenza di un Creatore. Ragionandoci, devo ammettere che questa deduzione è priva di saggezza, ridicola e insensata, direi anche insulsa e disonesta, perché vista bene, quando riflettiamo liberi da condizionamenti, riconosciamo che se questi oggetti hanno un creatore, tanto più dovrebbero averlo i complessi ed efficienti corpi che respirano».

«Bravo Signor Fausto, questa è una riflessione intelligente!» osservò il professore Amedeo mostrandogli a pugno chiuso il pollice alzato per esprimere, con un gesto, un enfatico ok.

Considerando che queste parole erano confermate da un professore di scienze, Lucio, spiazzato rispetto alle sue precedenti convinzioni e confuso da quanto percepiva, si mostrava sempre più interessato ad approfondire l'argomento. Fausto, sgomitando Lucio, con espressione compiaciuta per quanto avevano sentito, sottovoce asserì: «Vedi, questo tipo mi piace veramente, uno scienziato che sa il fatto suo, semplice e sincero!»

Lucio, guardando il bambino, si espresse con tenerezza: «Si direbbe che anche lui sia d'accordo con quanto detto dal dottor Mesiti, guardate che bel faccino sereno e soddisfatto!»

Tutti sorrisero, anche Lucio, da parte sua, accennò un sorriso contenuto e poi aggiunse: «Bene, allora, visto che il viaggio è lungo e che non capita a tutti i viaggiatori di incontrare uno scienziato così preparato e schietto, che ne dite di chiedere al professor Amedeo, sempre se ne ha voglia, di dirci qual è secondo lui l'origine della vita?»

Al termine di queste parole, tutti ammutoliti, con occhi assetati di verità, fissarono il professore. Lo scienziato non ebbe il coraggio di dissentire, quei visi rivelavano un grande desiderio di sapere per pervenire alla conoscenza delle verità appurate dalla scienza. Così dopo una breve pausa, esordì: «Inizio col dirvi che la vita non è soltanto una combinazione di sostanze chimiche; si basa piuttosto su un tipo d'informazione estremamente complessa, codificata proprio nel DNA. Perciò, quando articoliamo parole sull'origine della vita, ci pronunciamo anche sull'origine dell'informazione biologica perfetta. Il buon senso ci dice che quando osserviamo qualcosa di complesso e perfetto, diviene nulla l'idea di un'origine cieca e casuale. Quel qualcosa è certamente frutto di un Artefice intelligente che ci vede benissimo. Siete d'accordo?»

«Sì!» affermarono concordi gli astanti.

«Adesso» proseguì il professore «la domanda che sorge

spontanea è: giacché il DNA è informazione perfetta, da dove ha origine la sua perfetta informazione? Dalla semplice materia? La risposta è no! Perché, come non basta avere il cervello come materia per essere intelligenti, ma bisogna assimilare le informazioni che possono renderci saggi, similmente l'informazione contenuta nel DNA, non essendo un'entità materiale evoluta ma un'entità intellettuale sempre presente, deve aver ricevuto da qualcuno i dati che contiene.»

«Il ragionamento è logico!» esclamò Fausto e il professore aggiunse: «Per quanto ne sappiamo, il DNA non può nascere dal cieco caso, ma solo dall'intelligenza. Pertanto, stando a questo fatto, può esistere una qualsiasi evoluzione? La risposta è no! La sapienza non si sviluppa proporzionalmente dalla semplice materia inanimata. Questo ci costringe obbligatoriamente a riconoscere che l'intelligenza manifesta nel DNA è stata immessa da una sorgente più intelligente e, vista la complessa sapienza contenuta, dovremmo pensare a una formidabile entità onnisapiente. Siete d'accordo?»

Tutti i presenti annuirono e lo scienziato: «Bene, basta già questo ragionamento per capire che non è saggio credere all'evoluzione».

Rimasero tutti come ammutoliti per la coerenza espressa da tale logica. Poi il solito Fausto, spumeggiante come un bimbo curioso, disse: «Mi piace tantissimo come spiega, lei rende semplice ciò che sembra essere complicato, è bellissima questa cosa, tutti i professori dovrebbero avere questa capacità! Ha voglia di continuare a darci altre informazioni?»

Il professore, rivivendo in un certo senso le sue esperienze passate, sentendosi come di fronte ad una scolaresca, si rivide nuovamente in cattedra, come ai suoi vecchi tempi. Con grande serenità e con tono da docente proseguì: «Cercherò di dirvi qualcos'altro. DNA, sembrano tre semplici lettere di una sigla facilmente pronunciabile, ma in realtà è l'acido desossiribonucleico, una sostanza che trasmette l'informazione genetica presente nei cromosomi del nucleo di tutte le cellule dei viventi, sia animali che vegetali. Il DNA ha ancora molti segreti da svelare, ogni studio rivela in esso una nuova complessità, ma da quanto sappiamo, è certo che il DNA è l'unità strutturale di base della materia vivente per vivere e riprodursi, la molecola in cui risiedono tutte le informazioni necessarie alla cellula. Nel suo nucleo sono contenute informazioni per la realizzazione di un nuovo organismo e, per capirci con un linguaggio semplice, è paragonabile a un libretto d'istruzioni perfetto. Per spiegarmi meglio faremo insieme una riflessione: è plausibile, secondo voi, che informazioni complesse come quelle racchiuse in un cellulare, in un computer, parlo di software e microchip, siano tutte il prodotto di un insieme di eventi casuali?»

Nel silenzio creatosi si sentì la voce di Fausto che, con gli occhi posati sul suo cellulare, disse: «No, no, certo che no! Se la casualità avesse prodotto il mio cellulare, di sicuro non l'avrei pagato 400 euro».

Il professore sorridendo proseguì: «Quindi, siete d'accordo con me che dagli eventi casuali non possono essere prodotte cose così ingegnose! Giusto?»

Tutti annuirono in rispettoso silenzio.

«Eppure» continuò il professore «sul piano della complessità e dell'efficienza, nessuna di queste cose può reggere nemmeno lontanamente il paragone con l'informazione immagazzinata nel codice genetico degli organismi viventi.»

Il solito schietto Fausto aggiunse: «Perdonate i miei limiti, vorrei capire meglio quest'aspetto, potrebbe rispiegarlo?»

Il professore, dopo la sua solita breve pausa di riflessione, rispose: «Allora, cercherò di spiegarmi meglio! Tutte le informazioni che hanno permesso lo sviluppo del nostro organismo sono racchiuse in corpuscoli visibili solo al microscopio. Come ho già detto, il DNA è come un libretto che contiene precise istruzioni per creare forme di vita intelligenti e altrettanto perfette in uno spazio microscopico. Il nucleo ha un diametro medio di circa cinque millesimi di millimetro. Forse vi domanderete: "quanti dati possono essere racchiusi in un puntino microscopico?" Bene, allora pensate a questo: se le unità fondamentali, chiamati nucleotidi, fossero convertite in lettere dell'alfabeto, occuperebbero un'enciclopedia con più di un milione di pagine».

«Porca miseria! È un'enormità!» esclamò sbalordito Fausto e il professore puntualizzò: «Sia schietto: lei sapendo questo direbbe ancora che questa perfetta genialità è frutto del cieco caso?»

«Non avrei il coraggio di fare un'affermazione così folle!»

«Proprio così!» esclamò il professore schioccando le dita, poi, fissando Fausto negli occhi, gli chiese: «Se lei s'imbattesse in un manuale tecnico specialistico di un milione di pagine, che utilizza una terminologia precisa ed elegantemente perfetta, e se notasse che il tutto è talmente piccolo da essere leggibile solo con un potentissimo microscopio, riuscirebbe a concludere che, in qualche modo, questo strabiliante manuale si sia scritto da solo?»

Senza esitare Fausto affermò: «Sarei un pazzo a fare una tale supposizione!»

«Molto bene, adesso lei sa come definire tutti gli aderenti alle teorie dell'evoluzione che sostengono l'assurda supposizione del cieco caso!»

Tutti furono colpiti da quella logica e si rivelarono concordi nell'asserire che un libro del genere non potrebbe mai essere il frutto della cieca casualità. Durante la loro dissertazione fu ampiamente spiegato che gli organismi viventi posseggono il sistema d'informazioni perfetto più compatto che si conosca al mondo. Così il professore aggiunse: «In più, la molecola del DNA è capace di replicarsi, di fare una copia esatta di se stessa, contiene miliardi di elementi con precise istruzioni per fabbricare una macchina intelligente in grado di autoripararsi e riprodursi. Permette la trasmissione del proprio patrimonio genetico alle cellule figlie e determina anche le caratteristiche di tutti gli esseri viventi, rivelandosi responsabile delle differenze e delle somiglianze tra essi».

Dinanzi all'evidente stupore dei presenti, il professor Mesiti, benché contrario al concetto che le mutazioni cambino i viventi in nuove specie, si mostrò d'accordo con la microevoluzione biologica che permette anche l'adeguamento all'ambiente di vita. Fece l'esempio d'insetti che attaccati chimicamente dal nocivo DDT, in seguito all'uso, col tempo si adeguarono aumentando la loro resistenza al prodotto. In questo caso, ci tenne comunque a evidenziare che quegli insetti restarono comunque insetti, proprio come un gracile individuo, intraprendendo un'attività culturistica per fortificare il proprio organismo, rimane uomo.

«Noteremo che resisterà più a lungo alle continue fatiche quotidiane, ci sembrerà diverso nel suo aspetto, più muscoloso, però, benché adesso con tutta quella massa possa sembrarci cambiato, di fatto, è ancora un essere umano.»

Il professore si mostrò d'accordo che, come la biogeografia rivela, le specie possono adattarsi in numerose razze viventi, come la Falena Biston Betularia che, prima dell'inquinamento nella zona industriale della città di Manchester era chiara, poi, per mimetizzarsi meglio tra il grigiore dello smog, divenne più scura, restando sempre e comunque una farfalla. Il professore spiegò che lo spirito di adattamento porta gli esseri viventi a essere ciò che sono e a trovarsi dove sono a causa di libere scelte o per eventi verificatisi nel corso del tempo. Pose l'accento anche sul fatto che, grazie al proprio patrimonio genetico, ogni specie ha in sé la facoltà di diramarsi in nuove razze senza mai distaccarsi dalla propria specie o ceppo di appartenenza, e mise in luce come il fattore "essere ibrido" lo confermi. Perciò, asserì di essere anche concretamente contrario a chi sostiene che la macroevoluzione muta la specie fino a crearne delle nuove.

«Devo ammettere che, appellandosi alla logica, potrebbe bastare la coerenza di questi fatti per confezionare una conclusione specifica sull'esistenza di un Creatore intelligente!» Poi voltatosi verso il professore, Lucio fece una brevissima pausa e molto serio domandò: «Dottor Mesiti, è solo lei con qualcun'altro a non credere nella teoria dell'evoluzione o come lei ci sono tanti scienziati?»

«Beh, come vi ho già detto non sono il solo che, riscontrando una tale perfezione nella natura, sia portato a credere a un progetto ideato da un'intelligenza superiore. Per esempio, il biologo molecolare Michael Denton è giunto alla conclusione che la teoria dell'evoluzione somiglia più a un principio di astrologia medievale che a una seria teoria scientifica. Denton è stato uno scienziato che ha definito con coraggio l'evoluzione darwiniana una delle leggende più grandi dei nostri tempi.»

Fausto, pronto col suo palmare collegato a internet, aveva già digitato il nome dello scienziato e dando soddisfazione al professore disse: «Trovato! Questa dichiarazione sembra essere nel suo libro A Theory In Crisis del 1985».

«Lo sa che sono veramente contento di averla incontrata?» disse Lucio rivolto al professore «ha voglia di dirci ancora qualcosa riguardo alle ricerche che voi scienziati fate, per appurare la verità sull'origine della vita?»

«Perché no! Tanto da questo scompartimento non possiamo uscire, il parlare ci aiuta a far passare il tempo. Se poi si parla di cose interessanti, di sicuro il tempo non sarà sprecato!»

Sentendo queste parole Lucio volle precisare: «Altro che! Queste sono cose veramente interessanti, perché sto pensando che farà una grande differenza, nel corso della nostra esistenza, sapere se siamo stati creati o se veniamo dal nulla. Perché, se venissimo dal nulla, non dovremmo rendere conto a nessuno delle nostre azioni e decisioni. Essendoci evoluti dagli animali, saremmo come bestie e come tali anche scusabili in determinate bestialità crudeli».

«E se mi permette» si reinserì nel discorso la signora Maria «probabilmente il mondo è sempre più crudele perché, sin da piccoli, anche a scuola, ci inculcano l'idea che tutto sommato siamo soltanto bestie selvagge un po' evolute. Crescendo in questa convinzione, siamo portati a perdere quel senso armonico di amore e pace che dovrebbe essere prerogativa umana.»

«Però» obiettò Fausto «se siamo stati creati, deve essere interessante capire chi è stato l'artefice, un po' come farebbe un orfano che, divenuto adulto, cercasse i suoi genitori per conoscere le sue origini.»

Lucio aggiunse: «Vorremo tutti capire per quale scopo ci fa vivere così e, visto le cose come vanno, che propositi ha. Se ha intenzione di aiutarci a vivere un po' meglio oppure no! Credo che da quanto abbiamo appreso, il discutibile processo evolutivo abbia enormi implicazioni per tutti».

«Sicuramente!» affermò il professore «sia se credessimo al cieco caso che alla creazione! Quanto crederemo, influirà seriamente sul senso che daremo alla nostra esistenza!»

La mamma che aveva finito di allattare, guardando il suo bambino dormire, disse: «Io spero tanto che esista un Dio, non solo per il futuro e la pace di mio figlio, ma anche per tutti quei bambini che continuano a subire le angherie dei grandi incoscienti, crudeli e malvagi che ci sono in questo mondo! Con un Creatore, come Padre amorevole, dovremmo aspettarci un sostegno che potrebbe aiutarci nei casi di bisogno».

«In effetti, senza Dio» sottolineò Fausto «sarebbe come ritrovarsi sempre soli, senza mai nessuno che possa darci una mano, abbandonati in queste condizioni! Il nostro futuro sarebbe per sempre nelle mani delle avide multinazionali, nei piani subdoli di esponenti del mondo intellettuale, di leader politici spietati che, quando sono anche fanatici, si rendono capaci di portare l'umanità verso l'autodistruzione, e giudicando da come sono andate le cose finora, la società umana continuerebbe a essere nel caos piagata da continue guerre e corruzione.»

«Comunque» volle precisare il professor Amedeo «non è che adesso dobbiamo credere in un Creatore perché a conti fatti è più vantaggioso che credere all'evoluzione. Noi dobbiamo credere in Dio perché, mentre l'evoluzione è una menzogna che si diffonde attraverso teorie insensate, la creazione resta un fatto che rimane rivelato dalla sperimentazione scientifica e dalle evidenze che ritroviamo intorno a noi, in noi e dentro ad ogni altra forma che respira.»

«Il filosofo Blaise Pascal non aveva tutti i torti quando scrisse: *Valutiamo questi due casi: se vincete, vincete tutto, se perdete non perdete nulla. Scommettete, dunque, che Dio esiste e fatelo senza esitare.*» Alle parole della giovane mamma il professor Amedeo sorridendo rispose: «Mi piace molto questo Pascal! doveva essere un individuo molto perspicace. Lo ascolti e scommetta anche lei».

Si fece un attimo d'imbarazzante silenzio, poi Lucio disse: «Però, vorrei dire al professore che, se io credo all'evoluzione, un po' è dovuto alle religioni che spesso mi hanno deluso, e un po' è anche perché, nel tempo, ho sempre sentito parlare di scienziati che dichiarano di aver trovato il nostro primogenitore simile a uno scimpanzé. In più ricordo che, quando compravo i libri di scuola ai miei figli, c'erano chiare illustrazioni di uomini della preistoria simili a scimmie con la nota in calce che diceva: "Ecco com'era l'uomo milioni di anni fa". Ora con quello che lei dice, penso che sia comprensibile che mi sorgano dei dubbi. Vi assicuro che ricordo molto bene, la didascalia non diceva: "probabilmente era così l'uomo milioni di anni fa", ma, affermava: "Ecco com'era l'uomo milioni di anni fa". Lei, professore, cosa pensa di queste dichiarazioni scritte sui libri scolastici?»

«Signor Lucio, la capisco, e non sono assolutamente d'accordo con questi sedicenti scienziati che citano frasi affermative parlando di una teoria, lo ritengo inconcepibile.»

«Da quanto ha detto, non dovremmo credere negli uomini scimmia, vero?» domandò Fausto al professore che incalzando rispose: «Signori, c'è qualche prova concreta che fossero antenati dell'uomo? No, voglio essere schietto con voi, certe notizie sono vere e proprie fanfaluche gettate al vento. Sono soltanto speculazioni illusorie, dettate dal forte desiderio di dar credito a ciò che è falso. Sia chiaro quanto dico: la teoria dell'evoluzione è fondata su demenziali menzogne! Nessun reale stadio di transizione è mai stato trovato, e sapete perché? Perché non esistono tracce di anelli consequenziali di antenati primitivi animaleschi che portino all'uomo come lo conosciamo noi.»

Lucio si grattò la testa e interdetto domandò: «Mi scusi e allora su cosa si basano tutti questi disegni che raffigurano gli uomini scimmia?»

«Si ricordi che nella mente umana risiedono molte idee fasulle, immaginazioni e fantasie irreali cui non corrisponde nessuna entità realmente esistita.»

«Perché fa questa affermazione?»

«Perché abbiamo disegni del centauro, dei fauni, dell'unicorno, del drago che sputa fuoco, ma chi crede a queste opere fantasiose? Chi crede che ci siano mai stati uomini col corpo da cavallo o da capra? oppure chi crede a cavalli col corno o cavalli con ali che volano o a draghi che sputano fuoco?»

«Ho capito! Come l'uomo nel passato viaggiava di fantasia nel produrre questi disegni anche oggi chi riproduce una scimmia che si trasforma in uomo vaga con la sua immaginazione. Pertanto possiamo dedurre che questi disegni siano il risultato di una fantasia ingannevole?»

«Certo che è fantasia! È immaginazione pura, sono disegni inventati di sana pianta. Proviamo a ragionare insieme per un istante: anche se fosse, può l'artista che sviluppa questo disegno sapere realmente com'era un eventuale ominide estinto?

La risposta è no! Perché se si è estinto da milioni di anni, chi l'ha mai visto per poter disegnare il suo aspetto? Nessuno ha mai visto in vita un presunto ominide per disegnare accuratamente le sue sembianza reali. Tanto più, quando tuttora non si sono trovati fossili reali che dimostrino l'esistenza certa di uno scimmione mutante fino a divenire uomo. Non esiste un solo attendibile anello di congiunzione con l'uomo, nessun fossile è attestante il mutamento da una scimmia all'uomo.»

La giovane mamma, sporgendosi in avanti, rivolgendosi timidamente alla moglie del professore sussurrò: «Suo marito sta dicendo che tutto quello che ho studiato nei libri di scuola e anche in quelli universitari, sull'evoluzione dell'uomo, sono tutte menzogne?»

La Signora Maria avvicinatasi verso la timida signora, bisbigliò: «Purtroppo, per sostenere una finta verità bisogna saper mentire, ossia, si deve dare all'argomento l'aspetto di verità, anche se la sostanza è una mera falsità. Alcuni scienziati incoscienti e senza scrupoli, avvalendosi del proprio ruolo, spesso hanno raccontato tante bugie... e non è un caso che i bugiardi siano esaltati!» poi strizzandole l'occhio si riaccomodò e voltatasi verso il marito con lo sguardo, lo invitò a proseguire.

«Piltdown» domandò il professore «vi dice nulla?»

«Mai sentito!» rispose per primo Fausto.

«Sapete perché non avete mai sentito parlare di Piltdown?»

«Perché?»

«Perché ai bugiardi non conviene che si conosca la verità.»

«Cioè? Di che verità sta parlando?»

«Vedete, sapere di Piltdown significa comprendere con chi si ha veramente a che fare quando ci troviamo a parlare con ciarlatani sostenitori di mutazioni che, sapendo di mentire, raccontano dell'ipotetico scimmione divenuto essere umano in milioni di anni. Avete presente quel disegno con fotogrammi consequenziali che parte dalla scimmia e diventa uomo?»

«Sì!»

«Bene! Il caso Piltdown ci aiuterà a capire meglio come stanno realmente i fatti; smascherando in maniera risoluta tutti i fanfaroni che professano l'evoluzione.»

Lucio incuriositosi volle sapere di più su Piltdown e invitò il professore ad esprimersi sull'argomento.

«Dovete sapere che nel 1912 gli scienziati, che sostenevano l'evoluzione, dissero di aver rinvenuto in Inghilterra il più antico anello mancante dell'uomo. Era proprio quello che chiamarono Piltdown. Presentarono un teschio dai tratti fantasiosi, ricostruito nelle sue parti mancanti col gesso. Le uniche ossa erano un pezzo di cranio umano frammentato, più altri frammenti di mandibola di un orango. Pensate: nessuno si era accorto dell'imbroglio. Influenzati da quanto sosteneva Darwin e fidandosi degli scienziati, tutti ci credettero per più di quarant'anni. Fu acclamato: "la dimostrazione inequivocabile della discendenza dell'uomo dalla scimmia". Fu tenuto in mostra al museo delle scienze di Londra, fu elogiata la teoria di Darwin, furono stampati libri scolastici con la raffigurazione di uno scimmione, che tramite immagini consequenziali, migliorava, fino a divenire un vero gentleman; poi nel 1953, esaminando la mascella al microscopio, si scoprì, che aveva denti furbescamente limati ad arte, allo scopo di dar loro un'apparenza umana. Mentre il cranio e la mascella, per farli sembrare antichi, erano stati tinti con bicromato e ferro.»

«Non ci posso credere!» esclamò Lucio con un'espressione un po' scioccata e il professore aggiunse: «Non vi sembra strano che quasi nessuno sappia che quell'uomo-scimmia era un bluff? È mai possibile che solo poche persone abbiano udito che quanto ci hanno fatto passare per verità è in realtà una vergognosa menzogna divulgata da rispettabili uomini di scienza?»

Fausto sempre pronto su Internet, aveva già digitato il nome Piltdown, e lesse: «*Con uomo di Piltdown ci si riferisce a una famosa truffa paleontologica, riguardante un falso ritrova-*

mento di resti fossili, spacciati come appartenenti a una specie di ominide». Al che, Lucio sbottò: «Ma roba da matti, che farabutti!»

«Vero, loro furono dei farabutti, ma la gente fu molto credulona» continuò Amedeo «l'ingenuità delle persone sta anche nel fatto di non capire che non basta un anello per formare una catena mutante. Servono decine se non centinaia, migliaia o milioni di passaggi perché si confermi un mutamento. Mi spiego meglio, se mi raccontano che la giraffa ha il collo lungo perché sul prato non c'era più l'erba e doveva mangiare le foglie degli alberi, mi aspetto che mi trovino un fossile di giraffa con il collo da pecora, un'altra, se non con le vertebre più grandi almeno con una vertebra in più per formare un collo un tantino più lungo della precedente giraffa, e poi, un'altra ancora con una vertebra in più e poi un'altra ancora, e poi un'altra ancora, e poi un'altra ancora, fino ad arrivare al collo attuale della giraffa. Ma, se questi ciarlatani non mi trovano neanche un collo più corto dell'attuale, mi dite voi con quale cognizione di causa dovremmo credere a quello che sostengono? Non convenite che soltanto un credulone può decidere di credere a quello che dicono? Un essere raziocinante, non crede alla prima cosa che sente dire, piuttosto una persona intelligente cerca di riflettere per capire quanto c'è di vero in quello che si dice. Non vi pare?»

Tutti annuirono, dopodiché Fausto disse: «Perciò, quando trovano un ominide che secondo loro porta all'uomo dovremmo chiederci: dove sono i mutanti che da questo esemplare ancestrale si sono poi trasformati fino a divenire uomini?»

«Questa sì che è una domanda saggia!» esclamò soddisfatto il dottor Mesiti.

Ragionandoci Lucio affermò: «Lei ha pienamente ragione! Comunque, scommetto che quando furono scoperti nei loro ragiri, questi scienziati fecero proprio una figura da miserabili millantatori!»

«Direi una figuraccia» dichiarò il professore «una pessima figura che comunque rese per più di quarant'anni fama e fior di quattrini a scienziati senza scrupoli che funsero da guida nelle ricerche scolastiche, presiedettero conferenze e scrissero libri che oggi si rivelano completamente fasulli».

Tutti restarono scossi e il silenzio che si venne a creare fu infranto dal professore che aggiunse: «Piltdown fu, a tutti gli effetti, una vergognosa soperchieria dolosa che, in quattro decenni, provocò un danno immane nell'ambito dell'istruzione, incanalando i giovani studenti del secolo trascorso ad alienarsi dalla fede in un Dio Creatore, con conseguenti danni alla società che cominciò a violare deliberatamente le basilari regole morali, attuando la legge della giungla, ritenuta appartenente alle proprie origini. Ricordatevi bene che tra il 1912 e il 1953 furono combattute due guerre mondiali che diedero inizio a crudeltà bestiali, purtroppo ancora oggi perpetrate».

«Beh, dobbiamo riconoscere comunque che le guerre ci sono sempre state!»

«Certamente signor Lucio! E come se lei mi stesse precisando che ha sempre piovuto, il fatto è che non le sto parlando della naturale pioggia che cade, cui siamo abituati, io le parlo di disastri mondiali provocati da tempeste d'acqua. Per capirci, guerre se ne sono sempre combattute, ma quando mai è capitato di usare corpi umani per produrre sapone e che, proprio secondo il principio dell'evoluzione, razze ritenute più deboli o inferiori venissero considerate inadatte al tessuto sociale e radunate come bestie, in campi di concentramento, per lo sterminio di massa? Quando mai, usando due sole bombe, si è riusciti a ottenere il risultato di disintegrare all'istante milioni di persone, senza distinzione tra buoni e cattivi o tra soldati e civili, incenerendo tutti senza scampo, compresi donne e bambini? Che dire poi delle armi convenzionali usate nei combattimenti? Fu usata la mitragliatrice, soprannominata, regina dei campi di battaglia, un'arma micidiale. Quella tedesca sparava dieci colpi al secondo e falciava gli esseri umani bucandoli come semplici biglietti da annullare. Quando dico, *non si tratta più di semplice pioggia*, le sto descrivendo un'alluvione che non lascia più scampo a nessuno!»

«La sua è un'osservazione che fa riflettere! Considerando come si vive adesso» riconobbe Lucio «la legge morale, in effetti, è stata rimpiazzata dalla legge della giungla!»

Il professore aggiunse: «Un'attenta riflessione mi porta anche a sostenere che la questione Piltdown non fu una semplice contraffazione scientifica ma un'idea mefistofelica che, purtroppo, viene ancora oggi inculcata continuando a riportare nei libri di scuola immagini di scimmioni che divengono uomini, dandoci l'idea che siamo bestie, trasmettendoci l'insegnamento subliminale che, se ci comportiamo selvaggiamente è soltanto perché fa parte delle nostre origini. Pensate, benché non ci sia un minimo di verità a sostegno del fatto che siamo discesi dalle bestie, ancora oggi s'insegna tutta questa mistificazione diabolica. Non lo trovate assurdo questo fatto?»

«Fa pensare tanto quello che lei sta sostenendo» commentò Fausto e poi, come se volesse tranquillizzare il dottor Amedeo che nel descrivere quelle crudeltà manifestò molta amarezza, aggiunse: «Ci può comunque consolare il fatto che scienziati menzogneri e fasulli, come quelli del caso Piltdown, prima o poi, sono smascherati».

«Sì! Meno male che la verità prevale sempre, è solo questione di tempo, anche se, purtroppo, raramente essa riprende il posto che le spetta» precisò la signora Maria.

Sembrava che apprendere queste nuove informazioni, con una prospettiva più reale dei fatti, lasciasse tutti senza parole. Ma Lucio, che fino a quel giorno aveva abbracciato la teoria dell'evoluzione, non volle arrendersi all'idea di un Creatore, e così, di getto, disse: «Visto che non veniamo dalle scimmie, allora forse veniamo dallo spazio, cioè ci siamo formati nello spazio e poi siamo stati portati qua... ehm... mi rendo conto che sto dicendo proprio una grande fesseria, devo ammettere che, pensando di venire da un posto così lontano, sto soltanto spostando il problema dalla Terra al Cielo».

«Dice bene!» esclamò il professore che spiegò: «Se è impossibile creare la vita dal nulla qui sulla Terra, che è un luogo ideale per la vita, immaginiamoci renderlo possibile nello spazio!»

«Mi sono reso subito conto che stavo dicendo una stupidaggine anche se queste ipotesi, comunque, sono qualcosa che aleggia nell'aria, molti ne parlano.»

«Ne parlano, perché pochi sanno che questa idea è stata sviluppata da un'altra frode scientifica. Nei miei anni di studio ho compreso che vi è qualcosa di subdolo nella cosiddetta scienza dell'evoluzione. Si riescono ad ottenere enormi profitti con congetture che partono da un insignificante e misero fatto reale e poco importa di quanta falsità inventata vi ruoterà attorno. L'idea di non appartenere a nessuno piace un po' a tutti, e se questa idea ci permettesse anche di non dover rendere conto a nessuno, ben venga!»

«Uhm! Mi sa che ha proprio ragione!»

«Però, quando si riteneva che esseri viventi semplici come mosche, scarafaggi, vermi e simili, potevano generarsi spontaneamente dagli escrementi, dalla polvere e dal fango, il serio scienziato Louis Pasteur dimostrò che la vita non può venire dal nulla, ma soltanto da altra vita. Pasteur demolì, definitivamente e per sempre, la teorica idea della generazione spontanea della vita che, fino a quel tempo, fortificava la teoria dell'evoluzione. Pensate che già prima di Darwin, un medico di nome Jan Baptiste Van Helmont, intorno al 1600, divulgò la personale convinzione che anche il sudore umano potesse originare la vita: annunciò la nascita d'insetti e persino di topi da camicie sporche. Mostrava alla gente che dal letame, dal formaggio, dalla carne avariata, nascevano spontaneamente muffe, vermi e mosche. Le persone sono facilmente influenzabili, soprattutto quando a parlare è un'autorità, come in questo caso, un medico. Inoltre, l'ignoranza fa da terreno fertile per le stupidaggini, benché Francesco Redi dimostrasse che le mosche non si generano spontaneamente dagli escrementi, le assurde affermazioni di Van Helmont vennero rafforzate nel 1700 dagli esperimenti del naturalista Anthony Van Leeuwenhoek che, a prova della generazione spontanea, con un rudimentale microscopio fece notare quelli che per lui erano i germi della vita, ossia creature microscopiche come i batteri. Ma grazie a Pasteur, nel 1864, fu dimostrato e confermato che la vita non può nascere da ciò che ne è priva.»

«Ah sì! Ricordo la sua convincente dimostrazione! Portò all'ebollizione liquidi nutritivi sigillati che restarono limpidi, senza microrganismi. Poi, rompendo il collo ritorto delle sue sigillate provette, dopo poche ore, la soluzione si riempiva nuovamente di microrganismi provenienti dall'esterno e questo esperimento dimostrò che gli esseri viventi potevano avere origine solo da altri esseri viventi.»

«Bravo signor Lucio più o meno le cose sono andate proprio così e comunque questo pensiero, come potete immaginare, mandò nel panico gli evoluzionisti che, con le sole teorie raffrontate ai fatti, non potevano più sostenere la ridicola convinzione che la vita venisse spontaneamente da sola. A questo punto, tutti gli evoluzionisti avrebbero dovuto tirare i remi in barca e ammettere la loro sconfitta, ritornando tutti umilmente a riconoscere un Creatore, cosa difficile da fare per esaltati e libertini. Così, diciamo: "per pura combinazione", cinque giorni dopo il riconoscimento scientifico appurato da Pasteur, alcuni uomini, ritenuti scienziati, dichiararono di aver scoperto proprio in Francia, esattamente a Orgueil, un frammento di meteorite contenente materiale organico. Questo dimostra che, se dal nulla non può venire la vita e, invece, sulla Terra c'è, è perché una meteora l'ha portata dallo spazio, e non perché c'è un Creatore. Ripresero così immediatamente il loro business, per spillare soldi ai creduloni riverenti alla scienza, e lo fecero con nuovi convegni e libri. Ci marciarono sopra per cento anni ma sembra che anche questo fosse un ingegnoso imbroglio. Pare che ammorbidendo il frammento abbiano potuto introdurre della materia organica terrestre, che poi ricoprirono e riscaldarono per imitarne l'effetto naturale.»

«Lo stratagemma, quindi, servì per continuare a sostenere che è possibile spiegare l'origine della vita attraverso un'evoluzione naturale arrivata sulla Terra dallo spazio, attraverso meteoriti?» si domandò, a voce alta, Fausto.

«Che schifo» borbottò Lucio «se è così, perpetrarono un'altra frode dolosa a danno della cultura giovanile, e lo fecero per un secolo, pienamente consci di sostenere menzogne, questi particolari non li conoscevo, ricordo soltanto di aver letto che venivamo dallo spazio e che molti dicono tante cose a sostegno di questa teoria ma...» Fausto deciso, continuò la frase dell'amico mugugnando: «... ma dicono, dicono, però, di fatto, parlano senza sapere neanche quello che sostengono. La colpa è anche della gente credulona. Bastava domandarsi: perché questa dichiarazione viene fatta cinque giorni dopo e non prima dell'esperimento di Pasteur?»

«Acuta osservazione! Considerate anche il fatto che l'esperimento di Pasteur non era valido solo per la Terra ma per l'Universo» aggiunse il professore «e lui ha dimostrato scientificamente che dal nulla può venire soltanto il nulla. Quindi, anche se la vita venisse dallo spazio, secondo il principio di Pasteur, comunque, è solo e sempre grazie ad un Creatore. Poi, francamente, se una meteora che attraversa diverse migliaia di metri di atmosfera e si schianta al suolo, dovesse incamerare, nel suo tragitto, qualche microbo o batterio fondendolo nella propria materia, non creerei una telenovela a sostegno di una evoluzione scaturita da questi microrganismi presenti.»

«Quindi, lei sostiene che ci possono essere alcune probabilità che la vita venga dallo spazio?» domandò Lucio. Il professore prima di rispondere si protese verso Lucio e poi disse: «No, non credo che noi veniamo dallo spazio, anche se l'idea fu formulata meglio da Hermann Helmholtz e poi sviluppata all'inizio del 1900 dal premio Nobel Svante August Arrhenius che riteneva fosse il vento stellare a diffondere la vita nell'Universo sotto forma di spore. Ovviamente, ritengo tutto questo filosofare ininfluente e ridicolo!»

«Perché, non può essere che avessero ragione? Non potrebbe essere un vento stellare a diffondere la vita nell'Universo?»

«Signor Lucio, lei sa com'era la Terra, diciamo, milioni di anni fa?»

«Stando a quello che s'insegna, un luogo come tanti altri pianeti, tempestata da meteoriti.»

«Più o meno era così, e si insegna che per circostanze "casuali", improvvisamente, è nata la vita. Ci raccontano che la vita è giunta sulla Terra grazie ai venti stellari. Ma io vi chiedo: se la Via Lattea contiene più di 100 miliardi di stelle, se nell'Universo ci sono più di 50 miliardi di galassie come la nostra, se pertanto i luoghi dove si può sviluppare la vita sono in quantità innumerabile, ossia, con un cinque seguito da 21 zeri, miliardo più miliardo meno, signor Lucio, mi dica: come mai in questa stragrande quantità di luoghi disponibili per accogliere la vita, questi venti stellari, che soffiano in galassie con miliardi e miliardi di pianeti, negli altri pianeti non sono riusciti a sviluppare mai un fico secco?»

«Effettivamente, se fossero i venti stellari a portarla, si sarebbe dovuta trovare la vita in ogni dove.»

«Bravo, tanto più se si vuole sostenere che la vita viene da altri pianeti.»

«Certo che basterebbe un attimo di riflessione e si riuscirebbe a sgretolare qualsiasi apparente verità chiacchierata.»

«Vede, lei sta dimostrando che se la smettessimo di prendere per buona qualunque cosa detta, e cominciassimo a usare un briciolo di ragionevolezza, anche senza avere una qualsivoglia laurea, riusciremmo ad intuire quale potrebbe essere la pura verità.»

Lucio per convincersi volle sapere di più e domandò: «Pertanto, professore, lei pensa che in altri pianeti non potrebbero esistere altri esseri viventi. Mi dica: degli UFO, di questi oggetti non ben identificati, che cosa ne pensa?»

«Si è mai chiesto perché non si parla più di Marziani?»

«Perché su Marte non hanno trovato nessuno?»

«Ben detto! E adesso ci parlano di extraterrestri e UFO! Ok, però chiediamoci: come mai quando un fotografo fa la foto di qualunque oggetto il risultato è nitido, raramente mosso e comunque chiaro, mentre quando si fotografa un presunto UFO o un extraterrestre, quasi sempre le foto non sono nitide, spesso sono molto offuscate e da interpretare facendo appello a una grande fantasia?»

«È vero, lo sa che sentendo questa sua osservazione, non ricordo di aver mai visto una foto nitida e chiara inerente agli UFO?!» disse Lucio e Fausto con arguta simpatia esclamò: «Forse per questo sono definiti oggetti non identificabili!»

Tutti si misero a ridere, poi il professore ritornando serio proseguì: «Comunque, a parte questo, la prova che gli UFO non esistono è data anche dal fatto che il sito web "Ministry of defense UFO desk" rivela che il comandante capo della RAF, il generale Cari Martell e tutto il suo staff, della Royal Air Force Britannica, incaricati dal governo inglese di ricercare UFO, il 21 giugno del 2013 hanno cessato questa attività. Sapete perché? Perché dopo cinquant'anni di ricerca, le rilevanti 520 segnalazioni, date da testimoni dichiaranti di aver visto oggetti volanti non ben identificati, hanno dato sempre esito negativo. L'Inghilterra non ha più intenzione di sborsare milioni di sterline per una ricerca che dopo cinquant'anni non ha portato a nessun serio risultato. Inoltre, la goccia che ha fatto traboccare il vaso è stata che l'ultima segnalazione è risultata essere un innocuo gabbiano. La conclusione presa dal governo britannico è che gli UFO non esistono e pertanto non saranno mai una possibile minaccia per l'umanità».

Fausto, che nel frattempo aveva digitato sul suo palmare il nome del generale e la data del 21 giugno 2013, rivolto verso l'amico disse: «Le cose stanno proprio così. Il sito dice che è stato il Ministero della difesa britannica a prendere la decisione di chiudere il centro di ricerca».

Sentendo queste parole, Lucio si grattò la testa pensieroso e poi, quasi sottovoce, disse: «Se la decisione è presa dal Ministero della difesa, dopo cinquant'anni di un'impegnativa e scrupolosa ricerca fatta da scienziati esperti del settore, concluderei che è confermato il fatto che gli UFO non esistono».

Poi il professore rivolto verso Lucio, disse: «Lei diceva di basarsi su informazioni lette o sentite, e quanto pensa ci possa essere di vero in questo metodo informativo? Per capirci meglio, vi spiego cosa intendo dire: la gente prende il giornale, e se c'è una clamorosa scoperta, leggerà a caratteri cubitali in prima pagina l'evento; il 90% dei lettori, e non sto esagerando quando dico 90%, si limita a sfogliare il giornale quotidianamente leggendo unicamente le intestazioni e forse qualche rigo di una notizia clamorosa. Per tutto il resto, viaggia di fantasia, colorando l'informazione a proprio piacimento».

«Ecco perché molte volte si sentono concetti che non stanno né in cielo né in terra!» interruppe Fausto.

«Probabile!» proseguì il professore «comunque, tornando al nostro argomento, immaginatevi di aprire il giornale e leggere nell'intestazione una notizia clamorosa sull'evoluzione umana, sapete cosa succederà se la notizia data dal giornale non risultasse del tutto vera? Che qualche giorno dopo il giornale, per onestà e correttezza, scriverà di aver comunicato una notizia errata. Pensate che questa correzione la farà in prima pagina, usando gli stessi caratteri cubitali?»

«Dovrebbe» rispose Lucio «ma è anche vero che, purtroppo,

quando pubblicano la smentita la scrivono talmente in piccolo, in una colonna poco visibile, che pochi si accorgono di quel trafiletto, pertanto sarà scontato che resti impressa nella memoria del lettore soltanto l'informazione errata che era stata evidenziata in grande e in grassetto.»

«Bravo, è proprio così! Perciò alle notizie, salvo che non siano state appurate, è meglio dare poco credito, tanto più se sono riportate da lettori che amano blaterare su argomenti colmi di fantasie, proprio per il fatto che si sono limitati alla lettura dell'intestazione e non dell'articolo.»

La giovane mamma annuì. Si fece silenzio, poi, l'irremovibile Lucio domandò: «Se non è avvenuta un'evoluzione, come mai l'embrione, secondo Ernest Haeckel, ripercorre le tappe evolutive dell'essere umano, assumendo inizialmente la forma di un pesce, poi di una scimmia con la coda e soltanto poco prima di venire al mondo quella di un uomo?»

Il professore, prima di rispondere, lo fissò negli occhi per un lungo istante e poi fece una domanda: «Lei sa tutto della legge biogenetica formulata dal biologo naturalista Haeckel?»

«Io so quanto ho appena detto! Che, secondo la legge della biogenetica, lo sviluppo embrionale ripercorre un processo riassuntivo della propria evoluzione.»

«Io invece so anche quello che probabilmente non le hanno fatto ancora sapere».

«Cioè?»

«Haeckel per la sua teoria della ricapitolazione embrionale, secondo la quale l'ontogenesi ricapitola la filogenesi, fu condannato dal tribunale dell'università di Jena, che lo deferì, giudicandolo colpevole per aver falsificato gli esiti della ricerca, e Haeckel, messo alle corde da prove schiaccianti, ammise le sue colpe. Perciò, se l'artefice della mistificazione, motivato dall'intento di sostenere l'evoluzione, riconosce di aver alterato e deformato i risultati nelle tappe del phylum intenzionalmente, in pratica, ci sta dicendo che la sua teoria è falsa.

Non le pare?»

«Uhm!»

«Pensa che discutere su una falsità possa tornarci utile?» domandò il professore e Fausto palesando la sua delusione brontolò: «Che schifo, anche questa è una truffa!»

Sconcertato, Lucio non seppe cosa rispondere, ma trovò il coraggio per fare ancora una domanda: «Professore, cosa pensa della teoria del pesce? Ci parlano del brodo primordiale, ci dicono che ci siamo evoluti dal pesce, forse questa teoria è più concreta, no?»

La moglie del professore sorrise e poi domandò: «Perché, lei crede che sia più semplice derivare da un pesce?»

«Beh, sembra che non si derivi direttamente dal pesce, ci sono dei passaggi, in effetti, il brodo primordiale fa il pesce, il pesce si trasforma in un essere che può stare sia in acqua sia sulla terraferma, quindi muta in anfibio e poi col tempo muta fino a divenire uomo, ovviamente, tutto questo avviene in milioni e milioni di anni.»

«Ha idea, signor Lucio, di quanti fossili avremmo dovuto trovare come prova di passaggio da una forma all'altra?»

«Perché, non ce ne sono?»

«Certo che no. Quando mai si è trovato un fossile mezzo anfibio e mezzo uomo?»

«Ah!»

«Signor Lucio, ma lo sa che quanto dice mi fa sorridere? Lei mi dà l'idea di uno che pur di far sopravvivere le proprie convinzioni è disposto anche ad aggrapparsi ai vetri. Questo capita quando non vogliamo rassegnarci all'idea che tutto quello che abbiamo creduto finora, non è del tutto corretto.»

La neurologa rivolta al professore chiese: «Amedeo, posso?» e il marito annuì: «Certo, certo, ma prima di spiegare l'ipotetico passaggio dal pesce all'uomo, vorrei far notare ai signori che questa idea dei milioni di anni non è del tutto corretta. Il 18 gennaio del 1976, gli esperti nel campo, dichiararono che la velocità con cui il carbonio radioattivo si forma nell'atmosfera non è rimasta costante nel tempo. Questo metodo di datazione al carbonio, quindi, non è più attendibile se si datano oggetti anteriori al 2000 avanti era volgare o per capirci meglio, 2000 avanti Cristo. Perciò, per i primi 4000 anni ci fidiamo, poi se ci affidiamo ai fatti, i milioni di anni che molto spesso si citano, non dovrebbero impressionarci più di tanto».

«Porca miseria! Adesso, non possiamo più fidarci neanche del carbonio radioattivo per la misurazione dell'età dei ritrovamenti!» Esclamò Fausto. Poi il professore riprese la parola: «L'idea del "Brodo Primitivo o Primordiale" fu avanzata dal biochimico russo Aleksandr Ivanovic Oparin che, nel 1922, ipotizzò una "evoluzione prebiologica". L'idea di Oparin venne sottoposta a verifica sperimentale da Stanley Miller che cercò di riprodurre una specie di brodo primordiale, lo scienziato miscelò gli ingredienti e li espose a radiazioni UV. Benché i fanatici evoluzionisti sostengano che nel brodo ebbero origine le prime cellule, sapete in realtà cosa ottenne Miller? Solamente due aminoacidi, l'alanina e la glicina. Un risultato insignificante se non ridicolo. Tanto è vero che, finora, nessuno scienziato è riuscito a fare di meglio per creare una cellula ameba, un microscopico essere unicellulare, una di quelle creature che lei definiva viventi più semplici. Sapete, io mi aspetto che qualunque profano si domandi: se questi unicellulari sono così semplici, è mai possibile che un cieco caso ne abbia fatti a migliaia mentre gli scienziati, che ci vedono bene, benché forniti anche di tanti attrezzi e macchinari altamente sofisticati, in laboratori e ambienti forniti dell'inimmaginabile, non riescano a farne neanche uno?»

Alla domanda del professore Fausto concorde sottolineò: «Carino il nesso tra il cieco caso dell'evoluzione, che crea miliardi di esseri viventi, e la buona vista degli scienziati esperti, che come prova a sostegno della teoria, non riescono a produrre neanche un misero microorganismo semplice!»

«È due ore che cerco di farvi capire che chi parla di evoluzione, sostenendo che la vita si sia formata per caso e dal nulla, non ha nessuna prova a sostegno di quanto dice se non le inutili chiacchiere dei fanfaroni. Se poi consideriamo che il corpo umano è composto da oltre centomila miliardi di cellule, tra le quali si conta una diversità in almeno duecento tipi, ognuna specializzata in uno specifico compito e comunque tutte funzionanti come un insieme coordinato da una straordinaria perfezione operativa, mi domando: "ma dove vogliono andare a parare questi millantatori evoluzionisti?"»

«E non solo» disse la moglie del professore condividendo le risa dei presenti «Amedeo, adesso posso?» chiese al marito, che con un cenno di capo annuì invitandola nel prosieguo.

«Vorrei fare un piccolo ragionamento con lei, signor Lucio.»

«Mi dica.»

«Tornando al discorso di prima, per rispondere alle sue domande: veniamo dai pesci? I pesci sono i nostri antenati? Come già saprà, nel regno animale, le specie viventi sono varie, non ci sono solo il pesce e l'uomo, ma ci sono anche anfibi, rettili, uccelli, mammiferi e altri ancora. Di per sé è già un'assurdità pensare che un brodo primordiale tiri fuori dal nulla il pesce, ma mettiamo che il brodo ci sia e che in questo brodo ci sia pure il pesce. Abbiamo detto che, per diventare uomo deve passare dall'essere anfibio. Ora potremmo limitarci a pensare solo alla parola anfibio; oppure, per capire meglio che cosa dovrebbe succedere nei mutamenti, potremmo percorrere i cambiamenti necessari perché un pesce diventi anfibio. Le va?»

«Perché no?»

«Bene! Il pesce per diventare anfibio dovrebbe cambiare la colonna vertebrale fino a divenire irriconoscibile.»

«All'idea, mi è già venuto il mal di schiena!» esclamò Fausto sempre pronto con le sue battute, (bastò però un'occhiata di

Lucio per zittirlo).

La neurologa fece una pausa, guardò i due amici finché non si acquietarono e, poi, riprese la sua spiegazione: «Questo pesce non deve soltanto modificare la colonna vertebrale, deve anche aggiungere una pelvi, modificare del tutto le ossa del cranio, trasformare le proprie pinne in zampe dotate di articolazioni e dita, mutare notevolmente tutta la polpa del corpo in legamenti e muscoli. Inoltre deve anche riuscire a trasformare le proprie branchie in polmoni e iniziare a pompare sangue con un cuore non più a due cavità ma a tre, come gli anfibi, e questo passaggio è veramente curioso perché, per diventare uomo, deve ritornare a un cuore con due cavità per parte. Ma non stiamo a soffermarci su questi particolari; proseguiamo sui mutamenti necessari. Questo pesce deve anche modificare il sistema uditivo che passerà dalla percezione attraverso il corpo, all'essere improvvisamente dotato di timpani. Poi, per nutrirsi, deve rendere la sua lingua più estendibile fino a dieci volte e cambiare il modo di vedere con occhi dotati di palpebre per mantenere lubrificato e pulito il bulbo oculare. Secondo voi: tutti questi cambiamenti, sono semplici e irrisori?»

Ci fu un attimo di silenzio infranto da Fausto: «Altro che milioni di anni, per cambiamenti così complessi, non basterebbero neanche miliardi di anni».

«Veramente, certe volte crediamo alle parole che ci sono dette senza riflettere!» commentò Lucio e Amedeo aggiunse: «Non solo, il coperchio della bara, che dovrebbe seppellire il concetto dell'evoluzione, è definitivamente inchiodato dal fatto che non esistono fossili o anelli di congiunzione che portino a pensare che sia stato possibile. Non c'è prova di essere vivente, divenuto uomo passando dallo stato animalesco e selvaggio. Tanto più di un pesce divenuto anfibio e poi uomo. Datemi retta, l'evoluzione resta soltanto un insieme di teorie strampalate, che per essere creduta richiede un grande atto di fede».

«Ahahahaaa!» la giovane mamma, seduta di fronte a Lucio, che aveva seguito con attenzione tutti i ragionamenti espressi, rivolta al professore sogghignando domandò: «Ma la fede non doveva averla chi credeva nella creazione?»

«No, no!» rispose il professore «è chi crede nell'evoluzione a dover fare, veramente, un grande atto di fede. Si ricordi che più studiamo biologia e paleontologia, più ci rendiamo conto che l'evoluzione è basata su una fede predicata, senza ragione di fatto.»

La moglie del professore, riprendendo la parola aggiunse: «Se poi dovessimo fare appello a un briciolo d'immaginazione, la teoria dell'evoluzione farebbe veramente ridere per quanto potrebbe rivelarsi ridicola!»

«*E famolo 'sto briciolo d'immaginazione che cè famo due risate*» s'intromise Fausto col fare romano dell'indimenticabile Alberto Sordi.

«Meglio di no!» rispose contenuta la neurologa.

«La prego» insistette Fausto «farci due risate allenta i toni e ci rilassa anche un po'.»

«Il mio amico» fece notare Lucio un po' imbarazzato «come avrete già dedotto, ama divertirsi in ogni situazione, anche con argomenti così seri.»

«Bene! Allora *famolo divertì*!» esclamò scherzoso il professor Amedeo «accertato che la risata è un tranquillante senza effetti collaterali, possiamo abusarne con regolarità.»

Tutti nello scompartimento sorrisero, dopodiché il professore precisò: «Premetto che quanto dico adesso sarà soltanto per farci due sane risate. Saranno teorie sulle teorie di evoluzione, quindi chiacchiere su chiacchiere che hanno del ridicolo, se vogliamo, ma a volte, ridendo, si riflette e si capiscono tante cose. Fatta questa premessa, riprendendo il discorso di passaggio pesce-anfibio-uomo. Se mai avvenisse, per una probabilità nell'ordine di "uno seguito da un milione di zeri" ma, ripeto, ammesso che avvenisse: di quanti esseri stiamo parlando che si sono trasformati dal pesce all'uomo?»

«Di uno... dell'uomo» rispose accigliato Lucio e il professore incalzando pose un'ulteriore domanda: «Secondo voi, basta un singolo individuo per creare una famiglia?»

«Già... vero» commentò sconcertato Fausto «ce ne vogliono due, maschio e femmina.»

«Perfetto!» acconsentì il professore «Per l'uomo serve anche la donna, quindi immaginatevi un altro procedimento così complesso con una variante che deve formarsi donna.»

«Porca miseria! Non riesco a capire perché quando leggo i libri di evoluzione, non giungo a queste logiche. È ovvio che già si rivela complicato formare l'uomo dal pesce che diventa anfibio, figuriamoci trovare un altro pesce che diventi anfibio per formare la donna» commentò Lucio sorprendendosi, mentre gli astanti divertiti sorrisero osservando le sue stranite espressioni.

«Questa battuta potrebbe anche far sorridere» disse la signora Maria intromettendosi con molta classe e professionalità scientifica «ma, alla luce dei fatti accertati, distrugge ogni teoria evoluzionistica della specie.»

«Perché dice così? Questa è un'affermazione forte!»

«Se la faccio, è perché ne sono certa! Gli esseri viventi vantano numerose caratteristiche che rivelano consapevolezza e progettazione. Per formare una razza ogni femmina deve sviluppare cellule riproduttive per essere fecondate a sua volta dalle cellule riproduttive complementari prodotte dal maschio. Com'è possibile che una serie di avvenimenti fortuiti e privi di scopo abbiano dato luogo a sistemi così intimamente interdipendenti e perfetti?»

«Già, com'è possibile?» si domandò Fausto a voce alta.

«Voi ben sapete che, per trasmettere alla progenie il giusto numero di cromosomi le cellule riproduttive di ciascun genitore subiscono uno straordinario processo detto meiosi, in virtù della quale il numero dei cromosomi si dimezza, altrimenti la vita non si riprodurrebbe o, nelle migliori delle ipotesi, risulterebbe irrimediabilmente malata. Pertanto, se secondo le teorie evoluzionistiche, man mano che continuavano a riprodursi, gli esseri viventi diventavano sempre più complessi, essendo sani, necessariamente due per ogni specie: come ha fatto, sin da subito, la prima femmina di ciascuna specie a diventare capace di riprodursi con un primo maschio perfettamente sviluppato? Sarà difficile rispondere a questa domanda, soprattutto se la colleghiamo a quest'altra: com'è possibile che, nello stesso periodo di tempo, entrambi, siano diventati improvvisamente capaci di dimezzare il numero cromosomico perfetto delle proprie cellule riproduttive, nella maniera necessaria per procreare una progenie sana e dotata di alcune caratteristiche di entrambi i genitori?»

«Cioè? Che cosa intende con la capacità cromosomica dimezzata perfettamente?» domandò Fausto un po' confuso e la signora Maria, notandolo instupidito dall'argomento scientifico, tentò di semplificare il ragionamento: «A differenza della mitosi, la meiosi fornisce un corredo cromosomico dimezzato. Nell'accoppiamento, la fusione dei due corredi dimezzati e rimescolati darà origine a una singola nuova cellula detta zigote che diverrà il nuovo individuo. Il corredo dimezzato, nel caso degli esseri umani passerà da 46 cromosomi a 23 per unirsi ai 23 del partner. Questi, rimescolatosi tramite il cosiddetto crossing-over eviteranno la clonazione che favorirà quel tocco di varietà che, benché uguali nella specie ci renderà anche tutti diversi e singolari».

«Perciò, se non avvenisse la meiosi nelle cellule della riproduzione sarebbe impedita la fecondazione?»

«Non solo! Se il procedimento di meiosi non dovesse avvenire in maniera più che perfetta, nella migliore delle ipotesi, ci imbatteremmo in numerose sindromi come quelle di Down, che è associata alla mancata disgiunzione del ventunesimo cromosoma, oppure alla sindorme di Patau, di Klinekelter, di

Turner, di Edwards... e tutto questo è a riprova che la meiosi doveva avere un procedimento perfetto già dal primo istante che ebbe inizio la vita su questo pianeta! Pertanto, chi è dotato di una basilare forma di intelligenza non può sostenere che essa si sia perfezionata nel corso di milioni di anni come sostiene l'ipotesi evolutiva!»

«Così, il processo di meiosi è una prova inconfutabile che non esiste evoluzione!» commentò Fausto mostrando una corretta intuizione che fu subito lodata dalla dottoressa: «Ben detto! Esiste solo un programma creativo perfetto. Perciò chiediamo agli evoluzionisti questo: diteci... se queste caratteristiche concernenti la riproduzione si sono sviluppate in maniera graduale, come hanno fatto il maschio e la femmina, di ogni specie, a procreare e sopravvivere mentre queste caratteristiche essenziali non erano ancora del tutto formate o perfette? Un ipotetico processo evolutivo potrebbe spiegare questa complessità? No! Perché le probabilità che tutto questo si sia verificato, in una specie dopo l'altra, sfuggono a qualsiasi ragionevole spiegazione.»

Tutti restarono stupiti per quanta logica ci fosse in quelle poche parole comprovate dalla scienza e, siccome nessuno si pronunciava, la signora Maria aggiunse: «Ora, per cancellare ogni minimo dubbio sul concetto creativo, la domanda da porsi è questa: se la meiosi sin da subito doveva essere perfetta, chi l'ha resa tale sin dalle nostre origini? Il cieco caso? dato che tutti gli esseri viventi per procreare devono dimezzare perfettamente il proprio patrimonio cromosomico, il cieco caso avrebbe dovuto produrre questo procedimento così perfetto in milioni di specie diverse! Lo ritenete possibile? Ritenete avverabile che un cieco, scoccando milioni di frecce, verso milioni di obiettivi diversi, faccia sempre centro con estrema precisione?»

Poste queste pertinenti domande, la neurologa attese invano una risposta. I due amici, di fronte a tanta limpida ragionevolezza, non poterono obiettare. La verità scientifica aveva dettato il suo indiscutibile responso! La signora Maria, percependo la silente resa degli interlocutori, si prese anche la libertà di dare un utile consiglio: «Nella vita non dovremmo mai legarci a un'ideologia senza aver ragionato sui fatti. Chi ragiona con onestà potrà intuire da solo che il procedimento della meiosi, che ci dà il privilegio di procreare, non può avvenire attraverso un tempo evolutivo, ecco perché è saggio credere che esso sia sempre stato perfetto sin da subito. Dal primo istante che un intelligente Creatore ha concepito la vita!»

Lucio accasciò le spalle, aveva capito che la decantata teoria dell'evoluzione non poteva prevalere al cospetto delle recenti scoperte scientifiche e, con nobile onestà, ammise: «Alla luce di questo fatto dobbiamo ammettere che soltanto un Creatore Onnisciente poteva pianificare perfettamente il procedimento di meiosi con lo scopo di dare ad ogni specie la capacità di moltiplicarsi sulla Terra!»

«In aggiunta alla prova inconfutabile della meiosi si può riflettere anche su questo» riprese con brio il professore e, ricollegandosi a quanto diceva prima, umoristicamente aggiunse: «considerando i tempi di riproduzione dell'uomo, che sono di circa quarant'anni, la donna oltre a formarsi nello stesso tempo in cui l'uomo è stato formato, non dovrebbe neanche trovarsi troppo lontano da lui. Immaginatevi il mondo come una grande foresta; da un mare di brodo primordiale si forma l'uomo sulle spiagge dell'isola di Sardegna e sempre dal mare si forma la donna, non vi dico nelle isole Hawaii, ma anche nello stesso Mediterraneo, diciamo nell'isola di Sicilia. Non ci sono traghetti e neanche telefoni per fissarsi un appuntamento d'incontro; in queste condizioni, secondo voi, quando si ritroveranno per riprodursi?»

«Ahahahaaa!» era nuovamente la giovane mamma col bambino in braccio che ridendo commentò «scusatemi, ma da quest'argomento...se uno ci ragiona su... si capisce subito che la teoria dell'evoluzione è veramente ridicola!» Tutti nello scompartimento furono contagiati da quella risata. Così, ridendo il professore proseguì: «Per concludere, voi comprenderete che, due persone disperse in una foresta, è difficilissimo che si incontrino anche se lontane un solo chilometro di distanza. Chi va a funghi questo lo sa molto bene. Figuriamoci se sono in due isole diverse, senza avere neanche la più pallida idea di che cosa sia una barca per spostarsi da un'isola all'altra. Voi avrete ben capito che questi due si devono dar da fare e sbrigarsi se vogliono procreare. D'altronde, quarant'anni passano in fretta!»

«Certo che questa è veramente bella, io penso che, in quelle condizioni, non s'incontreranno neanche dopo quaranta millenni!» borbottò Fausto.

«Ma anche se tutto questo avvenisse, di quante specie maschio e femmina vivente sulla Terra stiamo parlando?» domandò la neurologa.

«Di due» fu il commento di uno sconcertato Lucio «e già so cos'altro ci domanderà. E quante specie ci sono sulla Terra? Un'infinità.»

«Dici bene» incalzò Fausto «sono centinaia di migliaia, tutti rigorosamente maschio e femmina e tutti devono fare i conti con la meiosi cromosomica per procreare. Quante volte si devono ripetere queste situazioni, già estremamente improbabili per un unico singolo caso?»

«Mi avete convinto!» esclamò Lucio guardando negli occhi la signora Maria e il marito Amedeo, proseguì: «Alla luce di questi fatti scientifici, l'unica ipotesi attendibile sembrerebbe quella della genesi biblica che, se non ricordo male, recita più o meno così: "Dio li formava maschio e femmina, li benediceva nell'accoppiamento dicendo: *moltiplicatevi e riempite la Terra*... però, dobbiamo ammettere che se fosse così... sarebbe davvero troppo semplice!»

Fausto stranito guardò Lucio e sarcastico esclamò: «Bene!

Allora proseguiamo nel complicarci l'esistenza, continuiamo a credere in un'evoluzione teorica, ipotetica, indimostrabile e palesemente demenziale!»

«Vede» rilevò il professore rivolgendosi verso Lucio «lei ci sta dicendo che, siccome è semplice pensare a un Creatore, anche se è del tutto logico, è preferibile rifiutarne l'idea. A quale risultato pensa di pervenire ragionando in questa maniera? Crede di darsi un tono da saccentello? Così facendo si può soltanto continuare a confondere, arrivando a capo di nulla e tutto per il gusto di seguire fandonie complesse, che danno credito a filosofie inventate, le quali portano argomentazioni deboli. *Chiacchiere, delle quali e per le quali, saranno e resteranno sempre menzogne, tali e quali*!»

In un contesto così serio, sorrisero per l'umorismo espresso dal professore nel concludere la frase e, presi dall'argomento, continuarono a disquisire per lungo tempo, mentre il treno, nel suo tragitto verso la capitale, percorreva le campagne francesi. Sembrava proprio che l'idea dell'evoluzione fosse stata seppellita, una volta per sempre, sotto le prove schiaccianti presentate con chiare spiegazioni dal professore di medicina e dalla moglie neurologa. Poi Lucio rivolto alla signora Maria, domandò: «Ammesso che esista un Creatore, lei come se lo immagina?»

«Premetto che gli sviluppi della fisica quantistica introducono il concetto che l'*energia oltre a divenire materia è anche un campo cosciente*. Grazie a questa scoperta, è emersa una realtà che compenetra tutto e che obbedisce a leggi fisiche finora sconosciute. La vita stessa è energia e connessione, tutto l'Universo è un'armonia che si manifesta in una rete di relazioni. L'uomo, essendo energia, è se stesso ma anche altri. In pratica, la scienza sta dimostrando che noi e il nostro prossimo siamo una cosa sola. Si deduce che le idee, le immagini, i pensieri e le emozioni sono pura energia che può contagiarci, negativamente o positivamente. Fatta questa premessa, io immagino il Creatore come un bravo compositore e direttore d'orchestra che, scrivendo una partitura diversa per ogni sua creatura, soddisfa ogni caratteristica individuale, cosicché, tutti insieme, si possa vivere in magnifica sinergia, grazie alla condivisione delle nostre personali caratteristiche. Ogni musicista o ogni cosa creata, prova gioia se rimane in armonia con tutte le altre. Solo chi accetta di suonare lo strumento assegnatogli, seguendo con attenzione la propria partitura e le direttive del direttore d'orchestra, potrà sentirsi felice nel suonare l'amorevole melodia.»

«Che bella metafora!» osservò la giovane madre.

Poi Fausto, benché soddisfatto per le verità acquisite, rivolgendosi al professore, chiese un po' irritato: «Come mai, allora, molti studenti restano tuttora imbambolati da queste false teorie evoluzioniste?»

«Glielo dirò con molta franchezza! Questo avviene semplicemente perché è raro che lo studente sia informato sulle argomentazioni contrarie.»

«Lei dice?»

«Se vuole fare una prova, chieda a cento studenti cosa sanno dell'uomo di Piltdown e noterà che probabilmente non lo saprà nessuno; e inoltre, anche se qualcuno lo dovesse sapere, come studente, difficilmente sarà disposto a usare parole fuori dal coro, giacché è facilmente ricattabile con il voto scolastico. Soltanto un numero esiguo di studenti si mostra coraggioso, ma purtroppo non sono ancora sufficienti per divenire il peso che inclina il piano». E la moglie Maria incalzò: «Anche perché la teoria dell'evoluzione è diventata per molti un'ortodossia predicata dai suoi credenti con fervore religioso. Ma voi lo sapete che il 12 febbraio, soprattutto nei paesi anglosassoni, si festeggia il *Darwin Day*? Neanche fosse stato un grande eroe! Questi fanatici, a prescindere, sono inclini a dichiarazioni del tipo: chi non crede all'evoluzione è un povero ignorante che sa poco di scienza!»

«Albert Einstein» rilevò il professor Amedeo «non credeva che l'uomo derivasse da qualche scimmia! Chi oserebbe sostenere che diceva questo perché era un povero ignorante e non capiva nulla di scienza? Einstein sosteneva, con prove, che tra uomo e scimmia c'è un enorme abisso. Tale abisso fu riconosciuto e chiamato: "abisso di Einstein". E già che ci siamo, vi dico anche questo: molti professori, inspiegabilmente fanatici della teoria dell'evoluzione, amano pavoneggiarsi nell'esporre sorprendenti teorie con parole vuote e non amano sentirsi contraddetti con prove concrete.»

«Certo! La contraddizione benché logica e plausibile, non gli permette di provare la stessa sensazione o sentimento di esaltazione che provano quando si mostrano saputelli!»

«Certi professori, sono talmente pieni di sé, che non sopportano di essere contestati!» rincarò Lucio.

«Sicuro! È così!» disse innervosito Fausto «Dà fastidio essere smascherati come ciarlatani bugiardi e incoscienti impostori.» Lucio riprese l'amico: «Non esageriamo e manteniamo la calma, il professore e la sua signora non stanno sostenendo che tutti i professori di scienze siano così!»

«Meno male» sbottò Fausto «io comunque, ho imparato più da queste chiare e semplici parole ascoltate in poche ore di viaggio, che nei trascorsi tredici anni di scuola.»

«Anche per me è così!» poi rivolto ai professori aggiunse: «È stata una fortuna incontrarvi in viaggio!» Fausto istantaneamente si unì al pensiero dell'amico: «Vero! È stata un'esperienza illuminante!»

Mentre la conversazione procedeva in una logica avvincente, anche il treno inarrestabile proseguiva verso Parigi e, con i fischi che di tanto intanto faceva sentire, pareva che salutasse le campagne attraversate dai suoi binari. Lucio pensava a quanto sarebbe stato bello avere avuto, nel suo periodo scolastico, professori simili a questi che, adesso, casualmente, aveva conosciuto in viaggio. Espresse al dottor Amedeo e alla moglie Maria il piacere di averli incontrati, conosciuti e ascoltati: «Porterò per sempre con me le informazioni che ho sentito. Sicuramente mi aiuteranno a capire meglio il motivo dell'esistenza mia e dei miei cari. Io e Fausto cambieremo treno a Parigi, il nostro viaggio è ancora lungo. Speriamo di incontrare altre persone come voi!»

«Anch'io scendo a Parigi, perché vivo a Parigi!» disse la giovane madre «e comunque voglio associarmi a quanto detto dal signor Lucio. Anche per me è stato un viaggio altrettanto interessante, direi indimenticabile; soprattutto ricorderò sempre le quattro prove che attestano la creazione: la straordinaria complessità di una cellula, la sapienza sostanziale del DNA, la meiosi cellulare per riprodurre la vita e l'assenza consequenziale di fossili. Queste prove sono come grandi colonne a sostegno del tempio creativo. Vi ringrazio tantissimo!»

«Prego, eravamo qui, non potevamo scendere!» disse il professore in maniera scherzosa e poi aggiunse: «Noi invece scendiamo a Parigi per prendere un altro treno, mi sarebbe piaciuto che voi aveste fatto lo stesso nostro viaggio. Con diversi colleghi c'incontreremo sull'Orient-Express che va da Parigi a Istanbul.»

«Non mi dica» sbottò Lucio euforico «è proprio lo stesso treno che prenderemo noi!» poi rivolto all'amico aggiunse: «Hai capito Fausto!? Facciamo lo stesso viaggio!» e l'amico: «Speriamo che abbiate ancora voglia di parlarci!»

«Tranquilli» disse la neurologa «io e mio marito, quando incontriamo persone desiderose di apprendere, condividiamo con piacere quello che sappiamo. Comunque, vi abbiamo già detto che facciamo un viaggio organizzato e con noi ci saranno altri medici e scienziati che vi faremo conoscere.»

«Questa è una notizia bellissima!» disse Lucio con gli occhi pieni di gioia e, guardando Fausto che si mostrava entusiasta, disse: «Amico mio: sei pronto a partire per il viaggio che ci cambierà la vita?»

Astrologia, astronomia, cervello e ominidi

I due amici erano giunti a Parigi, il treno preso a Porta Susa alle 7:39 arrivò alla stazione di Gare de Lyon puntuale alle 13:23. Si ritrovarono con un buco di tempo da colmare. Tre ore e dodici minuti di anticipo sulla partenza per il viaggio verso Istanbul. Le carrozze blu del Venice Simplon Orient-Express si sarebbero mosse dalla stazione alle 16:35.

«La partenza è tra più di tre ore. Che cosa facciamo qui per tutto questo tempo?» domandò Fausto all'amico.

«Se la Torre Eiffel non è troppo lontana, andrei a visitarla molto volentieri.»

«Wow! Che bella idea! dai, muoviamoci! Abbiamo tutto il tempo a disposizione per farlo.»

«Sei sicuro?»

«Sì, ma ci dobbiamo dare una mossa.»

Fu così che i due amici lasciarono i propri bagagli in custodia alla stazione e uscirono di corsa. Presero un taxi al volo e bastò dire: "Torre Eiffel", e il conducente si mosse. Erano distanti circa 8 km dal gigante parigino, e lo raggiunsero in pochi minuti. Lucio aveva pianificato più volte una visita a Parigi con la sua Irene; spesso esprimeva il desiderio di andare a vedere di persona questo capolavoro eretto per festeggiare il centenario della rivoluzione francese. Gustave Eiffel, con 50 ingegneri, 100 uomini addetti alla lavorazione del ferro e 121 uomini addetti alla manovalanza di supporto alla costruzione, iniziò i lavori il 14 febbraio del 1887 e li terminò il 31 marzo del 1889, una settimana prima dell'inaugurazione.

Come spesso accade, molti uomini autorevoli criticarono l'opera! Monsieur Alphand, con altri intellettuali, su "I Tempi" scrisse: *In nome dell'arte [...] contro l'erezione, dell'inutile e mostruosa Tour Eiffel.* Paul Verlaine la definì: *Uno scheletro di torre.* Maupassant: *Un comignolo di fabbrica.* Léon Bloy: *Un lampadario assolutamente tragico.* Tutti questi critici furono rassicurati dalle autorità francesi che l'opera alta ben 324 metri, dal peso complessivo di 10.100 tonnellate di ferro, composto da 18.038 pezzi di metallo assemblati con 2.500.000 perni e ricoperto da 60 tonnellate di vernice, sarebbe stata smantellata nel giro di due anni. Ma ciò non avvenne mai! Il popolo l'apprezzò dal primo momento come grande meraviglia e non si curò affatto del giudizio dei "chimerici" e "stimati" uomini del tempo.

Nel giro di pochi mesi oltre due milioni di persone salirono in cima a questo grande simbolo francese. Oggi è uno dei monumenti più visitati al mondo, con oltre sei milioni di presenze annuali. Una vera fortuna economica per la capitale.

La storia della Torre Eiffel rafforzava in Lucio la convinzione che non è sempre un bene fidarsi di intellettuali influenti. Si era fidato troppo degli scienziati sostenitori delle teorie evolutive. Dialogando con i due onesti professori di scienza, nel viaggio da Torino a Parigi, questo fatto lo aveva imparato bene!

Mentre Lucio ripensava a queste cose, Fausto lo scrollò chiedendo: «Allora che facciamo, andiamo su a piedi o prendiamo l'ascensore? Perché se prendiamo l'ascensore bisogna fare la coda per il biglietto».

«Facciamo pure il biglietto. Se saliamo a piedi, di sicuro, perderemo il treno! Non basterebbero tre ore per arrivare là in cima!»

«Sai già quanto costa il biglietto?»

«Certo! Mentre tu stavi col naso all'insù, io mi sono informato. Per andare fino al secondo piano ci vogliono nove euro a testa, se invece ce ne vogliamo andare su, fino all'ultimo, ce ne vogliono quindici. Che vuoi fare?»

«Che voglio fare? Non siamo mica arrivati fin qui per fermarci al secondo piano, no?!»

Entrambi si diressero a passo svelto verso la biglietteria. Salirono fino in cima. Da lassù si poteva vedere tutta Parigi e non solo. La limpida giornata estiva permetteva di vedere molto più in là. Sembrava che l'orizzonte finisse a 50 km da loro. Dopo un lungo respiro che fece risvegliare anche l'alveolo più remoto e assopito, Lucio, aprendo le braccia con lo sguardo rivolto al cielo, esclamò: «Senti che aria! Peccato che dobbiamo correre alla stazione!»

«Già!» confermò Fausto.

«Dai, visto che abbiamo poco tempo, prima di scendere vorrei visitare la ricostruzione dell'ufficio di Gustave Eiffel.»

Lucio disse queste parole appoggiando il braccio sulla spalla di Fausto cercando di trascinarlo con sé nella stanza posta proprio lì all'ultimo piano. Diedero velocemente un'occhiata qua e là, consci del fatto che avevano i minuti contati.

«Lo sai che ho un po' di fame?» disse Fausto massaggiandosi lo stomaco.

«Anch'io! Comunque, ricordati che ci verrà servita la cena in treno.»

«Sì, ma almeno un panino lo mangerei volentieri. Ti va?»

«Ok! Ci conviene scendere giù al secondo piano dove mi sembra di aver letto ci sia un buffet.»

«O magari al primo dove pare ci siano due ristoranti.»

«Ma che ristorante d'Egitto! Un panino e via di corsa!»

«Lo so! Sto scherzando.»

«Allora dai mister "scherzone", sbrighiamoci, se no rischiamo di fare tardi!»

«Signor sì!» esclamò Fausto facendo il gesto del classico saluto militare: «Scendiamo!»

Si diressero verso l'ascensore e andarono direttamente al primo, perché scendendo sentirono turisti italiani brontolare sui prezzi esosi che il ristorante "Jules Verne" gli aveva applicato. Così presero due panini e due bottigliette d'acqua al bar ristorante "Altitude 95". Mordicchiando la loro merenda, si diressero frettolosamente verso l'uscita alla ricerca di un taxi che li riportasse alla stazione dove li attendeva il "Venice Simplon Orient-Express". Arrivarono giusto in tempo, furono accolti a bordo dallo steward e, solo pochi minuti dopo, le diciassette carrozze blu tirate a lucido iniziarono a muoversi dando inizio al loro viaggio. Il treno più famoso del mondo, già da subito, garantiva tutto il fascino e l'atmosfera di un lusso non segnato dal tempo. Quelle carrozze realizzate da abili artigiani, con arredi e decori, ricordavano la vera epoca d'oro dei treni lussuosi degli inizi del novecento. Nei decenni trascorsi le carrozze avevano ospitato membri di varie Famiglie Reali e, adesso, i due amici dovevano adattarsi all'eleganza che caratterizza la vita a bordo dell'Orient-Express.

La cabina assegnata loro sembrava un salottino con un comodo divano e un tavolo. Durante la notte, il tutto si trasformava in confortevole stanza da letto, con un letto a castello e pregiata biancheria. L'ambiente risplendeva con legni intarsiati e broccati, che riportavano la mente a quei mitici anni '20 del secolo scorso.

«Non me l'aspettavo così elegante!» osservò Lucio abituato per il suo lavoro a viaggiare in convogli ben diversi.

«Che lusso!»

«In questo treno non ti senti un semplice passeggero ma un vero signore in tutti i sensi.»

«*Signori si nasce ed io... lo nacqui!*» Fausto, riportando la celebre frase dell'indimenticabile principe Totò, pronunciò con spirito quelle parole e, di rimando, Lucio ironico disse: «Bene!

Allora signore, diamoci una mossa a sistemarci, perché io prima di cena vorrei fare un giro per tutto il treno».

«Ok, possiamo anche andare al bar a prenderci un aperitivo.»

«Sì! Ma ricordiamoci solo di indossare la cravatta come richiesto.»

«Ah, già! Però che pizza sta cravatta!»

«Non fare storie, è la regola di bordo!»

«Ok! dammi qualche minuto e sarò subito pronto.»

Fausto scelse tra le cravatte la più appropriata, si fece il nodo, si diede una pettinata alla veloce, aprì la porta e scherzosamente, accennando un inchino, invitò l'amico a uscire dicendo: «Commendatore!»

Lucio sorrise allo spirito faustiano e varcò l'uscio. Iniziarono il loro giro per conoscere meglio l'ambiente, scoprirono che in fondo al treno vi era addirittura una boutique con graziosi souvenir e abbigliamento in cashmere e seta. Non si soffermarono tanto (cosa che sicuramente sarebbe accaduta se fossero stati accompagnati dalle loro mogli). Si diressero così alla carrozza bar, dove notarono un ambiente rilassante e raffinato. Lì si diffondeva la musica di un pianista. Le sue dita scorrevano leggere sullo strumento con grande disinvoltura, creando melodie che invogliavano i passeggeri più restii a socializzare.

Fu proprio lì che Lucio volle fermarsi a lungo, non solo per sorseggiare il suo aperitivo, ma soprattutto perché voleva capire come andava a finire la conversazione, un po' animata, tra due interlocutori che sedevano al tavolino di fronte. Uno era astrologo credente nei segni zodiacali e sostenitore della profezia dei Maya. Vantava questo popolo per la palesata grande abilità di profetizzare il futuro leggendo le stelle. L'altro era astronomo credente nella scienza astronomica e nella Bibbia, sosteneva che i Maya non hanno dimostrato un bel niente e che le stelle non sono state poste nel firmamento per controllare la nostra vita o per farci predire il futuro.

«Il divino» spiegava l'astronomo «vuole che, per dirigere la nostra vita, ci rivolgiamo a Lui e non alle stelle. Anche per questo ci ha lasciato per iscritto la sua parola in un libro prezioso che tutti noi conosciamo come Sacra Bibbia.»

Lucio senza darlo a vedere, prestava tutta la sua attenzione a quella conversazione, e disse sottovoce a Fausto: «Non farti notare, ma ascolta anche tu, perché questi due stanno dicendo cose veramente interessanti.»

«Sto sentendo!»

«La cosa curiosa è che l'astronomo conosce molto bene la Bibbia!»

«Lo sento e continua a citarla a sostegno dell'astronomia.»

«Comunque, sembra evidente che stia facendo ragionevoli asserzioni.»

«Ascoltiamo!»

Tra le frasi che sentirono, alcune di queste avevano un insegnamento profondo; ad esempio: mentre l'astrologo sosteneva che soltanto loro avevano mostrato la capacità di suddividere in dodici zone il cielo, sezioni che prendono il nome dalle costellazioni attraversate dall'eclittica, conosciute come i dodici segni dello zodiaco, l'astronomo, con singolare talento, smontava questi argomenti con poche e semplici parole, spiegando che l'eclittica descriveva il percorso del sole nel cielo e le zone zodiacali, considerate anche dimore di alcune divinità, si erano rivelate del tutto sbagliate quando l'astronomia dimostrò che non è il Sole a girare intorno alla Terra. Questa certezza scientifica diede il colpo di grazia all'astrologia in quanto scienza! È la Terra a girare intorno al Sole! Inoltre, aggiunse che considerando questa prova scientifica, più nessuno dovrebbe affidarsi ai segni zodiacali per predire il futuro, giacché, alla luce dei fatti, risultano essere credenze medioevali del tutto errate. L'astronomo affermò anche che l'astrologia si basa sull'errato movimento dei corpi celesti e, soprattutto per questo motivo, qualunque argomento l'astrologia sostenga è a dir poco fasullo, giacché la loro presunta lettura dei cieli stellati non può e neanche poteva corrispondere a verità.

«L'astrologia si basa su errori madornali circa la struttura e il funzionamento dell'Universo!» esclamò l'astronomo «perciò, resta ovvio che non è di matrice divina. Dato che si fonda su premesse fallaci, non può rappresentare un'accurata fonte d'informazioni riguardo al futuro. Il suo fallimento è ben illustrato anche da un episodio simile a quello dei Maya accaduto nell'antica Babilonia governata dal re Baldassarre.»

L'astronomo, con molta eleganza, spiegò che già nel passato i Caldei, il cui nome era divenuto sinonimo di astrologo, non furono capaci di predire la caduta della propria città, Babilonia. Daniele, il profeta del Vero Dio, sì! Poi, citando la Bibbia, lesse in Daniele capitolo 5 i versi da 7 a 11, e sottolineò il verso 11 dove Daniele viene ricordato superiore agli astrologi nella capacità di interpretare e profetizzare il futuro. Come afferma il libro di Daniele 2:27, 28 e 2:36-45, Daniele doveva la sua abilità al Creatore, che definì "Il rivelatore dei segreti". L'astronomo, leggendo i versi biblici, spiegò anche che, per dare un'interpretazione corretta agli eventi futuri che si avverarono tutti proprio come lui profetizzò, Daniele non si rivolse al Sole, alla Luna o alle stelle; il profeta si rivolse a Jahweh, il vero e unico rivelatore dei segreti.

«Nel nostro tempo la storia si ripete con un altro popolo, i Maya» asserì l'astronomo «benché questi facessero ampio ricorso all'osservazione astrologica, in modi simili a quella dei Babilonesi, la capacità profetica non riuscì a prevedere la scomparsa della loro civiltà avvenuta nel nono secolo della nostra era volgare. Adesso mi dica: "se non poterono prevedere la scomparsa della loro civiltà, con che criterio sosteniamo che avessero l'abilità di predire correttamente l'eventuale catastrofe che doveva riversarsi sulla Terra nel dicembre del

2012?"»

«Ma adesso l'interpretazione del 2012 è un'altra» rispose l'astrologo.

«Certo! Non essendo venuta la predetta fine, dovevate inventarvi altro per essere ancora credibili.»

L'astrologo si mostrava impacciato nel sostenere la presunta veridicità dell'astrologia, così l'astronomo gli chiese: «A differenza dell'astrologia, vuole un esempio di quanto è accurata nella sua predizione la Bibbia che è l'unico libro che riporta la parola dell'Unico Vero Dio?»

«Mi dica!» lo invitò l'astrologo.

«La distruzione di Babilonia fu predetta dal profeta Isaia nel 732 avanti Cristo e si adempì nei minimi particolari circa 200 anni dopo, nel 537. Isaia profetizzò l'esilio di Israele e la sua liberazione quando Israele era ancora una nazione potente e Gerusalemme una florida città. Il profeta, 200 anni prima, menzionò addirittura per nome Ciro, il condottiero persiano che avrebbe conquistato Babilonia, specificando perfino come avrebbe condotto la strategia di guerra.»

«Mi sembra impossibile predire il nome di un condottiero 200 anni prima che nasca!» replicò l'astrologo.

«Eppure è questo che fu fatto! Ciro il persiano era un pagano che non conosceva la Bibbia, non conosceva Isaia giacché questi morì molti anni prima della sua nascita, eppure, se lei leggesse i capitoli 44 e 45 di Isaia e li confrontasse con quanto riportano i libri di storia, noterebbe che il racconto è identico, con la differenza che lo storico scrive quanto è accaduto, mentre Isaia scrisse in anticipo quanto sarebbe avvenuto dopo 200 anni. D'altronde, profetizzare significa predire cose a venire e Jahweh lo sa fare egregiamente e meglio di chiunque altro.»

L'astrologo fu colpito dal fatto che con 200 anni in anticipo il profeta menzionò persino il nome di chi avrebbe conquistato Babilonia liberando l'esiliato popolo di Israele; e così l'astronomo, cogliendo lo stupore del suo interlocutore, per seppellire ogni dubbio, citò ancora un paio di scritture bibliche, come quella di Isaia 47:13,14; che dichiara: *Si presentino e ti salvino gli astrologi che osservano le stelle, i quali ogni mese ti pronosticano che cosa capiterà [...] Essi non salveranno se stessi.*»

Dopo queste parole Lucio rivolto a Fausto disse: «Interessante cosa è scritto nella Bibbia sugli astrologi, pensandoci bene i Maya non ci sono più, sono morti tutti! Bigogna riconoscere che non hanno saputo salvare se stessi!»

«Vero! Hanno dimostrato di non saper prevedere la loro distruzione! Non si è salvato nessuno! Quindi forse l'astronomo ha ragione, l'astrologia più che una scienza mi sa che è una scemenza!»

«Smettila! Non farmi ridere! Ascoltiamo cos'altro dice.» L'astronomo fece notare l'inutilità dell'oroscopo e affermò che la Bibbia esorta gli uomini a non avere nulla a che fare con esso. Spiegò anche in modo semplice che, quando nel passato l'astrologia era in auge e veniva considerata una scienza astronomica accurata, Jahweh la condannava senza mezzi termini denunciandola come scienza ingannevole. La gente comune non capiva il perché e lamentava un divieto apparentemente ingiustificato, ma adesso che l'astronomia ha dimostrato come le convinzioni astrologiche siano fallaci, chiunque può capire che Jahweh, in quel divieto, mostrava amore nel difendere l'umanità da bugie illudenti. L'astronomo fece notare che, ancora oggi, il Vero Dio condanna senza mezzi termini l'astrologia proprio perché essa è mera menzogna. Lesse in quella circostanza anche deuteronomio 18:10-12; una scrittura biblica che condanna chi predice gli avvenimenti futuri, e poi l'astronomo aggiunse: «Ribadisco che, grazie anche alle scoperte scientifiche dell'astronomia, l'astrologia, scienza fondata dagli adoratori del dio Sole, risulta inaffidabile e ingannevole. Ecco perché essa è una pratica detestabile al Creatore, Jahweh, l'Iddio di verità.»

L'astrologo, sentendosi perso, provò a sparare le sue ultime cartucce sperando di mettere in difficoltà il preparatissimo astronomo: «Però dovrà ammettere che esiste un destino e, come la mettiamo col fatto che è tutto predestinato? Il fatto che è tutto preordinato non le fa pensare che la lettura dei pianeti possa rivelare quanto dovrà succedere?»

«Che sia tutto predestinato, lo sta sostenendo lei» rispose deciso l'astronomo «per quanto mi riguarda, il Creatore non ha predestinato nessuno, anzi, Egli ha posto in noi la facoltà del libero arbitrio. La Bibbia, benché ammetta l'esistenza dell'avvenimento imprevisto, non attribuisce i nostri successi o fallimenti alle stelle. Solo noi ne siamo i responsabili! Il cosiddetto "destino" del nostro domani, lo formiamo con le azioni che abbiamo compiuto oggi. Intendo dire che, tutto quello che accadrà nei giorni che verranno dipenderà molto da quello che abbiamo già fatto. Il destino non esiste, sussiste l'imprevisto che è soltanto un'evidente casualità del tutto inconciliante con la fatalità. Pertanto, divenire un uomo migliore non dipenderà da quanto ci rivela l'astrologia, sarà la nostra determinazione a farci giungere ad una trasformazione positiva di noi stessi. Per capirci, una vita felice è il risultato della somma di scelte oculate fatte mentre ci succede di esistere. Quindi, il modo migliore per predire il nostro futuro è crearcelo. Anche se, devo riconoscerlo, fare questo non è per nulla semplice. La nostra volontà spesso cozza contro una società crudele, stupida e insensibile. Se poi a tutto questo aggiungiamo che siamo limitati dalla nostra condizione imperfetta, si potrebbe pensare che sia quasi impossibile raggiungere i propri obiettivi. Però, sta di fatto che, se desideriamo una vita migliore potremo ottenerla soltanto se ci impegneremo personalmente per raggiungerla, smettendo di credere che ce la darà il destino. Il meglio della vita non sarà qualcosa che dovremo limitarci ad attendere, perché non è una questione di casuale fortuna prescritta, ma è piuttosto qualcosa che va raggiunta con precisi obiettivi. Mi dia retta, la buona qualità di vita, eccelle in diretta proporzione all'impegno dell'uomo che la vive e non in diretta proporzione a quanto dicono le stelle.»

Lucio, nel mentre, disse sottovoce all'amico: «Questi sì che sono concetti profondi!» e Fausto di rimando: «Mi sarei scritto queste parole per tenerle come massime da appendere in casa per rileggerle ogni giorno!»

Poi Lucio strizzando l'occhio bisbigliò: «Fammi sentire cos'altro dice».

Notarono che l'astrologo pensava come rispondere, ma di fatto non sapeva più replicare all'astronomo, così, senza un giusto motivo, disse: «Per me, comunque, il destino esiste!»

«Ascolti, il fatalismo o come lei lo chiama "destino", è la credenza basata sul fatto che un essere superiore ha già deciso come tutto andrà a finire. Giusto?»

«Sì! Più o meno è così.»

«Se così fosse, perché rispettando le norme di sicurezza diminuiscono le medie di mortalità?»

«Cioè?»

«Ragioni su questo caso specifico e poi mi dica: da quanto rivelano le statistiche, vivere o morire dipende dal destino o dal prendere adeguate precauzioni?»

L'astrologo si soffermò a pensare e poi disse: «Beh! Non penso di saperle dare una spiegazione».

«Allora proverò a spiegarglielo io. La parola di Dio, in Galati capitolo 6 verso 7, chiaramente afferma: *Qualunque cosa l'uomo semini, questa mieterà*. Pertanto, la sopravvivenza non dipenderà dal destino ma dalle precauzioni prese. Si ricordi che raccogliere fragole o patate non dipenderà mai dalle stelle ma sempre dal seme coltivato!»

«Che cosa intende dire?»

«Intendo che Jahweh considera ognuno di noi l'unico responsabile delle proprie azioni e, di conseguenza, dei propri risultati.»

Finalmente l'astrologo sembrava che avesse compreso e l'astronomo, come per porre un sigillo di chiusura all'argomento trattato, lesse in quella circostanza anche Romani 14:12 dov'è scritto: *Perciò, ognuno di noi dovrà rendere conto di se stesso a Dio.*

Il tempo passò velocemente, sembrava farsi tardi per la cena; i due amici erano completamente immersi nell'ascolto di quella interessantissima disquisizione, benché andasse a mutare in loro ulteriori conoscenze che prima, come al solito, accettavano senza riflettere.

«Mio caro Lucio, da oggi in poi, niente più segni dello zodiaco e pronostici dell'oroscopo. Ok?»

«Ok! In questo viaggio sto imparando che quello che sapevo non è del tutto vero e devo riconoscere che ho ancora tanto da imparare!»

«Vorrai mica imparare tutto questa sera? dai, dai! Qui, se non ci muoviamo, non ci fanno mangiare più niente.»

«Smettila che è ancora presto!»

«Guarda che sono già le otto!»

«Qui ti danno da mangiare anche a mezzanotte! Lasciami ascoltare cos'altro dicono.»

Mentre Lucio pronunciava queste parole entrò la signora Maria.

«Guarda là in fondo, c'è la signora Maria. Andiamo a salutarla?» propose Fausto.

«Io vorrei conoscere meglio questo astronomo!»

«Magari lo cercheremo domani!»

«Se possiamo conoscerlo adesso vuoi dirmi perché dobbiamo rimandare a domani?»

«Perché puoi star tranquillo che non scappa dal treno!»

«Che spiritoso!»

«Dai, sembra male non salutare la signora Maria!»

A tanta insistenza Lucio arrendevole acconsentì. Le andarono incontro, si salutarono e, notando che era sola, le chiesero del marito.

«Soltanto cinque minuti fa era con me, adesso sta tenendo una specie di riunione con dei colleghi.»

«Chissà di quali interessanti argomenti discuteranno!»

«Pensate» spiegò la signora Maria «che siamo in viaggio per prenderci una pausa dal lavoro ma, benché sia in pensione, la sua smania di sapere non si arresta e così, eccomi sola ad aspettare che qualche mia amica venga a farmi compagnia o a sperare che mio marito finisca presto e mi raggiunga.

«A proposito della smania di sapere, devo dirle che il dottor Mesiti l'ha trasmessa anche a noi»

«Questa è una notizia che mi rallegra tantissimo!»

Lucio chiese alla neurologa se nell'attesa avesse avuto voglia di scambiare ancora due chiacchiere. La dottoressa ci pensò su un attimo e poi pose una domanda: «Per continuare quanto ci siamo detti da Torino a Parigi?»

«Sì! Se le fa piacere!»

«Considerando che lei è una neurologa e che le nostre convinzioni sull'evoluzione cominciano per alcuni versi a barcollare, può dirci qualcosa sul cervello?» domandò Fausto e la dottoressa: «Qualcosa che denoti una differenza chiara tra l'uomo e la scimmia?»

«Sì! Sarebbe perfetto.»

«Sa che sono contenta di avervi conosciuto?»

«Ah sì!?»

«Sì! Solitamente s'incontrano persone adulte che hanno perso l'interesse nei confronti delle scoperte scientifiche. Conosco tanta gente che vive convinta di sapere già tutto a motivo dell'età, ragionano come se l'uomo fosse una nespola che maturerà comunque nel tempo, indipendentemente dall'impegno cognitivo applicato. Incontrare un giovane voglioso di immergersi in nuove scoperte è più semplice, perciò il vostro interessamento può farmi soltanto piacere.»

«Ci sta forse scambiando per due vecchietti?» domandò ironico Fausto.

«No, no; quello che intendo dire è che tutte le persone dovrebbero fare come voi, senza mai adagiarsi su quello che già si crede di sapere per paura del nuovo.»

«Basterà convincersi di non essere come una nespola!»

«Mi piace il suo spirito! Comunque intendo dire che, se il concetto nuovo è veritiero, vuol dire che il vecchio era una fandonia, e ciò che si fonda su una falsità va subito rigettato indipendentemente dall'età... è una questione di buon senso!»

«Su questo non ci piove! Siamo d'accordo con lei!» risposero all'unisono i due amici.

«Adesso ci dirà qualcosa sul cervello?»

«Certo!»

«Senta, prima di parlare del cervello mi toglierebbe una curiosità?» domandò Lucio e la neurologa annuendo lo invitò a esprimersi.

«Signora Maria, considerando che lei non confida nelle religioni, però crede comunque all'esistenza di un Dio Creatore, vorrei domandarle com'è riuscita a convincersi così fermamente dell'esistenza di Dio senza l'ausilio d'una religione.»

«Quando le religioni incitano col fanatismo i propri giovani alla guerra per uccidere il proprio simile comprendo due cose: primo, che quella religione non insegna ad amare il prossimo tuo come te stesso e pertanto non è schierata con il Dio di Amore. Secondo, capisco anche che quella religione non può appartenere al Dio Creatore della vita, perché in guerra o con gli attentati terroristici si toglie la vita. Perciò quei soldati, supportati da una fede religiosa, quando uccidono, appartengono a una religione al servizio del demonio dio della morte, che è lungi dal Creatore Dio della vita. Detto questo, quando troverò una religione che non ha mai avuto vedove e orfani sulla coscienza, la prenderò in considerazione. Al momento credo in un Dio Creatore perché osservando la creazione, è come se essa mi parlasse di Lui e delle sue qualità. Personalmente noto anche l'evidenza di un Creatore riflettendo sulle somiglianze strutturali dei viventi.»

«A quali somiglianze si riferisce?»

«Per esempio, le strutture omologhe dei viventi.»

«Cioè?»

«Per capirci... affinché possiate notare la differenza deduttiva tra uno che presta fede nell'evoluzione e uno che crede nella creazione, vi farò un esempio: di fronte allo stesso caso, chi crede nell'evoluzione sostiene che, siccome il topo e la giraffa hanno sette vertebre cervicali alla base del cranio, questi due animali, avendo la stessa struttura anatomica, sono la prova che entrambi hanno avuto un unico antenato comune. Chi crede nella creazione invece fa questo ragionamento: che il topo e la giraffa abbiano sette vertebre cervicali alla base del cranio, prova che entrambi hanno avuto lo stesso tocco, lo stesso Creatore. Infatti, non sarebbe più logico pensare che il formatore di questi corpi è stato uno che li ha voluti modellare, sia nel corpo grande che nel piccolo, secondo il suo stile? Giacché, salvo qualche eccezione, tutti i mammiferi sono stati fatti con sette vertebre cervicali alla base del cranio: a voi, quale ragionamento sembra più logico?»

«Ma... non saprei... forse...» balbettò Lucio.

«Ok! Ascoltate. A voi dice niente il fatto che tutti i vertebrati sono costituiti da ossa ordinate secondo un preciso modello?»

Notando che i due amici esitavano nel rispondere, la neurologa aggiunse: «A riprova che non siamo frutto del cieco caso riflettiamo su quanto vi dico adesso. Un organismo vivente si distingue da un oggetto inanimato grazie a cinque caratteristiche precise: tutti secondo la loro specie si riproducono con una precisa e perfetta quantità cromosomica, tutti si sviluppano e crescono, tutti rispondono agli stimoli, tutti hanno la capacità di nutrirsi e tutti di conseguenza hanno la capacità di produrre energia. Perché tutti i viventi hanno questo stesso procedimento esistenziale? Inoltre, i tessuti degli organismi viventi sono costituiti da carbonio, idrogeno, ossigeno, e azoto. Perché sono tutti fatti della stessa sostanza? Inoltre le caratteristiche di ogni organismo vivente sono tutte codificate nella stessa maniera e nelle cellule eucariote all'interno del progetto scritto nel suo DNA. Perché? Perché è sempre il DNA la molecola che costituisce il patrimonio genetico di ogni organismo? In più, come mai, che si parli di una quercia o di un tulipano, di una balena o di una triglia, di un elefante o di un topolino, in tutti questi organismi ogni molecola di DNA è formata da una serie di molecole più piccole dette Nucleotidi, che sono sempre con le solite quattro basi azotate: Adenina, Timina, Guanina e Citosina? Perché tutti i viventi sono composti dall'unica unità di base di tutta la materia vivente, la cellula? Perché? Non viene spontaneo chiedersi: come mai tutti gli esseri viventi sono costituiti in maniera identica? Perché sono tutti composti di una o più cellule? E ancora: come mai tutte le cellule funzionano in un unico identico modo? Ad esempio, come mai dentro tutte le cellule avvengono simili complesse e perfette reazioni chimiche, compresi i meccanismi di liberazione dell'energia e delle reazioni di biosintesi? Perché tutte le cellule viventi si originano esclusivamente da altre cellule? Come mai tutte le cellule contengono le informazioni ereditarie degli organismi di cui fanno parte? E come mai in ogni specie vivente queste informazioni passano sempre dalla cellula madre alla cellula figlia? Ditemi la verità, quando si ragiona seriamente, è così difficile capire che tutto questo è dovuto al fatto che è stata una sola mente l'autore di queste straordinarie realtà? Nel mondo dell'arte quando si trova un bel quadro antico senza firma, non si pensa che sia di nessuno ma si esamina l'analogia tra gli altri quadri e, attraverso quest'analisi, studiando lo stile impresso sulla tela, i critici riescono a capire chi ne è l'autore. Ora, è mai possibile che i biologi, osservando le analogie strutturali di tutti i corpi dei viventi, non riescano a capire che se lo stile è unico è soltanto perché è unico anche l'autore? Intendo dire che: se tutte le cellule formanti la materia di base hanno un'unica identica funzionalità, è così difficile capire che sono frutto di un unico artefice? Non è evidente che tutte queste analogie attestino l'opera del medesimo progettista? Fanno di tutto per riconoscere l'artefice di un quadro, perché non s'impegnano a riconoscere anche l'artefice della natura?»

I due amici rimasero senza parole poi Lucio convinto esclamò: «Interessantissima quest'osservazione! È come dire che: se tutte le opere che ci circondano sono fatte col ferro, che ci vuole per capire che l'artefice deve essere un fabbro?»

«Uhm, mi è piaciuto questo esempio!»

«Ci piace ascoltarla, adesso però ci direbbe anche qualcosa sul cervello che confermi la creazione?»

«L'argomento è un po' complesso» esordì la dottoressa «e sto pensando come semplificarlo il più possibile.»

Ma dopo una breve pausa, la signora Maria infranse il silenzio d'attesa: «Allora... ritengo l'argomento cervello utile e chiarificatore per smontare ogni eventuale argomentazione a favore dell'evoluzione».

«Molto bene!» affermò Lucio.

«Adesso vi parlerò di una parte del cervello e vi prometto di trovare il tempo per completare l'argomento prima che finisca il viaggio, magari mentre mio marito sarà impegnato in un'altra riunione.»

«Fantastico! Cominci pure, siamo tutt'orecchi.»

«Adesso di quale parte del cervello ci parlerà? Emisfero destro o emisfero sinistro?» domandò Fausto.

La neurologa lo guardò esitante, dopodiché prese un lungo respiro e disse: «La prossima volta parlerò di quello che c'è dentro. Adesso vi parlerò di quello che sembra essere un semplice involucro, ossia, di quella parte del cervello che è definita corteccia».

Si fece silenzio, e i due amici annuirono in attesa di quella che già sentivano essere una lezione molto istruttiva.

«Dovete immaginare la corteccia cerebrale come un involucro che avvolge il cervello. L'encefalo si suddivide in due emisferi cerebrali, destro e sinistro, collegati tra loro da una struttura che è definita corpo calloso. La superficie degli emisferi è detta corteccia cerebrale e presenta dei solchi che delimitano zone anatomicamente suddivise in quattro lobi: Frontale, Parietale, Occipitale e Temporale. In questi lobi troviamo anche tre aree che assolvono funzioni sensoriali, motorie e associative. Sin dalla nascita, queste aree sono preposte a mantenere ordine nella confusione degli stimoli sensibili che eccitano le aree corticali, l'area sensoriale codifica gli stimoli, percepiti dai nostri cinque sensi, provenienti dalla periferia del corpo. L'area motoria comanda i movimenti volontari del corpo, e l'area associativa combina le informazioni giunte fra l'area sensoriale e quella motoria. Questo dimostra che la percezione non equivale alla somma dei singoli elementi di cui è composta, ma è il risultato di processi con cui l'individuo acquisisce le informazioni dall'esterno e le elabora.»

«Questa corteccia fa un sacco di cose!» osservò Lucio.

«Sì! La corteccia ha in sé i legami più stretti con l'intelligenza. Ci permette di domandare, parlare, pensare, riflettere, ricordare e fantasticare con l'immaginazione. Il cervello è composto quasi esclusivamente dalla sua corteccia. La possiamo vedere nei libri di scienza raffigurata come una lamina pieghettata.»

«Quando osservo un'illustrazione del cervello, noto che sembra simile a una noce.»

«Ecco, quella forma è data proprio da questa lamina pieghettata che ha uno spessore di circa 4 millimetri e mezzo.»

«Considerando che fa tutte queste cose pensavo fosse più spessa!» commentò Fausto un po' sorpreso e la neurologa chiarì: «Vi sembrerà poco ma, se potessimo vedere cosa c'è dentro, noteremmo 1000 chilometri di fibre nervose per ogni centimetro cubo.»

«Porca miseria! Un'immensità! 1000 chilometri di fibre nervose per ogni centimetro cubo?» poi, con simpatia, prendendosi la testa tra le mani, Fausto aggiunse: «e tutta questa roba sta qui dentro?»

«Proprio così!» annuì sorridendo la neurologa.

«Questo dimostra che i primi compact non li ha fatti l'uomo!» esclamò Fausto. Lucio lo riprese: «Dai, smettila!» e poi rivolgendosi a colei che era per loro come un'insegnante, disse: «Avrà capito che il mio amico ha sempre voglia di scherzare, ma le garantisco che siamo entrambi consapevoli che quanto lei dice è molto interessante».

«Lo so, lo so! E devo dirle, che il suo amico fa bene! Un po' di umorismo non guasta! ogni tanto una sana risata ci vuole proprio. L'essere umano può imparare meglio e più velocemente una lezione giocando.»

«È vero! Le cose che ricordo meglio sono proprio quelle che ho imparato divertendomi!» confermò Fausto.

«É così! Sin da bambini impariamo a conoscere il mondo intorno a noi, con rinnovata curiosità, grazie al gioco. Già nel periodo del romanticismo, intorno al 1800, Friedrich Fröebel, che riprendeva in considerazione anche parte delle riflessioni di Joann Heinrich Pestolazzi, per offrire ai piccoli l'opportunità della scoperta, inventò il *Kindergarten* o parco giochi per bambini. Fröebel diede un grande contributo al campo della psicologia infantile. Essendo credente, sosteneva che, stando in contatto con la natura, il bambino potesse comprendere meglio l'operato di Dio. Attraverso il gioco e mantenendo vivo il loro bisogno spirituale, quei bimbi dimostrarono la capacità di sviluppare meglio il linguaggio, le attività logico matematiche, la produttività e il disegno. Straordinario, no?»

Fausto, rivolto verso Lucio, scherzando disse: «Adesso hai capito perché sono più intelligente di te?»

«Per cinque minuti, riesci a fare il serio?» lo riprese ancora Lucio e poi rivolto alla signora Maria: «non gli dia retta, continui pure a spiegare». E la signora Maria sorridendo domandò: «Sapete qualcosa della dottoressa Maria Montessori?»

«Sì! So che fu la prima donna italiana a essersi laureata in medicina, e in seguito prese anche un'altra laurea in filosofia» rispose Lucio.

«Ecco, parlando di cervello, la Montessori va considerata un vero cervellone!»

«Sono d'accordo, fu apprezzata da molti leader politici. Direi che per l'alba del '900, come donna, fu un vero mito» sottolineò Lucio senza esitazione.

«Questa donna così emancipata» continuò la neurologa «prendendo spunto anche dal primo istitutore del "puerocentrismo" Jhon Dewey, creò una scuola materna a portata di bambino, non solo negli arredi ma anche nelle didattiche generali d'insegnamento. Molte fasi si svolgevano attraverso il gioco! Fu ritenuto un criterio di grande successo! Adesso, se è provato che s'impara meglio divertendosi, non si capisce perché il ragazzo debba seguire questo metodo soltanto nei primi cinque anni di vita e poi, quando si ritrova sui banchi di scuola, si deve sentire dire: "stai fermo, stai zitto, mani conserte", tutte espressioni seriose che, se ci pensate bene, soffocano la genialità, rendendo pesante lo studio e la ricerca.»

«Io sono d'accordo con chi ritiene che una sana risata faccia bene!» sottolineò soddisfatto Fausto.

«D'altronde, signor Lucio, non le sembra che il sorriso sia come il sole caldo che scaccia via l'inverno freddo dal volto? A un'espressione cupa e imbronciata si dovrebbe sempre preferire un viso solare e sorridente. Non le pare?»

«Ha ragione! Effettivamente, noi due, quando stiamo insieme, scherziamo parecchio ma, data la circostanza, non volevo farle credere che prendessimo l'argomento poco seriamente.»

«La capisco, e le garantisco che percepisco la differenza tra chi è serio e spontaneo e chi è serioso e ingessato. Con piacere vi dico che il vostro modo a me piace!»

«Grazie! Anche il suo modo di dire le cose ci piace tanto!» Esclamarono persuasi e sorridenti i due amici.

«Bene! Adesso ditemi: sull'argomento cervello, volete sapere qualcos'altro che smonti la ridicola teoria dell'evoluzione?»

«Certamente! Siamo qui apposta!»

«Ok! Allora, bando alle chiacchiere, riprendiamo il discorso rimasto alla formazione della lamina pieghettata... la corteccia cerebrale. In tutti gli esseri viventi, è atta a dirigere prevalentemente funzioni fisiche. In tutti il procedimento è unico a dimostrazione che, anche in questo caso la Mente Creativa è ancora Unica. Poi, quando si esamina accuratamente quella umana, al cospetto di altri animali, si riscontra qualcosa di singolare. La corteccia cerebrale nell'uomo si rivela essere di gran lunga superiore a quella di qualsiasi altro essere vivente e, in più, è composta di una zona preposta a elevati processi cognitivi che permettono al suo intelletto di distinguersi.»

«Quindi ci sta dicendo, ancor prima di parlarci del cervello, che soltanto quello che tra virgolette abbiamo definito "involucro", proprio per il fatto che è di una fattezza unica, dimostra l'assenza di rivali?»

«Sì! È proprio così! La corteccia cerebrale, a molti può sembrare apparentemente una semplice materia stretta contro il cranio, proprio com'è presente anche in altri animali ma, in realtà, quella umana è qualitativamente diversa e perciò ci rende anche diversi da tutte le altre forme di vita.»

«Molto interessante!»

«Noi disquisiamo su quest'argomento perché il lobo frontale si attiva quando richiamiamo un ricordo o pensiamo a una parola. La corteccia permette di elaborare un pensiero per produrre un'idea, di sviluppare l'intelligenza che permette di pianificare e determinare le nostre motivazioni, anche quelle che formeranno la nostra personalità.»

«Anche gli animali riescono in questo?»

«In linea di massima sì! Ma tenete sempre in alta considerazione il fatto che la matematica è prodotto esclusivo dalla mente umana!»

Fausto confermò che nessun animale aveva mai creato alcuna unità di misura o formulato complessi metodi di calcolo e la neurologa aggiunse: «Le differenze cognitive, tra uomo e scimmia, evidenti anche nel mondo della fisica, della matematica e della filosofia ci rendono molto diversi da tutti gli animali. Poi, se dovessimo appiattire la corteccia cerebrale di un essere umano, in grandezza, sarà quattro, cinque volte superiore a quella di uno scimpanzé! Anche questo presagisce un ulteriore motivo di differenza, non vi pare?»

«Quindi, già solo dalla corteccia celebrale, abbiamo la prova inconfutabile che non siamo scimmie evolute o più intelligenti. Giusto?»

«Si! La corteccia umana non teme paragoni!» dopo questa disquisizione, a Lucio venne naturale chiedere se tutti gli esperti giungessero alla medesima deduzione.

«Io rispondo delle mie deduzioni» spiegò la neurologa «perché valutando i fatti, sono convinta che non se ne possano fare altre. Poi, c'è chi naviga con la fantasia e se ne può inventare un mare, ma non credo che a noi interessi affidarci alle fantasie, visto che esse sono teorie che non possono essere dimostrabili. Vi pare?»

Lucio, annuendo confermò.

«Esaminando il cervello, sapete cosa fa affondare negli abissi dell'inutilità la teoria dell'evoluzione?» domandò la signora Maria ai suoi due appassionati interlocutori e Lucio la invitò a esprimersi.

«Il fatto che noi parliamo vi suggerisce qualcosa?»

«Perché, cosa dovrebbe suggerirci?» domandò Fausto.

La neurologa spiegò che soltanto l'essere umano può parlare, perché, tra tutti i viventi, è l'unico essere dotato di un apparato innato che gli esperti chiamano *language aquisition device* o semplicemente: LAD. Questo apparato, provocando lo stimolo linguistico, predispone l'uomo all'apprendimento e all'uso del linguaggio permettendogli di cogliere la struttura grammaticale della propria lingua. Per il nostro cervello le parole sono simboli che esprimono significati. Nella linguistica moderna, le parole sono definite "significanti", perché la parola espressa è un'entità composta dal significato che esprime il concetto e dal significante che ne procura l'immagine. Grazie a un centinaio di muscoli preposti all'uso degli apparati fonetici riusciamo a produrre un'infinità di suoni diversi, ma se a una parola inglese come *chair* non si abbina l'immagine di una *sedia* è soltanto perché non si riconosce quel suono.»

«Nessun animale è dotato di LAD, solo l'uomo lo è?» domandò Fausto sempre più incuriosito e subito dopo anche Lucio eccitato dall'argomento chiese: «Noi siamo gli unici viventi ad avere quest'area celebrale che ci permette di fare uso del linguaggio?»

«Perché, voi conoscete altre creature parlanti?»

«Boh! Sapevo del pappagallo...» rispose Fausto senza riflettere troppo e la signora Maria sorpresa dalla risposta di rimando lo ammonì: «Ma cosa sta dicendo! Quei pochi animali che emettono suoni simili a parole lo fanno per imitazione, non conoscono mica il significato di quanto dicono! Non penserà davvero che siano capaci di formulare frasi atte al dialogo! Questo lo può vedere solo nei cartoni animati, non nel mondo reale!»

Notando la gaffe dell'amico che arrossiva, Lucio cercò di rimediare: «Lo sente? Continua a scherzare!»

«Ah scherzava!? Non sono stata capace di cogliere la battuta fredda all'inglese, ma come battuta, è carina!»

Fausto cogliendo l'occasione, accennando un finto sorriso, esclamò: «Certo che stavo scherzando!»

Lucio determinato a sapere di più invitò la signora Maria a proseguire sull'argomento: «Lei stava dicendo che soltanto l'uomo può avere un linguaggio espresso in parole. Giusto?»

«Sì! Sono stati individuati alcuni settori deputati a produrre e a comprendere il linguaggio, questi settori sono chiamati *area di Broca* e *area di Wernicke*, queste due aree solo nel cervello degli umani consentono di formulare un dialogo.»

Lucio fece una riflessione: «Se ci pensiamo bene, quest'argomento atterra i darwiniani attestanti che lo sviluppo degli organi sia avvenuto anche dallo stimolo del bisogno, ora, se fosse come sostengono gli evoluzionisti, dovrebbero rispondere a questa domanda: "perché su tanti milioni di esseri viventi diversi, solo in una specie si è riscontrato il bisogno di parlare o dialogare con i propri simili così chiaramente come concede la parola veicolata?"»

«Bravo, bella domanda!» disse Fausto orgoglioso del suo amico.

«In milioni o miliardi di anni» continuò Lucio «come mai non è capitato che si formasse l'apparato LAD almeno in un'altra specie?» e Fausto aggiunse: «Vero! Secondo gli evoluzionisti nessun altro vivente sente il bisogno di comunicare chiaramente con la parola come fanno gli uomini?»

«Le vostre domande sono molto interessanti e chiarificatrici. Però vorrei aprire soltanto una piccola parentesi sui miliardi o milioni di anni per la razza umana: menzionano tutto questo tempo quelli che sostengono l'evoluzione vantando le ipotesi dei mutamenti ma, per la razza umana, i fatti sono altri.»

«Cioè?»

La neurologa, dato l'interesse dei due amici, decise di far sapere di più sull'argomento trattato, così, con eloquenza spiegò: «Vedete, la seria cultura riporta che la storia dell'uomo risale a circa seimila anni fa, perché i primi scritti rinvenuti risalgono a quel periodo; tutto ciò che è antecedente è definito preistoria, con nessuna documentazione. Perciò nella preistoria si viaggia con la fantasia e l'immaginazione, la quale poi, quando è sollecitata anche dal credo dell'evoluzione, risulta essere capace di creare qualsiasi trama».

«Forse non si trovano testi scritti perché l'uomo inizialmente non sapeva comunicare!» mise in evidenza Fausto.

«Ma ragioniamo» fu l'invito della neurologa «innanzitutto ricordiamoci che l'essere umano è sempre stato dotato di LAD e la prova sta nel fatto che nel corso della storia ogni volta che una popolazione incontrava un'altra popolazione, si constatava che quella già parlava una lingua. Anche se la scrittura è stata migliorata nel tempo perché non era come questa che noi usiamo oggi!»

«In che senso?»

«Inizialmente fu iconografica per poi divenire con gli egiziani geroglifica e man mano perfezionata come quella che facciamo scorrere oggi su un foglio bianco; e non possiamo dire lo stesso per il linguaggio! La parola verbale era sin da subito già perfettamente comprensibile. Lo dimostra il fatto che non è mai stata ritrovata una tribù e tanto meno un popolo senza il dono della parola, se tutti gli esseri umani hanno sempre avuto un loro idioma che fa riferimento ad un soggetto o ad un predicato, non dovremmo farci almeno una domanda, del tipo: "è mai possibile che, fino a seimila anni fa, tutti i popoli, mugugnassero incapaci di parlare una lingua chiara e comprensibile e poi improvvisamente, anche le tribù più disparate, dalla notte al giorno, hanno tutte balenato un proprio linguaggio grammaticalmente corretto? Non è più logico credere che siano stati già creati con il dono della parola?"»

I due amici ascoltarono con attenzione facendo tesoro di quanto veniva detto, e Lucio esclamò: «Fortissima questa riflessione!»

«Considerando che il dono della parola non è un'ipotesi ma un fatto scientificamente provato, volenti o nolenti dovranno essere in tanti ad accettare l'idea che il LAD non è l'esito di un meccanismo evolutivo, ma il risultato di un complesso progetto creativo formulato esclusivamente per l'uomo!»

«Già sento i caparbi con il loro aggrapparsi ai vetri. Magari avranno anche il coraggio di dirci: "vedete, noi possiamo parlare perché un asteroide è giunto sulla Terra con tanta radioattività che ha provocato queste aree del cervello portandoci ad esprimerci con la parola!"» commentò scherzoso Fausto e Lucio sogghignando: «Mi fai proprio ridere! Ammesso il loro blaterare scientifico, allora domanderei: "come mai è capitato soltanto all'animale uomo e non a tutti gli altri animali?"»

Fausto sempre più spiritoso, atteggiandosi a saputello cattedrato aggiunse: «Deve capire che è stato un asteroide che con la sua radioattività ha intaccato soltanto un animale, il quale, per botta di parippapperoppappà, era l'uomo!»

Tutti e tre, di fronte a questa ridicola scena, risero tantissimo, la neurologa non riusciva a trattenersi, provava ad asciugarsi gli occhi che lacrimavano dal tanto ridere, e dopo un bel po', disse: «Siete uno spasso! Mi fate proprio divertire, e in questa originale sorta di comicità fate anche riflettere. Comunque... tornando alla mia domanda, dopo averla posta, mi aspetterei che si giungesse alla conclusione che il linguaggio è da considerarsi un dono aggiunto dall'amorevole Creatore a quelle singolari creature che volle fare a sua immagine e somiglianza».

«Stando ai fatti, siamo ovviamente d'accordo!» esclamarono simultaneamente i due amici con netta convinzione.

«Adesso che ho ricevuto queste nozioni sul cervello, ogni parola che pronuncio mi sembra quasi un miracolo!» esclamò Fausto riconoscente per il generoso *dono* ricevuto e Lucio aggiunse: «Considerando che siamo gli unici a pronunciare parole, viene da domandarsi: "com'è possibile poter parlare così scorrevolmente e con assoluta semplicità?"»

«Diciamo che la corteccia motoria» spiegò la neurologa

«contiene miliardi di neuroni collegati ai muscoli e ci garantisce la capacità di compiere attività richiedenti destrezza nel movimento, però, è soprattutto deputata a favorire l'uso della bocca, lingua e muscoli facciali che permettono di gestire i suoni fonetici. Tra pensiero e parola esiste uno stretto rapporto di interazione evidente. Il linguaggio richiede l'intervento di alcune strutture come l'apparato fonatorio e specifiche aree della corteccia cerebrale che, nell'uomo, sono presenti e funzionano egregiamente; mentre per gli animali non si può dire altrettanto. Gli scienziati, per quanto si impegnino a far parlare anche le scimmie, non riescono ad andare oltre al risultato della produzione di pochissimi suoni rozzi. Questo fa desumere che nessuno scimpanzé potrà mai esprimersi con un linguaggio complesso che unisce le varie parole secondo regole grammaticali ben precise, proprio come sa fare l'essere umano che, nei primi dodici mesi di vita, ha la capacità di passare dalla lallazione alle prime semplici parole come "mamma" e "papà", per poi arrivare nei successivi 24-36 mesi a pronunciare anche più di mille vocaboli.»

«Tra l'altro, non solo oralmente ma alcuni vocaboli anche per iscritto» sottolineò Lucio.

«Proprio così! Inoltre, è risaputo che l'intelligenza si sviluppa attraverso la risposta alle domande, e i bambini, già a tre anni, fanno tantissime domande con il desiderio di comprendere il mondo e l'ambiente che li circonda. Detto questo, pensate che a qualche scimmia, in tutto il corso della vita verrà mai in mente di fare una sola domanda?»

Prontamente Fausto rispose: «No! Non riesco a immaginarmi una scimmia capace di fare anche una sola domanda!» e Lucio concordò: «In effetti, nessuna scimmia formula domande in un ipotetico dialogo.»

«Pertanto possiamo dire con provata certezza, che il dono del linguaggio, con i suoi fonemi, morfemi e regole di composizione delle frasi, è una chiara dimostrazione che non discendiamo da nessuna scimmia e tanto meno da nessun qualsivoglia animale.»

«Quanto dice è interessantissimo!»

«Vi dirò di più! degno di nota è che gli scimpanzé usano circa 35 vocalizzazioni per esprimere significati che consistono nell'avvistamento del pericolo, nella ricerca del cibo, nei richiami sessuali e in segnali che servono ad adattarsi all'ambiente e a socializzare con il gruppo della propria specie, ma non sono e non saranno mai capaci di aggiungere neanche una nuova parola al loro vocabolario.»

«Probabilmente, emettendo quei suoni, tra di loro è come se conversassero. No?» domandò Fausto.

«Non si può sostenere che gli animali dialoghino fra di loro; i loro messaggi si riferiscono solo a dati oggettivi. Gli animali comunicano con gran varietà di segnali, gesti, canti e danze. Nessun animale possiede una lingua ben strutturata e grammaticalmente corretta. Perciò, quando parliamo di animali, non possiamo parlare di chiaro linguaggio, ma di codice elementare comunicativo. Inoltre, nessun animale possiede la capacità di trascrivere quanto comunica, anzi direi di più, gli animali non hanno neanche la capacità di disegnare figure con un senso e, per quanto gli scienziati si sforzino ad insegnarglielo, ottengono soltanto inutili scarabocchi. Abbiamo poi l'uomo. Anche lui con 35 vocalizzazioni, però anche con la capacità peculiare innata di articolare i suoni dando origine alla parola, e con la capacità aggiunta di combinare questi fonemi fino ad ottenere nuovi contenuti espressivi di linguaggio.»

«Se entrambi hanno 35 vocalizzazioni perché solo l'uomo riesce a parlare?»

«Perché, come vi ho già detto, a differenza degli animali, l'uomo ha nel cervello un'area predisposta a questa specifica funzione che gli dà la capacità sorprendente di usare la sintassi, formulare domande e dare risposte. L'uomo riesce sempre a creare nuove parole che arricchiscono il proprio vocabolario. È soltanto nell'essere umano che troviamo aree del cervello dove miliardi di neuroni riescono a decifrare il significato delle parole pronunciate o scritte. Grazie all'insieme di tre complessi meccanismi cerebrali, siti identificati col nome di *Wernicke*, *Broca* e *LAD*, l'uomo può comunicare con gli altri sempre meglio, non solo parlando di fatti reali ma anche di fatti immaginari.»

Fausto brioso rimarcò: «Ecco perché è riuscito a inventarsi l'evoluzione! Tutta colpa dell'immaginazione, di quest'area che gli permette di fantasticare con il pensiero. E grazie che poi si ritrova a dire grandi cavolate teoriche!»

Lucio, non volendo perdere il filo del discorso, serio, lo riprese: «Ormai, nel campo della teoria dell'evoluzione, sappiamo che l'immaginazione trova spazi infiniti, ma adesso smettila, non interrompere!»

La neurologa divertita osservò i due amici, e quando ebbe nuovamente la loro attenzione, continuò: «Da quanto detto, è chiaro che il nostro cervello ci consente di comunicare con gli altri in maniera molto comprensibile. La competenza linguistica si basa sulla condivisione di pensieri, sentimenti, emozioni e conoscenza».

«Secondo lei, la parola è lo strumento più completo per comunicare?»

«Direi proprio di sì! I gesti, le immagini e i suoni, non riescono mai a rendere completa la comunicazione. Vi faccio un esempio: se due bambine si abbracciano, con questo gesto esprimono un senso di amicizia affettiva. Chi osserva si domanderà: "Sono sorelle? Cuginette? Semplicemente amiche? Chi sono realmente quelle due bambine?" Senza la parola non lo sapremo mai! Perché quei gesti, quei suoni e quelle immagini, di per sé, non potrebbero mai darci una risposta precisa se non usassimo la parola.»

«Questo esempio rende chiaro il concetto!» affermò Fausto.

«Inoltre» continuò Maria «la scuola di recitazione insegna che dire una semplice parola come "buongiorno", secondo come sarà pronunciata, trasmetterà un sentimento di gioia o tristezza, oppure anche eccitazione o rabbia. Questo perché gli umani hanno anche un'area nel cervello che provvede all'emotività del linguaggio. Ricordo quando ero fidanzata con mio marito, solo ascoltando il suono della mia voce percepiva se ero triste e mi domandava: "Cosa ti è successo? Che cos'hai oggi?" spesso senza argomentare ma solo con poche parole intuivamo lo stato d'animo l'una dall'altro, anche solo per telefono! Questa sfaccettatura della comunicazione va sempre ritenuta avvincente perché la voce nell'essere umano é anche un arricchimento psicologico, direi che è per se stessa la sinfonia dell'anima.»

«Vista così, possiamo dire che la voce è lo specchio che riflette il nostro umore!» osservò Lucio e Fausto sclamò: «Quest'aspetto vocale, lo trovo sbalorditivo!»

«Perciò la parola dell'uomo non è una semplice funzione eloquente» continuò Maria «piuttosto essa è soprattutto una funzione pragmatica con lo scopo di agire su sé stessi e sugli altri; è anche poetica quando rivela uno stato d'animo ricco di sentimento, è anche musicale perché col canto può comunicare una profonda suggestione; è anche cognitiva perché esprime contenuti oggettivi e, infine, è anche argomentativa e ragionevole giacché esplica tesi a favore o contro un determinato argomento, accertandosi che la comunicazione stia avvenendo. Non pensate che tutto questo sia rilevante nel credere o meno in un saggio artefice del dono della parola? Poteva esistere in noi questo dono se non ci fosse stato un onnisapiente Creatore?»

«E dire che conosco tanta gente che bestemmia Dio con la stessa disinvoltura con la quale altri dicono buongiorno e buonasera!» contestò Fausto un po' angosciato.

«Quando l'uomo usa il linguaggio per imprecare o addirittura bestemmiare, dovrebbe vergognarsi di usare impropriamente questo dono confezionatogli per verbalizzare l'amore e per comunicare con il suo stesso Creatore, che l'ha fatto pure a sua immagine e somiglianza.»

«Se io fossi il Creatore, farei seccare in bocca la lingua che pronuncia bestemmie!» accentuò inalberato Fausto e Maria chiarì: «Se questo non avviene, è solo perché il Creatore e anche smisuratamente amorevole e misericordioso!»

«Io credo che la Sua pazienza giungerà a un limite!»

«Le confesso che lo credo anch'io! E quel giorno smetteranno tutti di bestemmiare!»

«Signora Maria, i suoi ragionamenti hanno grande forza magnetica e questa sua logica mi conduce serenamente, senza se e senza ma, a condividere pienamente le sue convincenti argomentazioni.»

Mentre Lucio esprimeva il suo sentimento, Fausto annuiva e la neurologa aggiunse: «Ricordo il dottor David Premack che, dopo aver trascorso molti anni ad insegnare forme semplici di comunicazione agli scimpanzé, fece questa dichiarazione: *Il linguaggio umano è fonte di grande imbarazzo per la teoria evoluzionistica, perché esso è un fatto enormemente più potente di quanto si possa giustificare.*»

«Ed io sono pienamente d'accordo con Premack!» esclamò Lucio e Fausto ammise: «Bisogna riconoscere che non esiste altra deduzione se non quella che il linguaggio umano è un dono Divino del tutto miracoloso».

Lucio fece una riflessione a voce alta: «Ma quante cavolate diceva Darwin, soltanto una marea di... scusatemi, ma sapere certe cose, se da un lato mi fa piacere, dall'altro mi fa anche incavolare. Ho sprecato così tanto tempo a dare retta ai fanfaroni! Fino a qualche mese fa compravo libri che sostenevano l'evoluzione; invece adesso, in questo viaggio, più parlo e ragiono, e più mi convinco che non esiste evoluzione o qualsivoglia genere di macroscopica mutazione!»

«Ricordatevi che se l'evoluzione fosse stata un fatto accertato e vero avremmo depennato il termine teoria. Dovete capire che l'argomento evoluzione era ed è ancora tutt'oggi una teoria basata su mille ipotesi e resta teoria perché non c'è nulla di definitivo e concreto. Argomentare con queste ipotesi è soltanto un vaniloquio ciancescano, articolato unicamente tra immensi cumuli di chiacchiere vacanti e inutili.»

Tutti e tre si fecero una bella risata.

«Come mai ridete così tanto?» chiese il dottor Amedeo camminando verso di loro e, dopo essersi salutati, la moglie gli raccontò il finale della conversazione. Sorrise anche lui e disse: «Devo proprio farvi conoscere il mio amico Salvatore Ponzio; lui, essendo un bravo antropologo, potrà spiegarvi bene molti aspetti interessanti sui cosiddetti ominidi e uomini scimmia».

Lucio non poteva che essere entusiasta della nuova conoscenza.

«Guardate un po' chi c'è? Vedete quel signore là in fondo?» disse Amedeo «quello è proprio il mio amico Salvatore. Adesso ve lo presento... Salvo... Salvo.»

Il nome, pronunciato a voce alta dal professor Mesiti, richiamò l'attenzione del suo amico.

Salvatore era un tipo veramente particolare. Indossava elegantemente uno spezzato con colori vivaci e portava anche due baffetti che sembravano sorreggergli il naso. Si avvicinò salutando con voce profonda e fu presentato a Lucio e Fausto.

L'antropologo si rese disponibile a scambiare quattro chiacchiere e, vista l'ora, invitò i due amici a cenare, in compagnia sua e della moglie Lina, al tavolo nella carrozza ristorante. I due amici ringraziarono la signora Maria per le cose dette, e le ricordarono che sarebbero rimasti in attesa dell'invito al secondo incontro promesso, dove avrebbe spiegato loro il cervello, come contenuto del cosiddetto "involucro".

«Tranquilli, farò con voi un altro incontro con molto piacere!»

Congedatisi, andarono a cena in compagnia dell'antropologo e della moglie, si sistemarono al tavolo nell'elegante carrozza ristorante e gustando la cena, iniziarono la loro conversazione. Spiegarono all'antropologo che da sempre erano stati ciecamente credenti verso le "presunte" rivelazioni scientifiche, mentre adesso si rendevano conto che, probabilmente, è meglio appurare ogni cosa piuttosto che credere estremamente fiduciosi e senza ragionare a ogni affermazione fatta da chi indossa un camice bianco o ha un'apparenza distinta.

«Condivido!» affermò Salvo «"l'abito non fa il monaco!" È il detto che dovrebbe spingerci a stare in guardia con chiunque si ha a che fare. Intravedendo da lontano una persona con camicetta, minigonna e tacchi a spillo, non dobbiamo dare per scontato che sia una donna, a volte potrebbe essere un travestito che porta con sé una sorpresa inaspettata.»

Si fecero tutti e quattro una risata, dopodiché l'antropologo riprese il discorso: «Scherzi a parte, vorrei sapere una cosa: Amedeo vi ha già parlato del caso Piltdown?»

«Sì!» confermò Fausto «quello che avevano spacciato per quarant'anni come anello mancante tra la scimmia e l'uomo.»

«Che vergogna!» aggiunse Lucio «scienziati che pianificano e attuano un vero raggiro, per sostenere una menzogna, a discapito di chi gli dà fiducia e legge i loro libri.»

«Tra l'altro, sono anche libri che rendono parecchi quattrini!»

«Fare soldi spacciando menzogne non fa onore alla scienza!»

«Sono d'accordo con voi!» approvò Salvo e Lucio esclamò: «Abbiamo capito che certe volte, per sostenere i propri ideali, proclamano delle vere assurdità!»

«Pensate che nel secolo scorso» spiegò Salvo «per incentivare le masse operaie a produrre di più, l'evoluzionista e social-comunista tedesco Friedrich Engels, arrivò persino a sostenere che era stato proprio il lavoro a trasformare la scimmia in uomo.»

«Ridicolo!»

«Vi sembrerà ridicolo, ma questo è per capire a quale assurda e perversa idea ci si appella pur di raggiungere i propri fini. Comunque, passando al concreto: sapete già che l'imbroglio di Piltdown non è stato l'unico caso, vero?»

«Non ci dica che ce n'è un altro!» chiese Lucio un po' interdetto.

«Un altro... no, no! Un altro no!»

«Meno male, altrimenti veramente c'era da preoccuparsi per le notizie che danno gli scienziati!»

«Mi faccia finire la frase signor Fausto» poi, con un sorriso, Salvo aggiunse «come dicevo, un altro caso no, ma diversi sì!»

Gli amici, guardandosi in faccia con stupore, chiesero: «Lei sostiene che il caso Piltdown non è unico?»

«Sì! Casi come quello ce ne sono tantissimi!»

«Porca miseria, ma è una vergogna!»

«Fidatevi di quanto vi dico! Come antropologo sono specializzato nello studio delle origini dell'uomo, dello sviluppo e del funzionamento delle società umane. Inoltre, mi diletto nello studio etnologico, partendo da un'approfondita osservazione diretta della cultura umana e, per finire, sono anche appassionato di archeologia. Questa è una materia che mi permette di ricostruire la storia delle civiltà antiche attraverso i reperti delle attività umane accumulatisi nel corso dei secoli.»

«Lei svolge un'attività molto interessante!» sottolineò Lucio.

«La mia professione e le mie passioni mi permettono di appurare a fondo ogni affermazione sull'evoluzione della razza umana.»

«Senta: che cosa succede durante le presunte scoperte scientifiche?»

«Innanzitutto, dovete sapere che, sugli argomenti dell'evoluzione, non è tutto vero quello che si sente dire in giro. Capita che spesso non si abbia una corretta informazione.»

«Che cosa intende dire?»

L'antropologo provò a spiegarsi meglio: «Rimango basito quando sento qualcuno riferire una notizia appresa da un amico, che a sua volta l'aveva sentita da un altro amico, che l'aveva sentita dire da uno che sosteneva di averla letta sul giornale. Considerando che in molte persone è innato il piacere d'ingigantire le informazioni, vi lascio immaginare quanto ci possa essere di vero nel loro entusiastico cicaleccio!»

«Penso che molti, per il semplice gusto del sensazionale, a quelle notizie facciano affidamento lo stesso!» notò Lucio e l'antropologo annuendo: «Proprio così! E in più, non vogliono neanche appurare se le cose stanno veramente così oppure no; perché a questo tipo di persone la notizia piace così com'è. Il bello è che, se gli fai notare che è tutta una bufala, si arrabbiano pure!»

«Conosco parecchia gente che banfa senza sapere quello che dice!» esclamò Fausto e Lucio con animo remissivo: «Cosa possiamo farci!? Molta gente è così assuefatta e dipendente dal sistema informativo e formativo di questo mondo che alcuni, stupidamente, sono persino disposti a combattere per ideali che poi si rivelano errati e, a volte, capita che lo facciano fino a sacrificare la propria vita!» e Fausto borbottò: «Pensa anche all'amarezza che si prova quando poi si scopre la verità!»

«Sono d'accordo con quanto dite. Comunque, tornando a noi... il caso Piltdown non è stato unico e isolato!»

«Lei sostiene che non è stata l'unica menzogna a discapito della cultura scientifica nella ricerca degli uomini scimmia?»

«Furono in molti a riprovarci! Con la truffa di Piltdown si spalancò un portone per molti millantatori! Si scoprì che mentire in questo campo produceva lauti compensi... purtroppo, benché la scienza dovrebbe fare affermazioni solo su quanto è dimostrabile con risultati inconfutabili, stranamente, quando parla di evoluzione, questo avviene di rado.»

«Mi sembra di capire che ci sia un'evidente testardaggine nel voler dire a tutti i costi che siamo delle scimmie intelligenti» brontolò Fausto un po' affranto e Salvo confermò: «Proprio così! È anche per questo sciagurato ideale che molti scienziati sono ben disposti a mentire.»

«Quindi, a questi ciarlatani non è bastata la figuraccia che hanno fatto per lo scandolo Piltdown?»

«Adesso vi dico una cosa che ha dell'incredibile. Pierre Teilhard de Chardin fu implicato nella frode dell'uomo di Piltdown; con quella vergognosa reputazione chiunque avrebbe smesso di esercitare un servizio scientifico; invece, De Chardin lo ritroviamo in un altro scandalo, quello dell'Uomo di Pechino, detto *Sinantropus*.»

«Che elemento sfrontato e spudorato!» esclamò stizzito Fausto e Salvo proseguì con dettagli che sembravano incredibili: «L'impostore De Chardin si era interessato personalmente per farsi finanziare la ricerca, ovviamente ripetendosi nella sua scaltreria. La faccenda fu montata ad arte con qualche osso trovato qua e là.»

Incuriosito Lucio domandò: «Come fu scoperto l'imbroglio?»

«L'operazione subdola fu smascherata da Marcellin Boule. Egli dimostrò che quelle ossa, elogiate come appartenenti alla razza umana, in realtà erano di un babbuino.»

«Quindi, una seconda figuraccia!» notò Lucio e Fausto indignato aggiunse: «Suppongo sia stato tutto molto imbarazzante per la scienza!»

«Sì! Ma come capita spesso in ambito scientifico, anche questo caso è stato ben nascosto o poco risaputo!»

«Lei diceva che ci sono altri casi oltre a questi due?»

Alla domanda di Lucio si unì Fausto, ribadendo con insistenza: «Sono tanti?»

«Ce ne sono talmente tanti che non penso di trovare il tempo per poterli menzionare tutti!»

«Già questi due casi dovrebbero bastare per capire che non sempre ci dicono la verità e che hanno voluto farci credere all'evoluzione a tutti i costi, anche a discapito della reputazione di essere scienziati» disse Lucio un tantino inalberato e Fausto aggiunse: «Però, se ha piacere di menzionarci qualche altro caso, a titolo di cronaca mentre ceniamo, riterremo la conversazione particolarmente istruttiva.»

«Lo farò con piacere perché, nell'immaginario collettivo, non credere all'evoluzione è sinonimo d'ignoranza, mentre chi presta fede alla teoria dominante è sempre ben riverito. Beh! Vi assicuro che non c'è niente di più stupido del ritenere i sostenitori dell'evoluzione incontestabili conoscitori scientifici. Quest'idea, che l'opinione pubblica vorrebbe trasmetterci, è del tutto demenziale. Ricordatevi che l'evoluzionismo continua a sedere sugli scranni del sapere perché si fa una così grande pubblicità alle menzogne che restano verità anche quando sono smentite».

«Direi anche che gli argomenti, per come li sanno impostare, confondono tantissimo!» osservò Fausto e Salvo precisò: «É per questo che, con vero piacere, stasera vi dirò la pura verità, in modo tale che voi stessi ne possiate fare eco, a dispetto dei mass media che, quando correggono una notizia falsa, spesso lo fanno rilegandola in piccolo e in ultima pagina.»

«Ci dica pure!»

«Le dichiarazioni che si sono rivelate ridicole riguardo agli ominidi o uomini scimmia, come dicevo, sono talmente tante che non saprei proprio da dove cominciare. Uno dei più recenti è l'*Uomo di Neanderthal*, ma c'è anche il *Pithecantropus*, l'H*esperopitecus*, l'*Austrolopitecus*, il *Ramapithecus*, l'*Aegyptopitecus*. Esiste una vera carrellata di bluff!»

«Non riesco a credere alle mie orecchie!» esclamò angosciato Lucio e Fausto unendosi al dissenso dell'amico: «Questo fa capire, quanti siano i ciarlatani in campo scientifico!»

«La cosa triste» spiegò ancora l'antropologo «è che molti, per divenire ammirevoli e fare cassa, spacciano menzogne per i propri fini egoistici a dispetto delle persone oneste che danno per scontato che la fonte sia buona.»

«Il fatto è tragico, soprattutto quando l'informazione corbellica viene avvalorata dalle massime istituzioni» sottolineò Fausto.

Lucio si stava rendendo conto di vivere in una generazione di spergiuri e millantatori, capaci di portare sul tavolo tante discussioni utili soltanto a offuscare anche le verità più solari.

«Se ci pensate bene, le più grandi verità sono sempre state dette in poche parole, chi ne usa troppe, o non sa esprimersi, oppure vuole imbrogliarci» mise in evidenza Salvo e Fausto esclamò: «Proprio vero!»

«Allora vi dico in breve alcune ciarlatanerie smascherate, riguardanti gli uomini scimmia. Iniziamo con il *Pithecantropus* detto anche "Uomo di Java", località dove fu scoperto, o *Homo Erectus*, giacché *Pithecanthropus* significa letteralmente "uomo scimmia che si tiene in piedi". Fummo portati a credere che fosse un intermedio tra la scimmia e l'uomo moderno, e chi non sa la verità al riguardo, ancora ci crede.»

«Ci riveli lei la verità, non ci lasci sulle spine» chiese Fausto eccitato dalla curiosità e l'antropologo spiegò: «I fossili di questo ritrovamento consistevano in una calotta cranica e un femore; Eugenio Dubois, fece grandi guadagni con questa menzogna che propinò per ventisei anni. In punto di morte, forse per il rimorso o non so per quale altro motivo, fu lui stesso ad ammettere che il femore apparteneva a un uomo, mentre la calotta cranica apparteneva a un gibbone.»

«Meno male che per qualcuno la coscienza funziona ancora!» esclamò Lucio. Fausto invece non perse l'occasione per fare una battuta: «Probabilmente Dubois, che insegnava l'evoluzione, era consapevole di dire una menzogna e che dopo la morte lo attendeva un Creatore che l'avrebbe giudicato».

«Siccome questo fatto ci fa sorridere» continuò Salvo «vi menzionerò un altro imbroglio che ci farà piegare in due dalle risate. Vi parlerò dell'*Hesperopithecus*, detto anche "Uomo del Nebraska", perché è lì che fu scoperto da Harold Cooke, il quale sosteneva che l'uomo milioni di anni fa fosse una scimmia. E sapete quale fu la prova che portò? "un dente".»

«Ah, ah! Questa è forte. 'Sto tizio, con un solo dente, è riuscito a creare la storia dell'uomo?» chiese ironico Fausto e ridendo il paleontologo proseguì: «Ma non è tutto... sapete cosa si scoprì qualche tempo dopo?»

Fausto, certo di parlare anche per l'amico, invitò il paleontologo a continuare senza indugi, e Salvo svelò: «Quell'unica prova, proprio quel dente, apparteneva a un suino americano!»

Lucio sobbalzò e incredulo domandò: «In pratica montò una teoria evolutiva dell'uomo, con un dente di porco?»

L'antropologo ridendo, per lo sbigottimento espresso nel volto dei due amici, non avendo fiato per rispondere, si limitò ad annuire con la testa. Lucio ribatté: «Ma dice sul serio? Non si trattava né di una scimmia vicino all'uomo, né di un uomo che somigliasse alla scimmia?»

«Non ci posso credere! Ci sta dicendo che la teoria di questo scienziato era stata montata tutta sul dente di un maiale?»

«Sì, proprio così! Purtroppo nei musei di storia naturale, si mostra l'*Hesperopithecus* modellato in tutte le misure, seduto attorno al fuoco con la sua famiglia, o mentre saluta il mondo con una clava sulle spalle. Sapendo di mentire, ci dicono che sono uomini scimmia vissuti milioni d'anni fa nel Nebraska, e sono glorificati come pre-umani, e la gente fidandosi non si rende conto che tutto ciò che sente o vede di quest'ominide, chiamato *Hesperopitecus*, non è nient'altro che un miserabile dente di porco!»

«Ma questa notizia ha proprio dell'incredibile, questo scienziato, in pratica, ha creato un uomo partendo da un porco?» affermò incredulo Lucio mentre Fausto ridacchiando continuò: «Bella questa! Almeno gli altri partivano dalle scimmie, questo invece con un solo dente di maiale e tanta fantasia è riuscito a creare una storia ancora più sensazionale».

«Certo che questo scienziato è proprio un fenomeno!» concluse ironico Lucio.

Davanti all'incredulità dei due amici, l'antropologo riportò l'ennesima conferma: «Sapete cosa disse il dottor Duane Gish quando fu smascherato quest'artificio? Che *l'Ominide Hesperopithecus è soltanto la prova che un porco ha prodotto una scimmia partendo da uno scienziato*».

A queste parole, scoppiarono tutti e quattro in una sonora risata che, come promesso, veramente li fece piegare in due. L'antropologo evidenziò che sono in pochi quelli che conoscono tutti i fatti delle presunte scoperte a sostegno dell'acclamata evoluzione. Fece cenno ai numerosi inganni che la scienza elabora per confezionarci il credo che l'uomo sia l'esito di una combinazione fortuita di eventi che mutarono la scimmia da una micro evoluzione a una macro evoluzione.

«Negando il fatto scientifico di una geniale creazione divina sono divenuti sostenitori di una cieca casualità evolutiva» affermò l'antropologo che proseguì parlando anche degli *Australopithecus*, detti anche "scimmie del sud" perché ritrovate in Africa. In questa categoria si distingueva l'*Homorudolfensis*, l'*Homohabilis* e la più discussa *Lucy* scoperta da Donald Johanson. Poi, con serietà, pose l'accento sugli eventi, dicendo: «Ruth Moore, dell'*Austrolopitecus* scrisse: *L'uomo ha finalmente incontrato i suoi predecessori*. Però, quando un'asserzione si basa su testimonianze fragili o addirittura inesistenti, si azzarda cercando di far dire ai fossili quello che non dicono perché, anziché prendere atto della realtà, si è spinti dalla volontà di credere vero quello che si desidera, anche ricorrendo a vere e proprie frodi. E quando gli argomenti si fondano sulla menzogna, prima o poi, crolla tutto!»

«Fu smascherato anche questo scienziato?»

«Certamente! L'anatomista Solly Zuckerman, esaminando i pochi reperti a disposizione, precisò che si trattava di scimmie al 100%. I suoi studi furono confermati anche da Charles Oxnard, che giunse alla conclusione che l'*Australopiteco* non si teneva dritto in piedi. Esaminando accuratamente quei miseri resti si giunse alla conclusione unanime che non si trattava affatto di predecessori dell'uomo, ma chiaramente di scimmie con lunghe braccia che camminavano poggiandosi sui pugni.»

I due amici erano quasi scioccati per quanto stavano apprendendo da queste rivelazioni. Si parlò anche del *Ramapithecus*; si diceva vissuto quattordici milioni d'anni fa e definito il primo di quei rappresentanti della famiglia umana, noti col nome di ominidi.

«Tutto fu montato ad arte con il ritrovamento di alcuni frammenti di mandibola superiore e inferiore e con qualche dente. Per decine di anni vantarono la scoperta. Furono divulgati in ogni dove immagini di uomini scimmia, su libri, riviste e documentari, che resero fior di quattrini.»

«Queste immagini sui libri ingannano tantissimo!» commentò Lucio indignato e Fausto ribadì: «Con questi disegni ci spacciano per vero il frutto delle loro fantasie!»

«Tranquilli, anche questa frode fu smascherata e messa a tacere quando, il 24 giugno del 1982, la rivista "New Scientist" rivelò l'inganno affermando come quei resti appartenevano a scimmie antropomorfe attuali. Si trattava di un orangutan!»

«Che figuraccia!» esclamò Lucio e Fausto evidenziò: «Quello che mi fa incavolare è che le figure di scimmie che diventano uomini vengono riportate anche sui libri di scuola elementare! Sembra di vivere in un mondo con istituzioni che, a loro piacimento, ci formattano il cervello sin da piccoli. Tutto per farci credere alle ideologie che favoriscono il loro scopo venale!»

«Hai proprio ragione amico mio! La teoria dell'evoluzione

è divenuta per tutti un inganno legittimato!»

«Mi tolga una curiosità» chiese Fausto all'antropologo «ci sono ancora tante truffe effettuate al fine di sostenere l'idea che discendiamo dalle scimmie?»

«Pare proprio di sì! Sono parecchie le teorie inventate. Ad esempio, si parlò anche dell'*Aegyptopithecus* che gli scienziati diedero per certo come nostro antenato vissuto trenta milioni d'anni fa.»

«Un'altra bufala?»

«Proprio così!»

Lucio apprendendo queste nuove informazioni restava senza parole.

«Che sia una bufala è comprensibile anche da questa riflessione: se questa dichiarazione fosse stata vera, io come antropologo e tanti altri come me, sa quanti milioni di fossili avremmo rinvenuto?»

«Un mare!»

«Invece, vi posso confermare che nessun antropologo o altro ricercatore che sia, ha mai trovato un anello evolutivo consequenziale che, in trenta milioni di anni, abbia portato una scimmia a divenire ominide e di conseguenza uomo.»

«Lei crede che Darwin abbia detto soltanto stupidaggini?» chiese Fausto a conferma della sua personale intuizione e l'antropologo rispose: «Gran parte delle cose che sosteneva lo sono! La prova più concreta che l'evoluzione è una grande baggianata è proprio questa: l'assenza di fossili che attestano un'evoluzione dei corpi.»

«Ecco perché se li inventano!»

«Ha detto bene!»

«Lei pertanto è certo che la teoria dell'evoluzione è soltanto una storia del tutto inventata?» chiese Lucio e Salvo confermò: «Certamente! Se i primi a parlarne fossero stati i biologi avrebbe avuto più senso appurare quanto veniva comunicato ma, di evoluzione, i primi a parlarne furono studiosi di zoologia. Prestare orecchio a questi è come se un malato per guarire preferisse affidarsi alle cure di un veterinario. Darwin non era un biologo. Contagiato dal nonno appassionato studioso di zoonomia, cominciò a divenire un attento osservatore che annotava eventuali varietà nelle specie viventi. Infatti, Darwin fu anche un esperto allevatore di piccioni, e chi legge il suo libro *L'origine delle specie*, potrebbe sorprendersi di trovare all'inizio del libro, già dai primi capitoli, una dettagliata trattazione sugli incroci eseguiti tra diversi tipi di piccioni che, per la sua teoria, erano sinonimo di mutamenti della specie. Un tempo questo argomento poteva anche incuriosire i lettori, ma oggi si sa che qualsiasi allevatore di piccioni, selezionando esemplari con particolari caratteristiche, potrà divenire capace di produrre numerose razze differenti. Eppure nessun allevatore di piccioni potrà mai cambiare la specie. I piccioni potranno avere un becco più corto o più lungo, un piumaggio più o meno fitto, un colore più chiaro o più scuro ma, piccione era e piccione resterà per i secoli dei secoli a venire. Pertanto, quanto riporta Darwin nei suoi libri, è soltanto un insieme di pareri, ipotesi e teorie che, oggi, alla luce delle conoscenze biologiche serie, sono veramente ridicole.»

«Da come parlano di Darwin, non avrei mai creduto fosse così semplicione!» affermò Lucio e l'antropologo domandò: «D'altronde, cosa dovevamo aspettarci da un uomo come Darwin?»

«Perché?»

«Perché!? Perché viveva come il classico tipo che oggi definiremmo "figlio di papà". Era un giovane molto viziato. Oltre a essere un instancabile cacciatore e appassionato cavallerizzo, gli piaceva bere, andare a donne e giocare d'azzardo. Benché il padre lo finanziasse negli studi di medicina all'università di Edimburgo, Charles faceva di tutto tranne che impegnarsi nello studio. Non riuscendo a raggiungere la promozione, il padre lo fece rientrare e lo incoraggiò a iscriversi alla scuola ecclesiastica anglicana di Cambridge. Probabilmente lì, qualche generosa offerta avrebbe potuto rendere possibile o almeno più semplice portarsi a casa un riconoscimento scolastico. Voi provate a immaginare una famiglia borghese di quel tempo; era dura ritrovarsi con un somaro in casa, eppure, a causa dei suoi vizi, lasciò anche quello studio. Darwin non poteva sopportare l'idea di un Dio che lo guidasse sulla retta via. Per lui era meglio vivere senza Dio!»

«Direi che questo era un atteggiamento insolito per quel tempo!» commentò Fausto e Salvo ribatté: «Non proprio! In quella famiglia c'era già un precedente. Il nonno Erasmus era ateo!»

«Se non gli piaceva studiare, come mai è diventato così famoso nel mondo dei colti?» domandò Fausto e Salvo rispose: «Perché nel 1831 salpò per l'emisfero australe, in un percorso di crociera che durò cinque anni. In quel viaggio portò con sé il libro: *Principi di geologia* di Charles Lyell e ricordando il volume di "zoonomia" scritto dal nonno ateo e anche deviato da Jean Baptiste de Lamarck, sostenitore dell'ipotesi che tutte le specie discendono da altre specie, incluso l'*Homo Sapiens*, iniziò a scrivere personali osservazioni che furono riportate nei suoi testi pubblicati al suo rientro. Il più conosciuto è: *L'origine delle specie.*»

«Un libro che trovò un forte riscontro favorevole tra i colti di quel tempo!» sottolineò Fausto e Salvo confermò: «Certamente!» e poi spiegò meglio: «Però, sembra che fu accolto così favorevolmente soltanto perché l'obiettivo che s'intravedeva nella stesura di quel libro, era l'indipendenza da Dio.»

«Lei dice?»

«Sì! Tanto è vero che alcuni scienziati come Sir Julian Huxley, fecero sapere di battersi a favore del pensiero di Darwin perché, in quell'epoca, la nozione di Dio era di ostacolo ai loro costumi sessuali.»

«Direi che questa è una dichiarazione di scienziati non

meno viziati di Darwin!» affermò Lucio e Fausto aggiunse: «Tutto questo rende chiara la motivazione di sostegno alla teoria dell'evoluzione».

«Proprio così! Sembrava che non aspettassero altro. È soprattutto per questo che si comportarono nei confronti di Darwin come quei discografici che, per un flash di novità, lanciano come cantante anche uno che è stonato».

«Uno stonato che comunque invecchiò tra mille agi!» fece notare Lucio e Fausto incrociando lo sguardo dell'amico gli domandò: «Dici così, perché stai pensando che con tutte le copie vendute fece ancora più soldi di quelli che aveva già?»

«Certo!»

«Purtroppo per lui non è andata del tutto come pensate voi. Sembra che gli ultimi trent'anni di vita li abbia vissuti da uomo sempre più malato. Il suo stato cagionevole fu accompagnato dalla mancanza d'interesse verso la bellezza della natura e, per avvalorare le sue idee, pare trascurasse di curare il proprio look pur di assomigliare ad una scimmia.»

«Adesso che mi ci fa pensare, ricordando qualche sua foto, oltre alla barba incolta, si nota anche molta tristezza e sofferenza nel suo sguardo!»

«Non è mai stato rivelato quale sorta di male lo affliggesse così tanto, ma io penso che i vizi inizialmente possono sembrare spensierati e divertenti, poi però, presentano sempre un conto molto salato da pagare.»

Si fece silenzio; i due amici si guardarono in faccia sconcertati, rassegnati all'evidenza dei fatti che lasciavano basiti. Poi Lucio deglutì, prese fiato e timidamente con voce flebile chiese: «Anche l'*Uomo di Neanderthal* è una storia inventata?»

L'antropologo lo guardò in viso per qualche istante, poi, accennando un sorriso che svelava un'apprezzabile pazienza, rispose: «Carissimo Lucio, il darwinismo ha indossato l'abito di presunta probità scientifica e l'ha fatto anche sfacciatamente. Numerosi sono quelli che possono sembrare sinceri, perché tante argomentazioni, a sentirle, sembrano corrispondere a verità, ma sappia che le menzogne, per non rivelarsi falsità evidenti, portano sempre un po' di verità nei loro argomenti. *La menzogna non è altro che una verità contaminata.* Quando sente una notizia, si accerti della purezza dei fatti, non permetta a nessuno di seppellirle la verità sotto innumerevoli dettagli falsificati!»

«Come si può scoprire chi mente?»

«L'astuzia consiste nell'attuare un procedimento analitico sulla dichiarazione e su tutte le sue sfumature e nel prendere in esame tutti i dettagli!»

«In pratica, non bisogna tralasciare nessun particolare di quanto dicono...»

«Potrebbe farci un esempio sull'argomento specifico?»

«Ok! discutendo di evoluzione, ad esempio: dell'*Uomo di Neanderthal*, detto anche *Homo Sapiens*, quello che ci raccontano è una verità contaminata!»

«Sì, ma ci dica, come fa a sostenere che ci sia del falso!?»

Salvo capì che era necessario un esempio pratico: «Allora, diciamo che è vera la notizia sul ritrovamento di scheletri umani molto simili a ominidi nella valle di Neander in Germania. Tant'è vero che furono definiti come: "l'anello di congiunzione tra i primati e l'uomo", ma nei dettagli risulta altrettanto vero che non si trattava di discendenti scimmieschi.
Infatti, con un esame accurato, si è scoperto che erano semplicemente uomini ricurvi su se stessi a motivo dei forti dolori che percepivano alle ossa».

«Anche il mio vicino di casa è curvo su se stesso, quasi del tutto piegato, tanto che non può mai drizzare la schiena. Poveraccio, guarda sempre in terra!» interruppe Fausto e Salvo disse: «Ma non per questo lo considerate una scimmia! Giusto?»

«Ovvio! È soltanto un uomo sofferente di osteoartrite.»

«Infatti! Però in questo caso, a Neander, ritrovandosi di

fronte corpi ricurvi, non persero occasione per avvalorare le loro convinzioni evolutive. Questi corpi ritrovati, furono classificati come i veri uomini scimmia. Le loro ossa furono messe insieme dal paleontologo Pierre Marcelin Boule.»

«Tra l'altro» rivelò Lucio «ricordo che le immagini fantasiose di questo presunto uomo scimmia che, con la schiena ricurva, camminava sul lato esterno della pianta del piede, furono riportate sui manuali scolastici di tutto il mondo!»

«Recenti ricerche però, hanno rivelato che l'uomo di Neanderthal non era un ominide, ma semplicemente un uomo che soffriva di rachitismo e di osteoartrite.»

«E questo spiega la sua schiena ricurva?»

«Certo! Inoltre, l'affermazione che camminasse poggiandosi sul lato esterno del piede, pare fosse dovuta a un imbroglio di ricostruzione voluto da Boule.»

«La miseria! Ma quando la smetteranno di imbrogliarci!?» lamentò Fausto un po' stizzito e Salvo con calma spiegò: «Questo paleontologo aveva ricomposto le ossa in modo tale da far assumere all'uomo un aspetto scimmiesco. Volutamente, nel riassemblaggio, l'alluce fu girato e collocato al lato del piede a guisa di quello di una scimmia. Adesso, nelle valutazioni, capite quanto può confondere un dettaglio trascurato?»

«Chiaro!» e poi con una sua romanesca espressione Fausto esclamò: «*Comunque so' troppo imbroglioni!*»

«Consola che l'inganno è stato smascherato!» concluse Salvo e Lucio constatò: «Però, nel frattempo, milioni di studenti sono stati deviati dalla verità!»

«Direi letteralmente ingannati! E l'aspetto più grave è che non conoscendo tutte queste dinamiche, si vive ancora con delle convinzioni completamente sbagliate».

Lucio con un'espressione sconcertata domandò: «Quindi, l'*Uomo di Neanderthal* non era nient'altro che un uomo con gravi deformazioni dell'apparato osseo?»

«Sì, le cose stanno proprio così! E chi non lo ha ancora capito è perché trascura i dettagli dell'informazione. Comunque l'esito rivelato non dovrebbe stupirci più di tanto: voi sapete che è anche possibile nascere con delle malformazioni ossee?»

«Purtroppo sì! Noi veniamo da una città, Torino, dove c'è un luogo, il Cottolengo, con molte persone deformate anche nella loro struttura ossea.»

La dottoressa Lina, che fino a quel momento aveva seguito in silenzio la conversazione, s'intromise: «Dobbiamo riconoscere che la scienza ha procurato dei danni anche nei nascituri di questo secolo, attraverso medicinali molto dannosi come il "Thalidomide". Sono state molte le donne che, facendo uso di questo medicinale, negli anni '60 portarono alla luce creature prive di gambe, braccia e anche orecchie».

«Erano tutte gestanti che facevano uso di questo diabolico medicinale?» domandò Lucio e Lina affranta si limitò ad annuire.

Fausto sempre più inalberato sbottò: «Allora si dovrebbe far sapere anche questo! Perché molti che non hanno questa conoscenza, vedendo queste malformazioni, se la prendono con Dio» e Lucio con evidente tristezza aggiunse: «Direi che alcuni ingiustamente lo bestemmiano, benché, di fatto, il Creatore non c'entri proprio nulla».

«È vero!» confermò Salvo «Ma la scelta di rimanere ignorante sta nella pigrizia dell'uomo e nella sua negligenza. Se ci ragioniamo su, capiamo che, è possibile ritrovare scheletri malformati ovunque. Gli esaminatori, spesso avendo fede nell'evoluzione, forzano ogni cosa affinché quel ritrovamento possa fare parte del loro schema prestabilito traendo un'interpretazione influenzata dalle proprie presupposizioni.»

«Mi sembra di capire che, in questo campo, le cose troppo spesso si evolvono in questo modo!» disse Fausto e Lucio aggiunse: «Non si può negare che questo vergognoso comportamento, sia molto deludente!»

«Purtroppo le cose stanno così! Ma sta ai saggi il compito

di appurare la verità! Immaginatevi se nella città di Torino, devastata da una grande calamità, un fervido evoluzionista scavasse proprio sulle rovine del Cottolengo trovando i resti dei corpi deformi che abbiamo menzionato poc'anzi. Riuscite a immaginare il poema che comporrebbe facendo emergere quei ritrovamenti?»

«Già! È tutto molto chiaro!»

«Compreso anche questo, non credo ci sia altro da dire sulla teoria dell'evoluzione!» concluse Salvo sorridendo.

«Sì! Quanto detto è più che sufficiente per capire che chi crede di discendere dalla scimmia, come credevo anch'io, si affida a un concetto leggendario» affermò Lucio e Fausto sostenendo il concetto aggiunse: «Adesso, abbiamo capito bene che il credo dell'evoluzione viene fondato su menzogne divulgate ad arte, con mezze verità, da millantatori incoscienti!»

«Spero che adesso, alle prossime notizie che sosterranno l'evoluzione, saprete come valutare i fatti!»

«Ci conti! E la ringrazio per quanto ci ha spiegato!»

«Bene! Se è tutto chiaro, fate tesoro di quanto avete capito!»

«Anzi, le dirò di più, da adesso in poi, quando incontreremo qualcuno che parlerà di ominidi, senza esitare lo zittiremo facendogli conoscere tutte le cose che lei ci ha rivelato.»

«Inoltre, per ridurli al silenzio definitivo, ricorderemo la storia del dente di maiale» aggiunse Fausto e Lucio ridendo: «Sì! Quella del dente di maiale è troppo forte!»

«Sono felice di questo esito. Mi fa piacere che ci sarà qualcuno che farà conoscere le verità nascoste in modo da smascherare quelli che parlano senza cognizione di causa.»

Tutti e quattro, terminata anche la cena, uscirono dal ristorante e si salutarono augurandosi la buona notte. Fausto e Lucio, dirigendosi verso la loro carrozza, commentarono entusiasti ciò che avevano imparato dagli ultimi tre incontri. Entrati in cabina, Lucio rivolto all'amico disse: «Caro Fausto, in questi due giorni ho avuto conferma che abbiamo veramente ancora tanto da imparare!»

«*Parla pe' te*, io faccio solo finta di non sapere, ma in realtà, io so già tutto!»

Lucio lo guardò un po' stranito e Fausto atteggiandosi come un romanaccio di borgata, si avvicinò all'orecchio dell'amico e alzando un po' il tono di voce, aggiunse: «*Ah belloo, si' le cose nulle sai... salle!*»

«Dai, ma un giorno la smetterai di banfare? Se non ti conoscessi, ti schiererei con tutti quei montati di testa che dicono sempre di sapere tutto quando poi, nella realtà, rivelano d'essere al pari dei somari che ragliano!»

Entrambi scoppiarono a ridere. Si ricordarono a vicenda di quelle persone che, dopo aver sentito una spiegazione chiarificatrice, ingrati e pieni del proprio orgoglio, per non ammettere la loro ignoranza o per non mostrarsi riconoscenti a chi gli aveva rivelato una chiara verità aprendo i loro occhi miopi, dicevano: "Ah sì, questo non lo ricordavo ma lo sapevo già!" si raccontarono episodi, avvenuti con saputelli di loro conoscenza, che poi fecero tante figuracce a causa della loro inettitudine.

Il tempo scorreva veloce come il treno sulle sue rotaie ed entrambi, da buoni amici soddisfatti, si prepararono per una rigenerante notte di riposo. Prima di addormentarsi continuarono a elencare tutti gli aspetti rilevanti che ricordavano e, quando ormai erano prossimi a calarsi in un profondo sonno; Fausto prima di spegnere la luce, serio disse: «Quante volte ho sprecato giorni per parlare di cose frivole e inutili! oggi invece è stato tutto interessante, intenso e istruttivo».

«In effetti, abbiamo ascoltato e parlato con tre persone diverse, trattato tre argomenti inconsueti e si sono rivelati uno più illuminante dell'altro.»

«Siamo stati fortunati! Abbiamo incontrato tre persone modeste, che non vivono sul piedistallo del sapere, come fanno i montati di testa.»

«Certo che fa la differenza tra l'imbattersi in chi si pavoneggia nel proprio sapere solo per esaltarsi o in chi, in maniera semplice per tutti, condivide ciò che sa!»

«Io non ho mai capito a cosa può servire tutto il sapere che certa gente vanta, se poi non vuole condividerlo!»

«Serve a niente! Marcirà nelle loro teste!»

«Dici bene: sono come i miliardari tirchi che, alla loro morte, fanno putrefare con loro anche le proprie ricchezze!»

«Hai notato invece questi professori, con che umiltà e con quanta generosità si sono prestati per sollevarci alla loro conoscenza?» domandò Lucio all'amico che confermò: «Vero! Generosamente hanno diviso con noi il loro prezioso bagaglio di conoscenza. È stato un gesto che ho apprezzato tantissimo! Ho immaginato questo atteggiamento riversato nel sociale. Hai idea di quanto si potrebbe rivelare utile?»

«Ce ne fossero tante di persone come queste! Che Dio li benedica!»

«Sì!» ribadì Fausto «Che Dio li benedica!»

Scienza, diluvio universale, extraterrestri e profezie

L'Orient-Express, proseguendo il suo percorso verso Budapest, aveva cullato i due amici per tutta la notte e, alle prime luci dell'alba, si vedeva scorrere dal finestrino la rigogliosa campagna ungherese. Lucio, mattiniero come sua consuetudine, era già sveglio. Spesso la sua Irene lo invitava a dormire ancora un po', dicendogli: «Dai che è ancora presto! Che cosa devi fare a quest'ora già in piedi!?»

«Amore, lo sai che mi piace svegliarmi col sole. Se ti va di giocare, rimango qui... ma se vuoi dormire ancora un po', lascia che io mi alzi.»

Irene, benché assonnata, chiedeva: «Vuoi che venga a prepararti un tè?»

«No, stai tranquilla, mangio la mia solita frutta e poi quando ti sveglierai, il tè, lo prenderemo insieme!»

Poi baciava la sua amata, prendeva un libro e, immergendosi nella lettura, assaporava il tepore dell'aurora, godendosi i colori sempre diversi dell'alba.

Mentre Lucio, affacciato al finestrino, ripercorreva con la mente quei momenti di vita passati con la moglie, sentì uno sbadiglio, era l'amico Fausto che, aprendo gli occhi, lo guardò e disse: «Sei già sveglio? A te importa poco a che ora si vada a letto! Eh?»

«L'importante è trovarmi puntuale con il mio bel sole mattutino. E comunque, buongiorno dormiglione!»

«Buongiorno, buongiorno... filosofo già di buon mattino!» Terminate queste parole, pareva che Fausto si fosse riaddormentato. Allora Lucio, alzando la voce, chiamò nuovamente l'amico: «Faustone il dormiglione, si sveglierà questa mattina?»

Fausto, cominciò a stiracchiarsi come un micetto al risveglio e, con voce bassa e tirata, mugugnò: «Sì! Tra un po' mi alzo!»

«Ascolta! Che ne dici se facessimo colazione prima dell'ora di pranzo?»

Fausto, lanciando di scatto il cuscino addosso all'amico, rispose: «Spiritosone, guarda che io, in quattro e quattr'otto, sarò già fuori dalla porta».

«Sì! E magari già seduto nella carrozza ristorante pronto davanti alla tua colazione. *Ne*?»

Lucio non finì di dire quelle parole simpaticamente con cadenza piemontese che Fausto saltò giù dal letto e, sbrigandosi velocemente, sbottò: «Adesso vedrai chi sarà veramente pronto e arriverà a sedersi per primo nella sala ristorante».

Lucio rispose alla sfida giocosa dell'amico cercando di anticiparlo. Cominciarono scherzosamente a strattonarsi per impadronirsi dell'unico bagno che avevano a disposizione. Si trovarono davanti al lavandino e si lavarono la faccia insieme schizzandosi acqua addosso, proprio come farebbero due ragazzini semplicemente felici di vivere. Si asciugarono e si vestirono alla veloce, poi si strattonarono fuori dalla porta correndo nel corridoio, ognuno con lo scopo di arrivare primo. Improvvisamente Lucio che era avanti s'inchiodò, cosicché Fausto gli sbatté contro: «Ma sei scemo? Così ci facciamo male!»

«Lo so, scusami! Ma guarda come ci siamo vestiti! Siamo in jeans e tu addirittura hai anche le scarpe da ginnastica.»

«Oh porca miseria! Vero! Il regolamento parla chiaro. Che

facciamo?»

«Che cosa vuoi fare? dobbiamo tornare di corsa in cabina a cambiarci.»

«Menomale che non ci ha visti nessuno! Io comunque mi rivesto, elegante, ma sempre sportivo.»

«Ok! Basta che ti sbrighi a rientrare... ci mettiamo lo spezzato?»

«Ok!» acconsentì Fausto e poi borbottò: «Certo che ti è andata bene, eh?»

«Perché? Non ti sei accorto chi stava vincendo?»

«Ma cosa stai dicendo che ero già pronto al sorpasso!»

«Che banfone!»

«Ok! Allora rimandiamo la sfida a domani mattina.»

«Certamente! Ci sto!»

«Conosci Speedy Gonzales?»

«E allora?»

«Voglio solo dirti che la sua velocità io la raggiungo passeggiando, immaginati se mi metto a correre seriamente» lo sfidò Fausto e Lucio gaio gli diede una spallata dicendo: «Ma smettila, non ti voglio neanche sentire!»

«Paura solo all'idea. Eh?»

«Dai, smettila di banfare e allenati per domani!»

«Ok! domani vedremo chi vincerà. Adesso però rientriamo in cabina!» concluse Fausto e Lucio con un briciolo di timida preoccupazione esclamò: «Speriamo, piuttosto, che nessuno ci abbia visto!»

I due amici ultracinquantenni rientrarono in cabina sedando il proprio affanno, divertiti al pensiero di aver giocato come adolescenti spensierati. Mentre riprendevano fiato, sentirono bussare alla porta; Fausto prima di aprire, con uno sguardo interrogativo guardò Lucio e poi, avvicinatosi alla porta con voce alta, domandò: «Chi è?»

«Colazione!»

«Chi?»

«Colazione in camera!»

Interdetto, quando aprì la porta vide che era veramente il cameriere con il compito di servire la colazione ai passeggeri nelle loro lussuose e confortevoli cabine.

«Prego, entri pure!»

Varcando la porta, l'uomo in servizio diede loro il buon giorno reggendo vassoi pieni di ogni ben di dio, e i due amici, guardandosi in faccia, scoppiarono a ridere. Il cameriere si accigliò per un istante, sospettando che ridessero di lui, ma Lucio lo rassicurò: «Ci scusi, non ridiamo di lei, ma per tutto quello che abbiamo combinato per andare a fare colazione, scordando del tutto che il breakfast è servito in camera!»

A quelle parole, il viso del cameriere si distese e, accennando un sorriso, disse: «Capisco!» e composto, fece un mezzo inchino prima di uscire.

Consumando la loro colazione, discussero di quanto sarebbe stato importante sfruttare il viaggio per imparare più cose conversando con i passeggeri che si fossero rivelati particolarmente colti e, in quella specifica circostanza, ce n'erano veramente tanti. Stavano ancora parlando, quando sentirono bussare nuovamente alla porta e questa volta era il maitre che passava di cabina in cabina per raccogliere le prenotazioni dei pasti. Sarebbe stato consumato a bordo solo il pranzo, così scelsero le tre portate e il capocameriere si congedò.

Pronto a ripartire Lucio disse: «Comunque, se vogliamo incontrare gente, dobbiamo uscire da questo vagone e andare magari nella sala dove si serve il tè.»

«Ok! Allora andiamo!» e, assumendo una posizione da gentleman spavaldo, Fausto aggiunse «Io mi sento già nei panni di un Lord inglese pronto per il suo tè. Vuole gradire anche lei?»

«Dai, muoviti lordo inglese e netto italiano. Andiamo a crearci una nuova avventura istruttiva.»

Così dicendo Lucio aprì la porta e, continuando a scherzare, fece un inchino invitando l'amico a incamminarsi verso l'uscita. Arrivati nella sala tè, notarono che al tavolino di lato, a metà corridoio, sedevano l'astronomo e consorte. Fausto, sgomitando l'amico, disse: «*Eccoti er mago da' Bibbia servito ar tavolino*!»

«L'ho visto! Adesso, per favore, facciamo i seri e andiamoci a sedere al tavolo vicino a loro, che voglio conoscerlo.»

«Signor sì!» obbedì Fausto gesticolando il classico saluto d'armata.

«Smettila!» lo rimproverò scherzosamente Lucio, Fausto sogghignò, Lucio si voltò, lo fissò serio e, solo quando l'amico si ricompose, s'incamminarono per accomodarsi. Ordinarono due tè caldi e Lucio sorseggiando cercò di incrociare lo sguardo dell'astronomo. Quando ciò avvenne, fece un sorriso di cortesia e per attaccar bottone disse: «Ieri sera, per puro caso, ho avuto modo di ascoltare la sua conversazione con l'astrologo avvenuta nella carrozza bar. Ha detto cose molto interessanti». L'astronomo, ricambiando il sorriso, si limitò soltanto a ringraziare. Considerando che lo scopo di Lucio era quello di fare amicizia, dopo una piccola pausa ritentò l'aggancio: «Ho notato che lei è veramente preparato nel campo dell'astronomia, ma la cosa che mi ha stupito è che citava la Bibbia come un manuale di istruzione che dà risposta ad ogni interrogativo».

«Dice bene!» rispose l'astronomo «per me la Bibbia è importante come la bussola per chi si perde in un deserto.»

«Molto bello quanto dice, però non mi pare che lo studio della Bibbia influenzi positivamente il lettore» intervenne Fausto sorprendendo l'astronomo che stranito domandò: «Mi perdoni, perché sta dicendo questo?»

Fausto, senza pensarci, strabuzzante rispose: «Perché gli uomini più spietati, che hanno riempito i libri di storia con i loro atti crudeli, spesso avevano con loro la Bibbia. Basti pensare agli inquisitori come il prete confessore di Ferdinando d'Aragona Tomàs de Torquemada che, con severe torture, uccise di suo pugno oltre duemila persone tra ebrei, musulmani, comprese donne e bambini».

«Così mi pare che si parta col piede sbagliato, non amo contendere con nessuno, pertanto possiamo smettere di parlare ancora prima di cominciare. Buona giornata!» concluse freddamente l'astronomo. Lucio sgomitando l'amico gli brontolò: «Ma che cavolo ti prende? Questo tè lo hanno fatto con l'acqua di Fontebranda?»

Fausto resosi subito conto della gaffe provò uno scomodo imbarazzo e Lucio impacciato, per rimediare, si rivolse nuovamente all'astronomo: «Perdoni il mio amico. Ultimamente non va tanto d'accordo con le religioni della cristianità per tutti gli scandali che stanno emergendo, soprattutto nell'ambito della chiesa cattolica».

«Scusatemi ma, ho il dente avvelenato contro i preti pedofili! Lo riconosco, non mi sono introdotto nel migliore dei modi. Vogliate scusarmi!» si giustificò Fausto e Lucio aggiunse: «Le posso assicurare che siamo molto interessati ad apprendere quanto lei sa e, se sarà disposto a dimenticare questo sgradevole inconveniente, avremmo piacere di scambiare con lei qualche parola sull'argomento religione».

L'astronomo tentennò un attimo sul da farsi e poi annuendo precisò: «Ok! Può capitare. Però, se convenite, sarà bene parlare non per suscitare una contesa ma per capire dove sta la verità e, questo, se siete d'accordo, lo dovremmo fare con molta serenità. Ok?»

«Ok!» risposero con rispetto i due amici. L'astronomo diede inizio alla sua prolusione rivolgendosi in particolare a Fausto: «Bene! Lei citando il sanguinario gesuita ha dimostrato di essere ben preparato in storia, ma è dimostrabile a tutti che non basta avere una bicicletta per andare più veloce di chi cammina. Bisogna saper pedalare, e aver voglia di farlo. Intendo dire che non basta vantare il possesso di una Bibbia per far bene. Bisogna studiarla e aver voglia di applicare quanto è scritto. E i preti pedofili o assassini come Torquemada stia pur certo che, nella loro condotta, non hanno mai applicato neanche una virgola di quanto insegna la Bibbia!»

«Mi piacerebbe chiederle tante cose. Chissà se lei in questo momento ha veramente piacere di farsi una chiacchierata con noi!» fu la richiesta speranzosa di Lucio e l'astronomo rispose: «Perché no?! Sono sempre ben disposto a parlare ma, se dovessi darle informazioni insolite, lei sarà ben disposto a ragionare serenamente sulle cose che sentirà?»

«Siamo ben disposti!» asserì con fermezza Lucio e l'astronomo rivolgendosi a Fausto chiese: «Anche lei lo è?»

«Sì! Anch'io sono ben disposto!»

L'astronomo indicando le sedie invitò i due amici: «Bene! Se gradite, potete accomodarvi al tavolo con noi e scambiare due chiacchiere sorseggiando questo tè!»

«Perfetto!» risposero i due amici prendendo posto al tavolo con l'astronomo e consorte.

«Credo sia il caso di presentarci! Il mio nome è Antonio Attanasio» disse l'astronomo sporgendo il braccio per incrociare la mano di Lucio che immediatamente rispose stringendogli la sua: «Il mio nome è Lucio Eurisko e lui è il mio amico Fausto Capello»

«Lei è mia moglie Patrizia. La donna che mi ha dato il privilegio di sposarla» disse fiero l'astronomo.

Patrizia mostrava d'essere una gran bella donna di classe, di alta statura, robusta, con lunghi capelli neri, parte dei quali raccolti sulla nuca, vestiva una gonna blu che le cadeva sopra il ginocchio e una camicetta bianca un po' attillata.

Si parlò del più e del meno fino a quando Lucio non fece questa domanda: «Posso chiederle come mai un astronomo come lei si affida ad un libro così antico?»

«Si» ribadì Fausto «perché uno scienziato come lei, studia e conosce così bene la Bibbia? Per quanto ne so è un libro troppo vecchio e potrebbe anche essere cambiato nelle trascrizioni e nel tempo. No?»

«Rispondo subito alle vostre interessanti domande dicendovi no, non è cambiato! Le moderne produzioni bibliche potranno essere sempre confrontate con le scritture originali o antiche che si possono trovare a Gerusalemme nel museo della Bibbia. Grazie a questo museo si può sempre capire se una traduzione moderna differisce da quelle antiche o se le è fedele. Un'altra prova è data dal fatto che nel 1947, nelle grotte di Qumram, fu ritrovata una copia del libro di Isaia e di altri profeti, nel tempo furono ritrovati 800 rotoli della Bibbia ricopiati su papiri originali. Furono subito confrontati con le traduzioni odierne e, anche se trascorsi migliaia di anni, non si trovò nessun cambiamento nel significato delle parole riportate!»

«A proposito del profeta Isaia, ieri mentre lei parlava con l'astrologo, sosteneva che Isaia menzionò il nome del conquistatore di Babilonia, Ciro il persiano, 200 anni prima che nascesse. Giusto?» domandò Lucio e Antonio confermò: «Sì! Ha sentito bene!»

«Ritengo che questa profezia abbia dell'incredibile, perché è come se uno nel 1794 avesse detto che nel 1994, in Italia, si sarebbe presentato alle elezioni un imprenditore di nome Silvio e che sarebbe divenuto presidente del consiglio. Capisce che è difficile crederci? Quindi, pensandoci bene, mi sono chiesto se non sia possibile che Isaia abbia scritto l'evento dopo che sia accaduto!»

«Vede signor Lucio, l'Iddio di questo profeta non è uno di quei tanti idoli che la gente porta appeso al collo o che adora con l'ausilio d'immagini religiose, tipo quelle divinità appese in un ritratto o poste in una nicchia. L'Iddio di Isaia è il mio Dio, Egli è spirito, il suo nome è Jahweh, il Creatore della vita.»

In questa circostanza l'astronomo colse l'occasione per spiegare meglio che il tetragramma JHWH sono le quattro consonanti che compongono il nome del Dio Creatore Jahweh e che questo Santo Nome noi lo dovremmo pronunciare "Javè". Alla domanda di Fausto se in tutto il mondo venisse scritto e pronunciato allo stesso modo, Antonio rispose "No!" e motivò la sua risposta: «Io lo pronuncio "Javè" perché mi attengo alla lingua originale però, considerando la moltitudine di lingue e di dialetti nel mondo, Jahweh non è rigido sulla pronuncia ma, dato che Egli richiede al fedele di santificare il Suo nome, esige da quelli che desiderano rivolgersi a Lui, di pronunciarlo comunque con dovuto rispetto; indipendentemente dalla maniera di scrittura o di pronuncia dell'uomo. Per capirci meglio cercherò di farvi un semplicissimo esempio: il mio nome per tutti gli italiani, si scrive e si pronuncia nello stesso modo ma, se sarà un francese a pronunciare il mio nome dirà "Antoine". Non è fondamentale se non si attiene alla mia pronuncia italiana "Antonio", ciò che importa è che pronunci il mio nome affinché sia io e non un altro a prestargli attenzione. Sentendomi chiamare "Antoine" io capirò lo stesso che quel francese si sta rivolgendo a me, nella stessa maniera comprenderò un anglosassone se mi chiamerà "Anthony"».

Gli amici compresero bene il concetto e la conversazione proseguì: «Come riportano le sacre scritture, in Isaia 46:9,10 ci ha detto: *Io sono Jahweh e non c'è alcun altro; sono Dio e nessuno è simile a Me, Io annuncio la fine fin dal principio, e molto tempo prima le cose non ancora avvenute, colui che dice: Il mio piano sussisterà e farò tutto ciò che mi diletta.*»

«Ok, ma: non è possibile che Isaia abbia scritto l'evento di Ciro il persiano dopo che sia accaduto?» insistette Lucio e Antonio con serenità rispose: «La capisco, è difficile credere che un profeta abbia menzionato le gesta e il nome di "un re persiano" 200 anni prima che questi nascesse, però, le cose sono andate proprio così. Il libro di Isaia è stato scritto circa 730 anni prima di Cristo e il profeta, al capitolo 53 del suo libro, fa numerose profezie anche nei confronti di Gesù; e anche queste si avverarono tutte.»

«Non potrebbe essere che Gesù abbia fatto in modo che le cose dette si adempissero in Lui?»

Alla pertinente domanda di Lucio, Antonio diede una ferma risposta: «Assolutamente no! Giacché numerosi avvenimenti ebbero luogo prima della nascita di Gesù e anche dopo la sua morte. Perciò, non si trattava di situazioni che Gesù avrebbe mai potuto manipolare» e poi l'astronomo aggiunse alcuni dettagli per spiegare meglio su quali prove si basavano le sue convinzioni: «Inoltre, l'antico rotolo, che era una copia dell'intero libro di Isaia, trovato dal giovane pastore beduino nel 1947, vicino al Mar Morto, fu esaminato dagli esperti che, nel 1990, dopo lunghe e attente verifiche, con il metodo del carbonio 14, datarono il rotolo tra il 200 e il 100 avanti Cristo. Ne consegue che questa copia del rotolo di Isaia era già alquanto vecchia di oltre 100 anni quando Gesù intraprese la sua opera. Non vi pare?»

«Allora, questi sono fatti profetici veramente sorprendenti!» esclamò Lucio ma Fausto ancora incredulo domandò: «Potrebbe menzionarci altre profezie che ci aiutino ad accettare la Bibbia anche come libro profetico e quindi ispirato dal Creatore?»

«Ne potrei menzionare tante, pensi che soltanto in Gesù si sono adempiute centinaia di profezie!»

«Me ne menzioni anche una sola, la più convincente» insistette provocatorio Fausto.

«Guardate, penso che già dovrebbe avervi convinto la profezia di Isaia su Ciro il persiano. Comunque se quella non vi è bastata, vi menziono alcune di quelle riportate nel libro biblico del profeta Zaccaria.»

«Ok, Grazie!» esclamarono i due amici stuzzicati da una irrefrenabile curiosità.

Il signor Antonio narrò altre profezie: «Zaccaria, 552 anni prima, profetizzò che Gesù, acclamato come re, sarebbe entrato in Gerusalemme cavalcando una puledra d'asino. E così fu! Profetizzò che, una volta arrestato, i suoi discepoli si sarebbero dispersi. E così fu! Profetizzò che, una volta appeso al palo, un soldato l'avrebbe trafitto con la lancia nel costato. E così fu! Profetizzò il prezzo che sarebbe stato pagato al traditore, trenta pezzi d'argento. E così fu!»

Fausto e Lucio sobbalzarono e interruppero l'astronomo insieme chiedendo: «Cos'è che ha detto? Che con 552 anni di anticipo fu profetizzato il prezzo del tradimento?»

«Sì!»

«Ma com'è possibile?» domandò quasi incredulo Lucio «sarebbe come dire che uno nel 1462, quando circolavano altre monete, come il fiorino, e le case probabilmente costavano soltanto mille fiorini, avesse profetizzato che qualcuno si sarebbe comprato una casa nel 2014 con 200.000 euro. In concreto è impossibile che avvenga. Ci sono motivi inflazionistici sconosciuti e imprevedibili; inoltre, il tipo di moneta dopo 552 anni potrebbe essere cambiata anche più volte con svariate definizioni. Mi creda, è davvero impossibile profetizzare una cosa simile!»

«Appunto per questo dobbiamo credere che è la parola del Vero Dio!» dopo questa battuta l'astronomo diede pertinenti dettagli che rendevano la profezia ancora più interessante. Spiegò che il *Denario* era una moneta romana e, 552 anni prima, nessuno poteva immaginare che i Romani avrebbero dominato Israele proprio durante il corso della vita di Cristo. Inoltre, l'equivalente al *Denario*, moneta d'argento romana, era la *Dracma*, moneta d'argento greca ancora in corso contemporaneamente alla moneta romana. Eppure la profezia non dice che il Cristo sarebbe stato tradito con trenta *Dracme*. In più, spiegò che il valore corrispondente di trenta Denari d'argento erano anche trentadue *Asse* o sessantaquattro *Quadrante* oppure 128 *Lepton*; tra l'altro quest'ultima moneta era anche giudaica, ma la profezia fu precisa e non menzionò la moneta *Asse*, né la moneta *Quadrante* e tanto meno la moneta giudaica *Lepton*. La profezia menzionò il *Denario d'argento*, la moneta romana che 552 anni prima era ancora inesistente. I due amici venuti a conoscenza di questi dettagli furono ancora più colpiti dalla profezia di Zaccaria e, notando il loro stupore, l'astronomo disse: «Capite perché io non dubito mai di quanto leggo nella Bibbia?»

«Sono pienamente d'accordo con lei! Stando a quello che Zaccaria ha profetizzato, la Bibbia è veramente la parola di Dio!» esclamò Fausto che adesso manifestava in volto una evidente persuasione.

«Bene! Comunque le cito le scritture profetiche e di adempimento, anzi, gliele riporto sul foglio così potrà leggersele con comodo.» detto questo il signor Antonio scrisse le scritture di riferimento alle profezie summenzionate con il relativo adempimento: Zaccaria 9:9 per Matteo 21:1-9; Zaccaria 13:7 per Matteo 26:31 e 56; Zaccaria 12:10 per Matteo 27:49; Zaccaria 11:12-13 per Matteo 26:15 e 27:3-10. Dopodiché diede il foglietto agli amici.

Lucio ringraziò e Fausto affermò: «Quella di profetizzare il prezzo pagato a Giuda, *trenta Denari d'argento*, con 552 anni di anticipo mi ha veramente scioccato! È troppo forte! È troppo convincente!»

«E anche per questa ragione che Cristo dice, nel vangelo di Giovanni 17:17, che soltanto la parola di Jahweh è verità.»

I due amici furono colpiti, queste prove profetiche di certo attestavano che l'autore della Bibbia non poteva essere un uomo. Fausto sempre più convinto, precisò: «Da adesso in poi ascolterò con più attenzione quando citerà una scrittura biblica!»

«Bene! Questa è un'affermazione che mi darà il piacere di pronunciarne tante!» esclamò soddisfatto l'astronomo e Lucio domandò: «Senta... che cosa può dirci dei vangeli apocrifi?»

«Che cosa volete sapere?»

«Perché non vogliono considerarli idonei per conoscere meglio Cristo?» domandò più concretamente Lucio e Antonio spiegò: «Quello che attrae in questi cosiddetti vangeli è la definizione *apocrifi* che letteralmente significa: *coperti da segreto e nascosti*. Dato che gli esseri umani hanno sempre avuto il morboso desiderio di scoprire quanto c'è di occultato, ecco che tutti prediligono leggere più i vangeli apocrifi che i quattro contenuti nella Bibbia. Una distrazione di forte stimolo per tenerci lontani dalla verità. Tempo sprecato!»

Sorpreso da quella schietta risposta Lucio pose un'ulteriore domanda: «Perché leggere questi vangeli è tempo perso?»

«Se lei volesse conoscere bene il suo bisnonno, chiederebbe a suo cugino com'era o lo chiederebbe a suo nonno?» ribatté Antonio.

«Ovvio che mio cugino ne saprà quanto me, pertanto sarà scontato che lo chiederò a mio nonno che tra l'altro è vissuto in casa con il mio bisnonno!»

«Bene! Chi legge i vangeli apocrifi per una stupida sorta di pregiudizio, difficilmente leggerà i quattro Vangeli riportati nella Bibbia. Pertanto, è come se da ridicolo saputello stesse chiedendo a suo cugino di dirgli chi era realmente Gesù rifiutandosi di ascoltare gli apostoli che hanno vissuto con Lui. Pochi sanno che i filosofi iniziarono a scrivere questi vangeli apocrifi circa 250 anni dopo la venuta di Cristo. Pertanto, se nessuno scrittore di questi cosiddetti "vangeli" è mai vissuto al tempo di Gesù, potranno mai questi presunti "vangeli" rivelarci correttamente chi era il Cristo? La risposta è no! Con sfumature diverse possono raccontarci del personaggio chiave Gesù Cristo, ma gli aspetti sono frutto di fantasia, tutti inventati. Pura immaginazione dello scrittore che, facendo leva su mezze verità, ricercava fama e prestigio attraverso diffamazioni che il lettore ignaro non sapeva valutare correttamente. Di fatto, questi autori non possono pretendere di saperne più di quanto sa chi ha vissuto con Gesù. È palese che sono degli impostori in cerca di fama! Soltanto degli inconsapevoli possono prestargli orecchio. Non vi pare?»

«Chiarissimo! Quindi, lei non legge i libri apocrifi?» domandò Lucio all'astronomo che, senza esitare, rispose con un netto: «No! Anche perché non amo perdere tempo dietro false storie del tutto inventate!»

«Allora, meglio leggere soltanto la Bibbia?»

«Sì!» rispose di nuovo in modo netto Antonio.

«Ma quando leggiamo la Bibbia, possiamo fidarci al cento per cento che sia riportato soltanto quello che Dio ha voluto trasmetterci?» insistette Lucio.

«Certo! Proprio così! E vi dirò di più, così capirete anche perché mi affido esclusivamente alla parola del Creatore. Vedete, come riprova che la Bibbia è un libro ispirato da Dio, oltre alle convincenti profezie adempiute, ci sono altre conferme, ad esempio quelle scientifiche. Grazie ai grandi progressi della scienza, teorie obsolete un tempo inoppugnabili, hanno ceduto il passo a nuove concezioni. Molti scritti scientifici del passato hanno perso ogni attendibilità e sono stati rivisti spesso, ad eccezione della Bibbia. Un attento studioso dovrebbe domandarsi: come mai i libri di scienza scritti da colti studiosi e letterati sono rivisti per stare al passo con le nuove scoperte, mentre la Bibbia scritta da pastori, contadini e pescatori, menziona i dati delle nuove scoperte già da millenni?»

Lucio, colpito dallo spiazzante quesito, esclamò: «Uhm! Credo che sarà molto difficile trovare risposta a questa arguta domanda!»

«Ma la Bibbia, per quanto io sappia, non è mica un libro di scienza!» esclamò Fausto.

«Diciamo che non è conosciuto come libro di scienza ma, nonostante tutto, a livello scientifico ha precorso i tempi.»

«Signor Antonio» aggiunse Lucio «in questi giorni, con altri passeggeri, abbiamo avuto modo di parlare molto dell'evoluzione, e questi, a livello scientifico, ci hanno quasi convinto che l'evoluzione sia una teoria un po' campata all'aria, intendo dire, senza nessun fondamento scientifico.»

«Mi conforta sapere che c'è ancora qualche scienziato onesto e coscienzioso!»

«Volevo soltanto dire che, siccome adesso abbiamo l'opportunità di parlare con lei che conosce bene la Bibbia anche come libro di scienze, vorrei farle qualche domanda mirata. Posso?»

«Mi dica: che cosa vorrebbe sapere?»

«Ammesso che non esista l'evoluzione e che Dio abbia creato ogni cosa, se prima della creazione non c'era niente, quello che non riesco a spiegarmi è: come ha fatto Dio a creare dal nulla la materia?»

Lucio, conscio del fatto che nessuno seppe mai dargli una chiara spiegazione, si aspettava che l'astronomo arrancasse con difficoltà nel rispondergli e invece si sentì subito dire: «Semplice, la Bibbia, in Isaia capitolo 40 verso 26, afferma che *Dio è spirito* e spiega che *il Suo spirito è energia dinamica, pura potenza*. Sa che cosa ha dimostrato la scienza? Che l'energia può trasformarsi in materia. Pertanto, tutta la materia è stata formata dal Creatore, usando l'energia di cui dispone». Sorpreso dall'oggettiva risposta Lucio volle approfondire: «Com'è possibile che avvenga? Quanto lei dice, davvero è stato provato scientificamente?»

«Certo! Ci sono scienziati che hanno posto le basi della fisica contemporanea grazie ai quali adesso sappiamo che tutta la materia è energia. È stato dimostrato che, quando particelle più piccole dell'atomo collidono ad alta velocità, si riescono a creare nuove particelle più pesanti. Gli scienziati, servendosi di enormi apparecchiature dette acceleratori di particelle subatomiche, le quali sono portate a collidere a velocità impressionante, riescono a creare la materia. Ora, dato che l'essere umano facendo questo potrebbe creare la materia dall'energia, non vi viene da pensare che potrebbe farlo anche l'Onnipotente che è la Personificazione Energetica? Quindi, cosa c'è di sbagliato nell'affermare che dall'energia dinamica di Jahweh si sia formata la materializzazione delle particelle elementari che compongono ogni cosa dall'infinitamente piccolo, come un micro-batterio, all'infinitamente immenso, come l'Universo con le sue galassie?»

Sempre più affascinato dall'esauriente risposta Lucio esclamò: «Molto interessante!»

«La cosa che ritengo ancora più interessante» aggiunse l'astronomo «è che questo processo "energia-materia", benché la scienza moderna ne abbia coscienza soltanto da pochi anni, era già da 2700 anni chiaramente descritto nella Bibbia in Isaia al capitolo 40 nei versi 25 e 26.»

Alla luce di quella riflessione, meravigliato e sempre più incuriosito, Lucio domandò: «Posso leggere questa scrittura biblica?»

«Certamente!»

L'astronomo aprì la Bibbia, sfogliò velocemente le pagine e in un batter d'occhio trovò il verso del profeta: Isaia 40:25-26. Indicando col dito la scrittura, girò la Bibbia verso Lucio che lesse: «*A chi dunque mi vorreste assomigliare, a chi sarei Io uguale? Dice il Santo. Levate gli occhi in alto e guardate: Chi ha creato queste cose? Egli le fa uscire e conta il loro esercito, le chiama tutte per nome; per l'abbondanza della Sua Energia Dinamica e per il vigore della Sua Potenza, non ne manca una*».

«Come può notare, questo verso biblico» spiegò Antonio «fa chiaramente intendere che la creazione è stata possibile grazie al vigore della Sua Potenza e all'abbondanza dell'Energia Dinamica o meglio, dello Spirito Santo che è l'Energia Dinamica di Jahweh. Ha notato? La scienza, affermando che la materia è formata dall'energia, ha scoperto ciò che nella Bibbia fu scritto 2700 anni prima. Non lo trova interessante?»

Lucio sempre più stupito esclamò: «Altroché, devo ammettere che è tutto sorprendente!»

«Comunque, se vuole saperne di più, potrà sempre fare una personale ricerca.»

«Ok! E mi dica, una volta ottenuta la materia dall'energia, per creare la vita, non potrebbe essere che Dio si sia servito dell'evoluzione?»

«Come mai lei vuole metterci per forza il meccanismo evolutivo?» Lucio fece una confidenza all'astronomo: «Per tanti anni ho creduto con convinzione nella teoria dell'evoluzione e adesso, togliermi completamente l'idea mi pare inammissibile. Le confesso che faccio molta fatica».

L'astronomo, con l'intento di aiutare Lucio ad abbandonare quelle convinzioni radicate che poggiavano soltanto su teorie eternamente mutabili come le menzogne, disse: «Ok! Proviamo un po' a ragionare: secondo lei, l'Onnisapiente e Onnipotente Creatore è forse incapace di realizzare qualcosa già perfetta per il suo scopo? Vede, stando a quanto riportato nei versi della Genesi, nulla fa pensare che una specie si sia mutata in altra specie. Ci può essere una diramazione della specie in innumerevoli sotto specie o razze, ma questo il Creatore l'ha permesso per arricchire la varietà della creazione. Ad esempio, si calcolano circa 250 tipi di cavalli diversi, però quei cavalli risalgono tutti a un unico ceppo iniziale di due cavalli. Infatti, nell'Arca, Noè non portò le innumerevoli razze ma, come dice la Bibbia, un maschio e una femmina per ogni specie. Perché? Perché ciascuna specie ha un potenziale genetico che gli permette di riprodursi con una grandissima varietà. Stando ai versi 21, 24 e 25 del capitolo 1 del primo libro biblico, viene detto che Dio creò le creature marine, volatili e terrestri, ciascuna secondo la sua specie. Per ogni essere vivente creato, Jahweh disse che l'opera era molto buona. Secondo lei: può dirsi *molto buona* una realizzazione perfezionabile soltanto dopo milioni o addirittura miliardi di anni evolutivi?»

«Uhm! E per quanto riguarda l'uomo?»

«Per quanto riguarda l'uomo» continuò a spiegare Antonio

«nel verso 26 sempre del capitolo 1 di Genesi, Jahweh, parlando col suo primogenito Gesù Cristo e con tutti gli altri angeli del cielo, disse: *Facciamo l'uomo a Nostra Immagine, secondo la Nostra Somiglianza*? Ora, se l'uomo doveva essere formato somigliando al Creatore con le qualità di Amore, Sapienza, Giustizia e Potenza: possiamo mai pensare che sia stato formato con un aspetto bestiale, animalesco e grottesco per poi mutarsi col tempo? Se credessimo a un processo evolutivo in una situazione dove opera direttamente Jahweh per formare una creatura a Sua *Immagine e Somiglianza*, sarebbe come credere che il Creatore, benché perfetto, in prima battuta non sia all'altezza di far bene le cose e che, per perfezionare l'opera, il cieco caso sia più abile di Lui. Pensare una cosa simile, crede che sia tanto sensato?»

Notando che dagli interlocutori non giungeva risposta, il signor Antonio proseguì dicendo: «Valutate quanto vi circonda, e riflettete sul fatto che ogni corpo vivente non è null'altro se non una forma che agisce in una materia posta con precise regole. Questa evidente precisione, che si ritrova in tutte le diverse creature, non si può attribuire al cieco caso, altrimenti sarebbe come credere che un tal dei tali fa 6 all'enalotto ogni volta che vengano estratti i numeri. Può essere ammesso una volta, la seconda scattano i controlli, ma la terza viene sicuramente arrestato per truffa. Perché la possibilità di comporre il proprio 6 vincente con i primi 6 numeri estratti da un contenitore con 90 numeri mischiati è talmente minima che, già pensare che capiti 2 volte di seguito, è ritenuto del tutto improbabile. Pertanto, è similmente ritenuto del tutto assurdo credere che la perfezione che ci circonda si sia ripetuta, grazie al cieco caso, in tutti i corpi delle numerosissime specie viventi. Inoltre, se valutiamo il fatto che tutte le specie in questione sono più di tre, giacché si contano centinaia di migliaia di organismi diversi e tutti perfetti nel loro scopo di vita, non ci resta che credere in un sapiente progetto creativo. Sono stato chiaro?»

Colpiti dal ragionevole esempio, i due amici esclamarono: «Questa spiegazione è chiarissima!»

Al ché l'astronomo aggiunse un rafforzativo scritturale: «La Bibbia in Efesini capitolo 3 verso 9 dichiara: *Dio creò tutte le cose* e io, per i motivi citati, non posso fare altro che essere d'accordo con quanto è scritto nella Bibbia!»

Riflettendo, dopo una breve pausa, Lucio rispose: «Trovo il ragionamento convincente! Sapere quanto lei afferma, mi tornerà utile per rispondere a chi crede in un Creatore ma anche all'evoluzione!»

«Stando a quanto ha detto, non si lascia spazio a un'eventuale evoluzione neanche in questo caso» disse Fausto, ma Lucio, avendo nella testa l'idea inculcatagli dei milioni di anni di evoluzione, fece all'astronomo una domanda mirata: «Secondo lei, quanto tempo fa è stato creato l'uomo sulla Terra?»

«Perché mi fa questa domanda?»

«Perché ieri, parlando con una neurologa, è venuto fuori che l'uomo è presente sulla Terra da circa 6000 anni. Ma chi insegna l'evoluzione parla di milioni e alcuni anche di miliardi di anni. Ora, se fossero veramente 6000 anni, gli argomenti teorici sull'evoluzione, che per gli ipotetici mutamenti hanno bisogno di un enorme numero di anni per essere sostenuti, andrebbero tutti a farsi benedire. Quindi penso che la risposta a questa domanda, per chi è al bivio evoluzione o creazione, sia fondamentale per capire meglio la via da seguire.»

«Non so perché la neurologa sia giunta a questa conclusione, ma devo dirvi che sono d'accordo con lei.»

«La dottoressa ha semplicemente fatto un ragionamento sulla capacità di parlare e scrivere dell'uomo che risale a circa 6000 anni fa» spiegò Lucio.

«Comunque la signora ha ragione» proseguì Antonio «il tempo risulta essere quello! Nel 1650, l'irlandese James Ussher, basandosi sulla cronologia Biblica, come risultato dei suoi calcoli annunciò che la creazione dei primi due esseri umani, Adamo ed Eva, avvenne nel 4004 avanti Cristo.»

Fausto un po' scettico domandò: «Anche se l'uomo fosse sulla Terra soltanto da 6000 anni, credo che l'ideologia su Adamo ed Eva sia stata inventata, penso che sia simile ad una fiaba creata per dire che esiste un Dio Creatore».

«Se fosse stata una fiaba inventata, Gesù non l'avrebbe citata per insegnare agli adulti. Non le pare?»

Fausto incuriosito domandò: «Perché, secondo lei, Gesù credeva veramente in Adamo ed Eva?»

«Certamente! Cosa le fa pensare questo discorso: *Non avete letto che nel principio Dio li creò maschio e femmina*? Con queste parole Gesù stava affermando due cose: Primo, che siamo tutti creati e non ci siamo evoluti partendo dal nulla. Secondo, che la storia di Adamo ed Eva è vera!»

«Ok! Se lo dichiara Gesù, non discuto.»

«Certo che lo dice anche Gesù! Inoltre un'ulteriore prova che attesta la nostra presenza da circa 6000 anni sta nel fatto che, dopo Ussher, il britannico John Lightfoot, avvalendosi della genealogia biblica, confermò la data aggiungendo persino il mese. Secondo i suoi calcoli il primo uomo comparve all'improvviso sulla Terra verso la fine dell'ottobre del 4004 avanti Cristo, e ragionandoci su, posso dedurre che l'esito sia corretto.»

«Lei che tipo di ragionamento ha fatto per giungere a questa deduzione?» domandò curioso Lucio all'astronomo che subito rispose: «Anche senza seguire la genealogia biblica si può giungere a questa stessa conclusione».

«Come?»

«Basta fare, per nostro conto, due semplici calcoli e non supereremo 6000 anni di vita per l'uomo. Avete voglia di fare questo conteggio?»

«Non c'è neanche da chiederlo, certo che vogliamo!» affermarono i due amici eccitati all'idea del risultato e l'astronomo disse: «Ok. Antepongo, con schietta obiettività, che faremo questo calcolo senza una sfera di cristallo e probabilmente non sarà corretto al 100% ma comunque ci darà un'idea del tempo trascorso da quando furono creati il primo uomo e la prima donna. Lo scopo sarà quello di dimostrare che siamo presenti sulla Terra da circa 6000 anni, e se non sono 6000 saranno forse 5000 o 7000, ma di certo non saranno mai i milioni o i miliardi di anni che gli evoluzionisti hanno bisogno di inventarsi per avvalorare la teoria delle mutazioni come processo evolutivo. Chiarito questo, iniziamo riflettendo sui calcoli che adesso faremo insieme. Nel 2000 eravamo sulla Terra, come popolazione mondiale circa 6 miliardi di persone; nel 1950 circa due miliardi e mezzo; nel 1900 circa 1.630.000.000; nel 1850 circa 1.260.000.000; nel 1750: 791.000.000 precisamente 106.000.000 in Africa, 502.000.000 in Asia, 163.000.000 in Europa e circa 20.000.000 nelle Americhe e isole. Questi calcoli, oltre ai censimenti, furono possibili grazie alle basi poste dal padre della demografia, John Graunt, il quale nel 1662 pubblicò: *Natural and political Observations made upon the Bills of Mortality*. (Osservazioni naturalistiche e politiche fatte sui bollettini dei decessi). Comunque, continuando con i nostri semplici calcoli, accelerando le date, dal 1750 togliamo 500 anni e arriviamo al 1250 con circa 200.000.000 di abitanti nel mondo. Un totale apparentemente esiguo dovuto alle decimazioni che avvennero con le malattie nei 1000 anni trascorsi tra il 250 al 1250 dopo Cristo. Quella che fece più vittime fu la peste di Giustiniano avvenuta nel 541 che portò al decesso di circa un terzo della popolazione. Detto questo, si calcola che nel 250 si fosse circa 70.000.000; di questo passo, dopo 750 anni, quante persone vogliamo contare viventi nel 500 avanti Cristo? diciamo circa 20/30.000.000?»

I due amici, intuendo l'esito del calcolo, in silenzio annuirono e Antonio proseguì dicendo: «Ok. E nel 1000 avanti Cristo? 4/5.000.000? ok. E nel 2000 avanti Cristo? diciamo 2/300.000?

Bene! E nel 3000 avanti Cristo diciamo 20/30.000? Bene! Tutto questo non ci porta a pensare che nel 3500 avanti Cristo eravamo solo qualche migliaio? Di conseguenza, questo calcolo fatto velocemente, anche se risultasse approssimativo ci fa comunque intendere che milioni o miliardi di anni fa non ci potevano essere popolazioni di umani sulla Terra. Ecco perché ci raccontano della preistoria!»

I due amici si guardarono in faccia sbalorditi, dopodiché, Fausto esclamò: «In pratica niente uomo, niente storia!» e Lucio asserì: «Bisogna riconoscere che questo semplice conteggio fa intuire che nel 4000 avanti Cristo non ci potevano essere più di due persone sulla Terra!»

Fausto, volendo dimostrare di aver corretto il suo pensiero iniziale, fiero aggiunse: «Ed io adesso so anche come si chiamavano: una si chiamava Adamo e l'altra Eva.»

«Bravissimo! Risposta esatta!» esclamò l'astronomo strizzandogli l'occhio e sorridente aggiunse: «Pertanto, questa può essere una chiara prova che 6000 anni fa Jahweh creava nel giardino dell'Eden i primi esseri umani a sua Immagine e Somiglianza. Non vi pare?»

Fausto sempre più stupito sbottò: «Porca miseria, ma lei è davvero forte! Con questo chiaro ragionamento, quattro cifre e un semplice calcolo, ha smontato in due minuti tutte le chiacchiere che, per sostenere l'evoluzione, ipotizzano milioni di anni».

«Adesso ci crede alla storia, di Adamo ed Eva?»

Fausto rispose con un gran sorriso: «Devo ammettere che anche questo semplice calcolo mi ha convinto!»

«In questo calcolo non ho messo in conto il Diluvio Universale anche perché esso non incide più di tanto, poiché avvenne subito dopo la creazione di Adamo. Consideri che dei primi figli di Adamo si parla in Genesi al capitolo 4 e già al capitolo 6 si parla di Noè e della sua Arca.»

«Comunque c'è anche da dire che, molta gente non crede al

Diluvio» asserì Lucio e Antonio spiegò: «Il Diluvio Universale avvenne nel 2370 avanti Cristo. In Turchia, sul monte Ararat a 4200 metri di quota sono stati ritrovati antichi pezzi di legno e l'impronta di un cassone che pare riporti proprio le misure dell'Arca come sono menzionate nella Bibbia. E se quella non è l'impronta dell'Arca, mi dicessero cos'è!»

«Se mai ci fosse stata un'Arca, una volta prosciugate le acque, chissà dove si sarà adagiata!» esclamò Lucio. Allora Antonio volle sottolineare un piccolo dettaglio che evidenziava una grande differenza: «Lei non lo sa perché, essendo cattolico, non studia la Bibbia. Però, le garantisco che già 3500 anni fa fu scritto che l'Arca si posò proprio sui monti di Ararat. Si legga Genesi capitolo 8 verso 4 e capirà da solo che l'impronta del cassone sui monti di Ararat non può essere altro che l'Arca di Noè.»

Lucio un po' stranito domandò: «Cassone? Lei intende il fondo della stiva della nave?»

«Ma di che nave sta parlando lei?!» chiese l'astronomo.

«Dell'Arca di Noè.»

«Ma, mica era una nave!» ribatté Antonio.

«Come no, nelle chiese è sempre raffigurata come una grande nave di legno.»

«Signor Lucio, lasci perdere cosa fanno le religioni, piuttosto ragioni, Noè doveva farsi una crociera o doveva semplicemente galleggiare sulle acque?» domandò ironicamente Antonio.

«La seconda» rispose Fausto.

«Bravo! Se doveva soltanto galleggiare, è ovvio che le misure siano di un enorme cassone grande quanto un campo di calcio su più piani, proprio come è descritta nella Bibbia.»

«Pensandoci bene, mi sembra anche ovvio!» ammise Lucio.

«Sì! Qualche giorno fa ho visto il film su Noè con Russell Crowe, e, in effetti, mostrava che l'Arca era un grande cassone» disse Fausto e Antonio gli domandò: «Sta parlando del film "Noah"?»

«Sì!»

«Quel film, se avesse la pretesa di raccontare quanto è scritto nella Bibbia allora sarebbe una pellicola infame, perché di veritiero c'è solo la forma dell'Arca costruita come enorme cassone. Tutto il resto è frutto della mente di Darren Aronofsky e del suo staff. In quel film non c'è una sola scena conforme all'insegnamento biblico!»

«Tutto inventato dal regista?»

«Direi proprio di sì! E quello che mi dispiace è che, probabilmente, molti bambini e anche adulti, non avendo mai letto la Genesi, crederanno a tutte quelle blasfemie filmate.»

«Se non rispecchia la verità biblica sarà meglio che lo dimentichi anch'io!» esclamò Fausto.

«Certamente! E poi, non si affidi ai film per conoscere Dio. Gli aspetti che riguardano Jahweh e la spiritualità sono stati scritti nella Bibbia, sotto ispirazione divina, dai suoi profeti servitori, e non filmati da registi cinematografici con discutibile purezza spirituale. Non penso che il Vero Dio affidi le sue verità a chi ha un intendimento scorretto e un'insufficiente conoscenza biblica e celestiale. Detto questo, parliamo adesso del vero Noè e dell'Arca.»

Fausto, accennando un gesto di resa, alzò le mani esclamando: «Ok!» e l'astronomo proseguì: «Tengo a dirvi che al Diluvio Universale io credo non soltanto perché lo attesta la Bibbia o perché, come dicevo, pare che abbiano trovato segni e resti dell'Arca sui monti di Ararat, ma anche perché, come riporta il Vangelo di Matteo nel capitolo 24 al verso 37, ne diede testimonianza Gesù, quando, rivolto ai Veri Cristiani che recitano il *Padre Nostro*, anelando che *venga il Suo regno come in cielo anche sulla Terra*, sostenne che i giorni della fine per la sovranità satanica, che darà inizio al Regno di Cristo, sarebbero stati molto difficili proprio come i giorni di Noè. Ora: se non avesse creduto a Noè e alla sua Arca, Gesù l'avrebbe mai menzionato per un episodio così serio, che cambierà il mondo, come la venuta del Suo Regno qui sulla Terra?»

I due amici sentendo questa dichiarazione biblica restarono sorpresi e Fausto esclamò: «Quanto lei dice ci sprona a riflettere!»

«Ragioniamo ancora su queste considerazioni» insistette Antonio «se la Terra non fu mai ricoperta improvvisamente dall'acqua, chi saprebbe spiegare la presenza di intere mandrie surgelate nel fango? Oppure, chi saprebbe dare una chiara e certa spiegazione inerente a quel Mammut ritrovato ibernato in Siberia con cibo ancora fresco in bocca? Per me, questa è la testimonianza che quel Mammut brucava l'erba e, mentre si nutriva, senza aver tempo di ingoiare l'ultimo boccone fu travolto inaspettatamente da acque che, immediatamente dopo, si gelarono. Pertanto il diluvio fu anche la causa di un mutamento climatico globale. Fu la formazione dei ghiacciai, sui monti e ai due poli, che permise alla grande quantità d'acqua di ritirarsi facendo adagiare l'Arca su terra asciutta. La prova sta nel fatto che se questi ghiacciai si dovessero sciogliere e tutte le nuvole del cielo dovessero riversarsi al suolo, il mondo sarebbe nuovamente ricoperto d'acqua. In più, vi dico che senza un ipotetico Diluvio Universale, che portò le maree in ogni dove, nessuna rispettabile logica riuscirebbe a spiegare la presenza d'ossa di balena nei deserti. Quando troviamo fossili di pesce e conchiglie di mare nell'entroterra, pensiamo al Diluvio e capiremo perché sono lì!»

Al termine di quest'analisi, semplice e comunque esaustiva, tutti e tre esultarono al pensiero di com'è semplice pervenire a delle verità se, per ragionare, decidessimo di usare il nostro cervello senza permettere che dall'esterno venga manipolato e influenzato da chi ha discutibili interessi nel farci credere altro.

L'astronomo tornando serio disse: «Vorrei precisare che, con quanto ho detto, non voglio dimostrare che la storia di tutti i viventi risale a 6000 anni fa. Questo calcolo è valido solo per dimostrare da quanto tempo l'uomo fu creato sulla Terra ma, è doveroso precisare che, l'uomo fu l'ultima specie vivente ad essere creata. Pertanto millenni prima di Adamo ed Eva furono create altre forme di vita. Molte specie, come i dinosauri, si estinsero perché non più consone alla presenza dell'uomo».

«Lei prima parlava del mammut probabilmente travolto dalle acque del diluvio ma, il mammut, non fu estinto circa 10.000 anni fa?»

«Il mammut è una razza di mammifero proboscidato appartenente alla famiglia degli elefantidi, pertanto, della stessa specie dell'elefante e potrebbe essersi estinto circa 4400 anni fa perché non fu introdotto nell'Arca di Noè al tempo del Diluvio Universale.»

Molto dubbioso Lucio formulò una domanda che svelava una perplessità pertinente: «Ma se nell'Arca dovevano entrare due animali, maschi e femmine di ogni specie, perché Dio ha lasciato fuori il mammut?»

«Infatti, il comando diceva due di ogni specie e non due di ogni razza. Ragioniamo: ci sono in questo periodo circa cinquanta razze di gatti, lei pensa che entrarono nell'arca 100 gatti? Oppure, ci sono più di quattrocento razze di cani, lei pensa che entrarono nell'arca 800 cani? Fosse stato così, non sarebbero bastate cento Arche per portare in salvo tutte le razze. Le razze o sottospecie sono il risultato del patrimonio genetico insito nel DNA cromosomico di ogni specie primordiale. Se non ci fosse stata la possibilità di differenziarci, anche noi umani saremmo stati tutti identici; come clonati!»

L'esempio fece diradare ogni dubbio e compresi i fatti, Fausto riferendosi alla clonazione non perse occasione per inserirsi con una delle sue battute e, rivolto all'amico, disse: «Devi capire che se tutti fossero stati clonati a mia somiglianza il risultato sarebbe stato meraviglioso ma metti che, per sbaglio, fossimo stati clonati a tua somiglianza. T'immagini che guaio per tutte le donne? Non avrebbero potuto scegliere altro se non uno come te!»

«Ma è meglio che tu stia zitto va! La Divina Provvidenza, al solo pensiero che tutti gli uomini avrebbero dovuto somigliarti, avrebbe sicuramente eclissato la razza umana!»

Tutti e quattro al tavolo sorrisero, divertiti all'umoristico diverbio dei due amici e l'astronomo stando allo scherzo aggiunse: «Pensate quanto è difficile distinguere un solo signor Fausto tra quattro miliardi di uomini nel mondo, se queste persone fossero tutte identiche a lui!»

Al termine di queste parole i quattro continuarono a rallegrarsi scherzando fin quando l'astronomo, volendo assicurarsi di non essere stato una semplice consonante muta sull'argomento, tornò serio e, cercando di mettere in chiaro il concetto, aggiunse: «Siccome le razze non sono altro che diramazioni della specie creata, Jahweh portò in salvo un maschio e una femmina di ogni specie sapendo che la varietà si sarebbe ristabilita col tempo. Non si è più riformata la razza elefantiaca detta "mammut", molto probabilmente perché l'habitat terrestre, dopo il Diluvio, ebbe un grande cambiamento morfologico e atmosferico. Detto questo, ricordatevi che diversi intellettuali del momento, molto spesso, vogliono confonderci con tante complesse supposizioni che non conducono da nessuna parte se non lontano dalla verità. Sapete quanti libri si possono scrivere grazie alle supposizioni?»

«Tantissimi, più di quanti se ne possano scrivere con la verità!» affermò Fausto.

«Proprio così! È per questo che si preferisce supporre piuttosto che confermare la verità. Su di una verità affermata si scrivono pochi libri e se non si scrivono libri si dimezzano i guadagni.»

«Ecco perché sovente scrivono al solo scopo di nasconderci ciò che è ovvio per incanalarci in discorsi distorti studiati ad arte e per loro avido tornaconto!»

«Smettiamo di rimpinguare le casse dei ciarlatani se abbiamo capito l'antifona! In quei tempi così remoti potevano esserci i dinosauri, non gli esseri umani!»

«Giusto! È palese che questi scrittori, a dispetto della sincerità, mirino unicamente ad accrescere le proprie finanze!» affermò Fausto.

«E sanno bene come farlo! Non è tutto falso ciò che dicono, partono sempre da una piccola verità che poi infiorano con tante corbellerie atte a destare curiosità e attenzione, quindi fama e ricchezza. Adesso che sapete come funziona la macchina che fa smuovere il mercato di questa moderna cultura, fate più attenzione a ciò che leggete o vedete e sentite» fu l'invito di Antonio e Fausto esclamò: «Ottimo consiglio!»

«Al contrario dei fanfaroni» aggiunse Lucio «anche la neurologa sostiene che, a motivo dell'apparato LAD che ci permette di leggere, scrivere e parlare, possiamo palesare la prova che siamo stati creati da 6000 anni. Tanto è vero che, prima di quel tempo, non c'è una sola testimonianza che racconti la storia dell'uomo, ed è solamente per questo che, prima di quel tempo, si parla di preistoria navigando nei mari della fantasia.»

«Lei ha capito benissimo!» esclamò Antonio «Fantasia. Perché non dovete mai dimenticarvi che: soltanto dov'è mancata la vita dell'uomo non si è potuta scrivere una storia!»

«Poi, considerando i censimenti e lasciandoci guidare dalla ragione, percorrendo 6000 anni a ritroso, è chiaro che non potremmo arrivare ad un totale che possa essere di tanto superiore a due persone, sorprendentemente già capaci di comunicare con la parola e perfettamente pronti a procreare. Pertanto, quando ci parlano di milioni di anni, per sostenere fasulle teorie di evoluzione, dicono solo delle cavolate stratosferiche» asserì Fausto e Antonio aggiunse: «Inoltre questa tesi indica un fatto certo: l'uomo non attraversò mai un processo evolutivo. A sostegno di questi calcoli c'è anche la prova scientifica che attesta le nostre origini provenienti da un'unica coppia umana.»

«Addirittura! E cos'altro serve per credere che siamo stati creati!»

«Gli scienziati, confrontando le caratteristiche genetiche presenti nelle persone distribuite nel mondo, hanno trovato la prova che tutti gli esseri umani provengono da un unico antenato comune. Questo tipo di ricerca, che terminò nel 1995, dimostrò che il racconto storico del primo uomo Adamo e della prima donna Eva, ritrovati nella genesi biblica, è assolutamente vero.»

Fausto, particolarmente colpito da questa rivelazione, volle conoscere meglio i dettagli: «Potrebbe spiegarmi meglio, com'è stato possibile arrivare al primo uomo?»

«Semplice: Il DNA maschile, nel suo materiale genetico relativo al cromosoma Y, è presente in ogni uomo adesso in vita.»

«E quindi?»

«L'analisi del cromosoma Y è compiuta con la finalità di scoprire l'appartenenza alla linea paterna. Ognuno di noi, grazie al procedimento di meiosi, presenta cellule con 23 coppie cromosomiche. In tutti gli esseri umani, il ventitreesimo cromosoma ha la funzione di stabilire il sesso del nascituro. Mentre le donne possiedono due cromosomi X, gli uomini sono dotati di un cromosoma X e un cromosoma Y. Ne consegue che al concepimento, dato che la madre tramanderà sempre un cromosoma X, se il padre tramanderà anche lui un cromosoma X, nascerà una femmina; al contrario, se tramanderà un cromosoma Y, il nascituro sarà maschio. Pertanto, i figli dei figli presenteranno lo stesso cromosoma Y proprio come il loro nonno paterno, il loro bisnonno e così via. Ne consegue che, se tutti i maschi del mondo possiedono lo stesso cromosoma Y, è solo perché tutti derivano da un solo uomo. Adesso le torna più chiaro il ragionamento?»

«Chiarissimo!» esclamò Lucio e Fausto aggiunse: «Tutti dovrebbero conoscere l'esito di questa ricerca, giacché scopre anche l'imbecillità di tutti quelli che fanno discorsi a sostegno della propria razza, discriminando il prossimo.»

«Giusto!» esclamò Lucio «se è scientificamente provato che abbiamo tutti un solo padre, di fatto siamo tutti fratelli, pertanto, il razzista è un vero demente perché, con i suoi contorti ragionamenti, sta discriminando proprio suo fratello! Sangue del suo sangue!»

«Complimenti! Questa è proprio una bella deduzione!» esclamò entusiasta l'astronomo.

«Se tutti smettessero di comprare i libri dei fanfaroni bugiardi, avremmo più scrittori seri impegnati a fornirci argomenti rilevanti e utili.»

«Sono d'accordo con lei, signor Lucio!»

Volendo attingere il più possibile dalla conoscenza spirituale dell'astronomo, Lucio volle porre ancora una domanda: «Perché Dio con tutto l'Universo a disposizione ha creato la vita soltanto sulla Terra?»

«Io credo che Jahweh abbia creato esseri viventi anche per il cielo.»

«Ah! Quindi lei crede che ci siano gli extraterrestri?»

«Il cielo è una dimensione extraterreste, ma non mi sto riferendo a quelle creature che si dice vengano chissà da quale pianeta nello spazio. Se ci fossero stati, Jahweh ne avrebbe parlato come ci ha parlato degli angeli. Pertanto, non credo che oltre agli abitanti della Terra ci siano extraterresti, piuttosto, credo che ci siano angeli, serafini e cherubini.»

«E perché non extraterrestri?»

«Mi scusi, perché devono esserci per forza gli extraterrestri e non gli angeli?» ribatté alla domanda Antonio e Lucio rispose: «Perché la stragrande maggioranza delle persone parla di extraterrestri e non di angeli».

«Ma cosa le importa di cosa dice la gente? Fino al 1974 parlavano ancora di Marziani, convinti che su Marte ci fossero viventi alieni, adesso, che si è appurato che su Marte non c'è vita, di Marziani non parla più nessuno e si discute di extraterrestri. La folla è incline più alle chiacchiere che fan notizia che ai fatti che la smentiscono. Per non confondersi, pensi a cosa dice il Creatore. Jahweh lo saprà meglio dei presunti esperti cosa ha creato in cielo, non le pare?»

«E secondo lei, perché non avrebbe potuto mettere in cielo anche gli extraterrestri?»

Il signor Antonio, colpito dall'ostinata insistenza di Lucio, affrontando la questione con calma, prese un bel respiro, dopodiché con pazienza spiegò: «Ascolti! Lei prima mi ha fatto una domanda del tipo: "è possibile che al di sopra della Terra ferma non abbia creato nessun essere vivente?" E io le rispondo: certo che ha creato la vita anche al di sopra della Terra! Guardi, ci sono gli uccelli! E lei lamenta che però non ci sono i pesci. Vede: io quello che posso dirle è che l'aria al di fuori dell'acqua è il luogo ideale per gli uccelli e non per i pesci. Sono riuscito a spiegarmi meglio con questo esempio? Insomma, per capirci, nello spazio universale vogliamo che ci sia quello che lei o la gente si immagina o quello che è idoneo per viverci?»

L'astronomo, nel dire questo, usò un tono deciso per scrollare Lucio da questa sua testardaggine e l'esito fu positivo, tanto che si sentì rispondere: «È stato chiarissimo, adesso ho capito!»

Antonio serenamente aggiunse: «In più, le dico anche questo: sottoposto al volere del Padre, l'Artefice della creazione è stato Gesù Cristo, quindi se avesse creato gli extraterrestri oltre agli angeli, quando venne sulla Terra, non pensa che l'avrebbe rivelato? Eppure ci parla di angeli e mai di extraterrestri, e non perché volesse nasconderci qualcosa! Infatti nel Vangelo di Luca al capitolo 12 verso 2, all'inizio del suo ministero, fa sapere che *tutto sarebbe stato rivelato e che nulla sarebbe rimasto occultato*. Pertanto la domanda è: ci è mai stato rivelato qualcosa degli extraterrestri? La risposta è no! È stato rivelato qualcosa degli angeli? La risposta è sì! Se poi, qualche demone per confonderci, essendo capace a trasformarsi in angelo di luce, si trasforma anche in extraterrestre, questo sarà un altro discorso».

Fausto pareva fosse andato momentaneamente in tilt, si guardò intorno un po' confuso e poi, cercando di capire meglio, domandò: «Gesù, che adesso è in cielo, è quindi un angelo?»

«Certo! E le dirò di più, è nello stile di Jahweh cambiare nome ai suoi servitori secondo il compito assegnato. Lo fece anche con gli uomini. Il nome di Abraamo fu cambiato in Abramo, Giacobbe fu cambiato in Israele. Similmente, questo avvenne anche con Gesù, nei vari periodi trascorsi, secondo il ruolo che ricoprì, ebbe sempre un nome appropriato. Ad esempio, prima di venire sulla Terra era l'Arcangelo o capo degli angeli, Michele, che significa "chi è simile a Dio?" In una specifica circostanza fu chiamato anche Emmanuele che significa "Dio è con noi". Poi quando venne sulla Terra, l'angelo Gabriele disse a Maria di mettergli nome Jahushua, che noi Italiani pronunciamo Gesù, che letteralmente significa "Jahweh salva"; infatti, alcuni lo chiamarono: "il Salvatore". Non dimentichiamo che fu trasferito sulla Terra, per volontà di suo Padre, con il preciso scopo di riscattare e salvare gli uomini di buona volontà, l'ubbidiente genere umano! Adesso che è risorto è nuovamente chiamato Arcangelo Michele, perché gli è stato assegnato il compito di sconfiggere satana e i suoi demoni. Il suo scopo è di ripristinare in Terra il paradiso com'era alle origini. Quando questo avverrà, sarà adempiuta la preghiera *Padre Nostro* che recita: *Venga il Tuo regno come in cielo così in Terra*!»

«Lei crede che esistano davvero i demoni?» domandò Fausto un po' dubbioso e l'astronomo confermò: «Si! Come esistono uomini buoni e cattivi esistono anche angeli buoni e cattivi. Noi, gli uomini cattivi li chiamiamo delinquenti, Jahweh, gli angeli cattivi li chiama demoni!» Sorpreso dalla capacità di sintesi applicata dall'astronomo, Lucio soddisfatto esclamò: «È interessantissimo quanto ho appreso in pochi minuti!»

«La verità non richiede troppe parole, le chiacchiere lasciamole a chi ama sofisticare senza che di fatto dica qualcosa di concreto. Io amo la semplicità che ci ha trasmesso il Cristo e mi sforzo di imitarlo anche nel modo di comunicare. Pensi che il sermone più interessante di tutti i discorsi della storia, riportato nel Vangelo di Matteo ai capitoli 5, 6 e 7; Gesù lo espose in poco più di quindici minuti, tanto che chi lo sentì fu stupito del suo modo di insegnare. Gesù non insegnava come gli Scribi e i Farisei. Un falegname si rivelò più capace di forbiti studiosi. Se ne rende conto?»

«Dovrebbero saperlo quelli che per imparare a dire meglio le cose spendono fior di quattrini per fare corsi di comunicazione» osservò Fausto e l'astronomo concludendo precisò: «Dice bene! Se leggessero la Bibbia per capire come comunicava il più grande insegnante di tutti i tempi, farebbero una cosa più intelligente e risparmierebbero tantissimi soldi. E se alla fine riuscissero a imitare il suo stile, anche solo per una decima parte, sarebbero mille volte più in gamba di chi fa corsi di formazione con insegnanti che di Gesù sanno ben poco o nulla!»

Bibbia, medicina, scienza e religione

I due amici erano sorpresi per la preparazione spirituale del signor Antonio. Nella loro esperienza di fede, come cattolici, non avevano mai incontrato nessun prete così preparato nello sfogliare la Bibbia per trovare subito il passo biblico appropriato. Era evidente che da un astronomo non se lo sarebbero mai aspettato, eppure, la sua versatilità mostrava un senno razionale e competente.

Così, mentre sorseggiavano il loro tè, Fausto guardò l'amico con sguardo complice per invitarlo a fare altre domande, ma Lucio rimaneva in silenzio continuando a ragionare per conto suo sugli argomenti trattati. Fausto non voleva che questa conversazione così interessante s'interrompesse, era certo che neanche l'amico lo voleva, pertanto uscì dalla prigione di quel silenzio meditativo con queste parole: «Però bisogna riconoscere che, per credere veramente in tutto quello che c'è scritto nella Bibbia, si dovrebbe essere pienamente convinti che sia stata dettata dal Creatore».

«Non l'hanno convinta abbastanza gli aspetti profetici che abbiamo menzionato prima?»

«Sì! direi che sono stati anche sorprendenti, però... mi sembra così strano dover credere in un libro così antico...»

«Signor Fausto, la Bibbia è un libro di grandissima attualità e si è rivelato utile in ogni tempo storico. Riporta verità immutabili, dettagliate e precise. In Secondo Pietro 1:21 è scritto: *La profezia non fu mai recata dall'uomo ma essi parlarono mentre erano sospinti dallo Spirito Santo*. Comunque, oltre all'aspetto profetico, c'è altro che porta a credere al Creatore come unico ispiratore del testo Sacro.»

«Ad esempio cosa?»

«Per rispondere, chiamerei in causa mia moglie Patrizia. Lei è un medico, e sono certo che, essendo preparata nel campo della medicina, la sua testimonianza ci tornerà utile per affermare che solamente Jahweh è l'autore della Bibbia. Provi ad ascoltare per un attimo cosa ne pensa.»

L'astronomo si voltò verso la consorte: «Patty, vuoi parlarci degli argomenti scientifici scoperti di recente in campo medico ma che la Bibbia sosteneva già da migliaia di anni?»

La moglie fino a quel momento si era limitata a seguire la conversazione senza dare nessun apporto specifico. Pertanto fu molto felice di intervenire con le sue conoscenze medico scientifiche e, protendendosi in avanti, esordì: «Se vi fa piacere potrei dirvi che, in un contesto storico dove i medici seguivano pratiche inutili e spesso dannose, perché non sapevano come si diffondevano le malattie e quindi come prevenirle e curarle, troviamo riportati negli scritti di Mosè consigli scientificamente corretti, benché datati oltre 3500 anni fa.»

Interrompendo la dottoressa, Fausto domandò: «3500 anni fa? Siamo proprio sicuri che in quel tempo si sapesse scrivere?»

Prima che la dottoressa rispondesse, Lucio domandò all'amico: «Hai già dimenticato cosa ha detto ieri la signora Maria?»

Fausto infastidito dal suo intervento sbottò: «Se permetti, vorrei sentire anche un'altra campana!»

«Ah... ok! Scusami!»

Fausto, rivolto alla signora Patty, riformulò la domanda: «Lei è certa che 3500 anni fa si sapesse scrivere?»

«Si sapeva scrivere!» rispose annuendo e poi chiarì anche perché lo affermava: «L'archeologo William Foxwell Albright, nel 1940, spiegò che la scrittura alfabetica ebraica era in uso in Canaan e nei distretti vicini fin dall'epoca patriarcale. Quindi, circa 5000 anni fa, già si scriveva. Inoltre, sono stati ritrovati scritti dei Sumeri che risalgono a 3500 anni avanti Cristo. Quindi, 5500 anni fa, in quel tempo così lontano, i Sumeri usavano già la scrittura cuneiforme oltre a praticare lo studio della matematica e della geometria».

«Lei ci ha dato una doppia conferma che parliamo e scriviamo da quando siamo stati creati, ossia da 6000 anni» osservò Lucio strizzando l'occhio all'amico che convinto aggiunse: «Quanto ho sentito mi tornerà sicuramente utile per rafforzare le mie nuove convinzioni... mi scusi per l'interruzione, continui pure».

«Parlando di scrittura» riprese Patty «si sostiene che il primo testo di medicina che la cultura moderna possa rispettare risale a 2400 anni fa, scritto da Ippocrate di Kos considerato, da chi non conosce la Bibbia, "padre della medicina". Ippocrate, già in un tempo così lontano, riuscì a classificare tutti i sintomi delle malattie allora più note. Grazie a lui, i Greci vennero a conoscenza di purganti, diuretici, astringenti, ematici e anche narcotici come l'oppio e la belladonna. Tenete conto che, 1100 anni prima di lui, 3500 anni fa, la conoscenza medica era un'altra cosa. Infatti un testo di medicina degli antichi egizi, chiamato il *Papiro di Ebers*, raccomandava un impiastro di escrementi umani e latte fresco per la cura di cicatrici e, per estrarre le schegge, prescriveva, da applicare sulla ferita aperta, "sterco d'asino mischiato a latte fresco".»

«Che schifo!» esclamò Fausto con un'espressione disgustata e Lucio esclamò: «Oltre allo schifo, prova ad immaginarti le infezioni procurate da queste cure demenziali!»

«Puah! Che ribrezzo, non mi ci fate pensare!» commentò Fausto con una smorfia di disgusto.

«Eppure» rivelò la dottoressa Patrizia «nello stesso periodo storico, mentre la scienza medica offriva quelle cure, come lei ben dice demenziali e che il suo amico ha definito anche schifose, 1100 anni prima della nascita del medico Ippocrate, nella Bibbia si trovavano già riportate idee curative all'avanguardia, diametralmente opposte alle tradizioni curative del passato e molto simili alla scienza medica attuale.»

«Davvero?»

«Certo che è vero! Solamente chi non studia la Bibbia è portato a pensare che il testo di Ippocrate sia il primo nel campo della medicina.»

Lucio incuriosito domandò: «Può farci qualche esempio?»

«Certo! A differenza di altri testi medici dell'epoca, che consigliavano di utilizzare gli escrementi nella medicazione, la Bibbia riteneva che gli escrementi non fossero curativi, anzi, era scritto di non toccarli e ordinava a chi doveva defecare di uscire dal campo abitato, di portarsi un piolo per fare una buca e seppellirli. Questo comando rendeva gli osservanti esenti da molte malattie infettive alle quali popoli limitrofi erano soggetti.»

«Particolare quest'aspetto! Benché la Bibbia è da 3500 anni che sostiene il concetto di seppellire gli escrementi, ancora oggi» notò Lucio «ci sono paesi con fogne che scorrono a cielo aperto, e alcune tribù, come quelle del terzo mondo, hanno ancora oggi bambini con mosche appiccicate agli occhi.»

«Riflettete anche su quanto vi dirò adesso: 325 anni dopo la morte di Gesù Cristo fu ideata la religione cattolica che subito vietò la lettura della Bibbia. Di conseguenza, dal quarto secolo in poi, il Medio Evo fu un susseguirsi di focolai infettivi. Gli unici esenti dalle infezioni erano gli stranieri di lingua ebraica che conoscevano i passi biblici a memoria e applicavano tutte le norme igieniche consigliate nel testo sacro. Dico questo per farvi capire il vantaggio salutare di cui godeva chi ubbidiva alla legge biblica già da 3500 anni. Oggi la cultura non è più dominata dalla chiesa cattolica e, per noi occidentali, grazie a Dio va decisamente meglio. Non si può dire lo stesso per altri paesi, infatti, troppo spesso in assenza di sistemi fognari il materiale fecale viene disseminato in lungo e in largo nel territorio abitato, e uno dei principali motivi che innesca infezioni patologiche è proprio il fatto che trascurano di seppellire gli escrementi.»

«Interessantissimo!»

«Chi obbedisce a Jahweh vive quasi sempre fuori dal coro di presunti professori che incitano le masse a deriderli con frasi tipo: *Ecco tutto il mondo fa questo o quello e soltanto voi ritenete che non sia corretto farlo*! Ma poi sa che cosa succede? Che chi non obbedisce a Jahweh avrà sempre qualcosa per cui pentirsi o vergognarsi, è solo questione di tempo!»

I due amici ascoltavano con attenzione e Patrizia proseguì dicendo: «Inoltre vi faccio altri esempi: Jahweh ordinava ai contaminati da infezione la quarantena. Per gli alimenti avanzati era consigliato entro quanti giorni consumarli. Altre leggi bibliche consigliavano come eliminare i rifiuti e poi vi menziono anche questa che è particolarmente seria: *Non aiutare tua moglie a partorire se sei stato a contatto con un cadavere.*»

«Perché questa legge è particolare?» chiese sorpreso Lucio.

«Perché noi medici lo capimmo dopo millenni grazie al microscopio. Solo allora ci rendemmo conto di portare con noi microrganismi patogeni alla partoriente, andando a volte in sala parto dopo aver sezionato un cadavere all'obitorio. Fino al secolo scorso molti medici, trascurando questa specifica legge biblica, involontariamente, hanno partecipato alla morte di gestanti e neonati.»

«Ecco perché adesso ci sono ospedali esclusivi per partorienti e ospedali per tutto il resto!» notò Fausto e Lucio si unì all'osservazione dell'amico esclamando: «Questo è un aspetto davvero pertinente!»

«Ah! dimenticavo, c'è un'altra specifica legge che fa riflettere sull'Ispirazione Divina dei comandi biblici: "circoncidere il proprio figlio l'ottavo giorno."»

«Perché ritiene questa legge d'Ispirazione Divina?» domandò Fausto, e Lucio mostrandosi più specifico incalzò: «Se l'avessero fatto il quinto giorno, oppure il quindicesimo giorno, o che so, diciamo un giorno qualunque, che cosa cambiava?»

«Cambiavano parecchie cose! Questo comando, tra l'altro, ci rivela l'importanza di ubbidire a Jahweh anche quando non ne comprendiamo il motivo. Sapete perché?»

Lucio, incuriosito invitò la dottoressa a continuare.

«Perché solo circoncidendo il proprio figlio l'ottavo giorno si era aiutati a non incorrere in spiacevoli rischi, e questo lo sappiamo soltanto da circa 50 anni. Soltanto adesso sappiamo che la vitamina K e la protrombina, sostanze importanti per la coagulazione del sangue, raggiungono nell'ottavo giorno un livello più alto che in qualsiasi altro giorno della vita di un bambino. Nella circoncisione, questo preciso momento, evita una conseguente perdita di sangue, garantendone l'arresto pressoché immediato.»

«Questa rivelazione è notevole!» esclamò Lucio entusiasta di quanto apprendeva e Patty continuò spiegando il motivo delle sue convinzioni: «Ecco perché, come medico, cominciai a domandarmi: se la scienza medica di 3500 anni fa non aveva la conoscenza scientifica attuale, come poteva la Bibbia riportare per iscritto verità così assolute?»

«La risposta mi sembra ovvia! Soltanto il Creatore del corpo poteva sapere come farlo vivere bene salvaguardandolo dalle malattie!» affermò Lucio.

«Proprio così! La conferma l'abbiamo anche dalla considerazione che Mosé crebbe con la cultura egiziana e, gli egiziani non praticavano la circoncisione, pertanto dove apprese che l'ottavo giorno era il momento ideale per circoncidere i propri figli? Tirò a indovinare? E tutte le nozioni medico scientifiche insegnate in contrapposizione a quanto veniva consigliato dai medici di quel tempo, Mosé, dove le aveva apprese? Lui non aveva mai studiato medicina. Fu allevato come principe dalla figlia del Faraone e, quando fuggì dall'Egitto, per quarant'anni fece il pastore nel deserto. Cosa poteva saperne di medicina? E come ha potuto parlarne, in una maniera così evoluta e attuale, anticipando ogni sorta di scoperta scientifica? Non vi sembra ovvio concludere che sia stato ispirato dal Creatore del corpo umano?»

«Valutando le motivazioni esposte, queste domande mi portano a concretare che quanto scrisse Mosé fu proprio il pensiero di Dio!» affermò Lucio e la dottoressa aggiunse: «Infatti, questo è quanto attesta Esodo capitolo 24 verso 4; in questo verso biblico si legge che: *Mosé scrisse tutte le parole di Jahweh*!»

«Considerando quanto scrisse sicuramente dev'essere così!» esclamò Fausto e Patty continuò dicendo: «Vi aggiungo anche un altro esempio medico sorprendente. Soltanto dal 1950 è stato sempre più chiaro che la funzione fisiologica degli organi è intimamente connessa con lo stato d'animo e mentale dell'individuo, quindi, si può provare scientificamente che, la mancanza d'amore è causa di tanti mali. Anche perché nessun paziente desidera farsi curare da un medico freddo e distaccato. Sa cosa mi fa pensare un essere freddo? A un morto. E quali grandi risultati di vita potrà mai offrire un morto? Pochi sono i medici che conoscono il potere miracoloso di un'espressione affettuosa o di una semplice carezza. L'amore è la principale forza curativa, l'energia più influente dell'Universo, più efficace di qualsiasi medicina e più potente di qualsiasi cura. Un medico amorevole visiterà il paziente considerandolo importante come individuo e non come caso clinico. Senza amore il miglior chirurgo sarà soltanto un buon meccanico. Per manifestare il vero amore è richiesta una qualità rara nel campo medico, ma indispensabile: l'umiltà. Soltanto gli umili sanno dare amore a tutti e l'amore è vita. L'amore sincero di un medico fa diminuire gli ormoni dello stress mettendo in moto una catena di effetti benefici.»

«Come può, con il semplice amore, avvenire questo effetto così benefico e salutare?»

«Semplice! Con l'amore il sistema nervoso si rilassa dando spazio al buonumore che permetterà al sistema immunitario di rafforzarsi, apportando il beneficio di ridurre i tempi di convalescenza. Una parola rassicurante, un abbraccio, tenersi per mano, sono tutte espressioni d'amore che fanno star bene chi le offre e chi le riceve. Se volete provare anche voi questa sensazione, cercate di cogliere ogni occasione per farlo con il vostro coniuge, con i vostri figli, con i vostri genitori e sentirete in voi il potere di compiere quel miracolo che scalda il cuore della persona amata, aiutandola a sentirsi meglio nella mente e nel corpo. È stato dimostrato che i coniugi, vivendo un rapporto amorevole, si ammalano meno di quelle coppie che non manifestano amore. I figli crescono più sani nelle famiglie che hanno affetto e considerazione. Inoltre, l'ammalato che si sente amato, avrà una capacità di recupero maggiore di chi si sente dimenticato, solo e abbandonato. Provate a farlo! È un gesto semplice che distrugge le barriere e crea legami, modificando in meglio la nostra emotività, rendendoci più ricettivi all'energia dell'amore. Prima di un abbraccio, spalanchiamo le braccia, con questo gesto apriamo il nostro cuore e, richiudendole, avvolgeremo il nostro prossimo trasmettendo l'energia dell'amore provocato dal contatto fisico. Farlo potrebbe richiedere coraggio, soprattutto in quelle persone che hanno sempre aspettato che siano gli altri a fare il primo passo, ma l'amore non vive negli individui che credono nelle parole negative di Confucio e Buddha: *Non fare agli altri ciò che non vuoi che gli altri facciano a te*. L'amore vive negli individui che credono nelle parole di Gesù Cristo che disse: *Fai* – e sottolineo l'azione del fare – *agli altri ciò che vuoi che gli altri facciano a te*. Detto questo, troverete interessante il fatto che la Bibbia insegni ad essere benigni verso gli altri, a rivestirci d'amore, ad amarci l'un l'altro come disse Gesù che consigliò, addirittura, di amare anche i nostri nemici.»

«Immagino che per alcuni queste raccomandazioni, viste come beneficio fisico, possano sembrare insolite e forse anche ridicole!» notò Fausto e la dottoressa Patrizia specificò: «Può anche darsi ma, da medico, vi dico che questi consigli danno salute; e non pensiate che sia la sola ad affermarlo. Patch Adams inventò negli anni novanta "la terapia del sorriso." Per lui l'antidoto ai mali è l'umorismo positivo. Per Adams, il vero scopo del medico non è soltanto quello di curare la malattia, ma è anche quello di prendersi cura del malato amorevolmente. Per lui la medicina non dev'essere un business, ma uno scambio d'amore tra medico e paziente.»

«Sarebbe troppo bello se fosse così!» esclamò Fausto e Lucio, ripensando gli ultimi giorni della sua Irene relegata in una stanza angosciante e austera, con tristezza d'animo aggiunse: «Per esperienza vissuta posso affermare che, se i degenti fossero attorniati dall'amore di tutti, anche se colpiti dai propri mali, patirebbero meno sofferenze!»

«Con voi che spesso parlate di evoluzione» proseguì Patty «vorrei fare anche un'altra considerazione riguardo al sentimento amorevole. Gli evoluzionisti dovrebbero spiegarci come sia possibile che un processo spietato e crudele come quello della selezione naturale, che è alla base della teoria evoluzionistica, abbia contestualmente saputo generare nei viventi l'amore e la compassione.»

«Di sicuro odio-amore è un ossimoro inspiegabile per chi crede ancora nella teoria dell'evoluzione» osservò Lucio e Fausto sottolineò: «Direi che torna difficile spiegarlo, perché l'amore e la compassione sono due qualità soccorrevoli che lungi dall'aggredire i deboli, come fa intendere l'ipotetica selezione naturale, li incoraggia rendendoli ancora più forti».

«E già! Parlare di evoluzione, nel contesto di questa qualità innata, è proprio fuori luogo» confermò Lucio.

«Proprio così! Il sentimento dell'amore rivela, a tutte le

persone intelligenti, che non esiste l'evoluzione!» spiegò Patty «l'amore è un dono del cielo e svolge un ruolo importantissimo nella relazione di tutti gli uomini, in ogni campo e situazione. Vi cito un famoso dottore, Hans Selye, che già nel 1970 ci fece sapere che: *Non sarà la persona odiata o il capo esasperante a soffrire di ulcera, ipertensione o disturbi cardiaci, ma chi odia lasciandosi esasperare.* E poi aggiunse: *ama il prossimo tuo è uno dei più saggi consigli medici che siano mai stati dati.* E io vi aggiungo che chi ha detto: *Ama il tuo prossimo come te stesso* non credeva affatto all'evoluzione.»

Stupito di quanto era semplice apprendere la verità, Lucio rilevò: «Talvolta si pensa alle frasi bibliche come frasi scontate, invece, adesso mi rendo conto che sono veramente consigli divini e come tali è meglio non sottovalutarli!»

«Pertanto potete capire perché, come medico, leggendo un codice sanitario così istruttivo e previdente, fui attratta dalle Sacre Scritture!? Si leggono tanti libri, non pensate che un libro del genere sia degno di una considerazione superiore alla norma?»

«Certamente!»

«Benché scritto da migliaia di anni, se non ha mai perso di credibilità, dev'essere proprio un libro a dir poco straordinario!» assentì coscienzioso Lucio.

Fausto, ponderando le informazioni ricevute, chiese un chiarimento: «Però come mai, in campo medico, sappiamo cosa scrisse Ippocrate e non sappiamo cosa scrisse Jahweh?»

«Evidentemente le religioni non hanno interesse a incentivare un'attenta lettura della Bibbia. Sapere che la Bibbia rivelò conoscenze mediche accurate già 3500 anni fa, anticipando le scoperte scientifiche odierne, porterebbe molti ad incuriosirsi col desiderio di leggere un libro così rispettabile!»

«Sono sempre più convinto che tutti dovrebbero leggere questo libro. Perché quello che ho sentito è veramente interessante, e sto riflettendo su quanto era culturalmente avanti uno che analizzava la Bibbia al confronto di chi ne trascurava lo studio!» affermò Lucio e Fausto evidenziò il suo apprendimento: «Pensare che la Bibbia non debba rivedere nulla, mentre gli uomini alla luce delle nuove scoperte sono costretti a rivedere di continuo le loro opinioni, ci permette di capire che essa non riporta nessuna informazione errata e questo fatto lo trovo, a dire poco, straordinario!»

«Condivido amico mio! Che libro! Veramente non ho parole!»

«Questa è di sicuro la parola del Creatore!» esclamò Fausto con netta convinzione e Lucio rispolverando episodi trascorsi borbottò: «E dire che, qualche anno fa, quando decisi di leggerla, un caro amico mi scoraggiò dicendomi che leggere il vecchio testamento sarebbe stato tempo perso, perché vi si parla solo di un Dio guerrafondaio.»

«Gli aspetti medico scientifici, menzionati da mia moglie, sono tutti estrapolati dalle scritture ebraiche, quelle scritture che molti definiscono vecchio testamento. Ma non pensate che sia fuori luogo definire "vecchio" un manuale così attuale? Gli scienziati invecchiano e muoiono ma la parola di Jahweh non invecchia mai e dura per sempre. Pertanto trovo che sia più giusto dire "primo testamento" o "scritture ebraiche". Precisato questo, torniamo a quanto le ha detto il suo amico. In parte è vero, nelle scritture ebraiche sono menzionate delle guerre ma, come avete potuto notare, c'è scritto anche dell'altro, sono trattati argomenti molto istruttivi che il suo amico non ha colto e che ha fatto perdere anche a lei!»

«Però, francamente, un Dio che spinge i propri fedeli a combattere in guerra non mi piace tanto.»

«Non piace neanche a me, a meno che, quelle guerre non fossero l'unico mezzo per far cessare qualcosa di peggio. Come ad esempio, i sacrifici umani alle false divinità.»

«È per questo che Dio permise la guerra in quel tempo?»

«Sì! I Cananei, già al tempo di Abramo, adoravano numerose false divinità come la Regina dei cieli, che anche i cattolici hanno continuato ad adorare camuffandola come madonna, e divinità come Baal, Astoret e tante altre che, oltre a richiedere un'adorazione con orge sfrenate, conducevano i Cananei all'assassinio dei loro primogeniti. A conferma di quanto dico c'è che gli archeologi, in quelle zone, hanno scoperto tantissime urne con i resti dei bambini sacrificati. Jahweh fu comunque paziente nei confronti di questi popoli così spietati e crudeli. Li aveva avvisati e, nonostante tutto, per oltre 400 anni sopportò questi riti demonici auspicando che la loro coscienza li facesse cambiare. Ma essi persistettero nell'errore, continuando nelle loro pratiche orrende e degradate. Dio, liberando Israele dalla schiavitù egiziana, decise che quel territorio andava purificato e assegnato al suo popolo per un vivere più onorevole. Non fu un genocidio. I Cananei pentiti come la prostituta di Gerico, Raab, e anche i Gabaoniti che riconobbero il proprio errore e si pentirono, furono risparmiati. Addirittura i discendenti dei Gabaoniti servirono nel tempio di Jahweh, mentre Raab fu menzionata persino nella genealogia che porta al Messjah.»

«Pertanto, il Creatore intervenne con delle guerre per far cessare sacrifici umani!?»

«Si! Quei popoli, in alcuni riti, ponevano sull'altare persone vive, strappando il loro cuore mentre batteva ancora. Oltre a questo macabro e satanico scenario, Jahweh intervenne per salvare bambini innocenti terrorizzati dal pensiero orripilante d'essere sacrificati nel fuoco e per bloccare anche il dilagare di malattie veneree provocate dal raccapricciante culto dei Cananei che si riversavano nel vizio sfrenato e immorale.»

Lucio abbassò lo sguardo e commentò a voce sommessa: «Avessi avuto queste informazioni quando il mio amico mi scoraggiava la lettura del vecchio testamento... ehm... scusi, volevo dire del primo testamento, definendo Dio guerrafondaio, avrei anche saputo come rispondere. Avrei sicuramente letto la Bibbia già da molto tempo!»

«Questo le fa capire che, prima di emanare un giudizio, bisogna conoscere tutti gli aspetti dei fatti accaduti. Inoltre, le posso assicurare che quelle combattute, più che battaglie, erano giudizi divini. Quelle dispute erano discipline applicate dal Creatore sotto una forma allora conosciuta come guerra, ma, nella realtà, non avevano nulla a che fare con l'idea di guerra che abbiamo oggi. Vi basti pensare che Gerico crollò mentre gli Israeliti si limitarono a terminare il settimo giro intorno alle mura della città. Gedeone con 300 uomini disarmati, muniti di sole giare e torce, sconfisse decine di migliaia di soldati. Il giovane Davide fece arrendere i filistei quando con una fionda e un sassolino uccise il gigante Golia...»

«Ho capito!» Lucio, interrompendo la carrellata storica a riprova che erano giudizi divini, sereno affermò: «di guerra come la intendiamo noi, c'era ben poco. Le dò pienamente atto!»

«Bene, chiarito quest'aspetto, possiamo tornare a quanto dicevo prima?»

«Certamente!»

«Volevo dirvi che, nella Sacra Bibbia» continuò Antonio «non sono contenuti concetti contrari alle scoperte scientifiche, piuttosto, sono citati argomenti scientifici in maniera perfetta. Adesso vi faccio anch'io un esempio. Siccome sono un astronomo, vi parlo del nostro pianeta. Nel passato si aveva la concezione che la Terra fosse ferma, piatta e sostenuta da elementi tangibili. Questa era l'opinione dell'umanità, ma non quella della Bibbia che, circa 2800 anni fa, tramite Isaia, nel libro omonimo al capitolo 40 verso 22, sotto ispirazione, affermava che la forma della Terra era circolare, espressione che in ebraico s'intende anche sferica. In più, oltre 3500 anni fa, quando nessuno poteva immaginarsi che qualcosa potesse restare sospesa sul nulla, Mosè, scrivendo il libro biblico di Giobbe al capitolo 26 verso 7, anticipando anche la scoperta della legge gravitazionale di Isaac Newton, attestava che la Terra era sospesa "sul nulla".»

«Isaia e Mosé non si conobbero mai?»

«No! Perché vissero a circa 700 anni di distanza l'uno dall'altro; eppure, benché fossero derisi dai saputelli di quell'epoca, dicevano entrambi verità astronomiche impensabili per la gente di quel tempo. Ora ditemi sinceramente: in quel contesto storico, una "*Terra sferica*" e "*sospesa sul nulla*", quindi priva di sostegno visibile, non si rivela ai vostri occhi come un'immagine eccezionalmente moderna?»

I due amici annuirono a questa nuova informazione e Fausto sorpreso ammise: «La miseria! Sono a dir poco stupito di quanto apprendo!»

Antonio pose agli amici un'altra domanda: «Se il mondo di quel tempo non aveva neanche la più pallida idea di questa attuale e moderna conoscenza astronomica, come poterono Mosé e Isaia mettere per iscritto delle verità astronomiche così assolute?»

Fausto con cosciente onestà ammise: «Sarebbe difficile rispondere per chi nega l'ispirazione divina della Bibbia!»

«Esiste una sola risposta a questa domanda!» aggiunse Lucio e Fausto commentò: «Valutando quanto è scritto, diventa difficile concludere che entrambi non furono ispirati da chi creò la Terra e continua a sostenerla nella sua precisa orbita!»

«Proprio così!» ammise Lucio «solo chi aveva creato la Terra poteva descriverne la forma e parlare dell'inesistenza di un sostegno visibile!»

«Bravi! Adesso potete capire perché, per me, la Bibbia è il libro ispirato dal Creatore; Jahweh, l'Unico Vero Dio!»

Lucio sempre più fervente nella disquisizione domandò: «Cos'altro potrebbe dirci di questo straordinario Libro Sacro?»

«Posso soltanto dirvi che dovreste studiarlo!» esclamò l'astronomo e accennando un simpatico sorriso aggiunse: «Fatelo, perché conoscere i pensieri del Creatore non è cosa da poco, avete solo da guadagnarci!»

Fausto confermò: «Vero! dobbiamo assolutamente farlo!»

«Dovrebbero leggerla tutti!» aggiunse Lucio.

«Giusto! Comunque non aspetti gli altri, cominci a farlo lei! È troppo interessante per trascurarlo!»

«Questo l'ho capito!» ammise Lucio annuendo e Antonio suggerì: «Vi invito a leggerla senza i condizionamenti inconsci che le religioni ci hanno trasmesso. Spesso sono state le istituzioni religiose a non capire nulla della Bibbia.»

«Perché dice così?»

«Prima le ho menzionato due versi biblici che descrivono com'è fatta e sostenuta la Terra. Cristoforo Colombo fu uno tra i primi che confermò le verità bibliche inerenti al pianeta Terra. Nel 1492 fece nascere il dubbio che forse la Terra era veramente sferica e circolare. Poi ci fu l'astronomo polacco Niccolò Copernico, un uomo che aveva rivoluzionato il modo in cui vedere l'Universo, eliminando i sostegni teorici e fantasiosi della Terra al centro dell'Universo. Copernico sostituì il complesso sistema geocentrico, quello che ha come centro la Terra, con quello eliocentrico, che ha come centro il Sole. Scrisse che la Terra è sostenuta sul nulla proprio come dice la Bibbia. Copernico non ne parlò più di tanto. Soltanto nel 1543, ormai settantenne sul letto di morte, tirò fuori le sue bozze per farle stampare e pubblicò la sua opera: *De rivolutionibus orbium coelestium*; dove dimostrava che l'errore fondamentale del sistema Aristotelico-Tolemaico era quello di porre la Terra al centro del Sistema Solare. Sapeva che la chiesa cattolica, sostenitrice della teoria geocentrica, gli avrebbe creato grossi problemi. E i problemi erano seri in quel tempo. Nelle piazze c'era sempre una grande quantità di legna pronta per ardere ogni persona che osava dissentire dalle convinzioni cattoliche. Vi basti pensare cosa fecero a Giordano Bruno che condivise l'idea di Copernico.»

«Che gli fecero?» domandò Fausto all'astronomo che, in maniera secca, rispose: «Lo bruciarono vivo!»

Fausto si appoggiò allo schienale della sedia e inorridito grugnì: «Ah! Poveraccio!»

«Ma i vescovi e i sacerdoti di quel tempo non dovevano conoscere la Bibbia? Non sapevano cosa dicevano della Terra, Isaia e Mosé?»

Terminate le due domande Lucio si sentì rispondere dall'astronomo con limpida schiettezza: «I cattolici non hanno mai capito niente di Bibbia!»

«Questa è un'asserzione forte!»

«Quanto dico è una verità! Vi basti pensare che dopo Copernico ci fu anche Galileo Galilei che, trovando conferma attraverso approfonditi studi e servendosi anche di lenti che lui stesso aveva costruito per osservare i cieli, divulgò questa idea con molto coraggio. Cocciutamente non vollero dargli retta. Galileo invitò gli oppositori a guardare e notare come anche intorno a Giove si vedevano ruotare 4 pianeti, ma essi, per paura di mettere in discussione le proprie credenze, che palesemente sarebbero risultate errate, si rifiutarono.»

«Certo che quando la gente è *de' coccio*, resta nell'idiozia anche se gli dimostri che sono nel torto marcio con tutte le prove del caso!» brontolò Fausto e l'astronomo confermò: «Infatti, testardamente, anziché appurare la verità, cominciarono ad accusare questo astronomo, matematico e fisico, di eresia e gli intimarono di smetterla. Ci riuscirono per circa 16 anni, anche perché a Galileo non andava di finire al rogo come eretico! Però, un uomo sincero e onesto non può tacere a lungo le proprie conoscenze, così, con fervore e audacia, nel 1632 pubblicò un'altra opera a sostegno di Copernico. D'altronde, in quel tempo, non era più il solo a pensare ad un Universo eliocentrico. Giovanni Keplero, allievo dell'astronomo danese Tycho Brahe, circa 200 anni prima che Newton scoprisse la legge di gravità universale, scrisse e pubblicò le leggi del moto dei pianeti.»

«Si riferisce alle tre leggi di Keplero?» domandò Lucio e Antonio confermò: «Esattamente! E non dimentichiamo che già da 140 anni Cristoforo Colombo aveva scoperto l'America; ma nonostante tutte queste scoperte, nel 1632, il fanatismo cattolico condannò Galileo al carcere a vita.»

«Che stupidi!» esclamò Fausto con un'evidente stizza e Antonio precisò: «Questi stupidi erano tutti cattolici, e soltanto nel 1992 si sono decisi a chiedergli scusa pubblicamente».

«Come sono bravi! Adesso che il numero demenziale che si erano fatti è sotto gli occhi di tutti, chiedono "scusa"?» ironizzò Fausto.

«Non pensate anche voi che sarebbe stato più logico se, viste le ultime scoperte, e soprattutto credendo nella Bibbia, lo avessero lodato per aver confermato la veridicità biblica?»

«Infatti! Sarebbe stato meglio se avessero detto: "ecco un uomo che con coraggio sostiene le verità delle Sacre Scritture, indipendentemente dal pensiero popolare"» affermò Fausto.

«Avrebbero dovuto, ma non lo fecero. Con arroganza, permettendo alla filosofia del greco alessandrino Claudio Tolomeo di influenzare la dottrina, la religione cattolica continuò ad inchinarsi alla tradizione popolare, invece di seguire con fiducia la parola di Jahweh. Atteggiamento ipocrita, comunque profetizzato!»

«Pure questo ha profetizzato la Bibbia?» domandò sorpreso Lucio all'astronomo, il quale lo invitò a leggere il vangelo di Matteo 15 da 6 in avanti. Poi chiarì: «Anche se in quella situazione specifica si parla del comando di onorare i genitori, si può applicare in tutti quei casi in cui il sedicente servitore di Dio, nel nostro caso il clero cattolico, antepone la conoscenza umana a quella divina riportata nella Bibbia».

«Mi farebbe leggere questa scrittura?»

«Ok!» l'astronomo si accinse a cercare Matteo 15:6-9 e la porse a Lucio che lesse: «*Con la vostra tradizione, voi annulla-*

te il comandamento di Dio. Ipocriti! Di voi profetizzò bene Isaia, quando disse: Questo popolo dice di onorarmi, ma i loro cuori sono lontani da me. La loro adorazione non ha valore, perché insegnano comandamenti fatti da uomini».

«Come abbiamo visto la chiesa insegnava non quanto è scritto nella Bibbia; ma quanto sostenevano gli scienziati della corrente di Aristotele e Tolomeo. Facendo questo annullavano la verità di Dio preferendo la verità degli uomini.»

«Direi che sapere anche questo, è molto interessante!» esclamò Lucio e Fausto angosciato aggiunse: «Io ho sempre considerato la controversia tra Galileo e la chiesa cattolica come un trionfo della scienza a discapito di chi si affida alla Bibbia e adesso la lezione che traggo è che, era la chiesa a non essere ancorata alle verità bibliche!»

«Alla luce dei fatti, direi che non lo era per niente e presumibilmente non lo è mai stata!» confermò Lucio sempre più deluso dal proprio credo.

«Cambiamo argomento» propose Fausto «perché quando si scoprono certi fatti divento cattivo. Lasciamo perdere la stupidità di questi scellerati e torniamo a quell'argomento interessante su Galileo. Le va?»

«Certamente! Tornando a Galileo, dobbiamo capire che lui non mise in discussione la Bibbia, ma le dottrine di uomini, cui la chiesa ha sempre arriso e seguito favorevolmente, in contrapposizione alla parola del Creatore.»

Lucio si grattò la testa pensieroso: «Mi perdoni, ma non è la Bibbia che narra di un uomo timorato di Dio che disse: *Fermati Sole*?»

«Bravo signor Lucio, lei ha citato le parole di Giosuè.»

«Sì, ma come la mettiamo che nella Bibbia si dica: *fermati Sole*?» insistette Lucio.

«Eh già! Questa espressione dà proprio l'idea che il Sole stia girando intorno ad una Terra ferma» notò Fausto guardando Antonio negli occhi che subito sorrise e, dopo una breve pausa, con serenità gli chiese: «Lei saprebbe dirmi cosa farà il Sole questa sera?»

Fausto senza pensarci un attimo rispose: «Tramonta!»

«Proprio così! La risposta è giusta. Però, dicendomi che il Sole tramonta, cosa dovrei pensare di lei? Che sto parlando con una persona credente ancora in un Sole che si muove?»

Lucio comprese subito l'astuto ragionamento dell'astronomo e con una smorfia di compiacimento sbottò: «In effetti, noi diciamo anche che di mattina il Sole sorge, ma, di fatto, è la Terra che girando fa sì che giunga l'alba».

«Benissimo! Si è dato da solo la risposta. L'espressione usata da Giosuè è stata formulata per facilitare l'esplicazione di un'affermazione. Lungi dal credere che il Sole girasse intorno alla Terra, l'espressione: *Sole fermati* fu una semplice richiesta fatta a Dio affinché ritardasse il tramonto e la giornata fosse più lunga in maniera tale da completare quanto iniziato.»

«Chiarissimo!» esclamò Fausto stupito dall'arguzia espressa e Lucio ammise: «È solo che a volte dicono cose che fanno sorgere dubbi! Poi però, se si ragiona, ecco che ritorna tutto più chiaro!» ammise Lucio e Antonio aggiunse un incoraggiante suggerimento: «Non dovremmo mai smettere di ragionare. Viviamo in una cultura molto simile alle correnti marine, dovremmo stare sempre attenti a dove ci portano e, proprio lì, dove la corrente è un po' più forte, dovremo nuotare un po' di più. Nel momento che ci arrenderemo e non nuoteremo più, senza rendercene conto, ci troveremo persi alla deriva tra mille pensieri distorti.»

L'astronomo spiegò anche l'importanza di continuare a riflettere con la propria testa, senza farsi influenzare dalle filosofie fuorvianti e dalle religioni fasulle. Citò a sostegno le parole dell'apostolo Paolo che si raccomandava, in Colossesi 2:8, di *non farsi portare via come preda per mezzo di filosofie e vuoti inganni, posti secondo le tradizioni di uomini e non secondo gli insegnamenti del Cristo*. Citò anche Secondo Timoteo 4:3,4 sottolineando che *ci sarebbero stati maestri, a cui piaceva farsi solleticare gli orecchi con complimenti, disposti ad allontanarsi dalla verità biblica, per volgersi a false storie.*

Mentre l'astronomo dava chiare e pertinenti spiegazioni, Lucio si rivedeva nella conversazione avuta col dottor Amedeo, quando questi gli fece notare come anche alcuni scienziati dicessero menzogne, motivati non dalle reali scoperte ma dal proprio desiderio di credere cocciutamente all'evoluzione. Si rammentò della truffa di Piltdown; ragionò che ancora oggi, come faceva anche lui fino a soli due giorni prima di scoprire questi fatti, sedicenti cristiani abbracciano teorie e filosofie che sono in contrasto con la Bibbia, facendo dell'evoluzione un articolo di fede, molti di questi, benché si ritengano Cristiani, preferiscono la teoria evoluzionistica a quella creativa della Genesi.

Mentre vagava con il pensiero, sentì l'astronomo dire: «Come la storia dimostra, le filosofie umane, anche se promosse da numerosi intellettuali di spicco, si rivelano spesso passeggere e mutabili, mentre la parola del Creatore Jahweh, come riportò l'apostolo in Primo Pietro 1:25, *dura per sempre.*»

L'astronomo continuò spiegando che la Bibbia oggi è, come nel passato, il libro più diffuso nel mondo; sono state stampate più di cinque miliardi di copie, tradotte in oltre 2400 lingue e fece anche notare, indicando le Sacre Scritture, che non è un libro come tanti altri. Ispirati dal Creatore, molti scrittori della Bibbia avevano già completato la stesura dei loro testi prima della nascita del famoso filosofo cinese Confucio, e anche prima del fondatore del buddismo Siddhartha Gautama.

«Vi basti sapere che Mosè nacque mille anni prima di questi uomini!»

Poi aggiunse che nessuno degli accaniti oppositori è mai riuscito a smentire la storia riportata nella Bibbia. Citò la dichiarazione dell'archeologo Nelson Gluek: *Posso affermare categoricamente che nessuna scoperta archeologica ha mai smentito un riferimento biblico*; e aggiunse che i dubbi sull'attendibilità della Bibbia si basano sulla disinformazione dovuta all'ignoranza riguardante ciò che essa realmente dice. Poi, ci tenne a sottolineare queste parole: «La Bibbia parla solo di cose vere. I personaggi sono veri, gli avvenimenti sono veri. La sua reputazione, com'è documentato dalla storia, è inequivocabile. Tutte le profezie, riguardanti il nostro passato, si sono avverate precisamente in ogni particolare e questo ci impedisce di dubitare dell'adempimento di quelle future.»

Mentre l'astronomo argomentava a sostegno della parola di Dio, Lucio ritornò a ragionare sul fatto che molte religioni spesso hanno preferito divulgare la parola degli uomini, provando delusione ogni volta che essa cambiava, sensazione che il Cristiano non avrebbe mai provato se avesse confidato nell'immutabile parola scritta dal Creatore Jahweh. Poi, il signor Antonio fece anche notare che, benché la Bibbia fosse stata scritta da quaranta uomini diversi, è sempre rimasta sorprendentemente coerente in tutti i sensi. Detto questo, fece una domanda retorica: «Come mai quaranta uomini, tutti diversi tra loro e quasi tutti anche sconosciuti tra loro, nell'arco di circa 1600 anni, quindi attraversando anche epoche diverse, con conoscenze e usanze diverse, scrissero sviluppando tutti un unico tema, senza mai contraddirsi e dimostrandosi capaci di completarsi tra loro negli argomenti? Semplice! Perché come segretari impiegati nella stesura furono in quaranta, ma chi dettava il proprio volere era uno solo, il Creatore, Jahweh, l'Iddio onnipotente che non cambia!»

Fausto chiese stupito: «La Bibbia è stata scritta in un tempo di 1600 anni?»

«Sì!»

Lucio riflettendo, fece una breve pausa e poi disse: «L'avesse scritta soltanto un uomo, sarebbe stato facile trovare un testo coerente in tutto, ma, siccome è stata scritta da 40 uomini, molti dei quali non si conobbero mai, l'idea che sia stata ispirata da Dio non è un'effimera congettura. In più, provate a pensare quante cose cambiarono in tutto quel tempo! Quante cose sono cambiate per noi dal 400 al 2000? E quante volte sono cambiate le conoscenze, le abitudini, le cure, gli ideali. Eppure, nonostante tutto, questi quaranta scrittori, diversi tra loro per caratteristiche e abitudini personali, hanno sviluppato con coerenza sempre lo stesso tema, con una conoscenza che oggi si rivela ancora attuale... pazzesco!»

«Hai fatto una riflessione molto interessante!» disse Fausto e Antonio esclamò: «Peccato che siano pochi a riflettere in questo modo!»

«Per quanto mi riguarda, basta questo a convincermi che fu uno solo a dettare e lo fece uno con una sapienza superiore a quella dei tempi trascorsi, presenti e futuri!» concluse Lucio.

«Fai prima a dire che fu dettata dal Creatore!» affermò Fausto e Lucio, sbalordito, esclamò: «Sento i brividi addosso! Com'è possibile che per più di cinquant'anni io abbia frequentato la chiesa cattolica senza mai sapere niente di tutte queste scritture?»

«Del perché non ha mai sentito queste scritture in chiesa, è un argomento che potremo trattare in un'altra circostanza» propose l'astronomo e Lucio aggiunse un'ulteriore domanda: «Poiché è un libro, come dicevo, a dir poco straordinario, come mai le chiese del mondo religioso non incoraggiano a leggerlo seriamente?»

Antonio gli rispose in poche parole: «perché, se tutti leggessero la Bibbia, col desiderio di comprenderla bene, nessuno entrerebbe più in una chiesa!»

«A si?»

«Sì! Fanno di tutto per scoraggiarci a leggerla con parole finte che recitano: "dipende come la interpreti", "non è comprensibile a tutti" e frasi simili create per disincentivarne la lettura. Chi dà retta a queste menzogne non si rende conto della grande offesa che recano al Creatore!»

«Perché?» domandò ancora Lucio e Antonio spiegò con un esempio: «Se lei dovesse avere un elettrodomestico, per farlo funzionare correttamente si affiderebbe al manuale d'istruzione fornito dal produttore o si rivolgerebbe al calzolaio?»

«Che domanda! Scontato che mi rivolgerei all'inventore!»

«Perché?»

«Perché nessuno meglio di lui saprà come farlo funzionare bene.»

«Come mai per un elettrodomestico ci rivolgiamo all'inventore e non facciamo la stessa cosa per il nostro cervello, al fine del giusto intendimento? Dicendoci che da soli non riusciremo mai a capire ciò che il Creatore ha fatto scrivere per nostra istruzione, le autorità clericali si sono studiate un bel ragionamento eristico. Avete già sentito dire: "non è semplice capire la Bibbia"?»

«Hai voglia! Un sacco di volte! Quella che va per la maggiore è: "Dipende da come la interpreti!"» rispose Fausto e Antonio pose ai due amici l'invito: «Ragionate: con questa frase ci stanno dicendo due cose. Primo che noi siamo deficienti perché da soli non potremmo mai capire e secondo che il Creatore è incapace di comunicare con i cervelli da Lui creati.»

«Vero! Questi impostori, ci stanno dichiarando che, chi ha creato il cervello, non è capace quanto loro di comunicare chiaramente con esso» brontolò Fausto.

«Vi rendete conto dell'offesa che recano al Vero Dio quando pronunciano queste frasi così insensate? Non vi sorge il sospetto che forse tutto quel che dicono, serve solo per scoraggiarci a leggere da soli la Bibbia e convincerci a chiedere loro che cosa dovremmo capire o fare per essere dei Veri Cristiani?»

«Tra l'altro non credo che esista un comunicatore più esperto di Jahweh» aggiunse Lucio e Fausto sottolineò: «Uhm! Pensandoci bene, si capisce chiaramente il disonesto scopo architettato da questi farabutti!»

«Perché per i leader religiosi è meglio scoraggiare la lettura della Bibbia?» domandò Lucio e Patty rispose: «Perché hanno compreso che, come l'acqua non può coesistere col fuoco, loro non potranno mai coesistere con la legge biblica. La Bibbia smaschera ogni apologia di reato commesso dalle religioni disapprovate da Jahweh, Dio Creatore del Cielo e della Terra. Inoltre, se tutti aprissero la Bibbia le religioni sarebbero costrette a chiudere i battenti!»

«Che farabutti impostori!» brontolò stizzito Fausto che aggiunse: «Anch'io non l'avrei mai letta, però alla luce di quello che ho sentito da voi, trovo questo libro interessantissimo!»

«Non per niente è considerata parola di Dio! Non vi pare?» aggiunse Antonio sorridendo e, notando che i due amici annuirono, l'astronomo aggiunse: «In Secondo Timoteo 3:16 si legge che: *Tutta la scrittura è stata ispirata da Dio per insegnare, correggere, disciplinare affinché l'uomo di Dio sia del tutto competente per ogni opera eccellente*. Ricordatevi che l'insegnamento di Jahweh non tramonterà mai, mentre, come ha già dimostrato la storia, tra venti o trent'anni, molto di ciò che oggi insegna la scienza moderna, grazie alle nuove scoperte, apparterrà al passato».

«Probabilmente sarà anche derisa con frasi del tipo: "ci pensi che gli scienziati soltanto trenta anni fa erano convinti di questo e di quest'altro?"» ironizzò Fausto e Lucio confermò: «Pensando che nessuno si metterebbe a studiare un libro di scienza vecchio di soli trent'anni, in effetti quanto dici è vero!»

«Eppure, la Bibbia non c'è solo da trent'anni e neanche da trecento, ma da più di 4000 anni e, nonostante tutto, non è mai cambiata! A livello scientifico è ancora attuale, e questa è un'ulteriore prova che è stata scritta da Jahweh, il Dio che non deve mai cambiare la Propria Sapienza, perché essa equivale a mera Onniscienza» sottolineò Antonio e Fausto con occhi sgranati esclamò: «La Bibbia è veramente troppo forte!»

Pedofilia, religione e 8x1000

Lucio, ascoltando le risposte sensate dell'astronomo, cominciava a dipanare l'ingarbugliata matassa della sua vecchia erudizione. Aveva finalmente trovato il bandolo che gli era sempre stato nascosto e mostrò tutta la soddisfazione che provava dicendo: «Beato lei!»

Antonio, incrociando lo sguardo di Lucio, comprese che quelle parole erano rivolte a lui e pertanto un po' stranito domandò: «Perché?»

«Lei, conoscendo la Bibbia, non si farà mai influenzare dai capi religiosi!»

«La parola di Jahweh non è stata scritta per "i capi" o meglio, per un'esclusiva categoria di persone. Il Creatore ha fatto scrivere la Bibbia, sotto ispirazione, per tutti gli esseri umani desiderosi di conoscere il suo perfetto pensiero, affinché chiunque, e ribadisco "chiunque", possa ricevere istruzione per vivere meglio, proprio come sostengono le scritture: Primo Tessalonicesi 2:13 e Secondo Timoteo 3:16»

L'astronomo menzionò queste due scritture bibliche, le scrisse sul pezzo di carta dove aveva riportato già le altre e le porse a Lucio che subito disse: «La ringrazio, ma come ho già detto, io non ho una Bibbia, non l'ho mai letta!»

«Bene... se vuole ritenersi Cristiano è ora che lei cominci a leggere la parola di Jahweh, non le pare?»

«Riconosco che ascoltarvi me ne ha messa una gran voglia, devo farlo, d'altronde per un Cristiano dovrebbe essere logico e scontato conoscere bene e a fondo quello che ha fatto mettere per iscritto il proprio Dio.»

Al ché, l'astronomo fece loro questa raccomandazione: «Quando leggerete la Bibbia, ricordatevi che non è saggio lasciarsi influenzare da insegnamenti o teorie che la contraddicono. L'ispirata parola fa asserzioni accurate, anche a dispetto delle convinzioni popolari di ogni epoca, benché apparentemente sensate. La parola del Dio Jahweh è sopravvissuta fino ai nostri giorni nonostante gli attacchi dei critici, i divieti governativi e perfino i roghi per incenerirla. Nessun libro è arrivato fino a noi superando un'opposizione così accanita!»

«Ci dica: qual è il motivo primario per cui Dio ha fatto scrivere la Bibbia?» domandò Fausto e la signora Patrizia guardando il marito come se volesse chiedergli con gli occhi di poter intervenire, con molto tatto disse: «Lo scopo principale della Bibbia è rivelare all'umanità il pensiero e la volontà del Creatore. Inoltre, come sostiene Isaia 48:17-19, in essa sono contenuti pratici consigli che, quando sono applicati, funzionano sempre, a prescindere dall'appartenenza etnica, culturale o dal livello di istruzione elementare o universitario. La Bibbia è il dono di Jahweh per dare accortezza a chi è senza esperienza e, a chi è giovane, maggiore conoscenza e capacità di pensare. Infatti il suo studio rende l'uomo migliore come figlio, come marito e come padre, e rende la donna migliore come figlia, come moglie e come madre».

«Sono convinto che faccia parte di una subdola strategia tenerci nell'ignoranza!» esclamò Fausto e Lucio animatamente osservò: «Chi ha poca conoscenza farà poche obiezioni e, senza rilevate contestazioni, si può proseguire nella propria condotta indisturbati. Pertanto è certo che tenerci nell'ignoranza va a loro pieno vantaggio».

«Proprio così! Ricordatevi che ancora oggi, se fossero stati seguiti in toto i dettami della chiesa cattolica, saremmo nell'oscurantismo più bieco. Vi basti pensare» aggiunse Antonio «che la religione cattolica fu istituita nel 325 dopo Cristo dall'imperatore Costantino, un sanguinario guerriero pagano, fervente adoratore del dio Sole, che si considerava anche il capo assoluto di tutte le religioni del suo impero. Toglietevi dalla testa che il cattolicesimo sia stato formato da Gesù Cristo e che l'apostolo Pietro fu il primo papa. In nessun passo biblico troverete scritto che Gesù era cattolico. Lungi dall'essere Cristiani, i cattolici sono una setta formata tre secoli dopo la morte di Gesù. Questa setta fu ideata, per fini di assoluto potere, dall'ambizioso imperatore Costantino che seppe inventarsi una toccante storia di conversione al cristianesimo. Quel cristianesimo che, come profetizzato, aspettava l'anticristo. Fu semplice per quell'individuo, così vanaglorioso, manipolare la fede cristiana per renderla definitivamente apostata e formare così una religione di stato che unificava il popolo, ma nella sostanza non aveva più l'amore e la saggezza che Cristo diede come modello da seguire. Subito dopo il 325 ebbe inizio un'era cattolica che non fu affatto spiritualmente illuminante, vietarono la lettura della Bibbia e quel tempo definito "alto medioevo", descritto dagli studiosi come "età oscura e decaduta", perdurò fino all'anno 1000. L'oscurantismo si consolidò nel 415 dopo Cristo con l'assassinio di Ipazia d'Alessandria, filosofa neoplatonica e grande matematica. La cultura di questa donna umiliò il mondo maschilista ecclesiastico e con il suo assassinio, commissionato dal vescovo Cirillo d'Alessandria, morì la più esemplare comunità scientifica di ogni epoca. Ipazia tramandava il suo sapere e con grande generosità lo dispensava a tutti quelli che le stavano intorno. Per la chiesa cattolica, che voleva tenere nell'ignoranza i propri fedeli, questa donna creava un grande problema. Questa straordinaria donna rappresentava il fulcro della cultura e per questa sua dote fu assassinata dal clero cattolico, e non voglio neanche dirvi come, ve lo lascio immaginare.»

«Lo dica, ci sta informando di tutto, ci faccia sapere anche come la uccisero!» domandò incuriosito Fausto. Antonio ci pensò un attimo e, prima di proseguire, guardò in volto i due amici e chiese: «Avete uno stomaco forte?»

Senza rispondere, un po' preoccupati, entrambi annuirono; dopodiché Antonio narrò l'episodio: «Ipazia, dopo aver tenuto una delle sue straordinarie lezioni, mentre faceva ritorno a casa, fu circondata da una ciurmaglia inferocita di monaci cattolici che la tirarono giù dal carro e la trascinarono fino alla vicina chiesa. Lì, la torma imbestialita le strappò le vesti e, completamente denudata, iniziarono a straziarla con cocci di conchiglie fino a dissanguarla. Dopo averla dilaniata per ore, quando più nulla faceva pensare che quel corpo esanime appartenesse ad una donna, quei monaci la fecero a pezzi, membro a membro, e cancellarono ogni traccia di lei nel fuoco».

I due amici con lo sguardo inorridito ascoltavano senza pronunciar parola, poi Fausto con voce rotta, esclamò: «È una storia orrenda!»

L'astronomo, per far capire meglio che quell'esecuzione era tutta di stile cattolico, volle dare ancora qualche dettaglio: «Questo abominio fu commissionato dal vescovo Cirillo, propugnatore del culto mariano al concilio di Efeso e spregiudicato razzista persecutore degli Ebrei. Nonostante questa ignobile reputazione, fu beatificato, divenne santo e in più "dottore della chiesa cattolica" dal 1882 grazie a papa Leone XIII. Oggi è ancora onorato come patrono di Carpino e da chi trova il coraggio di ricordarlo festeggiando l'onomastico.»

«Oltre alle autorità ecclesiastiche che tirano i fili di quelle marionette in tunica nera, sfido chiunque a trovarmi un solo bigotto che conosca la vera storia di questo Cirillo!» sbottò Fausto con evidente amarezza e Antonio puntualizzò: «Anche se questo dovesse avvenire, resterà comunque uno dei tanti disgustosi avvenimenti storici appartenenti all'esclusività della religione cattolica!»

«Direi che è un incancellabile memoriale raccapricciante

per il cattolicesimo!» sottolineò Fausto e Antonio ritenne utile aggiungere: «L'assassinio di Ipazia fu solo l'esordio che portò all'imbrigliamento della libera cultura. Pensate che il terrore, trasmesso da quella atrocità disumana e diabolica, allontanò tutti dall'identificarsi come suoi allievi. I filosofi, terrorizzati dall'accaduto, cominciarono a inchinarsi alla diabolica autorità ecclesiastica. Alcuni lo fecero fino al punto di rinnegare il proprio maestro e il proprio sapere. Da quel momento, la strada da percorrere per monopolizzare l'istruzione fu tutta in discesa a favore dell'istituzione ecclesiastica. Tantoché, dopo circa 200 anni dalla formazione del cattolicesimo, esattamente nel 529 dopo Cristo, l'imperatore Giustiniano prese il provvedimento di chiudere tutte le scuole non amministrate dalla chiesa cattolica, dando, sotto il nome di scolastica, l'esclusiva nel gestire il sapere teologico e scientifico ai monasteri e alle cattedrali. Un potere istituzionale che ebbe una conferma assoluta tra l'800 e il 1200 perdurando fino al XVIII secolo. Il provvedimento permase per oltre 1200 anni. Pensate che nel periodo dell'illuminismo, Jean Le Rond d'Alembert e Denis Diderot trovarono un'accanita opposizione, da parte dei gesuiti e da tutte le autorità ecclesiastiche, quando realizzarono la stesura della prima enciclopedia come dizionario ragionato delle scienze, delle arti e dei mestieri. L'asineria cattolica non tollerava che un'enciclopedia divenisse il modello per un'illuminata cultura rivolta al pubblico. Così, nel 1759 quest'opera, benché fosse il fiore all'occhiello della nuova cultura fondata sul progresso scientifico e tecnico, fu condannata, tolta dal mercato e in parte anche bruciata. Inoltre, nel XIX secolo, papa Pio IX proclamava l'infallibilità del papa e con tutte le sue forze volle che l'istruzione rimanesse tassativamente in mano alla religione cattolica. Questo papa "infallibile", stilò un elenco di errori da correggere; tra questi: la libertà di scegliere una religione, la libertà di pensiero e la democrazia. Il cattolicesimo, appena istituito nel 325 dopo Cristo, s'introdusse nel tessuto sociale, arrogandosi il diritto esclusivo di decidere cosa era meglio insegnarci e cosa era giusto sapere. Il risultato fu il crollo della cultura, mentre man mano, erano sempre più integrate tutte quelle che oggi conosciamo come credenze cattoliche. Un vero reset mentale di massa che instaurò, nel cervello dei neocattolici, convinzioni assurde e un dannoso fanatismo che ancora oggi troviamo in alcuni bigotti. Il basso medioevo, tra il 1000 e il 1400, detto anche "tardo medioevo", fu un periodo di fanatismo inconcepibile; non dimentichiamo che il fanatismo di questa assurda e crudele religione condusse gli adepti a combattere otto crociate. Le crociate erano guerre fatte con cruenti massacri, perpetrati da mercenari picchiapetto che, convinti di compiere un'opera encomiabile, senza scrupoli e senza nessuna pietà, trucidavano anziani, donne e bambini innocenti. E tutto questo avveniva sempre con il plauso e la benedizione dei papi che definivano i sanguinari combattenti "cristiani esemplari".»

Lucio, frastornato da queste verità che la storia non potrà mai negare, guardò interdetto l'amico, e poi rivolto all'astronomo, irrigidendo il broncio, brontolò: «Devo ammettere che tutti questi sono episodi incresciosi che dovrebbero far vergognare tutti i credenti cattolici; però, è anche vero che quanto fatto è ormai come suol dirsi "acqua passata"!»

«No, no! Quanto fatto dalla religione cattolica è ancora a tutti gli effetti "acqua sporca" e per quanto "cerchino di confondere le acque" sempre sporchi restano. Mi creda, sarà impossibile uscire fuori puliti quando ci si lava con le solite sozzure!»

Fausto trovò carini questi giochi d'acqua verbali, detti per esplicare con significati figurativi quello che realmente è il cattolicesimo, ma non fu così per Lucio che, un po' imbronciato, precisò: «Mi rendo conto. Fosse stato possibile, avrei cambiato volentieri il corso di questi eventi! Purtroppo non si può fare. La storia è tale proprio perché riporta episodi veri del passato; vicende che, devo ammetterlo, come cattolico mi fanno anche vergognare. Ho cercato rifugio nell'ideologia evoluzionistica ma in questi giorni si è sgretolata anche questa. Pare che ci sia veramente un Creatore e allora, giacché sono sempre stato cattolico, ritorno a credere in Dio e provo a consolarmi dicendo che, questi che lei ha menzionato erano i cattolici di una volta mentre adesso siamo tutti un po' più bravi... no?»

L'astronomo lo guardò stranito, sembrava non credere alle sue orecchie; notando quell'espressione Lucio ribadì: «Perché, adesso non sono tutti più bravi?»

Fausto, sorpreso da quanto aveva detto l'amico, gli domandò: «*Ah Lucio! Fa che co' 'sto tè te s'imbriacato?* Neanche tutti i casi di pedofilia che stanno venendo a galla ti smuovono? Come fai a dire che adesso il clero è più bravo? Quale bontà trovi in un vescovo o in un sacerdote che accalappia un ingenuo bambino per sodomizzarlo?»

Lucio scrollato dal proprio amico non rispose, si sentì in imbarazzo e, muto, voltò lo sguardo. Al ché l'astronomo gli disse: «Se non la inorridisce neanche l'idea degli atti di pedofilia emersi, le domando: "sarà forse perché trova qualcosa di cristiano nella perversione sessuale esercitata da un sacerdote ai danni di un bambino indifeso?"»

Lucio stizzito rispose: «Assolutamente no! Lo so benissimo che non c'è niente di cristiano in quelle porcate!»

«Allora dovrebbe spiegarmi meglio che cosa intende col dire: "giacché sono sempre stato cattolico continuo ad esserlo!" sarebbe come se a un medico che le fa notare che è nocivo continuare a prendere una determinata medicina, lei rispondesse: "ma si, visto che l'ho sempre presa, anche se è dannosa continuerò con questa!" lei ha idea di cosa penserà un medico che si sente dare dal degente una risposta come questa?»

Lucio non rispose e l'astronomo, ponendosi la mano al lato della bocca a mo' di megafono, con tono di voce sostenuto, incalzò: «Che si trova davanti ad un serio caso di psichiatria!»

Le persone presenti nel vagone si voltarono, il momento fu imbarazzante un po' per tutti, allora Fausto rivolto verso l'amico, bisbigliò: «Vero: è da manicomio un elemento del genere!»

Lucio palesemente scosso, mascherando l'impaccio non commentò, guardò fuori dal finestrino e cercò di mostrarsi impassibile al pungolo di verità inferto dall'astronomo.

Si fece un lungo silenzio e il signor Antonio, notando l'atteggiamento inaspettato di Lucio, per concludere disse: «Comunque, se a lei sta bene continuare a credere così, faccia pure!»

«Sì, preferisco credere così!»

Antonio, mentre si stava alzando per congedarsi, esclamò: «Ok! Credo che non serva dirci altro!»

Lucio, per sdrammatizzare, guardò in volto l'astronomo e poi scontroso borbottò: «Dobbiamo ammettere che c'è del buono e del cattivo ovunque. No?»

L'astronomo lentamente si riaccomodò, lo fissò negli occhi, prese fiato e con pazienza, sottovoce, scandì queste parole: «Ma cosa sta dicendo? Questa è soltanto una frase fatta, priva di senso logico».

«Pure! E Perché?»

«Mi perdoni ma proviamo a ragionare con la testa. Se in questo momento entrasse un bandito e puntasse la pistola per rapinarci, beh! C'è da aspettarselo da un elemento simile! No?»

«Certo, se è un bandito!»

«Però se dovesse entrare il maresciallo dei carabinieri, che dovrebbe coordinare le forze dell'ordine per proteggerci, e tirasse fuori la pistola d'ordinanza per rapinarci, cosa penserebbe?»

«Subito penserei che non è un vero maresciallo!»

«Invece è accertato che è un vero maresciallo, sostenuto e protetto anche dal generale dell'arma e dal presidente della repubblica. Come ci resterebbe?»

«Di "M"...» ammise Lucio.

«E cosa penserebbe di lui e di chi lo mantiene nel grado?»

«Del maresciallo penserei che è un infame, e di chi lo copre, tenendolo nel ruolo, sicuramente penserei che è tutta gente più infame di lui.»

«A sì? Come mai non lo scuserebbe dicendo che comunque c'è del buono e del cattivo ovunque?»

«Perché in questo caso non stiamo parlando di un bandito comune ma di un maresciallo!» ribatté inalberato Lucio.

«E allora, se le torna chiaro il fatto, la smetta di fare eco a frasi gratuite che questi furbi mettono in circolazione per farci accettare i loro schifosissimi affari. Quando parliamo di bambini sodomizzati, se stiamo parlando di un delinquente che ha scelto di vivere da perverso pedofilo violando ogni legge morale è un conto, ma se stiamo parlando di uno che ha scelto di pascere il gregge di Dio, non possiamo permettere che, mentre svolge il suo compito pastorale, sevizi con perversione gli agnellini a lui affidati. Non devono esistere scuse per questi maiali. La condanna dev'essere esemplare e di gran lunga superiore a quella inflitta, per lo stesso reato, ad un comune perverso pedofilo.»

Lucio restò di ghiaccio e Fausto cercò di farlo riflettere meglio: «Il signor Antonio ha ragione, amico mio! Cerchiamo di ragionare prima di muovere la lingua! In campo spirituale, non è ammissibile la pratica di una condotta così abominevole. Loro cercano di farci accettare quel comportamento inculcandoci che sono uomini!»

«Ma sono uomini!» esclamò Lucio stizzito cercando ancora di scusarli, ma si sentì subito incalzare con tono sostenuto dall'astronomo: «Perché, nella mia illustrazione, il maresciallo è un extraterrestre? Non è anche lui un uomo?»

«Io ho capito benissimo cosa intende!» affermò Fausto.

«Pertanto, visto che i sacerdoti si sono arrogati il ruolo di "marescialli" della nostra spiritualità, deve convenire, senza se e senza ma, che è disgustoso e inaccettabile che sia proprio un sacerdote a sodomizzare un bambino!»

«Devo ammettere che i suoi ragionamenti hanno una logica disarmante!» affermò Fausto. Lucio fu scosso da questo nitido senno, e cercò di uscirne dicendo: «Va beh! Non possiamo giudicare la chiesa per due o tre pretonzoli perversi. La religione cattolica è tutt'altra cosa!»

«Ah si?» ironizzò Antonio.

«Sì! Penso, o almeno spero, che adesso la chiesa sia un po' più spirituale! No?»

«Ravenna 5 Aprile 2014, notizia fresca di qualche giorno fa. Le dice niente il parroco Giovanni Desio di Casal Borsetti arrestato dalla polizia per adescamento e atti sessuali con minori? definito dal gip Rossella Materia: "Figura con spiccata spregiudicatezza e capacità a delinquere, con totale assenza di freni inibitori"?» riferì Antonio e Fausto domandò: «Parla mica di quel parroco che qualche mese prima, con un tasso alcolemico quattro volte superiore al limite, era finito con il suo Suv Bmw in un canale di Casal Borsetti?»

«Sì! Un fedele si dovrebbe aspettare che, un parroco che va in giro di notte ubriaco guidando un BMW, venga subito disciplinato dal proprio vescovo!»

«Tra l'altro, mettendo a rischio non solo la sua vita ma anche la vita degli altri!» aggiunse Fausto e Lucio cercando di ribattere disse: «Va beh! Comunque, l'arcivescovo Ghizzoni ha invitato la comunità cattolica a pregare per affrontare insieme lo sconforto e il dolore per un così grave scandalo».

«Però non credi che sarebbe stato più onesto agire prima, magari quando ubriaco fece l'incidente di notte? Anziché essere così permissivi e parlare di provvedimenti solo adesso che è stato smascherato e arrestato dalle autorità?»

«Per fortuna la chiesa non è guidata da questi preti.»

«Mi sa tanto che lei, signor Lucio, stia continuando a pestare l'acqua nel mortaio! La informo che il parroco in questione, oltre ad essere un perverso corteggiatore di bambini e adolescenti, era anche direttore del settimanale diocesano "Risveglio 2000"» precisò Antonio e Fausto sottolineò: «Non oso immaginare con quanta convinzione scrivesse su argomenti di purezza spirituale!»

«Sì, ma era comunque un semplice parroco...» insistette Lucio.

«Ok! Allora parliamo delle personalità importanti della chiesa di oggi. Non vi parlerò di alcuni pretonzoli immorali, pedofili e perversi come don Desio, vi parlerò di pezzi grossi della chiesa. Conoscete il reverendo padre, fondatore e capo dei legionari di Cristo, Marcial Marciel Degollado?» chiese Antonio ai due amici e Lucio rispose: «Io non so neanche chi sia!»

«Peccato! Perché penso che tutti i cattolici dovrebbero sapere da chi sono rappresentati. Il caso Marciel è conosciuto da molti, giornali e tv ne hanno parlato. Anche il canale televisivo "LA7", l'11 marzo del 2013, fece una trasmissione parlando di padre Marciel e dello scandalo dello IOR, la banca del Vaticano. Lo IOR è l'Istituto per le opere Religiose che risulta praticante di innumerevoli illegalità e che, fino a prima dell'intervento della finanza, passava anche al papa 137 mila euro al giorno.»

«Come faceva a campare con così poco!» esclamò sarcastico Fausto e Lucio incredulo affermò: «C'è gente che quei soldi non li vede neanche dopo dieci anni di duro lavoro e lui se li prendeva in un giorno, tutti i giorni?»

«Sì! Fanno circa 50 milioni di euro l'anno!» precisò Antonio.

«Vive di stenti, *poraccio*!» ironizzò Fausto e alla battuta che sapeva di vero, l'astronomo accennò un sorriso e poi continuò serio: «Lo IOR è la banca classificata tra i peggiori riciclatori di denaro sporco. Sono aperte tre inchieste sulla banca del Vaticano. Pare che ci siano 9 miliardi di euro che ancora non si sa da chi siano stati versati e di chi sono.»

«Com'è possibile che non si sappia di chi siano tutti questi soldi?»

«Che devo dirvi, sarà un altro mistero della fede!»

«Bella questa!»

«Però nonostante il fatto che i dirigenti fossero indagati per riciclaggio di denaro sporco, il 28 giugno 2013 fu arrestato "con le mani nel sacco" il sacerdote Nunzio Scarano mentre portava, dalla Svizzera in Italia, venti milioni di euro in contanti.»

«A noi fanno storie sul contante oltre i mille euro e questi riciclano miliardi di denaro zozzo. Ma è proprio uno schifo! *Ah Lucio, ma quanno ce risvegliamo!*»

«Questo monsignore indagato con l'accusa di riciclaggio, Nunzio Scarano, soprannominato anche "il monsignor 500", e non perché girava con una piccola Fiat ma piuttosto perché preferiva banconote da 500 euro, rivestiva l'importante carica di responsabile del servizio di contabilità analitica dell'A.P.S.A., l'Amministrazione del Patrimonio della Sede Apostolica, l'ente della cosiddetta "santa sede", meno nota dello IOR, ma non meno potente. Sapere, permetterebbe di capire meglio se il Vaticano è veramente una "santa sede" o soltanto una sede!»

«E che spesso, ci piglia pure per il se-dè!» esclamò Fausto ridacchiando e Lucio guardandolo serioso: «Sede, se-dè, ahahaah, ha fatto la battuta... che spiritoso!»

La buffonesca scena creatasi, dopo pochi attimi, portò tutti e quattro a ridere e, avendo condiviso la simpatica battuta, l'astronomo riprese sobrio esclamando: «Ok! Tornando a quanto dicevamo sull'argomento pedofilia, parliamo di padre Marciel!?»

«Chi è?»

«Così si faceva chiamare il sacerdote Degollado, un prete che, benché fosse denunciato di pedofilia già dal 1948, non fu mai rimosso dal suo incarico.»

«Ha iniziato bene a fare il prete 'sto tipo!» esclamò Fausto.

«A questo sacerdote pedofilo» continuò Antonio «fu permesso di fondare i Legionari di Cristo, un'associazione cattolica che conta oggi più di ottocento sacerdoti.»

«Incredibile!»

«Non solo! Pensate che dal 1948 al 2006 fu accusato più volte di pederastia, abusi sessuali, gravidanze illegittime, sfruttamento economico e ammanchi sui fondi versati dai benefattori. Questo sacerdote, aveva accumulato tantissime denunce!»

«*Famolo santo subito!*» ironizzò Fausto e Lucio riprendendolo gli disse: «Dai... adesso basta, fai il serio!»

«*So' serio*, ma ti rendi conto che questa gente ha pure la pretesa di confessarci e benedirci?» e dopo la riflessione di Fausto Antonio diede altri scabrosi dettagli: «In effetti, padre Marciel conduceva una doppia vita, sembra facesse anche uso di stupefacenti, oltre a sodomizzare bambini, commetteva ripetuti rapporti sessuali su seminaristi della chiesa, in più, aveva anche due mogli».

«Hai capito Lucio? Un vero porco in tunica nera che grugnisce e che, tra un "grunt-grunt" e un "oink-oink", continuava a dimenarsi tra mille sozzure senza farsi mancare mai nulla!»

Le parole descrittive di Fausto fecero sorridere il gruppo ma, dato che l'argomento era comunque serio, Antonio, ricompostosi, aggiunse: «Inoltre, nel 1987 con una moglie, che tra l'altro dichiarò di essere stata posseduta da lui già da piccolina, ebbe una figlia di nome Norma e con l'altra moglie ebbe altri tre figli. Alle sue due famiglie provvide agi d'ogni sorta, infatti era proprietario di appartamenti di prestigio sia a Siviglia che a Madrid e aveva varie rendite immobiliari sparse per il mondo.»

«*Poraccio!*» esclamò Fausto palesemente sarcastico e Antonio di getto fece subito una domanda: «Sapete qual è un altro fatto che fa tanto riflettere?»

«Quanto ci ha detto, per capire è pure troppo, ma se c'è

dell'altro ci dica!»

«Papa Wojtyla...»

«Papa Wojtyla? Ma se l'hanno fatto santo!» interruppe Lucio e Antonio sbuffando proseguì: «Ma lasci perdere cosa fa la chiesa cattolica e valuti i fatti. Capisco che, in un clima prevalentemente encomiastico rispetto a Wojtyla, alcune mie affermazioni possono suonarvi inaudite. Sembra difficile menzionare il suo nome in argomenti loschi e amorali, però deve sapere che papa Wojtyla ha allacciato amicizie con numerosi sacerdoti che poi sono stati scoperti, nella loro perversione sessuale, essere anche pedofili. È noto che la promozione da abate benedettino ad arcivescovo di Vienna del pedofilo Hans Hermann Groer fu promossa personalmente da Giovanni Paolo II. Egli aveva stretto un rapporto di amicizia e collaborazione con questo arcivescovo pedofilo già da quando lui stesso era ancora vescovo Wojtyla di Cracovia.»

«Quello che sento mi sa tanto di diabolico!»

«Quanto dico non deriva da un fazioso pregiudizio, ma è frutto di una onesta valutazione di fatti e circostanze che nessun uomo coscienzioso dovrebbe sottacere. Lo sapete che, tre giorni prima della sua santificazione, anche il "New York Times" l'accusò di "indegno privilegio" nel ricoprire il ruolo di santo?»

«Lei sa il perché?»

«Per mille ragioni! Ma anche perché non fece nulla per le vittime di tutti gli atti di pedofilia commessi dai sacerdoti, ed io vi aggiungo che persino condonò questi ultimi, lasciandoli proseguire. Lo dimostra pure il fatto che lui conobbe anche la moglie e la figlia Norma del sacerdote Marciel. Un episodio increscioso e vergognoso! Ne sa qualcosa di più preciso l'avvocato Josè Bonilla che, proprio in quel periodo, aveva già vinto una causa per pedofilia contro i sacerdoti.»

«Manco santo Wojtyla si salva!» esclamò Fausto con angoscia e Antonio affermò: «Direi proprio di no! Credo che di santo, Wojtyla, non avesse proprio nulla, perché nonostante tutte queste prove contro Marciel, non solo non prese nessun provvedimento per disconoscerne il ruolo, ma continuò pure a chiamarlo padre e addirittura nel 2004, ai fedeli cattolici, disse: *padre Marciel è un sant'uomo, un ottimo esempio per i giovani d'oggi*!»

«Con questo suo modo di fare, come pontefice, ha sicuramente compiuto un gesto gravido di disgustose conseguenze!» ammise con onestà Lucio e Fausto precisò: «Che vergogna per la cosiddetta santa sede!»

Lucio indignato aggiunse: «Mi sembra incredibile che abbiano proclamato santo un papa che ha permesso tutta questa oscena empietà, e trovo incomprensibile tutta l'insistenza apologetica con cui molti hanno lavorato con ansia per accelerare i tempi della sua beatificazione!»

«Personalmente, uno così, l'avrei lasciato al giudizio della storia. Torna difficile smentire le sue scelte contraddittorie e complesse. Si dovrebbe rabbrividire al pensiero che Marciel fu coperto dal suo amico Wojtyla; però, nessuna persona onesta potrà mai negarlo. Lo prova anche il fatto che papa Wojtyla (Giovanni Paolo II) muore il 2 aprile del 2005 e soltanto nel 2006 vengono presi blandi provvedimenti contro Marciel, quando era ormai innocuo, giacché decrepito.»

«In pratica, l'hanno disarmato quando non aveva più colpi in canna!»

«Facendo così, cosa vorrebbero farci pensare, di essere integerrimi?» domandò Fausto e Lucio esclamò: «Non ho parole! È imperdonabile uno che asseconda chi viola l'innocenza di un bambino indifeso. Altro che elevarlo agli onori degli altari come santo!»

«Guarda che gli imbambolati sono veramente tanti!» gli fece notare Fausto e Antonio aggiunse: «Sul conto di papa Wojtyla potrei scrivere un libro per quante oscenità ha concesso! Ricordiamoci che Gesù ci avvertì che sarebbero stati lupi in manto da pecora. Ragioniamo ancora un attimo sul caso del sacerdote Marciel amico di Wojtyla. Secondo voi, appartiene a un gregge di pecore o a un branco di lupi una persona alla quale fu permesso di praticare quotidianamente ogni sorta di peccato documentabile?»

«Se penso che tutta questa empietà fu permessa anche da papa Wojtyla, rabbrividisco!» esclamò Lucio un po' scioccato.

«Benché la prima denuncia di pedofilia risalga al 1948, a quest'uomo fu concesso di commettere ogni sorta di peccato, rimanendo indisturbato per oltre cinquantotto anni. Considerando anche solo questo fatto, non provate un senso di disgusto nei confronti della chiesa cattolica?»

«Che cosa lo domanda a fare?»

«Bene, allora devo dirvi altro sul conto dei leader cattolici odierni?» domandò Antonio e Fausto brontolò: «Dopo tutti questi decenni di perversione, speriamo che questo capo sacerdote sia morto!»

«Questo disgustoso sacerdote morì il 31 Gennaio del 2008, e volete sapere una cosa che ha dell'incredibile?»

«Ancora? C'è pure dell'altro?» chiese stupito Lucio e Antonio confermò: «Ebbene sì! Alla sua morte, benché avesse voluto far credere di essere votato alla povertà, si scoprì che possedeva un patrimonio di oltre venti miliardi di dollari e che gestiva mediamente un bilancio annuale di oltre 500 milioni di dollari.»

«Che infame!» esclamò Fausto palesemente inalberato e Lucio ravveduto dai fatti commentò: «Non penso che "infame" lo sia stato soltanto lui, ma anche tutti quelli che gli hanno permesso di fare lo schifo che ha fatto!» e Antonio pose l'invito: «Ricordatevi bene e sempre quanto vi dico adesso: lo scandalo di abusi sessuali sui bambini, compiuti dai sacerdoti, è venuto a galla non per un atto morale e coscienzioso da parte del clero ma, è stato portato alla vista di tutti, dai procedimenti legali intentati dalle vittime. E questo la dice lunga sulla lobby cattolica. La responsabilità, oltre che dei preti abusanti è anche delle autorità gerarchiche che celano il maleficio agli organi inquirenti laici e trasferiscono i pedofili smascherati in altre chiese e in paesi dove non sono ancora conosciuti come perversi immorali».

Fausto esternando una sofferta amarezza confermò: «Infatti! È risaputo che poi proseguono nei loro scellerati comportamenti. Sapete perché sto dicendo questo? Perché giorni fa lessi la storia di un certo Zanardi Francesco che, a 11 anni, fu violentato da un vescovo e restò traumatizzato. Ancora adesso, che è ormai un uomo, patisce per quei ricordi e soffre ancora di più quando vede proprio quegli uomini, che hanno abusato di lui e di altri bambini, continuare ipocritamente a celebrare messa» e Antonio evidenziò: «La cosa ancora più triste è sapere che ogni giorno questa storia si rinnova contro altre tenere vittime innocenti!»

La signora Patrizia cercò un fazzolettino dicendo: «Scusatemi, ma se penso a questi poveri bambini indifesi e innocenti mi viene da piangere!»

Gli occhi di tutti e quattro gli interlocutori divennero lucidi e tristi, poi l'astronomo disse: «La Bibbia, parlando di questi uomini, profeticamente, in Secondo Pietro 2:2 riporta queste parole: *Molti seguiranno la loro condotta immorale e per colpa loro la vera fede cristiana sarà diffamata*».

«Proprio come profetizzato dall'apostolo Pietro, la gente comune, pensando che il cattolicesimo sia un ordine cristiano, parla e parlerà sempre peggio del cristianesimo» asserì Fausto e Antonio sottolineò: «Sono troppi a seguire la condotta immorale di Marciel! Vi dico soltanto che la chiesa è una vergogna a livello mondiale! Noi sentiamo di notizie che avvengono in Italia ma nel mondo i denunciati sono numerose migliaia»

Fausto, visibilmente irritato, sbottò: «Ma ci pensate: se di recente, per il sospetto di essere stato con una diciassettenne, un laico è stato condannato a sette anni di carcere, per questi santocchioni bastardi, che in segreto sodomizzano i nostri figli, non dovrebbe esserci una condanna più dura?»

«Non potrà mai essere così finché si continuano ad usare due pesi e due misure. Vi cito velocemente un altro caso di pratica pedofila esercitata da un nunzio apostolico. Questo arcivescovo polacco di 66 anni, Josef Wesolowski, negli anni durante i quali era stato rappresentante diplomatico della santa sede, in trasferta, frequentava un quartiere della capitale dominicana con un alto indice di povertà. Lì è facile trovare bambini disposti a tutto pur di raccimolare qualche spicciolo. Nel luglio 2013, l'arcivescovo di Santo Domingo, Nicolàs Lòpez Rodrìguez, aveva spedito alla santa sede un dossier con delle accuse nei confronti del perverso nunzio apostolico del Vaticano. Tutto era partito dall'inchiesta di una tv locale. La giornalista Nuria Piera, nell'arco di un anno, con continui pedinamenti, aveva accumulato numerose prove. La giornalista nella sua inchiesta dimostrò con foto, interviste e filmati che l'inviato del Vaticano, dopo le sue mansioni religiose, pagava per fare sesso con i minori, alcuni anche accalappiati da un suo assistente non meno perverso di lui. Sapete in seguito cos'è successo? Il 5 settembre 2013 si accennò del caso anche in Italia, però nel giro di pochi mesi i cattolici italiani non ricordarono più nulla di questa faccenda vergognosa fin quando, obbligato da pressioni esterne, papa Francesco nel settembre 2014 ha concesso di farlo arrestare.»

«Devo ammettere che anch'io l'ho ricordato nuovamente a seguito dell'intervento di papa Francesco!» ammise Lucio.

«A riguardo, vorrei aiutarvi a riflettere su come funziona il meccanismo giuridico nei confronti di un laico e nei confronti di un ecclesiastico. Vi va?»

«Certamente!»

«Allora comincio col dirvi che di quel laico che forse ebbe

rapporti con una diciassettenne se n'è parlato quasi ogni giorno e se ne parla ancora. Oggi quella ragazza è maggiorenne, non pare proprio che abbia subito un trauma psicofisico per l'accaduto, e tra l'altro, sembra che l'accusato non abbia mai commesso il fatto. È stata lei stessa a testimoniare che quel signore incolpato, di fatto, non ha mai abusato di lei. Non ci sono testimoni, non ci sono neanche foto o filmati che possano provare un eventuale rapporto; eppure, ancora oggi se ne parla. La satira è andata a nozze sul caso, e credo che tutti gli italiani lo ricorderanno anche tra un secolo. Sull'altro piatto della bilancia invece» continuò Antonio «abbiamo a che fare con un ecclesiastico nunzio apostolico, arcivescovo e inviato dal Vaticano a curare la spiritualità della Repubblica Dominicana. E per la sua immoralità, esercitata come pedofilo, sono emersi un'infinità di episodi e fatti raccapriccianti. C'è un intero dossier di prove, foto che immortalano l'accusato come assiduo frequentatore di quella zona particolarmente nota per accalappiare bambini bisognosi e disposti a prostituirsi. In più, abbiamo anche la testimonianza e la denuncia del proprietario di un ristorante nella zona del Male-con, dove il nunzio era solito andare. Il ristoratore ha confessato: *Non sapevo chi fosse e lo vedevo solo come uno straniero degenerato e perverso finché un giorno, aprendo il giornale, l'ho riconosciuto e ho capito di chi si trattasse*. Eppure, nonostante tutto, di questo caso così recente, sembra che nessuno ricordi più nulla. Perché? Mi sapreste rispondere? Perché la satira non ha mai avuto il coraggio di menzionare le porcate di questi vescovi e sacerdoti? Come mai succede che, quando il maiale in questione appartiene al clero cattolico, dopo un'obbligatoria notizia flash, tutto sia gettato nel cesto del dimenticatoio? Tutto questo non vi sembra un po' strano?»

Fausto amareggiato, disse: «Sì, direi che è molto strano, tanto più adesso che c'è questo nuovo papa che comunque ha preso un severo provvedimento nei confronti del vescovo!»

«Di sicuro il provvedimento preso lo renderà ancora più carismatico agli occhi di chi non sa vedere oltre le apparenze!»

Incuriosito da questa inaspettata risposta Lucio indagò: «Lei come lo vede il provvedimento preso da papa Francesco?»

«Io ragiono sui fatti e mai sulle sceneggiate studiate ad hoc capaci di coinvolgere anche la stragrande maggioranza dei mass-media ben disposti a fare eco alle mezze verità!»

«E quali sarebbero i fatti?»

«I fatti sono che, quando la notizia è arrivata in Vaticano, papa Francesco ha fatto subito rientrare l'arcivescovo Wesolowski in Italia per salvaguardarlo da una severa condanna da parte del governo domenicano. La cronista autrice dello scoop accusò il Vaticano di non aver fatto il possibile per prevenire gli abusi e di aver dato la possibilità al nunzio di lasciare Santo Domingo sfuggendo così alle autorità locali. Il Vaticano, attraverso il suo portavoce padre Federico Lombardi, a suo tempo, rispose che l'arcivescovo Wesolowski godeva di immunità diplomatica e pertanto la santa sede non autorizzava l'estradizione dei suoi cittadini e tanto meno di un membro del servizio diplomatico. Lombardi non ha rivelato il luogo dove attualmente risiedeva l'arcivescovo inquisito, però, a rivelare che il nunzio si trovava protetto dal Vaticano, in Italia, fu un tweet di monsignor Victor Masalles che scrisse: *Per me è stata una sorpresa vedere Wesolowski passeggiare per via della Scrofa a Roma.*»

Sentendo il nome della via Fausto disgustato sbottò: «È certo, un maiale come questo, in quale altra via poteva andare a passeggiare?» Benché Fausto fosse irritato nel pronunciare queste parole, il dissenso espresso portò tutti a sorridere per un istante, poi Lucio, serio, disse: «Comunque, mi sa che c'è veramente poco da ridere. Alla luce di questi fatti a noi cattolici non resta altro che piangere!»

Fausto stizzito, tuonò: «Sai cosa ti dico? Che se a quello che "forse" è andato con una diciassettenne hanno dato sette anni, a questi porci bastardi, che sodomizzano centinaia di bambini inermi rovinandoli per tutta la vita, ne dovrebbero dare settanta di anni a pane e acqua. Anzi, li dovremmo mettere dentro e buttare via la chiave! Altro che immunità diplomatica!» poi si rivolse all'amico e con la voce che risuonava triste aggiunse: «Ah Lucio, questi non hanno pietà neanche con i bambini, approfittano della fiducia dei genitori e rovinano la psiche di queste creature per sempre».

Notando l'amico visibilmente alterato, cercando di tranquillizzarlo, Lucio disse: «Stai calmo! Prima o poi la pagheranno! Intanto questo è stato arrestato, no?!»

«L'aspetto grave è che mentre di nascosto praticano l'immoralità sessuale continuano comunque a mostrarsi come uomini puri al servizio di Dio!» esclamò Antonio e poi proseguì con un ragionamento che rivelava cosa si nascondeva dietro gli altarini di apparente giustizia: «Signor Lucio è vero che il perverso vescovo adesso è stato arrestato, ma lei come se l'immagina la detenzione di questo mister Wesolowski? Crede che sia veramente dietro le sbarre? Sa in carcere i galeotti cosa fanno ai pedofili?»

«Beh! Lo posso immaginare!»

«Il nunzio, con la prova del sequestro di materiale pedopornografico ancora in suo possesso, ha dimostrato un'assenza di pentimento e di proseguo nella sua perversa pratica anche da noi in Italia, e nonostante tutto è stato salvato dalla conseguenza crudele che lo attendeva in carcere. Infatti il suo "arresto", se così si può definire, è ai domiciliari! Ora... ragioni anche su questa restrizione: se il vescovo lo facessero abitare in un piccolo monolocale fatiscente e gli dessero sei anni di domiciliari è un conto, ma i domiciliari dati a questo vescovo sono nei reami ecclesiastici e le assicuro che lì non sopravvivrà a pane e acqua e gli spazi non sono neanche lontanamente

paragonabili al monolocale fatiscente. A differenza di quanto può pensare l'opinione pubblica, condizionata anche dal marketing creato ad hoc per esaltare mister Francesco, mister Wesolowski più che agli
arresti domiciliari possiamo dire che starà per sei anni in un luogo di "villeggiatura".»

Mentre i due amici cominciavano a vedere l'evento da un'angolazione che gli permetteva di percepire meglio l'operatività del clero, Antonio proseguiva nella sua disquisizione: «Penso che papa Francesco per incrementare la propria fama e dare l'idea di essere un uomo giusto, denuncerà altre personalità ecclesiastiche ma probabilmente si accerterà prima che siano tutti ultrasessantenni perché, essendo incensurati, oltre a quell'età non finiranno mai dietro le sbarre».

«Beh ma se così fosse i fedeli si domanderanno: ma è mai possibile che tutti i sacerdoti e vescovi pedofili denunciati siano tutti ultra sessantenni? È mai possibile che non ce ne sia nemmeno uno di trenta o quarant'anni d'età?»

«Questo difficilmente accadrà, perché per porsi queste domande si dovrebbe avere a che fare con fedeli coscienziosi e ben disposti a ragionare. Fintantoché si avrà a che fare con fedeli tifosi e fanatici, il clero cattolico non correrà mai alcun rischio e, di fronte ai propri fedeli, sarà sempre più esaltato!»

«Insomma, è tutto come un'eterna bella telenovela dove tutti vissero felici e contenti: i pedofili saranno ai domiciliari in una villeggiatura definita punizione carceraria, il papa sarà sempre più famoso e carismatico e i fedeli sempre più convinti di far parte di una religione che, comunque sia, sarà sempre approvata da Dio» brontolò Lucio e Fausto rivolto all'amico scandì questa domanda: «Te ne rendi conto? Alla luce di quanto detto, credo proprio che la religione cattolica non abbia nulla a che fare con il vero Cristianesimo!»

«Signor Antonio, i particolari della faccenda fanno una grande differenza in una valutazione corretta dei fatti. Credo che lei abbia veramente ragione, non ci sono più scuse per difendere la chiesa!» ammise coscienziosamente Lucio e Antonio esclamò: «Bene! Chiarito questo, se vuole, possiamo andare avanti!»

L'astronomo disse questo strizzando l'occhio, facendo intendere che se prima si era un tantino inalberato non era nei confronti di Lucio, che si era trincerato in discutibili convinzioni, ma nei confronti di quelli che hanno la pretesa di servire Dio. Uomini così perfidi nella loro astuzia che, mentre alla luce del sole predicano la condanna al peccato, col favore delle tenebre praticano le opere scellerate e immorali promosse dal mondo alienato dal Vero Dio.

Lucio annuì dicendo: «In effetti, l'assenza di una reale azione punitiva nei confronti dei perversi praticanti, oltre a ferire a morte le vittime di abusi, ferisce a morte anche i seguaci sinceri».

«Hai proprio ragione! Mettere tutto a tacere, ormai, sembra che serva a ben poco» aggiunse Fausto.

«Sai come dicono i piemontesi? *Le busìe a son coma ij sòp: as conòsso da lontan* (Le bugie sono come gli zoppi, si riconoscono da lontano.) Pertanto, penso che prima o poi, stando ai fatti, saranno tutti smascherati!»

«Speriamo!» esclamò speranzoso Fausto.

Poi Lucio, dimostrando che adesso aveva capito, non potendo più difendere il fare cattolico, indicò l'astronomo e, rivelandosi onesto, disse: «Per fortuna c'è ancora qualcuno che sa considerare i fatti senza farsi confondere dalle parole smielate!» Antonio accolse con piacere quella considerazione e li mise in guardia: «Quando farete la dichiarazione dei redditi, e dovrete decidere a chi dare l'8x1000, non dimenticate quanto vi dico adesso: la chiesa, difficilmente tira fuori i soldi per aiutare i poveri bisognosi, solitamente chiede un contributo in loco sotto forma di offerta o è sovvenzionata dallo Stato o da istituzioni e ricchi donatori. Sapete perché vi dico questo?

Perché la chiesa cattolica ha un grande bisogno di incamerare denaro

per coprire i danni per atti di pedofilia commessi dai suoi sacerdoti. Non volendo pagare i propri errori attingendo dalle proprie ricchezze, cerca di attingere dalle nostre tasche. Pensate che finora, solo negli Stati Uniti, le accuse di abusi sessuali sono costate, alle diocesi americane, più di tre miliardi di dollari. Nel 2013, solo negli U.S.A., si contavano un migliaio di accuse per abusi sessuali, tutte commesse in 191 diocesi, verso bambini fra i 10 e i 14 anni.»

«Sono sempre più schifato!» osservò Fausto con grande amarezza, però Lucio volle fare subito chiarezza: «Allora quando si sente in televisione la pubblicità che dice: cosa sarebbe la chiesa cattolica senza l'8x1000? Chiedilo a Luigi o chiedilo a chi so io, secondo lei è tutta una baggianata? Non è possibile che arrivino a tanto! Io credo invece che quel Luigi sia stato veramente aiutato!»

«Anch'io penso che quel Luigi sia stato aiutato, ma non credo che lo sia stato perché la chiesa attinge dall'8x1000. Purtroppo» continuò Antonio «nessuno è informato dell'entità dei fondi pubblici e delle esenzioni di cui, annualmente, beneficia l'istituto religioso cattolico. Non lo rendono noto né la conferenza episcopale italiana e neanche lo Stato. Quel Luigi lì, sa molto bene quello che riceve, però non sa altrettanto bene da chi lo riceve!»

«Comunque oggi costa tutto, e il clero ha un sacco di cose da pagare, senza l'8x1000 non potrebbe far fronte alle spese» affermò Lucio e Antonio lo aiutò a riflettere: «A parte il fatto che con i suoi capitali il Vaticano potrebbe mantenere tutte le chiese del mondo per millenni, precisato questo, mi faccia capire meglio: lei di quali spese mi sta parlando?»

«Non credo sia solo questione di un piatto caldo. La chiesa cattolica impegna molti preti che volontariamente insegnano e predicano nelle scuole e nelle carceri. E questi poverini dovranno anche mangiare e vestirsi, non le pare?»

«Signor Lucio, forse lei non sa che questi non sono poi così tanto "poverini". Questi non sono sostenuti dall'8x1000, ma dallo Stato italiano, perciò siamo noi a pagarli. Ai preti che insegnano nelle scuole, lo Stato conferisce il diritto di avere uno stipendio equiparato a quello dei colleghi con contratto a tempo indeterminato. Per quanto riguarda i cappellani negli istituti carcerari sono anch'essi a totale carico dello Stato. Pensione compresa!»

«Ah... Va bene!» balbettò Lucio «comunque la chiesa predica anche con emittenti radio e mantenere una radio costa.»

«Sta per caso parlando di radio Maria? L'unica emittente che si sente anche in galleria?»

«Ah Ah! Ha fatto anche la rima!» sogghignò divertito Fausto e Lucio serio: «Sì! Pensavo proprio a radio Maria.»

«Lei lo sa che radio Maria è l'emittente che più di altre, con i suoi ripetitori, mette a repentaglio la salute degli Italiani?»

«Hai voglia! Lo sappiamo benissimo!» esclamò Fausto.

«Allora sappiate anche che, in Italia sono riconosciute solo due emittenti radiofoniche nazionali a carattere comunitario, una è radio Padania e l'altra è radio Maria. Queste ricevono dallo Stato un contributo pari a un milione di euro. Mi dica: crede che possano bastare per qualche ave Maria?»

Lucio benché incassasse numerosi fendenti dalle nette risposte di Antonio pareva non cedere e inarrendevole incalzò: «Allora vorrà dire che l'8x1000 servirà per la manutenzione di tutti i Beni Culturali con i dipendenti del Vaticano inclusi».

«Le faccio presente» ribatté Antonio con distinta serenità «che l'accordo tra lo Stato Italiano e la santa sede, garantisce ai dipendenti del Vaticano e degli enti centrali della chiesa cattolica, inclusi i loro familiari, anche trattamenti privilegiati come assicurazioni varie e pensioni. Per quanto riguarda i beni culturali, ogni onere, compresa la manutenzione di mobili ed immobili che sono di proprietà di enti e autorità ecclesiastiche, è tutto a carico dello Stato!»

«Vorrà mica dirmi che adesso gli paghiamo anche l'IMU e magari anche l'acqua?» notò Lucio.

«Se vuole, non glielo dico!»

«No, no! Se lo sa lo dica!»

«L'Italia, benché sia uno stato laico, continua a emanare leggi e principi ritagliati su misura per favorire il Vaticano e tutte le proprietà ecclesiastiche. Per quanto riguarda l'acqua, una delle notizie che ricordo è che lo Stato, a favore del Vaticano, ha sborsato più di 17 milioni di euro. Per quanto riguarda l'IMU la chiesa in passato non l'ha mai pagata e adesso con un accordo intrapreso con Renzi, non paga neanche la TASI.»

Fausto inalberato osservò: «Forse sarà anche per questi motivi che, per un corretto bilancio, si evince un cospicuo aumento sui nostri versamenti».

«Ci sono grandi probabilità a favore di questo pensiero!» esclamò l'astronomo.

«Lo devo ancora trovare un prete che ricevendo dei soldi faccia una ricevuta o un semplice scontrino» brontolò Fausto e Lucio innervosito sbottò: «Adesso basta! Se a questi gli stiamo pagando tutto, che senso ha dargli anche l'8x1000?»

«Questa domanda dovreste farvela nel momento in cui state decidendo a chi destinarlo e ricordatevi che, se lascerete l'opzione in bianco, l'importo sarà comunque versato per il 50% alla chiesa cattolica e per il restante 50% allo Stato. Con l'8x1000, la chiesa incassa oltre un miliardo di euro. *La casta dei casti*, un piccolo best-seller dell'ARES curato da Romano Nobile, riporta diverse esenzioni e regalie, fatte alla chiesa cattolica, che ammontano a circa 20 miliardi di euro. Quantità di denaro attinto dalle casse dello Stato e quindi prese anche dalle tasche degli italiani che non sono cattolici. Dovrebbero ricordarselo quelli che vanno in chiesa e non arrivano a fine mese. E in più» continuò Antonio «vi domando: "con tutti i soldi che dobbiamo versare in tasse per salvare lo Stato italiano, secondo voi è giusto che anche il contribuente non credente nella chiesa cattolica debba versare soldi che saranno dirottati per mantenere il Vaticano e il suo impero? Una religione, qualunque essa sia, non dovrebbe essere sostenuta solamente da chi la professa?"»

«Dovrebbe essere così!» riconobbe in piena onestà Lucio e l'astronomo proseguì: «Infatti è così per tutte le religioni ad eccezione di quella cattolica. Non ritenete che questo fatto sia una vergognosa e taciuta ingiustizia sociale?»

I due amici arrossirono e si guardarono in faccia senza pronunciar parola, così l'astronomo ribadì: «Come vi ho già detto, alla chiesa cattolica servono tanti soldi per risarcire i bambini che sono stati sodomizzati. Quando diamo i nostri soldi alla religione cattolica è come se noi stessimo pagando lo sbaglio di sacerdoti e vescovi pedofili affinché la chiesa continui nel suo scempio immorale e disumano.»

«Che vergogna!» esclamò Lucio chinando il capo.

«Proprio così! Anche se gli ignoranti ritengono che sia un vanto sostenere l'istituzione cattolica, di fatto, è una vera vergogna.»

«Ha ragione. Che si facciano mantenere dai propri seguaci! Che poi, a parte i soldi, io non capisco come si possa sovvenzionare una religione che oggi rovina la nuova generazione con la pedofilia e, nel passato, ha rovinato la vecchia generazione con il terrore e la tortura!» esclamò Fausto con un pizzico di nevrastenia e Antonio con la sua distinta tranquillità spiegò: «Effettivamente possiamo dire che le radici di questa falsa religione affondano nel sangue di troppe anime innocenti. Basta pensare che in primis, la religione cattolica, ha sempre perseguitato anche solo chi leggeva per proprio conto la Bibbia».

«Verissimo! Come racconta anche la storia, la più spietata opposizione è sempre stata fatta dal clero cattolico!» affermò sempre più inalberato Fausto e Lucio, a questo punto, si rivolse all'astronomo e domandò: «Per questo in passato chi leggeva la Bibbia era messo al rogo?»

Antonio subito rispose con un invito: «Rifletta su quanto ha detto! Intravede quanto c'è di cruento e spietato nel mettere al rogo una creatura di Dio? Capisce cosa significa bruciare vivo un essere umano soltanto perché ritenuto colpevole di aver letto la Bibbia? Mi dica, quanto ci trova di Cristiano in questo?»

Nessuno rispose, poi Lucio, affranto, abbassò lo sguardo e disse: «Niente; anzi, come cattolico provo vergogna e, in un certo senso, anche disgusto e rabbia».

«Come vi ho già accennato, uno dei tanti uomini arsi vivi» continuò Antonio «fu Giordano Bruno, una delle sue colpe fu di difendere le teorie eliocentriche di Copernico. Espose la sua concezione di infinito, negando tutti i concetti aristotelici. Nelle sue conferenze in latino sulla cosmologia, faceva intendere che la Terra, invece di essere il centro di un limitato Universo, fosse in realtà un puntino in un Universo infinito. Rapito dall'arte combinatoria e dall'arte della memoria, tenne corsi sulla logica del catalano Raimondo Lullo e sulla mnemotecnica. Polemizzò con chi ostacolava il rinnovamento intellettivo per motivi religiosi o politici e accusò lo spirito cattolico di asinità, pedanteria e ciarlataneria.»

«Doveva essere un uomo ardimentoso per quel tempo. Fare accuse così esplicite, in quel contesto storico, richiedeva davvero tanto coraggio»

«Sì lo era! Ma questo non piacque alla chiesa cattolica che, per toglierselo di mezzo, gli aggiunse altri capi d'imputazione come il suo rifiuto di adorazione verso l'immagine di Maria col bambino in braccio. Bruno sapeva che Jahweh mise per iscritto, nel primo dei dieci comandamenti, che esigeva esclusiva devozione. Pertanto, coraggiosamente denunciò la chiesa di idolatria e anche di aver violato il secondo comandamento che ordina di non farsi immagini religiose, quadri e sculture, che la chiesa realizzò in gran quantità pur di fare cassa e rabbonirsi i pagani. Tanto che, ancora oggi, non c'è luogo di culto con più immagini religiose di quante se ne possano trovare in una chiesa cattolica.»

«Tra l'altro, quasi tutte rigorosamente munite di cassetta per le offerte»

«Un modo pietoso per fare soldi!» evidenziò Lucio e Fausto esclamò indignato: «Hai detto bene!»

«Comunque, Bruno si rifiutava anche di credere a Maria come "sempre vergine"; e in più, si rifiutava di credere che il Creatore fosse un Dio trino. Gli furono fatte tante altre accuse, direi alcune anche inventate, col preciso scopo di condannarlo.»

«Che farabutti!» tuonò Fausto palesando una crescente tensione e Antonio con la sua singolare serenità proseguì il discorso puntualizzando: «Quei mascalzoni erano tutti cattolici! Giordano Bruno, il 17 febbraio del 1600, dopo otto anni di prigione e continue torture fu dichiarato eretico, scomunicato e condannato a morte. Questo fastidioso conoscitore della Bibbia, con il compiacimento di papa Innocenzo III, fu condotto in una piazza romana, Campo de' fiori, con la lingua in giova, cioè imprigionata in una mordacchia che gli impediva di parlare e lì, spogliato nudo, fu legato a un palo e poi, senza nessuna pietà, fu arso vivo.»

Fausto singhiozzò. Anche se non voleva darlo a vedere, era commosso fino alle lacrime. Lucio gli domandò: «Che ti prende? Che cos'hai? Che cosa ti sta succedendo?»

L'amico, con la voce rotta dall'emozione rispose: «Mi sono immaginato una scena orripilante!»

«Cioè?»

«Noi mangiamo i polli, hai idea di quanto si dimenerebbe un pollo se dovessimo cucinarlo vivo sul fuoco? Beh! Adesso pensa che sul fuoco ci sia legato un uomo innocente.»

«È una scena orribile!»

«Giordano Bruno fu posto sulle fiamme da canaglie inferocite che gli imprigionarono la lingua, giacché temevano d'essere smascherati dalle verità che avrebbe potuto rivelare, e senza pietà gli diedero fuoco» ribadì Fausto e Lucio con grande tristezza in cuore dichiarò: «È straziante il solo pensarci!»

«È stato veramente un atto infame e crudele!»

«Questi bigotti criminali, comportandosi in maniera terrificante, disumana e diabolica, mentre Bruno emanava un odore acre di carne bruciata, pregavano tutti vantando la pretesa di dare piacere al Creatore!»

Ci fu una pausa agghiacciante. I due amici, rivivendo con l'immaginazione le atrocità subite da Giordano Bruno, restarono profondamente turbati. Anche perché quelle brutalità furono incoraggiate addirittura dal papa. Si guardarono in faccia con gli occhi lucidi e Lucio, costernato, esclamò: «Ma come si può arrivare a tanto!» poi appoggiò la mano sulla spalla dell'amico per consolarlo, e comunque, ancora desideroso di saperne di più al riguardo, si rivolse nuovamente all'astronomo e disse: «Premesso che l'atto compiuto è indegno, mi preme sapere se fosse stato realmente colpevole rifiutandosi di adorare l'immagine della madonna, di non credere nel mistero di Maria sempre vergine e nel mistero della santissima trinità».

«Qui rischiamo di aprire un altro argomento, e vista l'ora non mi sembra il caso» notò Antonio ma Lucio insistette: «Queste sono credenze fondamentali del cattolicesimo. Per me, che già da neonato sono stato marchiato con il battesimo come cattolico, indipendentemente dal mio volere, è importante saperlo. Per cortesia ci dica qualcosa, anche solo in maniera concisa. Lei che studia la Bibbia, pensa che Giordano Bruno avesse ragione?»

«Sì! Aveva ragione. Ma deve anche capire che, vista l'ora, non mi sembra il caso d'introdurci in quest'altro argomento. Oramai è quasi ora di pranzo. Facciamo per un'altra volta.

Ok?» propose Antonio.

Ci fu un attimo di silenzio, la signora Patrizia si voltò verso il marito con un tenero sguardo come per chiedergli di non chiudere così la conversazione.

Nel mentre Lucio domandò: «Per oggi non vuole proprio dirci più niente?»

L'astronomo quasi commosso di fronte a questa sincera richiesta che avrebbe soddisfatto il palese bisogno spirituale dei suoi interlocutori, alzando un po' il tono, rispose: «Ok! Vi parlerò a condizione che, come cattolici, non vi offendiate. Avrete già capito che io non appartengo a quella categoria di persone che infrangono il silenzio solo perché pensano che esso sia un semplice vuoto da colmare, e che parlano sempre, anche se non c'è niente d'importante da dire. Quindi, o parlo di cose concrete e vere, oppure preferisco starmene zitto».

Quella determinata schiettezza piacque molto ai due amici e Lucio subito rispose: «Per quanto mi riguarda sono stufo di menzogne, dica pure come stanno i fatti, io non mi offenderò!»

L'astronomo lo fissò negli occhi e scandendo le parole disse: «Guardi che quando si parla di fede non è piacevole sentirsi dire che si sta sbagliando».

«Sappiamo anche questo, stia tranquillo!» lo rassicurò Lucio.

«Mi fa piacere! In Ecclesiaste 4:7; è scritto: *L'offesa sta nel cuore degli stupidi*, e in Giovanni 8:32; troviamo Gesù Cristo che disse: *Conoscerete la verità e la verità vi renderà liberi*. Considerando queste due scritture vi confermo che, se sarete insensibili alle offese, dimostrerete che l'ego ha superato il suo bisogno di essere coccolato e questa vostra decisione vi avvicinerà molto alla verità... affrontare le questioni con coraggio è indice di grande maturità! Siete pronti a questo?» domandò Antonio e i due amici risposero con entusiastico fervore: «Sì! Siamo pronti!»

Immagini “sacre” e giudei perseguitati

Ancora poche ore e nel pomeriggio sarebbero giunti a Budapest. I due amici, incuranti del tempo che scorreva inarrestabile, non pensarono minimamente alla possibilità di interrompere la conversazione con l’astronomo per prepararsi a scendere nella capitale ungherese. Entrambi erano incentrati sull’approfondire gli argomenti spirituali e, continuando il discorso, fecero altre domande su Giordano Bruno. Antonio con estrema disponibilità rispose: «Essendo un prete di affinata cultura teologica, svolse accurate ricerche che lo indussero a rigettare tutte le dottrine e gli insegnamenti del cattolicesimo. Pertanto, giunto alla conclusione che quella religione era tutt’altro che cristiana, con determinato coraggio abbandonò la chiesa cattolica».

«Cosa che dovrebbero fare tutti quei preti colti che si ritengono veramente onesti!» precisò Fausto e Antonio annuendo esclamò: «Sicuramente sarebbe un’azione scevra da ipocrisia!» e poi aggiunse: «Comunque, ci tengo a dire che Giordano Bruno fu un monaco domenicano, un prete che nel 1575 divenne dottore in teologia, quindi non si allontanò dalla chiesa perché era uno sprovveduto in campo ecclesiastico. Bruno conobbe bene anche le religioni maggiori di quel tempo. Dopo essersi spogliato dagli abiti sacerdotali, praticò calvinisti, luterani e anglicani, ma non trovò la verità biblica neanche in loro. Ammirava il coraggio, manifestato per staccarsi dalla chiesa cattolica, dei sacerdoti Ulrich Zwingli e Martin Lutero; ma di quest'ultimo rimase scioccato venendo a sapere quali parole pronunciò contro i ribelli contadini.»

«Che cosa disse Lutero di così tanto sconvolgente?»

«Lutero incitò i nobili contro il popolo affamato dall'indigenza dicendo: *Meglio uccidere dei contadini che dei principi. Il momento è talmente eccezionale che un principe può, spargendo sangue, guadagnarsi il paradiso. Perciò sterminate, scannate, strangolate e chi ha potere contro le scellerate bande di contadini lo usi*!»

«Sembrano le parole di un terrorista!» esclamò Lucio visivamente scosso dall'udire questi termini così distanti dalla misericordia che dovrebbero mostrare gli uomini dediti al servizio di Dio. L'astronomo confermò: «Se ne rese conto anche Giordano Bruno!»

«Allora non si può negare che anche i luterani abbiano di che vergognarsi!» sottolineò Fausto e Antonio spiegò: «Sì! d'altronde i protestanti, come la stragrande maggioranza delle religioni della cristianità, sono solo rami dello stesso albero cattolico. Perciò, è come se avessero lo stesso DNA. In seno portano le stesse pratiche con un credo che si distanzia di pochissimo. Pertanto, ciò che dirò sulla religione cattolica, essendo essa radice e tronco primario della cultura religiosa alienata dal Creatore, si ripercuoterà anche su molte altre religioni della cristianità, essendo queste nient'altro che diramazioni dell'albero maestro cattolico.»

«Ecco perché, quanto si legge nella Bibbia è scomodo a tante religioni» notò Fausto argutamente e Antonio annuendo si pronunciò dicendo: «Proprio così! Ad esempio, non sono soltanto i cattolici a fare uso di immagini religiose nell'adorazione, eppure, riguardo al culto di immagini, il secondo dei dieci comandamenti, come conseguenza del primo che dice *non avrai altro Dio all'infuori di Me*, ordina in Esodo 20, versi 4 e

5: *Non devi farti scultura, né immagini e non devi prostrarti dinanzi a loro.* Il clero, pur di mantenere il culto delle immagini, dato il business che crea, in molte traduzioni bibliche ha tolto l'originale secondo comandamento dividendo il decimo, non concupire, in due comandi: *Non desiderare la donna d'altri,* ponendolo come nono, e *non desiderare la roba d'altri,* come decimo.»

Fausto scuotendo la testa borbottò: «Hai capito la chiesa come ha fatto a far tornare i conti fino a dieci?!»

«Dobbiamo ammettere che i cattolici sono colpevoli inescusabili per aver violato i primi quattro dei dieci comandamenti dati dal Creatore. Benché Jahweh facesse mettere per iscritto, *non avrai altro Dio all'infuori di me,* le chiese cattoliche sono state dedicate a tutti tranne che a Lui. Vi basti pensare che ancora oggi non esiste una sola chiesa dedicata al Dio Creatore Jahweh. Hanno violato il primo comandamento aggiungendo un'infinità di divinità da adorare, come santi e madonne. In più, violando deliberatamente anche il secondo comandamento di: *Non farti immagini religiose,* le hanno poste ovunque e ancora oggi insistono in tutta questa blasfemia. Molte scritture, come Levitico 26:1 e il Salmo 115:4-8, (Salmo 114: 4-8 versione C.E.I.) sono esplicite nel condannare chi fa le immagini e chi le porta con sé. Inoltre, se facesse una ricerca appropriata, scoprirebbe che le persone influenzate dai demoni sono tutte dedite all'idolatria e possessori di amuleti, immagini religiose o talismani!»

Fausto, facendo scorrere nei propri pensieri la quantità di immagini religiose che aveva in casa, preoccupato, si grattò nervosamente la testa e poi, rivolto all'astronomo domandò: «Scusi ma, cosa c'entrano le immagini religiose con i demoni?»

Prima che l'astronomo rispondesse, anche Lucio, pensando alle sue immagini religiose, ribadì: «Sì, perché associa i demoni alle immagini religiose?»

Notando che i due amici erano particolarmente sensibili all'argomento, l'astronomo spiegò: «Perché, violando i comandi biblici, è come se si dichiarasse apertamente di appartenere all'avversario del Creatore che, a sua volta, si riterrà libero di confondere quel fedele ignorante entrando e uscendo dalla sua casa o dal suo corpo a proprio piacimento!»

Scosso da quanto udiva, Lucio alzò il tono: «Quanto dice è preoccupante e fa anche paura!»

«Quanto dico lo può appurare lei stesso. Difficilmente troverà un criminale mafioso senza immagini religiose nella propria casa o che non porti un prezioso crocefisso appeso al collo; oppure, uno posseduto dal demonio che non detenga delle immagini religiose. Jahweh non vuole che si viva in ambienti con immagini religiose o che si indossino, proprio per non farci incorrere in possibili conseguenze preoccupanti. Purtroppo quest'avvertimento non è recepito dalle masse religiose perché nelle false religioni troviamo solamente folle fameliche di riti e visioni ma, nel concreto, si tratta di persone eternamente digiune di quella sostanziosa conoscenza biblica che potrebbe permettere di esercitare una fede sincera e approvata dal Vero Dio. Il Vangelo di Giovanni 4:23-24 riporta quanto Gesù fu chiaro nell'identificare i veri Cristiani quando disse: *I veri adoratori adoreranno il Padre in Spirito e Verità; poiché il Padre cerca tali adoratori. Dio è Spirito, e quelli che lo adorano bisogna che lo adorino in Spirito e Verità.* Questa scrittura rivela tre aspetti importanti: il primo è che, se ci parla dei veri adoratori è soltanto perché ci sarebbero stati anche dei falsi cristiani. Il secondo è che i veri adoratori, proprio come ordina il primo dei dieci comandamenti, non adoreranno santi o madonne ma solamente il Padre. Il terzo aspetto importante, per il fedele sincero, è che i veri adoratori non si avvalgono di immagini o amuleti, perché adorano soltanto Dio che è spirito. E del Suo spirito invisibile non si possono fare immagini.»

«Adesso mi è chiaro! Lo spirito si può percepire ma non si può vedere, pertanto è ovvio che nessuna immagine lo potrà mai raffigurare!»

«Ben detto signor Lucio! Inoltre il concetto è rafforzato anche dall'apostolo Paolo che, in Secondo Corinti 5:7, scrisse: *Camminiamo per fede e non per visione.*»

Lucio, sorpreso e pensieroso, si toccò il mento, guardò il crocefisso al collo dell'amico e pensò al proprio, lo prese tra le dita, e guardando negli occhi l'astronomo domandò: «Devo buttare tutte le immagini?»

«Vorrà mica che sia io a dirle cosa deve fare?!» rispose Antonio e Lucio insistendo disse: «Sì... ma... se la Bibbia dice di non farle e non averle?»

«Appunto! Questo è quanto dice la Bibbia e chiunque può verificarlo, quindi se lei vuole essere un vero Cristiano desideroso di rispettare il volere del Creatore, Autore della Bibbia, si libererà delle immagini, altrimenti continuerà a tenersele.»

«Ma se non ubbidisco al Creatore, non posso definirmi un Vero Cristiano!»

«L'intuizione è perfetta, pertanto, veda lei cosa fare!»

«Ma lei ha qualche immagine?»

«Senta, io rispondo per me e comunque, se proprio lo vuole sapere, mi guardi, vede? Non ho nessuna immagine!» Antonio rispose alla domanda mostrando i polsi e il proprio collo e Lucio, facendo una strana smorfia con le labbra, osservò: «Mi pare strano apprendere che un vero Cristiano non deve avere con sé delle immagini religiose!»

«Eppure dalle Sacre Scritture si evince che se uno detiene delle immagini non potrà mai negare di mantenere viva la sua fede ricorrendo all'uso dei suoi occhi fisici. Pertanto questo fatto non lo farà mai identificare come vero Cristiano capace di camminare nel suo percorso spirituale per fede e non per visione. Sarà palese a chiunque che costui, per credere, necessiterà della visione di un'immagine di riferimento!»

Dopo la spiegazione di Antonio, Fausto si pronunciò in una sua personale osservazione: «Ecco perché siamo tutti con delle immagini! Inoltre, mi sembra di capire che con la scrittura di Corinti che lei ha menzionato, l'apostolo Paolo faccia intendere che l'idea di rafforzare la fede con rappresentazioni visive di persone o cose, come visioni o apparizioni di santi e madonne, non appartiene ai veri Cristiani».

«Bravissimo! Saggia deduzione.»

«Pertanto la vera religione Cristiana non dovrebbe avere adepti possessori d'immagini e nei loro centri di culto non dovremmo trovare crocefissi o alcunché di simile. Giusto?» continuò a indagare Fausto. Antonio condivise con soddisfazione la consonanza di Fausto e strizzandogli l'occhio si complimentò affermando: «Giusto! Sembra che lei abbia compreso bene cosa c'è scritto nella Bibbia!»

«Fino a ieri credevo che le immagini religiose ci proteggessero e invece adesso capisco che hanno un effetto contrario» osservò Lucio un po' confuso dalla nuova rivelazione.

«Meglio tardi che mai!» esclamò Fausto mentre Antonio si accingeva a spiegare meglio il concetto: «L'idea che ci possano difendere è un'altra furbata dei demoni per farci divenire loro prigionieri, tenendoci lontani dalla protezione del Creatore. Il religioso detentore di amuleti o immagini è volto a credere che così sarà protetto da pericoli, malattie, maledizioni e rischi vari provocati dagli spiriti malvagi. Ma questo è falso! L'Unico che può proteggerci dal male e dal maligno è il Creatore con il suo onnipotente Spirito Santo. Poi abbiamo anche l'agnostico e l'ateo anch'esso accalappiato dai demoni mediante talismani e portafortuna vari che, secondo false credenze, attirerà energie positive amplificando la sfera del bene. Ma anche questo è falso! Perché l'energia positiva del bene, per eccellenza, è solo quella scaturita dallo Spirito Santo dell'amorevole Creatore Jahweh. I sicari del demonio non insegnano queste verità e benché sappiano di mentire, per essere convincenti, si avvalgono di contorte argomentazioni facendo trapelare l'idea che il culto reso a un'immagine vada alla persona che la rappresenta. Pertanto, secondo questo eristico ragionamento, il culto che spetta alla persona può essere reso alla sua immagine. Molti leader religiosi al servizio del demonio, nell'infamia che li distingue, sostengono il loro credo senza tenere conto del parere del Creatore e, nonostante tutto, vantano la pretesa di essere adoratori approvati dall'Iddio che considera le immagini religiose, come riporta Ezechiele 7:20, *immondizia abominevole*!»

«Dovremmo buttar via anche le immagini della Madonna?»

«Sembra che io non riesca ancora a spiegare bene quale rapporto dev'esserci tra un vero Cristiano e le immagini che gli inconsapevoli ritengono sacre! Adesso cercherò di dirle qualcosa di più forte: la Bibbia dà alle immagini religiose lo stesso valore che noi diamo all'immondizia e al letame!»

Sobbalzando Lucio esclamò: «No, non posso neanche immaginare una cosa del genere!»

«Eppure le cose stanno così! detto questo, si domandi cosa fa di solito con il letame e l'immondizia e poi agisca di conseguenza.»

I due amici si scambiarono uno sguardo perplesso, entrambi sembravano molto scossi dalle parole dell'astronomo e, per porre fine al silenzio creatosi, Antonio aggiunse: «Spero che voi sappiate cosa sia il letame! Se la risposta è sì, vorrei che rispondeste a questa domanda: Appendereste al muro di casa della cacca? Oppure, vi appendereste al collo uno sterco puzzolente? Comunque, per capire meglio cosa ci insegna il Creatore, leggetevi anche Ezechiele 14:6; Geremia 10:14,15 o Levitico 26:1 e tante altre scritture inerenti. Evitate di perdere tempo su quanto dicono i religiosi *ipocriti come sepolcri imbiancati*, e provate a ragionare su quanto dicono le Sacre Scritture!»

I due amici restarono senza parole e l'astronomo, per spie-

garsi ancora meglio, rivolto a Lucio che era visivamente più scombussolato, continuò l'argomento: «Sa perché la gente vuole possedere immagini religiose? Perché, tutti quelli che sono poveri di conoscenza biblica, non si sentono protetti dalla sapienza divina e dallo Spirito Santo. Sentendosi vulnerabili, portano con sé figurine di madonne o santini e crocefissi come si portano amuleti protettivi. Il cattolico, essendo stato privato del sapere scritturale biblico, vive la sua fede convinto che un simbolo religioso
lo possa proteggere dal male e questo è anche quello che fanno tutti i pagani del mondo con i loro talismani. Vi rendo noto, però, che Gesù Cristo non ha mai insegnato nulla di simile e tantomeno la Bibbia che, in Isaia 45:20, in sostanza afferma che è privo di intelligenza chi confiderà in un'immagine scolpita pregando in un dio che non esiste. Infatti non troveremo mai un solo passo biblico che menzioni un profeta, un apostolo, un discepolo o anche lo stesso Gesù in possesso di un'immagine o qualsivoglia simbolo religioso. Detto questo, veda lei cosa vuole fare delle immagini religiose che sono in suo possesso».

Compreso il punto, Lucio volle approfondire: «Se non sono le immagini a proteggerci, con cosa potremmo sentirci protetti?»

«Con la sapienza biblica. Con la conoscenza biblica capirete da voi stessi che, per essere protetti, vi basterà pronunciare il nome che nessun cattolico pronuncia mai: Jahweh!»

«Questo lo dice la Bibbia?»

Lucio fece quella domanda come per accertarsi che quanto stava sentendo fosse vero, e l'astronomo sorridendo rispose: «Questa domanda mi piace tantissimo, la ponga sempre a chi pretende d'insegnare il cristianesimo! Comunque, la risposta è ovviamente sì! Legga Proverbi 18:10». L'astronomo porse la Bibbia a Lucio che lesse: «*Il nome dell'Eterno è una forte torre; a Lui corre il giusto ed è al sicuro*».

«Il nome dell'Eterno è Jahweh, quindi basterà pronunciare il suo nome e saremo protetti?» domandò Fausto e Antonio confermò: «Sì! È per questo che Gesù menzionava sempre il nome del Creatore. Nel Vangelo di Giovanni 17:6, che riporta le Sue parole, leggiamo: *Ho fatto conoscere il Tuo Nome a questi uomini, che mi hai affidato scegliendoli dal mondo.* E qualche verso dopo, esattamente al 26, lo ripete: *E io ho fatto loro conoscere il Tuo Nome, e lo farò conoscere, affinché l'amore del quale Tu mi hai amato sia in loro, e io in loro.*»

«Quindi, Gesù si accertò che noi conoscessimo il nome del Vero Dio anche perché invocando il nome del Creatore ci sarà data protezione?»

Lucio fece quella domanda all'astronomo che, con una sola parola, confermò: «Esattamente!»

«Eppure, mi sembra di ricordare che ci sia un comando biblico che dice di non nominare il nome di Dio!»

«Signor Lucio, lo dica tutto questo comandamento... nel terzo comandamento è scritto: *Non nominare il nome di Dio invano*. Non nominarlo invano le fa intendere che non deve nominarlo mai? In Esodo 20:7 dichiarando *non nominarlo invano* sottintende esplicitamente due verità: primo che ha un nome e secondo che non è vietato usarlo rispettosamente.»

«Effettivamente il comando ordina di non pronunciare questo nome per occorrenze vane e quindi si deduce che per tutte le altre circostanze possiamo pronunciarlo!»

«Bravo, adesso ha capito bene come e quando usare il nome del Creatore!»

«Allora come mai alcune religioni sostengono che Dio non vuole che si pronunci il suo nome perché è troppo santo?» domandò Lucio e Antonio di tutta risposta chiese: «E lei crede a quello che raccontano queste religioni?»

«Non dovrei?»

Antonio invitò i due amici a ragionare: «È il caso che io le dica 7000 volte che il mio nome è Antonio se non voglio essere chiamato da lei col mio nome?»

«Basterebbe non farmi conoscere il suo nome» rispose Lucio e Antonio ribadì: «Se invece, non solo glielo faccio conoscere ma glielo ripeto 7000 volte come mi chiamo, quale sorta d'intelligenza la indurrebbe a pensare che non voglio essere chiamato per nome?»

Riconoscendo la ragionevolezza esposta, Lucio commentò: «Anzi, ora che mi fa questo esempio mi viene da pensare che, se mi ha ripetuto 7000 volte come si chiama è proprio perché vuole essere chiamato sempre per nome!»

«Bravo! Tra l'altro: sa quali sono le cose che non hanno nome?»

«Ogni cosa animata o inanimata ha un nome!»

«Infatti, solo ciò che non esiste non ha un nome! L'idea del diavolo è negare la conoscenza del nome di Dio, perché l'assenza del nome dell'Iddio di Gesù Cristo, indurrà la gente a dubitare dell'esistenza di un Dio Creatore. Ma siccome il nostro Creatore ci tiene a ricordarci che esiste, ci ha rivelato il suo nome 7000 volte. L'ha messo per iscritto nella Bibbia ripetendolo esattamente 6973 volte. Bastano per farci ricordare che si chiama Jahweh? Mi dica: dopo averlo letto 6973 volte abbiamo possibili scuse per sostenere che non pronunciamo il Suo nome perché non sappiamo ancora come si chiama?»

Fausto fu particolarmente colpito da queste domande e pensando alla sua fede cattolica, abbassando la testa, borbottò: «Eppure devo confessarle che io non sapevo che si chiamasse Jahweh!»

«Lei è cattolico?» chiese Antonio.

«Fino ad oggi lo sono stato!»

«Per quanti anni è stato cattolico?»

«Per più di cinquant'anni! Lo sono dalla nascita.»

«Se dopo cinquant'anni, la religione che frequenta, non le ha rivelato ancora il nome del Creatore, non le sorge il sospetto che, probabilmente, quella religione serve altri dei ma non il Creatore?»

Fausto socchiuse gli occhi come se intravedesse un bagliore d'illuminante verità e, quasi felice come uno schiavo al quale vengono tolte le catene, esclamò: «Altroché! Probabilmente se in cinquant'anni non l'ho mai sentito, mentre in queste due ore l'ho sentito menzionare decine di volte, un motivo ci sarà, no?»

«Bene! Adesso che sa come si chiama il Creatore non ha più scuse! Quando vuole avere a che fare con il Vero Dio menzioni sempre il suo nome, Jahweh. È la prima cosa da fare. Quando Gesù ci insegnò a pregare, ci ricordò di dire per prima cosa: *Padre Nostro che sei nei cieli, sia santificato il tuo nome*! E un nome che non si conosce o non si pronuncia, non potrà mai essere santificato. Ne conviene?»

Anche Lucio capì e, condividendo la verità esposta da Antonio, affermò: «Certamente! Mi sembra ovvio!»

«Questa preghiera non palesa soltanto l'importanza di santificare il nome di Jahweh, ma rivela, ai veri Cristiani, anche il proposito che l'unico Dio Creatore ha per la Terra e i suoi abitanti. Se la gente smettesse di ripetere questa preghiera senza ragionare sul contenuto delle parole che Gesù ha insegnato a pronunciare, capirebbe subito il significato espresso. Non è forse vero che mentre educava i suoi discepoli a pregare il *Padre Nostro*, Gesù insegnò a dire: *Venga il Tuo regno, sia fatta la tua volontà com'è in cielo così in Terra*? Con questa preghiera è come se noi dicessimo: "Jahweh, riprenditi il diritto di governare la Terra e togli l'autorità governativa a satana e ai suoi demoni. Ritorna a regnare! Esercita la Tua volontà come fai in cielo, fallo anche sulla Terra!"»

«È questo che Gesù intendeva dire con venga il Tuo regno, sia fatta la Tua volontà com'è in cielo così in Terra?»

«Con queste parole non vi sembra ovvio che Gesù voleva farci capire che al momento, in Terra, non è ancora fatta la volontà di Suo Padre Jahweh perché governa ancora il demonio?

La prova di quanto stiamo dicendo la ritroviamo non solo nella scrittura del Vangelo di Luca al capitolo 4 versi 5 e 6, ma ci è data anche dai guai diabolici che si susseguono tutto intorno a noi; ed è solo per questo motivo che, se vogliamo veder finire ogni crudele sofferenza per l'umanità, dobbiamo pregare Jahweh dicendo: *Venga il Tuo Regno*. Rifletta signor Lucio, avrebbe senso dire: speriamo che venga Fausto se il signor Fausto fosse già qui con noi?»

«In effetti, non avrebbe nessun senso.»

«Bene! Compreso questo, capiremo anche perché si vive in un mondo che, anziché riflettere una condizione paradisiaca, manifesta ed esercita una condizione infernale!»

Lucio sensibilmente toccato da questa nuova conoscenza, manifestò le sue sensazioni: «Sento i brividi addosso! Come cattolico ho detto il *Padre Nostro* per più di cinquant'anni senza mai capirne il significato, e non ho mai incontrato qualcuno capace di prenderne in considerazione il contenuto, spiegandolo così chiaramente, in due parole. Da questo momento vedo, nella preghiera del *Padre Nostro*, un significato che svela grandi verità illuminanti. Di fronte ad inquietanti episodi, da adesso in poi, non dirò più: Dio perché? Ma dirò: Dio vieni presto, anzi, siccome devo sempre menzionare il suo nome, quando mi rivolgerò a Lui, dirò: Jahweh, vieni presto con il tuo regno!»

«Signor Lucio, adesso i brividi li sta facendo venire a me!» esclamò Antonio un po' commosso.

Tutti e quattro si scambiarono uno sguardo affettuoso e sorrisero con gli occhi lucidi. Poi, Lucio con un nodo in gola disse: «Lei non può immaginare quello che provo in questo momento conoscendo queste verità!»

«Credo di capirla. Ancora oggi provo intense emozioni quando studio le Sacre Scritture! Appuratelo voi stessi, se studierete anche voi la Bibbia capirete che non è soltanto un capolavoro letterario, essa è soprattutto un'opera che offre conoscenze straordinarie, un manuale che ha in sé il potere di cambiare in meglio il lettore umile e volenteroso. Lo sapete che, nonostante tutte queste pregevolezze, la gente continua a snobbare questo testo?»

«Peccato che siano ancora tante le persone che non conoscono l'aspetto vivificante di questo Libro Sacro!»

«Che le cose stanno così lo dimostrano i dati! Il 93% dei sedicenti cristiani invecchia e muore senza aver mai letto la Bibbia!»

«Che tristezza!» esclamò angosciato Lucio e Fausto, guardandolo in viso, lo invitò a considerare l'aspetto positivo emerso conversando con Antonio: «Intanto c'è di buono che noi adesso abbiamo capito come si chiama il Creatore! Mentre la stragrande maggioranza dei cattolici ancora non lo sa!»

«Comunque» continuò Antonio «il fatto di non averlo conosciuto da cattolico dovrebbe farle capire tante cose sulla religione cattolica! Evitando di dimenticare che cosa ha insegnato Gesù nella preghiera del *Padre Nostro*, ogni sedicente cristiano dovrebbe avere il coraggio di domandarsi: "come faccio a santificare un nome che non conosco? E se appartengo ancora a una religione che non mi ha fatto conoscere il Suo nome, non sarebbe il caso di dedurre che non è la religione approvata dal Dio detentore del nome che Gesù fece conoscere?" Inoltre, ogni cattolico dovrebbe riflettere ponendosi domande come queste: "se la religione cui appartengo m'incoraggia a tenere immagini religiose e i luoghi di culto ostentano crocefissi, immagini e reliquie; siamo proprio sicuri che sia questa la religione che cammina per fede e non per visione?" Ragioniamo: chi si serve delle immagini, come ausilio per l'adorazione, non sta rivelando che ha bisogno di qualcosa da vedere con gli occhi fisici per esercitare la propria fede? In pratica, un cattolico coscienzioso dovrebbe porsi questa domanda: "se faccio parte di una religione che non mi fa conoscere il nome del Creatore e che non mi permette di ubbidire ai primi quattro dei principali dieci comandi biblici, posso ancora essere sicuro che faccio parte della vera religione cristiana approvata da chi ha messo per iscritto, sulle due tavole di Mosé, i dieci comandamenti?"»

Le domande fecero ragionare i due amici e si creò un breve silenzio che l'astronomo infranse ponendo altri esempi su cui riflettere: «Gli Ebrei sono stati per 2000 anni, fino alla venuta di Cristo, il popolo eletto da Jahweh: come mai non hanno adorato una sola immagine religiosa? Neanche di Mosé, uno dei più grandi profeti, si trovano immagini o si conosce il sepolcro; sapete perché? Perché per questo popolo, l'atto di prostrarsi dinanzi a qualunque immagine religiosa era persino sanzionabile con la pena di morte!»

L'astronomo spiegò chiaramente che la legge biblica non lascia dubbi sul da farsi nei confronti delle immagini. Fece riferimento agli Ebrei salvati dalla schiavitù d'Egitto però messi a morte perché, ancora influenzati dalle credenze egiziane, nel deserto, prima di giungere nella terra promessa, si fecero un vitello d'oro. In contrapposizione a questo episodio negativo, menzionò positivamente Sadrac, Mesac e Abednego, fedeli adoratori che si rifiutarono di inchinarsi alla statua ritenuta dai babilonesi una divinità, e per non aver commesso peccato di idolatria vennero salvati dal fuoco da Jahweh. Spiegò che, attenendosi a deuteronomio 7:25, 26; gli Ebrei non dovevano avere immagini religiose con loro e tantomeno nella propria casa. Semmai ne avessero trovata una avrebbero dovuto bruciarla, perché essa rappresentava un abominio alla fede. In più, sottolineò che con la venuta di Cristo questo comando non cambiò. E poi disse: «Il vero Cristiano deve essere monoteista, deve adorare soltanto e unicamente il Creatore e, siccome non si può riportare l'immagine dello spirito di Dio, chi adora con l'ausilio d'immagini varie è un adoratore che fa parte di una religione idolatrica e pertanto falsa!»

«Direi che questo rende evidente che l'adorazione delle immagini era, ed è ancora oggi, ritenuto un peccato gravissimo!» esclamò Fausto accordatosi al pensiero di Antonio. Però Lucio volle saperne di più: «Lei ha detto che gli Ebrei non avevano immagini nell'adorazione, ma anche gli Ebrei hanno avuto dei santi?»

«Altro che presunti santi, hanno avuto decine di profeti. In campo spirituale, non esistono personalità più importanti dei profeti. Essi erano uomini al servizio di Jahweh per trasmetterci la Sua volontà, e ci si dovrebbe domandare: perché, nonostante tutto, gli Ebrei non hanno fatto di tutti questi profeti una sola immagine da adorare?»

Dato che nessuno rispondeva, l'astronomo proseguì: «Ve lo dico io! Gli Ebrei non hanno immagini di profeti perché loro, a differenza dei cattolici, sanno cosa dicono i primi due comandamenti e siccome lo so anch'io, mi guardo bene dall'avere immagini religiose!»

«Ma lei è di religione ebraica?»

«No! Io mi sforzo di essere un Cristiano e gli Ebrei, purtroppo, non hanno riconosciuto il Cristo. Al momento, non faccio parte di nessuna religione e poi, fintantoché troverò religioni che menzionano e santificano il nome delle creature come Maria, san Gennaro, padre Pio, sant'Antonio e via dicendo, anziché menzionare e santificare il nome del Dio Creatore Jahweh non aderirò a nessuna religione! Ho parlato degli Ebrei soltanto per spiegare che l'adorazione delle immagini per loro era condannabile. Non per nulla i Giudei furono sempre maltrattati.»

«Perché furono maltrattati?» chiese incuriosito Lucio ad Antonio che, senza pensarci su, rispose: «Perché in qualunque momento l'Ebreo poteva svergognare il clero cattolico! Se i Giudei avessero annunziato ciò che ha fatto scrivere Jahweh nella Bibbia, la religione cattolica sarebbe durata veramente poco. Conosce la locuzione latina: "Mors tua vita mea"? Bene! I cattolici, nei confronti dei Giudei, l'hanno applicata oltre misura. Tra l'altro, in questa era volgare, sa chi furono i primi a perseguitare gli Ebrei?»

«Sono stati i Tedeschi nazisti!» esclamò Fausto convinto di aver dato una risposta scontata, ma fu subito corretto da Antonio con un fermo: «No!» e poi continuò per spiegarsi meglio: «Questo è quello che vorrebbero farci credere i capoccioni della chiesa per farsi passare sempre per buoni e non essere sospettati, ma la verità è che il primo in assoluto a odiare gli Ebrei fu proprio il diabolico clero cattolico!»

Lucio appoggiandosi allo schienale della sedia, come se volesse tenere le distanze da quell'affermazione, disse: «Beh! Questa volta mi viene da pensare che l'abbia sparata grossa. Mi permetta di dirle che la sua è un'affermazione che trovo veramente difficile da credere!»

Allora Antonio, avvicinandosi al tavolo, fissò il volto di Lucio e poi, strizzandogli l'occhio, disse sottovoce: «Invece, se s'informa, scoprirà che è proprio come dico io!»

Fausto prendendo le difese dell'amico, si pronunciò con una specifica domanda: «Perché mai la chiesa cattolica doveva macchiarsi anche di questa colpa?» e Antonio, con molta calma e chiarezza, rispose: «Come le ho già spiegato, lo fece per tenere gli Ebrei lontani dai fedeli cattolici. Gli Ebrei conoscevano molto bene la Bibbia, molti passi li ripetevano a memoria e, pertanto, erano una seria minaccia per la chiesa che non voleva far sapere cosa c'era scritto in quel testo sacro. Inoltre, se gli Ebrei non si fossero portati appresso la capacità di ricordare a memoria gli originali dieci comandamenti, nessun Giudeo sarebbe mai stato perseguitato e odiato fino al punto di ritenerlo indegno di vivere!»

«Per questo la chiesa li perseguitò?»

«Si! Con l'istituzione dell'impero cattolico apostolico romano, fu concepito un perverso concetto persecutorio nei confronti degli Ebrei. La chiesa cattolica instillò a poco a poco nella mente dei fedeli un odio disumano nei confronti di queste persone, arrivando fino al punto di dichiarare santo uno dei più crudeli persecutori degli Ebrei.»

«Ci dica qualcosa su questo Santo!»

«È lo stesso che vi ho menzionato narrandovi dell'assassinio della filosofa Ipazia. Vi ricordo che il famigerato San Cirillo d'Alessandria, per condannare a morte la cultura di una donna che umiliava il mondo maschilista ecclesiastico, ebbe la freddezza di commissionarne l'assasinio. E lui fu anche il vescovo che, già nel quarto secolo, espulse gli Ebrei dal suo territorio, razziando i loro beni e saccheggiando i loro templi.»

«Non capisco quali meriti ebbe per divenire santo!»

«Nessuno! Ma è nello stile della chiesa cattolica nominare santi soprattutto uomini sospettati di losche faccende. Non c'è da stupirsi, abbiamo già detto che pochi mesi fa hanno fatto santo persino Wojtyla! Lo scopo è di allontanare il dubbio dalla mente dei fedeli che, ingenuamente, si convincono dell'innocenza del soggetto giacché è stato beatificato e ritenuto santo.»

«Non ho parole!» esclamò Fausto scuotendo la testa e poi aggiunse: «Come suol dire un mio caro amico: "ho solo parolacce", ma non è il caso che io le dica adesso».

Antonio sorrise alla simpatica battuta poi, ritornando serio, proseguì: «Comunque, ripercorriamo la storia della persecuzione dei Giudei pianificata dai capoccioni dell'impero cattolico. La verità sostanziale sulla subdola strategia è questa: se io dovessi dirle di non parlare mai con quell'uomo seduto là in fondo, lei s'incuriosirebbe e comincerebbe a domandarsi: perché mai? Vuoi vedere che ha qualcosa d'importante da dirmi? Ponendosi queste domande accrescerebbe la curiosità e, prima o poi, si metterebbe in contatto con quella persona. Ma se io le dicessi: mi raccomando, non si avvicini a quell'individuo perché ha un'infezione nei bronchi e parlando con lui sarà infettato, e non si faccia neanche toccare perché ha la lebbra! Sappia che, chiunque sia stato in contatto con quella persona è morto dopo una lunga sofferenza. Mi dica: lei bramerà ancora avvicinarsi a quella persona per scambiare due parole?»

«Pertanto, tutte le menzogne, tutte le ciarle dilagate sugli Ebrei, sono servite come strategia ai capi della chiesa per tenere lontani i curiosi?»

«Sì! Credo che tutte le corbellerie dette sugli Ebrei siano servite soprattutto a condannare i fedeli cattolici a un'asineria perpetua e a un'ignoranza biblica che perdura ancora tutt'oggi.»

Annuendo Fausto si pronunciò: «Devo riconoscere che io sono uno di quelli che deve disimparare per poter assimilare verità che altrimenti mi sarebbero incomprensibili!»

«Comunque, adesso non mettiamoci a parlare anche della persecuzione giudaica» disse Antonio.

Lucio però era troppo curioso e non poteva permettere che quell'argomento venisse troncato in quel modo, così, timidamente, alzò l'indice per dire: «Però sarebbe interessante sapere qualcosa di specifico anche su questo fatto! No?»

«Magari ne parleremo un'altra volta.»

«E dirci anche soltanto qualcosina in più?»

Antonio guardò l'espressione così educata e sinceramente curiosa di Lucio che non poté negare una risposta positiva: «Va bene! Allora vi accennerò velocemente qualcosina».

«Grazie!» esclamarono i due amici e Antonio ritornò sull'argomento: «Come ho già spiegato, gli Ebrei per tradizione imparavano la legge biblica a memoria e pertanto la loro presenza nella comunità cattolica divenne sin da subito una seria minaccia per la chiesa che, in quel tempo, bruciava viva ogni persona che osava leggere la Bibbia. Questo popolo, conoscendola a memoria, poteva dimostrare a chiunque che i cattolici avevano cambiato persino i dieci comandamenti».

«Ci dica: in concreto che cosa ha fatto il clero per impedire agli Ebrei di rivelare le verità bibliche?»

«Si è mosso con furbizia! Gli ecclesiastici non hanno fatto

circolare voci del tipo: "non frequentate gli Ebrei o non parlate con loro di argomenti spirituali e di Bibbia"; perché dicendo questo avrebbero destato grande curiosità, pertanto, hanno subdolamente cominciato a divulgare delle menzogne dicendo: *Gli Ebrei, avendo ucciso Gesù Cristo ci hanno portano la maledizione divina*! – *Gli Ebrei sono ladri e bugiardi*! – *Gli Ebrei sono avidi, e con la loro perfidia pensano soltanto agli affari per arricchirsi sfruttandoci*! Arrivarono persino a divulgare il sospetto che nei loro rituali fossero sacrificati i bambini. Così facendo, quando il papa, attraverso le subdole prediche riproposte da tutti i sacerdoti nelle chiese, riuscì a convincere la gente di queste assurdità, si trovò con il popolo dalla sua parte e prese verso gli Ebrei una serie di provvedimenti espressi in quattordici ingiunzioni di divieti. Definì tutti i Giudei insolenti, un popolo perfido che osa vestirsi come i Cristiani vivendo in mezzo ai Cristiani.»

«Certo che, per tutto il giudaismo ellenizzante, queste furono terribili maldicenze, molto pesanti da sopportare.»

«Premesso che l'accusa avrebbe dovuto specificare "vivendo in mezzo ai cattolici" e non in mezzo ai cristiani perché, attenendoci alla Legge Divina, è palese che i cattolici non hanno proprio nulla di cristiano. Precisato questo, vi pongo anche questa domanda: voi lo sapete che in chiesa per secoli, dai suoi albori fino alla fine della seconda guerra mondiale, si è sempre recitata persino una preghiera per tenere i cattolici lontani dagli Ebrei?»

Lucio sorpreso dal contenuto di questa domanda, si drizzò con la schiena e scuotendo la testa disse: «No! Non posso crederci, questo è veramente troppo!»

«Vi dice niente: *Oremus et pro perfidis judaeis*?»

«No! Che cosa significa?» ribattè Fausto e Antonio spiegò: «*Oremus et pro perfidis judaeis* è il titolo della preghiera! Significa che persino pregando richiamavano alla mente dei credenti il dovere di considerare gli Ebrei: "Perfidi Giudei".

Riuscite a immaginarvi come la chiesa ha saputo trasferire nei suoi fedeli l'odio per queste persone? Questa preghiera si recitava ogni giorno, soprattutto il venerdì santo, in tutte le chiese del mondo. Detto questo, secondo voi: chi ha fatto trovare la strada spianata all'ideologia nazista?»

Benché la risposta fosse ovvia, Lucio e Fausto non ebbero il coraggio di proferir parola, allora l'astronomo incalzò dicendo: «La preghiera, oltre a definire perfidi i Giudei, pone l'accento sulla presunta cecità spirituale e la presunta perfidia di tutti gli Ebrei. Avete idea di cosa viene trasmesso al nostro cervello con la parola "perfido"? Sapete darmi un sinonimo?»

Fausto ci pensò un attimo e poi come un fiume in piena menzionò numerosi equivalenti: «Infido, perverso, usuraio, disumano, maligno, mefistofelico, diabolico, mostruoso, crudele, ambiguo, velenoso, profittatore, sciagurato...» frenandolo, Antonio affermò: «Direi tutti aggettivi appropriati per gente di cui non ci si può fidare. E a lei signor Lucio, la definizione "Giudeo perfido", che cosa fa venire in mente?»

«Direi anche... avido, insensibile, senza cuore, tirchio, spietato, acido, feroce, malizioso, losco, animalesco, atroce, indegno, infame, sadico, satanico, demoniaco, scellerato, astioso, malefico, mordace, offensivo, pestifero, pungente, malvagio, strozzino, cattivo, fetente...»

Fausto interrompendo l'amico bofonchiò: «Miseriaccia quante brutte definizioni entrano nell'inconscio attraverso una sola parola!»

«E non si può negare che, nella testa dei nazisti, sia stata proprio questa l'idea di Ebreo!» osservò Lucio.

«Pertanto, converrete con me che *Oremus et pro perfidis judaeis* è proprio una preghiera demonica, perché non ha indotto il cattolico ad amare il prossimo suo come se stesso ma ad odiarlo oltre misura. Tanto che al termine giudeo è sempre stata applicata una valenza negativa. Fino a non molto tempo fa per offendere un uomo bastava dire: "Sei peggio di un Giudeo!" e questa la diceva lunga sull'influenza ricevuta in forma religiosa. Infatti, questa preghiera, nella sua blasfemia, incitava tutti i cattolici al disprezzo verso l'Ebreo fino al punto che, ancora oggi, troviamo sedicenti Cristiani che li odiano a prescindere.»

«Pensandoci bene, quanto lei sta dicendo è veramente raccapricciante! Se persino in un rituale di preghiera in presenza di bambini, in un momento dove entrano in ballo oltre alla ragione anche sentimenti profondi, si recitava che i Giudei fossero perfidi, lo scenario che immagino e il risultato che emerge da questa infamia, mi fa rabbrividire.»

«Signor Lucio tolga il "se"! Perché quanto le dico è provato dai libri di storia. L'odio verso il popolo giudaico fu trasmesso esclusivamente dall'insegnamento cattolico» specificò Antonio e Fausto sentenziò: «La chiesa cattolica, che per secoli ha calunniato gli Ebrei, non potrà mai essere perdonata per tutto quello che questo popolo ha dovuto subire e spesso soffrire anche fino alla morte» e poi aggiunse: «I naziskin e tutti quei deficienti razzisti dovrebbero sapere che il loro odio non deriva soltanto dalle infondate teorie in cui credono, ma dal falso insegnamento cattolico perdurato per secoli, del quale tutti tacciono ipocritamente».

«È più semplice odiare col branco che studiare e capire il perché di certi comportamenti. Le assicuro che il 99% dei cattolici questi fatti non li ha mai saputi.»

«Anche noi non sapevamo di questa disgustosa preghiera e penso che nessun cattolico lo sappia!»

Notando la sincera ammissione di Lucio, Antonio incalzò: «E voi dovete sapere che mentre si continuava a recitare la preghiera "Perfido Giudeo", il 6 dicembre del 1941, nel cuore della Germania cattolica, precisamente a Fulda, i vescovi cattolici chiesero benedizione e vittoria per il popolo tedesco, raccomandando di introdurre, in tutti i programmi cerimoniali religiosi della Germania, una speciale preghiera di guerra da leggersi all'inizio e alla fine di tutte le funzioni religiose. Si implorava la provvidenza di benedire con la vittoria le armi tedesche e i suoi soldati. Imposero anche che ogni domenica, con una speciale omelia, si pregasse per i soldati tedeschi di terra, della marina e dell'aviazione. Anche se molti cattolici sono a conoscenza di questi ignobili episodi, quanti saranno disposti a spogliarsi dell'ipocrisia che indossano? Quanto credenti saranno così onesti da meditare e a trarre una corretta conclusione da un fatto così increscioso?»

«Sicuramente pochi! Anche perché, se sapessero dare il giusto peso a queste vicende che hanno segnato la storia, non credo che potrebbero ancora trovare il coraggio per partecipare o anche soltanto sentire una cerimonia o una messa cattolica!» esclamò Fausto. Lucio si soffermò a riflettere e poi anche lui si pronunciò: «Sto pensando che se in Germania i vescovi benedicevano le armi tedesche è anche vero che in Francia i vescovi benedicevano le armi francesi. A questo punto mi chiedo: se tutti i vescovi, essendo cattolici, pregavano lo stesso Dio, quel Dio che ascoltava le preghiere con chi doveva schierarsi? Non vi sembra assurda una religione che esercita una pratica simile? Tanto più in un conflitto mondiale dove sono molte le nazioni cattoliche che pregano? Beh... sapete cosa ne deduco? Che alla luce di questo fatto innegabile e considerando la spietata persecuzione riversata ingiustamente sui Giudei, credo che, valutando anche solo questi due eventi, sarà veramente dura trovare il coraggio di entrare ancora in una chiesa cattolica!»

«Sono d'accordo con lei! Peccato che sia veramente difficile trovare un cattolico obiettivo. Per indole di ridicola devozione scusano qualsiasi malefatta. Molti sono come quei tifosi che, benché la propria squadra sia ultima alla fine del campionato, ti urlano addosso che sanno giocare a calcio meglio di tutte le altre squadre»

«Carina questa!» esclamò Fausto con un sorriso a denti stretti, poi Lucio rivolto verso l'astronomo disse: «Forse è come dice lei! È possibile trovare bigotti accecati dal proprio credo, ma io voglio sperare che l'umanità capisca da chi deve veramente guardarsi».

«Ok! Allora speriamo che lo capiscano presto, perché, detto tra noi, sono già 17 secoli che ci prendono per il naso!» esclamò Antonio palesemente stufo e Fausto osservò: «Comunque, direi che tutto torna chiarissimo!»

«Non dimenticate mai che se Adolf Hitler assunse il potere è anche merito del Vaticano che, mostrando singolare interesse verso l'astro nascente del nazismo, con abili intrighi venne in aiuto al mistofelico dittatore tedesco. Infatti, Franz von Papen, cavaliere del papa, assicurò a Hitler l'appoggio dei grandi industriali e, percorrendo vie discutibili, fece in modo che quel dittatore, che nel maggio del 1928 aveva un partito con solo 12 seggi, già nel luglio 1932 ne potesse contare 230 su 608; per divenire poi, sempre grazie all'aiuto del Vaticano, cancelliere della Germania il 30 gennaio 1933. Infatti il nazional-socialismo prese il suo potere in virtù dell'alleanza con il partito cattolico "Zentrum" guidato dal prelato cattolico Ludwig Kaas. Senza questo aiuto il nazismo non avrebbe mai disposto di una maggioranza parlamentare e Hitler non avrebbe mai avuto pieni poteri. Perciò anche se i bugiardi infiorano la storia a loro piacimento, i fatti attestano che la responsabilità ideologica e morale di tutti i crimini nazisti sia da imputare alla chiesa cattolica. Non a caso quando Hitler prese il potere, come per festeggiare l'evento, pochi mesi dopo, il 20 luglio 1933, il cardinale Pacelli, futuro papa Pio XII, conferì a von Papen l'alta onorificenza pontificia della Gran Croce dell'ordine Piano. Quello stesso giorno si firmò a Roma un concordato fra il Vaticano e la Germania nazista. E adesso» aggiunse Antonio «vi porto anche a conoscenza di un'altra chicca che pochi sanno: molti indizi fanno pensare che Hitler, seguendo la sua devozione cattolica, nel perseguitare gli Ebrei, prese spunto proprio da un papa.»

Disorientato da quest'ultima asserzione, Lucio sobbalzò dalla sedia dicendo: «Da chi?» Antonio serenamente rispose: «Da uno dei papi più spietati nel perseguitare gli Ebrei, papa Paolo IV!»

«Pure!» esclamò Fausto sgranando gli occhi e l'astronomo aggiunse: «Nel valutare la santità o la purezza di una religione è doveroso mettere in conto tutti i fatti. Non vi pare?»

«Tra l'altro, lo sapete che Hitler, benché perseguitasse gli Ebrei, era di origine ebrea?» domandò Lucio e Fausto colse l'occasione per ironizzare dicendo: «Dall'aspetto di sicuro non si potrà mai sostenere che fosse di razza ariana!»

Lucio senza esitare lo ammonì: «Dai, smettila, parlo sul serio!»

«Sì! So tutto delle origini ebraiche di Hitler e vi aggiungo che, per un'amara beffa della storia, anche la moglie Eva Braun era Ebrea.»

«Della moglie non lo sapevo! Pure la moglie?» domandò Lucio un po' sorpreso e Antonio confermò: «Sì!»

«Una coppia ebrea che governa una razza ariana per eliminare gli Ebrei. Che disegno di vita contorto e folle!» osservò Fausto ingrullito e Antonio precisò: «Lo classificherei meglio come: disegno chiaramente demonico!»

«Beh! In effetti le pratiche esoteriche di Hitler possono sicuramente far pensare anche ad una forte influenza demonica.»

«Comunque, non perdiamo il filo del discorso, lei ci stava dicendo che prima di Hitler sono stati i cattolici a pianificare la persecuzione degli Ebrei, e che Hitler ha preso spunto da papa Paolo IV nello stile di persecuzione. Giusto?»

«Sì! Pochi sanno che Paolo IV aggiunse, al peso persecutorio sopportato dagli Ebrei, anche una nuova serie di vincoli e limitazioni. Istituì a Roma il ghetto per gli Ebrei che furono costretti a vivere reclusi in una specifica zona del rione Sant'Angelo. Anche in altre città dello stato pontificio gli Ebrei furono rinchiusi in ghetti e vi ricordo che, in una delle accuse poste nelle sue 14 ingiunzioni, dichiarava: *Osano vestirsi come cristiani!* Per essere immediatamente individuati, tutti gli Ebrei furono obbligati a portare un copricapo giallo se uomini, mentre le donne dovevano portare un umiliante velo giallo come le prostitute. Anche Hitler, da buon cattolico, intimamente convinto di fare un favore al Vaticano, nel corso del suo regime, similmente all'operato del papa, volle creare i ghetti per gli Ebrei, usando lo stesso colore giallo che cinque secoli prima venne scelto da papa Paolo IV. Nel suo diabolico operato Hitler si limitò a cambiare una sola cosa, la forma del segno identificativo. Per il papa doveva essere copricapo o foulard giallo, per Hitler bastava identificarli con un economico triangolo giallo o stella a sei punte ricavate da due triangoli gialli sovrapposti.»

«Questo fatto, lo trovo raccapricciante!» brontolò Fausto nel sentire queste ulteriori rivelazioni e Antonio aggiunse: «Mi auguro che questo turbamento vi faccia meditare per giungere a sagge conclusioni».

Lucio visivamente scosso, per essere sicuro di quanto stava apprendendo, domandò: «Lei ci sta dicendo che, oltre a recitare una preghiera blasfema che definiva i Giudei perfidi, i primi ad inventarsi un ghetto e un segno identificativo per gli Ebrei non sono stati i nazisti ma sono stati i cattolici?»

Senza esitare Antonio confermò: «Sì!» e poi spiegò: «L'antisemitismo è stato alimentato dalla chiesa cattolica per tanti secoli precedenti l'avvento di Hitler. La chiesa cattolica, nel corso dei secoli, ha sempre calpestato con protervia i diritti civili delle minoranze e il naturale diritto di famiglia. Dovete sapere che rapì dalle comunità ebraiche d'Europa migliaia di bambini per custodirli rinchiusi in monasteri dove, allontanati dai propri genitori, venivano costretti a convertirsi al cattolicesimo. In tutta questa crudele insolenza, il caso Edgardo

Mortara divenne una celebre vicenda in ambito internazionale. A Bologna, nel 1858, l'ebreo Edgardo aveva soltanto sei anni quando fu sottratto ai suoi genitori dalla polizia pontificia, su ordine del sant'uffizio, con l'autorizzazione dell'arrogante papa Pio IX. Ai suoi genitori non fu più permesso di vederlo per tanto tempo e quando in seguito fu loro concesso, dopo le pressanti proteste di organizzazioni ebraiche e di figure politiche e intellettuali francesi, britanniche e americane, non poterono rivederlo da soli. Per molti anni i genitori seppero ben poco del proprio figlio. Edgardo fu adottato col nome di Pio e, all'età di ventitré anni, fu ordinato prete. Come i genitori Mortara, furono a migliaia le famiglie ebree che non videro più i propri figli per merito dell'insolente superbia cattolica. Le angherie contro gli Ebrei furono perpetrate per secoli e rappresentate dal mantenimento del ghetto di Roma fino a quando la città non fu annessa al regno d'Italia nel 1870. Questi fatti resero tante persone sensibili all'ideologia nazista che, circa sessant'anni dopo, rinchiuse nuovamente gli Ebrei nei ghetti. In quel tempo era ancora in vita la generazione cattolica abituata a vedere rinchiusi i *perfidi Giudei*. Non avevano ancora smesso di recitare questa spregevole preghiera, perciò non si stupirono più di tanto quando seppero che gli Ebrei sarebbero stati nuovamente rinchiusi nei ghetti. Il Vaticano fu il padre persecutore, Hitler, Benito Mussolini e Francisco Franco furono soltanto due dei tanti figli esecutori. Poi, finita la guerra, i prelati per non scoprire gli altarini e zittire tutti, per passare da buoni misericordiosi e innocenti, riversarono tutta la colpa sui nazisti, fascisti e leader politici che alla religiosità cattolica non servivano più da sostentamento perché, da meretrice esperta, camminava già a braccetto con i nuovi governanti di ruolo. Da quel momento in poi, tutti concordi usarono il dittatore anche da morto, indicandolo come unico capro espiatorio, e il popolo infatuato, volutamente ignorante del retroscena che i fatti storici riportavano, imbambolato, ancora adesso ci crede.»

«Anche nelle scuole si è studiata troppo poco la vera storia di Pio IX o di Paolo IV come spietati persecutori degli Ebrei! Hanno insegnato che sia stato sempre e soltanto Hitler il pazzo persecutore!» disse Fausto con evidente stizza e Antonio aggiunse altri dettagli storici importanti: «Hitler, che sulla fibbia della cintura del suo esercito nazista fece scrivere "Dio è con noi", aveva semplicemente ripercorso l'iter già impostato dalla chiesa cattolica secoli prima. Proseguendo in questa dottrina cattolica persecutoria, durante il nazismo, ci fu subito un altro papa che, con divine intenzioni, spianò e lastricò la strada verso il cruento olocausto. Papa Pio XII, in quel tempo, fu il cattolico più vile. Invece di scomunicare Hitler per le atrocità ben note e perpetrate, faceva benedire le sue iniziative e il suo spietato esercito. Grazie all'influenza del papa e di tutti i suoi diretti collaboratori, Hitler divenne un idolo per molti cattolici tedeschi. Proprio come lo divenne Mussolini per i cattolici italiani e Francisco Franco per i cattolici spagnoli. Questi tre dittatori avevano in comune la fede nella chiesa cattolica e l'approvazione del Vaticano. Governavano sostenuti "sotto braccio" dal papa, dai suoi vescovi e sacerdoti che li benedicevano! La religione cattolica, come una meretrice, ha sempre corteggiato il massimo esponente del governo di turno. Ritengo che quest'appunto non si dovrebbe trascurare mai. Comunque torniamo a parlare di Hitler. Per capire lo spirito che aleggiava, vi porto a conoscenza di uno dei tanti ordini che i vescovi cattolici davano a favore di questo sanguinario dittatore. Ad esempio, siccome Hitler era nato in Austria a Braunau Am Inn, il cattolico cardinale Innitzer, ordinò che tutte le chiese austriache, in ricorrenza del compleanno del führer, innalzassero la svastica, suonassero a festa le campane e pregassero tutti uniti per il grande Adolf Hitler. Dinanzi a tanta esaltazione, volta a idolatrare un assassino senza scrupoli, papa Pio XII taceva. Non solo, vergognosamente fu volto a sostenere l'esaltato dittatore che fece sapone con il grasso degli esseri umani; che ideò un impianto doccia non atto a innaffiare acqua ma a spruzzare gas su bambini, donne e anziani che, senza via di scampo, furono costretti a rassegnarsi allo spasimo di un'agonia che li conduceva nel baratro di una morte raccapricciante. In questo vergognoso contesto, il papa negoziò i propri interessi egoistici con il deplorevole dittatore che torturò, in campi di concentramento, qualunque sospettato oppositore del regime; che tolse la vita a esseri umani creati da Dio e che, per smaltire i loro corpi, fece uso di forni crematori e fosse comuni; che per ogni soldato tedesco ucciso ordinò di fucilare indiscriminatamente dieci uomini anche se innocenti; che sterminò tutta l'intellighenzia polacca; che torturò fino alla morte migliaia di veri Cristiani non cattolici, che per amore del prossimo rifiutavano di impugnare le armi; che mise a morte centinaia di migliaia di Russi considerati e trattati come sottouomini Slavi; che assassinò sei milioni di esseri umani perché erano Ebrei e pertanto ritenuti indegni di vivere. Verso questo elemento così feroce e diabolico, il papa, capo spirituale e supremo maestro morale della chiesa cattolica, non prese nessun provvedimento di scomunica ma, al contrario, lo onorò firmando proprio con questo servo di satana un concordato reciprocamente vantaggioso. E anche se la gente tende a dimenticare, basterà aprire un serio libro di storia per trovarne conferma e capire, in maniera definitiva, quale spirito è alla guida della religione cattolica.»

Osservando in volto ai due amici una sorta di stordimento, Antonio aggiunse: «Non stupitevi troppo per tutto quello che vi sto dicendo perché nell'esercitare il male i cattolici sono sempre stati insuperabili».

Udendo queste parole i due amici sbiancarono in faccia e, con un'espressione scioccata, Lucio disse: «Riconosco che questo è vero! Pertanto dico con maggiore fermezza che è raccapricciante, e direi anche vergognoso per quelli che, nonostante la conoscenza di tutti questi fatti, si definiscono ancora cattolici o entrano ancora in chiesa!»

«Mi sta dicendo che non è più un cattolico?»

«Se risultasse vero anche la questione dei ghetti, del segno identificativo giallo e della preghiera "perfido Giudeo"... sì! Io non entrerò mai più in una chiesa cattolica e non sarò mai più cattolico!»

«Ok! Allora si appassioni alla vera storia e legga qualche libro, oppure approfitti della tecnologia, si colleghi a Internet e verifichi lei stesso, digiti "papa Paolo IV", e noterà qual è stato il suo provvedimento contro gli Ebrei.»

«Fatto!» esclamò Fausto che, nel mentre, con il suo cellulare si era già collegato. Lesse velocemente il documento storico e poi rivolto all'amico aggiunse: «Caro Lucio è proprio vero, questi so' stati peggio dei nazisti! Gli Ebrei, oltre a essere obbligati a portare un berretto giallo, furono perseguitati con spietata crudeltà. Qui dice che, papa Paolo IV, fece anche bruciare molti capolavori della letteratura che mettevano in discussione il potere della chiesa, proprio come ha fatto Hitler che bruciava i libri che dissentivano dal nazismo. Dice anche che stilò una censura libraria dove all'indice era allegata una lista di 45 edizioni di Bibbie e Nuovi Testamenti chiaramente comprensibili e pertanto ritenuti proibiti, nonché di editori messi al bando. Perciò, hanno fatto ancora più schifo di quanto detto dal signor Antonio!»

«Ma come ho fatto a restare cattolico per tutto questo tempo!» esclamò Lucio palesemente angosciato «sono stato un ignorante imbambolato da santocchioni e riti religiosi, senza mai alzar la testa per valutare i fatti.»

Mentre diceva questo, Fausto aprì un'altra pagina in internet sempre relativa alla persecuzione riversata sugli Ebrei e, prorompendo disse: «Sentite qua cos'altro c'è scritto!»

«Dai, leggi!» lo esortò Lucio vistosamente eccitato dalla voglia di sapere ma Fausto brontolò: «È un po' lungo.»

«E leggi almeno l'essenziale. No?»

«Ok! Allora qui c'è scritto: *Per quanto riguarda gli Ebrei, già nel 1179, una disposizione canonica del III Concilio Laterano proibiva ai Giudei e ai cristiani di vivere insieme. Il IV Concilio Lateranense, nel 1215, aveva stabilito che gli Ebrei dovevano vivere in quartieri separati e portare un umiliante segno di riconoscimento, consistente per gli uomini in cappelli di colore giallo, mentre le donne dovevano avere un velo giallo sul capo, come le prostitute. Poi nel 1348, la peste nera che si diffuse in Europa fu un nuovo motivo di persecuzione. Dato che tra gli Ebrei la pestilenza non trovava terreno fertile, furono incolpati di diffondere la malattia, giacché soltanto essi ne rimanevano immuni. La calunnia, provocò cruenti massacri. I persecutori, accecati dal fanatismo cattolico, non compresero che gli Ebrei, motivati da una scrupolosa osservanza biblica, erano salvaguardati dalle infezioni perché seguivano particolari e rigorose norme igieniche. Nel 1381, gli Ebrei venivano chiamati "marrani", che in lingua spagnola voleva dire "porco", il termine fu coniato per indicare una persona abominevole e la preghiera "Perfido Giudeo", che veniva regolarmente recitata in chiesa, ne amplificava il senso. Dal 1412 i re di Castiglia e di Aragona attuarono una politica caratterizzata da conversioni forzate e ambigue. Per renderla più efficace, moltiplicarono i divieti e le pratiche di emarginazione. Decisero infine di introdurre in Castiglia l'Inquisizione, già presente in Aragona, proprio per eliminare i focolai di giudaizzazione. Con l'approvazione da parte di papa Sisto IV nasceva così nel 1478 l'Inquisizione spagnola e, nel 1492, fu ordinato agli Ebrei di convertirsi al cattolicesimo entro quattro mesi oppure di lasciare la Spagna e le isole appartenenti di Sardegna e Sicilia, rinunciando ai propri beni. Quelli rimasti nel regno di Spagna, perché disposti a ricevere il battesimo cattolico, furono circa 50.000. Molti di questi però si pentirono e, per essere tornati alle pratiche giudaiche, furono nuovamente perseguitati. Motivata anche dagli statuti di "lim-*

pieza de sangre", la crudele persecuzione fu la risposta al fatto che gli Ebrei si erano trasformati, da infedeli esterni alla chiesa cattolica, in eretici interni alla stessa chiesa. A migliaia furono le sentenze di morte emesse secondo verdetto inquisitoriale. Nel 1497 venne decisa, per ordine del re Manuel I, l'espulsione degli Ebrei anche dal Portogallo e la conquista spagnola del Regno di Napoli, nel 1504, segnò la fine delle numerosissime comunità ebraiche dell'Italia meridionale...»

Lucio amareggiato da questa carrellata di storia cattolica vergognosa, pose la mano sullo schermo dello smartphone dell'amico impedendogli di proseguire nella lettura e poi, con tono sconsolato, disse: «Basta, basta. Non serve aggiungere altro. Quegli imbecilli di naziskin e razzisti vari dovrebbero sapere che stanno facendo solo il gioco di questi leader del clero cattolico che continuano a farsi passare per santi».

«Siamo cresciuti ricevendo una formazione del tutto inefficiente. Ieri sono rimasto deluso per tutte le bugie che gli scienziati ci hanno raccontato per sostenere la teoria dell'evoluzione e, adesso, sono nuovamente deluso per quante bugie si raccontano pur di sostenere la chiesa cattolica» aggiunse Fausto e amareggiato Lucio continuò: «Cresciamo tutti contaminati da una finta istruzione che indebolisce i principi culturali e morali del saper vivere correttamente!»

«A scuola dovrebbero insegnare queste verità, anche perché ci sono ideologie che attualmente sfaldano il tessuto sociale attraverso una conoscenza contaminata dalle menzogne introdotte dalle grandi istituzioni» precisò Fausto mentre Lucio riconoscendo la sua condizione culturale lamentò: «Mi sembra di aver vissuto i miei 55 anni come un drogato stordito, incapace di ragionare per capire bene quanto mi passava sotto gli occhi».

«Signor Lucio, ha citato senza saperlo la scrittura di Primo Giovanni 5:19; *tutto il mondo giace nel maligno* e quando si giace, o si dorme o si è storditi o si è morti. Non le pare?»

«Tra l'altro, c'è poco da dormire tranquilli quando sai che sei assopito dal maligno! Sarà meglio che mi svegli!» rispose Lucio visivamente preoccupato e Antonio spiegò meglio la scrittura: «Su queste parole bibliche c'è da fare anche un'altra riflessione: come un bimbo giace tra le braccia di una mamma che lo rassicura e, sentendosi protetto e fiducioso, si addormenta sereno, noi adulti ci addormentiamo tra le braccia del maligno che appare così buono ai nostri occhi da farci sentire protetti. È talmente irriconoscibile che può sembrarci un Santo, e così, diveniamo fiduciosi fino a rilassarci talmente tanto da addormentarci tra le sue braccia. Beh! Ricordatevi che spesso l'atmosfera creata dal clero ispira fiducia anche a quel bambino che si trova tra le braccia di un prete che di lì a poco lo sodomizzerà. Se avete dei figli piccoli pensateci! Dico questo perché riflettere ci aiuta a capire meglio la realtà che ci circonda.»

Lucio, dopo aver ascoltato l'applicazione di questa scrittura biblica, si rivide in conversazioni spirituali con preti poco capaci nello svelare le verità bibliche, presumibilmente anche incompetenti nel trovare i versi biblici appropriati al contesto spirituale ma, d'altro canto, molto abili nel trasmettere un culto di serena asineria, caratteristica utile per convincere i fedeli a sentirsi cristiani, facendogli percepire la beatitudine dei luoghi che danno quel senso di serenità molto simile al giacere menzionato dalla scrittura.

Lucio, adesso, stava comprendendo che quella sensazione non sarà mai utile per soddisfare il bisogno di conoscenza in campo spirituale.

«Vede signor Lucio, i cattolici sono come torme affamate di rituali ma completamente digiune di conoscenza biblica!»

«Vero! Noi cattolici sappiamo proprio un bel niente!» ammise Fausto e Lucio un po' stizzito confermò: «Non ci hanno mai fatto sapere niente, perché diventa semplice gestire un popolo ignorante!»

«Effettivamente, chi è ignorante è come un uomo che giacendo è impossibilitato a vedere chiaramente tutto quello che è blasfemo e anti scritturale» confermò Antonio e Lucio esclamò: «Io spero di poterli aprire bene questi miei occhi!»

«Glielo auguro di cuore e, se veramente dovesse aprire gli occhi, si ricordi che alla chiesa basterà fare la nomina di un nuovo santo o parlare di un presunto miracolo, e subito distoglierà l'attenzione dal vero problema e, così facendo, con un manto di discutibile bontà, riuscirà a coprire anche migliaia e migliaia di sacerdoti falsi e pedofili oltre a tutto l'ulteriore schifo che cova in seno. Oppure basterà che un papa, mellifluamente, dica due buone parole, come sa fare questo che si fa chiamare Francesco, che il manto di santocchieria impedirà alla gente di ricordare da quale perversa organizzazione stanno arrivando quelle sdolcinate espressioni.»

Fausto a nervi tesi mugugnò: «Sapete, più imparo e più m'incavolo!»

«Però, non possiamo negare che, anche nella chiesa, c'è qualche buon prete!» esclamò speranzoso Lucio.

«E con questo? Lei pensa che tutti i nazisti fossero spietati selvaggi senza cuore?» ribatté Antonio «le assicuro che molti sono quelli che, benché tali, hanno aiutato Ebrei e bisognosi. Ma questo vi porta a pensare che il nazismo fosse un'organizzazione onorevole?»

«In effetti! Se pensiamo che a Hitler hanno fatto decine di attentati è chiaro che non tutti i nazisti erano spietati assassini» notò sconcertato Fausto e Antonio spiegò: «Pertanto, se c'è veramente un buon prete, non mi aspetto che faccia l'attentato al papa, però che almeno vada a svolgere il suo servizio con un'organizzazione religiosa che, seguendo i dettami biblici in toto, sia veramente cristiana. E comunque, ci tengo a precisare che, a Hitler, fecero quarantadue attentati!»

«Se per uccidere Gandhi è bastato un colpo di pistola, se per uccidere Kennedy è bastato un colpo di fucile; com'è possibile che non siano stati sufficienti quarantadue tentativi per uccidere quella canaglia di Hitler?» osservò Fausto molto inalberato e Antonio con serena schiettezza rispose: «Perché il diavolo tiene in vita e protegge i suoi servi finché non adempiono il suo sanguinario scopo! Satana fu omicida quando iniziò con Caino e, ancora oggi, sa che il dispetto più grande che può fare al Dio Creatore è mettere a morte le sue creature!»

«Certo che imparare a conoscere la Bibbia per nostro conto è davvero una grande cosa!» esclamò Lucio rivolto verso l'amico che annuiva.

Lucio si dimostrò consapevole di quanti sbagli nella fede aveva commesso non avendo mai letto la parola di Dio e aderendo a una religione senza sapere cosa realmente fosse.

Notando la reazione positiva dei due amici, l'astronomo disse: «Bene! Credo che per oggi abbiate sentito abbastanza.»

Fausto visivamente preoccupato domandò: «Che cosa sta dicendo, vorrà mica interrompere così questo incontro?»

«Penso che abbiate parecchio materiale su cui riflettere! No?»

«Sì! Però stavamo parlando delle immagini sacre e del credo cattolico e, per colpa di Lucio, siamo finiti a parlare degli Ebrei. Per carità, interessantissimo ma, se fosse possibile, vorrei che si finisca il discorso che stavamo facendo sulle credenze antiscritturali.»

«Ah! Bravo! Adesso è anche colpa mia se ci siamo dilungati su altri argomenti. Vero?» brontolò Lucio e Antonio, notando i due amici sempre più bramosi di quella specifica conoscenza, li tranquillizzò: «State calmi, non è il caso che litighiate per così poco. Volete finire l'argomento iniziato? Ok. Parliamone!»

Reliquie, dio Sole e crocefisso

Notando che i due amici erano particolarmente interessati a conoscere meglio la loro stessa fede religiosa discorrendo in particolare sull'argomento "cattolicesimo", l'astronomo domandò: «Continuando il discorso sulla presunta fede cristiana dei cattolici, c'è qualcosa in particolare che vi preme conoscere?»

«In questi giorni ho sconvolto il mio credo nell'evoluzione, non ho paura che avvenga anche nella religione» disse Fausto e Lucio aggiunse: «Visto che, a differenza di altri, lei parla citando sempre la Bibbia e non il suo personale punto di vista, anche se saranno verità che ci faranno male, so per certo che sarà un dolore benefico. Quindi ci dica pure tutto quello che sa senza peli sulla lingua».

«Apprezzo il vostro coraggio!» poi Antonio rivolto verso Lucio domandò: «Mi parlava al plurale, è certo che anche il suo amico sia d'accordo?» ma prima che rispondesse, Fausto con impeto sbottò: «Certo! Anch'io sono d'accordo, anzi, se ci farà conoscere cosa c'è scritto nella Bibbia gliene saremo veramente grati!»

«Bravi! La vera follia sarebbe stata far finta di sapere pensando che la conoscenza che si ha sia sufficiente per vivere bene questa vita. Invece voi, essendo disposti ad ascoltare, state dimostrando il coraggio più grande, quel coraggio che non è richiesto per sfidare i limiti che sono fuori di noi, ma quello che serve per affrontare l'ignoranza che portiamo dentro di noi.»

«Signor Antonio, il Mahatma Gandhi disse: Diventa tu il cambiamento che vuoi vedere e io credo che avesse ragione!» esclamò Lucio e l'astronomo confermò: «Certo che è così! Il cambiamento interiore illumina la vita con nuovi orizzonti di luce. Ciò che dobbiamo risolvere è sempre prima dentro di noi.»

«Sono pienamente d'accordo!»

«Per diventare veramente liberi fuori, dovremo prima imparare ad essere liberi dentro; e ricordatevi che: non è mai troppo tardi per diventare quello che si vuole essere. Pur di andar d'accordo con gli altri, molti perdono la propria libertà di espressione; invece, sentirsi liberi significa svincolarsi dalla paura del giudizio altrui. Quando si arriverà a questa condizione, la capacità di comunicare e disquisire sulle informazioni ci metterà nella condizione di far bene. Si diventa uomini in ogni senso e, per le persone sincere, spesso si diventa punti di riferimento.»

«Signor Antonio, non voglio passare il resto della mia vita a rimpiangere quello che avrei potuto sapere oggi. Quindi stia tranquillo, ci dica tutto» lo esortò Lucio e Antonio si dimostrò d'accordo ma ci tenne a precisare: «Ok! Quindi mi state dicendo che posso esprimermi senza crearmi problemi?»

«Sì! Parli tranquillamente che noi ascoltiamo.»

«Allora vi ripongo la domanda: c'è qualcosa in particolare che vi preme conoscere?»

«Che ci abbiano raccontato troppe bugie, ci torna sempre più comprensibile; però sento il bisogno di far chiarezza. Lei sostiene che l'imperatore Costantino ha formato la religione cattolica. Giusto?» domandò Lucio e Antonio annuendo evidenziò alcuni dettagli importanti: «Sì! Lo rivela la storia. Iniziò nel 313 dopo Cristo e consolidò, di fatto, l'idea nel 325. E fornisco un'ulteriore prova. In passato, a imitazione dell'antica Babilonia, le divinità pagane romane dimoravano in templi molto simili alle chiese cattoliche. Con l'avvento del falso cristianesimo si cominciarono a costruire santuari simili ai templi pagani. Fu soltanto allora, e non prima, che venne adottata l'idea monastica dei politeisti, e da quel momento in poi i sacerdoti cattolici cominciarono ad indossare l'abbigliamento sacerdotale del paganesimo. Gesù Cristo non si era mai vestito come il papa e i vescovi cattolici! Questi si vestono come i vecchi sacerdoti del dio Sole. In più, benché Gesù non avesse mai usato l'incenso, in quel periodo si cominciò a farne largo uso durante il culto cattolico perché, già presso i pagani, l'incenso era bruciato davanti alle immagini dei loro idoli e davanti all'imperatore a essi equiparato. Molti veri Cristiani furono martirizzati per essersi rifiutati di compiere questo gesto idolatrico. Esso fu comunque inserito nel culto cattolico soltanto dopo l'editto di Costantino adoratore del dio Sole. Inoltre, in barba a quanto insegna la Bibbia, dando forza al credo pagano, dichiararono ogni chiesa: "casa di Dio". Costantino fu il promotore della prima formulazione del credo cattolico e dell'edificazione del primo santuario cattolico che, ancora oggi, è proprietà della cosiddetta santa sede; gestito unicamente dalla delegazione pontificia che gode dell'extra territorialità.»

«E qual è questo santuario?»

«È il santuario sito nel rione Esquilino in Roma centro e, per quante reliquie contiene, è chiamato della *Sancta Sanctorum*. Fu fondato con la collaborazione del primo papa nominato da Costantino: Silvestro I. Questa sede ovviamente è stata ricostruita e ristrutturata più volte ma, in quell'epoca, appena fu formata la religione cattolica, per ordine di sant'Elena, madre di Costantino e concubina del padre che la recuperò in un'osteria balcanica, vi furono portati ventotto gradini di marmo della scala che si dice fosse posta nel palazzo di Ponzio Pilato in Gerusalemme; considerata anche santa, perché si sostiene che fu discesa da Gesù nel giorno in cui fu condannato a morte.

Elena era superstiziosa oltre ogni limite e fu lei a dare inizio al culto delle reliquie. Le reliquie, nell'imbecillità del mondo pagano, erano considerate come potenti portafortuna e, per molti ignoranti, sono ancora considerate tali. In questo primo santuario cattolico, grazie all'appoggio del figlio, convinta di accaparrarsi la fortuna della protezione divina, per essere convincente non fece mancare nulla. Di Gesù, lì si possono trovare presunti suppellettili sacri come: i sandali che calzava, alcune pietre della colonna dove fu flagellato, la canna che lo percosse, una spina della sua corona, un pezzo della spugna che fu intersa nell'aceto che lo dissetò; c'è persino il prepuzio di Gesù bambino e un mare di tante altre cretinate. Mi auguro capiate il perché sia ragionevole ritenerle tali!»

«Beh! Posso immaginarlo!» esclamò Fausto.

«La logica porta di sicuro a questa deduzione. Però, magari è veramente il suo prepuzio. Che cosa ne sappiamo!»

«Signor Lucio, ma cosa sta dicendo? Secondo lei, come l'avrebbero conservato per trecento anni?»

«Magari la conservazione è un miracolo divino!»

«Ma lei sta scherzando o fa sul serio?»

«Perché?»

«Perché?!? Ma lei lo sa quanti prepuzi di Gesù ci sono in giro per le chiese in Europa?»

«Che domanda: Gesù mica ne aveva due. Ovvio che il prepuzio è uno e pertanto è in una sola chiesa.»

«Si sbaglia di grosso! In giro per le chiese cattoliche si contano quattordici prepuzi.»

«Quattordici!?!»

«Sì! ... E non mi venga a dire che, come ha fatto la moltiplicazione dei pani, si è moltiplicato anche... eh? Dica, starà mica pensando a questo?»

Fausto ridendo disse: «Ve lo immaginate Gesù con 14 affari tra le gambe?»

Lucio serio: «Non è possibile! Io penso che, in questo caso, il signor Antonio si sbagli di grosso. La chiesa non può sostenere una cosa così assurda.»

«Ascolti, non sono un prete, io non parlo per dire menzogne. Sono un semplice uomo che si sforza di essere Cristiano, pertanto non parlo con lei per raccontare delle frottole. Se lo desidera, le dirò ogni particolare che tratta dei cosiddetti "santi prepuzi" di Gesù Cristo.»

«Perché no? Sono veramente curioso di sapere come sia possibile parlare di più prepuzi!»

«Ok! Allora» iniziò a spiegare Antonio «oltre al prepuzio nel *Sancta Sanctorum* che tutti gli anni, il primo di Gennaio, veniva persino portato in processione, diverse chiese affermarono di possedere il cosiddetto *santo prepuzio* di Gesù. Fra i prepuzi posti in diversi monasteri e chiese d'Europa, tra i più stimati, c'è quello conservato nel monastero benedettino francese di Coulombs che, per assicurare la gravidanza della regina, fu inviato in Inghilterra nel 1421 per essere posto accanto al talamo nuziale del marito Enrico V. Un altro celebre era quello di Charroux, che significa "carne rossa", proprio come il prepuzio che fu distrutto dagli Ugonotti durante le guerre di religione in Francia nel XVI secolo per poi riapparire, miracolosamente, nascosto in un muro, nel XIX secolo. Quello di Anversa, invece, arrivò dopo la Prima Crociata e fu venduto ai cattolici dal re Baldovino I di Gerusalemme. Per quello di Cambrai si racconta che il vescovo ne vide uscire tre gocce di sangue, e decise di edificare una cappella per custodire sia il prepuzio che la tovaglia macchiata. Da allora nacque un grande business, giacché divenne meta di tanti pellegrinaggi. Si seppe anche che in molte suore suscitava desideri discutibili, come la sensazione provata dalla suora austriaca Agnes Blannbekin, del secolo XVIII, che confessò di oltrepassare ogni limite immaginandosi il peccaminoso piacere di assaporarlo e ingerirlo, però, a suo dire, come se fosse un'ostia consacrata. Oppure, come santa Caterina da Siena, che raccontò di essersi vista indossare la reliquia come se fosse un anello nuziale. Quello di Calcata poi, divenne il bersaglio dell'ironia di James Joyce, il quale, nel suo Ulisse, lo chiamò l'*anello nuziale della santa chiesa cattolica romana*. A questo punto, divenne una reliquia ridicolizzante e imbarazzante per la chiesa che non seppe più dare spiegazione per la quantità dei santi prepuzi, anche a motivo dei sempre più veloci mezzi di informazione e comunicazione moderna. Così, per togliersi dall'impiccio, il Vaticano, come suo stile, voltò faccia e sotto pena di scomunica, proibì ufficialmente il culto per questa reliquia attraverso il decreto 37 del 3 febbraio 1900.»

«Lei parla con tale precisione nei dettagli che pare un libro stampato!» notò Fausto sorpreso dalle accurate informazioni ricevute.

«Io parlo così perché riporto fatti oggettivi, senza farmi influenzare dalla santocchieria dei millantatori!»

«Fa bene! Credo che questo sia il giusto metodo per capire cosa è vero e cosa non lo è!»

«Vi posso anche dire che il clero, una volta ridicolizzato, dopo 1600 anni di santa devozione ai numerosi prepuzi di Gesù Cristo, vietò a chiunque di scrivere o parlare del "Santo Prepuzio" e di conseguenza, il Concilio Vaticano II, tolse definitivamente dal calendario liturgico romano la celebrazione della circoncisione, che era l'1 gennaio, l'ottavo giorno dalla presunta nascita di Cristo, giorno in cui le chiese in possesso del prepuzio organizzavano sontuose processioni.»

Lucio, dopo aver udito questa carrellata d'informazioni così dettagliate, rimase a bocca aperta e il signor Antonio aggiunse: «Vuole che continui narrando di altri prepuzi di Gesù? Mi dica: basta o devo andare avanti?»

«No, no! Anche la presenza di due soli prepuzi rivelerebbe che ce n'é uno di troppo.»

«Lo vede? Se avessi detto menzogne, non le avrei citato anche le chiese dov'erano posti!»

«Lei continua a stupirmi!»

«Caro signor Lucio, queste sono informazioni che da cattolico dovrebbe sapere anche e soprattutto lei. Non si può appartenere ad una religione senza conoscerne le origini e ritenerla cristiana senza confrontare i rituali e le credenze con i dettami biblici.»

«Parole sacrosante!» esclamò Fausto annuendo.

«Lei ha ragione, però mi sono ritrovato cattolico perché battezzato appena nato. Cosa potevo fare a quell'età?»

«Si domandi allora: di concreto, che cosa sta facendo a questa età per rimediare?»

Lucio sottovoce farfugliò delle parole incomprensibili, ma fu Fausto a toglierlo dall'evidente imbarazzo dicendo: «Sentite qua; mentre discutevate sono andato su internet e, caro amico mio, il signor Antonio continua a dirci il vero! Ci sono stati quattordici santi prepuzi certi e altri quattro dubbi, in varie città europee. Qui è scritto che, oltre al santo prepuzio di Roma, le chiese pretendenti furono: La cattedrale di Notre Dame du Le Puy en Velay, Santiago de Compostela, Anversa, Pendagli, Chartres, Besancon, Metz, Hildesheim, Charroux, Conques, Langres, Fecamp, Calcata, Alvenia...»

Lucio lo interruppe: «Basta, basta! Smettila di leggere perché questa storia è una schifosa assurdità. Questi devono essere tutti pazzi!»

«No, no! Questi sono tutti cattolici. Per il clero è naturale raccontare assurdità imboccandole ai fedeli come sante verità! E non voglio dirvi quanti frammenti della croce si trovano disseminati in altre chiese»

«Beh! La croce è di legno e possono esserci tanti pezzi.»

«Sì, ma quanti?»

«Anche più di quattordici!»

«Stando a quanto disse Mark Twain: *Tutti i frammenti della croce in giro nelle chiese d'Europa basterebbero per costruire una nave da guerra*. Vi lascio immaginare quanto legno è stato consacrato come appartenente alla croce. Poi se parliamo dei chiodi usati per la crocifissione non ne usciamo più. Pensate che, benché ne fossero stati usati soltanto tre, in giro nelle varie chiese, ne furono trovati ben 32.»

«*Ammazzate oh!* E che, l'hanno crivellato a sto povero Cristo?» ironizzò Fausto.

«È ovvio che ne furono forgiati altri. Nel 1935, in un censimento, la città di Venezia ne possedeva tre, Roma ne possedeva due, Parigi, a Notre-Dame, ne possedeva uno Milano, nel duomo ne possedeva un altro e via dicendo fino a trentadue.»

Fausto come al solito spiritoso, disse: «Probabilmente, per essere sicuri che non cadesse ne hanno messi dieci nella mano destra, dieci nella sinistra e dodici ai piedi.»

«Ma smettila, dai!» lo ammonì Lucio parecchio sconsolato e affranto per quanto si confermava ridicola la fede cattolica.

«Però» disse Antonio «il chiodo che fa percepire l'influente ruolo dell'imperatore Costantino all'interno della chiesa cattolica è il chiodo della croce che si trova nel Duomo di Milano.»

«Perché?»

«Ogni settembre, con la Nivola, l'arcivescovo sale a quaranta metri d'altezza, preleva il "santo chiodo" posto sulla volta dell'abside del duomo e lo espone alla venerazione dei fedeli per tre giorni. Per la sua somiglianza a un morso di cavallo, la reliquia "santo chiodo" è conosciuta anche come "sacro morso". Non fu un uomo qualunque ad asserire che Costantino era in possesso di quel chiodo, fu un santo cattolico a sostenerlo. Sant'Ambrogio affermò che uno dei chiodi della croce fu usato da sant'Elena per forgiare il "frenum" del cavallo di suo figlio Costantino; imperatore e ideatore della religione cattolica.»

«Questa è un'ulteriore prova che attesta quanta importanza è data ancora oggi all'imperatore Costantino dal clero cattolico» mise in evidenza Fausto e Antonio confermò: «Proprio così!»

«Lo sapete perché riescono a raccontarci quello che vogliono? Perché ci sono un miliardo di fedeli cattolici che vanno in chiesa da ignoranti, invecchiano da ignoranti e muoiono da ignoranti. Gente disabituata a riflettere, che si beve qualunque cosa gli venga versata. Non se ne trova uno che da bigotto rinsavisca e cominci a ragionare» osservò Fausto e Lucio serio riprese l'amico: «Non essere così drastico! Qualcuno a volte si sveglia. Oggi, grazie anche al signor Antonio, anche noi stiamo riflettendo su cose che abbiamo avuto da una vita sotto gli occhi senza mai vederle; e devo ammettere che a me sta facendo molto bene questa discussione».

«Anche a me!»

«Se molti restano ingannati, come lo siamo stati anche noi, è soltanto perché in chiesa sanno come raccontartela bene! E molte persone, non sapendo cosa è realmente scritto nella Bibbia, rimangono per una vita incapaci di capire cosa sia vero e cosa no» aggiunse Lucio e Antonio confermando il concetto annuendo esclamò: «Sono d'accordo con lei!»

«Che sappiano raccontartela è verissimo! Quando parlano, se li osservi attentamente, noterai che lo fanno spesso con un'aura d'ingannevole santità» notò Fausto e Antonio colse l'occasione per citare una significativa massima: «Voltaire disse: *Prima di aderire ad una religione, dovete passare il credo al vaglio della ragione*».

«In effetti è proprio così!»

«Tra l'altro, sapete che nel *sancta sanctorum* si trova persino un quadro del redentore che sono riusciti a far passare per acheropita?»

«Cioè?»

«Che, a loro dire, non è stato dipinto da un uomo.»

«E com'è possibile?»

«Secondo la tradizione cattolica, sembra che, mentre l'evangelista Luca manteneva il pennello, l'opera fu realizzata da un Angelo. Il clero fece divulgare questa credenza per fare intendere che, se quell'immagine fu dipinta persino da un apostolo e da un Angelo, vuol dire che le immagini religiose si possono tenere e fare.»

«Anch'io trarrei le stesse conclusioni!»

«A tal proposito il clero, per essere ancora più convincente, sopra l'altare fece riportare un'iscrizione latina che recita: "non esiste al mondo luogo più santo". Ma tutto questo, alla luce del secondo dei dieci comandamenti che, per vivere la pura adorazione, ordina di non farsi né scultura o immagine alcuna, questa farsa cattolica, si rivela essere un'ennesima bestemmia subliminale.»

«Pazzesco! Meglio non commentare. *Bocca mia statte zitta*!» esclamò Fausto palesemente irritato per le notizie ricevute.

La signora Patrizia, osservando la scena, disse: «Lei mi fa ridere anche se non parla, è troppo simpatico!»

«Comunque» continuò Antonio «se razionalizzerete quanto ho detto, capirete tante cose. Ad esempio, potreste ragionare sul perché Elena fu proclamata santa.»

«Elena era la mamma dell'imperatore. No! Non mi dica che fu proclamata santa perché partorì Costantino?»

«E questo non la dice lunga sul formatore del cattolicesimo?»

«Altroché! Parlando sembra che la nebbia si diradi.»

«Provi ad immaginare come si sentirà quando spunterà il sole!»

«Continuiamo a parlare, mi piace ragionare su questi argomenti. Grazie a lei comincio a capire tante cose!» affermò Fausto entusiasta per le verità apprese.

«Ok! Se apprezzate, continuerò a parlarvi con piacere. Avete domande?»

«Sì! A proposito di Sole che spunta per illuminare la ragione intrappolata dalla nebbia dell'ignoranza. Mi piace questa metafora! Comunque, lei ha detto che l'imperatore, essendo adoratore pagano, rese tutti gli appartenenti alla nuova religione, da lui ideata, inconsapevoli adoratori del suo dio Sole. Vuole mica sostenere che questi inconsapevoli fossero i cattolici?» domandò Lucio con evidente curiosità.

«Sì! Proprio così. E lo sono ancora.»

«Ma quando mai i cattolici hanno idolatrato o adorato il dio Sole?»

«Essendo inconsapevoli di farlo non mi aspetto che lei lo riconosca. Però se vuole sapere perché lo affermo, glielo dimostro subito.»

«Me lo dimostri.»

«Sa cosa dice il quarto comandamento?»

«Eh... beh... adesso non lo ricordo» balbettò Lucio un po' incerto e imbarazzato.

«Ok! Basta prendere la Bibbia in Esodo capitolo 20 e leggere i versi da 8 a 10. Ha piacere di leggerli lei?»

«Certamente, allora qui è scritto: *Ricordati del giorno di Sabato per santificarlo. Lavorerai sei giorni e in essi farai ogni tuo lavoro; ma il settimo giorno è Sabato, sacro a Jahweh, il tuo Dio; non farai in esso alcun lavoro [...]* e allora che significa!?»

«Qual è il giorno di riposo richiesto dal Dio dei cristiani?»

«Il Sabato!»

«Le risulta che i cattolici ritengano che sia il Sabato?»

«No! La domenica. Comunque, che fa, un giorno vale l'altro; no?»

«Se fosse stato così» spiegò Antonio «Jahweh, nel quarto dei dieci comandamenti, non avrebbe precisato come festa per i suoi servitori il Sabato. Non le pare? E anche se in alcune traduzioni bibliche della cristianità è stata omessa la parola Sabato, nei testi originali è chiaramente riportata. Tanto è vero che gli Ebrei, che si attengono al pentateuco biblico, ancora oggi, festeggiano il Sabato e non la domenica. L'aspetto grave è che la chiesa cattolica non si limitò a cambiare il giorno, ma lo impose col sostegno dell'impero. Gli schiavi che violavano il comando erano messi a morte, mentre i proprietari

terrieri perdevano le proprietà e il titolo. Pertanto, con questo metodo dittatoriale e spietato, il cambiamento del giorno di riposo, diciamo che fu molto convincente e immediato. Ma è bene sapere che apostatarono la legge di Dio che anche in Levitico 26:2 ribadisce:
Dovete osservare i miei Sabati. Inoltre, evidenziando nuovamente qual era il giorno della settimana indicato nella Bibbia come giorno di riposo per dedicarsi alle attività spirituali, nel Vangelo di Matteo 12:8 troviamo scritto che *Gesù è il Signore del Sabato* e non della domenica. Gli arroganti cattolici, infischiandosene di quanto si trova scritto nella Sacra Bibbia e di quanto Gesù stesso disse, per arruffianarsi l'imperatore adoratore del dio Sole, cambiarono il giorno festivo spostandolo alla Domenica, rifiutandosi deliberatamente di riconoscere la volontà del Cristo.»

«Ma cosa dice? In chiesa non si fa altro che parlare di Gesù Cristo!» osservò Lucio che un po' turbato da questa ennesima verità sconcertante cercava comunque di difendere quella fede che, alla luce delle Sacre Scritture, andava sempre più sgretolandosi.

«Dice bene» rispose Antonio «i cattolici parlano di Gesù, però non fanno ciò che disse Gesù. Gesù profetizzò di quanti lo avrebbero onorato con le labbra mantenendo il cuore lontano da Lui. In Matteo 7:21-23
è scritto che non basta una devozione a parole per essere approvati.»

«Mi fa leggere cosa c'è scritto?»

«Certo!»

L'astronomo prese la Bibbia, cercò la scrittura e la porse a Lucio che lesse: «*Non chiunque mi dice: Signore, Signore, entrerà nel regno dei cieli, ma colui che fa la volontà del Padre mio che è nei cieli. Nel giorno del giudizio molti mi diranno: Signore, Signore, non abbiamo noi profetizzato nel Tuo Nome e cacciato dèmoni nel Tuo Nome e compiuto molti miracoli nel Tuo Nome?*

Io però dichiarerò loro: Non vi ho mai conosciuti; allontanatevi da Me, voi operatori di iniquità».

«Ha notato? Per non farci confondere Gesù Cristo ha lasciato qualche indizio su chi potessero essere questi disapprovati. Ricapitolando, i disapprovati avrebbero fatto tre cose: profetizzato non nel nome di Jahweh ma nel nome di Gesù, espulso demoni e fatto miracoli. Lei lo sa qual è la religione che parla sempre nel nome di Gesù e mai nel nome di Jahweh? Lei lo sa qual è la religione dove si vantano così tanti santi capaci di far miracoli anche da morti? Lei lo sa in quale religione ci sono preti esorcisti capaci di espellere i demoni avvalendosi del nome di Gesù? Con questi indizi lei pensa di aver capito qual è la religione disapprovata dal Creatore?»

Lucio rimase senza parole e Antonio, guardandolo negli occhi, aggiunse: «Dalla sua espressione mi pare di intuire che lei ha già capito a quale religione, oggi, Cristo si rivolge nel dire: *Non vi ho mai conosciuti; allontanatevi da Me, voi operatori di iniquità*!»

«Stando a quanto è scritto nella Bibbia, mi sembra evidente!» osservò Lucio con lucida intuizione.

«Bene! Allora vogliamo continuare il discorso per capire come mai sostengo che tutti i cattolici sono anche inconsapevoli adoratori del dio Sole?»

«Sì! Ci dica!»

«Glielo renderò chiaro in poche parole, ma prima voglio che sia percettibile questo fatto: io non sostengo che per il vero Cristiano debba essere più importante il Sabato che la domenica perché, come insegnò Cristo, ogni giorno della settimana è buono per lodare Jahweh. Pertanto, ciò che voglio rivelare è il motivo che ha spinto i cattolici a indicare la domenica cancellando il Sabato. Sappiate che il clero, cambiando il quarto comandamento ha esercitato un abuso di potere condannabile in eterno!»

«I cattolici, che già avevano cambiato il primo, il secondo e il terzo comandamento, cambiarono anche il quarto?» domandò sbigottito Fausto e Antonio confermò: «Sì! Lo fecero perché la domenica era il giorno del dio Sole e i suoi adoratori facevano festa in quel giorno. Ancora oggi gli anglosassoni chiamano questo giorno "Sunday", o "giorno del Sole"».

«Se è così, la chiesa cattolica è per certo un'organizzazione disapprovata dal Vero Dio dato che si è arrogata il diritto inconcepibile di cambiare i comandamenti dati dal Creatore.»

«Infatti è proprio così! Il clero cattolico ha compiuto il peccato più grave, ha dinanzi al Vero Dio una colpa imperdonabile! Ci tengo a evidenziare che i primi quattro dei 10 comandamenti sono i più importanti da onorare, dato che sono tutti relativi alla pura adorazione del Creatore. Mentre i sei successivi servono a migliorare le relazioni sociali.»

«Ma lei si rende conto di cosa dice? Lei sta asserendo che i cattolici hanno anche l'imperdonabile colpa di aver cambiato i primi quattro dei dieci comandamenti!» osservò Lucio inalberato e sconvolto, mentre Antonio ribadì con dettagliati avvenimenti storici: «Sì! Glielo confermo, perché lo attesta la storia! Nel 321 dopo Cristo fu proprio il primo papa cattolico Silvestro I, vescovo di Roma, a cambiare il quarto comandamento. Prese i giorni della settimana fino allora designati col nome di divinità e, per tutti quelli che ormai di cristiano non avevano più niente, se non un'illusoria presunzione, stabilì che il giorno di festa per tutti, compreso i cattolici, non fosse più il Sabato, che osservavano gli Ebrei e i veri Cristiani, ma la domenica, proprio in onore del dio Sole. Costantino ne fu molto felice e, rivolto a tutti i residenti nel suo impero, con un editto del 321 ordinò: *Nel venerabile giorno del sole i magistrati e il popolo residente nelle città riposino e mettano da parte ogni loro attività lavorativa*. Fatto questo ripagò il papa per la sua ostentata propensione all'adorazione del dio Sole con un proclama nell'impero che ordinava a tutti i vescovi di essere sottoposti al loro capo e papa come i magistrati all'imperatore. Atto permaso fino ai nostri giorni. Da quel momento in poi il clero cattolico, a somiglianza degli antichi Egizi, instaurò nei suoi rituali il culto pagano del dio Sole. La conferma la troviamo anche nella confessione del vescovo Pegasio che rivelò al principe Giuliano di essere un fervente adoratore del dio Sole, venerato in tutto l'impero romano come *sommus deus*!»

«Pazzesco, non ho mai saputo nulla al riguardo!» esclamò Fausto sbigottito e Antonio aggiunse: «Resto basito al pensiero che, ripetendo le parole nei rituali di fede, non esistano cattolici capaci di ragionare su quanto dicono».

«Perché?»

«Ad esempio lei ha mai pensato che il 21 dicembre, giorno del solstizio, durante la messa l'antifona recita: *Oh! Astro che sorgi, splendore della luce eterna e sole di giustizia, vieni e illumina chi giace nelle tenebre e nell'ombra della morte.* Voi avete mai riflettuto sul significato di queste parole?»

I due amici basiti non diedero risposta, allora Antonio proseguì dando altri dettagli: «Queste parole sono state estrapolate dal rituale pagano degli antichi egizi adoratori del dio Sole. Come avete notato le parole riportate sono una chiara venerazione al dio Sole che i fedeli cattolici ripetono senza riflettere su quanto dicono!»

Notando l'ammutolimento degli interlocutori, Antonio aggiunse altri particolari storici che l'erudizione è stata indotta a trascurare: «Vi dirò di più sull'inconsapevole adorazione del dio Sole: come la totale maggioranza dei popoli di quel tempo, anche i Romani festeggiavano il dio Sole il 25 Dicembre. I cattolici, inserendo in questo credo pagano Gesù Cristo, fecero in modo di considerarlo non semplicemente figlio del dio Sole, infatti il vertice di questa nuova religione, a questo punto, fu costretto a ritenerlo "dio Sole". Per sostenere questa menzogna fu anche obbligata a inserire nel proprio credo la blasfema trinità, presa a prestito dalla pagana fede babilonese.»

«Così facendo, Gesù Cristo lo resero Dio e non più figlio?»

intuì Lucio e Antonio con serenità confermò presentando a sostegno qualche dettagliata informazione: «Tanto è vero che la sua nascita fu falsamente stabilita il 25 Dicembre. Il solstizio inizia nella notte più lunga dell'anno, il 21 Dicembre. Il 22 dicembre è l'ultimo giorno dell'anno meno luminoso e il sole sembra che smetta di muoversi percettibilmente per 3 giorni ed ecco perché è detto sole stazionario o solstizio. Questo è un dato da non trascurare, perché in questa pausa di 3 giorni rimane in prossimità della costellazione detta Crux o Croce. Sarà soltanto dopo i 3 giorni, il 25 Dicembre, che il Sole si muoverà di un grado verso nord rinascendo e dando inizio a giornate sempre più lunghe. Per tutto l'impero, il 25 Dicembre si festeggiava il dio Sole, ed è stato molto facile attribuire a Gesù questo ruolo. Notate quanto è semplice, con subdoli ragionamenti filosofici e contorti, mutare un'assurdità in verità: il solstizio rinasce dopo tre giorni? Bene, allora possiamo identificare il dio Sole in Gesù perché anche Lui è risorto dopo tre giorni. Il Sole muore nella costellazione croce? Bene, inventiamoci che anziché essere morto inchiodato ad un palo, sia stato messo in croce. La Bibbia non riporta il giorno della nascita di Gesù perché i Veri Cristiani non devono festeggiare il compleanno? Bene, allora è più facile divulgare la notizia che sia nato il 25 Dicembre».

I due amici seguivano la logica espressa a bocca aperta e Antonio aggiunse: «Capite quanto è stato semplice, per i cristiani corrotti, far adorare il dio Sole camuffandolo da Gesù?»

«Quanto ho sentito è veramente scioccante!» esclamò Lucio palesemente sconcertato e Antonio scherzosamente domandò: «Vuole qualche altro indizio a riprova dell'adorazione del dio Sole?»

«Quanto ha detto è più che sufficiente! Però, a questo punto ci dica tutto!» lo invitò Fausto sempre più serio e allora Antonio lo invitò a ragionare: «Esiste un anniversario che cada sempre nel medesimo giorno di calendario? Per capirci, il 1°

maggio è la festa dei lavoratori e quest'anno è ricorsa di Giovedì: che lei ricordi, è sempre di Giovedì?»

«Che domanda! ovvio che lo è una volta ogni sette anni. Lo scorso anno era di mercoledì e l'anno prossimo sarà di Venerdì... non capisco a cosa vuole arrivare!»

«Riconosce che questo si applica a tutte le ricorrenze?»

«Certamente! Questo è valido sia per la ricorrenza del 25 Aprile, "festa della liberazione", sia per il 2 giugno, "festa della Repubblica Italiana"...»

«Ok, Ok! Quindi possiamo affermare che per tutte le ricorrenze, ogni anno, benché la data sia fissa, cambia il giorno della settimana. Giusto?»

«Ovvio!»

«Ma se le dovessi domandare di che giorno i cattolici festeggeranno la pasqua quest'anno, saprebbe dirmelo?»

Istintivamente e senza pensarci, i due amici esclamarono: «Di Domenica!»

«Dite così perché l'anno scorso si è festeggiata di Sabato?»

I due amici interdetti si guardarono in faccia e poi Lucio disse: «No! La pasqua cattolica si festeggia sempre di Domenica!»

«E lei lo ha capito il perché?»

«Adesso credo di si!» esclamò sommesso Lucio abbassando il capo e Antonio rimarcò: «Pertanto quale altra spiegazione potremmo dare al fatto che la ricorrenza della risurrezione di Gesù Cristo avviene sempre di domenica?»

«Caspita è vero! Sta mica dicendo che con la sua risurrezione Gesù, come dio Sole, ritorna nella sua dimora in cielo e questo avviene di Domenica perché è il giorno del dio Sole?»

«Per giunta vi rendo noto che Cristo ordinò di commemorare il pasto serale che ricordava il patto per il Suo veniente Regno e non la Sua risurrezione. È in quella circostanza che disse: *Fate questo in memoria di me*. Il Vero Cristiano, ubbidendo a Cristo, ricorderà la Sua morte di sacrificio!»

«In effetti noi cattolici non commemoriamo la Sua morte ma la Sua risurrezione e per giunta sempre di Domenica!»

«In più vi rendo noto che gli adoratori pagani celebravano la risurrezione del dio Sole all'equinozio di primavera. In preghiera recitavano *Horus resurrexit* (Horus è risorto) perché, secondo il credo pagano, nell'*equinoctium* o notte uguale il sole iniziava a prevalere sull'animo maligno delle tenebre portando le ore di luce a superare le ore del buio e la tirrania del freddo.»

«Non ho parole!»

«Avevate mai pensato a questo?»

«No!» confessò Fausto con evidente sbigottimento «e adesso che ci penso, noi festeggiamo anche il trionfo di Gesù il giorno delle palme e anche questa festa è sempre di Domenica: "la Domenica delle palme"!»

«Lei festeggia la Domenica delle palme e la pasqua?»

«Sì!»

«Lo vede che, anche lei, è un inconsapevole adoratore del dio Sole?» gli fece notare Antonio sorridendo e subito Fausto esclamò: «*Porca zozza!* Non riesco a crederci!»

«Ad eccezione del 25 Dicembre che, per i pagani, è sempre stata la festa della nascita del dio Sole, tutto quello che si riferisce a Gesù Cristo ricorre di Domenica. Anche la messa più importante, onorata da vescovi e papi, è sempre celebrata di Domenica. Meditate gente meditate!»

«Meditiamo sì che meditiamo!» esclamarono sconvolti i due amici e Antonio domandò: «Vi basta o, su questa inconsapevole adorazione del dio Sole, desiderate altre prove?»

«Non servono altre prove! Ma se ce ne sono altre, dica!» lo invitò Lucio, allora Antonio proseguì facendo emergere dettagli che i fedeli cattolici, inconsapevoli di adorare il dio Sole, non notano perché non ne conoscono l'origine e neppure la verità: «Ad esempio, al pasto serale Cristo diede agli apostoli un pezzo di pane ma nel commemorare l'evento, dopo il 325, nelle chiese cattoliche si iniziò a dare una particola circolare. Secondo voi perché hanno reso un pezzo di pane un'ostia circolare se non per riprodurre la forma corporea del dio Sole camuffato da corpo di Cristo?»

Scioccati i due amici esclamarono: «Pazzesco!»

«Comunque un'ulteriore verifica è l'aureola che nelle rappresentazioni di Gesù è posta sul suo capo».

«Intende quel cerchio dorato che ha sulla testa?»

«Sì! Proprio quello! Quel disco dorato, in epoca greco-romana, gli artisti lo riportavano sul capo degli imperatori per testimoniare che erano figli del dio Sole. Noterà che, ancora prima della venuta di Gesù Cristo, nei ritratti degli imperatori Romani veniva affisso un nimbo circolare proprio dietro la loro testa. Nelle rappresentazioni di Cristo, dopo il 325, si cominciò a vedere la stessa luce circolare dietro la sua testa, e a volte queste aureole hanno anche evidenti raggi di Sole. Questa stessa aureola, nel corso dei secoli, fu estesa anche alle madonne e di conseguenza anche ai santi perché ritenuti tutti appartenenti allo stesso dio Sole. Anche le prime croci, usate a sostegno della costellazione Crux, si poggiavano su raggi di Sole, e ancora oggi si possono trovare croci che riportano celatamente questa divinità pagana.»

«Sono a dir poco stordito da quanto ha detto!» esclamò Lucio e l'amico sbottò: «A chi lo dici, io mi sento sconvolto! E pensandoci bene di croce con dietro il Sole ne ho anche una a casa».

«E magari festeggiate anche il 25 dicembre!»

«Certo! Tutti i cattolici festeggiano il Natale.»

«Questo fatto continua a dimostrare che anche voi, come cattolici, siete ancora oggi adoratori inconsapevoli di un dio pagano come il Sole.»

«Devo ammettere che con tutte queste nuove informazioni mi sento perso!»

«Vorrei portarvi a ragionare anche su questo particolare:

l'adorazione al dio Sole è stata promossa da satana il dio delle dense tenebre che, camuffandosi da portatore di luce si fa chiamare "lucifero". Pertanto ne consegue che chi adora il sole, consapevolmente o inconsapevolmente, di fatto, adora satana il diavolo. Detto questo, sarebbe bene se tutti i cattolici col cuore onesto e sincero, portassero al vaglio la propria fede e facessero un'attenta riflessione sulle usanze e sui riti del proprio credo. Non vi pare?»

«Certo che ci pare!» esclamarono sgomenti i due amici, poi Lucio volendo sapere di più sulla fede cattolica domandò: «Tra l'altro, lei ha anche detto che la croce non è un simbolo cristiano, giusto?» e Antonio senza esitare rispose: «Certo! La croce è sempre stata un simbolo pagano. Costantino, sapendo che la croce dello zodiaco era una delle immagini più antiche venerate dall'umanità, la inserì come ulteriore simbolo nella religione di stato. Quindi non lo fece soltanto per la costellazione Crux o perché motivasse i suoi soldati alla battaglia, giacché molto simile ad una spada conficcata nella roccia; ma anche e soprattutto perché era già presente nei culti dei popoli pagani a lui sottomessi e che voleva sempre più unificare. Infatti da molte centinaia di anni prima della venuta di Cristo, la croce si usava, come simbolo sacro, nell'antica Caldea, in Egitto, in India, in Persia, in Siria; direi ovunque e nelle forme più varie».

«Lei sta dicendo che il simbolo della croce era adorato dai pagani ancora prima della morte di Cristo?»

«Sì! Ha capito bene! La storia è piena di graffiti rivelanti l'adorazione del dio Sole e gli archeologi trovano le croci anche sulle tombe millenarie e nei monumenti delle piazze antiche. Come per i prelati d'oggi, era già portata al collo dai sacerdoti egiziani, al tempo dei faraoni, come simbolo autoritario del dio Sole. La croce era parimenti simbolo rappresentante il dio Babilonese Tammuz e, nell'era precristiana, fu usata anche come riferimento al dio della procreazione, giacché la parte lunga è simile ad un fallo e quella più corta, disposta trasversalmente, ecco... potete immaginare da soli cosa potesse rappresentare...»

«La croce era ed è sempre stata una raffigurazione usata nell'adorazione fallica?»

«Sì! Tanto è vero che ancora oggi viene usata nei riti satanici dove si praticano orge, a riprova che non ha nulla a che fare con Gesù e con il vero cristianesimo.»

«Sì! Ma... ma oggi per i cattolici la croce ha un altro significato; è un simbolo di devozione cristiano.»

«E non lo trova demenziale e diabolico come simbolo?» domandò Antonio provocatorio e Lucio con sguardo arcigno e tono deciso disse: «No! Perché mai dovrei ritenerlo demenziale e diabolico?»

Antonio invitò Lucio a ragionare: «Quello che dirò è solo un esempio per farvi riflettere, quindi state tranquilli. Vede questa bottiglia sul tavolo?»

«Certo!»

«Adesso io la prendo e la rompo in testa al suo amico uccidendolo. Lei, anziché preoccuparsi delle cose per le quali tutte le persone normali si preoccuperebbero in una circostanza simile, ha una sola pena: il riuscire a raccogliere tutti i frammenti del vetro, ricomporli, e baciarli. Non solo, appena le sarà possibile, farà realizzare da un vetraio tanti facsimile della bottiglia, aggiungendo una cordicella per legarsela al collo e, appena incontrerà la famiglia del suo amico Fausto, dirà che è stato ucciso con una bottiglia che gli ha spaccato la testa, ma poi con uno sguardo beato e con gli occhi rivolti al cielo, aggiungerà: comunque state tranquilli, io ho fatto di quella bottiglia tanti esemplari per darvi la possibilità di esserne devoti e così, potrete baciare l'arma che l'ha fatto morire ogni volta che lo desidererete. Adesso, cercate di immaginarvi che tutti i parenti del defunto Fausto si mettano in ginocchio davanti a quella bottiglia e comincino a baciarla, tutti consci di sapere che è l'arma del delitto, guardando cosa stanno facendo, che idea vi fareste di quelle persone?»

I due amici restarono a bocca aperta incapaci di pronunciare parola, così l'astronomo aggiunse: «Se un video-reporter dovesse filmare la scena, che commento farà mandando in onda il servizio?»

I due amici, sempre più scioccati, si guardarono in faccia basiti, e poi Fausto disse: «Senza ombra di dubbio, il giornalista riprendendo la scena, direbbe che quei parenti sono tutti da rinchiudere in un manicomio!»

«Effettivamente, cos'altro potrebbe dire?» commentò Lucio persuaso dal chiaro esempio e Fausto con la sua solita ironia, rivolto all'amico, osservò: «Ah Lucio, se la condanna fosse stata una morte sulla sedia elettrica, cosa ci saremmo ritrovati appeso al collo? O cosa avremmo appeso nelle nostre case e nelle scuole?»

«Ragionandoci, è veramente un gesto demenziale ossequiare il crocefisso!» riconobbe Lucio con sincera onestà e Antonio lo lodò: «Dice bene! Infatti, se i parenti di Fausto avessero avuto un po' di sale in zucca, avrebbero condotto Lucio al manicomio, altro che riverirla felici di baciare l'arma del delitto!»

I due amici sembravano sconvolti dall'efficacia dell'esempio e deglutirono come se stessero per ingoiare un amaro boccone. L'astronomo notando le loro strane espressioni, aggiunse: «Dai vostri volti mi sembra d'intuire che avete afferrato bene il concetto!»

«Quello che ho compreso è che la croce, essendo l'arma usata per far soffrire e morire Gesù Cristo, dovrebbe essere odiata, altro che baciata e idolatrata!» esclamò Fausto e Lucio rivelò: «Adesso ho capito quanto è diabolico venerare l'arma che ha ucciso il figlio di Dio!»

Antonio invitò i due amici a ragionare su un altro esempio: «Qual è il genitore che farebbe una copia dell'auto che ha investito e ucciso suo figlio? L'appenderebbe al collo baciandola di tanto in tanto? Secondo voi, potrebbe mai esserci un genitore che faccia una cosa simile chiedendo persino ai propri parenti di fare altrettanto?»

«In effetti, i genitori, a meno che non siano sani di mente, vogliono ricordare il figlio non l'automobile che l'ha ucciso!»

«Soltanto un genitore sbroccato col cervello adorerà l'auto che ha tolto la vita al proprio figlio!» osservò Fausto con sottile perspicacia e Antonio incalzando fece ai due amici un altro esempio ancora: «Se io avessi un figlio ucciso da un colpo di fucile e venissi a sapere che i miei presunti amici, di quel fucile, ne hanno fatto un simbolo divino, la loro devozione la riterrei una grande offesa! E poi, come potete mai credere che io riesca a considerare "amico mio" un ossequioso dell'arma che ha ucciso mio figlio?»

«Vero! Soltanto un nemico o una persona fuori di senno, può nutrire devozione verso quel fucile!» esclamò Fausto con dovuta onestà e Antonio spiegò: «Ecco perché possiamo dire che colui che porta la croce si auto identifica nemico del Dio Creatore e Padre di Gesù Cristo! Infatti il diavolo è l'acerrimo nemico di Jahweh! E per offendere il Padre di Gesù, usa tutti i mezzi, e la croce si rivela essere il mezzo più cruento a questo scopo. Però noi, come sostiene Proverbi 27:11, *dovremmo mostrarci saggi* evitando di concorrere in pratiche e usanze che offendono Jahweh! Ricordatevi che la saggezza da mostrare non ci sarà data dal mondo governato dal diavolo o dalle false religioni ispirate dal diavolo, la vera saggezza è data dal Creatore, quella che Lui stesso ha messo per iscritto nella Bibbia.»

«In pratica, il diavolo avvalendosi delle religioni gestite dai suoi sicari, ha indotto le masse a esercitare un'inconscia pura follia, fino al punto di appendere la croce come cimelio al muro di casa o, ancora peggio, portarne appeso al proprio collo un facsimile per mostrare a tutti con quanta fierezza si è devoti all'arma che ha ucciso Gesù Cristo il figlio primogenito di suo Padre Jahweh» osservò Fausto con angoscia e Lucio affermò:

«Hai ragione! Tutto quello che fino a ieri ritenevo scontato e buono, senza pormi domande, adesso mi sembra tutto babelico, inconcepibile, assurdo e direi, a grandi caratteri, anche molto "satanico"!»

«Vi rendete conto di quante prospettive possono cambiare quando s'impara a ragionare?»

«Lei, con questi semplici esempi, mi ha raggelato il sangue, perché adesso sono consapevole che portando la croce sto offendendo il Creatore, Dio e Padre di Gesù Cristo!»

Mentre diceva quelle parole, Lucio si slacciò la collana cui era appesa la croce d'oro e Fausto facendo altrettanto disse: «Lei mi ha dato modo di capire che in cinquant'anni non avevo ancora usato bene il cervello!» Lucio che era ancora visibilmente scombussolato, esclamò: «Non riesco ancora a crederci! Ma quanto siamo ridicoli noi cattolici!»

«Si prenda tutto il tempo necessario per appurarlo! Suggerisco di farlo alla luce di questa scrittura Salmo 115:4-8 (114:4-8 versione C.E.I.): *Gli idoli delle genti sono fatti d'argento e oro, opera delle mani dell'uomo. Hanno bocca e non possono parlare, hanno occhi e non possono vedere, hanno orecchi e non possono ascoltare, hanno narici e non possono odorare , hanno mani e non possono toccare, hanno piedi e non possono camminare; dalla loro bocca non emettono suono. Diventeranno come loro chi li fabbrica e tutti quelli che in essi confidano.* Pertanto ricordatevi sempre che qualunque simbolo religioso, e non soltanto il crocefisso, è comunque disapprovato da Jahweh. Anche l'apostolo Paolo in Primo Corinti 10:14; ordina: *Fuggite l'idolatria*. Chi ha una croce con sé, pensa che stia mostrando di fuggire da ogni forma d'idolatria?»

«Beh... certo che no!» rispose Lucio e Fausto affermò: «Come può vedere quella che portavamo al collo l'abbiamo tolta per buttarla!»

«Bene! Jahweh Dio Creatore e Padre di Gesù Cristo apprezzerà molto questa vostra sensata decisione!»

Madonna, apparizioni e miracoli

I due amici erano sempre più attratti dalla conoscenza dell'astronomo che, in maniera semplice e chiara, rivelava nette verità spirituali spesso ritenute complesse e inspiegabili. Pertanto, domandarono al signor Antonio di riferire quanto sapesse anche sul conto di "Maria", divinità adorata come "madonna". Data la circostanza, Lucio introdusse l'argomento con una pertinente domanda: «Sul credo: "Maria sempre vergine" anche lei la pensa come Giordano Bruno? Che cosa potrebbe dirci al riguardo?»

«Dobbiamo ammettere che, per logica, non si può pensare che dopo il parto abbia continuato ad essere tale, a quel tempo non si praticava il cesareo, inoltre era moglie di Giuseppe, che non fece soltanto il falegname ma anche il marito, e quando si coricavano, sempre la logica ci fa pensare che facessero anche dell'altro. Non vi pare?»

«Certo che non è facile sgobbare tutto il giorno e dopo cena coricarsi al fianco del corpo di una giovane donna e restare immobile lì, senza mai toccarsi, notte dopo notte, così freddi per tutta la vita!» sottolineò Fausto e Antonio spiegò: «Neanche l'Iddio dell'amore lo vuole. Jahweh, in Primo Corinti capitolo 7 nei versi da 1 a 5, raccomanda a tutte le coppie sposate di non privarsi dal fare sesso, affinché non siano tentati al tradimento coniugale.»

«Interessante! Sicuramente se tutte le coppie ubbidissero a questo comando, le cosiddette escorts, come adesso si fanno chiamare, lavorerebbero veramente poco!» ironizzò Fausto subito interrotto da Lucio che, con una severa occhiata, come per rimetterlo in riga, disse: «Lasciamo perdere questo aspetto! Piuttosto, se questo è un suggerimento divino per tutte le coppie, il signor Antonio vuole farci intendere che lo era anche per Giuseppe e Maria, che essendo marito e moglie, non erano tenuti a privarsene».

Antonio confermò: «Proprio così! Ragioniamo: com'è possibile che, mentre incoraggia tutti gli sposati a farlo senza mai astenersi, dica ai coniugi Giuseppe e Maria di privarsene?»

«Uhm! Tosta come domanda!» esclamò Fausto.

L'astronomo sorrise e poi chiarì: «Comunque, che ebbero rapporti sessuali è comprensibile da quanto rivela il Vangelo, dove si può leggere chiaramente che Giuseppe prese con sé sua moglie Maria e non ebbe con lei rapporti coniugali finché ella non partorì Gesù. Pertanto dopo la nascita di Gesù, Giuseppe e Maria divennero *una sola carne* vivendo come una normalissima coppia sposata che forma una famiglia con figli e figlie. Che questo avvenne, è dimostrato dal fatto che la Bibbia non dichiara che Gesù è l'unico figlio della coppia; anzi, le sacre scritture smontano il credo della perpetua verginità di Maria rivelando che Gesù ebbe numerosi fratelli e sorelle. In Galati capitolo 1, nel verso 19, l'apostolo Paolo scrive di avere incontrato Giacomo, il fratello di Gesù. Sono molti i versi biblici che parlano di Gesù e i suoi fratelli figli di Maria, se poi i furbi, pur di sostenere la verginità di Maria, dicono che per Gesù fossero tutti fratelli, io mi chiedo: "perché l'apostolo Paolo doveva specificare soltanto Giacomo come suo fratello?" oppure, direi anche: "perché, se erano considerati tutti fratelli, nel Vangelo di Giovanni al capitolo 2, nel verso 12, si fa una distinzione tra i discepoli e i suoi fratelli?" e se questo non vi basta, quando vi procurerete una Bibbia, leggetevi anche le due scritture che vi riporto su questo foglietto, Matteo 12:47 e 13:55-56. Queste scritture vi daranno modo di intuire che

Giuseppe e Maria non si guardarono per tutta la vita soltanto negli occhi, ma fecero dell'altro, e quanto fecero non dà proprio l'idea che Maria possa essere rimasta sempre vergine. La prova è anche data dal fatto che la famiglia si rivelò numerosa con figli e figlie, come sostiene anche il Vangelo in Marco 6:3; il resto è credulità inutile, quando si dice "sempre vergine", si esprime un concetto di pura follia santificata.»

«Allora, non si deve adorare la madonna neanche come sempre vergine?» domandò Fausto ad Antonio che subito ribattè: «L'idea di Maria sempre vergine si ispira alla costellazione Virgo (vergine) e, per gli adoratori del dio sole, il geroglifico antico per Virgo, era la "M", ecco anche perché gli hanno attribuito il titolo di "Madonna"! E poi, un vero Cristiano non deve assolutamente adorare la madonna. Se il Dio dei Cristiani esige *esclusiva devozione*, ha senso che si approvi una qualsivoglia adorazione idolatrica?»

Fausto, avendo compreso, rispose con un secco "No!"

«Quindi sembra molto chiaro che chiunque adori la madonna, o anche un santo, incorre nel peccato di idolatria! Non vi pare?»

«Uhm! Quindi, nel culto cristiano, rivolgersi alla madonna è peccato?» domandò Lucio un po' perplesso e Antonio in modo secco e inequivocabile rispose: «Sì!»

«Direi che, quanto abbiamo sentito finora, è stato molto interessante; ma, saprebbe darci anche una spiegazione per farci capire come sia possibile che la più importante organizzazione, che si reputa cristiana, riesca a violare sfacciatamente e senza scomporsi il comando di riservare solo per il Creatore l'esclusiva devozione?»

«Vi ricordo che, dopo la morte degli apostoli ci fu l'avvento dell'apostasia che con il ripudio della pura adorazione, come predetto nelle profezie bibliche, fece deviare i veri Cristiani dall'ubbidire ai comandi biblici. Ciò avvenne subito dopo la loro morte. Fu allora, nel quarto secolo, che si cominciò a menzionare Maria. L'imperatore Costantino sapeva che molti popoli, nel suo impero, erano affezionati a molte divinità femminili. Pastori, contadini e pescatori erano particolarmente devoti alla madre terra e alla sorella luna, mentre la nobiltà cittadina, più esigente nel culto, si mostrava incline a divinità specifiche come Diana, Venere, Minerva, Cerere, Vesta e tante altre ancora. I romani, dopo la conquista della Grecia, inglobarono nel loro credo queste divinità femminili. L'astuzia dei dominatori fu quella di non abolire gli dei del nemico ma di limitarsi a cambiarne i nomi e questo permise ai Romani di sottomettere i vinti con più facilità. Ad esempio: Diana, la divinità più importante, fu chiamata Artemide, Venere fu chiamata Afrodite, Minerva prese il nome di Atena, Cerere quello di Demetra, Vesta quello di Estia, eccetera, eccetera. Così, prendendo spunto dal passato, l'imperatore Costantino, fondatore dell'impero cattolico apostolico romano, religione che adesso senza l'impero è detta semplicemente cattolica, conglobò tutte le divinità femminili in una sola donna: "Maria" che fu definita "madonna" anche perché significava: "donna di alta condizione". Promosse in particolare la venerazione della madonna col bambino perché rievocava il culto pagano delle dee precedenti, come l'egiziana Iside col figlio Horus (dio Sole) e la dea romana Mater Matuta. Tutte divinità pagane di madri col bambino in braccio.»

«Ecco perché molte raffigurazioni della madonna sono con Gesù bambino in braccio!» notò Lucio e Fausto evidenziò: «Proprio come si rappresenta la madonna cattolica!»

«Sì! Quella è una chiara raffigurazione pagana. Costantino» spiegò Antonio «benché adoratore del dio Sole, detenendo il titolo pagano di *pontifex maximus*, si ritenne anche capo assoluto e sommo sacerdote di tutte le religioni facendo e disfacendo i credi secondo il suo scopo. Benché le culture orientali e occidentali cozzassero, generando una sorta di divisione tra i popoli dominati da Roma, Costantino, creando nel suo impero un'unica fede religiosa, seppe attribuirsi sempre più potere. Riuscì a formare il cattolicesimo anche grazie alla collaborazione di cristiani corruttibili, rendendo tutti i suoi sudditi adoratori inconsapevoli del dio Sole. In più, essendo i popoli sottomessi adoratori di divinità trine, s'inventò un Dio Trino e compose l'entità del "Solo Vero Dio" aggiungendone altre due parti, Figlio e Spirito Santo. In seguito, nel 431 dopo Cristo, al concilio di Efeso, Maria fu proclamata dai trinitari cattolici "Theotòcos" ossia "genitrice e madre di Dio". Furono obbligati in questa dichiarazione perché ormai per i cattolici Gesù non era più, come per i veri Cristiani, il Figlio di Dio; ma, a motivo del fatto inspiegabile o misterioso della trinità, divenne Dio stesso fattosi uomo e di conseguenza dovettero notificare Maria come "madre di Dio". Una colossale menzogna! Anzi direi che fu una vergognosa bestemmia che conferì a Maria l'onorevole connotazione che tutti oggi conosciamo. Ma sappiate che nella Bibbia non si trova mai un'espressione così irragionevole e sacrilega!»

Antonio fece notare che l'Ave Maria fu completata nel XVI secolo e fu papa Sisto V ad approvare la frase finale della preghiera *Maria madre di Dio, prega per noi peccatori ora e nell'ora della nostra morte*. Fino al 325 d.C. nessun vero Cristiano pregò mai Maria. Soltanto dopo l'avvento del cattolicesimo si cominciò a menzionare Maria e a pregarla come madonna. Antonio evidenziò che adorare la madonna è un'idea del tutto cattolica. Né Gesù Cristo, e tanto meno Suo Padre Jahweh, hanno mai condiviso o accettato un'idea così blasfema. Inoltre, pose l'accento sul concetto menzionando Atti capitolo 4 verso 12; dove, illustrando il ruolo di Cristo, l'ispirato profeta scrisse: *In nessun altro è la salvezza*, (in nessun altro eccetto Gesù Cristo) *perché non vi è sotto il cielo nessun altro nome che sia stato dato agli uomini per mezzo del quale noi dobbiamo essere salvati*. E anche in questo caso si accertò che fosse compresa l'espressione *in nessun altro* è la salvezza se non in

Gesù Cristo.

Poi Antonio pose una domanda: «Questo verso biblico ispirato da Dio, dicendoci chiaramente che, eccetto Gesù, in nessun altro potrà mai esserci la salvezza; cosa vi fa comprendere? Vi fa capire che ci potrebbe comunque essere qualche santo o qualche madonna autorizzati a dare aiuto? Se almeno voi capite questa semplice frase ispirata da Dio, allora comprenderete anche perché il vero Cristiano, nella sua fedele devozione, non perderà mai tempo dietro santi morti e madonne varie come fanno i cattolici».

Lucio considerando quanto apprendeva, volle accertarsi di aver capito bene e domandò: «Di quanto ci raccontano sul conto di Maria, non esiste nelle scritture neanche un minimo riscontro?»

«No! Neanche una parola!» rispose in modo secco Antonio.

«Ci hanno fatto credere soltanto a un cumulo di falsità?» domandò amareggiato Fausto.

«Proprio così!» confermò con altrettanta amarezza Antonio e Lucio domandò: «Avendo letto la *Divina Commedia*, ricordo che Dante Alighieri scrisse di san Bernardo come di uno che rivolse le preghiere alla madonna perché intercedesse per lui presso Dio. Quindi Dante descrisse la madonna nel ruolo di mediatrice».

«E con questo? Dante narrò anche di Satana come se fosse una trinità con tre facce, quella di Bruto, Cassio e Giuda. Pensa che sia vero?»

«Beh! ovvio che no! Lui scrisse una commedia!»

«Allora, si può sapere di cosa stiamo parlando?»

Si lesse chiaramente in faccia a Lucio una sorta d'impaccio che gli impediva di rispondere, così l'astronomo, per toglierlo dall'imbarazzo, aggiunse: «Però, riconosco che la chiesa cattolica ha riverito, come sacro insegnamento, più le cose scritte da Dante che quelle scritte da Jahweh. Pensi che nella Bibbia non si trova neanche menzionata la parola "purgatorio", il

Creatore non fece mai un luogo simile. La dottrina del purgatorio fu inventata da papa Gregorio I nel 593 per spillare denaro ai poveri ignoranti terrorizzati dall'idea di ciò che poteva attenderli nell'aldilà. Questa falsa credenza incentivò la messa a pagamento per i morti e il lascito delle proprietà e ricchezze del fedele cattolico non più ai propri figli ma alla chiesa. Al concilio di Firenze del 1439 il purgatorio fu proclamato dogma cattolico perché favorevole al clero che rendeva le famiglie sempre più povere e la chiesa sempre più prospera. Anelando che nell'aldilà il proprio caro defunto possa vivere una condizione migliore di quella prospettata dal purgatorio, ancora oggi, i cattolici fanno la veglia di preghiera per il morto. Dante, nel XIV secolo, rafforza l'idea profanatrice e diabolica del purgatorio con la *Divina Commedia*. Prendendo spunto dal credo cattolico, il Sommo Poeta riportò nei suoi scritti situazioni che nella Bibbia non sono mai menzionate. È lui che, oltre alla fantasiosa descrizione del purgatorio, scrive anche di san Pietro alle porte del paradiso, della madonna ascesa in cielo, del limbo e dell'inferno di fuoco. La *Divina Commedia* sembra proprio il libro di testo della religione cattolica e, considerando che di tutti questi credi, nella Bibbia non se ne fa mai menzione: non pensate che sia necessario per ogni cattolico porsi delle domande? Ogni cattolico dovrebbe chiedersi: "come può ritenersi cristiana una religione che inserisce nel proprio credo racconti fantasiosi per un proprio tornaconto di cassa?"»

In risposta Fausto borbottò: «Sarà difficile trovare un cattolico che si ponga domande simili! »

Allora Antonio proseguì dicendo: «Stando così le cose, se siete stati disabituati a porvi delle domande per ragionare, posso anche capire perché lei si sia lasciato influenzare da Dante che descrive san Bernardo come uno che chiede alla vergine di fargli da mediatrice ma, sono convinto che, quando inizierà a studiare la Bibbia, si porrà domande sincere che l'aiuteranno a capire e, da solo, scoprirà che il mediatore tra

Dio e gli uomini non è mai stata la madonna e mai lo sarà.»

Antonio, notando i due amici riversati in una singolare volontà di apprendimento, sottolineò il concetto che l'unico mediatore tra Dio e gli uomini è il primogenito Gesù Cristo. Fece anche notare che Gesù stesso, nel Vangelo di Giovanni al capitolo 14 verso 6, chiaramente disse: *Io sono la via, la verità e la vita*; (pertanto si conviene che i santi o la madonna non saranno mai la via da seguire, la verità da ascoltare o i tramiti per avere la salvezza e la vita, era ovvio che queste parole del Vangelo si riferivano a Gesù Cristo in prima persona). *Io sono la via, la verità e la vita; nessuno viene al Padre se non per mezzo di Me.* Antonio si accertò che fosse ben compresa la frase *se non per mezzo di Me* perché, questa chiara espressione di Gesù, escludeva qualsiasi santo e qualsiasi madonna dalla pura adorazione.

«Lei, quindi, non riconosce a Maria neanche un possibile ruolo di mediatrice tra Dio e gli uomini?» domandò Lucio e Antonio seccato lo ammonì: «Ci risiamo! Signor Lucio, la prego, se vuole conoscere le verità spirituali smetta di chiedere cosa penso io o qualunque altro uomo. Studi la Bibbia e si domandi sempre cosa pensa il Vero Dio; quindi, in questo caso, non si curi troppo di quanto io possa riconoscere, si preoccupi piuttosto di chi il Creatore identifica come suo mediatore!»

«Ok! Ok! Ma sa, abituato a sentire i saggi della cultura moderna che prima di esprimersi dicono sempre *io penso*, mi viene spontaneo domandare: lei cosa pensa?» si giustificò Lucio e Antonio precisò: «Io non mi ritengo saggio secondo il mondo, la mia cultura non attinge dalle istituzioni di questa società. Io mi sforzo di studiare la Bibbia per capire cosa pensa il Vero Dio, quindi posso soltanto riferire quanto Lui pensa.»

Alla spiegazione di Antonio, Lucio subito corresse il tiro dicendo: «Ho capito! Allora, cosa pensa Jahweh? La madonna è la mediatrice tra Jahweh e gli uomini?»

«Quando mai le è capitato di sentire il nome del Vero Dio

Jahweh in concomitanza di quanto dice la madonna oggi in queste sue presunte apparizioni?»

«Mai!» rispose in maniera spontanea Lucio e allora Antonio concluse: «Già questa risposta può bastare per capire che la madonna non è la mediatrice tra Jahweh e gli uomini».

«Trovo che sia un'ovvia conclusione!» ammise Fausto ma Antonio ritenne necessario aggiungere: «Comunque anche per non lasciare il credente sincero nella confusione, Jahweh ha fatto mettere per iscritto chi deve essere l'unico mediatore fra Lui e gli uomini. E se, anziché dar retta a cosa dice il prete o il papa, ci leggessimo il Vangelo di Giovanni 14:6 o le lettere degli apostoli, come la Prima lettera a Timoteo 2:5 oppure agli Ebrei 9:12 e 12:24 solo per citarne alcune, capiremmo da soli che non ci sono né madonne, né santi, ritenuti degni di essere mediatori verso il Vero Dio, ma l'unico riconosciuto da Jahweh, come mediatore tra Lui e gli uomini, è soltanto il suo primogenito figlio, Gesù Cristo.»

«Mi sembra di capire che forse, sta madonna, l'hanno esaltata un po' troppo!» ironizzò Fausto e Antonio puntualizzò: «Quando si arriva persino a formulare la frase blasfema *ave Maria madre di Dio*, non le sembra che si stia un po' esagerando nell'idolatrare Maria?»

«In effetti, se Dio è il Creatore e Maria una creatura, l'espressione "madre di Dio" stona un po'!» ammise Fausto e Lucio rivolto ad Antonio domandò: «Lei con queste parole sta affermando che tutti quelli che si rivolgono in preghiera alla madonna, oltre a commettere il peccato d'idolatria stanno versando nel vuoto le loro preghiere?»

«Si! Sappiate che nei 1189 capitoli e nei 31173 versi della Bibbia, non troverete mai una preghiera rivolta ad una entità diversa da Jahweh. Se non esistono neppure preghiere rivolte a Gesù, figuriamoci se nel credo del Vero Cristiano possono essere ammesse preghiere rivolte a madonne e santi vari. Quando chiesero a Gesù come pregare Lui ci insegnò il *Padre*

Nostro e non l'*Ave Maria* perché solo il Padre può sentire ed esaudire le nostre preghiere attraverso l'unico mediatore postoci, suo figlio Gesù Cristo! Notate quanto si legge in Filippesi 4:6: *Le vostre richieste siano rese note a Dio* (e sottolineo a "Dio") *con preghiera e supplicazione.* E se leggerete anche Salmo 65:2 noterete che solo Jahweh è l'uditore di preghiera. Pertanto non pregate come fanno i cattolici, non perdete tempo a pregare altri perché nessuno potrà mai ascoltarvi eccetto Jahweh.»

I due amici ripensarono a quante preghiere recitarono come parole al vento nei loro trascorsi di devozione cattolica.

«Vi rendo noto» spiegò ancora Antonio «che non sono io a dirlo. Ho letto le scritture dalla Bibbia, quindi, se mai è il Creatore a dirlo. Poi, per quanto riguarda l'adorare o il pregare Maria, premetto che prima di Giordano Bruno ci furono altri sacerdoti contrari al culto della madonna. Uno in particolare fu il sacerdote cattolico che ispirò Calvino, Ulrich Zwingli, un prete coraggioso che denunciò apertamente il cattolicesimo, accusandolo di violare deliberatamente il volere del Vero Dio espresso nella Bibbia. Rivelò che la chiesa si era macchiata di numerose colpe, perciò vietò di venerare Maria, soppresse le immagini nei santuari, negò il sacramento dell'eucarestia, sostituì la messa con un rito semplice e istruttivo, capì anche la scrittura di Primo Timoteo 3:2-5 che, confrontata con il capitolo 4 verso 3 sempre di Primo Timoteo, rendeva chiaro che il celibato imposto era un comando del demonio per indurre la carne debole dell'uomo a commettere peccato. Cosicché abolì il celibato dei preti e simpatizzò per Martin Lutero.»

«Un uomo davvero di grande coraggio per quei tempi che scorrevano all'insegna del fanatismo!» osservò Lucio e Antonio chiarì: «Sì! Però campò pochissimo, fu ucciso nel 1531. Comunque, l'esempio di questo sacerdote cattolico dimostra che, se uno vuole vivere secondo i dettami Biblici, non ci sono scuse di epoche o circostanze; anche se uno è prete o suora, una volta capita la verità, potrà dismettere il suo servizio mal riposto e schierarsi con Jahweh. Serve soltanto una buona coscienza e una buona dose di coraggio.»

«Vero!» esclamò Fausto e Antonio domandò: «Ok! Parlando di Maria, volevate sapere altro?»

«Ci dica: Maria, com'è considerata nella Bibbia?»

«Sappiate che Maria, benché privilegiata come mezzo per partorire Gesù, fu poi considerata una donna come tante altre discepole. A sostegno della veridicità di quanto sto dicendo, leggetevi il vangelo di Luca 17:10. Inoltre, Giovanni 2:4 riporta che Gesù stesso, prima di trasformare l'acqua in vino, rivolgendosi a lei disse: *Cosa ho a che fare con te donna*? Se fosse stata venerabile, quale altra migliore occasione ci sarebbe stata per esaltarla. Invece Gesù la zittì con un rimprovero davanti a tutti. Gesù, anche se con quel rimprovero, *cosa ho a che fare con te donna* rischiò di apparire come un figlio disubbidiente, in realtà, il suo scopo era quello di insegnarci senza alcun dubbio a non considerare Maria una donna da riverire come "santa" o "madre di Dio". Gesù stesso non la considerò "santa madre" ma semplicemente una fedele donna che aveva assolto il suo incarico, fatto questo, doveva restare umile e al suo posto come e non più di altri comuni servitori di Jahweh. E se non vi basta, pensate anche al fatto che nessuno dei 23 testi biblici scritti dopo la morte di Cristo menziona mai Maria. Essa non è menzionata in nessuna Lettera degli Apostoli! E questo dovrebbe dare una nitida idea del fatto che non è mai stata un'entità venerata o venerabile.»

«Questo dettaglio è notevole! Perché conferma che Maria non ricopriva un ruolo di rilievo nella pura adorazione. Altrimenti gli apostoli, sotto ispirazione divina, ne avrebbero parlato!» osservò argutamente Fausto e Lucio, valutando i fatti storici, affermò: «Effettivamente, questo è un aspetto considerevole per la pura adorazione. Se non fu mai menzionata nelle successive Sacre Scritture compilate dopo la morte di Cristo, e se nessun discepolo di Cristo l'ha mai presa in considerazione, in effetti: chi siamo noi per pensarla diversamente?»

«Signor Lucio, questa è un'ottima osservazione! Inoltre, il dettaglio conferma che i veri Cristiani furono sempre monoteisti, proprio come lo erano anche gli Ebrei studiosi della Bibbia. I veri Cristiani adorano soltanto il Creatore, perché questo è quanto lui stesso richiede nel primo dei 10 comandamenti. Il vero Cristiano, se rispetterà questo comando, oltre a Jahweh, non darà spazio a nessun'altra divinità. *Non avrai altro Dio oltre a me, perché Io esigo esclusiva devozione*, fa intendere, senza lasciare nessun dubbio, che il vero Cristiano è monoteista e pertanto non potrebbe mai e non dovrebbe mai adorare nessun altro oltre Jahweh. Neanche la madonna!» insistette Antonio e Fausto rimarcò: «Mi sembra chiaro! Se questo è il primo dei 10 comandamenti, significa che esso è il comando che sta al di sopra di tutti, il più importante da rispettare.»

«Pertanto, converrete con me che, chi viola un tale comandamento non potrà mai ritenersi una persona ubbidiente al Creatore e tanto meno un vero Cristiano» enfatizzò Antonio e Lucio di rimando: «Ovvio! Però mi domando ancora: come mai nei rituali cattolici si parla continuamente, e oserei dire anche esclusivamente, della madonna?»

Antonio invitò i due amici a porsi una domanda ancora più significativa e interessante: «Se il Vero Dio, nei confronti di Maria, avesse voluto modificare il suo volere, lo avrebbe rivelato proprio alla chiesa cattolica? E troverete una sola risposta: No!»

«Perché?»

«Perché? Perché il Vero Dio non avrebbe mai rivelato i suoi intenti ad un'organizzazione palesemente diabolica che ricalcando la pagana adorazione del dio Sole porta in seno l'imperdonabile colpa di aver cambiato pure i primi 4 dei 10 comandamenti fondamentali per gli adoratori del Vero Dio. E poi, sono certo che converrete sul fatto che soltanto i demoni potevano creare una religione che definisce "santa" la diabolica inquisizione. Altrimenti spiegatemi cosa c'era di "santo" in quell'inquisizione che, con spietata crudeltà, torturava e bruciava vivo ogni essere umano che si fosse trovato in disaccordo con le credenze del cattolicesimo!»

«In effetti! Il suo ragionamento fila!» enfatizzò Fausto e Lucio domandò: «Quindi?»

«Quindi, con una risposta secca le direi che i cattolici adorano la madonna perché non sono loro i veri Cristiani!»

«Sul conto di Maria, deificata come madonna, pensa che dovremmo sapere qualcos'altro?»

«Soltanto se lo vorrete!»

«Certamente! Noi siamo desiderosi di sapere il più possibile su questi argomenti spirituali.»

«Bene! Allora sull'argomento "madonna" potrei dirvi che Maria, come divinità, cominciò ad essere acclamata, con l'avvento del cattolicesimo, dopo il 325 e nel 374 Epifano, mentendo, dichiarò Maria perpetuamente vergine. Nel IV secolo si sviluppò il culto mistico della "santa vergine". Mentendo nel 431 al concilio di Efeso, Maria fu dichiarata "madre di Dio", divenendo l'adattamento cattolico del culto mitologico della dea greca Artemide, che chiese al padre Zeus: l'eterna verginità, il compito di portare luce e di essere identificata con tanti nomi. Divenuta in seguito la dea Diana italica, fu adorata dagli antichi Romani anche come la dea della crescita che benediceva i campi arati. All'esordio della fede cattolica, mentendo, era insegnato che, ogni anno, il 6 gennaio, volava sopra i campi arati di chi la invocava, benedicendoli. Poi, nel 500 fu cambiato il ruolo della presunta madre di Dio e anche il giorno per ricordarla. Da allora in poi, per celebrare la festa in onore di Maria si scelse l'8 dicembre; perché, in quella data, i greci festeggiavano Artemide figlia di Zeus in seguito divenuta per i Romani la dea Diana. Poi nell'VIII secolo compare per la prima volta, in giustificazione della festa, l'idea dell'immacolata concezione. Però per sentire esaltata la fede in Maria bisogna aspettare il 1251, anno in cui i monaci certosini decisero di concludere la loro preghiera giornaliera con una frase rivolta alla madonna.»

«È soltanto dal 1251 che si prega e si è diffusa pienamente l'adorazione per Maria?»

«Direi idolatrata come oggi, sì!»

«Lei ci sta parlando di dodici secoli dopo la morte di Cristo?!»

«Sì! Iniziarono a recitare preghiere rivolte a Maria i monaci Certosini, poi la pratica fu accolta e diffusa in tutta Europa da papa Giovanni XXII nel 1318, mentre la preghiera completa, come la conosciamo oggi, fu formulata nel breviario romano di Pio V nel 1568.»

«Certo che è importante conoscere un po' di storia su Maria!» ironizzò Fausto e Antonio specificò: «Ho solamente cercato di riassumervi, in pochi episodi, come un'umile servitrice è divenuta, attraverso le menzogne del clero, una grande divinità».

«Fantastico! Continui pure» lo invitò Fausto.

«Il dogma dell'immacolata concezione» illustrò Antonio «sostiene che Maria, a differenza di tutti gli altri esseri umani, non fu concepita con il peccato originale e, mentendo, nel 1483 papa Sisto IV minacciò di scomunica coloro che si opponevano alla dottrina dell'immacolata concezione, fede antiscritturale che portava a credere in Maria come l'unica donna libera dall'ereditarietà del peccato adamico. Permettetemi di dire che questa è un'affermazione troppo ridicola!»

«Perché?» domandò Lucio e Antonio lo invitò a riflettere: «Siccome noi invecchiamo e moriamo, perché siamo discendenti di Adamo e di conseguenza ereditari della condanna del suo peccato con la conseguente morte, se Maria non avesse ereditato il peccato, non sarebbe dovuta né invecchiare, né morire. Non vi pare? Però, siccome il clero non sapeva dare una spiegazione a questa ovvia conclusione, dato che bugia attira altra bugia, per ovviare all'inspiegabile, l'8 dicembre 1854 intervenne *Pio IX* proclamando, con la bolla *Ineffabilis deus*, che il mistero della dottrina "immacolata concezione" gli era stata rivelata da Dio in persona e perciò doveva essere saldamente e costantemente creduta da tutti i fedeli. Un secolo dopo, dato che questo demenziale annuncio necessitava di sostegno, papa Pio XII, per eliminare ogni eventuale dubbio sulla morte adamica di Maria, si inventò l'assunzione in cielo della vergine. Come potete notare in questa fede non vi sono altro che menzogne accumulate su stratosferiche falsità».

Fausto sconsolato esclamò: «E i cattolici "ammoccano"!»

«Credo che, come lei dice: "i cattolici ammoccano" anche perché non capendo, o meglio, non sapendo nulla di ciò che rivela veramente la Bibbia, non hanno alcuna possibilità di dare un giudizio spirituale corretto. Infatti, basterebbe poco per smontare questo dogma! Adesso vi farò un esempio per farvi capire che, se si studia la Bibbia, nessuno potrà mai prenderci in giro o imbrogliarci! Chi studia la Bibbia sa che, a testimonianza che Maria avrebbe necessitato di assistenza nella sua vecchiaia c'è il fatto che Gesù raccomanda all'apostolo Giovanni di averne cura. Non ha insegnato che Maria era immortale, ella sarebbe invecchiata e di conseguenza morta come tutte le altre donne. Pertanto, Gesù non menziona per lei una fine diversa come l'assunzione in cielo da viva. Inoltre, chi conosce bene la Bibbia sa che, in Atti degli apostoli al capitolo 1 verso 9, è scritto che tutti i discepoli videro Gesù ascendere al cielo. Perciò è ovvio porsi la domanda: chi ha visto Maria ascendere al cielo? La risposta sarà: Nessuno! Perché non esiste un solo verso biblico che attesti questa eresia cattolica. Vedete com'è semplice capire ciò che è vero e ciò che è falso? Basterà conoscere la Bibbia e mai più nessuno potrà prenderci per il naso. È esattamente questo quello che intende Gesù con le parole riportate in Giovanni 8:32: *Conoscerete la verità* (biblica) *e la verità vi renderà liberi*!»

«Ma non capisco, se tutti i proclami su Maria risultano essere menzogne, perché tutti hanno accettato di crederci?» chiese perplesso Lucio e Antonio spiegò: «Perché il popolo che divinizza Maria è tifoso, e di conseguenza la vuole completamente pura. Come tutti noi sappiamo, l'infatuazione ha sempre portato l'innamorato ad accettare qualunque mistero purché si onori la persona amata.»

«Pertanto, fino al 325, Maria era considerata nelle Sacre Scritture una donna devota come tante altre servitrici di Dio; poi però, con l'avvento del cattolicesimo, il ruolo mutò fino a crearne una divinità. Ho capito bene?» specificò Lucio e Antonio annuendo confermò: «Proprio così! dal 325 ai nostri giorni, continuano a farneticare dichiarando innumerevoli corbellerie su quella che è stata Maria. In particolare nell'ultimo secolo, si è sentito dire l'assurdo totale sul conto di Maria. Pensate che nel 1891, Leone XIII, mentendo, proclamò un'assurdità inconcepibile per un vero Cristiano, questo papa impostore, violando ogni dettame biblico, arrivò al punto di istituire la vergine come mediatrice, proclamando che si può arrivare a Cristo solo per mezzo di sua madre. Poi parve che i papi gareggiassero a chi la sparasse più grossa. Così, nel 1943, Pio XII, mentendo, dichiarò una vergognosa bestemmia! Infatti, senza alcun fondamento scritturale, proclamò Maria co-redentrice con Gesù rendendola partecipe all'espiazione dei peccati degli uomini. Poi, azzardarono andando oltre e, nel 1946, straparlando, dissero: *santa Maria di Fatima è stata incoronata regina del Mondo*. E per togliere ogni dubbio, nel 1968, Paolo VI, mentendo, riconfermò la co-redenzione di Maria. La carrellata di queste demenziali proclamazioni, esclusivamente cattoliche, proseguì nel 1986 con Giovanni Paolo II che, delirando tra i cumuli delle loro menzogne, consacrò il Mondo a Maria di Fatima. Tutte queste come le altre del credo cattolico, furono affermazioni blasfeme e demoniche perché del tutto contrarie all'insegnamento biblico e alla volontà di Jahweh, l'Iddio dei veri Cristiani che, senza aver mai menzionato nei suoi propositi Maria, ha posto come unico re e mediatore il Suo primogenito figlio, nostro Signore Gesù Cristo.»

«Interessante questa panoramica storica sul conto di Maria!» esclamò Lucio e Fausto aggiunse: «Molti di questi fatti non li conoscevo neanche!»

«Credo che lo sappiano in pochi! Come son certo che pochi sanno delle assurde reliquie della madonna conservate nelle chiese cattoliche.»

«Hanno mentito anche sulle reliquie di Maria?» domandò incredulo Lucio e Antonio invitò i due amici ad ascoltare con maggiore attenzione: «Le ciocche di capelli accertate come appartenenti a Maria sono in alcune chiese di colore biondo, in altre chiese di colore nero e in altre ancora sono di colore rossastro. Ad un fedele che gira per le chiese che hanno queste ciocche, e le vede in una di un colore e in un'altra di un altro colore, non viene spontaneo domandarsi: 'sta madonna, come li aveva i capelli? Inoltre, quando vedono l'immagine della madonna con la carnaggione chiara e in altre chiese con la carnaggione nera, pensa che siano capaci di domandarsi: "ma la pelle della madonna di che colore é?"»

«Certo che questi fatti rendono tutto buffo, altro che sacro» non si trattenne Fausto e Antonio domandò: «In Italia, siete mai stati a Loreto?»

«No!» risposero i due amici all'unisono.

«A Loreto c'è la casa dove è vissuta Maria.»

«Ma cosa dice? Maria non è vissuta a Nazareth?» domandò Lucio un po' confuso e Antonio rispose: «Infatti, ma per il clero furono gli angeli a trasportare miracolosamente la casa di Maria a Loreto, "per mistero angelico", dopo l'ultima crociata».

«Questo fatto è veramente buffo!» esclamò Fausto e Antonio precisò: «A Loreto hanno edificato persino un santuario; e ne sono così convinti che ben quarantasette papi hanno reso onore al santuario, identificando la santa casa di Loreto con la santa casa di Nazareth, dove Maria è vissuta come madonna».

«A me sa tanto di ridicolo questa storia!» esclamò Lucio storcendo il naso e Antonio aggiunse qualche dettaglio: «Dopo mille anni stava divenendo ridicola un po' per tanti e, per non cadere nell'assurdità, il clero ha cambiato versione ipotizzando che forse non l'hanno trasportata gli angeli ma un certo Angeli Nicefero con delle navi.»

«Per me, comunque sia, resta un'infame racconto, una menzogna perpetrata per secoli!» esclamò Lucio e Antonio disse: «Sono perfettamente d'accordo con lei, anche se l'ultimo papa che ha fatto visita alla casa, dissente».

«E chi sarebbe stato?» domandò Fausto.

«Papa Wojtyla!» rispose Antonio.

«Ancora lui!» enfatizzò Lucio.

«Wojtyla in visita ha detto: *La Santa Casa di Loreto è il primo Santuario di portata internazionale dedicato alla Vergine e vero cuore mariano della cristianità*. E purtroppo, finché i bigotti restano privi di ragionevolezza, continuando a pendere dalle labbra dei papi, gli esiti rimarranno sempre quelli che vengono prospettati dalla chiesa. Pensi che sono riusciti a farci credere anche nelle unghie della madonna.»

«Cioè?»

«Sarà interessante sapere che di Maria sono state conservate anche le unghie a Maillezais nel Poitou.»

Sentendo questo, Fausto non poté trattenersi e nervosamente sbottò: «Vorrebbero farci credere che quando se le tagliava le conservava per noi?»

«Così dicendo, lei stesso sta ammettendo quanto sono ridicole le reliquie. Ma la più assurda è quella relativa al latte della madonna, conservato in mezza Europa. Pensate che, a Montevarchi, fu formata persino la "fraternità del sacro latte" che aveva il preciso compito di custodire il latte di Maria e in particolare la reliquia detta "del sacro latte della vergine", ovvero una goccia di latte cristallizzata che cadde dalle labbra del poppante Gesù Bambino. Valutando che troppe chiese vantavano il possesso del latte materno di Maria, sapete che cosa disse l'iniziatore della riforma Martin Lutero?»

«Immagino che disse che erano tutti rincretiniti!» sbuffò Fausto e Antonio con lucida calma proseguì: «Lutero disse: *Non vi è città così piccola, o convento così scadente nei quali non si mostri del latte della santa vergine. Ce n'é tanto che, se la santa vergine fosse stata una vacca, difficilmente avrebbe potuto produrne in tale quantità.*»

«Fu cruento, ma comunque obiettivo e realista!» sentenziò Lucio mentre Fausto sottolineava con controllata nevrastenia: «È assurdo concepire l'esistenza di una reliquia come il latte, svanisce da sola, è una sostanza deteriorabile nel tempo».

«Tanto, abbiamo capito che questi risolvono tutto con la parola mistero!» affermò Lucio e Antonio sostenne il concetto dicendo: «Si avvalgono del sacro mistero della fede perché sanno che, davanti a un enigma sacro, nessuno oserà porsi più domande per ragionare e giungere alla verità!»

«Mi sa che questi sono veramente tutti malati nel cocomero!» esclamò Fausto rassegnato all'apprendimento di così tanta ridicolarità.

«Di solito, è veramente difficile convincere i cattolici fanatici a valutare meglio i fatti; come quelli che, a Montevarchi, con tanto di autorizzazione della chiesa, partecipano alla processione del "sacro latte", detta anche "festa del perdono". Provi lei a far capire a quei bigotti che, tutto quello in cui credono, è mera falsità» disse Antonio che menzionò anche un'attenta riflessione sul Vangelo di Luca al capitolo 11 versi 27 e 28 dov'è scritto che una donna, presente ad uno dei tanti sermoni di Gesù, alzò la voce dicendo: «*Beato il grembo che ti partorì e le mammelle che Tu poppasti*!» Antonio fece notare che per Gesù questa poteva essere una grande occasione per dare onore a Maria come madonna e al suo latte, ma non lo fece, anzi, al contrario di quanto si possa pensare rispose: *No! Piuttosto: beati quelli che ascoltano la parola di Dio e la mettono in pratica*! e poi Antonio sottolineò: «Con questa risposta è evidente che Gesù Cristo non esaltò mai il latte materno e tanto meno Maria come madonna. Piuttosto invitò tutti a mettere in pratica quanto insegna la Bibbia perché parola di Dio».

«Allora, come possiamo spiegare le apparizioni della madonna?» domandò Fausto e Antonio lo invitò subito a ragionare: «Se Dio nel primo comandamento biblico dichiara che esige esclusiva devozione, ha senso anche solo pensare che sia proprio Lui a mandare la madonna per essere adorata?»

«Vede perché mi piace? Lei come risposta fa una domanda e mi si illumina il cervello!» rispose Fausto e Antonio specificò: «Non dimentichi mai che sono le domande a stimolare il ragionamento per giungere a una saggia deduzione. Quando smetteremo di porci domande, smetteremo di accrescere la nostra intelligenza!» dopo un'attenta riflessione Lucio commentò: «In effetti, stando al primo dei 10 comandamenti, se la devozione la esige soltanto per Lui, invitarci a essere devoti a qualcun altro non avrebbe senso!»

Antonio fece notare che, avvalendosi anche del profeta Isaia, Dio ribadì il dovere di ubbidire al primo comandamento biblico quando scrisse, al capitolo 42 verso 8: *Io sono Jahweh questo è il mio nome; non cederò la mia gloria ad altri, né il mio onore agli idoli*. Perciò è impensabile che sia il Vero Dio a indirizzarci nell'adorazione verso santi, madonne e idoli vari.

«Però, mi viene da chiedere: se non è il Creatore a far apparire la madonna, chi altri può essere?» domandò Lucio sempre più curioso di sapere quali potessero essere i fatti e Antonio serenamente soddisfò il suo fervente desiderio spiegando: «Di sicuro è un essere con grandi poteri, Gesù lo presenta, in Giovanni 14:30, come il governante di questo mondo, e l'apostolo Paolo, in Secondo Corinti 4:4, lo riconosce addirittura come il dio di questo mondo, che ha un preciso scopo, quello di accecare la mente degli increduli. E quando una mente è cieca non riuscirà mai a capire chi ha realmente davanti!»

«Interessante questa scrittura!»

«Premetto che la Scrittura menziona la mente degli increduli e bisogna sapere che qui il termine "increduli" si riferisce a quelle persone che non credono a tutto quello che è stato rivelato e messo per iscritto nella Bibbia. Quindi, non si riferisce a quelli che non credono all'esistenza di un Creatore. L'apostolo Paolo, con questa scrittura, si riferisce a quelli che preferiscono credere a una visione, piuttosto che credere in quello che il Creatore ha messo per iscritto. "Anche i demoni credono all'esistenza del Creatore, e al pensiero della punizione che dovranno subire, rabbrividiscono!"»

«Ma se qualcuno dovesse chiedermi una spiegazione sulle apparizioni della madonna, che cosa posso dirgli?»

«Vede, potrebbe anche incontrare persone in estasi per la loro visione, che può essere reale. I demoni fanno cose incredibili!»

«Posso farle un esempio per vedere se riesco a spiegare un po' meglio questo concetto?» chiese Fausto e Antonio annuì invitandolo a esprimersi: «Io penso che i demoni agiscano come quell'uomo che, con giochi di prestigio, fa cose incredibili e, mentre i grandi, benché non sappiano spiegare come abbia fatto, hanno cognizione certa che c'è un trucco, i bambini invece reagiscono diversamente. Restano a bocca aperta, sbalorditi. Ignari del trucco, credono che tutto sia vero e la notte continuano a sognare le magie viste».

Antonio soddisfatto esclamò: «Complimenti, è un bellissimo esempio che ci aiuta a capire meglio!»

«Avrete capito che, nell'esempio fatto, per me i grandi sono quelli che sanno cosa ha messo per iscritto Jahweh e i bambini sono quelli che ancora non l'hanno letto» precisò Fausto.

«Bravo! Hai fatto un esempio azzeccato» esclamò Lucio e Antonio aggiunse: «Quanto vedono i bambini lo portano con sé entusiasti, per loro sono episodi di verità, ne restano convinti fino all'adolescenza, e a volte, anche più in là nel tempo».

«Ragionando si comprende pure che, se gli esseri umani con semplici giochi di prestigio riescono a condizionarci così tanto, pensate cosa può fare un demone» disse Fausto e Lucio confermò: «Proprio vero, la magia del prestigiatore è frutto dell'illusione, e una volta svelato il trucco non resta altro che un mazzo di carte davanti agli occhi tristi di un bambino».

«Ecco perché quando svelo queste verità, molti, anziché rallegrarsi della verità, si sentono tristi» riferì Antonio e Lucio affermò: «Certo! Finché non si decideranno a scoprire cosa c'è scritto nella Bibbia, continueranno a comportarsi sempre come bambini ingenui, ignari individui che si possono raggirare con estrema facilità!»

«Penso anche ai giochi di magia fatti dall'inviato di "Striscia la Notizia", il mago Casanova. A volte ha compiuto prodigi inspiegabili. Se si fosse presentato da santone chissà in quanti avrebbero gridato: "miracolo!"» aggiunse Fausto e Antonio soddisfatto disse: «Mi fa piacere notare che lei comprende al volo le verità che cito!»

«Merito della sua capacità nel semplificare argomenti che fino a ieri si presentavano in maniera contorta e misteriosa.»

«Ok! Quindi, anziché farci trascinare da euforici episodi, comportiamoci da uomini intelligenti. Per farlo meglio, ci basterà ragionare sui primi due comandamenti biblici» propose Antonio e Lucio esclamò: «Sono colpito dal fatto che lei continui a citare soltanto la Bibbia!»

«Signor Lucio, quando si parla di cose spirituali un vero Cristiano, per non sbagliare, deve citare soltanto la parola di Dio. Chi parla di cristianesimo senza citare la Bibbia non trasmette i pensieri di Cristo ma i propri. Inoltre, un vero Cristiano, per definirsi tale, non deve attenersi a quello che gli viene predicato senza accertarsi se è scritto o no nella legge biblica, e alla legge bisogna attenersi anche se a volte ci torna scomodo. Per spiegarmi meglio provo a farle un esempio: chi si ritiene un cittadino Italiano, in Italia ha l'obbligo di sottostare alle leggi approvate e messe per iscritto dal parlamento; e se non gli stanno bene, può sempre cambiare cittadinanza e andare a vivere in un altro stato con leggi più consone al proprio stile di vita. Similmente, chi si ritiene Cristiano ha l'obbligo di attenersi alle leggi approvate e messe per iscritto nella Bibbia da Jahweh; ma se non gli dovessero piacere, potrà sempre cambiare fede "andando", per così dire, a vivere il suo credo in un'altra religione. E le assicuro che di religioni, ben disposte ad annacquare le verità bibliche pur di annoverarsi una grande quantità di adepti, ce ne sono tantissime e una che spicca in questa pratica ipocrita è proprio la religione cattolica. Se uno volesse continuare a fare i propri comodi, illudendosi di essere un Cristiano, rimanga cattolico o divenga cattolico. Dica però che è cattolico. Non si permetta mai di dire che è un Cristiano, perché i cattolici, come ho già spiegato, non hanno niente di Cristiano, i cattolici non sono Cristiani.»

«L'illustrazione è molto chiara! Anche se devo ammettere che, detta così, è un po' tosta da accettare!» replicò Lucio e Antonio lo fece ragionare: «Avrebbe gradito un'illustrazione più annacquata? Ascolti, chi si ritiene Cristiano ha l'obbligo di attenersi alla legge biblica. E se non la conosce: come fa ad attenersi? Inoltre, come scrisse l'apostolo Paolo in Secondo Corinti 5:7, il vero Cristiano deve camminare per fede e non per visione; perciò, mai si lascerà ingannare dall'eventuale visione della madonna, giacché contraria alla legge biblica; piuttosto, eserciterà sempre fede in tutto quello che è scritto nella Bibbia, l'unico testo a cui ogni vero Cristiano vorrà attingere istruzione a sostegno della propria fede.»

«In questo specifico caso, vediamo se mi ricordo che cosa dice la parola di Dio?» domandò Lucio e Antonio lo incoraggiò: «Ok, ci provi!»

«Dunque, la legge afferma nei suoi primi due dei dieci comandamenti: primo, non avrai altra divinità all'infuori di me perché Io esigo esclusiva devozione; secondo, non devi farti o avere nessuna immagine religiosa. Giusto?»

«Giusto! Basterà attenersi a questi due semplici comandamenti per farsi guidare nella vita spirituale. E noterete che, ricordando questo, tutte le menzogne e i trucchi del demonio non ci inganneranno più» rispose Antonio e Lucio domandò: «Però Gesù e i suoi Apostoli fecero dei miracoli. Perciò, quando ci parlano di miracoli che cosa dobbiamo pensare?»

«Gesù e alcuni suoi discepoli che condivisero un patto con lui per Regnare, compirono miracoli per dimostrare che quando *verrà il Suo Regno sulla Terra*, ci sarà, come afferma Rivelazione o Apocalisse 7:9, *una grande moltitudine* di sudditi che trarrà benefici utili. Dove sarà necessario saranno resi sani anche fisicamente come fa intendere Rivelazione 21:4 dove troviamo scritto che *Egli asciugherà ogni lacrima dei loro occhi e non ci sarà più la morte, né lutto, né lamento, né affanno*. Sotto il dominio di Jahweh, qui sulla Terra, stando alle parole profetiche di Isaia 33:24, *nessun residente dirà sono malato*. Affinché credessimo in questa promessa, quando arrivò sulla Terra il diretto rappresentante del Regno, Gesù Cristo, furono guariti molti malati. È stato come dirci: "ecco cosa farò quando comincerò a regnare, abbiate fiducia in me, continuate a pregare *venga il Tuo Regno come in Cielo anche sulla Terra*, guardate come vi posso salvare da qualunque sofferenza, quello che vi sto mostrando è per farvi capire che quanto vi dico non sono solo parole campate in aria, guardate, con me tutti i malati guariscono, persino i morti sono resuscitati!"»

«Possiamo dire che quando fu sulla Terra il Suo operato è stato una dimostrazione di quello che farà quando verrà con il Suo Regno?»

«Proprio così!» Antonio confermò le parole di Lucio e Fausto disse: «Conoscendo questi fatti direi che la preghiera del *Padre Nostro* acquista ancora più senso logico!»

«Ma dovete anche sapere che, quando Cristo e i co-regnanti non furono più presenti sulla Terra, quei miracoli cessarono, in attesa di Har-Maghedon, ossia, fino all'adempimento della preghiera del *Padre Nostro* e di Daniele 2:44 dove troviamo scritto: *Ai giorni di quei re* (quelli di oggi) *l'Iddio del cielo stabilirà un regno che non sarà mai ridotto in rovina*!»

«Bellisima questa speranza, ma che dire del fatto che spesso si grida al miracolo!» intervenne Fausto e Antonio puntualizzò: «È vero, ma questi miracoli non sono compiuti dallo Spirito Santo!»

«E chi è a compierli?»

«Chi avrebbe compiuto i miracoli per ingannarci è stato scritto nella Bibbia!»

«Dov'è scritto? Me lo farebbe leggere?» chiese Fausto e Antonio subito acconsentì e sfogliando la Bibbia, in men che non si dica, trovò il verso 24 nel Vangelo di Matteo capitolo 24. Porse le pagine aperte a Fausto e lo invitò a leggere: «Prego, legga Matteo 24:24.»

«Ok!» rispose Fausto «allora qui è scritto: *Sorgeranno falsi cristi e falsi profeti e faranno grandi portenti e miracoli, così da indurre in errore, se possibile, anche gli eletti*».

Fausto alzò il capo e mostrando di aver compreso bene il senso della scrittura disse: «Questa scrittura è chiarissima. I miracoli che sono fatti in questi tempi sono realizzati da falsi servitori di Dio e servono per indurci nell'errore di valutazione. Pertanto non possono essere compiuti dallo Spirito Santo!»

Però Lucio fece subito notare che chi va in pellegrinaggio torna talmente esaltato che sembra sia tutto vero, anche ciò che raccontano sui miracoli.

«Quello che raccontano può essere anche vero, ma quello che c'è da capire è: chi sta compiendo quei miracoli?» specificò Antonio e Lucio ripetè la domanda: «Chi li sta compiendo?»

La signora Patrizia, notando una strana espressione nel volto di Lucio, con tono materno disse: «Ascolti! Perché non prova a scoprirlo da solo? Quando comprerà la Bibbia, si legga attentamente il capitolo 2 di Secondo Tessalonicesi e rifletta in particolare sui versi da 9 a 12».

«Siccome vorrei imparare a spiegarlo anche ai miei figli, domando: c'è soltanto questo passo biblico che spiega cosa dobbiamo pensare in presenza di un miracolo?»

L'astronomo, per rispondere alla domanda di Lucio, con calma cercò di spiegarsi meglio: «Le scritture sono tante, per esempio: rileggendo il Vangelo di Matteo 7:22-23; si ricorda? Lì c'è scritto: *Nel giorno del giudizio, molti mi diranno: Signore, abbiamo fatto profezie nel tuo nome, nel tuo nome abbiamo cacciato i dèmoni e nel tuo nome abbiamo compiuto molti miracoli*! E Gesù cosa risponde a questi? *Io non vi ho mai conosciuto. Allontanatevi da me, operatori di ciò che è male*! Cosa si comprende da queste parole?»

«Che quelli che fanno esorcismo e quelli che compiono miracoli, operano attraverso una forza opposta al Creatore. Perché Gesù stesso dice che sono operatori del male e non vuole riconoscerli come suoi seguaci» rispose Lucio e Fausto aggiunse: «Infatti! Questi sono chiaramente giudicati operatori malvagi, e la scrittura attesta che il miracolo non è sinonimo di approvazione divina, spesso i demoni li compiono per sbalordirci e per allontanarci da cosa insegna la Bibbia!»

«Bene! Adesso leggiamo anche Matteo 24:23-25; vuole leggerlo lei?» Antonio rivolse il suo invito a Lucio che accettò volentieri: «*Se allora qualcuno dice: È arrivato il Cristo nel tal posto o nel tal altro, o, è apparso qui o là, o laggiù nel villaggio, voi non fidatevi. Perché si faranno avanti falsi cristi e falsi profeti che compiranno miracoli così meravigliosi, tanto da ingannare, se fosse possibile, anche i prescelti da Dio*. Ecco, vi ho avvisato!»

«Ha piacere di dirci cosa si capisce da questo avvertimento biblico dato da Gesù?»

«Primo, che dobbiamo diffidare dalle proclamate apparizioni. Secondo, i miracoli, benché meravigliosi, non sono compiuti da Gesù ma da falsi cristi e falsi profeti. Terzo, i miracoli non sono fatti per identificare la religione approvata dal Creatore ma per ingannare se possibile anche i prescelti da Dio. Quarto, nel giorno del giudizio non avremo scuse perché chiaramente dice: *Vi ho avvisato*!»

«Complimenti signor Lucio! Lei è bravissimo a spiegare le Sacre Scritture.»

«Grazie! Non vedo l'ora di comprarmela 'sta Bibbia!»

«Sì! dovremo proprio studiarla» affermò Fausto e Lucio raccontò: «Pensate che il mio vicino di casa, un tipo a dir poco strabigotto, non perde occasione per raccontarmi che incontra Gesù e che parlano insieme come se niente fosse».

«La prossima volta, legga al suo vicino Matteo 24:26-27.»

«Cosa c'è scritto?»

Antonio rispose invitandolo a leggere la scrittura, cosa che Lucio non si fece ripetere due volte: «Allora, 26-27: *Perciò se qualcuno vi dice che Cristo è ritornato e si trova nel deserto, non preoccupatevi di andare a vedere. O, che si nasconde in un certo posto, non credeteci! Perché, come il lampo attraversa il cielo da Est ad Ovest, così sarà il mio arrivo, quando Io, il Messia, ritornerò*».

Finita la lettura Lucio scoppiò a ridere: «Qui è scritto che quando verrà Gesù sarà visibile da tutti. Dice che sarà *come il lampo che attraversa il cielo*. Altro che un incontro a tu per tu! Chissà chi vede e con chi parla quello lì!»

Vedendo Lucio ridere si fecero contagiare e sorrisero tutti e quattro, poi Antonio serio fece notare: «Noi ridiamo, ma vi garantisco che il suo vicino non è il solo a vantar pretesa di parlare con Gesù. Personalmente ho conosciuto decine e decine di falsi modesti che incensano con una finta forma di umiltà la loro pretesa di incontrare o parlare con il tal santo o con la madonna in persona o, come anche lei ha sentito, con Gesù stesso. E molti sprovveduti ci credono pure!»

Fausto ci pensò su e disse: «Nel mondo muoiono cinquanta bambini al minuto, quasi tutti per fame o sfruttamento e 'sti bigotti hanno la pretesa di farci credere che le loro presunte divinità, anziché preoccuparsi di un serio problema come la morte dei bimbi, stiano a perdere tempo a comparire e scomparire davanti alla loro miserabile ipocrisia! Ma ve lo immaginate? Sarebbe come dire che il treno è deragliato, stiamo rischiando di morire tutti e gli addetti al soccorso, anziché salvarci, ci fanno "cù cù!" giocando ad apparire e scomparire! Ma mi facciano il piacere... và!»

Lucio unendosi subito alla simpatica e perspicace riflessione del suo amico disse: «Hai ragione, queste divinità, se mai potessero intervenire, credo proprio che avrebbero dove darsi veramente da fare, piuttosto che apparire per farsi quattro chiacchere con questi "ciaciarun"!»

«In un certo senso» aggiunse Antonio «mi trovate d'accordo. Pensi anche a questo: come mai gli indigeni della foresta sperduta hanno soltanto apparizioni di divinità che noi riteniamo pagane? E come mai non hanno anche solo per una volta la visione di un santo cattolico o di Gesù Cristo?»

«Toste queste domande! Se lei le ha fatte e perché saprà anche la risposta. Vero?» domandò Fausto e Antonio continuò la sua riflessione: «Signori, noi non vediamo quello che i nostri occhi guardano. Noi vediamo quello che il nostro cervello desidera vedere. Nessun bigotto cattolico si sognerebbe mai di raccontare che gli è apparsa una delle trecentotrenta principali divinità indù, eppure, sapete quanti bigotti vorrebbero dire che hanno visto un santo o la madonna?»

«Lo posso immaginare! Quindi, si capisce che chi crede nella madonna non può vedere altro che madonne.»

«Proprio così! E questo vale anche per chi crede negli extraterrestri!» aggiunse Antonio e Lucio confuso esclamò: «Questa però non l'ho capita!»

«Intendo dire che tutti quelli che vedono un'entità l'associano al proprio credo. Al demonio basta allontanare gli uomini da Jahweh, non importa ciò che credi, ogni credo è lecito, ciò che è importante è che tu non creda al Creatore Jahweh Unico Vero Dio. Tutto il resto va sempre bene!»

«Ma il fatto stesso di vedere santi e madonne ci porta a credere anche a Jahweh. No?»

«Perché, chi ha queste apparizioni parla di Jahweh? Chi ha queste visioni non ha nulla a che fare con Jahweh, anzi, non sanno neanche che il Creatore si chiama Jahweh!» puntualizzò Antonio e Lucio ammise: «Già! Anche questo è vero!»

Fausto ascoltava con attenzione e continuava a riflettere sull'argomento che lo spinse a trarre questa conclusione: «Se la madonna e tanto meno Gesù non sono discriminatori o razzisti, dovrebbero apparire a qualunque popolo senza distinzione!»

«Hai proprio ragione! Se questo non avviene, mi sa che dietro a tutte queste apparizioni c'è proprio lo zampino dei demoni che si divertono a ingannarci!»

«Finalmente noto che vi è tutto più chiaro!»

Poi considerarono anche la quantità di persone che spesso si perde andando dietro a false storie e Lucio, insaziabile nella sua smania di sapere, domandò: «Però: se i miracoli non sono un segnale che identifica la vera religione, ma anzi, da quanto abbiamo letto nella Bibbia, è proprio il contrario, come facciamo a capire chi sono i veri Cristiani?»

«Semplice, scarta tutte le religioni che vantano miracoli o hanno immagini religiose, scarta anche tutte quelle che non menzionano il nome del Creatore e avrai trovato la vera religione!» gli rispose l'amico che si sentì subito lodato da Antonio: «Complimenti signor Fausto, questa è un'ottima intuizione, ma possiamo rispondere anche altro alla buona domanda del signor Lucio. Legga il Vangelo di Giovanni 13:34-35?»

Lucio immediatamente lesse: «*Vi dò un comandamento nuovo: che vi amiate gli uni gli altri; come Io vi ho amato, così amatevi anche voi gli uni gli altri. Da questo tutti sapranno che siete miei discepoli, se avrete amore gli uni per gli altri*».

«Quindi da cosa si identificano i veri Cristiani?» domandò Antonio e Lucio rispose: «Non dal miracolo o dal vedere ipotetici gesù cristi, madonne e santi vari, ma dall'amore reciproco che manifestano gli uni per gli altri!»

«Pertanto scartiamo anche quelle religioni che si impegnano nelle guerre. In battaglia non si esprime amore verso il prossimo ma si commette l'imperdonabile peccato di togliere la vita a persone alle quali il Creatore l'ha data!»

I due amici annuirono concordi e Antonio proseguì: «Inoltre, quanto sincero amore cristiano nota tra l'86% di italiani che sono cattolici battesimati? O meglio, tra gli oltre cinquanta milioni di cattolici Italiani? Quando la sera uscite di casa per una rilassante passeggiata, quanta sicurezza e serenità vi circonda? Non è forse vero che vi sembra di passeggiare in paradiso? Non è forse vero che vi sentite al sicuro circondati da tutti questi confratelli? Ovvio che sto scherzando! Però, è comunque doveroso domandarsi seriamente: a quanti criminali mafiosi e assassini è stato cancellato il battesimo cattolico? A quante persone del mondo dello spettacolo e di successo che praticano la fornicazione e l'adulterio è stato cancellato il battesimo cattolico? A quanti politici bugiardi, ladri e fornicatori è stato cancellato il battesimo cattolico? Se la risposta è "a pochi o a nessuno di questi", è soltanto perché questi sono i cattolici e pertanto: perché scomunicarli? Ma la domanda che dovremmo farci per capire meglio è: questo tipo di persone che si autodefiniscono cristiani, è perché stanno veramente seguendo le orme di Cristo? Se la risposta ovviamente è "No!" la successiva domanda è: allora, potremmo mai definirli veri Cristiani? Se la risposta è ancora "No!" non vi servirà altro per capire che per essere Cristiani approvati da Dio, per prima cosa, si deve smettere di far parte della religione cattolica!»

«Questa capacità di porsi delle domande è un metodo molto efficace per giungere alla verità!» disse Fausto e Lucio finalmente convinto esclamò: «Ok! Adesso mi è tutto più chiaro!»

«Desiderate sapere altro?»

«Torniamo pure a quanto dicevamo su Maria. Senta: quando ci dicono di scorgere la madonna, l'immagine che vedono, non è tenebre ma è luce! Come possiamo spiegare questo fatto?»

«Non si stupisca di questo! Vuole provare il piacere di leggere un verso biblico chiarificatore?»

«Certamente, dove devo leggere?» si propose Lucio e l'astronomo gli porse la Bibbia, con la pagina aperta in Secondo Corinti 11:4.

«*Non c'è da maravigliarsene, perché anche satana si traveste da angelo di luce.*»

Sbalordito dopo aver letto questo verso, Lucio alzò lentamente la testa, guardò negli occhi l'astronomo, l'amico, e poi disse: «*Non c'è da meravigliarsene*! Questa espressione presagiva che la stragrande maggioranza degli uomini, vedendo un angelo di luce, ne sarebbe rimasta meravigliata ma, soltanto chi conosce questo verso non cade in questa trappola. Signor Antonio, non potrò mai smettere di ringraziarla per quanto lei mi sta rivelando!»

Fausto un po' turbato commentò: «Miseria! Se i demoni si trasformano in angeli di luce, come gli angeli buoni, il non poterli distinguere è seriamente preoccupante!»

«Stia tranquillo! Queste cose sono preoccupanti solamente per chi non conosce quello che c'è scritto nella Bibbia, perché i demoni contano molto sul fatto che la gente sia e rimanga ignorante rifiutandosi di studiare le Sacre Scritture» specificò Antonio e Fausto esclamò: «Un ennesimo motivo per studiarla!»

«Bravo! Comunque, adesso che sapete come stanno le cose, vi menzionerò qualche dettaglio per aiutarvi a valutare i fatti nella giusta prospettiva.»

Dette queste parole, l'astronomo accennò alla madonna di Fatima, spiegando che Lucia e i due cuginetti, prima di vedere la madonna, nei primi tre incontri, videro un angelo che chiese loro di inginocchiarsi e pregare. Nessuna di quelle preghiere fu rivolta a Jahweh. In pratica, quell'angelo chiese esplicitamente un atto di adorazione. Chiarito questo, l'astronomo domandò: «Chi ricerca un atto di adorazione è l'angelo di Jahweh o il demonio? Scopriamolo insieme leggendo il comportamento che attua l'angelo di Jahweh. Rivelazione o Apocalisse, capitolo 22 ai versi 8 e 9, legga lei» disse Antonio rivolgendosi a Lucio che lesse: «*E io, Giovanni, son quello che udii e vidi queste cose. E quando le ebbi udite e vedute, mi prostrai per adorare ai piedi dell'angelo che mi aveva mostrato queste cose. Ma egli mi disse: guardati dal farlo; io sono tuo conservo e dei tuoi fratelli, i profeti, e di quelli che osservano le parole di questo libro. Adora Iddio*».

«Capito?» sottolineò Antonio «gli angeli buoni e fedeli a Jahweh sanno che nella Bibbia è chiaramente scritto, come primo comando assoluto, di adorare soltanto il Creatore. Tutti gli angeli di Jahweh, si considerano servitori e non vogliono essere adorati. Però, come si comporta satana quando si presenta in forma di angelo lucente? Riflettete sulla scrittura che adesso vi farò leggere nel Vangelo di Luca 4:6-7 che riporta quanto satana, che significa "angelo oppositore del Creatore", disse a Gesù.»

«Leggo qui?»

«Sì! Legga pure.»

«*Ti darò tutta quanta questa potenza e la gloria di questi regni; perché essa mi è stata data, e la dò a chi voglio. Se dunque tu ti prostri ad adorarmi, sarà tutta tua.*»

«Cos'ha compreso?»

«Con queste due scritture a confronto, si capisce chiaramente che solo gli angeli demonici vogliono un atto di adorazione.»

«Quindi, se l'angelo di Fatima, chiese un atto di adorazione, quell'angelo fu inviato dall'Iddio Jahweh o dall'iddio satana?» La domanda retorica rese chiaro il concetto a tutti. Quell'angelo era un demonio! Poi Antonio domandò: «Se l'apparizione è demonica, serve considerare altro?»

«No!» esclamò Fausto, però Lucio sembrava non saper cosa rispondere, allora Antonio incalzò spiegandosi meglio: «Ragioniamo insieme su altri dettagli: le prime volte disse di essere l'angelo della pace e poi attestò di essere l'angelo del Portogallo. In seguito apparve la madonna che, ai tre bambini, diede una visione per vedere le anime sofferenti nell'inferno con i demoni. Secondo voi, un Dio che è amore, con che animo potrebbe creare un luogo infuocato come l'inferno per torturare in eterno le sue creature? Nella Bibbia, in Geremia capitolo 7, verso 31; Jahweh rimprovera chi bruciava i propri figli nel fuoco dicendo: *Cosa che Io non avevo comandato e che non mi è mai salita in cuore*. Se a Jahweh non è mai salita in cuore l'idea di bruciare qualcuno, come si può pensare che abbia fatto un luogo come l'inferno? L'inferno di fuoco è un argomento che appartiene alla falsa religione, è un argomento ispirato dai demoni per terrorizzare gli umani. Quindi traete voi le conclusioni su chi era quella cosiddetta madonna di Fatima che ai tre bambini ha dato la visione delle anime sofferenti nell'inferno di fuoco!»

«Il demonio!» esclamò Fausto, e Antonio annuendo: «Si! Sembra evidente che non era un essere che si esprimeva concorde alla volontà di Jahweh!»

I due amici perplessi restarono senza parola e si soffermarono a ragionare cercando di capire bene, poi Lucio domandò: «Anche quella di Medjugorie ha a che fare con il demonio?»

«Tragga lei le conclusioni riflettendo su questo fatto: quando lì appare la madonna, ripetono per tre ore l'Ave Maria. Lo trova sensato? Ripetere sempre la stessa cosa per tre ore, lei se lo aspetterebbe da uno sano di mente?» domandò Antonio e Fausto confuso dal dubbio balbettando: «Ma... non so...»

«Ok! Facciamo un esempio. Se il suo amico adesso dovesse cominciare a dirle "Fausto, mi passi la penna?" e poi di nuovo: "Fausto, mi passi la penna?" e poi di nuovo: "Fausto, mi passi la penna?" dopo sei o sette volte che glielo ridice continuamente senza interruzioni, come si sentirebbe?»

«Gliela tirerei in fronte 'sta benedetta penna!» esclamò sorridendo Fausto e poi, tornando serio: «Direi parecchio infastidito, anche perché non sono sordo, e basterebbe che me lo dicesse una sola volta!»

«Se invece dovesse dirle per tre ore di seguito "Fausto, mi passi la penna" cosa penserebbe di lui?»

«Posso dirlo?»

«Dica, dica sinceramente cosa le verrebbe da pensare!»

«Che ho a che fare con un gran deficiente!»

«Appunto! A Medjugorie ripetono, con l'*Ave Maria*, le stesse cose per tre ore di seguito. Vede, facendo questo, si dimostra chiaramente che non si ha nulla a che fare con il Creatore e neanche con Gesù Cristo che, nel Vangelo di Matteo 6:5-7, disse: *Quando pregate non ripetete sempre le stesse parole*. La preghiera del vero Cristiano non si recita con un rosario, perché dev'essere paragonabile a un dialogo fatto con una Persona che può comprendere le nostre debolezze e che può aiutarci a superarle» spiegò Antonio e Lucio subito domandò: «Ci direbbe come dobbiamo pregare?»

«Facciamocelo dire da Gesù! L'ha detto per nostra istruzione nel Vangelo al capitolo 6 di Matteo. Legga i versi 5 e 6.»

«E quando pregate, non siate come gl'ipocriti; poiché essi amano di fare orazione stando in piè nelle sinagoghe e ai canti delle piazze per esser veduti dagli uomini. Io vi dico in verità che cotesto è il premio che ne hanno. Ma tu, quando preghi, entra nella tua cameretta, e serratone l'uscio fa' orazione al Padre tuo che è nel segreto; e il Padre tuo che vede nel segreto, te ne darà la ricompensa.»

Terminata la lettura Antonio domandò se aveva ben capito e Lucio rispose: «Sì! Non serve farsi notare pregando in pubblico. Le preghiere che saranno ascoltate devono essere simili a un dialogo a tu per tu con il Nostro Padre Celeste!»

«Bravissimo! Le preghiere vanno rivolte a Jahweh e a nessun altro eccetto Lui. Lo vede che non è complicata la Bibbia?»

«In effetti, è comprensibile, semplice e piacevole da leggere».

«Ok! Quindi, recitare un rosario contando 150 Ave Maria, è ovvio che non abbia nulla a che fare col cristianesimo» ribadì Antonio e Fausto sbottò: «Mi esauriva sentirmi dire per sette volte: "Fausto, mi passi la penna", immaginiamoci 150 volte!»

L'osservazione fece ridere tutti, poi, tornando serio, l'astronomo aggiunse: «Tra l'altro, il rosario che usano i cattolici non fu dato da Gesù, Gesù non ha mai insegnato a pregare con un rosario, il rosario fu preso dai buddisti e dai musulmani intorno all'XI secolo dopo Cristo. Infatti, già nell'antichità, molti popoli pagani che ne facevano uso seppellivano i propri cari con un rosario avvolto tra le mani del defunto».

«Proprio come usano fare molti cattolici!» sottolineò Lucio e Antonio annuendo confermò: «Sì!»

«E il fatto che a Medjugorie dicono di vedere l'immagine della madonna?» domandò Fausto e Antonio rispose invitandolo a riflettere: «Secondo lei, questa apparizione, può essere accettata dall'Iddio che nel secondo comandamento diede l'ordine: *Non devi prostrarti a nessuna immagine?*»

«Sarebbe veramente una contraddizione troppo esagerata!»

«Appunto! Quindi, serve parlare di qualcosa che sembra essere il trucco del diavolo?» chiese Antonio guardandolo dritto negli occhi e Fausto balbettando tentò di replicare: «No! Però...»

«Però cosa? Vorrà mica domandarmi della madonna di Lourdes? La precedo dicendole che è la stessa identica cosa di tutte le altre madonne, ripetizioni di preghiere, e assenza di esclusiva devozione verso il Dio Cristiano Jahweh che, in quei luoghi, non è neppure menzionato» specificò Antonio facendo notare che soltanto dopo il VI secolo si diede inizio a rituali di preghiere rivolte a Maria, ai santi morti e agli angeli. Aggiunse che il rosario, già in uso nella religione buddista e musulmana fu introdotto nel culto cattolico, come preghiera meccanica, nel 1090 d.C. da un certo Pietro l'Eremita, diacono che predicava ai contadini francesi la guerra santa al fatidico grido di: "Dio lo vuole!"»

Poi Antonio spiegò che quelle preghiere cattoliche non erano accette al Vero Dio e lo rese comprensibile leggendo due scritture bibliche, Isaia 29:13 e Matteo 6:7, sottolineando il fatto che non sarà neanche sufficiente limitarsi a pregare il Vero Dio, perché la pura adorazione non è praticata con parole, ma con opere buone che rispecchiano le verità scritturali. Fausto aveva capito questa chiara spiegazione ma volle togliersi una curiosità: «Senta signor Antonio, ho degli amici calabresi, sono delle parti di Paravati, dicono che una certa Natuzza Evolo vedeva i morti, la madonna, gli angeli, sudava sangue e portava con sé la sofferenza delle stigmate come padre Pio. Quando morì, nel novembre del 2009, al suo funerale la gente gridava: "santa subito".»

«Lei pensa che quelle persone gridassero "santa subito" perché sapevano bene cosa dice la Bibbia?»

«Credo proprio che non sappiano nulla di Bibbia!» rispose Fausto e Antonio disse: «Se sono fanatici cattolici, stia pure certo che non sanno nulla di Bibbia. Quindi, lei è impressionato da quello che vociferava la folla? Io no! È stata la gente a gridare di liberare Barabba e non Gesù. Vede, come Cristiano le dico che m'importa pochissimo, per non dire nulla, di quanto la folla urli, a me importa cosa sussurra Jahweh, perché solo Lui è l'Iddio di verità».

«Ok! Però di Natuzza si sostiene che riferisse le parole di

un angelo» affermò Fausto e Antonio domandò: «Per quanto riguarda gli angeli credo di aver detto abbastanza! Vuole anche sapere cosa dice la Bibbia riguardo a un angelo che fa una rivelazione?»

«Certo! Mi dica!»

«Allora leggiamo questa scrittura, Galati 1:8, anzi la legga lei stesso.»

L'astronomo porse la Bibbia a Fausto che lesse: «*Quand'anche un angelo dal cielo vi annunziasse un vangelo diverso da quello che v'abbiamo annunziato, sia egli maledetto.*»

«Che cosa si comprende?» chiese Antonio e Lucio rispose dicendo: «*Quand'anche un angelo*, è come se ci mettesse in guardia dal fatto che ci sarebbero state apparizioni di angeli per fare annunci».

«Perfetto! Adesso ditemi: Natuzza, parlava di Jahweh?»

«No! Credo che non abbia mai pronunciato il nome di Dio. Però parlava con i morti» rispose per primo Fausto e Antonio replicò: «Cosa c'entra? Tra l'altro lei sa cosa è scritto in Deuteronomio 18:11,12? È scritto che *chi parla con i* (presunti) *morti è una persona detestabile a Jahweh.* Ho detto "presunti" perché i morti non parlano con nessuno. La Bibbia insegna che essi ritornano polvere in attesa della Risurrezzione quando verrà il Regno di Dio sulla Terra. Ricorda che in preghiera diciamo *Venga il Tuo Regno*? Quindi, com'è chiaramente spiegato nella Bibbia, sono i demoni a camuffarsi da morti».

«Non ho parole!»

«Quindi non penso che ci sia altro da dire» concluse Antonio, poi per evitare altre inutili domande aggiunse: «E vi anticipo che le cose stanno così anche per tanti altri. Come per il giovane Mario d'Ignazio che, a Brindisi nel giardino di casa, dice di vedere e parlare con la madonna, e che visibilmente in quel momento gli appaiono le stimmate sulle mani e sui piedi. Oppure per Celeste Orbetelli che a San Bonico, vicino Piacenza, vede l'arcangelo Michele e la madonna detta della notte, giacché gli appare il giovedì notte per dirgli di pregare.»

«Questa è bella, con tutti i problemi da risolvere nel mondo e con otto miliardi di persone sulla Terra, la madonna e l'arcangelo Michele ogni Giovedì notte hanno nella loro agenda l'impegno di andare a San Bonico? E la gente ci crede?» ironizzò Fausto e Antonio confermò: «Sì! Purtroppo molti ci credono. Ma quello che vorrei mettere in risalto è soprattutto questo: provando a indagare, scoprirete che tutti quelli che seguono questi santocchioni, di Bibbia non sanno nulla o, quel poco che credono di sapere, lo filtrano attraverso una conoscenza di fede personale e distorta che è molto distante dalla verità trasmessaci dal Creatore. Tutti questi sono peccatori d'idolatria, lungi dall'essere Cristiani, giacché violano il chiaro comando Biblico di dare esclusiva devozione al Creatore. Sono certo che, nella vostra ricerca, scoprirete che non sanno neanche come si chiama il Creatore e, se per caso qualcuno sostiene di saperlo noterete che, nelle sue preghiere, menzionerà unicamente Maria, il nome della madonna e mai Jahweh, il nome del Dio dei veri Cristiani. Eppure il Creatore, a scanso di equivoci, ha messo per iscritto: *Io, Jahweh, esigo esclusiva devozione*. Quindi, sembra chiarissimo che non vuole dividere con nessuno la devozione che gli spetta. L'Iddio dei Veri Cristiani Jahweh esige, ripeto e pongo l'accento sul comando imperativo: *Esigo.* Perché Lui*: Esige esclusiva devozione* e almeno voi cercate di capire cosa significa il termine "esigo".»

«Le garantisco che l'abbiamo capito bene!» affermò Fausto e Lucio confessò: «La Bibbia è chiarissima! Esigo è un ordine imperiativo che non lascia scampo a nessun'altra interpretazione. Soltanto chi si rifiuta di intendere non capisce!»

«Bravo! Quindi, smettiamola di parlare dell'adorazione rivolta alla madonna. Quella è un'adorazione idolatrica che appartiene ai falsi Cristiani. A quelle organizzazioni religiose che, come attesta la Bibbia, sono state ispirate dai demoni e non dal Vero Dio e Creatore Jahweh.»

Antonio aggiunse anche la scrittura del Vangelo di Matteo 4:10 mettendo in evidenza che Gesù disse: *Adora il Signore Dio tuo e a Lui solo devi rendere la tua adorazione*! Rese chiaro pertanto che nessun Vero Cristiano rende la sua adorazione a un santo o alla madonna; solo il Creatore Jahweh ne è degno! Infine ricordò loro la scrittura chiave per identificare i Veri Cristiani, Giovanni 4:23 e 24, dove si legge che, a differenza dei falsi, i Veri Cristiani avrebbero adorato solamente il Padre *in Spirito*, ovverosia senza immagini religiose e unicamente sotto la guida dello Spirito Santo; e *in Verità*, vale a dire esclusivamente sotto la guida della parola di Dio che, a differenza di quella degli uomini mentitori, è l'unica verità riconosciuta dal Cristo proprio come attesta il Vangelo di Giovanni 17:17.

Fausto, dopo questa carrellata di versi ispirati, ritenne la spiegazione esaustiva e, soddisfatto, esclamò: «Le assicuro che è stato chiarissimo!»

«Purtroppo, scrivono così tanti libri su questi santi e madonne che, per la gente, è difficile capire che cosa è vero e che cosa è falso!» si lamentò Lucio e Antonio spiegò: «Si ricordi che è tutto vero! Soltanto che, chi non conosce la volontà di Jahweh associa i miracoli all'intervento dello Spirito Santo, mentre chi studia la Bibbia sa bene che quei miracoli sono opera dello spirito del diavolo intento ad allontanarci dalla Pura Adorazione» e poi lo invitò a ragionare su un ulteriore dettaglio importante: «tutti questi libri che esaltano gli atti delle madonne e dei presunti santi, chi li scrive?»

«Generalmente sono giornalisti o miracolati.»

«E queste persone, per confermare se quanto riportano sono atti di vera opera divina, quale pietra di paragone hanno?»

«Che cosa posso saperne?»

Antonio continuò a spronare Lucio a riflettere: «Quanti sono i giornalisti o i miracolati che conoscono dettagliatamente la

Bibbia per affermare che quanto riportano ha a che fare con la benedizione divina?»

«Giornalisti o miracolati che conoscono la Bibbia come la conosce lei, credo che non esistano proprio!»

«E allora di cosa stiamo parlando? Del secondo me e del secondo lui? Di questo passo, prestando attenzione a quanto dichiarano questi signori, a quale verità pensa di giungere?» continuò a chiedere Antonio e Lucio, sincero, confessò: «Messe così le cose, continuando a seguire le loro chiacchiere, sicuramente resteremo sempre più confusi e incapaci di giungere alla Verità Divina!»

«Allora, se vuole trovare la Verità per la sua fede: non pensa che sia il caso di lasciar perdere cosa sostengono i libri scritti da chi non conosce Jahweh?»

Lucio si limitò ad annuire e Antonio cercando di terminare questa disquisizione disse: «Bene, penso che per oggi ci siamo detti abbastanza. Giacché ormai è anche ora di pranzo, che ne dite di mettere un punto qui?»

«Io avrei avuto un'altra idea, comunque non vorrei sembrare troppo pedante. Facciamo come desidera!» disse timidamente Lucio e Antonio incuriosito domandò: «Su, mi dica questa sua idea!»

«Avrei continuato ad ascoltarla anche con i piedi sotto al tavolo, pranzando insieme» propose Lucio e l'astronomo sorrise, ci pensò un attimo, guardò la moglie che con il capo fece un cenno di assenso, e così, rivolto ai due amici, disse: «Certo che siete forti voi due. In genere incontro gente che di questi argomenti non vuole proprio saperne. Voi invece siete insaziabili; volete capire appieno. Direi che uno spirito così desideroso va premiato.Pertanto, ok! Pranziamo pure insieme e continuiamo la nostra conversazione.»

«Wow! Fantastico! Andiamo pure!» esclamarono gioiosi i due amici.

Santi e trinità

Il ristorante era dislocato in tre carrozze: Lalique, l'Etoile du nord e la Chinoise. Una più elegante dell'altra e i due amici, vestiti di tutto punto, proprio come richiede la tradizione dell'Orient-Express, seguivano l'astronomo. Era loro desiderio instaurare un buon rapporto di amicizia con quell'uomo così preparato e capace di spiegare, in maniera semplice, il mondo spirituale. Aveva dimostrato di conoscere molto bene il contenuto della Bibbia che portava con sé. Accomodatisi al tavolo si diede inizio al pranzo con le tre portate prescelte. I camerieri erano prevalentemente italiani e anche se la qualificata brigata di cucina, con chef francesi, prometteva un pranzo delizioso al palato, il vero cibo ricercato da Lucio e Fausto era soprattutto quello che nutriva la loro mente.

Nell'attesa delle portate, Lucio non perse tempo: «Avverto che quanto ci ha riferito finora è stato veramente interessante e, se mi permette, vorrei domandarle dell'altro».

Antonio con molta disponibilità acconsentì e Lucio si introdusse subito con una pertinente domanda: «Tra i tanti argomenti trattati, mi sembra che lei abbia parlato del primo papa cattolico asserendo che sia stato Silvestro I. Giusto?»

«Esatto!» affermò Antonio «in quel tempo era ancora definito capo dei vescovi o padre dei padri, eletto dopo il primo concilio tenuto a Milano da Costantino nel 313 dopo Cristo e ricoprì quel ruolo dal 314 al 335.»

Lucio si soffermò a pensare accarezzandosi il mento e poi

disse: «Però, io ho sempre saputo che il primo papa è stato l'apostolo Pietro!»

«Ma quando mai?! Pietro era un Cristiano, mica un cattolico! Mi creda, il cattolicesimo non ha nulla a che fare con il cristianesimo, non l'ha formato Cristo, glielo ripeto, è stato il sommo sacerdote pagano adoratore del dio Sole e imperatore romano Costantino. Era uno stratega determinato a regnare a lungo e sapeva che, per riuscirci, era necessario unire nella fede tutti i popoli da lui dominati formando un'unica religione di stato che chiamò: Impero Cattolico Apostolico Romano. Per far aderire tutti a questa nuova fede, vi convogliò le principali credenze di tutti i popoli.»

Fausto sbottò: «Ecco perché la stragrande maggioranza di credenze e pratiche cattoliche si ritrovano nel paganesimo e non nella Bibbia».

«Proprio per questo. Infatti Costantino, credente nei millantati poteri della costellazione Croce, per sensibilizzare e coinvolgere tutti i cristiani nel suo intento, s'inventò una toccante storia di conversione. Fece sapere che Dio gli era apparso facendogli vedere la croce e dicendogli: *In questo segno vincerai*. La storia racconta che lui ordinò ai soldati di riportare l'immagine sugli scudi e, in battaglia, ebbe la meglio. Subito si sparse la voce che la croce fosse un simbolo protettivo e che la sua vittoria era prova che fosse proprio lui l'uomo designato da Dio. Ovviamente per quanto mi riguarda, queste storie sono tutte corbellerie fatte divulgare con un preciso obiettivo: convincere gli indecisi. Chi è intelligente però, sa che Dio aveva altro da pensare che combattere al fianco di Costantino per ingrandirgli l'impero. Purtroppo, la folla è sempre stata più propensa a seguire la fama di un impostore che le verità di un umile servitore e così, screditando i veri cristiani incorruttibili, l'imperatore giunse al suo scopo perverso.»

«Intuisco che anche la storia conferma che Gesù Cristo con i cattolici non ha proprio nulla a che vedere!»

«Dice bene, proprio nulla! **Con Costantino la religione divenne ritualistica e formale, mentre, prima di lui, il Vero Cristianesimo era un sano stile di vita esemplare, coronato dall'amore reciproco trasmesso dal Cristo**. Sapendo queste cose, dovreste cancellare ogni dubbio. Gesù aveva avvertito che tra i veri cristiani sarebbero sorti uomini corrotti e bugiardi che avrebbero infettato la pura fede cristiana. Questi sono quelli che divennero cattolici. Quanto predetto avvenne con la formazione del falso cristianesimo tre secoli dopo la morte di Gesù Cristo. Quando avrete la Bibbia, leggetevi queste scritture.»

Antonio scrisse su un foglio "Atti 20:29, 30 e Secondo Pietro 2:1-3" e lo porse ai due amici, che lo ringraziarono. Dopodiché disse: «Perciò, l'apostolo Pietro non è mai stato cattolico; e vi aggiungo che Pietro, da vero Cristiano, non avrebbe mai permesso a nessuno di chiamarlo padre. Lui sapeva molto bene che Gesù, in Matteo 23:9, lasciò per iscritto un chiaro comando ai veri Cristiani: *Non chiamate nessuno padre sulla Terra*!»

«Perché?»

«Gesù diede questo avvertimento perché in quel tempo si usava chiamare "padre" il sacerdote del dio Sole e "papa" il capo di quei sacerdoti!»

«Proprio come si fanno chiamare i sacerdoti cattolici?»

«Si! Ricordate le parole *Padre Nostro che sei nei cieli*? Dicendo questo Gesù stava insegnando che in quel contesto storico il vero Cristiano non aveva un uomo come Padre spirituale ma aveva soltanto Jahweh che è nei cieli. Ne consegue che tutti gli uomini cristiani sulla Terra devono identificarsi come fratelli a pari merito. Perciò è veramente fuori luogo attribuire a un uomo la nomina di papa, dato che, papa, significa padre dei padri!»

«Non può esserci eccezione per qualche santo?» domandò Lucio con l'intento di far chiarezza, e Antonio gli rispose con una domanda retorica: «Perché, lei pensa che l'apostolo Pietro non lo fosse?»

«No, no! Anzi, era un apostolo approvato cui Cristo affidò le simboliche chiavi del regno. Se non è santo lui! Ma...»

«Ma... cosa!?» domandò Antonio e poi, incoraggiandolo ad esprimersi aggiunse «su, mi dica che cosa sta pensando!»

«Molti sacerdoti ecclesiastici si fanno chiamare padre e poi ci sono anche dei santi, il più famoso, sicuramente lo conosce anche lei, è chiamato "padre" Pio.»

«E allora? Vede, carissimo Lucio, a un vero Cristiano importa cosa dice la legge Biblica non le smielate parole della chiesa cattolica. Il signor Francesco Forgione ha voluto cambiare nome e si è fatto chiamare "padre" Pio, violando deliberatamente il comando di Cristo. Come può pensare che Cristo lo ritenga santo?»

«Però sono in tanti a considerarlo santo! E devo ammettere che la storia delle stimmate è molto convincente!»

«Non si lasci imbambolare da tutto quello che raccontano!»

«Allora, le stimmate non provano niente? Non sono convincenti?» domandò con insistenza Lucio e Antonio subito chiarì: «Innanzitutto bisogna capire che Gesù Cristo non ebbe i chiodi piantati nelle mani, altrimenti il peso del corpo le avrebbe lacerate facendolo cadere dal palo di tortura. I condannati erano inchiodati nella giuntura del polso. Pertanto, quelle che vedete nelle mani sono stimmate che hanno a che fare con chi volete, ma non con Gesù. Premesso questo, sarà bene sapere che nel luglio 1919 il professor Amico Bignami, ordinario di patologia medica dell'Università di Roma, dopo aver visitato padre Pio, nel suo rapporto scrisse: *Le cosiddette stimmate sono in realtà cominciate patologicamente come semplice necrosi neuro tecnica multipla della cute, ma sono state ingrandite artificialmente con un mezzo chimico fortemente caustico.*»

Fausto indietreggiò poggiandosi sullo schienale della sedia e sbigottito si pronunciò con parossismo: «Cosa?»

«Avete sentito bene!» chiarì Antonio e, indignati, i due amici esclamarono: «Ma tutto questo è pazzesco!»

Allora Antonio ritenne necessario aggiungere altri dettagli:

«Dopo questo esame che smascherava l'operato del presunto santo, venne rifiutato da padre Pio un ulteriore approfondito esame clinico.»

«È palese che il suo rifiuto si rivelò una chiara ammissione di colpa!» intuì Fausto

«Tragga lei le conclusioni!» fu l'invito di Antonio che poi illustrò meglio l'episodio dicendo: «Sta di fatto che un anno dopo, nel 1920, padre Agostino Gemelli fu incaricato di visitare padre Pio con un approfondito esame clinico. Il frate si rifiutò nuovamente, pretendendo un'autorizzazione scritta dal sant'uffizio. Rifiuto chiaramente interpretato come ammissione di colpa. Infatti, dopo l'incontro, padre Gemelli nella sua relazione scrisse: *Padre Pio è psicopatico, autolesionista e imbroglione. Le ferite sono frutto di un'azione patologica morbosa, ovvero se l'è procurate da sé come esempio tipico di patologia isterica*.»

Fausto diede in escandescenze: «Ma com'è possibile essere devoti ad uno riconosciuto dai medici come psicopatico autolesionista e imbroglione?»

«Le masse hanno una grande influenza. Consideri che di fronte ad ogni evidenza, alla domanda: *chi devo liberare Gesù o Barabba?* Portarono Pilato ad uccidere Gesù. Se quei fanatici avessero ragionato, non sarebbe andata a finire così!»

«Lei sostiene che la gente invasata, non ragionando, può essere capace di far santo anche un diavolo?» domandò Lucio un po' stranito.

«In un mondo di disinformati veementi, può succedere anche questo!» esclamò Antonio e poi motivò la sua risposta: «Questo succede a motivo dell'isterismo bellicoso dei fanatici che non riflettono mai lo spirito saggio e amorevole del Creatore. Sul conto di padre Pio, oltre a quanto ho già detto, per farla breve, vi rendo noto quest'ultimo fatto: nel 1960, la santa sede inviò come ispettori i monsignori Carlo Maccari e Pietro Parenti, assessori del sant'uffizio, i quali registrarono su bobina i colloqui con padre Pio e, a sorpresa, vennero fuori confessioni raccapriccianti. Il frate parla di baci e incontri particolari con donne che rispondono ai nomi di Clenice Morcaldi, Tina Bellone, Olga Ieci e una misteriosa contessa. Papa Roncalli rifiutò di ascoltare la registrazione, dal contenuto scandaloso relativo a quegli incontri, ma gli fu riferito comunque il contenuto. Saputi i fatti, il papa annotò il suo commento su foglietti rimasti inediti fino al 2007, quando il professore Sergio Luzzato li pubblicò nel suo *Padre Pio. Miracoli e politica nell'Italia del novecento*».

«Com'è possibile che un elemento del genere, dopo tutte queste malefatte, sia ancora considerato santo?» Fausto si pose questa domanda a voce alta e Antonio cercò di dargli una schietta risposta plausibile: «Proverò a farglielo comprendere: dai piccoli commerci di tessuti imbevuti di sangue stigmatizzato, col tempo, in onore di padre Pio si è passati alla costruzione di una faraonica cattedrale. Il santuario di San Giovanni Rotondo, con la sua capacità di 30.000 posti, ha un gettito finanziario notevole, con visitatori pari a quelli della Torre Eiffel, oltre sei milioni di pellegrini l'anno. Alla chiesa, questo via vai di gente devota, rende miliardi di euro. In più, oltre a "Tele radio padre Pio" sostenuta con offerte volontarie, viene pubblicata la rivista "Voce di Padre Pio", per la quale è previsto un abbonamento da parte dei fedeli. Per il sostenitore è di 80 euro e per il benemerito è di 150 euro. Poi c'è da aggiungere il settimanale di padre Pio, la vendita di DVD e filmati su padre Pio, bracciali, cuoricini, portachiavi e molto altro. A tutti questi introiti, aggiungiamo anche quello del "Museo di San Pio" con numerose reliquie. Il pellegrino può acquistare dei facsimili dei reperti museali come: il tavolino di lettura alla modica cifra di 3000 euro o l'armadio a 5000 euro, oppure la libreria a 4000 euro e tanto altro. Ora moltiplicate queste migliaia e migliaia di euro per milioni e milioni di pellegrini e potrete capire da soli perché conviene far santo un uomo, anche se ritenuto: *Psicopatico, Autolesionista e Imbroglione*. Poi, metta anche in conto che, per cancellare quanto c'è di vero e per far credere a quello che il clero preferisce far credere, a un cattolico basterà parlare di miracoli e le garantisco che non capirà più niente. Sono fiducioso comunque che chi ha ancora un po' di sale in zucca saprà intuire molto bene il subdolo comportamento della chiesa. Nei trascorsi millesettecento anni di storia il clero cattolico ha continuato a comportarsi con la stessa furbizia esercitata dalla subdola maga Alcina che, per giungere ai suoi scopi egoistici, sapeva come servirsi scaltramente della sua ingannevole seduzione!»

«È una vergogna sfruttare l'atto di fede della gente per commercializzare oggetti religiosi e immagini sacre» commentò stizzito Fausto e Antonio con calma affermò: «Ha pienamente ragione! Vi ricordo anche che, mentre da una parte troviamo il clero sempre ben disposto ad abilitare ogni tempio per incrementare un grande commercio alla lode del dio denaro, i veri Cristiani non dovrebbero mai dimenticare che Gesù Cristo cacciò a suon di frustate i mercanti dal tempio!»

«Vero!» ammise Lucio e Antonio aggiunse: «Comunque, anziché contendere su questi aspetti, preferisco smascherare padre Pio solo con quanto dice la Bibbia in Matteo 23:9. Basterà riflettere su questa scrittura per identificarlo come un impostore disapprovato dal Creatore. Sono anche d'accordo con voi che per un credente infatuato sono verità scomode che fanno male, però sono certo che un devoto onesto, considerando i fatti, sarà grato delle informazioni chiarificatrici.»

«Lei ha menzionato la scrittura...»

«Il vangelo di Matteo 23:9?»

«Ecco, quella! Non pensa che ci possa essere qualche eccezione per chiamare qualcuno padre?»

Benché stupito dall'insistenza di Lucio, con calma Antonio cercò di fare un esempio: «Ok! Allora rilegga con me: *Non chiamate nessuno Padre sulla terra perché uno solo è il Padre vostro, quello del cielo*. Se io dicessi ai miei figli "nessuno deve mangiarsi questa fetta di torta, perché questa fetta è per Nicola", qualcosa le fa pensare che la potrebbe mangiare Luigi?»

«No! Se ha detto che è di Nicola cosa c'entra Luigi!»

«Appunto! Se Cristo dice *nessuno eccetto suo Padre*, mi sa spiegare cosa c'entra il signor Francesco Forgione di Pietralcina che, pur di farsi chiamare "padre", cambia il proprio nome in "padre Pio"?»

«Niente!»

«Appunto. Niente! Comunque, se sul conto del signor Pio volete sentire una campana fuori dal coro, leggetevi quanto scrisse nel 1999 Mario Guarino nella sua pubblicazione *Santo impostore. Contro-storia di padre Pio* della kaos edizioni. Ritengo che sia un testo serio perché abbondantemente documentato.»

«Spero che nessun fanatico di Padre Pio, che magari va pure in pellegrinaggio a San Giovanni Rotondo, abbia mai sentito quello che lei ci sta dicendo!» borbottò Lucio preoccupato per Antonio che con fermezza rispose: «Lei pensa che, per la schiettezza con la quale rivelava le verità espresse dal Creatore, tutti amassero Cristo?»

«Se l'hanno ucciso per quello che diceva, non penso proprio!»

«Appunto! Vede, io quando parlo non dico secondo me, ma leggo una scrittura Biblica, quindi parlo secondo Jahweh, il Dio dei Veri Cristiani. Se qualcuno vuole continuare a fare di testa sua, trascinato dalle usanze pagane, o ha qualcosa da obiettare, se la prenda con il Creatore e con quanto ha fatto scrivere per nostra istruzione. Io non c'entro niente, sono soltanto uno che, in questa circostanza, fà da eco o da portavoce a quanto il Vero Dio ha detto e scritto. Sappia che non è nel mio stile annacquare la verità per accattivarmi gli ascoltatori. Piaccia o no, se lei mi fa domande, non le risponderò con una menzogna per farle piacere, ma risponderò con la verità, anche se fa male. Lei poi sarà libero di scegliere e, se vuole, possiamo anche smettere di parlarne.»

«No, no! È soltanto che lei continua a menzionare e spiegare scritture che mettono in discussione tante fedi... si rimane sconvolti!»

«Lei si considera sconvolto per così poco? Sapesse quanto avrei ancora da dire!»

«Allora, anche se fa male, ci dica tutto senza problemi» disse Lucio sempre più determinato e Antonio appurò: «Ne siete proprio convinti?»

«Sì! Siamo stufi delle sdolcinate menzogne del clero!» rispose Lucio e Fausto aggiunse: «Alla bugiarderia di questo mondo meglio la dura verità! Farà male ma, almeno è verità!»

«Bene! Mi sembrate sufficientemente convinti!»

«Io vorrei capire meglio una cosa: com'è mai possibile che questi, che di fatto non sono santi, facciano anche dei miracoli?» domandò Lucio e Fausto subito gli fece notare che ne avevano già parlato, ma Lucio desiderava capire come poterlo spiegare ad altri e si ostinò ancora, finché Antonio, dando un'occhiata all'orologio, avvertì: «Se, nuovamente, mettiamo in pentola anche questo argomento non la finiremo più! Vi ricordo che tra poco arriveremo a Istanbul e dovremo scendere!»

Lucio immerso nel suo desiderio di apprendere si mostrò incurante del tempo e volle insistere: «Ok! Anche due parole, lei sa essere conciso. Su! Per favore!» e Antonio sorridendo esclamò: «Sì, sì! La scusa è buona!»

«Dico sul serio, lei ha il grande dono della sintesi! La straordinaria capacità di spiegare verità immense usando poche parole» insistette con evidente sincerità Lucio.

Sentendosi lusingato, l'astronomo si rassegnò: «Su, menzionatemi un miracolo!»

«Beh! L'altro giorno, ad esempio, si è sciolto il sangue di san Gennaro...» mentre Lucio stava parlando, Fausto s'intromise dicendo «Non vorrà mica toccare san Gennaro ai napoletani!»

Lucio lo guardò serio e disse: «Dai, stai zitto per favore», poi rivolto nuovamente all'astronomo: «il sangue del santo si scioglie sistematicamente tre volte l'anno. Non è una cosa sorprendente questa?»

«Premetto che voglio molto bene ai napoletani, i miei genitori sono di origine campana, ma al di là della simpatia, ritengo doveroso dire sempre quello che è scritto nella parola del Vero Dio, e se i concetti non piacciono, non se la prendano con me. Molti nel passato bruciavano la Bibbia e nessuno sapeva più che cosa chiedeva Jahweh. Oggi il compito è più arduo, perché se volessero incenerire tutte le Bibbie in circolazione nel mondo, dovrebbero scovarne più di 5 miliardi.»

«È palese che sarebbe un'impresa difficile!»

All'esclamazione di Lucio sorrisero tutti immaginandosi l'evento, e poi Fausto chiese: «Comunque cosa può dire di questo miracolo?»

«Signor Fausto, qualunque sangue umano, messo in un'ampolla di quelle dimensioni, magari anche con l'aggiunta di qualche sostanza chimica, se fermo si solidifica ma smuovendolo si liquefà; non solo tre volte l'anno, ma anche 365 volte l'anno; quindi, se questo è un miracolo, sappiate che tutti abbiamo il potere per fare questo tipo di miracolo» rispose Antonio con una punta di cinismo e Fausto dubbioso domandò: «Con i trucchi della chimica anche il mio sangue può?»

«Certo! Però non si vanti santo quando avverrà, perché francamente per me, a Napoli, il vero miracolo sarebbe rendere i camorristi uomini e donne migliori. È noto che quasi tutti portano un crocifisso al collo perché vogliono farsi identificare come cristiani. E allora che lo siano a tutti gli effetti! Smettano di uccidere e divengano capaci di esercitare verso il loro prossimo il sincero e vero amore Cristiano. Vede, i miracoli, riconosciuti dalla chiesa cattolica o anche da altre confessioni religiose, sono soltanto fumo negli occhi che spesso li fa anche lacrimare, però le lacrime versate nelle zone partenopee escono dagli occhi di tanta povera gente disperata che piange per la crudele realtà che li avvolge soprattutto nella terra dei fuochi!»

«Non posso darle torto! Spesso il fanatismo religioso non permette al fedele di vedere la realtà!»

«Purtroppo questo è il frutto dell'ignoranza! Ci sono dei fedeli che sono talmente fanatici e tifosi del proprio santo che, se anche l'istituzione dovesse ammettere che il loro credo è sbagliato, s'infurierebbero.»

«Perché dice questo?» domandò incuriosito Lucio e Antonio spiegò: «Perché il 7 marzo del 1965, il professor Lamberti, dopo una ricognizione scientifica sulla salma, stabilì che questa era una persona diversa dal presunto Gennaro; in più, nulla poteva indicare che appartenesse al presunto san Gennaro. Inoltre fu accertato, sul piano scientifico, che lo scioglimento del sangue non era un miracolo. La chiesa stessa, essendo smascherata, provvide subito nel 1969 alla cancellazione di Gennaro dal calendario liturgico. Tuttavia considerando che i napoletani testardamente volevano continuare a credere che Gennaro fosse un santo e che lo scioglimento del sangue fosse un miracolo, il clero, per compiacerli allo scopo di non perdere introiti e fedeli, ipocritamente riammise il culto solo per i napoletani a livello di calendario liturgico locale.»

Lucio sbottò: «Ma tutto questo sa di assurdo!»

«Non solo» precisò Antonio «con questo grave comportamento, la chiesa cattolica mantenne viva la fede dei napoletani verso un evento riconosciuto non miracoloso e verso un santo che non è mai stato santo. Questo è un peccato imperdonabile, un atto riprovevole da parte del Vaticano.»

«Sono pienamente d'accordo! È una gestione di fede vergognosa! Altro che essere orgogliosi del proprio santo, questi sono fatti che fanno riflettere su quello che è realmente la religione cattolica.»

Mentre Lucio terminava queste parole, Fausto incalzò cambiando discorso: «A proposito di piangere, spesso si grida al miracolo perché la madonna piange, neppure quello è un miracolo?»

«Credo che sia troppo semplice far piangere queste madonne, le facessero ridere almeno una volta!»

La battuta di Antonio fu subito accolta con una sonora risata da parte di tutti e ridendo Lucio ammise: «Vero, queste immagini non sorridono mai, piangono sempre!»

L'astronomo tornando serio disse: «Se vorrà leggersi Secondo Tessalonicesi capitolo 2, capirà che i miracoli, che le religioni vantano come opera del Vero Dio, non sono affatto opera di Jahweh.»

Lucio sorpreso domandò: «Come posso far capire ai miei parenti che anche un miracolo è un'opera demonica?»

«Gli legga la scrittura riportata in Secondo Tessalonicesi 2:9-11. Vuole leggerla lei?»

«Sì! Mi faccia leggere cosa c'è scritto!»

L'astronomo allora gli porse la Bibbia e Lucio lesse: «*La cui venuta avverrà nella potenza di satana, con ogni specie di portenti, di segni e prodigi menzogneri, e con ogni sorta di empio inganno per quelli che vanno in rovina, perché non hanno accolto l'amore della verità per essere salvi. E per questo Dio invia loro una potenza di inganno perché essi credano alla menzogna e così siano condannati tutti quelli che non hanno creduto alla verità ma hanno acconsentito alla iniquità*».

«Teniamo la Bibbia aperta e ragioniamo insieme, cosa compie satana?» domandò Antonio a Lucio che, avendo compreso, prontamente rispose: «Opere potenti, segni e prodigi. In pratica tutto quello che noi classifichiamo come miracoli».

«Però, la scrittura dice anche perché li compie. Ha notato

il motivo?»

«La scrittura dice che li compie per ingannare quelli che non hanno amato la verità di Jahweh.»

«Ben detto signor Lucio! Adesso ditemi: Sapete di quale verità sta parlando l'apostolo Paolo?»

Ci fu un attimo di esitazione, allora Antonio spiegò: «Se non sapete ancora cosa è o cosa dev'essere per il vero Cristiano la verità, facciamo rispondere a Gesù. Troviamo le sue parole nel Vangelo di Giovanni al capitolo 17 verso 17. Vuole leggere anche questa scrittura?»

«Certamente! Allora qui dice: *Santificali nella verità: la Tua parola è verità.*»

«Bene! Secondo le scritture, è chiaro che l'umanità, composta di persone che non studiano la Bibbia come dovrebbero, si fa ingannare dai miracoli compiuti da satana proprio perché non sa cosa è scritto nella Bibbia che riporta la Parola del Vero Dio. Avete capito perché avviene l'inganno?»

Ancora una volta i due amici tentennarono nel rispondere cosicché Antonio spiegò: «Semplice, perché amano di più la sensazione del miracolo che la parola del Vero Dio!»

Fausto, sempre più stupito da quanto apprendeva, sorridendo commentò: «Mi sorprende che, mentre tutti sono in visibilio davanti ad un'opera potente o prodigiosa, proprio perché risulta essere inspiegabile, lei bello *tomo tomo e cacchio cacchio*, come direbbe Totò, con due chiare e semplici scritture, mette tutto in discussione».

Grazie all'espressione simpatica di Fausto la compagnia tornò a sorridere, poi Antonio rispose: «Quando conoscerà la legge biblica, anche lei potrà zittire tutti coloro che, a sostegno del proprio credo, anziché portare una ragione scritturale e plausibile, parlano "del secondo me" e "dell'io penso". Continuando a comunicare le loro presunte verità in questo modo, cosa vorrebbero farci pensare? Che il Vero Dio ha strutturato la fede del Cristiano secondo come loro la pensano o vogliono credere? Quando mai è stata l'argilla a dire al vasaio di che forma doveva essere fatta? O quando mai è stato il legno a dire al falegname come dev'essere lavorato?»

Colpito da questa continua ragionevolezza, Lucio ammise: «Effettivamente molti fedeli, ponendo il "secondo me" dinanzi al parere divino, è come se si ritenessero superiori a Lui!»

«Proprio così!» affermò Antonio «sta di fatto che, per quanto s'illudano, tutti quelli che continuano a ragionare col *secondo me... io credo... io penso...* rivelano un atteggiamento mentale già disapprovato in partenza.»

«Ovvio!»

«Comunque, tornando a noi, adesso è più chiaro chi fa i miracoli e perché li fa?»

«Non ho parole! Chiaramente la Bibbia ci dice che è satana!» asserì Lucio e Fausto esclamò: «Tutti dovrebbero conoscere queste verità!»

«Allora ditele anche voi a chi non le sa, proprio come io sto facendo con voi!» li incoraggiò Antonio, ma loro con evidente impaccio risposero: «Ma noi non siamo preparati come lei!»

«Signor Fausto, all'inizio neanche io lo ero, poi però, col tempo, qualche cosa di spirituale l'ho imparata a dire!»

«Alla faccia del qualche cosa!» sussurrò Fausto all'amico, entrambi sorrisero e poi Lucio, ritornando serio, brontolò: «Trovo vergognoso pensare che i cattolici anneghino, inconsci, in un mare di falsità!»

«Pensate anche a questo» fu l'invito di Antonio «il Vaticano, essendo smascherato dagli esperimenti scientifici e dalla storia; nel 1969, ha dovuto riparare alle menzogne dette togliendo dal calendario liturgico numerosi santi che venivano invocati dai fedeli nei momenti difficili; come riporta lo scrittore Claudio Rendina, oltre a san Gennaro, furono depennati altri presunti santi: Pantaleo, il cui sangue si liquefa come quello di Gennaro, Caterina d'Alessandria, Cristoforo, Barbara, Biagio, Egidio, Erasmo, Giorgio, Vito e tanti altri. Benché siano stati tutti depennati e non più riconosciuti santi, restano dedicate a loro molte vie, piazze e addirittura chiese, nelle quali entrano ancora devoti per chiedere a questi, che forse non sono mai esistiti o comunque per certo non sono mai stati santi, di intercedere per loro e aiutarli.»

«Questo fatto è increscioso!» puntualizzò irritato Lucio e Antonio con calma aggiunse: «Ma la cosa ancora più grave, che tra l'altro dimostra anche che i cattolici non hanno nulla a che fare con il Creatore, è proprio il fatto che non esiste una sola chiesa dedicata a Jahweh, mentre si trovano chiese dedicate a qualunque pseudo santo o a chi di santo non ha nulla o peggio non è mai esistito».

Fausto pensieroso borbottò: «Mi immagino quelle povere vecchiette che vanno ancora in quelle chiese dedicate ai santi depennati e pregano convinte di essere aiutate da chi in realtà non è mai esistito o non è mai stato santo. Poveracce!»

Lucio, ripensando agli assurdi retroscena creati dal clero, irritato evidenziò: «Questo è un fatto increscioso e vergognoso per la fede cattolica!»

«Proprio così! E questo avviene perché i clericali sono figli del padre della menzogna e non dell'Iddio di verità.»

«Più ascolto e più realizzo che la fede cattolica è veramente ridicola!» borbottò sogghignando Fausto e Antonio spiegò: «Nel vangelo di Giovanni, al capitolo 8 verso 44, è scritto che il fedele mentitore è figlio del diavolo. Considerando tutte le bugie dette dalla chiesa, un cattolico, se fosse coscienzioso e onesto, per trovare la verità, si dovrebbe porre delle domande. Ad esempio potrebbe chiedersi: Il Vero Dio, Jahweh, è lieto di sapere che appartengo a una religione che mente e che divulgando menzogne crea persino la sacralità di culto? È saggio identificarmi ancora appartenente a una religione che consacra rituali falsi?»

Fausto approvò il concetto precisando: «Vero! Per molti comunque, è solo perché non sanno».

«Le assicuro che, per molti, è anche perché non vogliono sapere! Capita che, dopo avermi chiesto, scappino quando apro la Bibbia per rispondere. Hanno tempo per molte cose, ma non per leggere cosa ci ha scritto il Vero Dio. È come se avessero un'inconscia strana paura per la verità divina.»

Fausto brontolò: «Pare che abbiano paura di riconoscere che sono nel torto e si rifiutano di valutare quanto gli hanno inculcato per capire ciò che realmente sono. Probabilmente il Vero Dio li ha abbandonati nella loro stupidità!»

«Probabilmente!»

«Lei comunque non lascia proprio via di scampo a nessuno, certo che poi vi bruciavano. Lei, con la conoscenza Biblica che si ritrova, mi fa intuire perché i cattolici, anziché discutere con quelli che studiavano la Bibbia, preferivano metterli al rogo. Era meglio bruciarli vivi che discutere con loro!»

Quella di Fausto voleva essere una battuta, ma l'idea di bruciare vivi degli innocenti non fece sorridere nessuno e Antonio serio rispose: «Lo so! I cattolici, anziché consacrare e divulgare la parola del Vero Dio, si sono gravemente macchiati del sangue innocente delle persone che traducevano, leggevano o anche solo possedevano la Bibbia. Ad esempio, quando John Wycliffe tradusse la Bibbia in inglese e dichiarò che, agli occhi del Vero Dio, la chiesa costantiniana non aveva alcun valore e pertanto doveva essere abolita, papa Paolo IV reagì e proibì non solo la stampa ma anche il possesso della Bibbia. Wycliffe, per aver tradotto e incentivato la lettura della Bibbia, molti anni dopo la sua morte fu dissepolto e giudicato dal "concilio del cadavere", che lo ritenne colpevole e lo condannò. Quel corpo riesumato, per punizione, fu fatto a pezzi e bruciato».

«Ma questo sembra lo scenario di un rito satanico!» esclamò inorridito Lucio e Antonio scandì: «Ma come devo farvelo capire che i cattolici sono alienati da Jahweh e guidati dallo spirito demonico di satana?»

«Ormai» commentò Fausto «Di questo fatto ne sono sempre più convinto!»

«Comunque, non vi sembra ovvio che il papa proibì la divulgazione della Bibbia perché consapevole che questa rimediasse ai fedeli la verità?»

Fausto con impeto sbottò: «Ovvio che lo fece per questo! È il principale testo che accusa tutti i cattolici identificandoli come falsi cristiani!»

«Bravo, ha centrato il punto. E sappiate che il clero, con astuzia, ancora oggi riesce a scoraggiarne la lettura innescando il tarlo del dubbio sull'originalità del testo o sull'eventuale interpretazione. Di fatto ci leggono solo le parti che non li compromettono.»

«Così tutti credono che facciano leggere la Bibbia, senza pensare però che ci fanno leggere solo le parti che gli fanno più comodo!» esclamò quasi incredulo Lucio e Antonio confermò: «Proprio così! Però chi conosce la Bibbia, ed è ben preparato, sa che Jan Hus e William Tyndale, solo per fare qualche nome e con loro tutti quelli che volevano attenersi alla parola del Vero Dio, furono perseguitati e martirizzati in modo crudele e spietato. Molti studiosi delle Sacre Scritture furono messi al rogo con la Bibbia legata al collo, in modo che tutti vedessero per quale colpa queste persone sarebbero state arse vive. Le urla di sofferenza erano strazianti, inudibili, eppure, quei sadici santocchioni cattolici si ritenevano giusti nell'esercitare quella tortura e, come ragione, spavaldi, urlavano: "Dio lo vuole!" e affermavano che, ai condannati, stavano solo anticipando di qualche minuto la sofferenza eterna dell'inferno. Oggi però non possono fare più come nel passato e quindi danno il contentino di qualche verso biblico e i semplicioni si sentono felici».

Lucio sempre più sdegnato, con un'espressione disgustata, commentò: «Sta di fatto che sono e restano veramente diabolici!»

«Ha detto bene!» esclamò Antonio, poi si soffermò un attimo, e guardando in faccia i due amici disse: «Ora vi pongo una domanda: Basterà pregare e digiunare per la pace per essere Cristiani?»

«Si riferisce alle preghiere di pace incoraggiate da papa Francesco?» domandò Lucio e Antonio rispose: «Anche».

«Suvvia, però papa Francesco, almeno lui, è bravo veramente. No? Si ricorda quando l'America voleva attaccare la Siria? Lui fece sapere al mondo quanto era contrario alla guerra! Ricordo che fece anche una veglia di preghiera per la pace.»

«Un gesto veramente toccante!» commentò sarcastico Antonio «però, se non la smettiamo di soffermarci sulle apparenze, continueremo a essere schiavi di questi millantatori. Bisogna smetterla di dar retta solamente alle parole melliflue. La invito a riflettere sui fatti. Proviamo ad aprire gli occhi cercando di ragionare senza vincoli. Le va?»

«Certamente!»

«Premetto che non c'è nulla di sbagliato nel pregare per la pace nel mondo. La disapprovazione divina giunge dal momento che diveniamo ipocriti nel far questo.»

«E, nel pregare per la pace, dove nota l'ipocrisia di papa Francesco?»

«Se veramente questo signore odia la guerra e prega così tanto per la pace, compia un atto che lo dimostri in pratica e non solo con le chiacchere. Gli dica di far rientrare tutti i preti cappellani che sono nelle caserme dell'esercito, i cui stipendi ci costano, in tasse, oltre 10 milioni di euro. La legge 512/1961 istituisce il servizio dei sacerdoti nelle forze armate della Repubblica totalmente a carico dello Stato. Per capirci, totalmente a carico nostro! Questi cappellani, che con le nostre tasse vengono mantenuti, sono inquadrati come minimo con il grado di tenente ma, all'ordinario militare, spetta il grado di generale di corpo d'armata. In più, dalle tasche degli italiani, non importa se siano cattolici, di altra religione o atei, non viene presa solo la retribuzione mensile per mantenere questi sacerdoti nell'esercito ma, per obbligo di statuto, gli pagheremo anche la pensione. Capito questo le pongo anche questa domanda: lei sa a che cosa servono i preti cappellani nell'esercito?»

Lucio restò interdetto e allora Antonio proseguì: «Glielo dico io: in caso di guerra, una loro funzione consiste nel benedire le armi di chi andrà in battaglia!»

Fausto, a nervi tesi, diede in escandescenza: «E magari confortano anche i soldati turbati nella loro coscienza dopo eventuali uccisioni nei conflitti; così che possano tornare a uccidere senza portarsi appresso il peso di colpevolezza. Dico questo perché, quando mio nonno partì in guerra per conquistare l'Etiopia fu un prete cappellano a benedirgli il fucile. Avete capito? Quel fucile era benedetto per uccidere gli Etiopi!»

«E lei chi s'immagina che partecipò in quella benedizione, Jahweh il Creatore anche degli Etiopi o il sanguinario satana il diavolo?» domandò provocatorio Antonio e Lucio restò senza parole, al che Antonio fece un'ulteriore domanda: «E poi: se il signor Francesco è per la pace con che coraggio ha proclamato Wojtyla santo?»

«Perché?»

«Ah! Ancora non sapete niente sulla sgradevole volontà di Wojtyla nell'esaltare lo spirito militarista? Quasi nessuno sa che il 21 aprile del 1986, con la costituzione pastorale *Spirituali Militum Curae*, il signor Wojtyla fondò le diocesi militari, i seminari militari, la teologia militare e la formazione dei preti militari. In quest'ordinariato militare, vescovi e sacerdoti sono arruolati a tutti gli effetti nelle forze armate con stipendio e grado da ufficiale. In pratica, con questa costituzione, il cosiddetto santo Wojtyla, ha dato alla chiesa il dovere di assistere spiritualmente chi va ad ammazzare gli altri. Ordinò che preti e vescovi fossero: *Soldati tra i soldati*, funzionari del ministero della guerra, con tanto di stellette sugli abiti liturgici. E mentre lo statuto richiede che la nomina dell'ordinario spetti al papa, resta sottinteso che, per le loro benedizioni nell'ambito belligerante, a noi spetti solo pagare più tasse per far pervenire ai suoi ministri cattolici un lauto stipendio. Per capire fin dove può arrivare l'ipocrisia della chiesa cattolica dovete sapere che Wojtyla, nelle vesti di papa Giovanni Paolo II, il 1° gennaio del 1986, elogiò l'onu per aver proclamato quell'anno come: "Anno Internazionale della Pace". Essendo capo spirituale di tutti i cattolici, fece sapere ai quattro venti che invitò i leader di quasi tutte le religioni del mondo ad Assisi, per il 27 ottobre di quello stesso anno, allo scopo di pregare tutti insieme affinché le guerre cessassero.»

«Come esito, ci fu un minimo risultato di pace nel mondo?»

«No! Anche perché quel giorno, benché tutte quelle religioni pregassero incessantemente per la pace, nessuna di quelle preghiere fu rivolta al Creatore Jahweh. E sapete quale fu il risultato? Che nel 1986, mentre un miliardo di esseri umani erano privi del necessario per vivere, la spesa in armamenti raggiunse l'esorbitante cifra di 900 miliardi di dollari. Per darvi un'idea di quanti sono, vi basterà pensare che in un'ora la somma spesa in armamenti sarebbe bastata per vaccinare i 4 milioni di bambini che ogni anno muoiono per malattie infettive. Oggi, mentre l'umanità continua a soffrire per fame e malattie, quella cifra ha superato i duemila miliardi di dollari l'anno, tenendo impegnati nella produzione dell'equipaggiamento bellico oltre 2 milioni di lavoratori, molti dei quali sono aderenti a religioni ritenute cristiane.»

«Sono dettagli da brivido!»

«Mister Wojtyla mascherava la sua cultura oppressiva di lupo rapace sapendosi camuffare da docile pecora a seconda degli interessi dell'organizzazione di cui era sovrano. Non dovete dimenticare che Wojtyla sostenne il cardinale nunzio apostolico Pio Laghi, l'infame che benedisse e coprì i torturatori argentini che assassinarono senza alcuna pietà 30.000 esseri umani ritenuti eretici. Wojtyla andò fino in Cile per benedire il dittatore Augusto Pinochet che, senza falsa modestia, vantava di faticare molto per torturare e uccidere i "bastardi rossi" cileni. Wojtyla, in Cile, benedì anche l'esercito di Pinochet scordandosi del tutto di rivolgere una sola preghiera a favore delle vittime di quella spietata dittatura. Wojtyla è quel santo che ha beatificato anche il papa criminale Pio IX che nel 1859 mandò soldati mercenari a uccidere indifesi anziani, donne e bambini di Perugia, detta "città ribelle" perché voleva separarsi dallo stato pontificio per far parte del Regno d'Italia. Come poi avvenne comunque nel 1861. E se non vi basta vi faccio anche sapere che Wojtyla ha definito santi quei preti spagnoli che, schierandosi col dittatore Francisco Franco, tentarono di ripristinare le decantate magnificenze dei tempi di Torquemada quando si usavano quattro forni circolari detti Quemaderos nei quali venivano inseriti fino a 40 condannati per ogni forno. Introdotti vivi, ardevano a fuoco lento per la colpa di non essersi convertiti al cattolicesimo o semplicemente per aver rinnegato la religione cattolica. Pensate che nei forni Quemaderos occorrevano dalle 20 alle 30 ore di supplizio prima di morire sfiniti e cotti. Questi forni funzionarono ininterrottamente per oltre tre secoli e furono chiusi e distrutti da Napoleone, nel 1808, perché fortemente turbato nella sua coscienza!»

Inorriditi dalle informazioni ricevute Fausto sbottò: «Questa è gentaglia veramente infame e indemoniata!» e Lucio affranto con gli occhi lucidi esclamò: «Che tristezza! Sono sempre più scioccato e basito!»

«Noi sappiamo che, affinché nessuna persona divenga nazista, già da piccoli ci insegnano che Hitler metteva esseri umani nelle camere a gas per ritrovarli morti dopo 20-30 minuti di agonia. Chiediamoci: "perché non ci hanno mai insegnato che il clero cattolico gli esseri umani li cucinava a fuoco lento per ritrovarli cotti dopo 20-30 ore?" e ribadisco non minuti ma ore di straziante supplizio! Forse perché altrimenti nessun bambino farebbe più la comunione e la cresima? D'altronde quale persona onesta, sapendo dei forni Quemaderos diverrebbe cattolica? Capite perché sostengo che l'erudizione scolastica è stata alterata?»

«Mi sa che al confronto del clero cattolico i nazisti erano dei santi!» brontolò Lucio sempre più angosciato e Fausto stizzito sbottò: «È palese che nella religione cattolica non vi è traccia di Spirito Santo! Soltanto lo spirito del diavolo può spingere a cucinare a fuoco lento inermi esseri umani!»

«È proprio vero! Inoltre sapete dove sta la sconfinata ipocrisia della chiesa cattolica? Che mentre tutti i fedeli sanno quanto Wojtyla ha pregato per la pace il 27 ottobre del 1986, quasi nessuno sa che, di nascosto, l'organizzazione rappresentata da questo presunto santo Wojtyla possedeva azioni di società produttrici di armi. Grazie all'*Albany Times Union*, che riportò le confessioni dell'amministratore finanziario della diocesi cattolica di Miami, nel 1987 si venne a sapere che avevano investito ingenti capitali nelle floride aziende produttrici di armi, film vietati ai minori e sigarette. Se avete capito bene quanto vi ho detto sul conto dell'organizzazione cattolica, permettetemi di farvi una domanda: quando la verità è questa, è ancora ammissibile che papa Francesco dichiari santo Karol Wojtyla? E in questo contesto: servirà a qualcosa che papa Francesco preghi o ci inviti a pregare per la pace?»

I due amici restarono sbigottiti da tutte queste informazioni, si guardarono in faccia amareggiati senza pronunciar parola. Antonio, compreso il loro imbarazzo, continuò il discorso: «Gli investimenti cattolici ancora oggi sono molto discutibili. Il giornale tedesco "der Spiegel", poco tempo fa, riportava che nella banca cattolica tedesca Pax avevano investito 580 mila euro in azioni della società inglese produttrice di armi "Bae Systems", ottocentosettantamila euro in partecipazioni in società di tabacco per il fumo e centosessantamila euro nella pillola contraccettiva "Wyeth"».

Udendo quest'ultimo investimento Fausto sobbalzò indignato dicendo: «Ma la chiesa cattolica non condanna la contraccezione dal 1968 e usare la pillola non è peccato?»

«Infatti! Questo dovrebbe indurvi a capire con chi hanno a che fare i fedeli cattolici. Anche se la banca Pax non è direttamente collegabile al vaticano, sta di fatto che per questi discutibili investimenti nessun cattolico è stato mai scomunicato. Ricordatevi che di questi impostori solo il manto è da pecora e mi auguro che voi, da adesso in poi, cominciate a guardare meglio quale sorta di persone si nasconde sotto quelle mentite vesti.»

I due amici erano sempre più sbigottiti, non si sarebbero mai immaginati che anche in questi tempi recenti venissero fatti investimenti così subdoli e Antonio li invitò a fare un ulteriore riflessione: «Per un solo attimo non pensate alle parole di pace che pronunciano i papi cattolici, perché le loro dichiarazioni sono e restano soltanto parole. Di fatto noi continuiamo a pagare milioni di euro per i loro preti al servizio dell'esercito! Quindi vi invito per un solo attimo a riflettere sul comportamento di Gandhi che, benché non fosse un papa e tantomeno cattolico, affermò: *Il mondo vivrà in pace soltanto quando metterà in pratica quello che Gesù disse nel sermone del monte*. Forse non pregava per la pace, ma di sicuro viveva in funzione d'essa. Non era un santocchione, ma il suo modo di vivere insegnò come si può far vincere il bene evitando inutili spargimenti di sangue. Col suo stile di vita dimostrò che, un grammo di buon senso all'opera vale più di mille smielature proferite, anche nella informale maniera di papa Francesco. Convenite?»

«In effetti, noi "sentimentaloni", spesso c'incantiamo quando un'autorità pronuncia belle parole. Noi dovremmo imparare a badare alla sostanza di quanto ci raccontano, valutando i fatti. Mi provoca indignazione pensare a tutto quello che ha commesso Wojtyla che, mentre ci invitava a pregare per la pace, ci ha obbligato, tramite precisi accordi con lo Stato, a spendere milioni di euro per pagare i suoi cappellani o preti e vescovi militari» disse Lucio molto sconsolato e l'amico gli sussurrò: «Da adesso in poi mandiamo avanti prima il cervello e poi i sentimenti, altrimenti saremo sempre presi in giro da questa gentaglia!»

«Gesù Cristo ci aveva invitato a fare attenzione, perché *verranno in manto da pecora ma, sotto sono lupi rapaci*. Ossia, non fatevi abbindolare dall'esteriorità e dalle belle parole, guardate sempre cosa si nasconde sotto. Gesù non si limitò ad avvertirci dicendo che anziché pecore sarebbero stati lupi ma, specificò, che sarebbero stati *rapaci*. Con quest'aggettivo qualificativo evidenziò l'elemento distintivo di questo essere *lupi*, ossia, sarebbero stati pericolosi con la principale peculiarità di nutrirsi prevalentemente di prede vive. Inoltre, la semantica ci rivela che il termine deriva da "rapire", quindi, pur di attuare i loro piani si sarebbero rivelati ladri avidi, bramosi e disonesti; abili nel sottrarre ciò che appartiene ad altri o con la forza o con l'inganno. Il sinonimo fa pensare anche a degli ingordi prepotenti, famelici e voraci. Con questa descrizione, credete che siamo ancora tanto distanti dalle caratteristiche dei leader cattolici?»

«Dobbiamo proprio imparare a guardare oltre le apparenze! Anche se spesso, quando si parla di questi santi, ci si commuove per la loro sofferenza, non dovremmo farci trascinare dal sentimentalismo, ma dovremmo appurare la verità proprio come sa fare lei.»

«A proposito delle sofferenze decantate e spesso quasi osannate, le citerò a supporto un paio di scritture bibliche. Lo scopo è di capire che Dio, parlo del Vero Dio Jahweh, il Creatore, non vuole che si soffra; piuttosto, come afferma Primo Timoteo 1:11, essendo Egli stesso il Dio felice, desidera che in campo spirituale si sia sempre allegri e mai cinicamente sofferenti. Quanto asserisco, è avvalorato da quello che si legge in Romani 13:10: *L'amore non fa nessun male al prossimo.* E siccome Primo Giovanni 4:8; dice che *Jahweh è amore*, ne consegue che Jahweh non fa male a nessuno. Anche Giacomo 1:13 sostiene che: *Jahweh con i mali non può essere provato e tanto meno egli prova alcuno.* Pertanto, quando questi presunti santi vogliono farci credere che le loro sofferenze, come ad esempio le stimmate, siano date dal Creatore, proclamano una falsità, perché quelle sofferenze sono date dal loro Dio, quello che Gesù definisce: l'iddio di questo sistema di cose, satana il diavolo, il Dio del male.»

«In effetti, se il Creatore è un Padre amorevole, non può dilettarsi per una sofferenza di stigmate o piaghe simili, piuttosto, c'è da aspettarsi che ci protegga dalla sofferenza meglio di quanto possa fare un padre terreno» osservò Lucio e Fausto affermò: «Certamente! Il Padre celeste deve essere sicuramente più buono di un padre terreno».

«Le vostre riflessioni non fanno una piega, tant'è vero che l'ambizione di Jahweh è riuscire a farci vivere rendendo evidente nella nostra condotta il frutto dello spirito che è amore, da esprimere con gioia, pace, longanimità, benignità, bontà, fede, mitezza e padronanza di sé. Proprio come dice l'apostolo Paolo in Galati 5: 22, 23.»

«Che meravigliose qualità! »

«Dice bene signor Lucio! Sono tutte qualità che abbelliscono l'amore come essenza della spiritualità! Come succede a un diamante, l'essenza è la pietra preziosa, ma la lavorazione delle numerose sfaccettature la rende ancora più lucente. Così è per quanto riguarda il frutto dello spirito; Esso è Amore, ma se sarà abbellito da gioia, pace, longanimità, benignità, bontà, fede, mitezza e padronanza di noi stessi, renderemo tutto più armonioso e leggiadro. Come potete notare, nel frutto dello spirito non è menzionata la sofferenza, essa non è richiesta ai servitori del Vero Dio. Il fervido desiderio di Jahweh è che noi si possa riuscire a vivere sempre in salute e allegri; infatti, nel verso biblico più breve, Primo Tessalonicesi 5:16; dice: *Siate sempre allegri*. Avete capito? Jahweh vuole servitori che sappiano vivere sempre con quell'allegria che permette di riflettere la gioia di vivere, altro che vivere con quelle facce sempre smorte e sofferenti che hanno i santi cattolici presi come esempio dai bigotti sempre afflitti. Contrariamente all'allegria richiesta da Jahweh, la maniera di vivere ipocrita, che tutti i presunti santi ostentano, è l'evidenza di una finta umiltà e una falsa modestia che di fatto li rende famosi, perché riescono così a far parlare di loro, inducendoci a una pietà che suscita una vana e angosciante tristezza. Riusciremo a intendere che questo è un modo di vivere stupidamente la religiosità, solamente quando saremo capaci di scrollarci di dosso l'emotività e l'impressionabilità per far spazio a una sensatezza biblica.»

«È illuminante sentir dire queste parole! Sa a cosa sto pensando? Con tutte le verità bibliche che lei sa, perché non va, come ospite, in quei programmi televisivi tipo talk-show e fa sapere a tutti la vera realtà oggettiva?» domandò accalorato Lucio, e Antonio lo rassicurò: «Guardi, ci ho già provato, ma anche la televisione, che vanta libertà, sembra essere soggetta a una sorta di schiavitù clericale. Le faccio un esempio: non molto tempo fa, seguendo il programma televisivo "Le Iene", su Italia Uno, Pablo Trincia, con coraggio, trattò un caso raccapricciante, il caso di Erik figlio di don Pietro, un prete che mise incinta la madre di questo ragazzo quando era ancora una bambina di 14 anni. La notizia recò un certo scandalo a Ferrara. Pablo Trincia fece un ottimo servizio per svergognare don Pietro, e pensai: "se questo giovane giornalista conoscesse bene anche le scritture bibliche, non resterebbe blando di fronte ai vescovi blasfemi e neanche di fronte ad un papa apparentemente umile e modesto". Questo pensiero mi spinse a scrivergli una lettera che gli inviai sia in fax che come e-mail.»

«Mi sarebbe piaciuto sapere cosa c'era scritto.»

«Non è un segreto, ho ancora con me copia della lettera piegata, proprio qui, in fondo alle pagine della Bibbia.»

«Posso leggerla?»

«Ah, beh... se le fa piacere la legga pure... tenga.»

Lucio allungò la mano, prese la lettera, e cominciò a scorrerla: «*Carissima "IENA" Pablo Trincia, ti ringrazio sin da subito per il tempo che dedicherai alla lettura di quanto scrivo. Il 15 ottobre 2013 ho avuto modo di seguire il tuo breve servizio sul caso del giovane Erik...*»

Lucio s'immerse nella lettura e dopo un po' alzò il capo e rivolgendosi all'astronomo commentò: «Piccante questa scrittura biblica che lei riporta nella lettera!»

Incuriosito Fausto gli chiese quale fosse e l'amico rispose: «Primo Tessalonicesi 4:1-8 dove è scritto: *Questa è la volontà di Dio: che nessuno di voi danneggi il proprio fratello, portandogli via la moglie, né con la violenza, né con l'inganno, perché, come vi ho già detto e ridetto, il Signore, punirà chi commette queste cose. Perché Dio non ci ha chiamati a vivere nell'immoralità, ma ad una vita santa e pura. Perciò, chi disprezza queste norme, non disprezza soltanto dei regolamenti umani, ma Dio stesso che vi ha dato il suo Spirito Santo*».

Fausto, attratto dal contenuto, volle sapere di più e chiese all'amico di continuare fino in fondo la lettura e Lucio proseguì leggendo: «*Se considererai nella prossima intervista quanto ti ho sottolineato, in questa scrittura biblica, sono certo che troveranno duro darti risposta, soprattutto se le domande saranno mirate, ad esempio: se la Bibbia dice "come vi ho già detto e ridetto, il Signore, punirà chi commette queste cose", come mai la chiesa si rifiuta di punire il comportamento immorale di don Pietro? Con questo supporto scritturale, sono certo che saprai fare domande ancora più insidiose delle mie. Un'altra scrittura che può tornarti utile è riportata dall'apostolo Paolo in Efesini capitolo 5 nei versi da 3 a 5 dove si legge: "Fra voi, che appartenete a Dio, non si devono neppure nominare certi peccati sessuali, né l'impurità, né l'avarizia; che nessuno possa accusarvi di cose del genere! Lo stesso vale per ciò che è disonesto, sciocco o triviale non sono cose per voi. Ricordatevi invece della bontà di Dio e ringraziatelo continuamente. Di una cosa potete essere certi: il Regno di Cristo e di Dio non apparterrà mai a chi è spudorato, vizioso, avaro, perché l'avaro è un idolatra, ama e adora le cose attraenti di questa vita più di Dio. Non fatevi ingannare da quelli che cercano di scusare questi peccati, perché tutti quelli che li commettono attirano sopra di sé l'ira terribile di Dio. Perciò non frequentatela neppure la gente di questo genere! Perché, anche se una volta il vostro cuore era nel buio più completo, ora è pieno della luce del Signore, ed il vostro comportamento lo deve dimostrare! Grazie a questa luce che è dentro di voi, dovete fare soltanto ciò che è bene, giusto e vero."*

Carissimo Pablo, credo che prendendo spunto da quanto ho sottolineato in questa scrittura biblica, riuscirai a fare domande senza concedere a questi falsi cristiani di trovare una via di scampo nello scusare la loro vergognosa condotta. Quando dovrai affrontare argomenti spirituali, se lo riterrai necessario, t'invito a contattarmi senza farti problemi, non ricerco né fama e né compensi ma se credi che possa tornarti utile io sono qui.
Ciao da Antonio - 334 65... - is...@tin.it.»

Terminata la lettura Lucio asserì: «Beh! direi che ha un contenuto molto utile, è rilevante. Che cosa è successo dopo? Che risposta le hanno dato?»

«Oltre a una banale risposta che diceva poco e niente, non è successo altro! La settimana successiva ricordo che misero in onda anche un altro servizio sul caso Erik.»

«Vedrà che la chiameranno! Nessun programma televisivo che presenta una trattazione simile potrà mai avere forza senza la conoscenza biblica che lei può vantare.»

«Beh! Mi pare che stiate esagerando! La ringrazio comunque per la sua considerazione. Tra l'altro devo aggiungere che

Paolo Trincia, benché sia un bravo giornalista, probabilmente preso dai suoi impegni, non mi diede una risposta specifica, e così della stessa lettera feci anche un fax alla redazione de "Le Iene". Però ancora oggi sono qui che aspetto!»

Sentendo questo, Fausto con lo spirito un po' inalberato, disse: «Lo so io perché non l'hanno mai chiamata, perché finché c'è da toccare un pretuncolo, si sentono tutti forti come "iene"; ma quando c'è da avere a che fare con il Vaticano, il papa o i vari vertici della chiesa, ecco che tutte le iene di questo mondo, si mutano in innocui micetti.»

«Dissento da quanto ha detto, anzi, meno male che ci sono trasmissioni come "Le Iene" o "Striscia la notizia". Programmi televisivi di questo genere dovrebbero esserci in tutti gli stati del mondo! Grazie a loro riusciamo a vedere situazioni che gli ipocriti e doppi di lingua avrebbero preferito tenere nascoste, continuando indisturbati nella loro vergognosa condotta.»

Lucio annuendo sorrise e, dando una pacca sulla spalla dell'amico, gli disse: «Non prendertela!» poi rivolto all'astronomo aggiunse «Comunque sta di fatto che lei purtroppo, con la Bibbia, produce troppa sofferenza nei sostenitori della menzogna. Quando apre questo libro sacro, non scrolla l'opinione pubblica solo nei confronti di un pretonzolo ma, addirittura, di quelli che fino a ieri sono sempre stati considerati beati come una sorta d'intoccabili».

«Può darsi che lei abbia ragione, sta di fatto che mi sono reso disponibile semplicemente per contribuire con la mia conoscenza biblica e sono disposto anche per altre trasmissioni dove, ad esempio, si parlava di apparizione di madonne o cose simili. Quando si decideranno a parlare seriamente di questi argomenti, facendo confronti con riferimenti scritturali fondati sulle verità bibliche dove il vero cristianesimo deve attingere per attenersi al puro pensiero del Creatore, avranno solo da chiamarmi.»

«Speriamo che lo facciano!»

«Ho i miei dubbi! Sarà difficile trovare trasmissioni che abbiano il coraggio di farlo. Comunque giacché sperare non mi costa nulla. Continuerò a sperare!»

«La chiameranno, vedrà! Ha mai pensato di proporsi ad Antonio Ricci come consulente da dietro le quinte? Oppure, s'immagina una trasmissione con Maurizio Costanzo, o con Corrado Augias, oppure con quel pazzerello di Chiambretti o di Pif? Se lo lasci dire, lei attraverso un talk-show potrebbe aiutare tanti ascoltatori. Mi creda!»

«Magari! Comunque sarà quel che sarà. Adesso senza divagare, cerchiamo di concludere; ditemi, desiderate sapere qualcos'altro?»

«Altroché! Mi sento affamato di nuova conoscenza. Ci nutra di altre verità spirituali. Ci dica: e per quanto riguarda la trinità?»

«Volete sapere anche della trinità?»

«Sì! Se le va, già che ci siamo!»

«Ok. Io parlo volentieri, l'importante che non facciamo troppo tardi! Tra poco si dovrà scendere!»

«No! Non faremo tardi, tanto le ho già detto che lei sa dire le cose in forma stringata, sono sicuro che le basteranno poche parole.»

«Con questa scusa però, sono ore che parliamo!» fece finta di brontolare Antonio. Scoppiarono a ridere e dopo un po' l'astronomo riprese l'argomento: «Ok! Per quanto riguarda la trinità vi chiedo: sapete quale prova presenta la cristianità per sostenere questa dottrina?»

I due amici, con espressione interrogativa si chiesero a vicenda: «Tu la sai?» poi Fausto disse: «Io so che la santissima trinità è un mistero della fede!»

«Quindi mi state dicendo che la prova a sostegno della trinità non esiste, o meglio è segreta, quindi, devo accettarne il credo anche se è un mistero. Beh, devo dirvi che come Cristiano non posso accettarlo, perché il mio maestro, Gesù Cristo, mi ha garantito che nella Bibbia c'è la risposta a tutto! In Luca 12:2 Gesù dice che *non c'è segreto che resterà occultato o che non sarà rivelato.* Perciò, chi si definisce Cristiano non deve pensare che esista il mistero della fede. Chi crede nei misteri della fede non è un vero Cristiano. Il mistero è stato inventato dalla fede falsa, perché serve a chi non può dare spiegazioni alle proprie menzogne. Quindi, se tutto è rivelato, chiediamoci: cosa ci dice la parola di Jahweh riguardo al credo della trinità?»

«Ecco, ci dica cosa dice la Bibbia. »

«Bravo! La verità spirituale è soltanto nella parola del Vero Dio! Per non sbagliarvi, a chi si propone per guidarvi nel cristianesimo, dovreste sempre chiedere: che cosa dice la Bibbia? Se non sanno dirvelo chiaramente, non sono persone dell'Iddio che l'ha fatta scrivere. Se poi, visto che non possono più bruciarvi vivi come un tempo, per confondervi, dovessero dire mellifluamente: "dipende come la interpreti" non dategli retta, vogliono soltanto scoraggiarvi nel consultarla. Ricordatevi che i bambini capivano Gesù, vi basterà essere sinceri e scoprirete che si interpreta da sola! Quando non capirete un verso, noterete che, consultando altri versi biblici, ogni cosa vi sarà spiegata correttamente. Comunque, tornando all'argomento della trinità, posso dirvi che prima del cattolicesimo era già una credenza caldea dell'antica Babilonia. Quando i primi cristiani divennero apostati, secondo il piano dell'imperatore Costantino nel 313 dopo Cristo, cominciarono a formulare un'organizzazione con il preciso scopo di unificare tutti i credi in un'unica religione e introdussero anche il credo della trinità. Ad esempio, contrariamente al volere di Cristo, formarono la casta sacerdotale e si fecero chiamare "padre" proprio come usavano chiamare i sacerdoti del dio sole. Anche il termine "prete", in quegli anni, fu usato per la prima volta nell'indicare un ministro di culto, che cominciò a indossare i resti dell'antico costume sacerdotale del paganesimo romano.

Mi auguro che, almeno voi, non v'immaginiate Gesù predicare indossando le tuniche che usano i preti o i vescovi durante la messa con magari in testa anche quegli enormi cappelli a punta!»

«Infatti! Cristo era povero e vestiva di semplici stracci.»

«Chi l'ha detta questa corbelleria?»

«L'ho visto nei film» rispose fiero Fausto che subito si sentì freddare: «Le ho già detto che, se lei formula la sua fede basandosi su quanto vede nei film, stiamo proprio a posto!»

«Perché non era povero?»

«Le garantisco che, come fu anche profetizzato, Gesù si vestiva in modo semplice ed elegante.»

«Elegante?»

«Sì! Le sue vesti, come narra l'apostolo Giovanni nel suo vangelo al capitolo 19 nei versi da 19 a 23, furono prese dai soldati che tirarono a sorte la sua tunica. L'avrebbero mai fatto se non fosse stata particolarmente elegante e pregiata? No! Però lo fecero perché quell'abito non era sciatto e trasandato, era senza cuciture, e per quei tempi avere un abito così era quasi un lusso!»

«Ma lei conosce un sacco di particolari!»

«La bellezza di un'arte è tale se non trascura le inezie o quei particolari che i grossolani ritengono superflui.»

«Proprio vero!»

«Ok! Chiarito che Gesù si vestiva in maniera distinta, torniamo all'argomento trinità.»

«Vi tornerà utile sapere che non troverete mai scritta nella Bibbia la parola trinità, anche se vi impegnerete a cercarla per anni.»

«Per questo non facevano leggere la Bibbia! Infatti leggerla li avrebbe scoperti come impostori e sarebbero caduti dal trono di autorità dominante» borbottò Fausto e Antonio confermò: «Proprio così! Nelle Sacre Scritture, nulla fa pensare che Padre e Figlio siano una sola persona. Quando Gesù, battezzandosi, emerso dall'acqua divenne il Cristo, una voce dal cielo disse: *Questo è mio Figlio*! Come potevano essere Padre e Figlio in un solo corpo se Gesù era in terra e la voce di Jahweh giungeva dal cielo?»

«Non saprei rispondere, mi viene da dire che forse anche per questo la trinità l'hanno definita un mistero!»

«Ma che mistero d'Egitto!» esclamò l'astronomo sorridendo «per i bugiardi tutto è mistero, ma la spiegazione è semplice; Il Padre è Jahweh e il figlio è Gesù. Due persone ben distinte e separate. Inoltre, dato che la parola Cristo significa Messjah o messaggero inviato da Jahweh è logico capire che, essendo inviato da Jahweh, Gesù doveva essere per forza un essere distinto e separato dal Creatore. Se studierete la Bibbia, troverete l'apostolo Paolo che, in Primo Corinti 11:3, rivela *Dio* come *capo del Cristo*. Cristo stesso ammette questo quando, in Giovanni 14:28, afferma che *il Padre è maggiore* di Lui. Non vi torna logico dedurre che ciò che è maggiore non può mai essere uguale? Ma se vogliamo, possiamo anche domandarci: quanto Jahweh è maggiore di Gesù? Risponde, con le parole dello stesso Gesù, il vangelo di Giovanni 20:17 che identifica il Padre Suo, Jahweh, come suo Dio. Che il Padre fosse *l'Iddio di Gesù* lo dimostrano le preghiere che Gesù gli rivolgeva, tra l'altro, dicendo: *Sia fatta la Tua e non la mia volontà*. Ragioniamo anche su questo fatto: se non fossero state persone distinte e separate, che senso avrebbe avuto per Gesù pregare e dire in particolare questa frase: *Sia fatta la Tua e non la mia volontà*?»

Senza esitare Fausto commentò la domanda dicendo: «In effetti, non avrebbe avuto senso!»

«Ben detto! Inoltre, volendo sapere quando sarebbe arrivato sulla terra il Suo Regno, Gesù non seppe rispondere e spiegò il perché: *In quanto a quel giorno e a quell'ora nessuno sa né gli angeli, né il figlio ma solo il Padre*. Ora, chi non deduce da queste parole che non esiste la trinità, per farli riflettere domanderei: ditemi, che senso ha questa risposta se lui *Figlio* era anche il *Padre*?»

«Mi sembra chiaro!»

«E vi aggiungo anche che le cose non cambiarono neanche dopo la risurrezione di Cristo! Lo attesta l'apostolo Pietro quando, nella sua prima lettera al capitolo 1 verso 3, dichiara: *Benedetto il Dio e Padre del Signore nostro Gesù Cristo*. Ribadendo che Jahweh era, ed è ancora, l'Iddio di Gesù Cristo proprio come Gesù stesso aveva affermato. Adesso chiediamoci: "Se Jahweh è l'Iddio di Gesù Cristo, non deve essere anche l'Iddio dei Veri Cristiani? Perciò, se volete capire qual è la religione falsamente definita Cristiana, è semplice; la falsa è quella che, credendo nella trinità, non adora il Creatore Jahweh come Unico e Solo Vero Dio! E vi aggiungo che non dovete stupirvi se delle credenze cattoliche non troviamo mai conferma nella Bibbia dato che, come abbiamo appurato, è di fatto una religione pagana.»

«Chiarissimo!» esclamò Lucio e Fausto aggiunse: «E dovremmo anche riconoscere che nel cattolicesimo si adora di tutto, tranne che Jahweh, anzi, in tanti anni, durante i quali ho frequentato la chiesa, non l'ho mai sentito nominare».

«Già questo dovrebbe farvi capire che la religione cattolica non adora Jahweh, l'Iddio di Gesù Cristo! Pertanto perché definirla cristiana?»

I due amici sembravano sempre più convinti dalla ragionevolezza espressa e Antonio proseguì dicendo: «Comunque, per finire l'argomento trinità, se vogliamo chiudere con un sigillo il fatto che non esiste, leggetevi Atti 7:55-56 dove, anche dopo la resurrezione, si vede Gesù Cristo non nel Padre ma alla destra del Padre e quella terza persona, che secondo la trinità dovrebbe essere lo Spirito Santo, non viene neanche menzionata o vista».

«Come mai?»

«Perché lo Spirito Santo non è una persona, ma è l'energia dinamica al servizio del Creatore.»

Notando l'espressione dei due amici sempre più incuriositi e desiderosi di sapere, l'astronomo, per illustrare meglio che lo Spirito Santo non è la terza persona della trinità, spiegò la scrittura del Vangelo di Matteo 12:31, 32; dove Gesù disse che, chiunque avesse detto una parola contro di Lui sarebbe stato perdonato ma chi l'avesse detta contro lo Spirito Santo non lo sarebbe stato. Poi invitò i due amici a ragionare dicendo: «Queste parole attestano chiaramente che lo Spirito Santo è in qualche modo superiore a Cristo. Non vi pare?»

«Certo che ci pare! Adesso è tutto più chiaro!» riconobbe Fausto e Lucio sempre più illuminato disse: «Trovo interessantissimo conoscere questi fatti! Ha voglia di dirci qualcos'altro?»

«Ancora? E riguardo a cosa?»

«Quello che vuole, anche su altri argomenti che smontino la trinità. Ci piace imparare!»

«Anch'io ho tanto da imparare, è molto bella questa vostra predisposizione; allora, vediamo cos'altro posso dirvi sulla menzogna che ha fatto credere vero il dogma della cosiddetta "santissima trinità". Che Giordano Bruno non ci credesse l'abbiamo detto... ah, ecco... sapete chi era Michele Serveto?»

«Uh... al momento non mi viene in mente» rispose pensieroso Fausto e Lucio incerto disse: «Neanche a me! Chi era? Era mica quel medico-scienziato che scoprì il circolo del sangue nei polmoni... o qualcosa del genere?»

«Si! Proprio lui, un famoso medico spagnolo studioso anche di questioni teologiche. Serveto denunciò il mistero della trinità come dottrina blasfema e pubblicò un libro *De Trinitatis Erroribus*, (Gli Errori della Trinità). In quel libro dichiarava: [...] *Non farò neanche l'uso della parola trinità, perché essa non si trova nelle Sacre Scritture*. La schiettezza, di questo colto e coraggioso spagnolo, lo portò ad essere arrestato nel 1533 dall'inquisizione. Prima del processo riuscì ad evadere e fuggì a Ginevra, città di Giovanni Calvino. I calvinisti lo arrestarono e lo processarono con un iter vergognoso. Non c'è dubbio che la sentenza fu annebbiata dal fanatismo religioso dei giudici. Il non credere alla trinità, lo portò alla sentenza d'essere bruciato vivo. La condanna, con incitazione dello stesso Calvino, specificava: *Arso vivo ma, a fuoco lento.*»

«Bastardi!» esclamò impetuoso Fausto «scusatemi, ma a scuola ci portano a provare disgusto per Hitler che metteva i morti nei forni crematori, mi domando: cosa dovremmo provare nei confronti dei capi religiosi delle chiese, dette cristiane, che mettevano i vivi ad ardere, specificando pure: *A fuoco lento*?»

«Che orrore!» esclamò Lucio tristemente schifato e, notando la forte emotività reattiva che il caso suscitava, Antonio decise di aggiungere altri particolari storici: «Era il 27 ottobre del 1553, Serveto aveva soltanto quarantadue anni! **Le false religioni hanno sempre dimostrato che, per affermare come verità tutte le loro menzogne, l'unico modo fosse uccidere gli uomini in disaccordo. Atteggiamento ancora oggi perpetrato da tutte le religioni al servizio del diavolo, il dio della morte!** Comunque restando nel contesto specifico della cristianità, possiamo dire che hanno sempre ucciso perché non sono capaci di discutere con la Bibbia.»

«Sanno molto bene che le Sacre Scritture li condannano!» esclamò Fausto un po' stizzito e Lucio accordò: «Giacché quanto dice è confermato dalla storia non si può negare il loro crudele e diabolico dominio!»

«Sì! Benché, per apparire Cristiani, vantino un fondamento biblico, nelle loro credenze c'è veramente poco o niente di scritturale! Purtroppo, le false religioni non hanno mai praticato e neanche insegnato quello che le Sacre Scritture sostengono.»

Continuando l'argomento trinità, l'astronomo aggiunse che, nel quarto secolo, anche Macedonio sosteneva che lo Spirito Santo non è una persona divina, perché in nessun punto nelle Sacre Scritture troviamo un nome personale riferito allo Spirito Santo. Esso non è mai menzionato come persona perché è l'energia dinamica di Jahweh, usata per adempiere il Suo volere e soccorrere i Suoi fedeli servitori. Spiegò nei dettagli che lo spirito è superiore a Cristo perché è la forza dell'Iddio e Padre di Gesù Cristo. Dopo aver sostenuto ogni aspetto della questione, unicamente con le Sacre Scritture, chiese: «Ci sono domande o è tutto chiaro?»

«È tutto chiarissimo!» rispose con convinzione Lucio «Ma a questo punto ci dica: nel cattolicesimo ci sono altre credenze che non hanno fondamento Biblico?»

«Il cattolicesimo si basa soprattutto su credenze antiscritturali! Essendo una religione pagana, ha veramente poco di biblico. Ad esempio, oltre all'imperdonabile colpa di aver depennato il nome personale del Creatore, oltre ad essere adoratori inconsapevoli del dio Sole, e della croce, oltre ad aver cambiato i primi quattro dei 10 comandamenti, c'è l'assurda e inconcepibile idolatria verso santi e madonne, l'uso di immagini religiose e reliquie, oltre al falso credo mistico della trinità e quant'altro abbiamo già trattato, ce ne sono ancora moltissime. Possiamo aggiungere come credenze antiscritturali e apostate: l'inferno di fuoco, il purgatorio, il limbo, il battesimo dei neonati, la confessione, il segno della croce, la croce stessa e tante altre pratiche e credenze sostenibili solo dietro il paravento del mistero della fede, al quale possono affidarsi soltanto inermi sprovveduti disabituati a ragionare.»

«Perché pensa che, i credenti in queste dottrine, siano persone incapaci di pervenire alla verità attraverso un corretto ragionamento?»

«Prendiamo come esempio l'inferno di fuoco. Lei ha un figlio?»

«Due, Emanuele e Gabriele.»

«Se avessero commesso un grave errore, accenderebbe il gas tenendo la loro mano sul fuoco mentre urlano disperati?»

«No!» sbottò con impeto Lucio «l'idea mi fa rabbrividire, certo che no! Non terrei mai la mano dei miei figli sul fuoco, neanche per un istante!»

«Eppure, chi crede nell'inferno di fuoco, è convinto che, l'Iddio d'Amore, non bruci loro soltanto una mano ma tutto il corpo, e non solo per un istante, un secondo o un minuto, ma per l'e-ter-ni-tà!»

Guardando la faccia inorridita di Lucio, l'astronomo aggiunse: «Mi dica, può credere nell'inferno di fuoco uno che è capace di ragionare?»

«Miseria! Ha veramente ragione!»

«Ma allora da dove sbuca fuori la dottrina dell'inferno?» chiese incuriosito Fausto e Antonio subito rispose: «Da credenze pagane! d'altronde il termine "inferno" non ha nulla a che fare con un luogo di tormento. "Inferno" significa "livello inferiore" o "sotto terra", luogo dove venivano seppelliti i cadaveri. In ebraico si diceva *Sceol*, in greco *Ades*, i latini tradussero questi due termini in *Infernus*, tutti termini per definire la tomba dove dormono i morti in attesa della *Risurrezione* o Risveglio come fa capire daniele 12:13, e come ha sostenuto anche Gesù in Giovanni 11:11. Sono i pagani a credere in un luogo di tormento infuocato. In un testo del 1375 avanti Cristo appartenente agli antichi egizi adoratori del dio Sole, si legge: *Saranno gettati a testa in giù nella voragine di fuoco e non potranno sfuggire alle fiamme*. Molte altre religioni credettero all'inferno di fuoco dominato da demoni truci, così il cattolicesimo prese a prestito anche questa credenza pagana. Dovete anche sapere che Jahweh, tramite Geremia capitolo 7 verso 31, ci fa sapere che *bruciare esseri umani nel fuoco è una cosa che non gli è mai salita in cuore*. D'altronde voglio ricordarvi che Jahweh è Amore!»

Fausto esclamò: «Pazzesco! Se uno ragionasse su quanto ci hanno portato a credere, in quante assurdità abbiamo posto fede senza accertarci se fossero verità. È incredibile!»

«Signori» commentò Antonio «un giorno anche Siddhartha Gautama diede un ottimo consiglio: *Non credere a nulla, non importa dove l'hai letto o chi l'ha detto, neppure se l'ho detto io, a meno che non sia affine alla tua ragione e al tuo buonsenso.* Ora ditemi: considerando che il nostro Creatore è Amorevole, potrà mai essere affine alla ragione e al buonsenso credere che abbia creato un luogo terrificante, appositamente per bruciare in eterno le sue creature, tenendole in vita nella sofferenza, proprio come insegna la falsa religione cattolica che crede nell'inferno di fuoco?»

«Il suo ragionamento non fa una piega! Speriamo che tutti rinsaviscano, che comincino a capire imparando a ragionare come sa fare lei!»

Mentre Lucio diceva queste parole, Fausto continuava a fissare in maniera strana Antonio che fu spinto a domandare: «Perché mi sta fissando così?»

«Ah! Niente, niente! Stavo solo pensando a quale religione potesse preferire e forse adesso l'ho capito: lei è un simpatizzante Buddista?»

«Signor Fausto, io non sono un simpatizzante Buddista, ho soltanto citato una frase saggia di Buddha. Come devo dirglielo che, anche se mi sforzo di essere un vero Cristiano, osservatore del volere di Jahweh esposto nella Bibbia, di fatto, al momento non appartengo a nessuna religione?»

«No, è che avendo sentito citare Buddha...»

«E con questo? Allora se mi sentirà citare una frase di Maometto mi domanderà se sono Musulmano?»

«Umh! Mi scusi!»

«Ok! Scusato!» esclamò sorridendo l'astronomo «comunque, volevo dirvi che la gente potrà capire quanto è vero o falso, soltanto quando comincerà a ragionare e, soprattutto, quando si deciderà a studiare la Bibbia con modestia e umiltà; qualità indispensabili perché Jahweh conceda, agli uomini di buona volontà, il giusto intendimento.»

«Proprio vero! Ragioniamo troppo poco con la nostra testa e in più si è ancora troppo pochi a leggere la Bibbia!» osservò Fausto e Antonio aggiunse: «Sarà soltanto quando cominceremo a ragionare con la conoscenza biblica che anche le ombre delle nostre idee riveleranno d'essere il rispecchio dei pensieri di Dio. Perciò i saggi pensieri, espressi alla luce delle Sacre Scritture, saranno i modelli di quella sensibile realtà che ricopia l'idea divina. Pertanto, per chi saprà ragionare alla luce della Bibbia, non esisteranno margini di errore!»

«Ma quanto mi piace poter parlare con lei di cose spirituali!» esclamò Lucio che, benché le informazioni ricevute coprissero di vergogna tutti i cattolici sedicenti cristiani, si sentiva comunque soddisfatto dalle chiare e semplici parole sostenute da fatti storici e versi biblici inconfutabili.

«Lei non è come gl'intellettuali che si sentono parlare in giro.»

«Cioè?»

«Voglio dire che spesso si ascoltano oratori che viaggiano dispersi nei meandri delle filosofie umane mettendoci ore a spiegarsi e che, probabilmente, scriverebbero anche libri interi per esprimere uno solo dei concetti trattati. Lei, invece, trasmette grandi verità servendosi di poche e semplici parole mirate, e il tutto diviene comprensibile in pochi minuti. Complimenti!»

«Vi ringrazio!»

Il diavolo e i cattolici

Terminato il pranzo, Fausto volle offrire un digestivo nella carrozza bar.

«Un sorbetto lo prendo volentieri!» rispose disponibile Antonio. Così tutti e quattro, lasciato il ristorante, s'incamminarono parlando del più e del meno. Giunti a destinazione, benché Antonio per sbrigarsi tentasse di ordinare la consumazione al banco, Fausto occupò un tavolino: «Da seduti si gusta meglio!» pronunciò queste parole con un gesto d'invito ad accomodarsi. Ordinarono il digestivo e, nell'attesa, Lucio scuotendo la testa borbottò: «Sto ancora pensando a Wojtyla. Con tutto quello che ha combinato, l'hanno pure santificato!»

«Per quanto mi riguarda, dire: *santo-Wojtyla* significa pronunciare un grande ossimoro!» esclamò Antonio «con tutte le cose losche che si nascondono dietro la figura di Wojtyla, un cattolico coscienzioso dovrebbe veramente domandarsi: "perché l'hanno fatto santo?"»

Fausto come risposta espresse il suo pensiero: «Credo che l'abbiano consacrato perché in Polonia era da molto tempo che mancava qualcuno legittimato alla santità, e l'hanno canonizzato insieme a Giovanni XXIII perché altrimenti, cosa avrebbero detto i cattolici bergamaschi se Wojtyla fosse divenuto santo prima di Roncalli?»

«Di sicuro il risultato è stato: cattolici polacchi felici, cattolici italiani felici e Vaticano prospero.» disse Lucio e Fausto brontolò: «Tanto, gli 11 milioni spesi per la sicurezza e quant'altro, non li hanno mica tirati fuori loro, li hanno presi, come sempre, dalle nostre tasche. Sarebbe ora che gli italiani si svegliassero!»

Antonio, dando un'occhiata all'orologio, spiegò: «Per rinsavire, i cattolici dovrebbero smetterla d'imbambolarsi dietro ai rituali e dovrebbero cominciare a riflettere sulle cose più importanti della fede. **L'aspetto fondamentale, nell'esercizio della propria fede, non è quello di incantarsi alle belle parole che si sentono ma è quello di valutare i fatti attraverso le opere che si compiono**. Il cattolico capirà cos'è la sua religione osservando le opere dei suoi confratelli e in particolare di quelli che dirigono la chiesa».

«Ma chi potrà mai sapere che cosa bolle in pentola!?» domandò rassegnato Fausto ad Antonio che si sentì costretto a dire: «È semplice giungere a una saggia conclusione. Basterà porsi delle domande del tipo: "se essendo cattolico, in Italia, ho intorno a me oltre 55 milioni di confratelli, perché non respiro aria di serenità, di pace e misericordia?" Oppure: "molti dei politici cattolici che vanno anche in chiesa, quanto sono sinceri e onesti? Quanto sono leali e irreprensibili gli alti funzionari del clero che sono particolarmente amici di quei politici corrotti e puttanieri?" O ancora: "quanto sono moralmente integri i sacerdoti che mi confessano? È lecito che un essere perfido e immorale si arroghi il diritto di confessare e perdonare un individuo che ha commesso un peccatuccio di poco conto?" È fondamentale porsi delle domande per accrescere la nostra intelligenza! Saranno soltanto quelle mirate che ci permetteranno di capire, perché il cervello si smuove soltanto quando ci poniamo il "come" e il "perché" delle cose. Chi resta impassibile e non si pone domande non è un individuo indifferente, ha semplicemente il cervello atrofizzato, incapace di vedere e capire tutto quello che ha sotto gli occhi. Al di là della presunzione di sapere già, che per orgoglio molti mostrano, queste persone, disabituate a porsi domande, non saranno mai stimolate alla ricerca o alla lettura. Permetteranno sempre che sia la balia tv ad imboccargli ciò che ha confezionato per le masse. Abituati a seguire i mass-media, col tempo, diverranno sempre più incapaci di trarre conclusioni personali. Gesù disse: *Felici i vostri occhi perché vedono e le vostre orecchie perché ascoltano.* Ciò significa che non basta guardare, ma bisogna vedere! Posso guardare quanto mi scorre sotto gli occhi, ma inizierò a vedere soltanto quando mi porrò la domanda: "che cos'è che sto guardando?" Non basta udire, ma bisogna ascoltare! Posso udire di tutto, ma ascolto solo quando mostro attenzione con domande mirate. Quando smetteremo di essere insensibili al male che ci circonda, mostrandoci duri di orecchi e miopi di vista, ci porremo delle domande iniziando a liberarci da questa finta cultura che ci ha incatenato nella prigione dell'ignoranza, permettendo a noi stessi di comprendere anche le verità bibliche. Ricordatevi sempre che volere è potere. Pertanto, se volete sapere, basterà *chiedere e vi sarà dato*, basterà *bussare e vi sarà aperto.* Non cadrà nulla dal cielo se non ci decidiamo a fare il primo passo come quello di *chiedere o bussare.*»

Allora Lucio non perse occasione per domandare cos'altro sapesse sul conto di Wojtyla e del Vaticano e l'astronomo, prima di rispondere alla sua domanda, comicamente disse: «Umh... mi sa che, con quanto vi ho appena detto, mi sono messo nei guai da solo. Forse ho parlato troppo, ora mi tocca rispondere, vero?»

Stando allo scherzo, Lucio rispose con una domanda: «Eh già! Non ha detto Gesù Cristo che: *Basterà chiedere e ci sarà dato*?»

«Beh... diciamo che... stavo scherzando!»

Poi Antonio, parlando seriamente, spiegò: «Comunque, non è indispensabile chiedere sempre a un altro o bussare sempre alla porta degli altri, possiamo anche imparare a *chiedere* a noi stessi affinché le domande ci stimolino al ragionamento logico, possiamo imparare a *bussare* al nostro cuore affinché smetta di essere impassibile e cominci così a guidarci, con un sentimento di passione, alla ricerca della verità! Provate a farlo, vi cambierà la prospettiva visiva del vivere quotidiano e coglierete quei particolari che sono l'essenza di una correlata sapienza».

«Davvero non vuole dirci più niente?»

«Signori è da stamattina che parliamo, tra poco arriveremo a Budapest e ci toccherà scendere!»

«Ha ragione, ma lasciarsi così, dopo averci incuriosito sulle losche faccende di Wojtyla...»

«Ok! Vi dirò ancora qualcosina, l'importante è che non mi tratteniate ancora per delle ore.»

«Promesso!»

«Va bene! Va bene! Premetto che anche il cardinale Carlo Maria Martini, intervenuto al processo di santificazione, fece notare che sul pontificato di Wojtyla incombe un'ombra nera, pertanto sarebbe stato meglio non procedere alla santificazione di Giovanni Paolo II. Ora, l'assenza di coraggio da parte di papa Francesco che non face sospendere la sceneggiata di santificazione, lascia l'amaro in bocca a tutti quei fedeli affamati di giustizia e assetati di verità. Se volete giungere alla verità perché sia fatta giustizia, cominciate ad agire facendo ricerche, appurate le informazioni con la vostra facoltà di ragionare e, soprattutto, smettetela di farvi circuire dal marketing di gestori ruffiani e da trasmissioni lecchine. La verità non si trova al cinema, nei film strutturati per un preciso fine e tantomeno nelle parole dei fantozziani leccapiedi. Detto questo, riguardo a Wojtyla, oltre alle faccende vergognose che vi ho già riferito, proverò a menzionarvi altri fatti pertinenti ma, per capire l'antifona, mi toccherà prendere l'argomento un po' da lontano. Lo faccio perché questo ci permetterà di capire meglio, attraverso il contesto, tutte le cose che sto per dirvi. Innanzitutto ditemi: cosa sapete del vescovo Marcinkus?»

«Devo dire che è un nome che mi ricorda qualcosa, ma al momento...»

«Ok! Non perdiamo tempo. Ve lo dirò io!»

«Perfetto!»

«Marcinkus era vescovo e presidente dell'istituto opere religiose. Vi dico subito che le opere religiose svolte da questo istituto, conosciuto come I.O.R., sono state, soprattutto, quelle di accumulare ricchezze di qualunque provenienza. In realtà è sempre stata una vera banca, la banca del Vaticano che però, a differenza di tutte le altre banche, non ha mai pubblicato un bilancio annuale e non ha mai dato alcuna informazione sui propri investimenti. Marcinkus, che ricopriva il ruolo di presidente dello I.O.R., fece accordi con Michele Sindona...»

«Ma... Michele Sindona, non è quell'uomo d'affari siciliano con agganci nel mondo della mafia?» domandò Lucio con un'espressione che rifletteva uno stato d'animo scandalizzato, mentre Antonio schietto affermava: «Sì! Proprio lui.»

«Mi sta dicendo che il presidente delle opere religiose cattoliche faceva accordi con la mafia?»

«Sì! Il Vaticano ha creato degli intrallazzi anche con la mafia. Grazie alle prerogative derivanti dalla extraterritorialità dello I.O.R., Michele Sindona comprò e fondò moltissimi istituti di credito e società finanziarie, quasi tutte create in paradisi fiscali.»

«Mi torna difficile credere che il Vaticano arrivi a tanto!»

«Per farle capire le mansioni svolte dagli uomini posti lì dal Vaticano per garantire la propria ricchezza economica, le aggiungo qualcos'altro: si ricorda chi fu nominato papa il 6 agosto del 1978, dopo la morte di Paolo VI?»

«Umh... mi faccia pensare... ah sì Wojtyla!»

«No! Ci fu un altro papa tra i due, ritrovato privo di vita il 33° giorno del suo pontificato. Come risultato dell'indagine sulla sua morte, ancora oggi, non si sa chi trovò per primo il corpo del papa esanime, e ancora oggi nessuno sa neanche l'ora reale del suo decesso. Adesso ricorda?»

«Ah sì, adesso ricordo! Fu papa Giovanni Paolo I, giusto?»

«Giusto!» confermò Antonio «era così che si fece chiamare Albino Luciani, il papa deceduto nella notte tra il 28 e 29 settembre del 1978. Si è mai chiesto perché di questo papa, morto in circostanze mai del tutto chiarite, il collegio dei cardinali fu unanime nel respingere tutte le richieste per procedere a un'autopsia?»

«In effetti, la morte di Giovanni Paolo I creò nella mente di molte persone parecchi sospetti!»

«Il giornalista david Yallop scrisse: *Nel nome di Dio,* che sul caso si rivelò un libro specifico e ventilò l'idea che Luciani in realtà fosse stato vittima di una congiura di palazzo. Secondo Yallop, l'intenzione del nuovo papa di operare un ricambio immediato ai vertici delle finanze vaticane, partendo proprio dal vescovo Paul Marcinkus, non sarebbe estranea alla morte inaspettata e improvvisa di Giovanni Paolo I.»

I due amici, sempre più curiosi, vollero sapere perché si sospettasse di Marcinkus o chi per lui, e Antonio soddisfò prontamente la loro curiosità: «Luciani, prima di divenire papa, fu presidente della Banca cattolica del Veneto e fu deposto dal suo incarico proprio dal vescovo Marcinkus che, senza consultare né informare il consiglio d'amministrazione, aveva ordinato l'annessione della Banca cattolica del Veneto al Banco Ambrosiano. Luciani, divenuto papa, detenendo un'autorità superiore a quella del vescovo, decise di fare pulizia. Probabilmente anche per restituire l'ingiusto male ricevuto in passato! Non prese atto però che, alle spalle del presidente dello I.O.R., vi erano uomini come Michele Sindona e il mondo della mafia, Licio Gelli maestro venerabile della Loggia P2, Jean Villot segretario di Stato Vaticano e molti altri ecclesiastici iscritti alla massoneria».

«Lei non solo sta parlando di complicità mafiosa all'interno del Vaticano ma, addirittura, di vescovi e sacerdoti iscritti alla massoneria. Ho capito bene?» domandò Lucio sempre più sconvolto, e Antonio affermò: «Ha capito benissimo! Probabilmente lei non sa che, in coincidenza con la morte di Luciani, venne pubblicato nell' "osservatore Politico" un elenco di 131 ecclesiastici iscritti alla massoneria, buona parte dei quali erano proprio nel Vaticano».

«Vede signor Antonio, se nel Vaticano ci fosse stata veramente la massoneria, la persona che violava il segreto, rivelando il nome degli appartenenti, avrebbe fatto una brutta fine.»

«Infatti Mino Pecorelli, che diffuse la lista col nome degli ecclesiastici massoni, venne ucciso nella sua auto da alcuni colpi di pistola il 20 marzo 1979. Dell'omicidio furono accusati persino Andreotti e Badalamenti ma, ancora oggi, dopo 35 anni, il caso Pecorelli rimane irrisolto.»

«Veramente non so più che cosa pensare!» esclamò sdegnato Lucio e Antonio per aiutarlo a comprendere aggiunse: «Forse potrà schiarirvi le idee quanto successe dopo l'elezione di Wojtyla».

«L'episodio mi sta incuriosendo tantissimo!» borbottò Fausto e Lucio deciso: «Dica pure cos'altro si nasconde in Vaticano».

«Wojtyla fu eletto papa e, astutamente, per acquietare l'opinione pubblica ancora scossa per la morte sospetta di Giovanni Paolo I e, per dare l'idea di continuità all'opera intrapresa dal suo predecessore, che durò soltanto 33 giorni, si fece chiamare Giovanni Paolo II. Il nome scelto fu comunque soltanto fumo negli occhi che fece immediatamente dimenticare Giovanni Paolo I e tutto ciò che di sospettoso ruotasse intorno alla sua morte inspiegabile.»

«Con Wojtyla papa, fu rimosso il vescovo Marcinkus come presidente dello I.O.R.?»

Alla domanda di Lucio, Antonio, prendendo atto dell'ingenuità psicologica del suo interlocutore, sorrise apprezzando quella sincera bontà e poi, indirizzandolo ad un apprendimento più coerente ai fatti, spiegò: «Preso atto della fine di Giovanni Paolo I, Wojtyla si guardò bene dal discutere sul ruolo di Marcinkus e lo investì di maggiore autorità, fino a farlo divenire l'uomo più potente del Vaticano. Marcinkus, essendo in primis presidente dello I.O.R., banca che non doveva rendere conto a nessuno se non al papa, seppe ricambiare gli onori ricevuti facendo in modo che da quel momento in poi gli introiti a favore del papa aumentassero e, parlando in euro, furono ingenti somme di denaro versate in contanti che, negli ultimi anni, si aggiravano intorno ai 50 milioni di euro l'anno e cioè circa 137.000 euro al giorno!»

Fausto, sempre pronto a far battute, ridacchiando non perse occasione: «'Sti poveracci vivono sempre di stenti!»

Antonio, pensando che non fosse il caso di fare dell'umorismo su un argomento così serio, posato, riprese subito il suo discorso: «Secondo le ultime indagini, nello I.O.R. ci sono miliardi di euro che ancora non si capisce bene di chi siano. Dal 1971 al 1989 il vescovo Marcinkus, indisturbato, gestiva e raccoglieva capitali enormi quasi tutti d'incerta provenienza. Gran parte di questo denaro, per compiacere il nuovo papa polacco, pare che fu anche utilizzato per finanziare gruppi di movimenti in opposizione ai regimi comunisti, in particolare Solidarnosc in Polonia».

«È mai possibile che non si sia trovato un solo vescovo, con qualche rimorso di coscienza, capace di denunciare tutto lo schifo di questa gentaglia?»

«Evidentemente a tutti stava bene così! E vuole sapere perché?»

«Certamente, mi dica.»

«Perché la chiesa cattolica non è mai stata al servizio del Creatore. Il caso dello I.O.R. è una delle ultime conferme che la chiesa è sempre stata schiava della ricchezza. Gesù Cristo aveva avvertito i Cristiani pronunciando le chiare parole che furono riportate nel Vangelo di Matteo al capitolo 6 verso 24.»

L'astronomo disse questo sfogliando velocemente la Bibbia e, giunto al capitolo e verso citato, lesse la scrittura: «*Nessuno può servire due padroni; perché o odierà l'uno e amerà l'altro, o avrà riguardo per l'uno e disprezzo per l'altro. Voi non dovete servire Dio e Mammona*».

«E chi è questo Mammona?»

«Mammona, in Aramaico vuol dire "ricchezza" personificata come una divinità.»

«Che la ricchezza sia la più grande divinità per la chiesa cattolica, è innegabile. Lo I.O.R. è l'ennesima inconfutabile prova!»

«Allora sarà altrettanto innegabile che questa non è la religione al servizio del Dio Creatore. Non vi pare?»

«Questo è ovvio, come il fatto che 2 + 2 fa 4!»

«Pertanto il vescovo Marcinkus continuò indisturbato nel suo losco modo di operare?» ritornò a domandare Lucio sempre più amareggiato e Antonio spiegò: «No! Perché il 20 febbraio 1987 il giudice istruttore del tribunale di Milano, Renato Bricchetti, emesse mandati di cattura contro i vertici dello I.O.R., corrispondenti ai nomi di Luigi Mennini, Pellegrino De Strobel e del famigerato vescovo Paul Marcinkus. Furono tutti individuati come parte attiva nel crac del Banco Ambrosiano che con la banca cattolica del Veneto aggiunta, fecero fallire di fatto due banche cattoliche in un colpo solo.»

«Finalmente andarono tutti in galera!» esclamò Fausto con un senso di soddisfazione subito cancellato dalle parole di Antonio: «No, ci fu un colpo di scena!»

«Cioè? Vuole dirmi che neanche in questo caso trionfò la giustizia?»

«Proprio così! Visto che in galera ci andarono soltanto i laici! Gli ecclesiastici ebbero tutti un salvacondotto!»

«Ma cosa sta dicendo?» domandò visivamente irritato Lucio «perché mai, sullo stesso caso, i laici vanno in galera e gli ecclesiastici no? Ma la legge non è uguale per tutti?»

«Sì! Sicuramente è uguale per tutti i poveracci come noi, ma non per il clero cattolico. Pensate che, per il fallimento della banca cattolica "Banco Ambrosiano", oltre ad una carriera di lavoro distrutta, conobbero l'onta del carcere: il governatore della Banca d'Italia, Paolo Baffi, e il direttore generale Mario Sarcinelli. Riguardo agli ecclesiastici, la cassazione non convalidò mai il provvedimento a causa dell'articolo 11 dei patti lateranensi che recita: *Gli enti centrali della chiesa sono esenti da ogni ingerenza da parte dello Stato italiano.*»

«È incredibile che questi delinquenti la facciano sempre franca!» esclamò molto inalberato Fausto e Lucio volle anche sapere che fine avesse fatto il vescovo. Antonio quindi spiegò: «Per dare un contentino all'autorità giudiziaria, Marcinkus, d'accordo con Wojtyla, si ritirò in Arizona, dove in villa, con tanto di piscina, fu anche intravisto con i suoi immancabili sigari cubani e attorniato da smaliziate donne in topless!»

«Sono a dir poco disgustato da tutti questi retroscena! Come si può beatificare un papa che non ha fatto luce su un tema tanto scottante e così grave?» brontolò scuotendo la testa Fausto, mentre Lucio chiedeva: «In assenza di Marcinkus, che se fosse stato laico sarebbe finito in galera, cosa fece Wojtyla per continuare ad amministrare le ricchezze del Vaticano e dello stesso I.O.R.?»

«Di sicuro il metodo applicato dal vescovo Marcinkus, per accumulare grandi ricchezze, era vincente! Pertanto, squadra che vince non si cambia. Così, quando nel 1990 Wojtyla promulgò i nuovi statuti dello I.O.R., tra le figure di garanzia per l'eticità dei movimenti di denaro dell'Istituto nominò un alto prelato: monsignor Donato De Bonis». Detto questo, Antonio ridacchiando aggiunse: «Un'ennesima sfacciatissima presa in giro per tutti i fedeli cattolici, per tutta l'Italia e per tutto il mondo intero!»

Lucio domandò subito la motivazione di quest'affermazione e Antonio, smorzando il sorriso, col busto si avvicinò al tavolo e con tono pacato disse: «Perché i fedeli s'immaginarono un provvedimento preso per fare pulizia nel subdolo sistema economico della chiesa, non sapendo che chi era stato nominato, in realtà, avrebbe proseguito l'operato del vescovo Marcinkus: e sapete perché vi dico questo? Perché Monsignor Donato De Bonis null'altro era se non il braccio destro di Paul Marcinkus.»

I due amici, ormai rassegnati ai perpetui imbrogli della chiesa, accasciarono le spalle e Antonio, valutando il subdolo pontificato di Giovanni Paolo II, proseguì in maniera ancora più dettagliata: «Non si dovrebbe mai dimenticare che il signor Wojtyla preferiva circondarsi di vescovi e cardinali ben omologati e dediti nell'ordire loschi affari. In più, per finanziare il sindacato polacco, che scardinò il sistema sovietico, fece alleanza moralmente illecita con il famigerato pedofilo, drogato, puttaniere e stupratore, fondatore dei Legionari di Cristo, padre Marcial Marciel Degollado. Pensate che il legionario Luis Garza Medina, braccio destro di Marcial, oltre a una condotta non illibata come sacerdote, fu accusato di aver circuito la madre di Roberta Garza spillandole, nell'arco di 19 anni, ben 50 milioni di dollari. Questo dovrebbe farvi capire quanto questa gentaglia sia avida di guadagno disonesto. L'11 novembre 2001 la rivista americana "National Catholic Reporter" ha esplicitamente scritto che molti sapevano della doppia vita del sacerdote Marcial, fondatore dei "cattolici legionari di Cristo". Infatti, furono accusate molte personalità di spicco, come il cardinale Eduardo Martinez Somalo, il cardinale Angelo Sodano e il monsignor Stanislaw Dziwisz segretario personale di Giovanni Paolo II. Come dichiarò l'avvocato Josè Bonilla, padre Marcial, che conviveva con due donne ignare una dell'altra dalle quali ebbe tre figli, oltre ad essere un incallito pedofilo, aveva aperto un "Trust Fund" in una banca offshore alle Bahamas. Wojtyla sapeva tutto, eppure non prese nessun provvedimento contro quest'essere ripugnante, anzi, si avvalse anche delle sue generose donazioni per finanziare Solidarnosc e ricambiò, le opulenti offerte, non solo passando sopra le indicibili perversioni ma arrivò persino a proporre questa perfida, scellerata, viscida e ignobile figura di depravazione come "modello per i giovani"».

«Sto provando un grande disgusto!» esclamò molto amareggiato Lucio e Antonio incalzò: «Per proprio tornaconto, Wojtyla seppe condividere il suo colmo bottino di potere con corrotti e corruttori, miscredenti e amorali. Pertanto non c'è da stupirsi se, pure sul caso I.O.R., fece di tutto per impedire l'accertamento della verità. La prova è data dal fatto che, anche se i giudici italiani non hanno titolo a chiedere l'estradizione di Marcinkus, nessun processo pubblico si è tenuto nella città del Vaticano per accertare i fatti. Per questi delinquenti nessuna scomunica è mai stata emessa, anzi, pare evidente che siano stati tutti ripagati con agi invidiabili. D'altronde c'era da aspettarselo, con eventuali condanne, i vertici sarebbero incorsi in seri rischi. Sarebbero venute a galla troppe verità che, per la chiesa, è meglio siano rimaste taciute e nascoste.»

«Così, alla fine dei conti, *se non è zuppa, è pan bagnato* come suol dirsi!» osservò Fausto e Antonio per sdrammatizzare la mise sul ridere: «Con i soldi che continuano a girare non parlerei di pan bagnato ma di caviale e champagne!» poi ritornando serio puntualizzò: «Gli ingenui possono pensare che la ricchezza del clero cattolico stia nelle pietre preziose e nell'oro che ostentano nelle chiese, ma di fatto, quanto vediamo, benché ci sorprenda la smisurata quantità di materiale prezioso in un mondo di carestia, è nulla in paragone all'enorme quantità di denaro cui dispone l'alta istituzione cattolica. Gran parte dei loro soldi sono depositati nelle banche di mezzo mondo! Soltanto negli Stati Uniti sono stati investiti 298 milioni di dollari in titoli di Stato, 273 milioni in joint-venture, 195 milioni in azioni e 102 milioni in obbligazioni a lungo termine. Una valutazione parziale che andrebbe moltiplicata per più di cento volte, considerando che si estende in gran parte del mondo. Ad esempio, il 30 settembre 2008 tramite Robert Mickens, corrispondente romano per la rivista cattolica britannica "Tablet", si è saputo che in Italia questi "santi signori" avevano investito 520 milioni di euro in titoli e azioni, e quasi 19 milioni di euro in una tonnellata di lingotti d'oro. Considerando che l'oro dal 2008 a oggi è andato alle stelle, tutto fa presagire che la liquidità vaticana nelle banche italiane è più che abbondante. A tutto questo aggiungete l'infinita ricchezza accumulata con lo I.O.R., banca del Vaticano, e poi ditemi se è il caso di fare anche le donazioni del 5×1000 a quelle loro ONLUS create ad hoc o dargli ancora l'8x1000! Inoltre, vi faccio anche sapere che, mentre il Comune di Roma è in deficit, per questi che trasudano soldi da ogni poro, il 26 ottobre 2009, il consiglio comunale di Roma ha approvato una delibera che dispone uno stanziamento di un milione di euro come contributo per le parrocchie di Roma. E non sto neanche a dirvi che il Giubileo è costato 250 milioni di euro e che i vari raduni cattolici sul territorio nazionale costano allo Stato di media altri 250 milioni di euro. E non vi aggiungo neanche l'abbuono di circa due miliardi di euro di tasse, che ovviamente sono ricaricate non sul popolo cattolico ma su tutto il popolo italiano credente e non. Però, adesso ditemi con sincerità, di tutto questo, cosa sa il fedele cattolico ipnotizzato dalle chiacchere smielate di papa Francesco?»

Antonio restò in attesa di una risposta che non pervenne, i due amici restarono muti abbassando lo sguardo, Antonio allora sbottò «Di tutto quello che vi ho detto, il fedele cattolico, sa un bel fico secco! La stragrande maggioranza dei cattolici, sanno solo quello che il marketing pubblicitario ha confezionato per loro, ossia, che "questo papa ha commosso il mondo intero perché non ha voluto indossare il crocefisso d'oro ritenuto troppo costoso" e avete idea di quanti gli sbavarono dietro sentendo questa ridicola notizia? Oppure sanno della notizia riportata a caratteri cubitali che rivelava quanti euro aveva regalato ai poveri. Anche se la donazione era di qualche centinaia di euro, è comunque una quantità di denaro che non si può paragonare neanche a una briciola dei suoi lauti sostentamenti, e per metafora, neanche a una minuscola particella di farina che cade da quelle sue enormi pagnotte. E poi, se nella Bibbia è scritto: *Quando fai un dono, non far sapere alla tua mano sinistra quello che fa la tua destra*, come mai questa notizia è saputa da tutti in Italia e nel mondo? Se è giunta persino alle orecchie del disperso beduino nel deserto, non vi viene da pensare che forse ha compiuto questo gesto per un marketing pubblicitario? Con questo non voglio dire di essere maliziosi nell'osservare i gesti plateali di questi lupi rapaci in manto da pecora, ma almeno smettetela di essere così ingenui fino al punto di sciogliervi nell'udire due parole ben dette o nell'osservare un bel gesto. Valutate i fatti reali che nascondono! Svegliatevi!»

Fausto, condividendo il pensiero, si lasciò andare a un piccante commento: «È chiaro che è tutta una vera presa per il... ci siamo capiti no?» e Antonio per tutta risposta: «Questo io l'ho già capito da un pezzo, mi domando se adesso l'avete capito anche voi!»

«Certo che l'abbiamo capito anche noi!» affermò senza esitare Fausto e Lucio osservò: «Ripensando a Wojtyla, sono convinto che abbia sacrificato l'accertamento della verità proprio per non compromettere se stesso e il clero. Se il mondo intero avesse scoperto i farraginosi imbrogli economici attuati dal Vaticano, l'istituzione ecclesiastica sarebbe stata screditata da tutti. E poi non oso neanche immaginare lo sbigottimento degli ingenui fedeli del mondo cattolico! Devo confessare che è triste ammettere questa verità, ma devo anche riconoscere che, valutando la realtà dei fatti, ho capito tante cose che prima non immaginavo neanche potessero essere mai possibili.

Adesso mi viene da pensare: chissà quanti altri papi hanno combinato cose losche a nostra insaputa!»

«Oltre ai recenti casi di Wojtyla, vuole sapere di qualche altro papa?»

«Giacché ci siamo, perché no?»

«I papi hanno commesso innumerevoli atti spregiudicati che coprirebbero di vergogna qualsiasi aderente alla chiesa cattolica!»

«Ho letto la storia di molti papi e sentito molti pettegolezzi, ma onestamente non conosco la verità dei fatti.»

«Di fatti, se vuole, gliene posso menzionare un mare e quando dico mare, non pensi al Mediterraneo, ma ad una distesa d'acqua più grande di tutti gli oceani.»

«La miseria! Questa descrizione mi fa impressione» commentò Lucio sgranando gli occhi e Antonio promise: «Le assicuro che i guai che hanno commesso la faranno inorridire».

«Sono curiosissimo.»

«Allora, vuole sapere di qualche papa?»

«Perché no!?»

Antonio guardò nuovamente l'ora e poi esordì: «Parlando di papi ne potrei menzionare delle belle, vuole che le parli di Benedetto IX, un individuo spregevole, peggiore di Esaù, giacché senza alcuna vergogna, vendette la dignità pontificia al suo padrino e la rivolle indietro per ben due volte? Per quanto riguarda l'immoralità menzionerei papi come Rodrigo Borgia, divenuto papa Alessandro VI, crudele e lussurioso, fece almeno otto figli con quattro donne diverse».

«Alla faccia della castità sacerdotale!» esclamò Fausto che si sentì precisare da Antonio: «Direi castità papale! Non le sto parlando di un pretucolo, ma di un papa che ebbe relazioni sessuali con molte donne, e i figli che ebbe ne sono la prova. I più conosciuti sono: il crudele Cesare e l'immorale Lucrezia. Cos'altro vuole che le dica? Per la stragrande maggioranza di papi, vescovi e sacerdoti, l'immoralità è sempre stata una pratica ben vissuta! I Borgia sono i più rinomati, ma se lo desidera le parlerò anche di papa Sergio III che, con Marozia, ebbe persino un figlio che a sua volta divenne papa Giovanni XI. Oppure preferisce che le parli di papa Giovanni XII che fu completamente disinteressato ai compiti spirituali, giacché la sua vita sfrenata e dissoluta era anche dedita ai piaceri triviali? Oppure del papa pedofilo Baldassarre Cossa che abusava di bambini a lui procurati da un certo Angelotto di Roma, chierico della Camera Apostolica e canonico di san Giovanni in Laterano.»

«Com'è possibile che persino un papa fosse pedofilo?» sbottò innervosito e incredulo Lucio e Antonio con far sereno spiegò: «Si rilassi, non sto dicendo un'assurdità ma una verità confermata nell'assemblea del Concilio di Costanza il 29 Maggio 1415. E poi non si scandalizzi troppo, parlando di tutti i papi, anche quelli non eletti canonicamente, che poi erano tutti della stessa solfa, Baldassarre non fu un caso isolato di pedofilia. Dentro le mura leonine le porcate erano rituali quotidiani. Il perverso Giuliano della Rovere, divenuto papa Giulio II, fu peccatore di sodomia. Già da cardinale praticava l'omosessualità nella legazione di Vigevano, tanto che fu amante del bello e corrotto Francesco Alidosi. Questo papa praticò anche la pedofilia. Dormiva col piccolo Federico di soli dieci anni, figlio del marchese Francesco Gonzaga. Papa Giulio II a questo bambino versava anche una rendita mensile di cento ducati d'oro. Di certo non a gratuito merito, non vi pare?»

Fausto, collegatosi ad internet, disse: «Provo un forte disgusto per questi fatti! Mentre lei parlava, ho digitato il nome del papa e risulta pure che venne composto anche un sonetto per lui. Sentite come conclude: [...] *E de' bei modi assai de sodomia; et meno biasmo te fia col Squarzia e Cursio nel sacro palazo tenir a bocha il fiasco e in cu... il ca...*»

«Che ribrezzo!» esclamò Lucio e Fausto precisò: «Caro amico mio, sarà incredibile ma risulta essere tutto vero. Ci rendiamo conto dello schifo di spiritualità che ha il clero cattolico?»

«Che devo dirti? Non ho parole!»

«Pensate che quanto vi ho detto serve solo a darvi una parziale idea di cosa è il cattolicesimo!»

«Non posso credere che, oltre a questi menzionati, altri papi si siano comportati da schifo!»

«Signor Lucio, resto basito al pensiero che lei possa aderire o appartenere a un'organizzazione religiosa senza sapere o capire di che stoffa siano fatti i fondatori e gli attuali capi dirigenti.»

«Fino a poco prima di incontrarla, pensavo che fossero stati tutti santi.»

«Forse col metro del diavolo! Cosa c'è di santo negli assassini?»

«Assolutamente niente!»

«Benché l'ordine di "non uccidere" sia il sesto comandamento, il cattolicesimo si è macchiato costantemente di questo peccato. Facendo riferimento a papi e cardinali, sin dalle origini, il clero cattolico è stato un covo di assassini. Nessuno può negare che, nel corso della storia, la chiesa cattolica sia stata colpevole di numerose azioni sanguinarie diramatesi dai palazzi apostolici ad altre dimore del potere in varie città. Basti pensare che papa Giovanni VIII è morto avvelenato da un parente devoto che, siccome il veleno tardava ad agire, per finirlo, gli spaccò la testa a colpi di martello. Poi papa Giovanni X, incappato nelle antipatie della proclamatasi senatrice dei romani, Marozia, fu imprigionato e assassinato. Fu succube di Marozia anche papa Stefano VII. Papa Giovanni XIV, invece, finì avvelenato, e papa Benedetto VI morì nelle buie prigioni di Castel Sant'Angelo. L'autore di questi due omicidi fu papa Bonifacio VII, definito, per la sua crudeltà, un autentico "mostro" che agiva guidato dalla famiglia dei Crescenzi, la famiglia che contribuì ad uccidere anche Silvestro II, definito: "papa Mago". Abbiamo anche papa Clemente II, morto avvelenato a Pesaro per ordine di papa Benedetto IX. In seguito abbiamo colui che divenne papa Bonifacio VIII, come mandante di omicidio nei confronti di papa Celestino V. Poi c'è anche papa Clemente VII che, benché fosse zoppo e orbo, venne definito "il boia di Cesena", giacché compì brutali razzie che culminarono in veri e propri massacri. Inoltre abbiamo anche il fratricidio di Cesare Borgia; ritrovarono il fratello Juan sulle rive del Tevere crivellato da colpi di pugnale. Potrei menzionarvi ancora Alessandro VI, che fece uccidere il cardinale Giovan Battista Orsini e in seguito lo stesso Alessandro VI morì, vittima della cantarella in un banchetto, bevendo per sbaglio dal bicchiere destinato al cardinale Adriano Castellesi da Corneto. Neanche davanti alla morte si è mai arrestato il sadismo cattolico, pensate che Formoso, ormai morto da un pezzo, fu estratto dal sepolcro papale e portato in giudizio davanti al "Concilio del Cadavere"! Quel concilio fu presieduto dal nuovo papa Stefano che ordinò di spogliare la salma dagli abiti pontificali e di mozzare le dita della sua mano destra! Vi prego, per un momento cercate di immaginare la scena e ditemi: che idea vi fate di una religione che, per giudicare gli uomini anche dopo la morte, costituisce il "Concilio del Cadavere" e che, dopo aver aperto i sepolcri, infierisce sui miseri resti riesumati? Questi vi sembrano rituali cristiani o satanici?»

«Buah! Che orrore!» esclamarono rabbrividiti i due amici scuotendo la testa e Fausto amareggiato sbottò: «Peggio delle messe nere demoniche. Mi sono immaginato scene terrificanti!»

«Vi basta questo sadismo agghiacciante e demonico, per capire cosa è la religione cattolica? Cosa dite? devo continuare, o vi può bastare per convincervi che il cattolicesimo è un'organizzazione demonica?»

«Direi che la storia parla chiaro, lei ha menzionato nomi, cognomi e fatti storici innegabili.»

«Quindi, come potete pensare mai che lo spirito dell'amorevole Dio Jahweh, padre e Dio di Gesù Cristo, possa ritrovarsi tra le mura del Vaticano o nella chiesa cattolica?»

Notando che gl'interlocutori erano rimasti basiti e senza parole, Antonio domandò: «Di quanti papi, che esercitarono un'influenza malefica, volete che vi parli ancora? Potrei denunciarli quasi tutti apertamente e con dovizia di particolari. Ma a cosa servirebbe? Staremmo comunque a parlare di uomini che fanno parte della chiesa cattolica, un'organizzazione religiosa che ha sempre esercitato un'innegabile violenza demonica e fornicazione, sia spirituale che letterale, capace di rispecchiare palesemente soltanto il volere del diavolo. E aggiungo un aspetto non trascurabile: i papi sono considerati tutti come il Dio in terra, infallibili e venerati come santi. E questo fatto la dice lunga sul cattolicesimo!»

«Ma come hanno fatto a essere così convincenti facendoci passar sopra a tutte queste malefatte?» si domandò Lucio molto sconsolato.

«Semplice» rispose con fermezza Antonio «siccome i cattolici sono fortemente ritualistici, perché tutti ignoranti di appropriata conoscenza biblica, è sempre bastato distrarli con l'annuncio di un presunto miracolo o con la nomina di un nuovo santo. Ad esempio: sapete come Wojtyla ha distratto tutti dal suo subdolo pontificato?»

Notando che esitavano nel rispondere, Antonio proseguì: «Il signor Wojtyla lo fece nominando in continuazione nuovi santi. Nei suoi 27 anni di dominio incontrastato, Wojtyla, per distrarre i fedeli dai suoi loschi intrallazzi, ha raggiunto la ragguardevole media annuale di 50 beati e 18 santi. Nessun altro pontificato produsse mai una così vasta quantità di santi e beati. Wojtyla, avendo notificato 1338 beati e 482 santi, detiene l'incontrastato e vergognoso primato che ha portato tutti i fedeli cattolici a distrarsi dalle disgustose faccende che permetteva e commetteva».

«Ma tutto questo è pazzescamente diabolico!» sbraitò Fausto a nervi tesi.

«Bene! Allora cercate di capire; alla chiesa serve qualcuno che appaia buono per coprire il male che porta in seno. Agli occhi di chi è capace di valutare i fatti però, resta ciò che è, un'organizzazione al servizio del diavolo!»

«Però, arrivare a dire che è al servizio del diavolo mi sembra che si stia esagerando!» esclamò Lucio visibilmente turbato da questa fredda dichiarazione e Antonio diede la motivazione: «Guardi che lo ammettono loro stessi. Gabriele Amorth, riconosciuto dalla santa sede come esorcista ufficiale della chiesa cattolica, sostenendo che il diavolo è insediato nella chiesa, in una dichiarazione pubblicata nella rivista brasiliana "veja", disse: *Il diavolo vive in Vaticano* e affermò addirittura che ci sono cardinali che non credono in Gesù e vescovi che sono legati al demonio. Lo dicono loro stessi che sono succubi del demonio! Inoltre, sempre il sacerdote capo esorcista Amorth, sul quotidiano "Il giornale", ha anche dichiarato che i massoni hanno succursali dappertutto perfino nel Vaticano. Poi se arguissimo su quanto disse Gesù: *Li riconoscerete dai loro frutti*, ragionando su quanto vi ho fatto sapere da questa mattina, vedrete che tutto torna, perché non è difficile capire che le loro opere o, come dice Gesù: *i loro frutti*, sono il risultato di una guida diabolica».

«Mi sembra assurdo, non avrei mai pensato che i fatti potessero essere questi!»

«Perché?» chiese l'astronomo un po' stranito.

«Perché ho sempre pensato che, se ci sono opere innegabilmente sataniche, forse succede perché sono semplici uomini e non perché è un'organizzazione demonica!»

«No! Quest'organizzazione è ispirata dal demonio e lo affermo perché ci sono anche esplicite prove scritturali.»

«A sì! E quali? Voglio proprio vedere se nella Bibbia è scritto che il cattolicesimo è ispirato dal demonio!»

«Ok! Se veramente vuole scoprire la verità, si rilassi, e legga con me queste due scritture: Prima a Timoteo capitolo 3 versi da 1 a 5; e capitolo 4 versi da 1 a 3. E poi, mettiamole a confronto.»

«Ok! Leggo io... Prima a Timoteo capitolo 3 versi da 1 a 5. Qui dice: *Certa è questa parola: se qualcuno aspira all'incarico di pastore, bisogna dire che desidera un'ottima attività. Ma il pastore deve essere irreprensibile, marito fedele di una sola donna. Inoltre, deve essere saggio, equilibrato, ordinato, ospitale e capace d'insegnare. Non deve bere troppo, né essere violento; ma gentile e pacifico, e non attaccato ai soldi. Bisogna che governi bene la propria famiglia e che educhi i figli all'ubbidienza e al rispetto, perché, se uno non sa governare la propria famiglia, come farà ad avere cura dei fedeli di Dio?*»

«Bene, se ha notato, qui chiaramente dice che il pastore, ministro di Dio, dev'essere marito di una donna e con figli ben educati. Dio spiega anche perché deve essere sposato! Jahweh fa un ragionamento logico sulla motivazione, e domanda: *Se non sa dirigere la propria famiglia come potrà dirigere la famiglia di Dio?* Quindi, il Creatore richiede che i suoi ministri siano sposati. Chiaro no?»

«Sì! direi chiarissimo!»

«Bene! Conosce una religione che anziché incoraggiare i propri ministri al matrimonio ha proibito che si sposassero?»

«Sì!»

«Vuole dirmi qual è questa religione?»

Lucio a denti stretti rispose: «La religione cattolica! Ma questo non dimostra che segua dottrine di demoni.»

«Signor Lucio, resti tranquillo, chi si offende non ragiona correttamente, agitandosi non giungerà mai ad una corretta deduzione dei fatti. Si ricorda che cosa abbiamo letto in Ecclesiaste 7:9? Quindi, si rilassi e ascolti! Se cerca sinceramente la verità, dovrebbe leggere l'altra scrittura per completare il senso di questa. È sempre scritta dall'apostolo Paolo a Timoteo nella sua Prima Lettera al capitolo che segue. Abbiamo letto il 3, adesso legga il capitolo 4, versi da 1 a 3 e poi tragga la giusta conclusione.»

«Allora... qui è scritto: *Ma lo Spirito dice espressamente che nei tempi a venire alcuni apostateranno dalla fede, dando retta a spiriti seduttori e a dottrine di demoni. Si lasceranno sviare dall'ipocrisia di uomini talmente abituati a mentire, che la loro coscienza non ne risente minimamente. Essi vieteranno il matrimonio e ordineranno l'astensione da cibi che Dio ha creato perché quelli che conoscono e credono alla verità se ne servano con animo riconoscente.*»

Lucio, terminata la lettura, lentamente alzò il capo e ammutolito guardò Fausto che imbarazzato storse il muso annuendo, come se gli facesse una smorfia di ammissione silente; poi, Lucio guardò l'astronomo e consorte, riabbassò il capo e rilesse mentalmente la scrittura per accertarsi che dicesse proprio così. Trascorsero attimi interminabili, nessuno parlava, finché si sentì Lucio con voce flebile: «Devo chiederle scusa, qui la Bibbia è chiarissima, la religione che avrebbe dato retta a spiriti seduttori e a dottrine di demoni, sarebbe stata quella che avrebbe proibito ai suoi ministri di sposarsi. Parla chiaramente di quello che fa la chiesa cattolica proibendo ai preti di sposarsi».

Fausto sconcertato si grattò nervosamente la testa e poi pensieroso aggiunse: «Non sapevo che la Bibbia citasse una chiara ed evidente prova che il cattolicesimo non è la religione che il Vero Dio approva. Non avrei mai immaginato che la Bibbia identificasse la religione cattolica come un'organizzazione demonica, e mi dispiace anche per tutti quelli che, come me, sono in buona fede e che ancora non lo sanno. Noi cattolici crediamo di essere Cristiani ma, in realtà, non sappiamo proprio niente, perché non conosciamo niente di Bibbia, se non quel poco che ci leggono loro».

«Una ragione in più per essere invogliato a studiarla» replicò Antonio accennando un sorriso.

«Ne stia certo, fremo dalla voglia di avere una Bibbia tutta mia per poterla studiare!» esclamò Fausto, mentre Antonio ritenne necessario aggiungere qualche altro particolare sull'argomento "diavolo e cattolici": «Potete capire che lo spirito cattolico ha l'impronta demonica anche se vi soffermerete su alcuni riti compiuti dalla chiesa. Se, con il concilio del cadavere, la chiesa vi aveva fatto già rabbrividire per come infieriva sui morti di vecchia data portandovi ad affermare che era un evidente rito satanico, non so cosa penserete quando verrete a sapere cosa fecero del corpo morto di san Roberto Bellarmino!»

I due amici curiosissimi vollero sapere e Antonio li portò a conoscenza dei fatti: «Bellarmino fu uno spietato inquisitore, si batté testardamente affinché Giordano Bruno fosse messo al rogo, ordinò l'ingiusta detenzione di Tommaso Campanella, e condannò Galileo. Ora, siccome alla stragrande maggioranza dei creduloni basta saperla raccontare, questo scellerato dottore della chiesa, nonostante tutte le malefatte commesse, fu considerato un santo. Già solo questa considerazione di santità a favore di un sanguinario assassino è di per sé demonica ma, l'evidente dimostrazione che la chiesa cattolica è gestita dal diavolo l'abbiamo riflettendo su quanto accadde alla sua morte, avvenuta nel 1621. L'atto compiuto sul suo corpo, ritenuto santo, toglie ogni dubbio sull'operato satanico all'interno della chiesa».

I due amici chiesero quale atto fu compiuto sul corpo di san Bellarmino e Antonio spiegò dettagliatamente: «Dopo le consuete preghiere che la chiesa fa recitare per dare a intendere che ha a che fare con il Creatore, il cadavere di san Bellarmino fu sezionato pubblicamente e distribuito in tanti piccoli brandelli di carne. I fedeli cattolici, euforici, si portarono in casa la carne del corpo di questo malvagio inquisitore, fieri di mostrarla come santa reliquia».

Lucio visivamente scosso disse: «Immaginandomi la scena di questo corpo, macellato e suddiviso tra tanti esaltati che allungavano le proprie mani per assicurarsi anche un piccolo pezzo di quella carne umana, ho sentito i brividi addosso. Sono riti che sanno veramente di demonismo! Ha ragione! Non si può pensare che sia Gesù Cristo o lo Spirito Santo a presiedere un rito così macabro, soltanto satana il diavolo potrebbe sovrintendere ad un rito così mefistofelico e cruento!»

«Sono affranto e disgustato, non voglio mai più entrare in una chiesa o pensare di essere ancora cattolico!»

Sentendo l'affermazione di Fausto, Antonio suggerì: «Allora porti una lettera al parroco della chiesa più vicina a casa sua con scritto che non vuole essere più un cattolico. Probabilmente non la cancelleranno mai ma, sarà una loro colpa e, lei potrà stare tranquillo con la coscienza. Non si vergogni di agire in vista di un cambiamento migliorativo, anche Confucio disse: *Chi non cambia è solo il saggio più elevato o lo sciocco più ignorante*. Con le conoscenze che avete ricevuto oggi vi è stata data l'opportunità di cambiare. Agite senza timore! Siate coraggiosi, e il Creatore sarà con voi!»

«Farò così!» affermò Fausto.

Lucio ragionava a voce alta: «Abbiamo appurato che la Bibbia indica chiaramente l'organizzazione guidata dal diavolo in quella religione che avrebbe proibito di sposarsi, proprio quello che fa la chiesa cattolica. Inoltre... pensandoci bene... il celibato forzato è veramente una dottrina di demoni, giacché conduce molti sacerdoti a vergognosi atti immorali come la sodomizzazione di bambini ingenui e indifesi».

«Non si può negare che la satanica pedofilia dilagante è anche conseguenza di un celibato forzato!» brontolò Fausto e Antonio precisò: «Sì! Pedofilia! Il più perverso atto sessuale che si possa immaginare. Le recenti accuse di crimini a sfondo sessuale sono state oltre 10.600. Inoltre si aggiunge l'aspetto scandaloso delle statistiche che rivelano la tendenza omosessuale di un sacerdote su tre. La vergogna in questa pratica sta anche nel fatto che da una parte giurano per un celibato perpetuo e dall'altra praticano una vergognosa lussuria. Sembra che autorevoli membri dell'*Homo Sensible Roman Catholic Priets Fraternity* abbiano promosso il web "Venerabilis", un sito che mette in contatto preti gay e laici. Molti di questi sacerdoti occupano posizioni di prestigio e di responsabilità negli uffici della curia romana».

Mentre ascoltava, Fausto provò a navigare in internet col suo palmare e intervenne sbottando: «Scandaloso ma vero! Qui si parla anche del forum "Gay Friendly" con apposita chat multilingue per mettere in contatto preti cattolici gay».

«Questi siti, che favoriscono gli incontri tra preti gay, una volta scoperti dalle autorità vengono subito abbandonati per aprirne di nuovi. Il problema è inarrestabile come un fiume in piena, la realtà che fa rabbrividire è sapere di molti preti che sodomizzano bambini, preti ai quali è offerta la possibilità di seguire campi scout o addirittura aprire comunità per ragazzi in difficoltà. Bambini soli sono per loro vittime facilmente gestibili perché non possono raccontare, ai genitori o ad altri, gli abusi subiti. La storia di queste vittime racconta che molti di questi, divenuti uomini, o vivono da eterni depressi, o si suicidano, o si fanno preti per tramutarsi da ex vittime in spietati carnefici.»

«Tutto questo è veramente uno scenario demonico! Forse si salvano i missionari!» esclamò Lucio visibilmente affranto, al che Antonio guardò negli occhi i due amici e, facendo no con la testa, disse: «È difficile che un bambino nutrito nella "missione" esponga una eventuale denuncia di abusi subiti. Non saprebbe come fare e non saprebbe a chi rivolgersi. A volte però sono le organizzazioni umanitarie non governative ad accorgersene e qualche persona coscienziosa ha esposto denuncia. Ad esempio, le organizzazioni "Solidando" e "Rock no War", una volta scoperte le molestie, denunciarono il missionario don Marco Dessi per aver abusato sessualmente di tre bambini della sua missione in Nicaragua. E non si salvano neanche le suore, perché anche per alcune di loro emerge il problema di pedofilia. Ad esempio suor Norma Giannini, direttrice della scuola media cattolica presso Milwaukee, nel 2008 fu arrestata per pratica continua di pedofilia. Spesso i bambini non sono creduti perché i loro carnefici sanno come mentire e come mostrarsi insospettabili. Questo porta la vittima a subire e a vivere depressa fino al punto di incorrere al suicidio per liberarsi da questo tormento. Proprio come ha fatto Emma Foster che per cinque anni ha subito, con indicibile continua violenza, lo sfogo dell'impulso sessuale del suo disgustoso carnefice padre Kenin O'Donnell».

Notando l'amarezza espressa nel volto dei due amici, Antonio proseguì: «Non dimenticate mai la profezia di Primo Timoteo 4:1-3: *Ispirati da demoni avrebbero proibito di sposarsi.* I demoni, privando i sacerdoti dall'essere coniugati con una donna o le suore dall'essere coniugate con un uomo, sapevano che cosa questi sarebbero arrivati a compiere pur di soddisfare il naturale impulso sessuale. Gesù, parlando dei falsi cristiani in Matteo 7:16; dice: *Li riconoscerete dai loro frutti.* Badate, non dalle loro chiacchiere, quelle le sanno usare bene per confondere e abbindolare, per questo Gesù consiglia di non considerare cosa dicono ma di vedere cosa fanno... e credo che per oggi abbiamo visto abbastanza! Se essere cristiani significa seguire le orme di Cristo, i cattolici e tutte le religioni diramatesi dalla chiesa cattolica seguono innegabilmente le orme di satana perché, valutando i fatti, diventa semplice capire quali orme ha seguito e continua a seguire la chiesa cattolica! Non vi pare?»

«Valutando queste innegabili verità, sembra ovvia la risposta!» esclamò Lucio sempre più affranto.

«Allora vi è tutto più chiaro adesso?»

«Altro che! Adesso mi è chiarissimo cosa significa essere cattolico!»

«Meglio tardi che mai!» esclamò Antonio accennando un

sorriso e Fausto amareggiato borbottò: «Se penso che la gente fiduciosa porta i propri figli all'oratorio… sapete, me li vedo come se portassero ingenuamente il proprio agnellino al macello!» e Lucio irritato e disgustato aggiunse: «Pensate anche a quella povera gente che va a confessare i propri peccati senza sapere che probabilmente, chi ha la pretesa di assolverlo, è più peccatore di lui!»

«Dice bene Vasco: *È tutto un equilibrio sopra la follia*!» Antonio subito lo riprese: «Signor Fausto, l'argomento è serio! Fossero stati uomini al servizio del Vero Dio, le cose sarebbero andate diversamente ma i fatti mostrano che, dal 325 a oggi, che siamo nel 2014, nulla è cambiato. Il loro dio li ha resi sempre più disapprovati agli occhi del Creatore Jahweh.»

Lucio domandò: «Considerando che nella Bibbia è scritto *in successivi periodi di tempo*; sarebbe interessante sapere quando s'iniziò a proibire il matrimonio e a vietare di mangiare certi cibi. Lei lo sa?»

«Certo! Vuole saperlo?»

«Perché no!»

«Ok! Premetto che non ci sarebbe nulla di male se uno, di propria volontà, scegliesse il celibato, il male sta nel costringere al celibato chi vuole dedicarsi pienamente al servizio di Dio, perché questo escluderebbe da un servizio puro e devoto chiunque si riconoscesse debole nella carne. Sappiate che Gesù non ha posto questa pregiudiziale nella scelta dei dodici apostoli. Per esempio, l'apostolo Pietro in casa aveva anche la suocera, e i Cristiani, per i primi tre secoli, si sposavano senza problemi; fino a quando, proprio come profetizzò la Bibbia, *in successivi periodi*, l'apostata istituzione cattolica, nel concilio romano del 386 dopo Cristo, stabilì il celibato obbligatorio ordinando ai vescovi e ai sacerdoti sposati di non convivere più con le loro mogli. Non tutti riuscirono ad abbandonare moglie e figli, in molti continuarono a frequentare di nascosto i propri familiari, cosicché venne emesso un nuovo ordine. Questa volta fu l'imperatore stesso a emanarlo, nel 420 Onorio Flavio impose ai preti il celibato.»

«Che cosa c'entra un politico in questa questione?»

«Vi ricordo che la religione cattolica fu istituita per sottomettere con più facilità i popoli dell'impero romano; mostrava una parvenza cristiana, ma di cristiano c'era niente. Per esempio, il rito della confessione permetteva all'istituzione governativa di sapere tutto di tutti. La confessione fungeva da insospettabile interrogatorio, non fu applicata per un esplicito comando biblico. L'imperatore Flavio Teodosio I, decretando che fosse il cattolicesimo l'unica fede obbligatoria, la rese a tutti gli effetti una religione al servizio dell'impero e, come tale, fu anche comandata dall'imperatore. Poi, quando la chiesa si rese indipendente da un impero divenuto inesistente, si continuò a ricordare che il matrimonio per i ministri di Dio era proibito; ad esempio a Reims, nel 1049, fu ripetuta con severità la regola del celibato e, come si evidenzia sotto gli occhi di tutti, ancora oggi gli appartenenti al clero cattolico non si possono sposare; perché ancora oggi, come rivela la Bibbia, sono tutti preda di *spiriti seduttori, ubbidienti a dottrine di demoni per via dell'ipocrisia di uomini talmente abituati a mentire, che la loro coscienza non ne risente minimamente.*»

«Quindi possiamo dire che il celibato, forzato o obbligatorio, prende piede, successivamente al cristianesimo, con l'avvento del cattolicesimo intorno al 400 e si consolida sempre di più negli anni immediatamente successivi!»

«Esatto! Ricordate che in Primo Timoteo 4:1-3 si legge: *In successivi periodi avrebbero proibito di sposarsi*? L'apostolo Paolo scrisse queste parole nel 40 dopo Cristo e successivamente, nel 325, verrà formata da Costantino la religione cattolica che, dal 400 dopo Cristo in poi, proibirà di sposarsi.»

«Tutto torna!» esclamò Lucio sempre più convinto, mentre Fausto volle approfondire un altro aspetto: «Quando abbiamo letto la scrittura: *Proibiranno di sposarsi*, c'era scritto anche:

Avrebbero ordinato di astenersi dal cibo. Ancora oggi molti fedeli praticano il digiuno come forma di devozione e mi viene in mente che, da piccolo, ci proibivano di mangiare carne il venerdì. Ricordate?»

«Un tempo se avesse mangiato carne di venerdì, l'avrebbero arso vivo.»

«Addirittura!»

«Il martirologo John Foxe, nel XVI secolo, smaschera molte nefandezze cattoliche che, in quell'epoca turbolenta, erano dilagate in lungo e in largo. Riporta la storia di una vedova, una certa signora Smith che fu messa al rogo con l'accusa di avere insegnato ai propri figli i dieci comandamenti e la preghiera del *Padre Nostro* in lingua inglese invece che in latino. Fu arsa viva insieme ad altri sei uomini che avevano ricevuto la stessa accusa...»

«Bruciata viva perché pregava il *Padre Nostro* nella sua lingua anziché in latino?»

«Sì! Questa gratuita atrocità suscitò un certo malcontento che il vescovo locale acquietò facendo sapere al popolo che, quelle persone, erano state bruciate vive anche per il grande crimine di aver mangiato carne di venerdì.»

«Questa storia mi fa rabbrividire il sangue!» esclamò molto turbato Lucio e Antonio con la sua tranquillità gli pose la domanda: «Le dice niente il nome Bloody Mary o *Maria la sanguinaria*?»

«Sì! Ho letto molte cose sul suo conto... ma quella dava di matto... secondo me era pazza».

«No, no! Era semplicemente cattolica. Fu una regina che si circondò di numerosi vescovi che assunse come suoi consiglieri e collaboratori. Il risultato fu che in cinque anni di regno torturò, sgozzò e impiccò, centinaia e centinaia di uomini, donne e bambini per la sola colpa di non essere cattolici. Inoltre, in quei cinque anni, di media mise al rogo una persona ogni cinque giorni.»

«Diciamo che se li era scelti buoni i consiglieri!» esclamò con palese disgusto Fausto e Antonio domandò: «Sapete cosa diceva questa regina prima di appiccare fuoco e bruciare viva la vittima? Avvalendosi della blasfema credenza dell'inferno urlava: *Dato che le anime degli eretici dovranno bruciare nell'inferno per l'eternità, non posso fare nulla di più appropriato che imitare la vendetta divina bruciandoli sulla Terra*!»

«Se penso che diceva queste cose in presenza dei suoi consiglieri vescovi... mi viene il voltastomaco!»

«Signori, ma cosa volete aspettarvi dal cattolicesimo? Costantino ha creato questa religione, ispirata dal diavolo, con una serie di crimini efferati. Chiunque obiettava o trovava da ridire su questa nuova fede pagana, che andava camuffandosi da cristiana, veniva ucciso senza nessuna pietà. La sua mano assassina non risparmiò i suoi parenti e tolse la vita persino alla madre dei suoi figli. Se il seme è questo, che sorta di albero vi aspettate? Quali frutti pensate di cogliere? La chiesa cattolica, guidata dal diavolo, ha sempre seguito il sentiero demonico terrorizzando, massacrando e torturando fino alla morte qualunque anima osasse contrapporsi.»

«È vero, la storia è innegabile!» confermò Fausto e Antonio aggiunse: «Se oggi conosciamo i crimini commessi dalla chiesa cattolica, lo dobbiamo a uomini coraggiosi come Jean Crespin che, nel 1554, pubblicò in francese *Il libro dei martiri*. In seguito, furono pubblicati altri tre testi che riportavano la storia vera del martirio di numerosi innocenti; uno fu scritto in tedesco da Ludwing Rabus e uno in latino e in inglese scritto da John Foxe. Grazie al coraggio di questi tre uomini, oggi, abbiamo una cronistoria di martiri che avvenivano nei loro paesi. I testi sono ritenuti veritieri e accurati. Scrissero, in maniera scrupolosa, di processi che rasentarono la satanica follia, procedure spietate dell'inquisizione, riportarono testimonianze scritte da detenuti che, dai sacerdoti, subirono atrocità inenarrabili; e a tutto questo si aggiungano i fatti raccontati dai testimoni oculari. La chiesa cattolica avrebbe nascosto molto volentieri queste nefande crudeltà disumane, perché chiunque dovesse leggere questi libri capirebbe che lo spirito cattolico è lungi dall'amore cristiano, giacché innegabilmente satanico».

«Comunque dobbiamo riconoscere che la chiesa oggi è diversa, ammette i propri sbagli.»

«E con questo? Se lei non si trovasse più il portafoglio e chiedesse a noi tre chi l'ha preso, e il suo amico, affermando più volte la sua onestà, facesse cadere il sospetto su di me e mia moglie, lei rimarrebbe convinto della disonestà mia e di Patty. Però, se si venisse a sapere che delle telecamere a circuito chiuso avessero ripreso l'atto, il suo amico, svergognato dal filmato che mostrerebbe in maniera indiscutibile che è stato lui a sfilarle il portafoglio, non potendo più negare dicesse: "è vero, sono stato io!" lei ritornerebbe a pensare che il suo amico sia veramente onesto? Mi dica sinceramente: che idea si farebbe del suo amico? Si rende conto che sta ammettendo di aver rubato perché le prove di colpevolezza sono innegabili? Similmente la chiesa cattolica oggi ammette errori che non può più negare! Non le sembra che, se fosse stata veramente onesta, avrebbe dovuto ammetterlo prima di essere scoperta?»

«Messa così, in effetti, la cosa fa riflettere!»

«Bene! Se vogliamo trovare la verità impariamo a valutare i fatti mantenendoci liberi dai condizionamenti religiosi!»

I due amici annuirono e, dopo un attimo di riflessione, Lucio domandò: «Ma com'è possibile che Cristo insegni un cristianesimo d'amore, tutto va bene per 325 anni, poi arriva Costantino e riesce a formare il cattolicesimo, una religione satanica in sostituzione del vero cristianesimo?»

«Le cose non sono andate proprio così! Fu profetizzato in anticipo che Costantino avrebbe trovato terreno fertile, ben disposto, per far corrompere la purezza spirituale dei veri Cristiani. Noti cosa profetizzò l'apostolo Paolo in Atti 20:29-30: *So bene che, dopo la mia partenza, si faranno strada fra voi dei falsi maestri, veri e propri lupi rapaci che non risparmieranno il gregge. E perfino in mezzo a voi sorgeranno quelli che insegneranno il falso per trascinarsi dietro dei discepoli.* Chiaramente la profezia dice che, dopo la morte dell'apostolo Paolo, tra i veri Cristiani sarebbero sorti falsi maestri che, dicendo menzogne, avrebbero fatto deviare molti discepoli. Questo è quanto successe per spianare la strada alla formazione della religione cattolica. E volete sapere come fecero?»

«Certo, ci dica!» esclamò Fausto.

«Lo legga lei in II Pietro 2:1-3»

«Ok! Mi dia pure, allora qui dice: [...] *Ci saranno fra voi dei falsi maestri, che, di nascosto, diffonderanno eresie che portano alla perdizione. Arriveranno perfino a rinnegare il Signore che li ha riscattati; ben presto però si tireranno addosso la loro condanna. Molti li seguiranno nella loro corruzione e, per colpa loro, la vera fede cristiana sarà diffamata. Questi maestri, per avidità di denaro, saranno pronti a dirvi qualsiasi cosa pur di sfruttarvi. Ma Dio li ha condannati già da tempo, e la loro rovina non tarderà a compiersi.*»

Terminata la lettura Lucio domandò «Questo è quanto successe con Costantino?»

«Lei che dice? Trova ancora difficile capirlo da solo? Con Costantino, i maestri cristiani, da perseguitati non aventi diritto di nulla, se si mostravano disposti a formare il cattolicesimo, per volontà dell'imperatore, divenivano benestanti. Gli unici nell'impero esenti dal pagare le tasse. Triste a dirsi ma, molti accettarono la venale corruzione proprio come predisse la Bibbia. Avete notato? Vi rileggo: *Questi maestri, per avidità di denaro, saranno pronti a dirvi qualsiasi cosa pur di sfruttarvi.* Vi ricordate la spiegazione che vi ho fatto prima parlando del lupo rapace?»

«Incredibile, la Bibbia è veramente troppo chiara in tutto!»

riconobbe stupito Lucio e Fausto, nervosamente brontolò: «*Arisvegliamoce! Ah Lucio*, quando cominceremo a pensare da soli ciò che è giusto fare nella vita? Amico mio, ma *nu' te pare* che sia venuta l'ora di riprenderci il cervello che continuano a manipolarci secondo i loro fini infami?»

Lucio, benché turbato e pensieroso, sorrise a quanto disse l'amico e poi, rivolto verso l'astronomo, domandò se la Bibbia dicesse altro in proposito; e così l'astronomo spiegò che l'apostolo Giovanni, nella sua Prima Lettera al capitolo 2 verso 18, profetizzò la venuta dell'anticristo che vuol dire letteralmente "contro Cristo" e poi domandò: «Qual è la religione che può essere identificata *contro Cristo* se non quella che, per i propri fini egoistici, cambia persino i primi 4 dei 10 comandamenti? L'apostolo Giovanni, scrivendo che era *l'ultima ora*, voleva farci sapere che ormai erano morti tutti gli apostoli che fungevano da tutori della pura adorazione e che lui stesso era ormai prossimo alla dipartita. Ricordava ancora bene l'avvertimento profetico dato da Gesù, riportato in Matteo 13:24-30: *Il Regno dei cieli è come un uomo che seminò del buon seme nel suo campo. Una notte, però, mentre tutti dormivano, venne il suo nemico e seminò delle erbacce fra il grano. Quando il grano cominciò a crescere e a produrre spighe, crebbero anche le zizzanie. I servi andarono dal padrone e gli dissero: Signore, tu avevi seminato dei semi di prima scelta nel tuo campo, no? Come mai è pieno d'erbacce? Sarà stato un nemico! Rispose il padrone. "Dobbiamo strapparle via?" gli chiesero allora i contadini. Egli rispose: No, perché strappando le zizzanie potreste sradicare anche il grano. Lasciate che crescano insieme fino alla mietitura; allora dirò ai mietitori di raccogliere le erbacce e di legarle in fasci per bruciarle, e dirò di mettere, invece, il grano nel granaio.* Giovanni ricordava anche che, per assicurarsi di aver capito bene, chiesero a Gesù la spiegazione che troviamo in Matteo 13:39, *Il nemico che semina le zizzanie fra il grano è il diavolo*; ricorda cosa abbiamo letto in Primo Timoteo 4:1?

Qui è scritto: *Ma lo Spirito dice espressamente che nei tempi a venire alcuni apostateranno dalla fede, dando retta a spiriti seduttori e a dottrine di demoni.* Di nuovo, troviamo il diavolo nella religione cattolica. Quindi dopo la morte degli apostoli piano, piano; come fa intendere Romani 16:17,18; alcuni Cristiani corruttibili avrebbero provocato divisioni e scandali in contrasto con l'insegnamento di Cristo, non l'avrebbero più servito perché avrebbero preferito badare al proprio ventre e, con sdolcinato e lusinghiero parlare, sarebbero riusciti a sedurre il cuore degli ingenui».

«In effetti, sono melliflui e le lusinghe le sanno fare molto bene.»

«Quindi, questo non vi conferma l'assenza dello Spirito Santo tra le mura della chiesa cattolica?»

Lucio guardò l'astronomo, si grattò la testa pensieroso e poi rispose: «Credo che la gente continui a entrare nelle chiese perché si lascia prendere facilmente dai cerimoniali consacrati, molti fedeli sono carenti di ragionevolezza oggettiva. La stragrande maggioranza resta miope nel riconoscere che in un covo di assassini, immorali e perversi, nulla più può essere ancora santo».

«Mi fa piacere che, almeno lei, l'abbia capito!»

«Voglio rendervi noto che l'ho capito anch'io!»

«In effetti dovevo parlare al plurale! Anche se sulla violazione del sesto comandamento ho veramente ancora tanto da dire, sono certo che avete già compreso abbastanza!»

«Bene! Se c'è ancora dell'altro da sapere, allora ci dica, è interessante capire tutte le verità che sono state nascoste o quantomeno alterate o velate.»

«Ok, vi dirò ancora qualcosina.»

«Ascoltiamo!»

«L'argomento è serio. Come ho già detto: benché *non uccidere* sia il sesto comandamento, la chiesa, che falsamente si autodefinisce cristiana, nei confronti di popoli contrari alla fede cattolica ha sempre mostrato un atteggiamento demonico, pertanto presuntuoso, arrogante e spietatamente crudele che, spesso, conduceva le vittime fino alla morte. Con ambigui processi e terribili torture, sovente all'accusato si procurava il decesso ancora prima dell'esecuzione capitale. Tutti questi sono peccati imperdonabili da imputare al cattolicesimo che, attraverso un'operazione di spionaggio attuato dal tribunale dell'inquisizione e in molti altri modi inimmaginabili, emanava condanne a morte inflitte per motivi religiosi. Adesso vi cito crimini che solamente i demoni riuscirebbero a equiparare. Pensate alla colonizzazione dei conquistadores accompagnati dai missionari per la cristianizzazione forzata nei territori dell'America centrale. In quel tempo lo sterminio di massa avvenne in maniera scientifica sulla base di un proclama letto in spagnolo, lingua del tutto incomprensibile per quegli indigeni.»

«È come se in ostrogoto ci dicessero qualcosa pretendendo di essere compresi.»

«Esempio azzeccato! Comunque, quel proclama in sintesi diceva: *Con l'aiuto di Dio e con la nostra forza, penetreremo nella vostra terra e condurremo guerra contro di voi per sottomettervi al giogo e al potere della santa chiesa infliggendovi ogni danno possibile e di cui siamo capaci*. Grazie al ritrovamento di alcuni scritti, possiamo sapere che, con il beneplacito del vescovo Bartolomeo de Las Casas, furono compiute numerose atrocità in nome di Cristo. In un documento si legge: *Costruirono pure larghe forche, in modo tale che i piedi toccassero appena il terreno onde evitare il soffocamento e, in onore del redentore e dei 12 apostoli, appesero ad ognuna di esse gruppi di 13 Indios, mettendo sotto ad ogni gruppo legna e braci, così da bruciarli vivi*. Ancora, da note scritte dai presenti, emerge che per allietarsi nei momenti di noia, *spesso staccavano ad alcuni un braccio, ad altri una gamba, per troncare poi di colpo la testa a qualcun altro, non diversamente da un macellaio che squarta le pecore per il mercato.*»

Lucio visivamente scosso, commentò: «Non credo che esistano macellai così sadici nello svolgimento della propria attività!»

«Sono d'accordo con lei!» ammise Antonio e poi aggiunse: «Un'altra nota riporta che, a scopo di puro divertimento, *quaranta Indios furono sbranati da cani tenuti affamati per ordine di un comandante militare cattolico*, un certo Vasco de Balboa».

«Che bastardi!»

«Si trattò di un autentico crimine contro l'umanità, in questi termini avremmo definito oggi quest'orribile scempio; eppure, nonostante tutto, dal 1904, in onore di quest'uomo così crudele, la nazione prevalentemente cattolica di Panamá chiama la sua moneta Balboa.»

«Tutto questo sa di pura follia!» commentò inalberato Lucio e Antonio aggiunse qualche altro raccapricciante dettaglio: «Pensate che le atrocità erano talmente perfide che, a seguito di tutte queste indicibili barbarie, molti Indios scelsero il suicidio e altri ancora si lasciarono morire di fame, un gran numero di neonati ai quali venne impedito il sostentamento, morirono nei primi mesi di vita. Molte donne, al terrore di ciò che poteva capitare ai propri figli, diedero di matto, affogarono la propria prole per disperazione e, quelle poche che erano ancora incinta, fecero uso di particolari erbe velenose per evitare di dare il proprio figlio alla luce perdendo esse stesse la vita».

Lucio, dopo aver sentito questo racconto documentato dalla storia, cercò un fazzoletto e si asciugò le lacrime, poi con voce rotta dall'emozione, disse: «Perdonatemi ma, immaginandomi la sofferenza inflitta ingiustamente a questi poveri Indios, non riesco a trattenere le lacrime. È proprio evidente che il cattolicesimo, con questi atti satanici, ha rivelato al mondo di aver incarnato il demonio».

Fausto, anche lui con la voce spezzata da un'emozione che gli suscitava profonda tristezza, aggiunse: «Penso a quelle mamme che preferirono affogare i propri figli pur di evitargli le torture... v'immaginate quanto dovevano essere terribili le sofferenze subite?»

«Povera gente!»

«È impensabile che questo fosse un metodo approvato da Cristo per fare del proselitismo.»

«I cattolici non hanno voluto predicare nella maniera insegnata da Gesù Cristo nel Vangelo di Luca capitolo 10 da 1 a 4. Anche per questo la profezia dice che non avrebbero riconosciuto il Cristo, questi sono l'anticristo, questa religione ha fatto proseliti terrorizzando la gente in tutti i modi. Torturare fino alla morte era lo stile imposto dalla chiesa di Roma. Tant'è che nessun sadico esecutore fu mai scomunicato, anzi, veniva elogiato per il suo zelo nell'uccidere chiunque fosse appartenuto ad una religione diversa dal cattolicesimo. Pensate anche al "Sacro Macello". Quanto avvenne nel 1620 ai protestanti in Valtellina, lo scrittore Cesare Cantù, lo definì con queste parole: "Sacro Macello" che portava il marchio cattolico. Infatti, tra il 18 e il 20 luglio del 1620, il protestante Scipione Calandrini morì durante le torture dell'interrogatorio. Poi l'arciprete di Sondrio Niccolò Rusca, grande agitatore di folle, benedì il genero Giacomo Robustelli affinché organizzasse il massacro dei protestanti che si svolse in tre fasi. Prima furono uccisi tutti i protestanti di Tirano; poi nella chiesa evangelica di Teglio, furono assassinate 72 persone, mentre altre 17, tra anziani, donne e bambini, rifugiatisi sul campanile della chiesa, finirono arsi vivi per il fuoco acceso dai fanatici che, per compiacere il vescovo, seguivano con freddo sadismo il massacro; e infine, di notte, a Sondrio, furono uccise senza alcuna pietà altre duecento persone. La loro colpa era di non essersi convertiti al cattolicesimo. Atrocità vergognose per le quali la chiesa di Roma non ha mai chiesto a nessuno un sia pur formale perdono.»

«Io non sapevo nulla di questo ennesimo massacro!» esclamò Lucio e poi rivolto verso l'amico domandò: «Tu Fausto lo sapevi?»

«No, neanch'io lo sapevo.»

«I cattolici sterminarono ingiustamente molti popoli, s'impadronirono delle loro terre, e avvalendosi anche della nuova cultura di quel tempo, mi riferisco a quella darwiniana, essendo prevalentemente europei e pertanto bianchi, si imbellettarono con la presunta convinzione di essere anche una razza superiore. Così, per incrementare le loro ricchezze rapite, importarono perfino esseri umani ritenuti inferiori e li schiavizzarono al loro crudele servizio. Benché fosse pensiero comune ritenere i neri animali da domare al loro servizio, la chiesa ne divenne partecipe e mai condannò le angherie espresse senza cuore da quei padroni cattolici. E anche dopo la liberazione dei neri non è mai giunta notizia di scomunica per un cattolico appartenente al "ku klux Klan".»

«Quello che abbiamo fatto verso i neri è stato tremendo!» ammise Lucio e Antonio spiegò: «Le faccio presente che in quel tempo, nonostante praticassero questo gratuito sadismo nei confronti dei neri, la domenica erano tutti a messa».

Ricordando una pellicola cinematografica Fausto disse: «Non so se avete visto il film "12 anni schiavo", a questo proposito, è una proiezione raccapricciante! I padroni bianchi usavano la Bibbia per sostenere il loro potere e la loro superiorità nei confronti dei negri trattati in maniera disumana. In una scena il padrone, leggendo un verso biblico ai suoi schiavi, evidenziò che nella Bibbia è scritto di dare tante frustate allo schiavo disubbidiente. Disse: *Devo darvi tante frustate e tante significa molte, cento o anche duecento.* Ma signor Antonio, io mi domando: com'è possibile che la Bibbia dica di dare a uno schiavo anche duecento frustate?»

«Signor Fausto, le ho già detto di non basare la sua fede su quanto vede nei film. Nella Bibbia non c'è scritto in nessun verso di dare così tante frustate a un uomo da punire.»

«No? Eppure, nel film, leggeva queste parole dalla Bibbia!»

«Ha detto bene, nel film ma, il Cristiano non si affida a quanto fa emergere un regista. Un vero Cristiano, per dirlo con le parole scritte in Primo Tessalonicesi 5:21, *si accerta di ogni cosa*. Non creda alla prima cosa che sente, soprattutto quando è facilmente suggestionabile da quanto vede in una scena cinematografica. Si accerti sempre se è veramente scritto come dicono loro.»

«Volessi accertarmi, lei saprebbe dirmi qualcosa in proposito?»

«Certamente! Che cosa vuole sapere, come un credente nel Creatore doveva trattare uno schiavo?»

«Sì!»

«Ok! Allora legga Levitico 24:17-22.»

L'astronomo cercò la scrittura e, in men che non si dica, porse a Fausto la Bibbia aperta dove lesse: «*Chi percuote mortalmente un uomo dovrà essere messo a morte. Chi percuote a morte un capo di bestiame lo pagherà: vita per vita. Quando uno avrà fatto una lesione al suo prossimo, gli sarà fatto come egli ha fatto: frattura per frattura, occhio per occhio, dente per dente; gli si farà la stessa lesione che egli ha fatto all'altro. Chi uccide un capo di bestiame lo pagherà; ma chi uccide un uomo sarà messo a morte. Avrete una stessa legge tanto per lo straniero quanto per il nativo del paese; poiché io sono Jahweh vostro Dio.*»

«Lei, da questo passo biblico, capisce che bisognava essere spietati verso il prossimo, anche se era straniero?»

«No! Anzi! Stando a questa scrittura era conveniente non abusare nella punizione. E per quanto riguarda le frustate?»

«Se proprio si doveva usare questo provvedimento disciplinare estremo, il massimo della pena inflitta erano 39 frustate! In deuteronomio 25:3 è scritto: *Può fargli dare quaranta colpi, ma non di più*. Che questo fu sempre ritenuto il massimo della pena lo dimostra quanto troviamo scritto dall'apostolo Paolo che, odiato dai suoi persecutori, in Secondo Corinti 11:24 affermò: *Dai Giudei cinque volte ho ricevuto quaranta colpi meno uno.*»

«Non capisco perché certe scene dei film portano a denigrare la Bibbia!»

«Io lo so, ma glielo dirò un'altra volta. Quello che mi preme farle capire è che, al di là della confusione spirituale che possa suscitare un film, deve ricordarsi che quei padroni, ritenendosi Cristiani non avrebbero dovuto mai trattare i propri servi in maniera crudele. Per uno schiavo non era una benedizione avere un padrone cattolico. Era una benedizione avere un padrone Cristiano, dato che questi aveva l'obbligo di trattarlo con equità e giustizia. In Colossi 4:1 è scritto: *Padroni, date ai vostri servi ciò che è giusto ed equo, sapendo che anche voi avete un padrone nel cielo.*»

«Quanto ha detto, lo trovo confortante!»

«Quanto le ho detto, signor Fausto, l'abbiamo letto dalla Bibbia e la chiesa cattolica, benché vanti di conoscere la Bibbia e di attenersi ad essa, non sembra che abbia mai letto questi versi a quei padroni crudeli. In più le dirò, in barba a quanto disse Mr. Darwin, il Dio Cristiano Jahweh tenne sempre in alta considerazione i neri. Negli Atti degli Apostoli, al capitolo 13 al verso 1, si menziona un maestro Cristiano di nome Simeone chiamato anche "Negro". Questo termine nel passato era identificativo e non dispregiativo come potrebbe essere sottinteso oggi. Pertanto, se abbiamo la testimonianza scritta che tra i primi Cristiani, già 2000 anni fa, alcuni "neri" erano addirittura divenuti maestri dei "bianchi": quale indizio ragionevole potrà mai portare un qualsivoglia sedicente cristiano a considerare un nero come un miserabile essere inferiore da dominare e maltrattare?»

«Quanto ho sentito adesso è interessantissimo e questa

scrittura me la segno... Atti 13:1.»

«Altro che evoluzione, stando alla Bibbia già 1800 anni prima di Darwin alcuni neri erano anche maestri dei bianchi.»

«L'avesse saputo Cassius Clay, che erroneamente valutò l'essere Cristiani attraverso le opere del cattolicesimo, probabilmente non sarebbe mai diventato musulmano cambiando persino nome in *Mohammed Alì*!»

«Pazzesco! Ma lei sa veramente cose di cui mai nessuno parla.»

«Io so cosa dice la Bibbia, chi non parla di queste verità o è un imbroglione o non sa nulla di Bibbia!»

I due amici annuirono e l'astronomo colse l'occasione per incitarli a leggerla: «Pensate a quante verità nuove scoprirete quando inizierete a studiarla anche voi.»

I due amici lo rassicurarono: «La studieremo senz'altro!»

«Bravi! E per concludere l'argomento vi aggiungo che la chiesa cattolica, per aver taciuto queste verità ai tempi della schiavitù in America e nel mondo, ne risponderà dinanzi al Creatore degli uomini. E per dirlo con le parole dell'apostolo Paolo, riportate in Ebrei capitolo 10 verso 31, rivolto a tutte le persone che praticano ingiustizie senza uguali, scrive: *É pauroso cadere nelle mani dell'Iddio vivente*! Riflettano i falsi cristiani su queste concise parole dell'apostolo Paolo. Cominci a tremare l'impero cattolico, perché il suo tempo è giunto alla fine e nulla potrà contro il giudizio di Jahweh! Smettetela di sostenere il cattolicesimo!»

Si fece silenzio. Sembrava che, con la stessa velocità con cui il treno percorreva il paesaggio esteso a perdita d'occhio fuori dal finestrino che scompariva in un infinito sempre più lontano, i due amici ripercorressero la loro vita. Pensando a ciò che furono, Lucio sottovoce e con tristezza compunta nel cuore disse: «Siamo stati cinquant'anni cattolici senza capire cosa capitava sotto i nostri occhi, come ipnotizzati, imbambolati abbiamo trovato sempre una scusa per difendere i nostri ministri senza renderci conto mai di nulla, e soprattutto, nonostante l'evidenza ci beffeggiasse sotto al naso, non siamo mai riusciti a capire a quale obbrobriosa organizzazione satanica ci eravamo legati.»

Sconsolato e scuotendo la testa, Fausto commentò: «Purtroppo è andata così!»

Poi come rianimandosi per dimenticare il passato e rifarsi in vista del futuro aggiunse: «Da adesso in poi, comunque, giuro che non sarà mai più così. Inizio dal fatto che non mi ritengo più un cattolico. Ti garantisco che mi rifiuterò di partecipare a qualsiasi funzione recitata da questa gentaglia».

«Questo è pacifico, dopo tutto quello che è emerso, non si può rimanere ancora in questa demonica religione.»

«Per fortuna che almeno in questo tempo, dove la storia si vive in diretta, anche grazie al ligio compito svolto dai giornalisti, la chiesa non si permette più di commettere atrocità simili.»

Antonio, a queste ultime parole espresse da Fausto, disse: «Vorrei tanto darle ragione ma, non posso fare a meno di rilevare che, anche in questo secolo, la chiesa ha partecipato, senza vergogna, ad atrocità e carneficine a discapito di chi rifiutava di divenire cattolico».

I due amici si guardarono in faccia perplessi, poi, rivolto verso l'astronomo, Lucio osservò: «Non è credibile che, in quest'ultimo secolo, i cattolici abbiano commesso crimini così efferati contro l'umanità».

«Ci può credere, lo attesta la storia!»

«Ci dica: qual è l'atrocità commessa dai cattolici in questi ultimi cento anni che, nonostante tutta l'informazione, a noi è sfuggita.»

«Potrei ripetermi nel parlarvi dei dittatori mai scomunicati per aver commesso atrocità inenarrabili. Grazie a tre sanguinari dittatori cattolici, Hitler, Mussolini e Franco, soltanto nel corso della seconda guerra mondiale, furono uccise più di novanta milioni di persone e circa cinquanta milioni di questi erano civili innocenti come vecchi, donne e bambini. In Italia si entrava nelle chiese e, molti fanatici, col saluto fascista a braccio teso, dicevano: "sia lodato Gesù Cristo". Anche se tentano di negarlo, sono molte le foto che riprendono vescovi e bigotti fieri, col braccio teso. Si faceva questo in onore di Mussolini, un puttaniere puro sangue cattolico che, benché sposato, oltre alle numerose amanti, alcune delle quali gli diedero anche dei figli, appena gli era possibile incontrava ogni mattina una donna diversa con specifiche caratteristiche reclutata dietro suo preciso ordine per soddisfare i suoi impulsi. Pensate che questo cattolico dittatore, arrogante e donnaiolo sia stato scomunicato o anche semplicemente rimproverato da qualche prelato per i suoi continui atti di violenza, adulterio e fornicazione? In più, pensate anche a questo: Hitler smaltiva milioni di Ebrei in forni crematori e camere a gas, arrivò addirittura a trasformare il grasso di esseri umani in saponette e combustibile vario. Per questo terrificante scempio pensate che fu rimproverato o scomunicato? E poi, non vi fa rabbrividire l'idea che continuasse a frequentare indisturbato le chiese cattoliche nelle quali, anche lì, in suo onore i fedeli si salutavano col cenno nazista? Una persona Onesta e Veramente Cristiana non può far finta di niente di fronte al fatto che, nonostante tutto, il papa stipulò con Hitler un concordato e che la chiesa sostenne Hitler durante i suoi 12 anni di spietato terrore benedicendo lui, i suoi soldati, il suo esercito e le sue armi. Questo rivoltante aspetto storico è conosciuto da molti studiosi ed è anche stato vissuto in prima persona da alcuni che, vergognosamente, hanno continuato a condividere le credenze cattoliche senza batter ciglio. Gente che continuò ipocritamente a frequentare la messa come se nulla fosse successo. L'atteggiamento è stato simile a quello di molti commercianti che ancora oggi rimangono ossequiosi di feste cattoliche soltanto perché fanno incrementare i loro affari di cassa. In barba al senso di Onestà e Giustizia molti restano cattolici soltanto per un avido tornaconto. Comunque non vi parlerò di tutto l'atteggiamento disgustoso, innegabile e risaputo da tutti. Tra l'altro questo argomento l'abbiamo già trattato. Piuttosto vi parlerò del massacro dei Serbi in Croazia, compiuto tra il 1939 e il 1941, che la chiesa ha ben nascosto a tanta gente.»

«Cioè? Cos'è successo in quegli anni ai Serbi?» domandò curioso Fausto e Antonio rispose riportando dettagli raccapriccianti: «Nel 1939, papa Pio XII, a Roma, benedisse i pellegrini Croati e definì gli Ustascia "l'avanguardia del cristianesimo". Quando Hitler nel 1941 invase la Jugoslavia, la cosiddetta avanguardia del cristianesimo portò avanti una politica di terrore con il sistematico assassinio di Serbi ortodossi, Zingari, Ebrei e Comunisti. Fu un vero sterminio, chiunque non professasse la fede cattolica veniva massacrato di botte e ucciso senza alcuna pietà. Le stragi erano istigate dall'istituzione cattolica. Nell'aprile del 1941, con l'intervento diretto di missionari francescani, furono sterminati quasi un milione di Serbi. Secondo il rapporto francese si legge: *I francescani avevano partecipato agli attacchi contro la popolazione ortodossa agendo in maniera abominevole.*»

«Il papa sapendo di questo scempio che cosa fece? Quale provvedimento prese?»

«Il papa fece un bel niente! Pio XII, sapendo di essere responsabile diretto della carneficina avvenuta, non commentò mai questo rapporto; dalla santa sede non arrivò mai una considerevole risposta alle denunce ricevute. Inoltre, i criminali di guerra come Ante Pavelic e Andrija Artukovic, riuscirono a sfuggire alla giustizia internazionale grazie all'aiuto del nunzio apostolico del Vaticano. Trovarono temporaneamente rifugio in un convento romano grazie alla protezione della santa sede nella persona del vicesegretario di Stato Giovanni Battista Montini, divenuto in seguito, nel 1963, papa Paolo VI.

E se ciò non bastasse, vi aggiungo che tutti gli Ustascia colpevoli di omicidio, anziché essere scomunicati, furono protetti dal Vaticano e portati liberi in America Latina, carichi dei beni depredati alle loro vittime, beni che permisero a questi assassini cattolici di vivere agiatamente nel lusso. Per saperne di più vi consiglio di leggervi *L'arcivescovo del genocidio*, un libro ben documentato, pubblicato dalla Kaos nel 1998. Marco Aurelio Rivelli, in questo suo libro, scrive delle nefandezze compiute dall'arcivescovo di Zagabria, Aloijzije Stepinac, nominato dalla dittatura filo-nazista Ustascia "membro del Parlamento". Per l'incitamento al massacro di vecchi, donne e bambini ottenne la più alta onorificenza statale perché, grazie a questo perfido arcivescovo, furono smascherati tutti quelli che non appartenevano alla religione cattolica. Questo scempio satanico è innegabile, nel libro si possono vedere agghiaccianti fotografie anche di sacerdoti francescani armati attivamente partecipi al massacro degli Ortodossi. Tutta questa gente, indifesa e ingiustamente trucidata, una volta morta fu derubata di ogni avere. Finita la guerra, l'infame vescovo di Zagabria, che aveva accumulato grandi quantità d'oro rubato ai Croati uccisi, esportò questa grande ricchezza verso il Vaticano. Inoltre anche lui contribuì attivamente a trarre in salvo i suoi amici assassini Ustascia aiutandoli a espatriare verso il Sudamerica.»

Al termine di queste parole, Fausto innervosito, disse: «Sono talmente inalberato per il fatto che mi hanno preso in giro per cinquant'anni, che sento le budella che si contorcono».

«Spero che chi prende atto di questi fatti, conoscendo meglio la storia del passato, prenda sagge decisioni nel presente in vista del futuro.»

«Ah guardi; io la decisione l'ho già presa, voglio dimenticare di essere stato un cattolico e spero di imparare a vivere meglio per divenire un buon Cristiano.»

«Anch'io!»

«Mi fa piacere sentirvi pronunciare queste parole, significa che non abbiamo discusso semplicemente per far chiacchiere, abbiamo parlato per capire, e aver compreso è un grande risultato.»

«Mi dispiace solo che adesso sembriamo tutti ipnotizzati da questo papa, tutti colpiti da come parla.»

«Carissimo signor Lucio, "ipnotizzati" è il termine perfetto per descrivere la condizione in cui vivono i fedeli cattolici, e poi non dimentichi che finché si parla si fanno chiacchiere. Si ricorda quando le ho spiegato che, mentre fa pregare per la pace, prende dalle tasche di chi prega milioni di euro per pagare i preti cappellani, vescovi e sacerdoti partecipi dell'esercito, che benedicono soldati e armi? Quanti hanno notato o valutato sotto questo aspetto l'ipocrisia di questo papa?»

«Credo pochissimi o forse nessuno!»

«Appunto! Quello che conta quindi, dev'essere sempre valutato con i fatti, e le assicuro che i fatti non sono quelli che ci vengono confezionati ad hoc dal marketing pubblicitario o da giornalisti lustrascarpe. Ad esempio, valuti che è un gesuita. Sa qual è il simbolo dei gesuiti? Ha la scritta "J" che sta per Jahushua, "H" che sta per Hominum e "S" che sta per Salvator. Un monogramma di tre lettere "JHS", che però risultano, e non a caso, scritte al centro di un grande Sole. Le ricorda niente il Sole nella religione cattolica?»

«Il simbolo gesuita riporta il dio Sole?» domandò sbigottito Lucio e Antonio serenamente rispose: «Alla luce della storia cattolica direi proprio di sì! E non dimentichi che il Sole è una divinità esclusivamente pagana. Inoltre la informo che sulla bandiera dei gesuiti è anche scritto *iustum necas reges impios* che sta per: *è giusto sterminare regnanti empi*. Dovreste anche sapere che "demonio" in greco è tradotto "Apollyon" che significa "sterminatore". Adesso, sapendo anche questo, rifletta nuovamente sull'espressione riportata sulla bandiera dei gesuiti: *È giusto sterminare*. Considerando che demonio è tradotto *sterminatore*, lei quando legge queste parole, pensa all'amore Cristiano ispirato da Gesù il Messjah o alla violenza demonica ispirata da satana il diavolo?»

«Sterminare è un termine che gela il sangue, impensabile che sia pronunciato dal Cristo figlio e adoratore del Dio di misericordia e amore!»

«Giusta osservazione! E poi, cosa c'è di così straordinario in questo mister Francesco? Questo papa, che tanti pensano sia un sant'uomo, in realtà a me pare soltanto un bravo attore, perché, cosa c'è di così sbalorditivo in una persona che ha detto "buonasera" o ha preso un bambino in braccio o ha fatto una telefonata?»

«Gli altri papi non l'hanno mai fatto!»

«E allora? Probabilmente erano più introversi di lui. Altrimenti, se questo comportamento dovesse essere un metro di misura per la glorificazione, sa quante persone dovremmo glorificare? Sa quanta gente dice buongiorno e buonasera, prende bambini in braccio e usa il telefono? Se bastasse compiere questi semplici gesti per stupire il mondo, dovremmo essere tutti considerati uomini meravigliosi e straordinari. Non le pare? Ma ci rendiamo conto dell'imbecillità che c'è in tutto questo stupore?»

«Proprio vero! Pensandoci bene, bisogna ammettere che questa fanatica bigotteria rasenta una vera follia!»

«Ben detto! Cerchiamo di vedere oltre le apparenze, Gesù disse: *Beati i vostri occhi perché vedono*, perché tutti possono guardare lo stesso evento ma pochi avranno la capacità di vedere ciò che si nasconde dietro! La capacità di vedere è data dal valore aggiunto della conoscenza biblica. Vi faccio un esempio: a volte ci si sofferma su quanto sia buono e dolce un individuo senza mai porsi la domanda: ma se questo individuo è veramente buono, che ci fa in un'organizzazione demonica? Se fa parte di questa organizzazione è veramente buono o finge di avere tanta bontà come quel lupo rapace che, per fingersi pecora, si mostra sotto un manto di lana? Chi vede facendosi guidare dalla Bibbia, dovrebbe riflettere su quanto scrisse l'apostolo Paolo nella sua Seconda Lettera ai Corinti. Troviamo le sue parole al capitolo 11 nei versi da 12 a 15. Qui Paolo, parlando in prima persona, scrive: *Quello che faccio lo farò ancora per togliere ogni pretesto a coloro che desiderano un'occasione per mostrarsi uguali a noi in ciò di cui si vantano. Quei tali sono falsi apostoli, operai fraudolenti che si travestono da apostoli di Cristo. Non c'è da meravigliarsene, perché anche Satana si traveste da angelo di luce. Non è dunque cosa eccezionale se anche i suoi servitori si travestono da ministri di giustizia.* Non è forse vero che alla luce di questa scrittura si capisce meglio il comportamento degli ecclesiastici? Avete messo a fuoco le espressioni usate dall'apostolo Paolo? *Desiderano un'occasione per mostrarsi uguali a noi in ciò di cui si vantano – sono falsi apostoli – operai fraudolenti che si travestono da apostoli di Cristo* (lupi rapaci in manto da pecora) – *non c'è da meravigliarsene, perché anche Satana si traveste da angelo di luce* – (anche il capobranco dei lupi rapaci si traveste da pecora) – *non è dunque cosa eccezionale se anche i suoi servitori si travestono da ministri di giustizia* – usando questa scrittura biblica, come pietra di paragone per valutare i ministri della chiesa cattolica, noi apparterremo a quelle persone che Gesù Cristo definì beate perché avremo occhi che finalmente vedono.»

«Porca miseria, questa scrittura dell'apostolo Paolo sembra essere la fotografia dei ministri della chiesa cattolica!» osservò Fausto con occhi sgranati e Antonio diede ulteriori dettagli: «Condivido la sua osservazione! Pertanto, anche nel guardare questo papa, facendoci guidare dalla Bibbia, non ci lasceremo incantare. Nell'osservarlo valutiamo piuttosto che onora i simboli di un dio pagano e una bandiera che, con l'incitazione allo sterminio, fa presagire tutt'altro che amore fraterno. Inoltre, per ricoprire il ruolo che ha come capo dei gesuiti, in conformità allo sterminio preannunciato nella bandiera gesuita, dovrebbe aver fatto nel segreto un giuramento tremendo. Provi a leggerlo fino in fondo!»

«Che cosa mai avrà giurato nel segreto!»

«Stando a quanto viene riportato in alcuni documenti che si possono leggere anche in internet c'è da rabbrividire! Legga del giuramento che fanno non i gesuiti ma i capi o insegnanti dei gesuiti. Quanto questi giurano, prima di intraprendere la loro "missione", non fa presagire nulla di amorevole. Dichiarano parole che hanno a che fare con il dio di questo mondo: diavolo e satana.»

Fausto che nel mentre aveva già digitato "giuramento dei gesuiti" disse: «Trovato, e quanto c'è scritto fa paura».

«Sbrigati, leggi cosa c'è scritto.»

«Ok! Ascolta bene, perché qui sembra essere il giuramento di un sadico terrorista.»

«Addirittura! dai, leggimi cosa c'è scritto.»

«Ok! Qui dice: *Quando un gesuita...* e papa Francesco è un gesuita»

«Lo sappiamo che è un gesuita, vai avanti!»

«Ok! *Quando un gesuita di rango minore sta per essere elevato al comando, è condotto in una cappella del convento dell'ordine, dove ci sono solamente tre persone presenti.*»

«Sì, va bene, ma andiamo al sodo, cosa dice nel giuramento?»

«Stai calmo, ora te lo leggo! Qui c'è scritto che giura dicendo queste parole: [...] *Prometto e dichiaro che, quando si presenterà l'opportunità, farò ed intraprenderò implacabile guerra, segretamente o apertamente, contro tutti gli eretici, protestanti e liberali così come indicatomi; di estirparli e sterminarli dalla faccia della Terra; e che non risparmierò né età, né sesso o condizione, e che impiccherò, brucerò, devasterò, bollirò, stroncherò, strangolerò e seppellirò vivi questi eretici infami, squar-*

terò gli stomaci e i grembi delle loro donne e frantumerò contro i muri le teste dei loro bambini, così da annichilire per sempre la loro razza esecrabile. E quando ciò non potrà eseguirsi apertamente, userò segretamente la coppa che avvelena, la corda che strangola, l'acciaio del pugnale o la pallottola di piombo, incurante di onore, rango, dignità o autorità della persona o delle persone, qualsiasi la loro condizione di vita, pubblica o privata...»

Lucio interruppe l'amico alzando la voce: «Basta, basta, ho sentito abbastanza, sembra veramente il giuramento di un crudele terrorista indemoniato!»

Allora Antonio fece notare che massacrare e sterminare è insito nello spirito del diavolo e quindi cattolico. Sostenne questo menzionando l'operato di alcuni santi cattolici. Portò a conoscenza che il santo vescovo Atanasio, soprannominato "faraone cristiano", definiva i suoi nemici *pendaglio da forca.* Come vescovo, divenne famoso per la sua urlata frase che incitava i fedeli ad atti sanguinari: *In guerra è lodevole uccidere l'avversario.*

«Santo Atanasio dissanguava i suoi avversari in maniera indicibile. Ad esempio è evidente che, nell'uccidere il suo rivale Ario, fu guidato dal demonio. Pensate che l'assassinio fu eseguito per scissione di intestino, fegato e cuore che trasformò in liquame per poi farli sparire in una fogna.»

Nell'udire quest'atto storico i due amici rabbrividirono e Fausto domandò: «Perché fu compiuto un atto così terrificante?»

«Perché il vescovo santo Atanasio, indomito sostenitore del blasfemo enigma della trinità proclamato dal concilio di Nicea nel 325, odiava Ario che non condivideva il nuovo credo cattolico dell'inspiegabile, e per questo, misteriosa trinità. Pertanto bisognava toglierlo di mezzo! L'uccisione fu pianificata per dare a intendere che fu Dio a punirlo, e mentendo spudoratamente dissero che Atti 1:18 presagiva quella sua fine!»

I due amici erano sempre più scioccati da quanto apprendevano e Antonio continuò narrando anche di san Bernardo di Chiaravalle, spietato persecutore di ebrei e promotore della seconda crociata.

«Bernardo santo promotore di diversi ordini monastici militari sosteneva che: *Il soldato di Cristo può uccidere con la coscienza tranquilla*».

Fausto innervosito sbottò: «E poi sentiamo cattolici che, anziché vergognarsi del proprio passato e del proprio presente, criticano solo le atrocità compiute dalle altre religioni!» e Lucio aggiunse: «Piuttosto penso che festeggiare pure il loro onomastico fa onorare oltre misura questi spregevoli elementi incoronati santi dalla chiesa!»

Antonio fece sapere che san Bernardo urlando sosteneva che: *La morte dei pagani ridonda alla gloria di Dio, perché significa la gloria del Cristo*! Udite queste affermazioni i due amici rabbrividirono al pensiero di essere stati cattolici. Ingenui e creduloni per così tanti anni.

«Spero che tutti paghino per quello che hanno fatto e sostenuto!» esclamò con sdegno e tristezza Fausto. Allora la signora Patrizia, allo scopo di tranquillizzare gli animi scossi, disse: «Pagheranno, pagheranno! Molto presto la pagheranno cara! Si ricorda che col *Padre Nostro* preghiamo *venga il Tuo regno*? Il giorno di Armaghedon non lascia scampo, ed è molto vicino!»

Gli amici a queste parole annuirono speranzosi, poi ci fu un attimo di silenzio che venne infranto da Fausto che disse: «Eppure, triste a dirsi, questi dicono che hanno con loro la Bibbia!»

«Signori, cerchiamo di capirci! Il punto non è considerare cosa dicono ma capire cosa fanno. Non sarà sufficiente vedere chi ha la Bibbia, perché spesso si trova anche nelle case dei mafiosi, il punto è se viene scrupolosamente studiata per ubbidire a quanto essa ci riferisce come parola di Jahweh!»

«Alcuni invece» osservò Lucio «l'hanno usata solo per fare i propri comodi o per metterci dentro i cosiddetti "pizzini"!»

«Non si distragga con queste inezie. Ragioniamo su fatti concreti: l'Italia è una nazione che vanta circa 55 milioni di cattolici, se questi seguissero le orme di Cristo, come la Bibbia incoraggia ai veri Cristiani di fare, ci sarebbe amore e pace in ogni dove, l'Italia sarebbe un Paradiso Terrestre! Vi sembra tale?»

«Proprio per niente!» esclamarono i due amici scuotendo la testa.

«Eppure, dove vivono i veri Cristiani dovrebbe essere un luogo di piacevole convivenza, dove si respira il vero amore agape. Vi ricordate la scrittura di Giovanni 13:34-35? *Da questo conosceranno tutti che siete miei discepoli, se avete amore gli uni per gli altri*. La Bibbia attesta che il vero Cristiano si sarebbe distinto per l'amore che avrebbe manifestato. Ditemi: quanto amore notate tra i 55 milioni di cattolici italiani?»

«In Italia, l'amore sembra che, per certi versi, sia divenuto un sentimento e un'espressione priva di senso.»

«Proprio così! Benché abbiano la Bibbia, sapete perché tra i cattolici è avvenuto tutto questo?»

«Lo dica lei il perché!»

Fausto si intromise dicendo: «Io credo di saperlo! Penso che questo accade perché quasi nessuno la legge con l'umile intento di capire realmente cosa vuole dirci il Nostro Creatore».

«Ben detto! E poi mi permetto di farvi anche un esempio perché questo sia compreso meglio. Il Salmo 119:105 definisce la Bibbia *una lampada che dà luce al nostro cammino*. Riflettiamo: signor Lucio, in una notte buia, ci basta avere una lampada per vedere dove stiamo mettendo i piedi?»

«Penso di si!»

«Ne è proprio sicuro?»

«Se è una lampada, direi proprio di si!»

«Se le facessi notare che la lampada che porta è spenta, darebbe ancora questa risposta?»

«Beh... se è spenta, no! In effetti per vederci devo accenderla!»

«Questo avviene, similmente con la Bibbia! Non basta averla con sé, chiusa è un libro che non serve a niente, sarà sempre come una lampada spenta, bisogna aprirla e studiarla onestamente! Mi capita spesso d'imbattermi in sfrontati bugiardi che dicono di averla già letta o arroganti spavaldi e menzogneri che arrivano al punto di dirmi che la sanno a memoria. Finché continueranno a fingere non potranno mai conoscere il vero pensiero di Jahweh. Mentire non servirà a nulla! Bisogna studiarla veramente e seriamente, soltanto così porterà luce al nostro cammino, aiutandoci a capire la verità e a viverla meglio».

«Ho capito!»

«Quanto ho saputo sul conto del clero cattolico mi ha amareggiato anzi direi disgustato fin troppo! Non voglio più sentire altro su questa gentaglia! » brontolò nervosamente Fausto e Antonio con grande serenità spiegò: «Eppure, sono convinto che, anche tra i fedeli cattolici, ci sia tanta gente in buona fede che meriti di conoscere le verità che gli sono state nascoste. Sarebbe bene trovare il coraggio per avvertire le persone di cuore onesto prima che Jahweh porti il suo regno *come in Cielo anche sulla Terra*. Sappiate che **i tempi sono maturi, è adesso che si adempirà la preghiera del *Padre Nostro***. La venuta del regno non sarà favorevole a coloro che sono in una condizione disapprovata. Anche i bugiardi e gli ipocriti dovranno rendere conto a Jahweh nostro Creatore. Stando alle profezie bibliche, come quella di Daniele 2:44, presto Jahweh con il suo Regno porrà fine alla cattiveria dell'umanità e darà la vita eterna, qui sulla Terra, a tutti quelli che hanno dimostrato di essersi sottomessi al volere del Creatore. Gesù aveva rassicurato i veri Cristiani con le parole scritte nel Vangelo di Matteo capitolo 5 verso 5: *Felici quelli che sono di indole mite, perché erediteranno la Terra*! Avete capito? Erediteranno la Terra non il Cielo! Siamo stati creati sulla Terra per vivere sulla Terra. I Cieli appartengono agli angeli la Terra appartiene agli uomini è un concetto ribadito anche in Salmo 115:16. Ecco perché nel *Padre Nostro* preghiamo *Venga il Tuo Regno!* Verrà e non si andrà al Regno di Dio! Non dimenticatelo mai: al Vero Cristiano è stato insegnato di pregare *Venga il Tuo Regno come in Cielo anche sulla Terra!* Soltanto la venuta del Regno di Dio ci libererà da ogni male. E sappiate che questa richiesta, che formuliamo nella preghiera del *Padre Nostro,* sarà soddisfatta molto presto!»

«Questa è una meravigliosa speranza!»

«Questa è una meravigliosa certezza! Perché non è la promessa di un uomo che può mentire, ma è la promessa dell'Iddio di Verità Jahweh, Dio di Gesù Cristo e dei Veri Cristiani!»

La verità vi renderà liberi

Mentre discutevano, dagli altoparlanti del treno uscì una voce che annunciava in più lingue l'arrivo del treno a Budapest entro i prossimi 60 minuti. Lo speaker invitava i passeggeri a preparare i bagagli, si sarebbero fermati a visitare la capitale ungherese per due giorni.

«Beh! Signori, adesso dobbiamo veramente salutarci, vi raccomando, fate buon uso delle informazioni ricevute e, quando è possibile, portate a conoscenza le tante verità alterate e nascoste anche ad altri che meritano di sapere.»

Lucio, immaginandosi le difficoltà che avrebbe incontrato nel comunicare ad altri queste informazioni, si mostrò un po' preoccupato: «Prima di parlare ad altri però, c'è ancora tanto da imparare!»

«Se volete, nei prossimi giorni potrò sempre dirvi dell'altro ma, al momento, credo che ne sappiate abbastanza.»

«Altroché!» esclamò spumeggiante Fausto, ma Lucio, ancora impensierito, si rivolse all'amico: «Tu sei proprio sicuro di non aver bisogno di apprendere altro? Sapresti già rispondere a tutte le eventuali obiezioni che ti faranno?»

Le domande di Lucio acquietarono il frizzante spirito di Fausto che, riflettendo a cosa sarebbe andato incontro, palesò: «Meglio saperne di più prima di esporci. Più informazioni abbiamo e più possiamo dire ai bigotti o anche a quelli che in buona fede si ritengono Cristiani e che si sbagliano. Credo che non sia tanto semplice dire ai cattolici che la loro fede in

Dio è esercitata con un'organizzazione che la Bibbia stessa definisce demonica!»

«Ecco, bravi, ci manca solo che diciate questo ai bigotti, e vi garantisco un'insurrezione che non riuscirete neanche a immaginare! Quanto sapete adesso, non dovreste mai usarlo per offendere o ferire gli altri, piuttosto usatelo per aiutare a capire meglio i fatti. Inoltre non dimenticate mai che, riguardo alla tematica spirituale, non c'è nulla di più pericoloso che parlare con un fanatico, oltretutto cattolico, e pertanto completamente ignorante in campo biblico. Sforzatevi di imitare Gesù, parlate solamente con chi è umile, modesto e desideroso di conoscere la verità detta non dagli uomini ma dal Creatore. Altrimenti ci potremo trovare, come disse Gesù nel Vangelo di Matteo al capitolo 7 verso 6: *A dare ciò che è santo ai cani e perle ai porci* e, tra l'altro, Gesù ci avverte che questa sorta di persone, che si comportano come i cani e i porci nei confronti delle verità spirituali esposte nella Bibbia, spesso *si rivoltano per sbranarci.*»

«*Ammazzate oh, se so' così cattivi*, non dirò niente a nessuno! Va bene?» brontolò Fausto visivamente turbato.

Antonio, per un istante lo fissò negli occhi e, subito dopo, rivolto a entrambi sbottò: «E no!» poi sereno aggiunse: «Voi signori vi spostate da un eccesso all'altro, Gesù ha anche detto: *Andate, predicate e fate discepoli*, quindi, qualcuno che faccia eco alla sua parola di verità ci dovrà pur essere!»

«Uhm!»

«Perciò, se volete parlare con qualcuno di argomenti spirituali fatelo, ma quello che intendevo dire è di non insistere a dare per forza la verità a chiunque, soprattutto a chi non sa apprezzarla; offritela a chi, apprezzandola, si mostrerà disposto ad ascoltarvi. Anche perché, se chi vi ascolta si schiererà dalla parte di Jahweh o meno, non dipenderà da voi.»

«Ah no?»

«Gesù lo fece intendere quando, nel Vangelo di Giovanni al

capitolo 6 verso 44, disse: *Nessuno può venire da me, se non lo attira il Padre che mi ha mandato*. Sarà Jahweh a scegliersi i fedeli, perché solo Lui conosce cos'è nascosto nel cuore della gente. Anche l'apostolo Paolo, in Secondo Tessalonicesi 2:13, conferma che è Jahweh a scegliere chi è degno di divenire un Vero Cristiano».

I due amici però insistettero sul fatto che comunque non sarebbero stati capaci di divulgare le verità apprese, allora Antonio pensò bene di incoraggiarli ulteriormente con qualche dritta: «Quando vi troverete a parlare con qualcuno, non dovrete aver paura di non essere capaci ma di esserlo oltre misura; perdendo la pazienza o essendo troppo insistenti. Gesù affermò che le verità bibliche sono come perle; ecco perché spiegò che non si danno perle ai porci. Un maiale non sa distinguere un fagiolo secco da una perla preziosa! Perciò, prima di andare avanti con argomenti spirituali, rendetevi conto con chi avete a che fare».

«Indipendentemente da chi incontreremo, non credo che parleremo mai di queste verità spirituali; anche perché noi non sapremmo proprio da dove cominciare e come fare.»

Antonio intuì che la cocciutaggine dei due amici era dovuta principalmente alla preoccupazione per la propria incapacità di esplicare i concetti spirituali, così cercò di indirizzarli su ciò che era veramente importante: «Ditemi: voi credete che sia giusto avvertire chi non conosce ancora la verità?»

«Certo! Siamo felici che lei ci abbia aperto gli occhi sulla realtà sostanziale!»

«Allora, prendete appunti, contemplate i fatti e avrete un sufficiente bagaglio colmo d'informazioni utili da comunicare ai meritevoli. Perché dovreste privare le persone oneste e sincere, che hanno ancora un buon cuore, del piacere che voi stessi avete provato conoscendo la verità contenuta nella Bibbia? Se veramente amate il prossimo, per parlare ad altri, smettetela di aspettare il momento opportuno, createlo! Vi basterà soltanto essere un tantino ardimentosi, ed è fatta!»

«Ma noi non pensiamo di esserne capaci. Non so come dirglielo! Non è semplice spiegare gli argomenti come sa fare lei!»

I due amici sembravano proprio ostinati, così Antonio, spronandoli, cercò di voltare il loro sguardo verso ciò che è positivo: «Se ci son riuscito io, potete farlo anche voi! La capacità si accresce sul campo e soltanto gli audaci possono avere il successo che meritano. Pertanto, se credete veramente che sia giusto dire queste verità anche ad altri, dovrete soltanto studiare per capire qual è il modo migliore per riuscirci!»

I due amici chiesero un esempio pratico su come avrebbero dovuto fare e Antonio spiegò: «Non c'è presunto Cristiano che recitando il *Padre Nostro* capisca il significato delle parole che pronuncia. Invitatelo a riflettere su due espressioni: *Sia santificato il Tuo nome e Venga il Tuo Regno*. Primo, sulla dichiarazione *sia santificato il Tuo nome* chiedete: sai come si chiama il Padre Nostro e di Gesù? Vi posso garantire che lo conoscerà e lo pronuncerà solamente se è Vero Cristiano. Quindi, se la risposta non sarà positiva, potrete fare un'altra domanda: se non sai come si chiama il *Padre Nostro*, credi ancora di essere tu la persona che può santificare il nome che non pronunci mai? Detto questo, basta avere un briciolo di cervello per capire che se appartengo a una religione che non mi ha mai fatto conoscere o pronunciare il nome del Creatore, significa che sto appartenendo a una religione che lo santificherà mai e pertanto risulta evidente che appartengo a una religione non fondata da Gesù Cristo».

«Chiaro!»

«Passiamo al secondo aspetto della preghiera, il vero Cristiano non pregherà Dio dicendo: "una volta morto fammi venire nel tuo regno", piuttosto dirà: *Venga il Tuo Regno*. Quindi ponete questa domanda: tu che preghi, in conformità a quest'unica preghiera insegnataci da Gesù Cristo, speri fermamente che il Regno di Dio verrà come in Cielo anche sulla Terra? O erroneamente continui a sperare che una volta morto sarai tu ad andare, in cielo, al Regno? E poi, se non credi che il Regno di Jahweh verrà sulla Terra, perché continui a pregare dicendo: *Venga il Tuo Regno*? Tornerà utile anche questa semplice riflessione per capire se si è veramente Cristiani!»

«Troppo forte! Lei con due parole li ha sderenati tutti!» sussultò Fausto euforico, ma Antonio placò subito la sua eccitazione spiegando: «Il vero Cristiano non sderena nessuno, anzi desidera aiutare altri affinché giungano al giusto intendimento, e farà questo con serenità, ponendo domande che favoriranno un corretto ragionamento. Le semplici domande aiuteranno a riflettere per capire se si è veramente Cristiani oppure no!»

«Mi piace questo metodo!»

«Bene! Allora converrete con me che, per trovare la strada, volendo veramente fare qualcosa di buono nella vita, bisogna smetterla di vagare in cerca di una scusa. Per riuscirci basterà studiare il metodo corretto ed essere determinati ad applicarlo! Quando Annibale partì con gli elefanti contro Roma, tutti cercarono di scoraggiarlo, gli dissero che sulle Alpi non vi erano strade per i suoi proboscidati giganti, però lui, che aveva deciso di arrivare fino alla capitale dell'impero nemico, fiducioso rispondeva: *Troveremo una strada e se non la troveremo la costruiremo*. La morale è: agite sempre in modo da aumentare il numero delle scelte per una buona riuscita!»

«Sì, ma io non sono Annibale!» brontolò sommesso Fausto e, in risposta a quest'espressione compatita, Antonio cercò di scuoterlo: «Smetta di fissarsi unicamente sull'autocommiserazione, è nelle difficoltà che emergono le capacità di ognuno di noi. Restare piccoli e insignificanti non aiuta la società a crescere, non c'è nulla d'illuminante nel rinchiudersi in se stessi. Ricordatevi sempre che siamo fatti a immagine e somiglianza di Dio. Con grande generosità Egli ha posto dentro di noi la Sua grande gloria per renderla manifesta».

«Però è anche vero che non siamo tutti uguali!»

«Per quanto riguarda questo aspetto basilare della nostra essenza di vita, devo dissentire. Tutti noi, siamo stati fatti con la stessa polvere! E ciò rivela che la Sua gloria non è posta in alcuni di noi ma è posta in tutti noi, e finché continueremo a trattenerla ingabbiata dentro, resterà sprecata. Ricordatevi che la Bibbia sostiene che: *Se uno può fare il bene e non lo fa, commette peccato*!»

«Ascolti, io spero che tutti sappiano le cose che lei sostiene, ma non saprei proprio come creare un giusto approccio, non saprei proprio da cosa cominciare.»

«Chi non osa non speri! Gesù disse: *Non preoccupatevi di che cosa dovrete dire, perché ciò che dovrete dire vi sarà dato al momento*. Pertanto, se ogni giorno leggessimo o studiassimo la Bibbia, mostrandoci fiduciosi in questa Sua promessa, le informazioni studiate ci torneranno in mente all'occorrenza! Portando ad altri le Sue verità, permetteremo che la luce della Sua gloria possa ritornare a splendere e, risveglieremo nel prossimo il desiderio di fare altrettanto. Quando dovrete fare un dono date qualcosa di utile, regalate una Bibbia e assicuratevi che abbia un linguaggio moderno, semplice e scorrevole. Osate! Non abbiate timore, perché se sarete liberi dalla paura, il vostro coraggio libererà anche gli altri.»

«Allora speriamo di divenire capaci come lei, anche nel collegare le scritture agli argomenti.»

«Sono certo che diverrete anche più in gamba di me! Non dimenticate mai che è sempre meglio esistere tra successi e fallimenti, migliorandosi, che vivere senza averci mai provato.»

«Con queste parole, ci ha trasmesso una motivazione veramente toccante che ci sprona a leggere e studiare la Bibbia quanto prima, anche allo scopo di aiutare altri a comprendere quanto noi stessi non capivamo!» esclamò in conclusione Fausto, dimostrando di aver afferrato il chiaro concetto e anche Lucio affermò: «Con queste dritte, di sicuro sapremo anche come comportarci per fare eco a tutte le verità che, per gli scopi egoistici dei cosiddetti *lupi rapaci in manto da pecora*, ci sono state nascoste per incatenarci nell'ignoranza servendosi di una finta cultura studiata ad hoc!»

La signora Patrizia, notando la loro convinzione, sorrise con il marito che poi precisò: «Vorrei anche rilevare che tutti potranno leggere la Bibbia ma, soltanto chi è grato ne avrà il corretto intendimento! L'Autore Jahweh ci assicura che *il discernimento stesso vi salvaguarderà per liberarvi dalla cattiveria*» sostenne questo leggendo Proverbi 1:7; 2:11,12; e 3:1-7. Tutte scritture che riportò nel foglietto di Lucio e poi, vista l'ora ormai tarda, aggiungendo deuteronomio 6:4-7 che incoraggia ad amare Jahweh e a parlare di Lui, volle concludere: «Vi esorto a leggere sempre la parola di Dio! Ricordatevi che il motivo per cui la Bibbia, dopo millenni, è ancora attuale, mentre altri libri, dopo pochi anni, sono finiti nel dimenticatoio, è soltanto perché non contiene la parola degli uomini ma la parola dell'Onnisapiente Iddio che non può mentire e tanto meno morire».

«Il sorprendente aspetto storico e profetico non lo dimenticherò mai! Come si fa a dimenticare la profezia che, con duecento anni in anticipo, menzionava la nascita e il nome dell'imperatore che avrebbe conquistato Babilonia!» Alle parole di Lucio, Fausto aggiunse: «Ti riferisci a Ciro re di Persia?! Perché... la profezia che con oltre 500 anni di anticipo menzionava il prezzo del tradimento pagato a Giuda? Io sono ancora scioccato per la precisione e il tipo di valuta profetizzata, 30 pezzi d'argento!»

«Bene! Se anche questi aspetti profetici vi hanno ulteriormente convinto che la Bibbia è la parola di Jahweh, vi esorto a trovare il tempo per conoscerla meglio, credetemi: nessun altro libro potrà mai rivelarsi a voi così tanto utile.»

«Conserverò il foglietto che mi ha dato e, appena ritornerò a Torino, la prima cosa che farò sarà comprarmi una Bibbia.»

«Poiché farà questo, sul foglio che vi ha scritto mio marito, vi aggiungo alcune scritture che sostengono gli argomenti igienico sanitari e medici che questa mattina ho menzionato»

Patty aggiunse alla lista Levitico 13:1-5; Numeri 19:1-13; Deuteronomio 23:13,14; Levitico 7:16-18; Romani 13:13; Efesini 4:31,32; Giovanni 13:34,35; Matteo 5:44; Colossesi 3:12-15.

«Ecco qua, direi che possono bastare» e offrì il foglio ai due amici dicendo: «Vi abbiamo segnato queste scritture perché completeranno la vostra conoscenza sugli argomenti trattati. Senza le scritture, le verità spirituali le sapreste a metà, e una mezza conoscenza è peggiore di un'intera ignoranza!»

La signora Patrizia terminò quelle parole sorridendo e, nascondendo il suo tenero sentimento, strizzò l'occhio ai due amici che, quasi commossi per tutto il bagaglio spirituale ricevuto, ringraziarono con un abbraccio reciproco e spontaneo. L'astronomo, gioioso, si raccomandò: «Ricordate sempre che, soltanto vedendo le proprie credenze con la capacità di riconoscerle per ciò che sono, vi sarà permesso di accogliere nel vostro cuore la verità. Il vero analfabeta di questo secolo non è chi non sa ancora leggere e scrivere, piuttosto è colui che si rifiuta di leggere convinto di sapere già tutto. Soltanto i modesti saranno sempre ben disposti a imparare, disimparare e reimparare. Siate di mente aperta e quando vi comprerete la Bibbia, e leggerete le scritture che vi abbiamo citato e riportato in questo foglio, capirete meglio cosa intendo dire... grazie per averci ascoltato!»

«Grazie a voi per averci dedicato il vostro prezioso tempo e per tutte le verità che ci avete fatto conoscere e sapere!»

I due amici si rivelarono ansiosi di poter parlare ancora con loro e l'astronomo sorridendo li rassicurò: «Tranquilli, in treno è facile rincontrarsi!»

Poi fissandoli negli occhi strinse loro la mano e, con tono fermo, disse: «L'essere grati, è una grande qualità che spesso compra l'istruzione e la lungimiranza a costo zero... è stato un vero piacere parlare con voi... ci rivedremo presto!»

Si salutarono tutti appagati e soddisfatti.

I due amici, dirigendosi verso la loro carrozza, commentarono entusiasti le cose che avevano imparato anche da questo incontro. Entrarono nel loro scompartimento e, ripercorrendo la disquisizione avvenuta, Lucio domandò: «Che cosa hai pensato quando ci ha detto dei sedicenti cristiani e dell'Italia?»

«Beh... con tutti 'sti cattolici, in effetti, l'Italia sembra un paradiso, no?»

«Spiritoso, parla seriamente... a me ha fatto pensare parecchio.»

«Anche a me, ho subito pensato a quanti ladri stanno al governo col loro "magna-magna". Spesso li vediamo pure a braccetto con qualche reverendo. Se la chiesa fosse stata seria, avrebbe già scomunicato i politicacci che millantano il bene e poi si scoprono fornicatori e ladri a discapito del popolo che soffre... ma non lo fa.»

«Il clero cattolico, sapendo che sarà sempre ben protetto sostenendo il governo di turno, si guarda bene dal compiere un'azione del genere inimicandosi i ministri!»

«Certo, *'so tutti 'da stessa razza*! Io, comunque, oltre a questo, ho anche pensato ad altro.»

«Dimmi, che cosa hai pensato?»

«Pensavo che, qui in Italia, quasi tutti nascono e sono subito battezzati in chiesa e, quasi tutti, muoiono con l'estrema unzione di un prete o con un funerale fatto in chiesa. Anche se alcuni dicono: "sono cattolico non praticante", di fatto dalla nascita alla morte è cattolico! Pertanto è inutile cercare scuse al proprio comportamento!»

«Ma poi, cosa vuol dire: "sono cattolico non praticante"?»

«Ah, questo lo dovresti chiedere a chi lo dice!»

«Secondo me è soltanto una frase fatta presa a prestito per scusare il proprio modo di vivere! Tra l'altro, se ci pensi bene, è anche una frase priva di senso. Sarebbe come dire "sono uomo ma non praticante". Ma che cavolo significa? Se sei uomo, sei uomo e basta. Se noi potessimo domandare a un pesce cos'è, chi si aspetterebbe mai una risposta del tipo: "sono una cernia ma non praticante"? Ma che demenza!»

Entrambi scoppiarono a ridere pensando a quante idiozie vengono espresse pur di difendere la propria ipocrita posizione.

Poi ritornando serio Fausto disse: «Comunque in uno Stato dove ci sono oltre 50 milioni di cattolici, pertanto quasi tutti della stessa fede, se questi fossero veramente Cristiani si respirerebbe amore a pieni polmoni. Invece è il paese dove domina la mafia, la 'ndrangheta e la camorra; il paese dove le processioni si fermano, col santo o la madonna del luogo, per inchinarsi davanti alla casa del più famigerato delinquente, dove lo sport non sempre è praticato come evento di gioia ma, come opportunità vendicativa nei confronti dell'avversario, il paese dove si va allo stadio sorvegliati da forze dell'ordine, vigili, polizia e carabinieri muniti di scudi e manganelli, il paese dove si ha paura di uscire da soli la sera, il paese dove ci si ritrova importunati da stupratori e drogati che ti minacciano, il paese dove per le strade si vende la propria carne a buon mercato, di locali a luci rosse, di sfacciata immoralità che incita anche il più fedele coniuge al tradimento, il paese dove si sentono notizie di uomini che violentano, dominano e a volte anche uccidono la propria donna perché dicono che l'amavano troppo, il paese che fa rabbrividire per l'efferata violenza ostentata gratuitamente verso il prossimo, con organizzazioni terroristiche e commercio di organi umani e di bambini usati per atti di pedofilia...»

Mentre Fausto parlava ancora, Lucio, alzando il braccio, appoggiò la mano sulla bocca dell'amico e lo interruppe: «Fausto ti prego, basta per favore, pensare a quale risultato ha portato la formazione cattolica, mi fa venire il voltastomaco!»

«Anche a me, ma non possiamo negarlo, e non ti ho menzionato tutti quei commercianti che infischiandosene della salute del loro prossimo, pur di far soldi, vendono prodotti scaduti o addirittura marci, riciclati e camuffati per freschi. L'evidenza è sotto gli occhi di tutti. Ricordo bene le parole che ci ha letto: *Li riconoscerete dai loro frutti*! Questa società è troppo zozza, altro che Cristiana! Questi fatti succedono in una nazione prevalentemente cattolica, che a ogni angolo ha una chiesa che cura la spiritualità dei suoi fedeli. Un popolo dove la stragrande maggioranza degli abitanti nasce e subito viene marchiata con un battesimo cattolico, dove quasi tutti prendono i sacramenti già da piccoli, festeggiano natale e pasqua, festeggiano il proprio onomastico in onore del presunto santo che porta il loro stesso nome, sin da piccoli frequentano l'oratorio, come abbiamo fatto anche noi da ragazzi, si sposano dopo un corso prematrimoniale in chiesa e, quando muoiono, anche da morti sono portati in chiesa per la funzione funebre che sarà recitata dal parroco e... il risultato di così tanta fede cattolica è tutto questo che ci circonda? *Ma me' facciano il piacere và*!»

«Abbiamo capito quale Dio governa la chiesa cattolica, quindi non dovremmo stupirci che le loro cure spirituali abbiano portato i fedeli a comportamenti così lontani dalla condotta di un vero Cristiano!»

«Ma che devono *curà*, se il primo a essere malato è proprio il Vaticano!»

«Ricordo una battuta di Pino Caruso, in uno dei suoi tanti spettacoli disse: "Fra i cattolici c'è di tutto, perfino qualche credente!"»

«Bella questa! Anche se da comico l'ha detto per ridere, oggi affermerei che, Caruso, più che una battuta, ha detto una verità che fa riflettere!»

«Sai, mi è piaciuto ascoltare il signor Antonio! Si sforza di essere un buon Cristiano e quando fa un'affermazione spirituale, la conferma sempre leggendo un verso biblico.»

«Vero! Bisogna dire che quell'astronomo con la Bibbia è un fenomeno!»

«Credo che sia un tipo che dia poco spazio alle menzogne, deciso a percorrere le verità Scritturali senza se e senza ma.»

«La cosa che mi fa incavolare è che, se ti dice quello che ha fatto scrivere Jahweh, non puoi neanche metterlo in discussione!»

«Ci mancherebbe pure che ci mettessimo a discutere col Vero Dio su come avrebbe dovuto formare il credo della fede Cristiana!»

«Infatti! Chi accetta di avere un Dio, non comanda, ubbidisce!»

«Proprio così! Comunque devo ammettere che molte cose a sentirle fanno male, però è anche vero che è sempre meglio una forte sberla in faccia da chi ti vuole risvegliare, che una tenera carezza da chi vuole mantenerti stordito come sua preda.»

«Hai ragione! Forse, se voglio continuare a conoscere i fatti e capire la verità, devo mettere da parte l'orgoglio!»

«Direi proprio di sì! Comunque non preoccuparti! Anche Caterina Caselli cantava: *La verità mi fa male*!»

Sorrisero riconoscendo quanto fa male la verità, soprattutto se devi riconoscere che quanto hai creduto finora era una bugia. Poi Fausto appoggiò la mano sulla spalla dell'amico bisbigliandogli: «*A' Lucio, ma questo ca' Bibbia fa male pe' davero*!»

«Mi fai ridere anche quando si parla di cose serie! Comunque, credo che con la giusta umiltà valga la pena accettare la verità. Anche se fa momentaneamente male, è comunque verità!»

«In effetti, quando parla la Bibbia, pare che si diffonda la luce nel buio dell'ignoranza che portiamo dentro!»

«Proprio così! Ed è per questo che l'accetto! Francamente, preferisco più credere al verso biblico che alle ciance di un religioso ipocrita e sdolcinato!»

A queste parole, Fausto annuì: «Anch'io so' d'accordo con te, e sono anche un po' inalberato perché, alla luce delle Sacre Scritture, mi sono reso conto che per più di cinquant'anni sono stato usato come un burattino nelle mani di esseri ignobili!»

«Anche solo renderti conto di questo, credi che sia una cosa da poco?»

«No, no! Anzi è una grande liberazione!»

«Ti ricordi quando ci ha citato le parole di Cristo: *Conoscerete la verità e la verità vi renderà liberi*?»

«*Certo che mo'ricordo*!»

«Comunque, anch'io ho provato quello che hai provato tu! Anzi, dopo aver valutato i fatti, mi sono sentito molto turbato!»

«Ci credo! È come se fossi convinto che la donna che ami ti sia fedele, e poi, uno ti mostra le foto mentre è a letto con un altro!»

«Hai azzeccato l'esempio!»

«Eh certo, se so' foto, caro Lucio mio, non puoi pensarla ancora come cantava Battisti: *Ti stai sbagliando chi hai visto non è, non è Francesca*! Se so' foto, so' foto!»

«Proprio perché si è parlato con prove inconfutabili, non trovo più nulla che mi renda orgoglioso di essere stato cattolico così a lungo, anzi, me ne vergogno! In più, sai cosa ti dico? Adesso che ho capito che il cattolicesimo non è stato fondato da Gesù Cristo, ma da Costantino, e che questa religione ispirata dal diavolo non ha niente di Cristiano, spero che il Vero Dio mi perdoni per averla frequentata e che mi aiuti a trovare la forza di ricominciare da zero per diventare un Vero Cristiano. Appena tornerò a casa scriverò due lettere per dissociarmi dalla chiesa cattolica, una la consegnerò al prete della parrocchia vicino a casa e l'altra, per essere sicuro, la spedirò anche al vescovo. Poi se mi cancelleranno dall'essere cattolico bene, e se non lo faranno sarà una loro colpa. Io avrò fatto quanto dovevo e sarò sereno con la mia coscienza!»

Fausto sostenne l'amico nella sua decisione affermando che avrebbe fatto altrettanto e poi, per dissipare il momentaneo magone di Lucio, mostrando entusiasmo, spumò: «Dai! Mettiamoci a studiare insieme la Bibbia, sono convinto che Jahweh ci aiuterà a divenire due Veri Cristiani!»

«Caro Fausto, guarda che aveva ragione quando ci ha incoraggiato a parlare ad altri di questa verità, perché, se ci pensi bene, tanti cattolici sono comunque in buona fede. Stando a quanto insegna la Bibbia, i cattolici mica lo sanno di essere pagani inconsapevoli adoratori del dio Sole, di fatto non sanno neanche che cosa vuol dire essere Veri Cristiani!»

«A proposito, tu cosa diresti a questi che sono in buona fede per aiutarli a capire che sono pagani?»

«Farei come ci ha consigliato di fare il signor Antonio, anche perché, non mi sento all'altezza di filosofare con chi attraverso le chiacchiere saprebbe far passare il rosso porpora per bianco immacolato! Perciò, anziché perdermi in discorsi vuoti, fatti di sole chiacchiere che non conducono da nessuna parte, se non lontani dalla verità, mi limiterò a far riflettere solo su due aspetti importanti. Inviterò chi mi ascolta a ragionare su quanto si dice nel *Padre Nostro* e su quanto è scritto nei *dieci comandamenti*. Poi, se vogliono capire, bene! Altrimenti lo spieghino a Jahweh perché hanno preferito disubbidirgli rimanendo cattolici!»

«In effetti, la vera fede poggia sull'ubbidire ai comandamenti biblici in vista dell'adempimento della preghiera che ci ha insegnato Gesù Cristo! Direi che, trovo ottima la riflessione fatta dal signor Antonio sul *Padre Nostro*. Invece sui *dieci co-*

mandamenti cosa diresti?»

«Lo farò in maniera molto semplice! Nel primo comandamento è scritto: *Non avrai altre divinità all'infuori di me perché Io esigo esclusiva devozione.* Quindi porrò le domande: chi ha dato questo comando? E la risposta, anche se non conoscono il nome di Dio, non può essere altra che, "il Creatore". Quindi chiederò: tu ubbidisci a questo comandamento correttamente adorando solo il Creatore o hai una devozione speciale per qualche altra divinità? Se è devoto a qualche santo o alla madonna sarà evidente che sta disubbidendo al comandamento più importante, al primo comandamento. Pertanto è ovvio che non può essere un Vero Cristiano! Come può aspettarsi di essere un fedele approvato da Dio se sta disubbidendo al principale comandamento dato dal Creatore? Che razza di Cristiano è uno che sta violando il più importante comando in assoluto, *il primo dei dieci comandamenti*?»

«Ben detto! Con questa logica brillante, sarà tutto più comprensibile!»

«Pertanto credo che, se l'interlocutore avrà la capacità di intendere, non gli sarà difficile capire che trasgredendo al primo comandamento, di fatto, sta rivelando di essere un pagano politeista.»

«Fantastico, stando a quanto detto dal signor Antonio, basterà riflettere sul primo comandamento per far capire dove sta la vera fede cristiana!»

«Sì! Però, se non dovesse bastare, inviterei a ragionare anche sul secondo comandamento e ai presunti cristiani domanderei: "hai un'immagine religiosa di qualche santo, madonna o anche un semplice crocifisso?" se la risposta è sì, direi: "cosa ti fa pensare di essere approvato da Dio se stai disubbidendo al suo chiarissimo secondo comandamento: *Non devi fare o avere immagini religiose, per l'adorazione*?"»

«Ovvio, se Jahweh esige esclusiva devozione, come mai, oltre al Dio Creatore, ti metti ad adorare anche i santi e le madonne con l'ausilio delle immagini?»

«Pertanto, anche attraverso questo semplice ragionamento, se chi ci ascolta è una persona sincera di cuore, troverà ovvio capire che, finché avrà con sé delle immagini, non potrà mai vantare di essere un vero Cristiano!»

«Credo di aver capito bene come fare, sarà fondamentale porre la giusta domanda affinché l'individuo possa ragionare e trarre da solo la giusta conclusione!»

«Il signor Antonio ha spiegato mille volte quanto sia importante fare domande, perché soltanto la domanda richiede una risposta e, per dare una risposta sensata, si è costretti a ragionare e quando si ragiona si può capire anche da soli ciò che è giusto o sbagliato!»

«Adesso voglio provarci anch'io. Allora, dopo aver spiegato il primo e il secondo comandamento se non dovesse bastare...»

«Basta, basta, io credo che *basta e avanza*!»

«Sì, ma, metti che per assurdo non bastasse, potremmo passare al terzo comando: *Non nominare il nome di Dio invano*. Il nome di Dio è Jahweh, lo nomini ogni giorno per santificarlo, evitando di nominarlo invano, o non lo nomini proprio? Eh?! Cosa ne dici? Come ti sembra questa domanda?»

«Buona! Però il risultato dipende molto dalla condizione di cuore della persona, se è insensibile alla verità, se è privo d'amore per il Creatore Jahweh, servirà a niente fare domande! Bisogna essere fondamentalmente onesti per accettare e apprezzare la verità biblica.»

«Lo so! Comunque anche noi non sapevamo niente di Bibbia, e abbiamo un po' ricalcitrato all'inizio!»

«Sì è vero! Però non abbiamo negato i fatti o le prove e, soprattutto, non abbiamo contestato la verità biblica!»

«Anche questo è vero! D'altronde è semplice capire la verità!»

«Dai, non ci sono scuse! Chi vuole può ascoltare chi parla

con la Bibbia e ubbidire a quanto richiede il Creatore! L'uomo può mentire quanto gli pare, Jahweh no! Egli è l'Iddio di verità!»

«Certo! Soltanto la sua Parola è verità! E adesso che l'ho capito, non voglio più parlare di religione con chi sta a filosofare sulla teologia, parlandomi senza Bibbia!»

«La penso anch'io così!»

«Che dici, ci vogliamo mettere a studiare la Bibbia insieme?»

Cogliendo il tono incoraggiante dell'amico, Lucio sorridendo rispose: «Perché no! Ottima idea! Liberiamoci dall'ignoranza spirituale, dimostriamoci capaci di accettare una radicale inversione di marcia. Al prossimo incontro con il signor Antonio voglio sapere della mia Irene. Adesso che è morta dov'è? Qual è la condizione dei morti? Tra quanto tempo verrà il regno di Dio? Cosa succederà quel giorno? E cosa succederà prima di quel giorno? Come sarà la vita dopo quel giorno? Come governerà la Terra Gesù Cristo, Re del Regno di Dio?»

«Interessanti queste domande! E visto che è anche un astronomo, ritornando all'argomento creazione e non più evoluzione, gli chiederei se Jahweh, nel creare il tutto, ci ha messo veramente soltanto sei giorni. Facciamoci dire qualcosa di più sul concetto creativo universale.»

«Dobbiamo farci una lista di domande.»

«*Quanto me piaci*! Ci sto! Non vedo l'ora di rincontrare il signor Antonio!»

In quel preciso momento il treno entrò nella capitale ungherese. Si resero subito conto che, presi da quegli argomenti così interessanti, stavano quasi dimenticando che si sarebbero fermati due giorni a Budapest; quindi, dovevano prepararsi per scendere. Così, per concludere il discorso, Lucio disse: «Comunque, ogni incontro che facciamo, si rivela essere un grande insegnamento!»

E Fausto comicamente: «Hai visto, dove ti ho portato? Nel

viaggio dell'illuminante conoscenza infinita!»

«Banfa, banfa, piuttosto cerchiamo di ricordarcele queste cose e di farne buon uso, sperando che anche gli occhi dei nostri familiari, amici e parenti si possano aprire, proprio come si stanno aprendo i nostri in questo viaggio.»

«Ok! Adesso comunque prepariamoci a scendere, tu cosa metti in valigia?»

«Oltre agli abiti eleganti, ho pensato di portarmi anche un paio di scarpe da ginnastica, un jeans e una maglietta, perché voglio visitare Budapest bello comodo.»

«*Cu 'nu jeans e 'na maglietta*'? Allora ti vestirai alla Nino D'angelo!»

«Infatti, "senza giacca e cravatta"!»

Scoppiarono a ridere, poi Lucio disse: «Va beh! Comunque hai capito come mi vesto e cosa mi porto?»

«Certo che ho capito! Anch'io faccio così, tanto giù dal treno ci possiamo vestire come ci pare.»

«Ok! Però sbrighiamoci che tra poco si scende».

Prepararono i bagagli e ...

Affinché la Verità non veda mai il tramonto

la storia continua nel prossimo romanzo:

Lucio Eurisko
sull'Orient-Express

Una piccola raccomandazione

Non abbracciate una fede per semplice tradizione o perché
siete stati indotti à farlo dalle pressioni sociali o familiari.
Non abbracciate una fede perché siete nati in un paese
che esercita quel credo e non un altro.
Non abbracciate una fede perché avete letto un libro
che riportava le filosofie di un uomo.
Ragionate, sforzatevi di conoscere la verità
che vi renderà liberi (Vangelo di Giovanni 8:32).
Accertatevi sempre di ogni cosa
(Primo Tessalonicesi 5:21 e Primo Giovanni 4:1).
Ragionante sui fatti e alla luce della verità
del Dio che non può mentire (Tito 1:2,3).
Fatto questo, se riterrete corretta la fede esaminata,
soltanto allora, potete e dovete crederci fermamente
vivendo in armonia con essa.
Anche quando ne sarete convinti però,
non costringete altri a seguirvi nelle vostre decisioni.
Piuttosto, con amore e saggezza,
invitate il vostro prossimo a ragionare
confidando che l'intelligenza umana, quando è onesta,
saprà pervenire alla giusta conclusione.
Nel mentre seguiamo scrupolosamente
il consiglio dell'apostolo Paolo:
"Il vostro amore aumenti sempre più.
Maturi in voi la sensibilità e la conoscenza accurata
e pieno discernimento,
perché vi accertiate delle cose più importanti,
perché siate sinceri e irreprensibili
da adesso fino a quando il nostro Signore tornerà.
Che possiate fare azioni giuste e buone
per mezzo di Gesù Cristo,
alla gloria e lode del Vero Dio!" (Filippesi 1:9-11)

Regala o Consiglia

la lettura di questo romanzo
e cambierai una vita

rileggi questo romanzo
e cambierai te stesso

"Potranno cancellare
quello che ho scritto
ma non potrai dimenticare
quello che hai letto"
Antonio Isidoro

Piltdown è la più grande truffa
paleontologica della storia.
Una vergognosa menzogna!

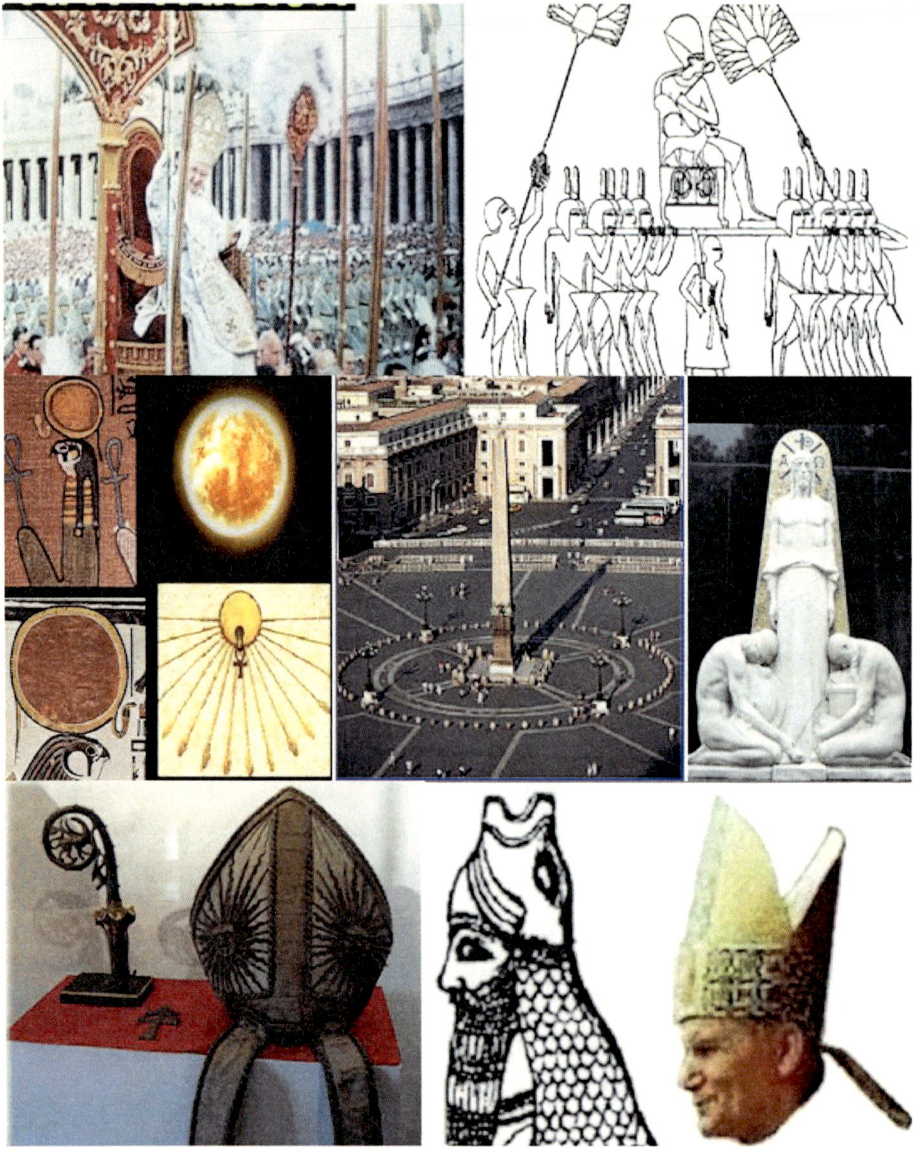

Il cattolicesimo è la riproposizione dell'adorazione al dio Sole.
La religione cattolica nei dettagli esercita la venerazione fallica e il culto del sole praticato nella fede dei babilonesi e degli antichi egizi.
Nella fede eliolatrica i sacerdoti portavano il titolo di padre e il sommo sacerdote padre dei padri o Papa.
Salmo 31:6 *"Jahweh odia quelli che mostrano riguardo agli idoli."*

Nella religione cattolica, dal 325 a oggi, è ancora viva l'adorazione al dio Sole.
Evidente nei riti e nella forma solare di numerosissime suppellettili ritenute sacre, usate anche per la conservazione dell'ostia che non a caso è a forma di disco solare.
Il cattolicesimo ha l'imperdonabile colpa di aver reso Gesù il Messjah un esplicito plagio della figura del dio Sole Horus.
Isaia 42:8 ***"Io sono Jahweh. Questo è il mio nome; e non cederò a nessun'altro la mia gloria, né la mia lode alle immagini scolpite."***

Gli ostensori cattolici hanno la forma di un disco d'oro luccicante rappresentante il disco solare.
Lo sollevano in alto riproducendo il rito pagano del dio Sole, dove i fedeli riuniti in preghiera tenevano la testa bassa per evitare di bruciarsi gli occhi di fronte alla loro fulgida divinità.
Nel Vangelo di Giovanni 4:23-24 Gesù disse che i veri adoratori avrebbero adorato solo il Padre e lo avrebbero fatto con spirito e verità.
Questo fa intendere che mentre i veri adoratori avrebbero adorato soltanto Jahweh,Padre e Iddio di Gesù Cristo, i falsi adoratori avrebbero adorato altro.

Dov'è finita l'ubbidienza al primo comandamento:
non avrai altro Dio all'infuori di me perché Io esigo esclusiva devozione?
Dov'è finita l'ubbidienza al secondo comandamento:
non devi farti nessuna immagine nell'adorazione?
Davanti ad una statua, prima di compiere un atto di adorazione,
ragioniamo anche su quanto è scritto in Salmo 115:4-8 (114:4-8 versione c.e.i.)
"Gli idoli delle genti sono fatti d'argento e oro, opera delle mani dell'uomo.
Hanno bocca e non possono parlare, hanno occhi e non possono vedere,
hanno orecchi e non possono ascoltare, hanno narici e non possono odorare ,
hanno mani e non possono toccare, hanno piedi e non possono camminare;
dalla loro bocca non emettono suono.
Diventeranno come loro chi li fabbrica e tutti quelli che in essi confidano".

Anziché scomunicare il satanico dittatore, gli alti prelati della chiesa cattolica si complimentavano con lui!

**Vescovi e preti hanno sempre marciato vergognosamente
al fianco di eserciti sanguinari al servizio di spietati dittatori!
Il loro saluto nazifascista palesava la loro ferma lealtà a quei governanti diabolici!
Nel Vangelo di Giovanni 8:44 è scritto: "*... voi siete figli del padre vostro il diavolo
egli fu omicida quando cominciò e non si attenne alla verità ...*"
Cristo disse queste parole a persone che si ritenevano approvate da Dio
mentre pensavano come eliminare i propri nemici ...
Oggi che cosa avrebbe detto ai cattolici?**

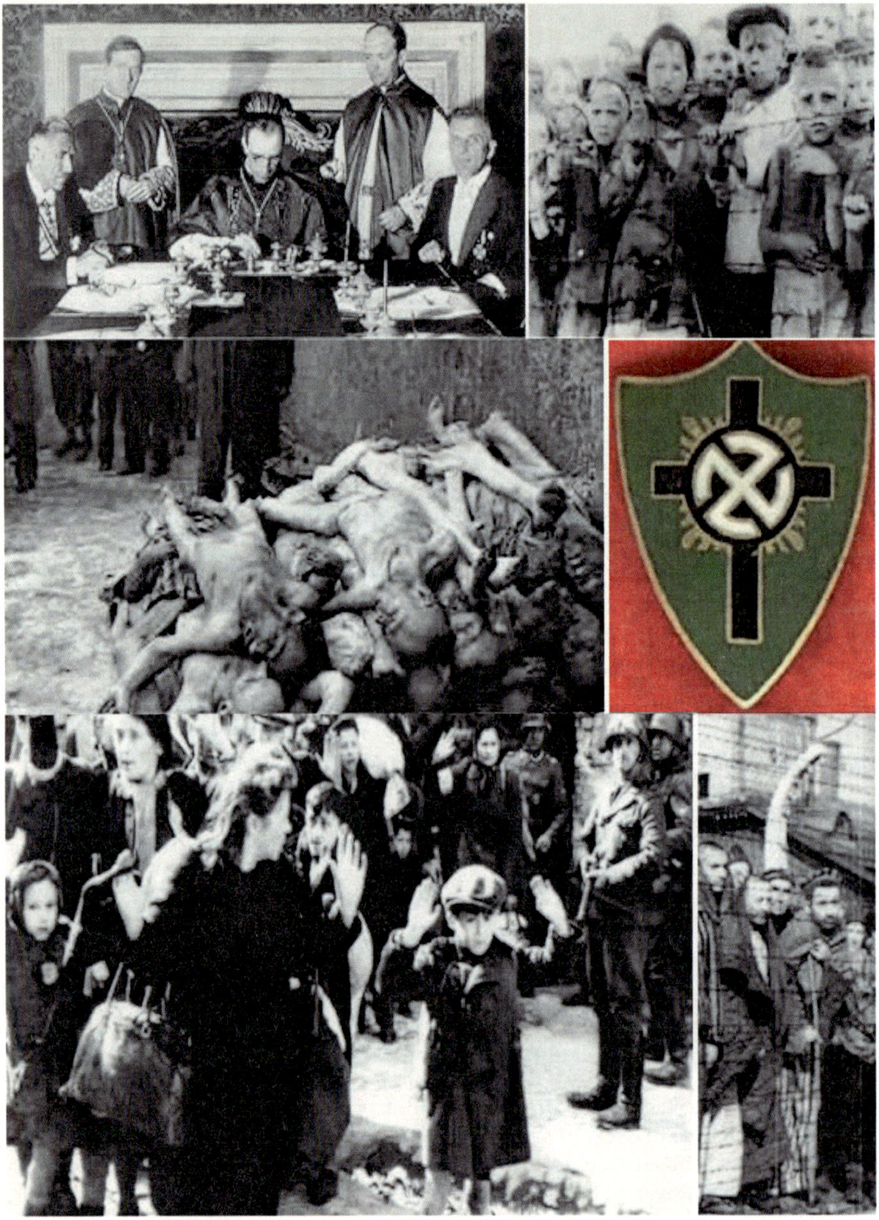

Mentre milioni di vecchi, donne e bambini continuavano a essere deportati in campi di concentramento per essere uccisi in camere a gas, il Papa firmava accordi con il mefistofelico esecutore!

Prima il dovere diplomatico poi insieme anche a teatro.
Da sempre ancora oggi la Chiesa predilige l'amicizia con dittatori che opprimono e fomentano guerre spietate.

Di certo non potrà mai applicarsi alla chiesa cattolica la profezia di Michea 4:3 ***"Dovranno fare delle loro spade vomeri e delle loro lance cesoie per potare. Non alzeranno la spada né impareranno più la guerra!"***

Satana fu omicida quando iniziò con Caino, e ancora oggi sa che il dispetto più grande
che può fare al Creatore è quello di mettere a morte le sue creature.
Per fare questo, sono sempre stati indispensabili i sicari del diavolo!
Benché in Primo Giovanni 3:15 è scritto: "Chiunque odia il suo fratello è omicida"
Nell'aprile del 1941, con l'intervento diretto di missionari francescani,
furono sterminati più di 1 milione di serbi ortodossi, zingari, ebrei e comunisti.
A fine conflitto, nel rapporto francese si legge:
"... i preti francescani hanno partecipato agli attacchi
contro la popolazione ortodossa agendo in maniera abominevole ...".
Papa Pio XII, sapendo di essere il responsabile diretto dello scempio avvenuto,
non commentò mai questo rapporto.

A dispetto delle crudeli sofferenze, la chiesa ha sempre benedetto chi ne provocava di più. Vescovi e preti con il loro stile di vita ipocrita, infischiandosene dell'amorevole Creatore, hanno sempre scelto di ubbidire ai dittatori assassini benedicendo i loro eserciti spietati e sanguinari.

Anche se Hitler si era guadagnato la reputazione d'essere
la vera incarnazione del male più oscuro,
per la chiesa cattolica era sempre un onore stringergli la mano
e alzare il braccio al grido di "Heil Hitler!" (viva Hitler)

Perché i vescovi erano fieri di fare l'infausto saluto nazista?
Le religioni che s'impegnano nelle guerre non esprimono amore verso il prossimo.
Esse commettono l'imperdonabile peccato di togliere la vita
alle persone a cui il Creatore l'ha data!

Perché gli alti prelati si complimentavano con Hitler e Mussolini?
Se erano crudeli assassini alla guida di eserciti brutali, non era doveroso scomunicarli?

Come nel passato ancora oggi la chiesa cattolica
continua ad abbracciare le ideologie di spietati dittatori!
Wojtyla ha definito santi quei preti spagnoli che, schierandosi col dittatore Francisco Franco, tentarono di ripristinare le decantate magnificenze dei tempi di Torquemada, quando si usavano quattro forni circolari detti Quemaderos nei quali venivano inseriti vivi fino a 40 condannati per ogni forno.
Introdotti vivi, ardevano a fuoco lento per la colpa di non essersi convertiti al cattolicesimo.
Occorrevano dalle 20 alle 30 ore di supplizio prima di morire sfiniti e cotti.
Questi forni funzionarono ininterrottamente per oltre tre secoli e furono chiusi e distrutti nel 1808 da Napoleone, perché fortemente turbato nella sua coscienza.

Quale pensiero porta a far sorridere quando s'impugna un'arma letale?
Matteo 26:52 ***"tutti quelli che prendono la spada periranno di spada!"***

youcanprint

Finito di stampare nel mese di Luglio 2015
per conto di Youcanprint *Self-Publishing*